Liebe von Meer zu Meer

HEIKE DENZAU

Liebe von Meer zu Meer

ROMAN

emons:

Bibliografische Information der Deutschen Nationalbibliothek
Die Deutsche Nationalbibliothek verzeichnet diese Publikation
in der Deutschen Nationalbibliografie; detaillierte bibliografische
Daten sind im Internet über http://dnb.d-nb.de abrufbar.

© Emons Verlag GmbH
Alle Rechte vorbehalten
Umschlagmotive: shutterstock.com/ThomBal,
shutterstock.com/s_oleg
Umschlaggestaltung: Nina Schäfer
Gestaltung Innenteil: DÜDE Satz und Grafik, Odenthal,
nach einem Layout von Nina Schäfer
Lektorat: Julia Lorenzer
Druck und Bindung: CPI – Clausen & Bosse, Leck
Printed in Germany 2024
ISBN 978-3-7408-1847-0
Originalausgabe

Unser Newsletter informiert Sie
regelmäßig über Neues von emons:
Kostenlos bestellen unter
www.emons-verlag.de

Für meine ganze große Familie.
Ich liebe euch.

Eins

Dort angespült werden, wohin die Wellen
einen treiben …

Ein Himmel wie auf dem Gemälde von Vermehren, das im Pastorat hing. Tuffige, niedrig hängende Wolken vor einem hellen Blau. Sie hatte den Kunstdruck erst im letzten Jahr aufgehängt, wegen des strickenden Schafhirten, der in seiner geflickten Hose dastand und den Maler zu fragen schien: Was ist an mir denn bloß interessant?

Paula konnte sich nicht sattsehen an den Farben und Wolkenformationen des Föhrer Himmels und fühlte sich zum ersten Mal seit der Abfahrt aus Hamburg wirklich frei, während sie auf dem Fahrrad kräftig in die Pedale trat und dabei tief die salzige Nordseeluft einatmete.

Ein ganzes Inseljahr lag vor ihr. Noch fühlte es sich unwirklich an. Aus der Routine auszubrechen, Neues zu wagen, Vergangenes mitzunehmen in ein Abenteuer, um ein Versprechen einzulösen, das sie sich selbst gegeben hatte. Es Tom zu versprechen, dafür war keine Zeit gewesen. »Du bist bei mir«, sprach sie in den Vermehren-Himmel. »Ich finde das Haus für uns beide.«

Doch erst einmal mussten sie sich hier auf Föhr einrichten. Hoffentlich waren die vorab aufgegebenen Kisten und Kartons alle gut und vollzählig angekommen. Gleich würde sie es wissen, denn ein Blick auf das Smartphone-Navi zeigte, dass sie die verzweigten Greveling-Straßen bald erreichen würde. Ein kräftiges Motorengeräusch erklang. Im nächsten Moment stieg rechts neben ihr eine Cessna in den sonnigen Julihimmel. Es würde Mats gefallen, dass ihr Haus so nah an dem kleinen Inselflugplatz lag.

Auf dem Navi wurde der Golfplatz hinter dem Flugplatz

angezeigt, doch Paula musste links abbiegen. Überglücklich betrachtete sie die reetgedeckten weißen Friesenhäuser in ihrer exponierten Lage am Meer. Jedes einzelne stand auf einer Warft und war von einem großen gepflegten Garten umgeben, abgegrenzt durch Steinwälle, in denen die ersten sattroten Früchte der Heckenrosen mit den pinkfarbenen Blüten um die Farbenpracht buhlten. Hier sollten sie wohnen? Ein ganzes Jahr lang? Das war ein Traum. Sie radelte den Weg entlang, bis die richtige Hausnummer auftauchte. Dr. Konradi hatte mit der Größenangabe nicht übertrieben. Es war ein Doppelhaus, aber jede Hälfte war riesig. Ihre war die linke. In der offenen Garage der Nachbarhälfte stand ein Campingmobil, davor ein weißer SUV.

Paula schob ihr Rad die gepflasterte Auffahrt hinauf und freute sich über den Schrei einer Möwe. Diese wunderschönen Vögel mit ihren markanten Rufen waren für sie der Inbegriff von Küste und Meer. Sie stellte das Rad ab und suchte in ihrem kleinen dunkelbraunen Lederrucksack, dem sie allen Handtaschen den Vorzug gab, nach dem Haustürschlüssel, als sich die Tür der rechten Haushälfte öffnete.

»Oh, hallo«, sagte der blonde Mann überrascht, der heraustrat. Mit einem Lächeln kam er auf sie zu. »Du bist sicherlich die von Manfred für heute angekündigte Jahresgästin.« Er hatte das letzte Wort mit den Fingern in Gänsefüßchen gesetzt.

»Guten Tag«, erwiderte Paula seine Begrüßung freundlich. Dass er sie mit einem Du begrüßte, ließ sie sich gefallen, obwohl sie typ- und berufsbedingt nicht dazu neigte, fremde Menschen gleich zu duzen. Vielleicht lag es aber auch an seinen Augen, die ihr völlig unerwartet einen winzigen Stich versetzten. Dieses Braun … Doch Paula hatte sich sofort wieder unter Kontrolle. »Ja, ich bin Paula Ahmling.« Sie reichte ihm die Hand. »Und du bist dann wohl der von Manfred Konradi viel gepriesene Hausnachbar mit den zwei rechten Händen.«

Er lachte. »Manfred ist bestimmt ein ausgezeichneter Kardiologe, aber was Haus und Hof angeht, greift er tatsächlich gern mal auf meine Hilfe zurück.« Er drückte ihre Hand fest, aber nicht zu fest. »Ich bin Henrik Kock. Wie mit Manfred besprochen, habe ich deine Lieferungen angenommen. Die Kisten stehen im Hausflur und in der Garage.«

»Das ist so nett. Herzlichen Dank dafür.« Paula spürte ihren Solarplexus erneut, während sie ihn ansah. War sie jetzt völlig irre? Ihr waren in den vergangenen Jahren ja nun weiß Gott auch andere Männer mit braunen Augen begegnet, ohne dass sie sich so gefühlt hätte wie jetzt gerade. Ein wenig atemlos.

»Ah, da kommt mein derzeitiger Mitbewohner.« Der Lufträuber deutete zur Straße, wo ein Mann auf einer cremefarbenen Vespa in die Auffahrt abbog. Er trug Shirt, Shorts und keinen Helm. Vermutlich, weil der nicht über den Kopf passte, der nur aus Haaren bestand.

Der Yeti musterte sie, als er den Motor abstellte und abstieg. Henrik Kock übernahm die Vorstellung. »Paula, das ist mein guter Freund Richard Böhnke, ein begnadeter Journalist und Autor.« Er ignorierte das Grunzen seines Freundes und fuhr fort: »Richard, das ist unsere neue Nachbarin Paula Ahmling. Ich weiß gar nicht, ob ich dir erzählt habe, dass Manfred Konradi seine Haushälfte für ein Jahr untervermietet hat.«

Der Journalist murmelte etwas in den wuchernden Vollbart, das nach »Musst du vergessen haben« klang.

»Wie auch immer«, sagte Henrik Kock fröhlich. »Auf gute Nachbarschaft.«

Richard Böhnkes nächste Worte kamen deutlich über seine Lippen. »Als gutes Zeichen werte ich, dass Sie allein hier sind.«

Paula starrte ihn an. Braune Locken, an den Schläfen von erstem Grau durchzogen, hingen ihm lang und wirr über Stirn, Ohren und Nacken. Ein paar Insekten hatten sich im Fahrtwind darin verfangen.

»Als gutes Zeichen?«, wiederholte sie seine Worte. »Wie darf ich das verstehen?«

»Nun, ich halte mich bei meinem Freund auf, um Ruhe zu finden für ein Buchprojekt. Und wenn ich Ruhe sage, dann meine ich das genau so.«

»Richard hat bereits diverse Sachbücher veröffentlicht«, klärte Henrik Kock sie auf. »Jetzt betritt er Neuland, indem er sich an einem Roman versucht.« Er klopfte seinem Freund auf die Schulter. »Es wird schon werden, Rich.«

Paula glaubte, Mitleid herausgehört zu haben, und anscheinend nicht nur sie, denn Richard antwortete gallig: »Spar dir das.«

Im selben Moment näherte sich ein Großraumtaxi. Mit einem Hauch Schadenfreude, für die sie sich ein wenig schämte, sah Paula zu, wie sich Richard Böhnkes Blick weiter verdüsterte, als das Taxi die Auffahrt hinauffuhr.

»Wer ist das?«, fragte er, als der Mercedes direkt hinter Paula hielt.

»Das sind meine Kinder.«

»Kinder?« Richard Böhnke hätte nicht entsetzter klingen können, wenn sich in einem Hochsicherheitslabor die Schleusentore gleichzeitig aufgetan hätten.

Der Taxifahrer stieg mit einem »Moin« für die Männer aus und öffnete die hintere Tür, während auf der Beifahrerseite ein junges Mädchen in Top und Shorts ihre langen, dünnen Beine aus dem Wagen schwang und dabei vorsichtig ein mit Stickern beklebtes Gitarren-Gigbag vor sich platzierte. Ihr Blick glitt abschätzend über das Haus. »Hatte ich mir irgendwie größer vorgestellt«, war ihr Kommentar, bevor sie die beiden Männer ansah und mit einem »Hi!« begrüßte.

Ob Maries Gruß erwidert wurde, bekam Paula nicht mit, weil der Hund bellte, den Mats an der Leine aus dem Taxi zu zerren versuchte. Boomer liebte es, Auto zu fahren, und die kurze Strecke vom Wyker Fähranleger bis hierher reichte ihm offenbar nicht.

»Ein Hund!«, erklang es erstickt neben ihr. Jetzt gesellte sich zur Schadenfreude doch ein wenig Mitleid mit dem Yeti.

»Aus, Boomer!«, rief Paula, als Mats es endlich geschafft hatte, den weiter kläffenden Mischling aus dem Wagen zu ziehen.

»Wer nimmt die Katze?«, fragte der Taxifahrer, während er zwei Koffer aus dem Kofferraum hievte und vor die Haustür stellte. »Für die Lütte ist der Korb zu schwer.«

Die Männer standen beide stumm da, als ein kleines Mädchen aus dem Taxi sprang und mit wippendem Pferdeschwanz angehüpft kam. »Das ist aber ein schönes Haus, Mama.«

»Ja, das ist es.« Paula strich über das Blondhaar ihrer Jüngsten, bevor sie zu dem Taxifahrer, der weitere Taschen neben den Koffern absetzte, sagte: »Ich nehme Mr. Stringer.« Sie stellte den Katzentransportkorb neben dem Wagen ab und suchte ihr Portemonnaie aus dem Rucksack heraus.

»Mats, komm bitte mit Boomer hierher«, bat sie ihren Sohn, nachdem sie den Taxifahrer entlohnt hatte. Dass der Hund gerade sein Bein an einem Rosenstämmchen des Nachbargrundstücks hob, ließ ihre Wangen heiß werden. »Sorry, das kommt nicht wieder vor«, wandte sie sich an Henrik Kock.

Sie trat zu ihren Kindern, die orgelpfeifenmäßig nebeneinanderstanden. »Darf ich vorstellen, das sind Marie, Mats und Lisbeth, das Liebste, was ich habe. Boomer ist unser bester Freund«, sie tätschelte den Hundekopf, »und Mr. Stringer ist unser Kater.« Sie hob den Korb, aus dem ein Fauchen erklang. »Er ist ein wenig gestresst.«

»*Er* ist ein wenig gestresst?« Richard Böhnke sah aus, als würde er sich am liebsten alle Haare einzeln vom Kopf reißen. Er starrte Paula an. »Ist das Ihr Ernst?« Dann wechselte sein Blick zu seinem Freund. »Ist das dein Ernst? Du hast mir versichert, ich kann hier in Ruhe schreiben. Wie bitte soll das jetzt noch möglich sein? Mit diesen Kindern und der Menagerie?«

»Was ist Menadingsbums?«, fragte Mats und sah seine Mutter an.

»›Menagerie‹ hat man früher zu einem Zoo gesagt«, antwortete sie ihm, während das Taxi die Auffahrt hinunterfuhr. Im nächsten Moment glitt ihr Blick hastig über das abgestellte Gepäck. »Wo ist Ratatouille?«

Schon lief Mats schreiend und winkend dem Taxi hinterher. »Halt! Stopp!«

»Gott, lass es ein eingetupperter Eintopf sein und nicht noch ein Viech«, würgte Richard hervor.

»Es ist kein Eintopf«, nahm Paula ihm die Hoffnung.

Das Taxi hatte gehalten, und Mats schwenkte einen kleinen Käfig, in dem seine Ratte hockte. »Er war noch im Fußraum.« Richard Böhnke maß alle mit einem Blick, der direkt aus der Hölle kam.

Das fiel anscheinend auch Henrik Kock auf. »Jetzt reiß dich mal am Riemen, Rich. Du hast in den beiden Monaten, seit du hier bist, keine einzige Zeile geschrieben. Also tu bitte nicht so, als würde diese ...«, er suchte nach den richtigen Worten, »lustige, nette Familie etwas ausbremsen, das sowieso noch nicht in Fahrt ist.«

»Das nennt man Schreibblockade!«, schrie Richard seinen Freund an. Mit wenigen Schritten war er an der Haustür. »Schreibblockade! Und ich war kurz davor, sie zu brechen!«, tobte er weiter und knallte die Tür hinter sich zu.

»Eine *Schrei*blockade wäre gerade wünschenswerter«, murmelte Henrik.

»Ist der irre?«, brachte Mats es auf den Punkt.

»Das ist eben so ein Inselbewohner«, gab Marie ihre Einschätzung ab. Ihr Blick lag weiter auf der zugeknallten Haustür. »Ich wusste ja, dass wir hier verloren sind.« Paula bekam einen genervten Blick zugeworfen.

Lisbeth war die Einzige, die den Ausbruch unkommentiert ließ. Mit glühendem Gesicht und strahlenden Augen fragte sie Paula: »Gehen wir jetzt zum Meer?«

✳✳✳

Eine gute Stunde nach ihrer Ankunft machten sich Paula und die Kinder auf den Weg zum Strandabschnitt dreißig, der als Hundestrand ausgewiesen war und glücklicherweise direkt an den Greveling-Strand grenzte. Das Geräusch zirpender Grillen begleitete sie auf dem sandigen Weg, und Paula genoss es aus vollem Herzen, während der Strandhafer sich im leichten Wind wiegte. In dieser Idylle war es einfach, die Gedanken an das Chaos im Haus beiseitezuschieben. Sollte Kardiologe Dr. Konradi jetzt sein Heim betreten, würde er sich selbst am

Herzen behandeln müssen, denn die Kinder hatten den Inhalt diverser Kartons und Taschen einfach auf dem Flurboden verteilt, um ihre Badeutensilien zu finden. Paulas Einwand, man könne heute ja vielleicht ausnahmsweise ohne das Zeug an den Strand gehen, war von Mats und Lisbeth empört abgeschmettert worden.

Paulas Brust wurde weit, als das Meer in Sicht kam. Die Nordsee zeigte sich zur Begrüßung von ihrer besten Seite und war da. Paula liebte auch das Watt bei Ebbe, aber als Einstand war der Anblick einfach perfekt. Die Bojen standen gerade, also hatte die Flut ihren Höchststand erreicht. Das nahe Wasser spiegelte glitzernd das Blau des Sommerhimmels wider, während die Wellen am Ufer sanft ausliefen. Der helle Strandstreifen hinter der geteerten Befestigung bildete einen wunderbaren Kontrast, und Paula konnte es nicht abwarten, den feinkörnigen Sand unter ihren nackten Füßen zu spüren.

Sogar Marie, für die Begeisterung momentan etwas Uncooles hatte, rief freudig aus: »Das feier ich hier, Mama, echt. Strandurlaub, aber noch krasser, weil wir so lange hier sein werden.«

Paulas Blick wanderte nach links, wo es in der Ferne keine Steine und keinen hässlichen Teer zu geben schien, dafür Strandkörbe und viele Menschen.

»Dahinten ist der Strand noch viel schöner«, stellte auch Marie fest.

»Für heute muss es hier reichen«, meinte Paula und deutete nach rechts, wo ein kleines Stranddreieck Einsamkeit versprach. »Schaut mal, das sieht aus wie eine Insel«, sagte sie den Kindern, und die stürmten drauflos. Sie gingen das Stück über den Asphaltweg, vorbei an einer Holzbank, auf der ein älteres Paar lächelnd grüßte.

Mats und Lisbeth hatten die geteerte Fläche schon hinter sich gelassen und rannten mit ihren Eimern und Schaufeln über den Sand Richtung Meer.

»Hinterher!«, meinte Paula zu Marie.

Am Strand schleuderte sie die Flip-Flops von den Füßen

und sammelte sie auf, Maries gleich dazu, denn ihre Große wurde von dem hechelnden Boomer zum Wasser gezogen. Paula folgte ihnen zügig. Sie hatte Lisbeth zwar eingetrichtert, nicht ohne sie ins Wasser zu gehen, aber sicher war sicher. Doch Mats und Lisbeth hockten brav am Spülsaum und ließen das Wasser über ihre Beine gleiten.

»Ist das die ›Norderaue‹?«, fragte Mats und deutete auf eine weiße Fähre, die Kurs auf das nahe Amrum hielt.

»Nein, das ist eine andere«, antwortete Paula ihm. »Unsere Fähre ist direkt nach Dagebüll zurückgefahren und kann eigentlich noch nicht wieder hier sein.«

»Eine Muschel, Mama«, rief Lisbeth ihr zu und zeigte ihr eine kleine Herzmuschel.

»Die ist wirklich schön«, sagte Paula. »Du kannst ganz viele davon sammeln, während wir hier sind. Und später überlegen wir uns, was wir damit machen. Vielleicht kleben wir sie auf ein Bild, zusammen mit Sand, oder wir bohren ein Loch hinein und ziehen sie auf ein Band. Dann hast du eine Muschelkette.«

Lisbeth nickte dazu. »Oder ich werf sie zurück.«

»Das ist auch eine Möglichkeit«, gab Paula zu, als Lisbeth ausholte und die Muschel in einem Meter Entfernung in den Wellen versank.

Nachdem sie alle bis zu den Knien im Wasser gewesen waren, bestand Paula darauf, dass sie sich erst einmal einrichteten. Sie bauten die Strandmuschel vor einer kleinen Düne mit Strandhafer auf, platzierten Decke und Strandmatten und pusteten Lisbeths Schwimmflügel, Mats' Wasserball und das Krokodil auf, das er bei einem Kirchenkinderfest in Hamburg gewonnen hatte. Mit hochrotem Kopf ließ Paula sich schließlich auf die zweite Strandmatte sinken – auf der anderen lag Marie mit geschlossenen Augen. Doch Lisbeth rannte schon ihrem Bruder und Boomer Richtung Wasser hinterher. »Komm, Mama«, rief sie im Laufen. »Baden!«

Paula erhob sich mit einem leisen Stöhnen und einem neidvollen Blick auf Marie. Einfach mal fünf Minuten daliegen …
Doch als die leisen Wellen der Nordsee ihre Waden umspielten,

war das Sehnen nach einem Moment der Ruhe vergessen. Es war ein herrlicher Sommertag.

Mats trug mit seinem Krokodil einen imaginären, scheinbar sehr heftigen Kampf im seichten Wasser aus, bei dem er wohl gerade seinen linken Arm an das Untier verloren hatte, denn er presste ihn auf seinen Rücken und rief: »Meinen rechten kriegst du nicht, Kroko-Kong! Du wirst jetzt ertrinken.« Er warf sich auf das Spielzeug und drückte den hellgrünen Gummikopf unter Wasser.

Lisbeth im Blick, die mit den Händen Wasser auf Boomers Rücken schaufelte, lauschte Paula den Geräuschen rings um sich und versuchte dabei zu filtern. Das feine Rauschen der Wellen, wenn sie sanft am Ufer ausliefen, war das herausragendste. Möwen schrien, und Kinder lachten in der Ferne am Strand. Dann vermischten sich die Laute der Möwen mit Lisbeths Kreischen, als Mats auf sie zurannte und rief: »Wah! Kroko-Kong zieht dich jetzt ins Meer!« Er liebte es, seine kleine Schwester zu ärgern, und Lisbeth liebte es auch, weil er es nie übertrieb.

Paula betrachtete ihren Sohn voller Zuneigung. Mats war mit seinen zehn Jahren manchmal schon fast zu vernünftig. Wäre das wohl auch so, wenn Tom noch leben würde? Eine Frage, die sie sich in den letzten fünf Jahren schon hundertfach in den verschiedensten Situationen gestellt hatte. Ein verstorbenes Elternteil … das prägte Kinder für das gesamte Leben.

Paula wusste, dass sie alles Menschenmögliche getan hatte, um Marie und Mats aufzufangen. Sie hatten geredet, wieder und wieder, und gemeinsam geweint und gelacht. Tom war noch da. Sie hielten ihn am Leben. Doch auch die schönsten Erinnerungen verloren an Farbe, ohne dass es aufzuhalten war. Und das war schrecklich. Der lebendige Tom wurde zu einem Polaroid, das langsam verblasste.

Im nächsten Moment schrie sie auf. Mats hatte ihr das nasskalte Krokodil auf den erhitzten Rücken geklatscht. »Na warte«, lachte sie und schnappte sich das Untier samt Halter.

Letztendlich wälzten sie sich zu viert mit Boomer im flachen Wasser, denn auch Marie hatte sich zu ihnen gesellt.

Nach zweieinhalb Stunden Badespaß und Sandburgbauen mahnte Paula zum Aufbruch. »Ich möchte vor dem Abendessen gern noch das Chaos im Haus beseitigen, das durch eure Suchaktion entstanden ist.«

»Was gibt's denn zum Abendbrot?«, fragte Mats, der unter Dauerhungeritis litt. »Bestellen wir uns Pizza?«

»Dr. Konradi hat uns netterweise den Kühlschrank für die ersten Tage befüllen lassen«, sagte Paula und schüttelte ihre Strandmatte ab. »Wurst, Käse, Butter, Brot, alles da. Wir machen uns Schnittchen.«

Mats verzog missmutig den Mund. »Blödes Brot.«

»Auch Gurke und Zwiebeln?«, hakte Lisbeth nach. Ihr Lieblingsgemüse durfte auf keiner Stulle fehlen.

»Finden wir es heraus.«

Der Rückweg erschien länger als der Hinweg, was wohl daran lag, dass sie alle von der Sonne und dem Toben ermattet waren. Mats trug Kroko-Kong auf dem Kopf, weil Paula keine Lust hatte, ihn ständig aufzupusten.

Als sie sich im Greveling ihrem Domizil näherten, bemerkten sie Bewegung auf dem Nachbargrundstück zur Linken. Zwei Männer bauten einen Pavillon auf, Tische und Stapelstühle wurden aus der Garage geholt und auf dem Rasen vor der Terrasse verteilt.

»Die grillen bestimmt.« Mats klang eindeutig neidisch.

»Falsch«, erklang eine fröhliche Stimme neben ihnen. Henrik Kock kam in kurzer Cargohose und Shirt und mit einem riesigen grünen Gartenabfallsack, den er hinter sich herschleifte, auf sie zu. »Frau Vormbeck gibt heute ihre monatliche Soiree.« Er lachte verhalten, während er sich ein paar feuchte Strähnen aus der verschwitzten Stirn strich. »Zumindest nennt sie selbst es so.«

»Aha«, sagte Paula, weil sie nicht wusste, was sie sonst Schlaues dazu sagen sollte. Auch sie fuhr sich mit der freien Hand durchs Haar, das zwar wieder trocken war, doch sie gehörte nicht zu den Frauen, die selbst nach mehreren Tauchgängen im Salzwasser so aussahen, als wären sie gerade dem Olymp entstiegen. Ihr dicker blonder Zopf hing wie ein borstiger Tampen herunter.

Henrik stellte den Abfallsack ab. »Ihr seid auch eingeladen. Frau Vormbeck meinte, ich soll euch unbedingt mitbringen.«

Mats stieß ein begeistertes »Yeah!« aus. »Gibt's da was zu essen?«

Henrik nickte.

»Was denn?«

»Kanapees.«

Mats sah ihn an. »Cool … Was ist das?«

»Schnittchen«, antwortete Paula und lachte, als sie die Miene ihres Sohnes sah. »Aber sie sind bestimmt hübscher garniert, als unsere Stullen es wären.«

»*Es wären*«, horchte Henrik auf und klang dabei erfreut. »Du kommst also mit?«, hakte er nach.

»Ja, wir kommen mit. Aber nur, weil Manfred Konradi mir empfohlen hat«, sie senkte die Stimme ein wenig, »eine Einladung von ›General‹ Vormbeck lieber nicht auszuschlagen, wenn ich mir das Leben hier nicht selbst schwer machen will.«

Henrik lachte laut auf. »Manfred hat dir einen guten Rat erteilt. Abmarsch ist um fünf vor sechs.«

Der Begriff »Abmarsch« hatte es perfekt getroffen, befand Paula, als sie um Punkt achtzehn Uhr das Gartengrundstück gegenüber betraten, auf dem sich bereits gut zwei Dutzend sommerlich gekleidete Menschen auf der Terrasse und dem Rasen tummelten. Als eine zierliche grauhaarige Dame mit ausladendem Strohhut und schickem taubenblauem Cocktailkleid im Stechschritt auf sie Kurs hielt, war klar, dass es sich um die Gastgeberin handelte.

»Gut gemacht, Henrik«, begrüßte die Endsiebzigerin Henrik zackig, während sie den Blick über Paula und die Kinder gleiten ließ. Sie reichte Paula die Hand. »Ich heiße Sie herzlich willkommen, Frau Pastorin. Ich bin Ruth Vormbeck. Manfred

Konradi hat Sie in einem Telefonat avisiert, das wir vor einer Woche führten. Da mir Ihre Worte auf der Trauerfeier unserer guten Gudrun sehr gefallen haben, ist es mir ein Bedürfnis, Sie hier in die Gesellschaft einzuführen.«

»Herzlichen Dank«, sagte Paula. Sie wollte noch etwas anfügen, doch Frau Vormbeck ergriff bereits wieder das Wort.

»Ich umgebe mich gern mit intelligenten und gesitteten Menschen«, konstatierte sie. »Ihre Kinder sind mit Sicherheit wohlerzogen. Darum mache ich heute um Ihretwillen eine Ausnahme von meinem Grundsatz: Keine Kinder bei meinen Soireen.« Ihr Blick wanderte trotz der gewagten Wohlerzogen-Annahme kritisch über Marie, Mats und Lisbeth. »Guten Abend, ihr drei.«

Als die gezupften Augenbrauen der Gastgeberin sich dabei leicht zusammenzogen, fragte Paula sich, ob es an Maries bauchfreiem Shirt oder Mats' verwuscheltem dunklem Schopf und dem mitgebrachten Fußball lag. Lisbeth konnte es eigentlich nicht sein, denn sie sah in ihrem fein geblümten Kleidchen wie immer zuckersüß aus.

»Hallo«, erwiderte Marie freundlich. Paula wusste, dass ihre Große lieber mit ihren Freundinnen gechattet hätte. Daher hatte sie nicht darauf bestanden, dass Marie sie begleitete, doch allein im neuen Zuhause zu bleiben, war ihr anscheinend nicht geheuer gewesen.

Lisbeth quetschte sich ein wenig verschüchtert an Paulas Seite, während ihr Blick über die vielen fremden Menschen glitt. Auch Mats sah sich um. »Wo ist denn der General? Hat der Orden?«

Gott! Flammende Röte schoss Paula in die Wangen. Er hatte es gehört!

»Welcher General, mein Junge?«, hakte Frau Vormbeck zu Paulas Bestürzung nach.

»Der uns eingeladen hat.«

»Mats …« Paula klang hilflos.

Die Rettung kam von Henrik Kock. »Da hast du dich verhört, Mats. Als deine Mutter und ich uns über die nette Einladung von Frau Vormbeck unterhielten, fiel das Wort ›generell‹, soweit ich mich erinnere. Generell keine Kinder …«

Er sah Paula an, die dankbar nickte. In akuten Notfällen durfte das achte Gebot auch mal großzügig ausgelegt werden.

Für Mats war die Sache damit glücklicherweise erledigt. »Ich geh bolzen«, sagte er mit Blick auf die weite Grasfläche, die sich hinter den Gästen offenbarte.

Ruth Vormbeck sah ihm nach, als er davonrannte. »›Bolzen‹? Was ist das für ein Wort? Er wird doch nicht meinen Rasen zuschanden machen?«

»Er kickt nur ein wenig den Ball hin und her, Frau Vormbeck«, trat Henrik erneut für Mats ein. »Ihrem perfekt dichten Rasen kann er mit seinen leichten Schuhen keinen Schaden beifügen.« Er wandte sich an Paula. »Frau Vormbecks Rasen konkurriert mit Wimbledon.«

»Henrik, ich merke, wenn Sie übertreiben«, hielt Ruth Vormbeck ihm vor und wedelte mit dem Zeigefinger. »Aber nun kommen Sie, meine Liebe, ich möchte Sie meinen Gästen vorstellen.« Sie nahm Paulas Arm und steuerte die Terrasse an.

Paula bemerkte erleichtert, dass sie keinen Soiree-Fauxpas begangen hatte, indem sie hutlos erschienen war. Bis auf drei weitere Seniorinnen trug keine der anwesenden Frauen eine Kopfbedeckung. Sie hatte erwartet, dass sie von Gruppe zu Gruppe geführt werden würde, doch Ruth Vormbeck klatschte in die Hände und wartete, bis alle ruhig waren.

»Liebe Gäste, ich möchte Ihnen und euch diese bemerkenswerte junge Frau vorstellen: Frau Pastorin Ahmling. Ich durfte bei dem Trauergottesdienst für unsere liebe Gudrun Konradi in Hamburg erleben, wie sie der Trauergemeinde, allen voran unserem lieben Manfred, mit klaren und wohltuenden Worten geholfen hat, Gudrun in höchst würdiger Weise zu verabschieden.«

Paula kam nicht dazu, sich für diese Worte zu bedanken, denn Frau Vormbeck machte keine Redepause.

»Frau Pastorin Ahmling ist verwitwet und wird mit ihren

drei Kindern ein Jahr lang Manfred Konradis Haus bewohnen. Es ist ein Dankeschön, wie der gute Manfred mir berichtete, denn Frau Ahmling hat Gudrun auf ihrem langen und schmerzhaften Weg des Abschieds in wohl herausragender Weise bis zu ihrem Tod begleitet – so seine Worte. Also, heißen Sie sie bitte herzlich willkommen auf unserer schönen Insel.«

Paula bedauerte nicht, dass Frau Vormbeck es in wenigen Sätzen perfekt auf den Punkt gebracht hatte. Jetzt musste sie nicht jedem Anwesenden erklären, welcher Umstand sie in das Konradi-Haus verschlagen hatte. Dass Manfred Konradi einer der besten Freunde ihrer Eltern war und zurzeit mit ihnen durch Nordamerika und Kanada tourte, hatte die Nachbarin nicht erwähnt, obwohl Manfred es ihr mit Sicherheit erzählt hatte. Aber es gab auch keinen Grund, es hier auszuposaunen.

»Lieben Dank, Frau Vormbeck«, sagte sie darum mit einem herzlichen Lächeln. Dann wandte sie sich an alle. »Meine Kinder und ich sind glücklich, hier zu sein, und wir freuen uns auf ein besonderes Jahr, das vor uns liegt.«

Ruth Vormbeck packte Paulas Arm fester und zog sie mit sich. Nach einer halben Stunde sirrte Paula der Kopf vor lauter Gesichtern, Namen und Berufen. Darum war sie mehr als dankbar, als Henrik Kock sie aus einer Gruppe heraus ans Büfett entführte, das die Gastgeberin vor einer Viertelstunde freigegeben hatte. Die Kanapees, die auf Porzellanetageren und silbernen Servierplatten angerichtet waren, sahen hervorragend aus.

»Der einzige Grund, warum ich selten eine Soiree verpasse«, murmelte Henrik ihr zu und nahm sich eines der runden Krabbenschnittchen mit Remouladen-Dill-Garnierung und einen Ei-Lachs-Happen. Mehr Platz boten die Goldrandteller in Untertassengröße auch nicht.

Paula langte ebenfalls zu, nachdem feststand, dass die Kinder sich bereits selbst versorgt hatten. Marie saß allein am Ende des großen Grundstücks an einem gepflegten Teich mit Schilfgras und Seerosen, die langen, dünnen Beine überkreuzt, aß und chattete am Handy. Lisbeth hatte es sich mit einem Teller

auf dem Schoß zwischen zwei Frauen auf der Hollywoodschaukel gemütlich gemacht und erteilte gerade die Anweisung
»Doller!«, woraufhin eine der Frauen der Schaukel lachend
mehr Anschwung gab. Mats kam mit einem leer gefutterten
Teller über den Rasen gestürmt.

Paula entschied sich für Forelle und Matjes. Da auf einigen
Matjeshäppchen keine Zwiebeln waren, sah sie zur Schaukel.
Hoffentlich hatte Lisbeth sie nicht überall runtergepult.

»Finden Sie alles zu Ihrer Zufriedenheit, Frau Pastorin?«,
erklang Ruth Vormbecks Stimme neben ihr, kaum dass Paula
das Forellenhäppchen probiert hatte.

»Ja, vielen Dank. Es ist lecker und so delikat angerichtet.
Sagen Sie dem Caterer mein Kompliment.«

»Ich bereite die Kanapees selbst zu«, warf Frau Vormbeck
sich in die Brust, während ihr Blick auf Mats fiel, der sich am
zusehends magerer werdenden Büfett erneut bediente und die
appetitlichen Häppchen auf dem kleinen Teller stapelte.

Hatte er den Adlerblick gespürt? Er wandte Frau Vormbeck
das Gesicht zu und sagte mit vollem Mund: »Sonst muss ich
ja so oft laufen. Die Teller sind zu klein.«

Paula freute sich, dass ein paar der Umstehenden wagten
zu nicken.

»Er ist ja noch formbar«, meinte Frau Vormbeck und legte
Paula tröstend die Hand auf den Arm. »Maßhalten werden
Sie ihn schon noch lehren.«

Paula verzichtete auf eine Erwiderung, entzog ihr aber den
Arm. »Entschuldigen Sie mich bitte. Ich möchte nach meinen
Töchtern schauen.«

»Nur zu.« Frau Vormbeck sah Henrik an. »Wo bleibt denn
eigentlich Richard? Ich möchte mit ihm über den Wohltä-
tigkeitsbasar reden. Ah, da kommt er ja.« Mit den Worten
»Mein Lieber, ich habe Sie schon vermisst!« eilte sie auf Richard Böhnke zu, der Shirt und Shorts gegen Jeans und Hemd
getauscht hatte.

Verblüfft sah Paula der Gastgeberin hinterher.

Henrik lachte auf, dann sagte er leise: »Kaum zu glauben,

dass der General so einen Narren an Richard gefressen hat, was? Aber er ist tatsächlich ganz dicke mit ihr.«

»Wahrscheinlich, weil sie auch Haare auf den Zähnen hat«, rutschte es Paula heraus. Leichte Hitze stieg in ihr auf. »Sag ihm bloß nicht, dass ich das gesagt habe.«

»Was kriege ich dafür?« Henriks Lächeln war so offen, dass Paula ihm die Frage nicht übel nehmen wollte, doch er hatte wohl bemerkt, dass sich ihr Lächeln verlor, denn er fügte schnell hinzu: »Entschuldige bitte. Ich wollte nicht aufdringlich sein, aber bei tollen Frauen geht es manchmal einfach mit mir durch. Pastorin hin oder her.«

Seine Offenheit war erfrischend, und das war ein wenig verwirrend. Es war lange her, dass sie sich über ein Kompliment gefreut hatte. »Alles ist gut«, versicherte sie ihm. »Aber für die Kinder und mich ist es jetzt an der Zeit, sich zu verabschieden. Es war ein langer Tag mit sehr vielen Eindrücken, und die ersten Taschen wollen noch ausgepackt werden.«

»Natürlich.« Er lächelte und hob sein Weißweinglas. »Auf eine wunderbare Nachbarschaft.«

Paula nahm ihr Wasserglas, das sie auf dem Tisch abgestellt hatte, und stieß damit an seines. »Auf gute Nachbarschaft.«

Im selben Moment erklang Ruth Vormbecks Stimme hinter ihr. »Frau Pastorin, haben Sie denn schon Richard Böhnke kennengelernt? Falls nicht, würde ich Sie gern miteinander bekannt machen.«

Richard Böhnke sagte verblüfft: »Pastorin?«

Paula wandte sich zu ihm um. »Ja. Haben Sie damit auch ein Problem?«

Während Ruth Vormbeck irritiert von einem zum anderen sah, trat Richard Böhnke ans Büfett. »Die Kirche interessiert mich genauso wenig wie ein Vogelschiss in Kirgisistan.« Er nahm einen Teller und stapelte vier Kanapees übereinander.

»Aber Richard!«, tadelte Frau Vormbeck ihn entsetzt. »Was führen Sie denn für eine Sprache? Dafür erwarte ich eine Entschuldigung von Ihnen. Frau Pastorin Ahmling ist mein Gast!«

Richard biss von einem Camembertschnittchen ab, kaute

und sah Paula dabei an. Dann schluckte er den Bissen runter und sagte: »Sorry, war nicht gegen Sie persönlich.«

Paula nickte. Er war ein Ekel, aber sie spürte, dass seine Entschuldigung nicht der Aufforderung von Frau Vormbeck geschuldet war.

Ruth Vormbeck war nicht so leicht zu besänftigen. Sie klang immer noch erbost. »Wenn ich nicht wüsste, was für ein gutes Herz Sie haben, Richard …«

Richard hakte die alte Dame unter. »Lassen Sie uns zu Ihrem Bridge-Team gehen, Ruth, und besprechen, was für den Basar noch zu erledigen ist.« Er nickte Paula und seinem Freund zu, dann zog er Ruth Vormbeck zu der Gruppe silberhaariger Seniorinnen mit Hut.

»Er darf sie Ruth nennen?«, fragte Paula Henrik.

»Ich konnte es auch nicht fassen. Ich wohne hier seit zehn Jahren, aber mir hat sie noch nicht angeboten, sie bei ihrem Vornamen zu nennen. Das Spannende ist, dass niemand weiß, nach welchen Kriterien sie ihre Gunst verteilt.« Er grinste. »Nicht dass es wichtig wäre, aber irgendwie lauert doch jeder aus ihrem Bekanntenkreis darauf, in die nächsthöhere Kategorie aufzusteigen.«

Paula lachte. »Dein Freund wird ja vielleicht wieder degradiert. Sie war absolut *not amused* über seinen Vogelschiss-Vergleich.«

Henrik musterte sie. »Du gehst erstaunlich locker damit um. Trifft es dich als Pastorin nicht, wenn Menschen so über die Kirche oder ihren Glauben sprechen?«

»Zuerst einmal unterscheide ich bei anderen zwischen Kirche und Glauben«, sagte sie, während sie das letzte Käseschnittchen von einer Platte nahm. Dann sah sie Henrik wieder an. »Und ich missioniere nicht. Ich biete in meinen Gottesdiensten an, was in mir ist und hinausmöchte. Was ich gebe, ist immer ein Geschenk, ein Angebot, und ich freue mich über jeden, der es so versteht und daraus etwas für sich mitnimmt.«

»Mama?« Lisbeth stand neben ihr und griff nach ihrer Hand. »Wann gehen wir nach Hause?«

»Jetzt, Libby.« Paula steckte sich den letzten Bissen in den Mund und nickte Henrik zu. »Tschüs, und herzlichen Dank für den netten Empfang.«

»Schlaft alle gut. Und du weißt ja ...«, Henrik lächelte, »das, was man in der ersten Nacht im neuen Heim träumt, geht in Erfüllung.«

Ob sie etwas träumen würde? Paula dachte darüber nach, während sie mit Lisbeth an der Hand den weitläufigen Rasen zu Mats und Marie hinunterging. Sie hielt ihr Gesicht der warmen Abendsonne entgegen und genoss den Geruch von Salz und Watt, den der leichte Wind mit sich führte. Es war wohl gut, dass man Träume nicht erzwingen konnte, und doch wünschte sie sich, es wäre anders, denn Tom hatte sich davongestohlen aus ihren Träumen. Viel zu selten besuchte er sie noch darin.

»Komm heute Nacht zu mir«, murmelte sie lautlos, den Blick in den Himmel gerichtet. »Heute ist der erste Tag unserer Reise.«

Zwei

Es bedarf keiner Schatzkarte, um Freunde
zu finden, nur eines offenen Herzens.

Fröhlich radelte Paula am Freitagmorgen die Wyker Gmelinstraße entlang, darauf achtend, dass die Großpackung Klo-
papier am Lenker nicht ständig gegen ihr Knie schlug. Auf
dem Rücken trug sie einen Rucksack, im Fahrradkorb lag
die vollbepackte Einkaufstasche. Das dichte hellgraue Wol-
kenmus am Himmel tat ihrer guten Laune keinen Abbruch,
denn im Westen zeigte sich schon das erste Kornblumenblau.
Sechs Tage waren vergangen, seit sie auf der Insel angekommen waren, und in dem wunderschönen Friesenhaus hatten
sie sich schon ein wenig eingelebt. Da Dr. Konradis Vorräte
aufgebracht waren, hatte Paula sich zum Großeinkauf aufge-
macht. Inzwischen waren zwar auch die Fahrräder der Kinder da, doch alle drei hatten keine Lust gehabt, sie zu Edeka
Knudsen zu begleiten. Marie hatte angeboten, auf die kleinen
Geschwister aufzupassen, und so hatte Paula nicht zweimal
gefragt. Einen Moment nur für sie allein gab es selten, und
sie hatte ihn erweitert, indem sie am Sandwall zehn Minuten
auf einer Bank gesessen, aufs Meer geblickt und einem alten
Holzboot mit braunem Segel nachgesehen hatte.

Doch als sie im Greveling in die Auffahrt zum Haus bog,
bereute sie die kleine Freiheit, denn aus dem hinteren Garten
hörte sie Mats laut weinen. Mit klopfendem Herzen stieg sie
vom Rad und lehnte es gegen die Hauswand, wurde aber im
selben Moment ruhiger, denn zu dem Weinen kam ein gritziges
Schreien. Mats weinte also nicht vor Schmerz, sondern vor
Wut, was per se schon mal gut war. Sie eilte außen ums Haus
herum. Ein flüchtiger Blick zur Seite zeigte, dass Lisbeth einen
adäquaten Ersatz für die nicht vorhandene Sandkiste gefunden

hatte: das Blumenbeet. Tiefe Löcher und Erdhäufchen auf den Terrassenfliesen zeugten von ihrer Liebe fürs Buddeln.

Die beiden Mädchen standen neben Mats auf der Terrasse von Henrik Kock, direkt vor Richard Böhnke, der von Mats gerade einen Fußtritt gegen das Schienbein bekam.

»Freundchen!«, mahnte Richard Böhnke scharf und hielt ihn an der Schulter auf Abstand, weil Mats weitertrat. Mit der freien Hand zeigte er über Mats Schulter nach hinten. »Da kommt deine Mutter. Der werde ich jetzt erzählen, was für ein Früchtchen du bist.«

»Mats!« Paula eilte hin. »Was ist hier los?« Sie zog ihren Sohn an sich und sagte »Ruhig, Mats, alles wird gut«, ohne dass sie davon ausging, dass es bei ihm ankam. Wenn er erst einmal einen seiner Wutanfälle hatte, dauerte es, bis er wieder ansprechbar war. Ihr Blick wanderte daher zwischen Marie und Richard Böhnke hin und her.

Allerdings kam Lisbeth den beiden zuvor. Mit ihrem schmutzigen Zeigefinger deutete sie auf Richard. »Der Mann hat Mats den Ball geklaut und in sein Haus gebracht.«

Richard musterte den empörten Blondschopf unter zusammengezogenen Brauen. »Dann erzähl deiner Mutter aber auch, warum *der Mann* den Ball geklaut hat.«

»Weil du böse bist.«

»Ja, schon klar«, grummelte Richard. »Schön, dass du nicht parteiisch bist.« Dann sah er Paula an. »Die Kröte«, er deutete auf Mats, »hat mir mit Absicht den Ball an den Kopf geworfen. Darum habe ich den Ball einkassiert, mit der Ansage, dass er ihn morgen zurückbekommt, wenn er sich entschuldigt. Seitdem schreit er wie ein Berserker und versucht, mein Schienbein zu zertrümmern.«

Paula seufzte, denn ein Seitenblick zu Marie zeigte, dass die zu Richards Worten nickte. »Wir klären das«, sagte sie zu Richard und zog ihren Sohn mit sich, denn in Anwesenheit des Mannes würde Mats sich nicht so schnell beruhigen. Die Mädchen folgten ihnen ins Haus.

»Mats, jetzt krieg dich bitte wieder ein«, sagte Paula ruhig und führte ihn in die große Küche, wo der Duft der am Vortag eingekochten Erdbeermarmelade noch in der Luft hing. Sie setzte sich auf den Stuhl und nahm ihn in die Arme. »Du weißt doch, dass wir alles besprechen können, und das funktioniert nur, wenn du dich beruhigst. Möchtest du einen Schluck Wasser?«

Marie eilte schon zum Wasserhahn. Sie waren ein eingespieltes Team bei Mats' Wutanfällen, die zum Glück immer weniger wurden, je älter er wurde. Im Gegensatz zu früher fruchteten Argumente jetzt zumeist.

»Ich würde gern von dir hören, ob du Herrn Böhnke den Ball wirklich mit Absicht an den Kopf geworfen hast.«

»Hab ich«, schluchzte er. »Weil der gesagt hat, ich soll nicht so rumschreien, wenn er draußen arbeitet. Aber der hat da gar nicht gearbeitet, das hab ich beobachtet. Der hat da nur am Tisch rumgesessen und gar nix gemacht. Und darum bin ich zu ihm hin und hab ihm das gesagt. Und dann hat er gesagt, ich bin ein kleiner Klugscheißer.« Mats schniefte herzhaft. »Da hab ich geworfen.«

»Ach, Schatz.« Paula drückte ihn an sich. »Du darfst niemandem den Ball an den Kopf werfen. Auch nicht, wenn du wütend bist. Wenn man sich über jemanden ärgert, kann man das anders lösen, das weißt du doch. Wir haben schon so oft darüber gesprochen.«

»Man muss darüber reden«, wiederholte Mats wie auswendig gelernt das, was sie ihm immer wieder erklärte. »Aber das fällt mir dann nicht ein!«, begehrte er weinerlich auf. »Da hab ich den Ball ja schon geworfen.«

Paula seufzte. »Das ist das Problem, mein Schatz. Aber es ist ja schon viel besser geworden.« Sie gab ihm einen herzhaften Kuss auf die heiße Stirn. »Und das ist doch toll.« Sie wischte ihm die Tränen von den roten Wangen und hob sein Kinn. »Weil man alles mit Worten klären kann, gehen wir zu Herrn Böhnke, wenn du so weit bist, und dann holen wir deinen Ball.«

»Muss ich ›Entschuldigung‹ zu dem sagen?«

»Natürlich.«

»Aber der hat mir den Ball geklaut. Der muss sich auch bei mir entschuldigen.«

»Boah, Matsi, der muss sich nicht bei dir entschuldigen!«, funkte Marie dazwischen, die mit Lisbeth auf der Eckbank saß und das Gespräch zwischen Mutter und Bruder verfolgte. »Der hat das ja nur gemacht, weil du ihm den Ball an den Kopf geballert hast. Wenn du das nicht getan hättest, hätte er ihn dir auch nicht geklaut. Capito?« Sie patschte sich an die Stirn.

»Jetzt werden wir erst einmal gemeinsam die Einkäufe verstauen. Im Fahrradkorb ist auch noch eine Einkaufstasche«, lenkte Paula ab und streifte den schweren Rucksack von den Schultern. »Hatte Ratatouille schon sein zweites Frühstück?«, fragte sie ihren Sohn, der für die Ratte zuständig war, da sich Paula und Marie die Versorgung für Boomer und Mr. Stringer teilten. Anscheinend nicht, denn er flitzte die Treppe in sein Zimmer hinauf.

»Bring ihn mit runter, wenn er satt ist«, rief sie ihm hinterher. Seit Ratatouilles Gefährte Feivel vor vier Wochen tot im Käfig gelegen hatte – im gesegneten Rattenalter von fast dreieinhalb Jahren –, hatte sie ständig ein schlechtes Gewissen. Es war einfach nicht artgerecht, eine Ratte allein zu halten.

Im nächsten Moment stutzte sie und sah die Mädchen an. »Hört ihr das auch?«

Im Obergeschoss pfiff jemand eine Melodie, und es war eindeutig nicht Mats.

»Ach, das ist die Putzfrau«, sagte Marie und machte Platz für Mr. Stringer, der in die Küche getappt kam und mit einem Satz auf die Eckbank sprang.

Paula starrte sie an. »Die was?«

»Die Putzfrau.«

»Ich habe dich schon verstanden, aber wir haben keine Putzfrau.« Ungläubig fügte sie hinzu: »Ihr lasst einfach fremde Leute ins Haus?«

»Nee, die hat einen Schlüssel«, sagte Marie.

Paula eilte die Treppe hinauf. Die Tür zu Mats' Zimmer, das er sich mit Lisbeth teilte, stand offen. Er hielt die Futtertüte in Händen und sprach auf die Ratte ein, die im Käfig auf ein Leckerli wartete. Paula ging vorbei und folgte dem vergnügten Pfeifen bis in ihr Schlafzimmer. »Guten Tag«, sagte sie reserviert. Eine kleine, mollige Frau um die fünfzig war dabei, das weit geöffnete Sprossenfenster zu putzen. »Wer sind Sie, bitte?«

»Ah!« Die Frau strahlte sie an. »Die Mama! So hübsch wie die Kinder.« Sie warf den Lappen in den Eimer, wischte die Hände an ihren Hüften ab und trat vor. »Guten Tag. Bin ich Danka Mazur.«

»Guten Tag.« Paula war immer noch verwirrt, als sie die dargebotene, noch leicht feuchte Hand ergriff. »Ich bin Paula Ahmling. Und Sie sind die Haushaltshilfe von Dr. Konradi?«, hakte sie nach.

»Ja, ich bin.«

»Ich freue mich, Sie kennenzulernen, Frau Mazur, aber wie es aussieht, hat Dr. Konradi vergessen, Ihnen zu sagen, dass wir hier für ein Jahr wohnen. Und ich werde selbst putzen.«

Danka Mazur winkte ab. »Doktor hat erzählt mir. Du nix putzen. Ich putzen wie immer.« Fröhlich dreinblickend fügte sie hinzu: »Du kannst sagen Danka. Ich sage Paula. Das einfach.«

Das Duzen war nicht Paulas Problem. »Nun«, sie wand sich ein wenig, »ehrlich gesagt kann ich mir eine Haushaltshilfe nicht leisten. Darum …«

Danka fiel ihr auflachend ins Wort. »Du musst bezahlen nix. Macht Doktor. Hat gesagt, ich soll kommen wie immer zweimal in Woche.«

Paulas Augenbrauen spannten sich wieder. »Frau Mazur … Danka«, verbesserte sie sich und sagte ruhig, aber bestimmt: »Dr. Konradi ist ein furchtbar netter Mensch, aber haben Sie bitte Verständnis dafür, das möchte ich nicht auch noch annehmen. Ich werde heute mit ihm telefonieren und das klären.«

Der guten Laune der Putzhilfe tat dieser Entschluss keinen Abbruch. »Doktor wird sagen, dass du keine Abwehr hast für seine Entscheidung. Weiß ich, kenn ich Doktor. Ich Freitag wiederkomme.«

Paula gab für den Moment auf. »Wenn Sie nachher unten

sind, schreiben Sie mir doch bitte Ihre Telefonnummer auf, Danka. Ich melde mich dann bei Ihnen.«

Als Paula wieder in der Küche war, stand Ratatouille auf dem Küchentisch. Er hielt ein Stückchen Honigmelone in den winzigen Pfoten, das Mats anscheinend aus der von ihr mitgebrachten Frucht herausgeschnitten hatte, denn die lag massakriert auf der Spülablage. Paula zog das riesige Fleischmesser, das in der Melone steckte, heraus. »Ich freue mich, dass ihr den Korb reingeholt habt«, sagte sie, »aber bitte lass mich nächstes Mal die Melone schneiden, Mats. Ich mag dich am liebsten mit zehn Fingern. Ich darf gar nicht darüber nachdenken, was passiert wäre, wenn du mit der Schneide von der harten Schale abgerutscht wärst.«

Ob er sie gehört hatte, war nicht klar, denn er sagte: »Können wir jetzt den Ball holen?«

»Du und dein Ball«, sagte Paula lächelnd. Sie war mehr als dankbar, dass Mats kein Stubenhocker, sondern ein Draußenkind war.

Als alle Lebensmittel verstaut waren, ging Paula ins Esszimmer und sah hinaus. Richard Böhnke saß auf Henriks Terrasse am Tisch, vor sich eine manuelle Schreibmaschine, die ihr vorhin gar nicht aufgefallen war. Mitleid für ihren Sohn überfiel sie, denn Richard Böhnke starrte Löcher in die Luft. Kein Wunder, dass Mats gedacht hatte, dass er nichts tat. Nachzudenken gehörte für Mats nicht in die Kategorie »Arbeit«.

»Komm, mein Schatz«, rief sie Richtung Flur, wo Mats sich rumdrückte, nachdem er Ratatouille zurück in den Käfig gesperrt hatte. »Je eher daran, je eher davon.« Einer der Lieblingssprüche ihrer Mutter.

»Mats möchte sich gern bei Ihnen entschuldigen«, baute sie für ihren Sohn eine Brücke, als sie gleich darauf vor Richard Böhnke standen.

Er musterte sie beide. »Das freut mich.«

Dann sag das mal deinem Gesicht, dachte Paula mit Blick auf seine mürrische Miene, doch sie behielt ihr freundliches Lächeln bei und drückte Mats mit der Hand leicht nach vorn.

»Entschuldigung«, kam es leise über die Jungenlippen.

»Es heißt: *Ich bitte* um Entschuldigung. Denn *ent*schuldigen kann nur der Geschädigte, nicht der Verursacher. Aber was rede ich …« Richard Böhnke nickte Mats zu. »Ist okay. Du kriegst den Ball morgen wieder.«

»Morgen?«, rief Mats entrüstet aus. »Aber ich hab mich doch entschuldigt!«

Böhnke nickte. »Der Deal war, dass du das tust und den Ball morgen wiederbekommst.«

Mats lief rot an. »Sie sind ein …«

Paula gelang es gerade noch, ihre Hand auf seinen Mund zu drücken. »Du willst doch nicht, dass der Ball eine Woche lang im Nachbarhaus schmort?«, fragte sie, obwohl ihr selbst auch ein passendes Wort für Richard Böhnke eingefallen wäre.

Mats riss sich los und rannte schimpfend zurück ins Haus. »Erwachsene sind scheiße«, war dabei noch eine der harmloseren Bemerkungen.

»Sie hätten nett sein können«, wandte Paula sich an Richard Böhnke.

»Ich bin nett. Diese kleine Lektion schadet Ihrem Sohn nicht. Im Gegenteil. Beim nächsten Mal überlegt er sich vielleicht vorher, ob er jemandem einen Ball ins Gesicht wirft.«

»Einen schönen Tag für Sie«, sagte Paula und wandte sich ab, wurde dann aber zurückgehalten. Von Henrik Kock, der in der Terrassentür stand.

»Paula! Habe ich doch richtig gehört.«

Sie wandte sich um. Er strahlte sie an, und ihr Solarplexus flatterte. »Hallo.«

»Ich wäre sonst noch rübergekommen«, sagte er und trat näher. »Ich möchte dich einladen. Heute Abend erwarten Richard und ich zwei, drei Gäste. Komm doch auch dazu, wenn du das mit deinen Kindern hinkriegst.«

»Das ist wirklich nett, aber nein, das geht nicht. Ich kann die Kinder nicht allein lassen.«

»Es sind doch nur ein paar Meter«, blieb Henrik hartnäckig. »Du könntest ja immer mal gucken gehen.«

Das Nein tänzelte erneut auf ihrer Zunge, doch Paula hörte sich sagen: »An welche Uhrzeit hast du gedacht?«

»Neunzehn Uhr dreißig. Rich und ich kochen.«

Paula sah zu Richard, der schweigend dasaß und anscheinend auch nicht vorhatte, das zu ändern.

»Also gut«, wandte Paula sich an Henrik. »Ich bin dabei.«

Auf dem Rückweg zu ihrer Haushälfte war sie von einer Vorfreude erfüllt, als hätte sie eine Weltreise gebucht.

***

Der Kleiderschrankspiegel im Schlafzimmer zeigte, dass sie so losgehen konnte. Paula hatte überlegt, was sie anziehen sollte, und sich letztlich für ein cremefarbenes Sommerkleid mit Blütendekor entschieden. Halbhohe cremefarbene Sandalen komplettierten das Outfit. Die Pigmentstörung unterhalb ihres rechten Knies fiel durch die Sommerbräune ein wenig mehr ins Auge, die kleinen Besenreiser an den Innenseiten der Waden hingegen weniger. Viel auffälliger war aber das Lächeln, das auf ihren Lippen lag und mit dieser Erkenntnis sofort verschwand. Doch sie konnte es vor sich selbst nicht leugnen: Ihre Vorfreude, einen Abend mit Henrik Kock zu verbringen, ließ sich nicht wegdenken.

Paula setzte sich auf das Doppelbett aus Kirschholz. Auf welcher Seite hatte wohl Gudrun Konradi geschlafen? Bezogen waren beide Hälften, genauso wie sie es in ihrem Bett im Pastorat hielt. Auch Manfred Konradi musste sich jetzt daran gewöhnen, dass seine Finger keine Hand mehr fanden. Da, wo leises Atmen gewesen war, vielleicht auch ein Räuspern oder ein leises Schnarchen, war nun Stille.

Mit einem Seufzer öffnete sie die Nachttischschublade. Neben dem Wecker, der sein Dasein dort fristete, weil sie das Ticken in der nächtlichen Lautlosigkeit nicht ertrug, lag das abgegriffene Foto, das sie letztlich nach Föhr gebracht hatte. Sie nahm es heraus und betrachtete den kleinen braunhaarigen Jungen, der neben seiner Großmutter auf einer Bank unter einem knorrigen Apfelbaum saß. Dass er in die Kamera strahlte, offenbarte nur ein genaues Hinsehen, denn der Fotograf hatte wohl vor allem die alte Reetdachkate einfangen wollen, vor der sich Margeriten und rote Rosen von der weiß getünchten Hauswand abhoben. Den grünen Hintergrund bildete ein Deich, auf dem Schafe das kurze Gras knusperten.

»Ich weiß nicht, wann ich anfangen kann, Tom, und ich weiß vor allem nicht, *wie* ich anfangen soll«, sprach sie mit dem kleinen Jungen. »Es erschien alles so greifbar, als Dr. Konradi mir dieses tolle Haus anbot, aber«, sie lachte unfroh auf, »es wird ja nicht einfacher, wenn man von einer Insel starten muss.« Heiß schossen ihr die Tränen in die Augen. »Ich wünschte, du wärst hier. Vielleicht kannst du uns ja ein wenig himmlische Hilfe schicken?«

Ihr Blick wanderte von dem kleinen Tom zu dem gerahmten Foto auf dem Nachttisch. Eng umschlungen lachten Tom und sie in die Kamera. Das Foto hatte Marie ein Jahr vor seinem Tod aufgenommen. Die Füße waren abgeschnitten, aber Paula liebte diese Aufnahme, weil sie zeigte, wie glücklich sie gewesen waren. Mats hatte als einziges der Kinder Toms braunes Haar geerbt, die Mädchen waren beide blond. Aber Toms braune Augen hatte wiederum nur Lisbeth. Paula nahm den Rahmen in die Hand und strich zart über den Männerkopf. »Wir vermissen dich so.«

Mit einem Seufzer stellte sie das Bild auf den Nachttisch und legte das alte Foto in die Schublade zurück. Der Wecker mahnte mit der Uhrzeit. Sie musste los, wenn sie pünktlich sein wollte, doch etwas, das sich nicht gut anfühlte, hielt sie auf dem Bett zurück.

Sie sah wieder zum Bild.

»Ja, natürlich weiß ich, was wir beide als Pastor und Pastorin einer anderen Frau gesagt hätten, wenn sie in meiner Lage gewesen wäre. *Fünf Jahre sind eine lange Zeit. Wenden Sie sich wieder dem Leben zu, wenn der Zeitpunkt für Sie gekommen ist. Das schmälert nicht die Erinnerung an Ihren Mann und schon gar nicht Ihre Liebe für ihn.* Und im umgekehrten Fall hätte ich mir für dich so sehr gewünscht, dass du wieder glücklich wirst, aber …«

Ja, was war das Aber? Es war einfach so, dass der Gedanke an Henrik Kock ihr Gewissen aktivierte.

»Mama!«, erklang von unten Maries Stimme. »Musst du nicht los?«

Paula stand auf. »Ich komme.«

»Das Kleid steht dir toll«, meinte Marie, als Paula das Wohnzimmer betrat. »Heidi Klum hätte heute ein Foto für dich.«

»Oh, danke!«, freute Paula sich über das Kompliment. »Noch eine halbe Stunde«, wandte sie sich an Mats und Lisbeth, die auf dem Ledersofa saßen, auf einer Decke, die Paula daraufgelegt hatte, weil sie ständig in der Angst lebte, die Kinder könnten das edle Mobiliar beflecken. Ausnahmsweise durften die beiden vor dem Zu-Bett-Gehen noch eine Folge »Paw Patrol« gucken. Für die Kindersendung war Mats, wie er ständig behauptete, eigentlich schon viel zu groß, und er tat immer sehr gnädig, wenn Lisbeth eine Folge mit ihm gucken wollte, doch Paula wusste, dass er es im Stillen genoss. »Dann bringt Marie euch zu Bett, und ihr tut, was sie sagt. Versprochen?«

»Und wenn sie sagt, dass wir uns die Ohren abschneiden sollen?«, fragte Mats und fügte schnell hinzu, als er Paulas Miene richtig deutete: »Jaja, wir hören auf Marie. Aber wenn ich groß bin, bin ich der Bestimmer, und alle hören auf mich.«

»Wenn du groß bist, bin ich schon Model und hänge in Mailand oder New York ab«, meinte Marie, die dabei war, sich auf dem Stressless-Sessel die Fußnägel anzumalen. »Aber Libby kannst du dann rumkommandieren.«

»Leg dir bitte was unter die Füße«, ermahnte Paula ihre Große. »Sonst geht deine erste Modelgage für einen neuen Sessel für Dr. Konradi drauf.«

»Ich mach gar nicht, was du sagst«, bekam Mats von Lisbeth sein Fett weg, obwohl sie zum Fernseher sah.

Paula seufzte. »Kann ich denn jetzt gehen?«

Keiner sah sie an, aber alle nickten. Marie griff sich die

»Harper's Bazaar«, die sie sich von ihrem Taschengeld gekauft hatte, legte sie unter den Fuß und lackierte weiter. Dann sah sie kurz auf. »Viel Spaß, Mama.«

»Danke, mein Schatz.«

Paula ging in die Küche und nahm die Flasche Weißwein, die sie extra gekauft hatte, weil sie sich nicht aus Dr. Konradis Weinkühlschrank bedienen wollte. Vor dem Flurspiegel musterte sie sich noch einmal. Sie war kein eitler Mensch, aber heute mochte sie es, dass ihr sattblondes Haar einen schönen Kontrast zu ihrer sonnengebräunten Haut bildete. Kurz hatte sie überlegt, ihr Haar offen zu tragen, doch die lange Mähne gefiel ihr zum Zopf gebändigt einfach besser. Sie lächelte sich im Spiegel an. Ihre Augen leuchteten wie lange nicht mehr.

»Mein Handy ist auf laut gestellt, falls was ist«, rief sie ins Wohnzimmer und öffnete die schwere Haustür.

»Wie du bereits hundertmal sagtest«, lautete Maries Antwort.

Paula klingelte nebenan und dankte Henrik für die Einladung, als er ihr die Tür öffnete und sie herzlich begrüßte. Sie reichte ihm den Wein. »Ein kleines Mitbringsel.«

»Super, danke, ich stelle ihn kalt.« Er deutete den Flur entlang zu einer offen stehenden Tür. »Rich ist im Wohnzimmer. Ich brauche noch ein paar Minuten in der Küche.«

Paula gefiel, dass er sich ein kariertes Geschirrhandtuch als Schürzenersatz in den Bund seiner Jeans gesteckt hatte. Er war so natürlich und unkompliziert, dass sie sich gleich wohlfühlte. »Kann ich noch was helfen?«, bot sie an.

»Nein, lass dir von Rich einen Wein einschenken. Ich bin gleich bei euch. Es kommt auch nur noch ein weiterer Gast, meine Schwester. Die anderen beiden, ein Freund von mir und seine Frau, haben abgesagt. Anscheinend ein akutes Magen-Darm-Problem.« Er verzerrte die Lippen, dann verschwand er mit einem Winken in die Küche, aus der es unglaublich lecker und würzig duftete.

Paula ließ den Blick über die blau gerahmten Bilder an der Flurwand schweifen, während sie langsam die offen stehende

Tür ansteuerte. Henrik hatte ein Faible für maritime Motive, insbesondere für Segelschiffe.

»Hallo«, sagte sie, als sie das kombinierte Wohn- und Esszimmer betrat, in dem ein imposanter Kachelofen mit Sitzbank der Hingucker war.

Richard Böhnke stand am Tisch und war dabei, ein Weinglas zu befüllen. Entgegen der erwarteten ruppigen Erwiderung kam ein gut gelauntes »Hallo, Paula«. Er drückte ihr das beschlagene Glas in die Hand und griff zu einem Bierglas. »Wir sollten in Sachen Nachbarschaft noch mal anfangen.« Er hob sein Glas. »Ich bin Richard.« Er stieß gegen ihr Glas und trank.

Paula war so perplex, dass ihr nichts dazu einfiel. Was war mit Rübezahl passiert?

»Da liegt übrigens der Ball.« Richard deutete über ihre Schulter auf ein Sideboard in heller Eiche. »Wenn du später zu deinen Kindern schaust, kannst du ihn ja gleich mit rübernehmen.«

»Prima, danke.« Paula wusste nicht, was sie von dieser plötzlichen Freundlichkeit halten sollte. Eine unangenehme Gesprächspause trat ein, und Paula war dankbar, als es klingelte.

»Das ist Henriks Schwester Lena«, sagte Richard. »Sie ist Flugbegleiterin, daher wird es wahrscheinlich ein kurzweiliger Abend, denn sie hat immer etliche Anekdoten im Gepäck.« Als zwei weibliche Stimmen zu hören waren, fügte er hinzu: »Anscheinend hat sie ihre Freundin Dorle mitgebracht.«

»Hallo, zusammen«, erklang gleich darauf eine fröhliche, ungewohnt dunkle Frauenstimme hinter ihnen.

Paula wandte sich um und wurde von einer großen Blondine angelächelt, deren Ähnlichkeit mit Henrik unverkennbar war. Dann änderte sich der Gesichtsausdruck der Mittdreißigerin.

»Große Güte, Rich! Du siehst grauenhaft aus. Machst du immer noch dieses Blockade-Haar-Dings?« In wenigen Schritten war sie bei ihm und zog nicht gerade zaghaft an seinem Wuschelbart. Sein »Au!« beeindruckte sie nicht. »Dir ist schon bewusst, dass das unter Zwangshandlung fällt, oder?«

Sie zupfte gleichzeitig an Kopf- und Barthaar, dann drückte sie ihre roséfarben geschminkten Lippen zu Paulas Erstaunen auf Richards Mund, und gar nicht mal so kurz. So widerwärtig schien der Bart also doch nicht zu sein.

»Hallo, ich bin Lena Kock, Henriks Schwester«, wurde Paula schließlich begrüßt. »Und du bist die Pastorin, die nebenan eingezogen ist. Wo sind die Kiddies?« Sie sah sich um.

Paula fühlte sich ein wenig überfahren. »Du bist ja bestens informiert.« Sie reichte Lena die Hand. »Paula Ahmling … Und meine Kinder sind zu Hause.«

»Ach, schade. Ich liebe Kinder.«

Dann berichtete Lena Richard etwas über einen gemeinsamen Bekannten, und Paula nutzte die Zeit, um sich umzusehen. Das Mobiliar war nordisch kühl gehalten, und es gab wenig Nippes und für Paulas Geschmack eindeutig zu wenig Kissen und Decken. Eine komplette Wand bestand aus hellen Regalen, die bis unter die Decke mit Büchern gefüllt waren. Paula ging hin und las einige Titel. Es waren ein paar schöne Stücke aus dem Antiquariat dabei.

»Wie in einer Buchhandlung, nicht?«, erklang eine weitere Frauenstimme neben ihr. »Henrik ist ein Bücherwurm.«

Paula wandte sich um und spürte einen kleinen Stich. Eine rotblonde Frau, vielleicht Ende zwanzig, hatte ihren Arm um Henriks Taille gelegt.

Henrik stellte ihr Dorle Petersen als Freundin von Lena vor. Dann deutete er auf die Bücherwand. »Ich weiß ja nicht, ob du Krimis und Thriller magst, Paula. Falls ja, darfst du dich jederzeit gern bedienen.«

»Mein Kater heißt nicht umsonst Mr. Stringer«, sagte sie mit einem Lachen.

»Was für ein witziger Name«, meinte Dorle. »Aber was hat er mit Krimis zu tun?«

»Damit wäre dann klar«, schaltete Richard sich ein, »dass du kein Miss-Marple-Fan bist, Dorle.«

»Ach, diese hässliche alte Detektivin aus den Schwarz-Weiß-

Filmen?« Dorle lächelte. »Dann hatte die also einen Kater, der so hieß?«

Richard sah Paula an. »Sie hat keine Antwort verdient, oder?«

Innerlich gab Paula ihm recht. Wie konnte man die geniale Margaret Rutherford als hässlich bezeichnen? Und wie konnte man nicht wissen, wer Mr. Stringer war? Aber es konnte ja nicht jeder ihre Vorliebe für Krimis teilen. Darum klärte sie Dorle auf. »Mr. Stringer ist der gute Freund von Miss Marple. Ein alter Herr, der ihr bei ihren Mordrecherchen hilfreich zur Seite steht. Zumindest im Film. In den Büchern von Agatha Christie kommt er nicht vor.«

»Ach so.«

»Schau mal, Paula.« Henrik zog ein Buch aus der Regalmitte. »*Lady Audley's Secret*. Inhaltlich nicht mein Favorit, aber es ist trotzdem das Schmuckstück meiner Büchersammlung. Eine Erstausgabe von 1862. Ich habe sie bei einem London-Trip auf dem Petticoat Lane Market entdeckt. Und weißt du, was ich dafür bezahlt habe? Grandiose drei Pfund.«

Bevor Paula das Buch nehmen konnte, hatte Dorle ihm den Krimi schon aus der Hand gezogen, allerdings mit einem Gesichtsausdruck, als hätte das Buch die Pocken. »Puh, ja ...«, sie blätterte kurz mit spitzen Fingern darin. »Ein altes Buch eben. In dem wer weiß wer geblättert hat, mit Fingern, an denen wer weiß was gehaftet haben könnte.« Sie reichte es Paula. »Ich lese nur neue Bücher. Aber meistens guck ich Netflix.«

Als sie ihren Arm wieder um Henrik legen wollte, trat er einen Schritt zurück und sagte: »Rich, hilfst du mir in der Küche? Ihr Ladys legt bitte noch ein Gedeck auf, dann geht es gleich mit der Vorspeise los.«

Während Lena Teller, Besteck und eine Leinenserviette mit Hummermotiv für Dorle auf dem Tisch arrangierte, wurde Paula von den beiden ungeniert ausgefragt. So wussten die Frauen nun, dass sie seit zwei Wochen neununddreißig Jahre alt und ihre Haarfarbe echt war. Die nachfolgenden Tischgespräche waren lebhaft, und Paula erfuhr, dass Henrik Immobilienmakler war und größtenteils im Homeoffice arbeitete, aber auch ein Büro in der Wyker Mittelstraße hatte. Richard hatte Politikwissenschaften und Neuere Geschichte studiert, bevor es ihn journalistisch in die weite Welt gezogen hatte. Seine kleine Wohnung in Rostock nutzte er laut eigener Angabe nur selten. Dass die beiden Männer sich als Dreizehnjährige bei einem Pfadfinderlager in Dänemark kennengelernt hatten und ihre dort entstandene Freundschaft immer enger geworden war, je älter sie wurden, erschien Paula unglaublich.

»Obwohl ihr in zwei verschiedenen Pfadi-Gruppen wart, habt ihr euch dort gefunden und nicht wieder verloren? Das ist ungewöhnlich und wirklich schön.«

»Er rennt mir einfach immer hinterher«, sagte Henrik launig, und alle lachten. Inklusive Richard.

Auch Paula erntete Gelächter, als sie von ihrem Telefonat mit Dr. Konradi berichtete. Sie hatte ihn gebeten, Danka Mazur zu sagen, dass sie die Hilfe der Reinigungskraft nicht benötigte. Letztendlich hatte er nicht nur das konsequent abgelehnt, sondern ihr zudem mitgeteilt, dass einmal im Monat auch noch ein Gärtner kam.

Das Essen schmeckte mehr als lecker. Richard war für die Vorspeise zuständig gewesen und hatte es sich einfach gemacht: Schinken auf Melone. Henrik hingegen hatte sich beim Kochen des Hauptgerichts selbst übertroffen. Das zarte Rinderfilet im Parmesankörbchen mit dem Lauch-Kartoffel-Gratin war ein Gedicht. Nach dem Dessert, einem fruchtigen Himbeersorbet, mit dem Richard gepunktet hatte, stand Paula auf.

»Ich bin gleich wieder da. Ich möchte kurz nach den Kindern schauen.« Marie hatte schon zwei WhatsApp-Nachrichten geschickt – im Auftrag von Mats, der unbedingt wissen wollte, was es zu essen gab.

Als sie zurückkam, war der Esstisch abgeräumt. Henrik führte sie nach draußen, wo die anderen bereits in Loungesesseln aus Outdoorgeflecht um einen passenden Tisch auf der Terrasse saßen. Das Weißweinglas an ihrem Platz war wieder gefüllt. Sie beschloss, es unangetastet zu lassen, denn sie trank selten Alkohol und merkte die anderthalb Gläser, die sie zum Essen gehabt hatte.

»Na, sind alle im Bett?«, hakte Lena nach.

»Die Kleinen schlafen tatsächlich schon. Marie natürlich noch nicht. Sie ist fünfzehn.« Obwohl sie es leicht dahingesagt hatte, verspürte Paula Stolz und Freude. Sie hatte tolle Kinder.

»Dann setz dich schnell«, meinte Lena. »Wir sind dabei herauszufinden, was wir schon immer tun oder haben wollten, aber nie getan oder gekriegt haben.«

»Der erste Beitrag war von mir«, sagte Henrik. »Ich möchte unbedingt mal einen Lindy-Hop-Kurs mitmachen. Ich hoffe, dass die VHS irgendwann einen anbietet, weil ich unmöglich ständig aufs Festland fahren kann.«

Paula entschied, ehrlich zu sein, auch wenn sie sich womöglich blamierte. »Ich habe keine Ahnung, was Lindy Hop ist.«

»Der Vorläufer des Swing«, klärte Henrik sie auf. »Ich tanze total gern.«

»Das erklärt, warum ich es nicht kenne«, meinte Paula. »Ich kann nicht tanzen.«

»Jeder kann tanzen«, behauptete Lena, ging aber nicht weiter darauf ein. »Ich wollte immer einen Hund haben, aber unsere Eltern waren dagegen. Jetzt bin ich lange erwachsen und habe einen Job, den ich liebe, der aber nicht zulässt, dass ich einen Hund halten kann. Ein Dilemma, für das ich keine Lösung sehe.«

»Das ist wirklich schade«, antwortete Paula. »Aber aus Erfahrung kann ich sagen, dass man für einen Hund wirklich Zeit braucht. Unser Boomer ist …«

»Ihr habt einen Hund?«, fiel Lena ihr begeistert ins Wort. »Wie toll ist das denn? Können Rich und ich ihn uns morgen mal ausleihen?« Sie griff nach Richards Hand. »Was hältst du von einem langen Strandspaziergang?«

»Wenn du Spaß dran hast«, meinte er.

Lief da was zwischen den beiden? Paula war sich nicht sicher, aber da Lena ihre Hand nicht zurücknahm und Richard keine Anstalten machte, ihr seine zu entziehen, lag sie vielleicht richtig, insbesondere, da der Begrüßungskuss auch nicht gerade platonisch gewesen war.

»Ich möchte gern heiraten«, sagte Dorle.

»Was?« Lena sah sie verwirrt an.

Dorle verdrehte die Augen. »Wir machen doch das Ding mit dem, was man gerne möchte. *Ich* möchte gern heiraten. In meiner Tracht«, fügte sie hinzu.

Henrik bekam dabei einen Augenaufschlag zugeworfen, der eindeutiger nicht hätte sein können. Doch er ging weder auf Dorles Blick noch auf das Gesagte ein. Todernst äußerte er: »Ich möchte General Vormbeck mit Vornamen ansprechen dürfen.«

Schallendes Gelächter war die Antwort. Und so ging es eine Weile hin und her. Spaßiges und Ernstes hielt sich die Waage.

»Ich wollte immer meinen Zopf abschneiden«, bekannte Paula, nachdem alle anderen sich schon mehrfach geoutet hatten. »Aber immer wenn ich beim Friseur sitze, verlässt mich der Mut.«

»Ich biete mich an«, sagte Richard. »Man reiche mir eine Schere.«

Alle lachten, auch Paula, insbesondere, nachdem Henrik trocken anmerkte: »Fang bei dir selbst an, Chewbacca.«

Als es dämmerte, entzündete Henrik zusätzlich zu den Solarlampen, die im Garten verteilt waren, Kerzen.

»Was für ein herrlicher lauer Sommerabend.« Paula blickte Richtung Nordsee. »Kann man das Meer hören, wenn wir alle ruhig sind?«

Alle schwiegen und lauschten. War das die Brandung? Paula war sich nicht sicher, aber es war einfach schön, ruhig dazusitzen und sich auf die vermeintliche Stille zu konzentrieren. Irgendwo flatterte etwas. Vielleicht eine Fledermaus? Ein leises Surren verkündete, dass der Kerzenschein die Mücken anlockte. In der Ferne gab es weiteres Licht. Das kontinuierliche Aufleuchten stammte vom Amrumer Leuchtturm. Wie wunderbar und erlösend musste der Schein früher für die Föhrer Seeleute gewesen sein, wenn sie vom Walfang in Grönland nach Hause kamen. Kein elektronisches Licht, sondern Petroleumlampen hatten für eine sichere Heimkehr gesorgt.

Ein Klatschen und Lenas Ausruf »Mistvolk!« holten Paula aus der Seefahrerromantik. »Das Viech hat mich gestochen.« Lena wischte über ihren nackten Oberarm.

Der große Bruder zeigte wenig Mitleid. »Zieh dir was über.«

Lena scheuerte weiter und sah Paula an. »Kannst du mir erklären, warum Noah diese Viecher mit auf die Arche genommen hat? Die sind ja nun wirklich zu nichts nütze.«

Paula lachte. »Mücken können fliegen, Noah hatte keine Chance, sie abzuweisen.« Ernster setzte sie hinzu: »Sie sind wirklich wahre Plagegeister, aber ich betrachte die Arche als Sinnbild für das Ökosystem, und darin hat alles seinen Platz und seine Aufgabe.«

»Und sei es nur als Teil der Nahrungskette«, stimmte Henrik ihr zu. »Manchmal wünschte ich, wir wären nicht deren Ende, sondern hätten jemand Stärkeren über uns, der uns unsere Grenzen aufzeigt.«

»Tatsächlich denke ich, dass wir etwas unglaublich Starkes in uns selbst haben, das uns täglich auf unsere Grenzen hinweist«, sagte Paula ruhig. »Unser Gewissen.« Mit einem Lächeln fügte sie an: »Wir ignorieren es allerdings nur zu gern.«

Dorle hatte anscheinend keine Lust auf Grundsatzdiskussionen, denn sie würgte Richard, der zum Sprechen ansetzte, ab und wandte sich zusammenhanglos an Paula. »Du hast bis jetzt nur das mit dem Zopf gesagt. Was würdest du noch gern tun?«

Lag es an dem doch noch geleerten weiteren Glas Wein? Oder an der Dämmerung, in der die Gesichter nicht mehr klar zu erkennen waren? Paula war sich im Nachhinein nicht sicher, warum sie vier fast völlig fremden Menschen verriet, was ihr Innerstes bewegte. »Ich möchte ein Haus finden. Ein ganz bestimmtes Haus.«

»Was denn für ein Haus?«, fragte Lena, als sie nicht weitersprach.

Paula gab sich einen Ruck. »Tom, mein verstorbener Mann,

und ich … wir haben vor fünf Jahren geplant, die Sommerferien zu nutzen, um das Haus seiner verstorbenen Großmutter zu finden, von dem es nur ein Foto gibt. Es ist eine alte Reetdachkate, die sehr malerisch vor einem Deich irgendwo an der Nordseeküste steht.«

»Wo genau?«, hakte Henrik nach.

»Das ist die Frage«, antwortete Paula. »Tom war zuletzt als Fünfjähriger dort und konnte sich nicht daran erinnern. Mein Mann hatte eine tragische Kindheit, die ich hier und jetzt nicht wiedergeben möchte, aber Fakt ist, dass es keinerlei Unterlagen zu seiner Großmutter und diesem Haus gibt. Wir wollten gemeinsam die Küste entlangreisen, um es zu finden. Es sollte eine Abenteuerreise mit Marie und Mats werden, auf die wir uns alle wahnsinnig gefreut hatten. Nun …«, sie holte tief Luft, »es sollte nie dazu kommen. Tom starb eine Woche vor unserer Abreise an einer Hirnblutung.«

Alle schwiegen betroffen, dann sagte Henrik: »Das tut mir wirklich leid, Paula.«

Sie nickte ihm zu. »Danke. Es war schwer«, fasste sie den mäandernden Schmerz der Jahre in einem Satz zusammen. »Aber jetzt geht es uns gut, und ich bin dankbar, dass Dr. Konradi uns dieses Haus für ein Jahr zur Verfügung gestellt hat. Mein Plan war, in den Ferien von hier aus in Etappen die Nordseeküste zu bereisen, um Toms und mein Vorhaben zu erfüllen. Aber«, sie lachte unfroh auf, »das muss ich leider nach hinten verschieben, denn ich muss zu meiner Schande gestehen, dass ich meinen Führerschein wegen einer nicht geringen Geschwindigkeitsübertretung abgeben musste. Und von den drei Monaten Fahrverbot sind gerade mal zwei Wochen um.«

»Nicht gering« war die Untertreibung des Tages, aber Paula schämte sich immer noch, dass sie auf einem Autobahnabschnitt statt der erlaubten siebzig Stundenkilometer mit fast einhundertfünfzig Kilometern pro Stunde geblitzt worden war. Sie hatte das Geschwindigkeitsbegrenzungsschild schlichtweg übersehen.

»Wenn du ein Foto des Hauses hast, könntest du es doch

bei Instagram oder X einstellen«, riet Lena ihr. »Mit der Bitte, es zu teilen. Die Leute lieben romantische Storys.«

»Lena«, mahnte Henrik.

»Was denn?«, wehrte sie sich. »Es *ist* romantisch, wenn man seinem verstorbenen Mann einen Wunsch erfüllen möchte, oder?« Sie sah in die Runde und blieb bei Paula hängen. »Es war nicht unsensibel gemeint. Dass du deinen Mann verloren hast, tut mir schrecklich leid.«

»Danke, Lena.« Paula nickte ihr zu. »Die Idee mit den sozialen Medien ist Tom und mir natürlich auch gekommen, aber wir wollten das Haus unbedingt selbst entdecken. Es sollte einfach unsere Reise in eine Vergangenheit sein, die ihm viel bedeutet hat.«

»Ein Der-Weg-ist-das-Ziel-Ding«, sagte Richard. »Und das willst du also weiterhin durchziehen?«

»Ja.«

»Du weißt schon, dass es Hunderte von Kilometern Deich sind?«

»Ja. Ich hatte gehofft, in den Sommer- und Herbstferien einen großen Teil davon zu schaffen, aber diese Möglichkeit ist nun durch das Fahrverbot geplatzt. Wir werden also erst in drei Monaten starten können. Dann haben wir immerhin die Wochenenden für unser Abenteuer.«

»Das mit dem Fahrverbot ist natürlich mehr als bedauerlich«, meinte Henrik, »denn ich hätte euch für Teile der Ferien meinen Ford Nugget, einen Camper, anbieten können. Er hat vier Schlafplätze … Die Zeit, euch zu fahren, habe ich leider nicht.«

»Das Wohnmobil in deiner Garage?« Sie lachte ungläubig auf. »Selbst mit Führerschein würde ich mich kaum trauen, mich hinters Steuer zu setzen. Aber herzlichen Dank für das großzügige Angebot. Das ist eine mehr als nette Geste.«

»Du wirst deine Gelegenheit bekommen, das Haus zu suchen«, meinte Henrik mit einem Lächeln. »Da bin ich mir ganz sicher.« Er griff nach der Weinflasche im Kühler und schenkte allen nach.

Paula winkte ab. »Für mich nicht mehr, danke.« Sie nahm ihr Glas in die Hand und trank den letzten kleinen Schluck.

»Ich könnte euch fahren. Ich habe Zeit.«

Paula verschluckte sich und hustete. Sie musste sich verhört haben. Rübezahl hatte sich doch nicht gerade wirklich als Chauffeur angeboten?

Anscheinend doch, denn Henrik stieß ein überraschtes »Was?« aus.

Lena starrte Richard an. »Du willst doch ein Buch schreiben. Du lässt seit Monaten nichts und niemanden an dich heran, und jetzt …« Sie sah zu Paula, dann wieder zu ihm. »Das ist doch wohl ein Witz.«

Richard richtete sich im Korbstuhl auf. »Der Knoten in meinem Hirn begann sich letzte Woche schon zu lockern. Jetzt ist er … nun, ich kann noch nicht sagen, geplatzt, aber kurz davor.« Sein Schemen verriet, dass er sich noch gerader machte. »Ich habe heute eine Seite geschrieben. Ich weiß noch nicht, ob sie so bleibt, aber es ist ein Anfang.«

Es gab die unterschiedlichsten Reaktionen. Ein erleichtertes »Na endlich« von Henrik, einen Glückwunsch von Dorle. Lena applaudierte und rief gen Himmel: »Danke! Nun kommt endlich dieser grauenhafte Fusselbart ab.«

»*So* weit bin ich noch nicht«, nahm er ihr die Hoffnung. »Du weißt doch, ich bin Perfektionist. Halbe und drei viertel Sachen mache ich nicht. Bis ich mir sicher bin, ob ich das Buch so schreibe, wie es mir vorschwebt, wächst der Bart weiter.«

Paula war nun klar, woher seine gute Laune rührte, doch bevor sie etwas sagen konnte, meinte Dorle: »Aber dann hast du doch jetzt gar keine Zeit, den Nugget zu fahren.«

Lena nickte. »Genau.«

»Ihr wisst doch, dass es mich nie lange an einem Ort hält. Und jetzt, wo es endlich Licht am Literaturhimmel gibt, kann jeder Ortswechsel nur Inspiration sein.« Er sah Paula an. »Ich kann dir Folgendes anbieten: Wir fahren einen halben Tag, die andere Hälfte des Tages campieren wir, damit ich schreiben kann.«

Sie hielt seinem Blick im schwachen Kerzenschein stand, ohne zu antworten. War Richard Böhnke der erhoffte Himmelswink? Hatte Tom ihr diesen ungehobelten Menschen geschickt, damit sie und die Kinder ihr Abenteuer doch noch in den Ferien erleben konnten? Ihre Finger tasteten über den Ehering und fühlten der leichten Wölbung des schlichten Golds nach, während sie in sich hineinlauschte. Alles ist gut, hörte sie ihre eigene innere Stimme sagen, auf die sie sich immer verlassen hatte. Richard Böhnke war kein Sympath, aber wenn Gott und Tom der Meinung waren, dass es richtig war, sie zusammen auf Reisen zu schicken …

Sie atmete tief durch. »Nur zur Klarstellung: Es sind nicht nur die Kinder und ich. Boomer wird dabei sein, genauso wie Mr. Stringer und Ratatouille.«

Er schien zu überlegen. Doch im nächsten Moment sagte er: »Ich werde mich zurückziehen, wenn ihr mich nervt. Ich liebe es, in der freien Natur zu schreiben.«

Paula überlegte. Sie würden ihn ständig nerven, da machte sie sich keine Illusionen. Das bedeutete, dass sie ihn kaum zu Gesicht bekommen würden in der Zeit, in der er nicht als ihr Chauffeur agierte. Mit dem Gefühl ungeheuren Wagemuts sagte sie: »Abgemacht.«

»Das ist doch purer Unsinn.« Lenas Stimme klang leicht schrill. »Unüberlegt ist das alles. Es gibt nur vier Schlafplätze im Camper.« Sie sah Richard an. »Wo willst du denn schlafen?«

Paulas Abenteuerlust ging die Luft aus. Lena hatte völlig recht. Sie würden schon am Tag eng aufeinanderhocken, und sie und die Kinder konnten unmöglich mit einem fremden Mann zusammen in einem Wohnmobil übernachten.

»Familie Ahmling schläft samt Zoo im Camper«, antwortete Richard, als wäre es das Selbstverständlichste auf der Welt. »Ich im Zelt.« Sein Blick wechselte zu Paula. »Wann starten wir?«

Drei

Mit dem Wind im Rücken kommt man voran.

»Ist es das, wofür ich es halte?« Richard Böhnke blickte ungläubig auf die Plastikkiste, die Paula als Letztes in den grauen Ford Nugget schob.

Sie nickte. »Ohne sein eigenes Klo geht bei Mr. Stringer gar nichts.« Paula klemmte das mit frischer Streu befüllte Katzenklo zwischen eine Kühlbox und Richards Igluzelt, damit es während der Fahrt nicht hin und her rutschte.

»Kann er nicht draußen kacken?«, fragte Richard ungläubig. »Wir haben eh schon so wenig Platz hier drinnen.«

»Nein, das kann er nicht, denn er ist eine Diva.« Paula grinste Richard an. »Noch Fragen?«

»Tausende«, brummte er. »Aber ich möchte die Antworten, glaube ich, nicht hören.« Kopfschüttelnd schloss er die Flügeltüren des Campers, nachdem Paula auf seine Frage »Ist nun endlich alles drinnen?« genickt hatte. Der Ford war bis auf die letzte Lücke gefüllt mit Reisetaschen, Bettzeug, Kinderspielzeug, Maries Gitarre, Katze, Hund und Proviant.

Richard stieg auf der Fahrerseite ein, die Kinder saßen angeschnallt und bereit zur Abreise auf der Rückbank.

Paula trat zu Henrik. Er hatte beim Beladen geholfen und schwenkte leicht den Rattenkäfig in seiner rechten Hand. »Ratatouille und ich wünschen euch viel Spaß.«

Paula seufzte. »Danke! Vor allem dafür, dass du dich um Ratatouille kümmerst.« Sie hatten alles versucht, aber für den Rattenkäfig war einfach kein Platz mehr im Wagen gewesen. Der Ford Nugget Plus bot zwar fünf Sitz- und vier bequeme Schlafplätze, aber der Stauraum war dann doch schnell erschöpft gewesen mit dem Gepäck von zwei Erwachsenen und drei Kindern samt Haustieren.

Henrik hob den Käfig. »Er ist doch pflegeleicht. Außerdem kann er mir beim Kochen helfen.«

Paula lachte laut heraus.

Henrik stimmte mit ein, dann sagte er: »Du bist aufgeregt, nicht wahr? Deine Wangen … sie sind ganz rot.« Er hob die Hand, hielt aber in der Bewegung inne und zog sie zurück.

Paula atmete tief durch. Ihre Wangen waren tatsächlich heiß vor Aufregung, und die Vorstellung, Henrik würde sie berühren, war einfach zu viel.

»Ich bin dir so dankbar«, sagte sie und strahlte ihn an. »Ich kann immer noch nicht glauben, dass es jetzt losgeht. Der erste Abenteuertag. Die Kinder sind auch ganz hibbelig.«

Das war die vage Beschreibung der Gemütszustände ihrer Liebsten, seit sie ihnen am Morgen nach der Feier von ihrem Entschluss berichtet hatte. Fünf Tage waren seitdem vergangen. Mats' Stimmung schwankte immer noch zwischen Euphorie bezüglich der Tatsache, mit einem Wohnmobil durchs Land zu reisen, und allergrößtem Missfallen, was den Chauffeur betraf.

Lisbeth hatte geweint, weil sie nicht von Föhr, Meer und Strand wegwollte. Paula hatte ihr mehrfach versichert, dass sie in wenigen Tagen schon zurück wären, denn Henrik hatte den Camper für die folgende Woche einem seiner Mitarbeiter versprochen. So hatte Lisbeth sich schnell beruhigt und war gleich nach oben geeilt, um ihren Rucksack zu packen.

Marie hatte sich nach dem ersten Ausruf des Entsetzens – »Dein Ernst? Wir driven mit dem Yeti durch die Pampa?« – erstaunlich schnell wieder eingekriegt, als Paula erklärt hatte, dass sie Richard Böhnke nur als Fahrer aushalten mussten und ihn ansonsten kaum zu Gesicht bekommen würden. Die Aussicht, Richard in der freien Natur und im Zelt zu wissen, hatte schließlich alle drei zustimmen lassen.

Der Motor des Fords wurde angelassen. »Chewbacca und Sohn möchten anscheinend starten«, sagte Henrik launig, und Paula lachte. Es sah aber auch zu drollig aus, wie Boomer da auf dem Beifahrersitz neben Richard saß.

»Ja, Mann«, brummte Henrik, als Richard beide Hände auffordernd in ihre Richtung hob, und wandte sich noch einmal Paula zu. »Gute Reise. Und wenn Rich mal wieder seine zeitweise kolossal schlechte Laune raushängen lässt, muss dich das seelsorgerisch nicht kümmern. Therapeutisch betreut wird er schon.«

Paula sah Henrik an. Meinte er das ernst, oder war das sein trockener Humor?

»Wir sehen uns Sonnabend«, verabschiedete Henrik sich mit Blick ins Wageninnere, wo Mats zwischen Richard und Boomer auftauchte.

Paula stieg ein, und Mats setzte sich unaufgefordert auf seinen Platz zurück und schnallte sich an. Sie hievte Boomer auf ihren Schoß und schaute nach hinten. »Alle bereit für unser Abenteuer?«

»Jaaa!«, riefen Mats und Lisbeth mit leuchtenden Augen. Marie hob wortlos den linken Daumen. Mit der rechten Hand streichelte sie Mr. Stringer auf ihrem Schoß. Der Kater lag nicht, sondern saß. Ein Zeichen, dass er im Gegensatz zu Marie nicht gechillt war.

Paula hatte Verständnis für den Kater. Auch sie war angespannt, was die »Aktion mysteriöses Haus« betraf – Mats hatte dem Ganzen mit dieser Bezeichnung einen weiteren Touch Spannung verleihen wollen.

Richard deutete auf den Hund. »Soll der jetzt die ganze Fahrt über auf deinem Schoß sitzen?«

»Nein, nur bis zur Fähre. Er guckt so gern raus.«

»Ah ja.« Richard sagte nichts weiter, sondern legte den Gang ein. Sie winkten alle Henrik zu, und dann ging es los.

Am Wyker Hafen reihten sie sich in die Fahrzeugschlange am Anleger ein. Die »Schleswig-Holstein« hatte gerade angelegt, und die ersten Wagen rumpelten über die Rampe an Land.

Paula versuchte, die Gesichter der Menschen in den Autos zu erkennen. Ein paar Insulaner waren sicherlich dabei, denn es gab einige Kennzeichen, die mit NF für Nordfriesland begannen, doch die Masse der Fahrzeuge hatte ein ortsfremdes Nummernschild. Hoffnungen und Wünsche an einen schönen Urlaub vertrieben bei den Ankömmlingen in diesem Moment sicherlich etwaigen Fahrtstress, glaubte Paula. Menschen brauchten Urlaub zum Abschalten, zum Atemholen in dieser rastlosen Welt. Und wenn man die finanziellen Mittel besaß, dafür die eigenen vier Wände zu verlassen, war das ein großes Geschenk.

Fünfzehn Minuten später standen sie alle auf dem Oberdeck der »Schleswig-Holstein« und warteten auf die Abfahrt. Sie hatten die letzte Fähre nehmen müssen, weil so kurzfristig kein Platz auf einer der früheren Fähren frei gewesen war. Das bedeutete, dass sie heute nur noch den Übernachtungsplatz auf dem Festland anfahren würden, um dann morgen mit der Suche nach dem Haus am Deich zu beginnen. Freunde von Henrik, die in Niebüll lebten, hatten auf seine Anfrage gestattet, den Camper auf dem Grundstück der Familie zu parken und dort zu übernachten.

Lisbeth gähnte herzhaft, als das Fährschiff Wyk verließ, doch sie wollte nicht auf Paulas Arm, sondern stand zwischen Mats, Marie und Boomer an der Reling.

Es herrschte eine wundervolle Abendstimmung. Das Wasser war ruhig, der Wind sachte, während die Sonne hinter der Insel langsam versank und mit ihren Pastellfarben einen Sehnsuchtshimmel zeichnete. Der Zauber der göttlichen Farbpalette zog alle Fahrgäste in seinen Bann, es war viel ruhiger an Deck als bei der Herfahrt. Selbst das Motorengeräusch störte die Idylle kaum, denn das Brechen der Wellen am Bug schluckte einen Teil davon, insbesondere, wenn man sich darauf einließ und die weißen Schaumkronen mit dem Blick begleitete.

»Den perfekten Sonnenuntergang erlebt man auf Föhr im Südwesten, in Utersum und Dunsum«, meinte Richard, als das Schiff den Kurs wechselte und sie sich links Richtung Dagebüll hielten.

Paula musterte ihn von der Seite. War er mit Lena dort gewesen? Sie versuchte sich vorzustellen, wie er mit Henriks

Schwester auf einer Decke am Strand saß, wo sie aus mitgebrachten Sektkelchen perlenden, eiskalten Prosecco tranken. Doch das Bild verschwamm, und Richard und Lena tauschten den Platz mit Henrik und ihr selbst. Sie hörte in ihren Gedanken das feine Klingen der Gläser, als Henrik mit seinem Glas an ihres stieß.

»Mama!« Maries Ausruf ließ Paula zusammenzucken. Was spann sie sich denn da zusammen?

»Ja?«, fragte sie hastig.

»Das wäre hier an Deck eine coole Location für einen Walk.« Maries blaue Augen strahlten pure Freude aus. »Eine fahrende Fähre mit Publikum auf den Bänken! Oder Heidi könnte eine Art Kran aufbauen, und wir Mädchen müssen dann wie Fahnen daran hängen oder so. Das wäre 'ne coole Challenge.«

»Wovon redet sie?«, fragte Richard perplex, während er Marie hinterhersah, die losging, um, wie Paula vermutete, einen guten Platz für den Kran zu finden.

Paula seufzte. »Sie ist fest davon überzeugt, dass sie eine geeignete Kandidatin für ›Germany's Next Topmodel‹ wäre.« Weil Richards Gesichtsausdruck darauf schließen ließ, dass er immer noch nicht wusste, wovon sie sprach, fügte sie an: »Das ist eine Model-Castingshow im Fernsehen, die bei Mädchen mehr als beliebt ist.«

»Ach, diese furchtbare Show mit der Klum?«

»Ja. Ich empfehle dir allerdings, das Wort ›furchtbar‹ in dem Zusammenhang nicht zu benutzen, wenn Marie zuhört. Sie nimmt das Ganze sehr ernst, und ich sah mich gezwungen, die komplette letzte Staffel mit ihr zu gucken, um zu verstehen, was sie bewegt und was diesen ungeheuren Reiz ausmacht, dabei sein zu wollen.«

Richard lag eine Antwort auf der Zunge, das sah Paula ihm an, aber er schwieg.

»Darf ich fragen, worum es in deinem Buch geht?«, fragte sie, während sie beide aufs Meer blickten. »Beziehungsweise gehen soll. Du hast ja gerade erst angefangen.«

Die Antwort kam entgegen ihrer Erwartung prompt. »Es geht um das Sattsein. Wörtlich und auch metaphorisch. Es geht um den Hunger und das Leben. Vor allem aber um Erbärmlichkeit.«

Sie wartete noch einen Moment, aber es kam nichts mehr. Man konnte alles und nichts in diese Antwort hineininterpretieren. Aber sie wollte nicht weiterbohren, denn wollte er mehr erzählen, hätte er es jetzt getan. »Ich bin eine gute Zuhörerin«, bot sie an. »Wenn du also einmal Gesprächsbedarf hast oder eine Meinung brauchst ...«

»Ist das jetzt die Pastorin, die einem Schäfchen über den Zaun helfen will?«, sagte er, als er ihr das Gesicht zuwandte.

Er hatte ohne Spott gesprochen, eher gelangweilt, doch seine Worte ließen ihre nächste Frage zu, befand Paula. »Muss dem Schäfchen denn über einen Zaun geholfen werden? Steht es außerhalb?«

Ihre Blicke hielten einander stand. »Wann steht man denn davor und wann dahinter? Bietet der Zaun Schutz, oder ist er eine Grenze?« Im nächsten Moment stieß er sich von der Reling ab. »Ich geh runter ins Restaurant, einen Kaffee trinken.«

Paula sah ihm nach, als Marie von hinten die Arme um ihren Bauch schlang. »Glaubst du, dass man einen Kran hier raufkriegt?«

Lisbeth war während der kurzen Fahrt von Dagebüll eingeschlafen, wurde aber wach, als sie Niebüll erreichten und Henriks Freunde Karsten und Sarah Rasmussen aus ihrem Haus traten, kaum dass Richard den Motor des Fords auf der knirschenden Kieselauffahrt abgestellt hatte. Ein Baby schlief auf dem Arm des Vaters. Die Begrüßung war herzlich, was wohl auch daran lag, dass die jungen Eltern Richard gut zu kennen schienen. Sarah umarmte ihn und musterte ihn dann. Ihr »Wie geht es dir?« klang nicht floskelhaft, sondern besorgt.

Richard tätschelte die Hand der blonden Frau. »Besser.«

Sarah nickte. »Das ist gut.«

Während Paula Mats zurückhielt, der mit langen Schritten

Gräben in die Kiesel schlurfte, fragte sie sich, wovon Richard wohl genesen war. Henriks Bemerkung, dass Richard sich in therapeutischer Behandlung befand, war wohl doch nicht scherzhaft gewesen. Nun, sie würde es schon noch herausfinden.

Richard musste sein Igluzelt heute nicht aufbauen, denn Karsten und Sarah bestanden darauf, dass er im Gästezimmer des renovierten Altbaus übernachtete, der aus den fünfziger Jahren stammte und Paula ein wenig neidisch werden ließ. Sie liebte den Charme alter Häuser.

»Für alle ist leider kein Platz im Haus«, entschuldigte Sarah sich bei Paula.

»Um Himmels willen, das würden wir auch nie erwarten«, antwortete Paula. »Wir sind im Wohnmobil doch wunderbar untergebracht. Die Kinder sind schon ganz aufgeregt und freuen sich darauf, ihre erste Nacht im Camper zu verbringen.«

Um die Schlafmöglichkeiten nutzen zu können, mussten im Camper ein paar Umbauten vorgenommen werden. Henrik hatte Paula die Vorgehensweise zwar erklärt, doch sie war dankbar, dass Richard es übernahm, den Schlafplatz hinter Fahrer- und Beifahrersitz sowie das Unter-dem-Dach-Bett herzurichten.

Und das Angebot von Sarah Rasmussen, dass sie sich im Bad der Rasmussens bettfertig machen durften, nahm Paula auch liebend gern an. In ihren Pyjamas liefen Mats und Lisbeth schließlich aus dem Haus zum Wohnmobil. Marie und Paula trugen identische Schlabberhosen über ihren Shortys, als sie winkend ein »Gute Nacht« in die Küche warfen, wo die Männer am Tisch saßen. Sarah war nicht zu sehen. Vielleicht brachte sie das Baby zu Bett.

»Schlaft gut«, erwiderte Karsten fröhlich. »Und wenn was ist, klingelt einfach. Ansonsten sehen wir uns zum Frühstück.« Er patschte auf den Küchentisch.

»Oh, wir werden uns natürlich selbst versorgen«, sagte Paula schnell. Sie wollte die Gastfreundschaft nicht überstrapazieren. »Wir haben jede Menge Proviant an Bord.«

»Quatsch«, lautete Karstens Antwort. »Natürlich frühstücken wir hier alle zusammen. Sarah hat heute Nachmittag extra Brot gebacken.«

Paula wusste, wann sie verloren hatte. »Dann herzlichen Dank für die Einladung. Und nun müssen wir raus, denn die beiden Kleinen stehen wahrscheinlich schon hibbelig vor dem Camper. Sie können es nicht abwarten, oben unter dem Wagendach zu schlafen.«

Als Paula und Marie aus dem Haus traten, war die Sonne untergegangen, hatte zum Trost aber den Abendstern zurückgelassen, der sein magisch helles Licht an den noch nicht komplett dunklen Himmel warf. Doch Paula hatte keine Augen für die Venus, denn es zeigte sich, dass sie ihre Jüngsten unterschätzt hatte. Von wegen »vor dem Camper stehen«. Die Flügeltüren des Ford Nuggets standen weit offen, und der düstere Schemen einer Katze war auf dem Kieselweg auszumachen. Die Kinder waren nicht zu sehen, aber zu hören. »Ich häng in der Luft!«, erklang Lisbeths helles Stimmchen aus dem Inneren des Nuggets.

»Ich zieh ja schon … du hast so glitschige Hände«, lautete die nicht minder beunruhigende Antwort von Mats.

Paula stöhnte auf, während sie Marie anwies: »Fang du bitte Mr. Stringer ein, ich übernehme die Rabauken.«

Als sie am Wagen eintraf, hing Lisbeth frei schwebend neben der dreistufigen Leiter, festgehalten von Mats, der versuchte, sie nach oben zu hieven. Paula stieg hastig ein, wobei sie den Hund zur Seite schieben musste, fasste Lisbeth unter den Po und schob sie hoch, während Mats weiterhin zerrte.

»Oben!«, krähte Lisbeth fröhlich, Sekunden später guckten zwei Köpfe auf Paula herab.

»Ich bin ein bisschen sauer«, sagte Paula ernst. »Du kannst dich doch nicht von Mats hochziehen lassen, Libby. Dafür bist du zu schwer. Du kletterst die Leiter rauf, oder du kletterst gar nicht mehr. Dann schlafe ich nämlich oben.«

Lisbeth machte einen Flunsch, Mats grinste.

»Was geht ab?«, fragte Marie von draußen, den Kater auf dem Arm.

»Alles gut«, sagte Paula. »Und nun wollen wir zur Ruhe kommen, denn es ist wirklich schon sehr spät. Darum gibt es heute auch keine Geschichte mehr«, wandte sie sich an die Kleinen, während Marie durch die seitliche Schiebetür in den Wagen stieg und sich mit einem demonstrativ lauten »Gute Nacht!« auf ihr Nachtlager zurückzog.

»Aber du musst noch ein Lied singen«, forderte Libby von Paula. »Und beten.«

»Natürlich«, erwiderte Paula mit einem Lächeln. Dieser Teil des Gute-Nacht-Rituals durfte niemals fehlen. »Und jetzt ab unter die Decken!«

Mats kuschelte sich mit seinem HSV-Bären ein und Lisbeth mit der geliebten, von Oma gestrickten Peppa Wutz, während Paula zu singen begann. »Guten Abend, gut' Nacht, von Rosen bedacht …« Im Anschluss faltete sie die Hände, genau wie die Kinder. »Lieber Gott, danke für diesen tollen und aufregenden Tag. Bitte behüte alle, die wir lieb haben, schenke uns einen guten Schlaf und lass uns wunderschön träumen von …« Sie ließ den Satz wie gewohnt offen.

»… dem Zoo-Baby«, ergänzte Lisbeth, ohne lange zu überlegen. »Das war sooo süß!«

»Vom HSV«, wiederholte Mats seinen ewig gleichen Wunsch. »Die sollen mal wieder gewinnen.« Erst dann fiel ihm auf, welchen Traum seine kleine Schwester sich gewünscht hatte. »Welches Zoo-Baby denn? Wir waren doch gar nicht in einem Zoo.«

Von unten war Maries Kichern zu hören.

»Libby meint das Baby von Sarah und Karsten«, klärte Paula Mats auf. Sie hatte sich ein Lachen verkneifen müssen und strich über Lisbeths Schopf. »Das kleine Mädchen heißt Zoe und nicht ›Zoo‹, mein Schatz.«

»Ach so«, kam von Lisbeth, dann rief sie laut: »Marie, du musst auch noch sagen, was du träumen willst!«

»Ich möchte davon träumen, dass ihr da oben endlich die Klappe haltet.«

»Das ist ein blöder Traum«, entschied Lisbeth.

Paula war nicht ganz ihrer Meinung. »Jetzt schlaft schön, meine Schätze.«

Dann gab es noch ein Hin und Her mit den Tieren. Mr. Stringer hatte es sich an Maries Fußende gemütlich gemacht, doch als Paula sich neben ihre Große legte, wurde es dem Kater offenbar zu voll. Er sprang vom Bett und dann auf den Fahrersitz, wo er sich nach Schnupperprobe und mehrmaligem Drehen zur Ruhe bettete. Das wiederum sagte Boomer nicht zu, der nun auf dem Beifahrersitz saß, nachdem er unentschlossen den spärlichen Fußraum im Camper nach einem geeigneten Schlafplatz abgegrast hatte. Seine Tapser waren zu hören, als er erneut die Suche aufnahm und schließlich den Kopf direkt vor Paulas Gesicht ablegte. Seufzend kraulte sie ihn hinter den Ohren. »Also gut, Kumpel.« Sie klopfte auf die Decke, und Boomer sprang auf das Doppelbett und machte es sich am unteren Ende gemütlich.

Marie gab Paula dafür ein Daumen-hoch-Zeichen. Still lauschten sie beide Mats und Lisbeth, die sich über ihnen anscheinend umgebettet hatten und jetzt mit den Köpfen an den schmalen Seitenfenstern lagen, denn sie kommentierten, was sie draußen sahen. Viel war es nicht, denn mittlerweile war es stockdunkel. »Schöne Sterne«, sagte Lisbeth irgendwann, als Paula schon dachte, sie schliefe längst. Sie beneidete ihre Kleine darum, dass sie durch das Dachfenster in den wundervollen Abendhimmel blicken konnte, der samtig und dunkel den glitzernden Sternen Heimat bot.

Dann wurde es oben endgültig ruhig. Marie griff nach Paulas Hand. Gemeinsam lauschten sie den ungewohnten Geräuschen. Blätter raschelten im Wind, Boomer schien zu träumen, denn er atmete unregelmäßig und bewegte sich. Vier Füße streichelten ihn, und seine Atmung wurde wieder ruhig.

Als draußen eine Eule schuhute, packte Marie Paulas Hand fester. »Ist irgendwie gruslig. Wenn jetzt gleich noch die Kiesel knirschen …« Sie beendete den Satz nicht und fragte: »Du hast uns doch eingeschlossen?«

»Keine Sorge, mein Schatz, wir sind hier sicher wie in Abrahams Schoß.«

Am nächsten Morgen saßen um neun Uhr alle um den großen Holztisch in der Küche der Rasmussens versammelt. Paula gefiel es, wie Sarah den heimeligen Raum gestaltet hatte. Die beiden Fenster wurden von grün-weißen Blümchenvorhängen gerahmt, eine alte Eckbank hatte Sarah abgeschliffen und weiß lasiert. Die Kissen darauf – Paula liebte Kissen – waren in verschiedenen Herbsttönen gehalten und passten perfekt zum Holz des Tisches. In zwei braunen Tonkrügen auf der Fensterbank waren bunte Sommersträuße aus dem hauseigenen Garten drapiert. Margeriten, Flammenblumen, Bartnelken …

Paula hatte ihre kleine Küche in der Pastoratswohnung auch – so gut es ging – nach ihrem Geschmack hergerichtet, aber letztlich fehlte einfach das Geld, um die funktionale, aber hässliche Einbauküche zu ersetzen, die jeden Versuch, Charme in den Raum zu bringen, im Keim erstickte.

»Eure Erdbeermarmelade schmeckt oberlecker«, lobte Sarah Marie und Paula, die die selbst eingekochte Marmelade aus der Proviantkiste als Gastgeschenk zum Frühstück mitgebracht hatten. »Im Gegenzug bekommt ihr nachher von mir ein Glas Sanddornmarmelade aus dem Vorjahr mit. Meine Mutter kocht sie kiloweise ein, und in ein paar Monaten gibt's ja schon Nachschub.«

»Ich bin gespannt, wir haben noch nie Sanddornmarmelade gegessen«, bekannte Paula.

»Sanddornfrüchte sind herrlich fruchtig, voller Vitamin C, aber sehr sauer«, erklärte Sarah. »Darum kocht meine Mutter sie mit haufenweise Zucker zu Marmelade, was den Vitaminen leider den Garaus macht, aber egal. Sie schmeckt lecker.«

Auch das körnige Mischbrot, das Sarah gebacken hatte, war köstlich. Dazu gab es die Eier der zwei Haushühner Frieda und Berta, die Lisbeth und Mats mit Karsten aus dem Gehege gesammelt hatten und die den beiden deshalb doppelt gut schmeckten.

Lisbeth war ganz verliebt in die kleine Zoe, die auf einem Hochstuhl mit Babyschale mit am Tisch saß und satt und guter Dinge vor sich hin brabbelte und Schaumbläschen produzierte.

»Können wir auch ein Baby haben?«, fragte Lisbeth Paula mit vor Aufregung roten Wangen.

Bevor Paula ihr antworten konnte, blaffte Mats seine kleine Schwester an. »Wir haben doch gar keinen Papa. Dann kann man auch kein Baby haben.«

Lisbeth sah ihn mit großen Augen an. »Warum nicht?«

»Du weißt doch schon, dass Babys im Bauch ihrer Mama wachsen«, wandte Paula sich ihr zu. »Und damit es dort hineinkommt, braucht es den Samen von dem Papa. Erinnerst du dich, wie wir Ostern die Kressesamen auf dem Teller in die Watte gelegt haben? Da ist aus dem Samen dann die leckere grüne Kresse gewachsen.«

Lisbeth nickte.

»Und so wie die Kresse gewachsen ist, wächst auch ein Baby im Bauch der Mama, bis es groß genug ist, um geboren zu werden«, ergänzte sie.

»Babys kann man aber nicht essen«, fügte Mats hinzu. »Außer man lebt im Urwald.«

»Bitte?« Paulas Kopf ruckte zu Mats herum.

»Da sind doch die Kannibalen«, klärte Mats sie auf.

Die anderen lachten, nur Richard blieb ernst. »Da braucht aber jemand Aufklärung bezüglich Vorurteilen. Und Kannibalismus.«

»Soll ich noch eine Zwiebel schneiden?«, wandte Sarah sich an Lisbeth, und Paula freute sich über die Feinfühligkeit der jungen Frau, die das Thema wechseln wollte, weil Richard wieder einmal grimmig dreinblickte.

Lisbeth schüttelte den Kopf, sodass die blonden Zöpfe flogen. »Ich bin satt.«

Richard sah die Kleine an. »Wenn du nur um die Bedeutung dieses Satzes wüsstest.« Dann stand er auf. »Vielen Dank für das leckere Frühstück, Sarah, Karsten ... Ich werde schon mal unsere Taschen verstauen.«

Doch bis sie loskamen, verging noch geraume Zeit. Paula und die Kinder hatten die Tiere zwar schon vor ihrem eigenen Frühstück gefüttert, aber Boomer brauchte noch einen kurzen Spaziergang, und Mr. Stringers Katzenklo musste auch noch gesäubert werden.

Der Abschied von der kleinen Familie fiel herzlich aus. »Hoffentlich findet ihr die Kate«, rief Sarah ihnen nach, als sie losfuhren. »Viel Glück!«

Sie winkten, bis die Rasmussens von der ersten Kurve geschluckt wurden. Freudig und aufgeregt drehte Paula sich zu den Kindern auf der Rückbank um. »Jetzt geht es los, meine Schätze. Wir suchen Papas Haus. Haltet die Augen auf.«

»Jaaa!«, riefen Mats und Lisbeth im Chor. Alle blickten auf das Foto, das Paula mit Klebeband auf dem Armaturenbrett befestigt hatte. Sie wollten ganz im Norden, direkt an der Grenze zu Dänemark, beginnen und von dort die Küste hinunterfahren.

»Hoffentlich ist es gleich das erste Haus, das wir sehen«, meinte Marie.

Es war nicht das erste, als sie den Deich am Rickelsbüller Koog erreichten. Und auch nicht das zwanzigste. Paula erkannte schnell, dass das Ausschauhalten nicht halb so romantisch war, wie sie es sich in ihren Tagträumen vorgestellt hatte. Im Gegenteil, es gab keine an den Deich geschmiegten weißen Reetdachkaten, sondern unendliche sattgrüne Marschweiten, in denen zwar vereinzelt Häuser standen, aber nie direkt am Deich. Mats und Lisbeth hatten bereits nach zehn Minuten aufgegeben und spielten »Wer zuerst die nächste Kuh sieht«.

Marie tat zwar so, als wäre sie auf den Deich konzentriert, wenn Paula sich umdrehte, doch das Handy in ihren Händen ließ Paula an ihrer Ernsthaftigkeit zweifeln.

»Wann sind wir da?«, fragte Lisbeth in der Nähe von Klanxbüll.

»Wir sind erst eine halbe Stunde unterwegs«, sagte Paula und schenkte Lisbeth ein Lächeln. Ihr zu sagen, der Weg sei das Ziel, würde sie überfordern. »Aber wir machen nachher eine kleine Pause.« Weil Richard im nächsten Moment blinkte und rechts ranfuhr, fügte sie überrascht hinzu: »Pausieren wir jetzt schon?«

»Du guckst mehr zu den Kindern als aus dem Fenster. Soll ich einfach weiterfahren, und du verpasst womöglich das Haus?« Er deutete durch die Scheibe nach draußen.

Paula blickte sich um. Dicht besiedelt war es hier nicht gerade. Aber Richard hatte recht. Bei jedem Abwenden, bei jeder Unkonzentriertheit könnte sie die Kate übersehen. »Danke für deine Aufmerksamkeit«, sagte sie. »Wir können jetzt weiterfahren.«

Richard berichtete von der Entstehung der Köge, davon, wie das flache Marschland durch Deichbau und aktive Entwässerung gewonnen worden war.

Dass sich Lisbeths Interesse an Richards Ausführungen in überschaubaren Grenzen hielt, bewies die Tatsache, dass plötzlich der Titelsong von Leo Lausemaus ertönte. Als Richard mit genervtem Blick in den Rückspiegel die Stimme hob und fortfuhr, drückte Lisbeth das große Ohr an der Toniebox und erhöhte damit Leos Lautstärke.

Gerade als Paula eingreifen wollte, kam unerwartet Hilfe von Mats. Er klaute seiner Schwester die Figur von der Box, und augenblicklich war Ruhe. »Ich will hören, was Richard über diese Siele und Schöpfwerke erzählt«, motzte er seine kleine Schwester an und hielt die Mäusefigur weit von sich, als Lisbeth schreiend versuchte, sie ihm abzuringen.

»Ruhe jetzt!«, forderte Paula streng. »Du darfst gleich eine Geschichte hören, Libby, wenn Richard seine Geschichte zu Ende erzählt hat.«

»Die ist aber langweilig.«

»Nur für dich«, sagte Paula. »Wir anderen möchten das hören.«

»Nee, ich komm mir auch vor wie in der Schule«, kam Widerspruch von Marie. »Ich hab Ferien. Belehrungen über Entwässerung von Landstücken, die durch den Klimawandel sowieso bald absaufen, braucht meine Generation nicht mehr.«

Paula warf einen schnellen Blick zu Richard. Wenn er verärgert war, ließ er es sich nicht anmerken. Er nahm im Rückspiegel Augenkontakt zu Marie auf. »Wissen ist Macht. Und bei deinem Zukunftsszenario könnte das *Entwässern* erneut zum Einsatz kommen.«

Marie überlegte kurz, dann nahm sie ihr Handy wieder auf. »Eins zu null für dich, Richard. Aber ich hab trotzdem Ferien.«

»Alles klar«, brummte Richard. »Wenn Heidi Klum dich als Fahne an die Fähre hängt, brauchst du eh nur eine gute Bauchmuskulatur und keinen Grips.«

Paula verzerrte die Lippen. Wie erwartet sprang Marie an wie ein Wasserkessel bei hundert Grad. »Models sind nicht dumm! Models müssen sogar klug sein, damit sie Erfolg haben. Die müssen sich schließlich selbst vermarkten, wenn sie vor potenziellen Kunden stehen, die sie vielleicht buchen wollen.«

»Prima«, sagte Richard, unbeeindruckt von Maries giftigem Ton. »Vielleicht musst du ja als Model mal durchs Watt staksen. Dann kannst du damit punkten, dass du weißt, wie das da hingekommen ist.«

Marie hatte den Mund schon zu einer heftigen Erwiderung geöffnet, schloss ihn aber zu Paulas Erstaunen wieder. Sie pfriemelte ihr GNTM-Ideen-Buch aus dem Rucksack und sagte, als sie es aufschlug und den Kuli vom Einband löste: »Danke, Richard. Das Watt ist eine krass coole Location für einen Walk. *Wer seine High Heels im Schlick verliert, muss in die Entscheidungsrunde*«, murmelte sie vor sich hin, während sie es anscheinend genau so aufschrieb.

»Ich danke *dir*, Marie«, sagte Richard.

Paula blickte ihn an. Er hatte nicht sarkastisch geklungen. Eher so, als wäre er wirklich dankbar für Maries dümmliches Modelgefasel.

Vier

Ein Kinderlachen ist der Atem Gottes.

Es war Viertel vor zwölf, als Richard den Nordstrander Campingplatz »Nis Randers« ansteuerte. »Henrik hat mir diesen kleinen Platz empfohlen, weil er den Besitzer kennt«, sagte er. »Okke Ketelsen ist wohl ein Unikum, hasst das Internet, liebt Kinder ... Ist doch perfekt für uns. Drückt die Daumen, denn er bietet nur wenige Plätze an.«

»Euer Ernst?« Marie saß plötzlich kerzengerade. »Kein WLAN?«

Paula ignorierte sie und musterte Richards Profil. »Jetzt parken wir schon?«

Er wandte sich ihr zu. »Das war doch der Deal. Bis zum Mittag bin ich euer Chauffeur, danach beginnt meine Schreib- und-Ruhe-Zeit.«

Paula schluckte. »Natürlich, aber der Begriff ›Mittag‹ ist ja durchaus Auslegungssache. Auch um eins ist noch Mittag.«

Er musterte sie unter dem wilden Pony, den er sich bereits während der Fahrt ständig aus dem Gesicht gestrichen hatte. Erneut fuhr er sich mit einer Hand hindurch, was völlig sinnlos war, denn die Locken ließen sich nicht bändigen.

»Willst du jetzt mit mir feilschen? Um Zeit?« Er drehte sich auf dem Sitz und deutete zu den Kindern, die das Gespräch mehr oder weniger aufmerksam verfolgten. »Da sitzen die drei Gründe, warum wir nicht mehr Strecke geschafft haben.« Er hob seine Stimme. »Ich muss mal! ... Mr. Stringer hat ein Knäuel gekotzt, Mama! ... Ich hab Durst! ... Ich hab keinen Handyempfang! Können wir mal ranfahren? ... Leo Lesemaus ist runtergefallen!«

»*Lause*maus«, korrigierte Paula ihn. »Die Figur heißt Leo Lausemaus.« Mehr hatte sie nicht entgegenzusetzen, denn sie hatten tatsächlich andauernd gehalten. Aus genau diesen Gründen.

Richard stieg aus, und Paula sah sich um. Ein altes Backsteinhaus mit einem Dach, auf dem flauschige grüne Moospolster das graue Reet bedeckten, war das einzige Gebäude weit und breit. Der kleine Stellplatz, auf dem etwa fünfzehn Wohnmobile parkten, befand sich direkt neben einem durch eine Hainholzhecke abgetrennten Nutzgarten, in dem Paula Kartoffelkraut zu erkennen glaubte, außerdem verschiedene Beerensträucher, deren Früchte mit Netzen vor den hungrigen Vögeln geschützt waren.

»Mama, dahinten ist eine Schaukel«, rief Lisbeth, deren Kinderblick auf den wichtigen Dingen des Lebens lag. »Hier können wir bleiben.«

»Da bin ich nicht sicher«, meinte Paula, denn soweit sie sehen konnte, gab es zwischen den Wohnmobilen keinen freien Platz. Richard ging auf eine bananengelbe Holzhütte mit offen stehender Tür zu. Ob er dort richtig war? Auf dem handbemalten Schild aus Treibholz, das ein wenig schief über dem kleinen Fenster angebracht war, stand nicht »Anmeldung«, sondern »Düt und Dat«. Anscheinend traf er darin niemanden an, denn er trat mit Blick zu ihnen achselzuckend gleich wieder heraus. Dann las er ein Schild neben der Tür und läutete im nächsten Moment kräftig die Schiffsglocke, die daneben baumelte.

»Da möchte ich auch mal glocken«, sagte Mats begeistert, als der Wind den Schall herübertrug.

»Du glockst hier oben nicht richtig«, lachte Marie und tippte sich an die Schläfe. Da sie ihren Bruder nicht aufklärte, übernahm Paula es. »Es heißt doch *läuten*, Mats. Man läutet eine Glocke.«

In diesem Moment öffnete sich die graublaue Holztür des Wohnhauses, und ein kleiner, hagerer Mann, dessen Alter schwer einschätzbar war, trat heraus. Dunkelblondes Haar lugte unter einem Stroh-Trilby hervor. Im Mundwinkel hielt er eine Pfeife, die er in kräftigen Zügen paffte, denn aus seinem

Mund entwichen kleine Rauchwölkchen. Mit gemächlichen Schritten ging er auf Richard zu. Die beiden sprachen miteinander, und Paula sah schon am Gebaren der beiden, dass sie Glück hatten. Der Mann deutete auf die Wohnwagen und -mobile, die auf dem Grasplatz verteilt standen. Anscheinend wies er Richard ihren Stellplatz zu.

»Das ist also Okke Ketelsen?«, fragte Paula, als Richard wieder einstieg. Ihr Blick blieb auf dem Mann haften, der sie von der Hütte aus beobachtete.

»Ja, das ist Okke. Er hat einen Platz für uns, den letzten.« Er sah sie nicht an, als er weitersprach. »Ich habe uns gleich für zwei Nächte eingebucht.«

»Was?« Paula war verwirrt. »Wieso das denn? Wir müssen doch Samstag schon zurück nach Föhr. Das bedeutet, wir schaffen bis dahin nicht mehr viel Strecke.«

»Morgen klappern wir den Deich hier auf Nordstrand ab, danach wäre bis zum Mittag sowieso nicht mehr viel Zeit.« Er warf den Motor an und fuhr los. »Und …«, jetzt sah er sie an, »war nicht der Weg das Ziel?«

»Gut, Kinder«, sie strahlte ihre Schätze an, als ihr bewusst wurde, dass sie dank Richard aus der Konzentration entlassen war und den Tag einfach weiter genießen durfte – ohne Pflichten, einfach nur sich selbst, ihren drei Liebsten und den felligen Familienmitgliedern überlassen.

Der Stellplatz grenzte zu Lisbeths Freude direkt an den kleinen Kinderspielplatz, der aus einer Wippe, einem Sandkasten und einem Schaukelgestell mit einer normalen Schaukel und einem alten Autoreifen bestand – alles war definitiv selbst gebaut und mit blauer und roter Farbe gestrichen.

»Wir richten uns jetzt ein wenig ein«, sagte Paula zu den Kindern, als Richard den Motor abstellte. »Ich schmiere uns ein paar Stullen für ein Picknick, und dann erkunden wir mit Boomer die Gegend.«

»Hier gibt's nichts zu erkunden«, sagte Marie genervt. »Hier sind nur Wiesen und Felder und der Deich. Nicht mal ein Dorf gibt's hier.«

Auch Mats maulte. »Schon wieder Brot? Essen wir nicht zu Mittag?«

»Das hatten wir doch besprochen«, sagte Paula. »Wir werden abends warm essen. Dann kann ich alles am Spätnachmittag vorbereiten.« Sie wandte sich an Richard. »Ist das für dich okay?«

»Natürlich. Aber ihr müsst nicht gehen. Der Deal war, dass ich mich zurückziehe, wenn ihr mich …« Er brach ab. »Wenn ich mehr Ruhe brauche.«

Paula überlief es heiß. »Willst *du* jetzt mit mir feilschen? Um Freundlichkeit? Ich würde mich auch freuen, wenn du unsere gemeinsame Reise nicht immer als ›Deal‹ bezeichnen würdest.«

»Gibt's hier jetzt ständig *Beef*, oder was?«, schaltete Marie sich ein. »Da hab ich echt keinen Bock drauf.« Sie stand auf und verließ den Wagen. Boomer sprang direkt auf ihren Sitzplatz. Hechelnd blickte er über Richards Schulter zur Frontscheibe.

»Sorry, Boomer, heute fahren wir nicht weiter.« Paula kraulte ihn hinter den Ohren. »Aber morgen darfst du ein Stückchen auf meinem Schoß mitfahren. Dann gucken wir schön aus, und wenn du ein weißes Haus siehst, bellst du.«

Tief durchatmend stieg Richard aus. Paula folgte ihm, denn Okke Ketelsen kam paffend näher. »Moin«, begrüßte er Paula und zog kurz den abgewetzten Strohhut.

»Guten Morgen«, erwiderte Paula fröhlich. Okkes braun gebranntes Gesicht, das mit Sicherheit noch nie einen Tropfen Sonnencreme gesehen hatte, spross vor Leber- und sonstigen Flecken und etlichen Falten und Furchen. Er strahlte eine herrliche Ruhe aus, während der Blick seiner ungewöhnlich hellblauen Augen zu den Kindern wechselte, die jetzt alle neben dem Nugget standen.

»Na, ihr Lütten«, sagte er und grinste breit, die Pfeife mit den Zähnen haltend. »Hier bei Onkel Okke könnt ihr schön spielen und auch ruhig mal laut sein. Wenn einer von den anderen Geistern hier meckert«, er wedelte mit der Hand über die Wohnmobile, »könnt ihr den gleich zu mir schicken. Dann erzähl ich dem mal, wo der Hammer bei Onkel Okke hängt.« Er lachte schelmisch in sich hinein, was den Faltenkranz um seine hellblauen Augen vertiefte. Als Mats und Lisbeth, gefolgt von Boomer, losliefen und sich an der Schaukel zankten, wer den Autoreifen bekam, rief er ihnen zu: »So ist es richtig, ihr beiden. Bisschen zanken gehört dazu. Aber nicht hauen!« Dann wandte er sich wieder Paula und Richard zu. »Duschen und Toiletten sind dahinten.« Er deutete zu einem zweckmäßigen, hässlichen Anbau, der den dem Deich zugewandten Teil des Wohnhauses verschandelte. »Und wenn ihr frische Eier braucht, könnt ihr euch welche im Garten suchen oder bei mir in die Küche gehen. Da liegen immer welche in 'ner Schüssel.«

»Das ist ja nett«, sagte Paula erfreut mit Blick auf die Hühner, die auch zwischen den Wohnmobilen umherliefen.

»Sind gerade gestern neue Hennen dazugekommen«, erklärte Okke und zeigte auf zwei fleißig pickende Exemplare, die sich durch ihr weißes Federkleid von dem übrigen Dutzend brauner Hennen abhoben. Dann fragte er Paula: »Wollt ihr morgens frische Brötchen? Dann sagt mir mal, wie viele. Aber kommt mir nicht mit so 'ner tüdeligen Aufzählung. Das gibt 'ne gemischte Tüte, oder ihr müsst selbst los.«

Paula lachte auf. »Gemischte Tüte klingt super. Für uns gern zehn Stück.« Sie sah zu Richard, und der nickte.

Okke trollte sich zufrieden zu einem gegenüberstehenden Wohnmobil, aus dem ein fülliger Mann heraustrat, der ein freundliches »Morgen, zusammen!« herüberrief.

Richard baute den Klapptisch auf, stellte einen der Campingstühle davor und holte dann seine mechanische Schreibmaschine und ein offenes Paket Papier aus dem Wohnmobil. Während Paula in der kleinen Küche im Heck des Campers die Brote schmierte und Äpfel viertelte, beobachtete sie, wie Richard ein Blatt Papier in den Einzug spannte und sich aufrecht hinsetzte. Mit Blick auf das Papier überlegte er kurz, dann klackerten die Tasten auch schon. Im Zehn-Finger-System füllte er Zeile um Zeile. Seinem Schreibfluss standen nur kurze Überlegungen entgegen, die ihn ins Nirgendwo starren ließen, und das ständige Bedienen des Rücklaufhebels, mit dem er den Wagen nach jeder Zeile in die Ausgangsposition zurückbringen musste.

Hielt er sich für Hemingway? Warum schrieb er nicht wie jeder moderne Mensch an einem Laptop? Den hatte er schließlich auch dabei.

»Ist dieses mechanische Geklackere und Klingeln und Hebelschieben Inspiration für dich?«, rief sie aus dem Camper und bereute es im nächsten Moment. Sie hatte sich doch fest vorgenommen, ihn nicht zu stören.

Richard sah nicht auf und tippte weiter, doch seine Antwort kam ohne genervten Unterton. »Ich versuche mit dem Schreiben an dieser Maschine herauszufinden, ob das, was dabei herauskommt, gehaltvoller ist, als wenn ich es in den Laptop hauen würde, denn ich bin beim mechanischen Schreiben gezwungen, meine Gedanken zu ordnen, bevor ein Satz entsteht. Am Laptop schreibe ich einfach drauflos, weil ich weiß, dass ich nach Herzenslust löschen kann.«

Paula legte das Messer, mit dem sie die Butter auf das Brot geschmiert hatte, zur Seite und sprang aus dem Wagen. »Ist das eine alte Schreibmaschine?«, fragte sie, während sie auf ihn zuging. »So ein richtiges Relikt?«

Noch bevor sie bei ihm war, machte es »ritsch«. Er hatte das Blatt aus der Maschine gezogen und legte es mit der beschriebenen Seite nach unten daneben.

»Entschuldige«, sagte Paula steif. »Ich hatte nicht vor zu lesen, was du geschrieben hast. Ich wollte mir nur die Schreibmaschine aus der Nähe anschauen. So ein mechanisches Teil habe ich zuletzt in meiner Kindheit gesehen.«

»Die Seite war voll«, sagte er. Dann patschte er auf das Metallgehäuse der Schreibmaschine, das passend zum Markennamen »Royal« in Königsblau gehalten war. »Die ist neu, also jedenfalls nicht antik. Zwei Jahre hat sie schon auf dem Buckel. Die Blockade …« Er hob die Schultern und blickte

Paula an. »Nun flutscht es ja, und du wirst das Endergebnis hoffentlich irgendwann zwischen zwei Pappdeckel gepresst lesen können.«

»Du siehst dich also direkt im Hardcoverbereich?«, konnte sie sich ein Sticheln nicht verkneifen.

»Mein Verlag verortet mich dort«, erwiderte er gleichmütig. »Immer noch, obwohl ich bisher nicht geliefert habe.« Er nahm ein neues Blatt Papier zur Hand und spannte es ein. »Wir werden sehen.«

Paula war dankbar, als Mats und Lisbeth mit dem Hund angerannt kamen und Mats rief: »Mama, wann geht's endlich los? Sind die Brote fertig? Ich hab Hunger.«

Paula schmierte die Stullen zu Ende und stellte Richard seinen Teller auf das geöffnete Papierpäckchen.

»Vielen Dank«, sagte er mit kurzem Blick darauf, ohne mit dem Tippen aufzuhören.

»Gern geschehen«, erwiderte Paula. Nachdem Mr. Stringer versorgt war, zogen sie mit Boomer, Gitarre und Strandtaschen los. Paulas Gedanken waren dabei noch bei Richard. Sie musste unbedingt googeln, was er bisher an Sachbüchern veröffentlicht hatte. Vielleicht hatte sie ihn beleidigt, als sie angezweifelt hatte, dass sein erstes belletristisches Werk als Hardcover erscheinen würde. Falls ja, hatte er es sich nicht anmerken lassen.

Als sie den Deich auf der nächstgelegenen Treppe hinaufliefen und oben stehen blieben, fielen die Reaktionen unterschiedlich aus.

»Da ist ja gar kein Strand«, stellte Lisbeth enttäuscht fest. Auch Paula hatte nicht erwartet, so gar keinen Sand vorzufinden. Es war Flut, und die Wellen schlugen über eine steinerne Treppe mit Geländer hinaus, die ins Wasser führte. Zum Schwimmen perfekt, aber für Lisbeth nicht zum Baden geeignet.

Mats rannte gleich den Deich hinunter Richtung Wasser, lief aber zu einer Baustelle, wo Arbeiter mit einem Radlader und einem kleinen Bagger an der Promenade zugange waren. Als er sich sattgesehen hatte, breiteten sie am unteren Ende des Deiches eine Decke auf dem trockenen Gras aus und picknickten gemütlich. Paula gönnte sich anschließend eine Runde Schwimmen, während die Kleinen am Deichfuß Ball spielten. Als Gitarrenklänge ihre Ohren streiften, schwamm sie zurück und setzte sich auf die Steintreppe, um Marie zu lauschen. Ihre Große spielen zu hören, war manchmal, wie in diesem Moment, mit Wehmut verbunden, denn Marie hatte ihr musikalisches Talent und die Hingabe an die Musik von ihrem Vater geerbt. Es war Toms Gitarre, auf der sie spielte. Sie hütete sie nicht *wie* einen Schatz. Das Instrument *war* ihr Schatz.

Ein paar andere Badegäste kamen näher, während Marie ohne jede Scheu zu singen begann. Der Song, den sie selbst komponiert und in Englisch getextet hatte, war eine Anklage an die vorherige Generation, melancholisch und düster, und endete mit dem Satz »Help us, God«.

Paula war unendlich dankbar, dass Marie ihre Ängste bezüglich der Zukunft musikalisch verarbeiten konnte. Klimawandel, Corona, Terror und ein Krieg, der nahe war, näher als alle anderen … die Jugend war geprägt davon. Als Paula den Song zum ersten Mal gehört hatte, war sie geradezu erschrocken gewesen. Erst im Nachhinein war ihr aufgefallen, dass das anklagende »Help us, God« doch letztendlich auch der Hoffnungsschimmer war, den die Kinder brauchten. Dass Marie Gott anrief, war ein Zeichen dafür, dass sie ihre Ängste einer Macht anvertraute, von der sie Hilfe erhoffte.

»Ich versteh das nicht«, rief Lisbeth ihrer großen Schwester zu. »Kannst du das auch mal richtig singen?«

Marie lachte. »Bald, Libby, bald kannst du das auch verstehen.«

Paula wusste, dass Marie gerade dabei war, den deutschen Text zu entwerfen. Allerdings war Paula sich sicher, dass es nicht gut wäre, wenn Lisbeth hörte, was ihre Schwester da sang. Brennende Bäume und das Brüllen verdurstenden Viehs waren nichts für Kleinkinderohren.

Als Paula nach einer zweiten Schwimmrunde zur Decke zurückkehrte, erlaubte sie den dreien, mit Boomer die Promenade entlangzulaufen, die in beide Richtungen gut einsehbar war. Sie stopfte sich ein Handtuch unter den Kopf und schloss die Augen, während sie ihren nur flüchtig abgetrockneten Körper von der Sonne wärmen ließ. Ein Lächeln umspielte ihre Lippen, als sie die Kinder aus der Ferne lachen hörte. Mit geschlossenen Augen dazuliegen, dem leisen Wellenschlag zu lauschen, den Wind und den Sonnenschein auf der Haut zu spüren, war ein Gottesgeschenk.

»Und meine Seele spannte weit ihre Flügel aus«, rezitierte sie leise einen ihrer Lieblingsdichter, »flog durch die stillen Lande, als flöge sie nach Haus.« Joseph Freiherr von Eichendorffs »Mondnacht« gehörte zu den vielen Klassikern, die sie seit Jahrzehnten auswendig konnte. Und es kam immer mal wieder ein neues Gedicht dazu, wenn sie auf schöne Zeilen stieß.

Wohlig drehte sie sich auf den Bauch. Jetzt fehlte zum absoluten Meer-Wohlfühl-Feeling nur noch das Schreien von Möwen, aber die schien es heute nicht hierherzuziehen. Dafür erklang hinter dem Deich ein lautes »Krah, krah«. Paula lächelte. Da war wohl eine Krähe enttäuscht, weil sie nicht an Okkes Beerensträucher herankam.

Richard saß immer noch vor der Schreibmaschine, als sie zurückkamen. Marie bog direkt zu den Duschen ab, nachdem sie ihre Gitarre im Camper verstaut hatte, und Mats schnappte sich seinen Ball und übte Ballhochhalten mit dem Fuß. Lisbeth trat neben Richard und schaute ihm schweigend auf die Finger. Er hielt inne und sah sie von der Seite an. »Warum spielst du nicht mit deinen Geschwistern?«

Er bekam keine Antwort darauf, sondern die Frage: »Darf ich da auch mal draufdrücken?«

»Nein, darfst du nicht.«

»Warum nicht?«

»Weil das kein Spielzeug ist.«

»Schade.«

Paula beobachtete, wie die beiden sich weiter ansahen. Anscheinend hatte Lisbeth nicht vor zu gehen. »Libby, komm her«, rief sie rüber. »Lass Richard in Ruhe arbeiten.«

»Ich sag ja gar nix. Ich will nur gucken, wie das geht.«

Richard machte sein Grunzgesicht, ein Laut war auf diese Entfernung allerdings nicht zu hören. Er tippte weiter, während Lisbeth sich auf Zehenspitzen stellte, um genau zu sehen, wie die Buchstaben auf dem Papier erschienen. Im nächsten Moment hielt Richard inne. »Also gut, wenn ich dich einmal drücken lasse, verschwindest du dann?«

Lisbeth nickte eifrig.

Er rückte den Campingstuhl ab und ließ Lisbeth vor die Schreibmaschine treten. »Da darfst du jetzt fest draufdrücken«, sagte er und deutete auf eine Taste.

Lisbeth strahlte und presste ihren Zeigefinger darauf. »Hab ich jetzt was geschrieben?«, fragte sie aufgeregt, als es klackte.

»Ja.«

»Mama, ich hab meinen Namen geschrieben!«, rief sie Paula zu.

»Nein, du hast ein B geschrieben«, sagte Richard. »Nicht deinen Namen.«

Paula sah, wie sich Lisbeths Brauen skeptisch zusammenzogen. »Was ist denn ein Beh?«

»Ein Buchstabe.« Richard klang nicht mehr ganz so gechillt.

Lisbeths Stimmfärbung passte sich seiner an. »Ich wollte aber meinen Namen schreiben.«

»Einmal drücken war abgemacht«, blieb Richard hart. »Und jetzt … ksch.«

»Aber da soll nicht ›Beh‹ stehen, da soll ›Lisbeth‹ stehen.«

Paula wollte gerade einschreiten und ihre Jüngste wegholen, doch offenbar konnte selbst ein Richard Böhnke Libbys Schmollmund in Kombination mit der weinerlichen Stimme nicht widerstehen. Mit einem lauten Seufzer zeigte er nacheinander auf sieben Tasten, die Lisbeth mit roten Wangen drückte, immer wieder unterbrochen von ihrem kritischen Blick, mit dem sie verfolgte, wie das Wort auf dem Papier mit jedem Buchstaben länger wurde.

»So, jetzt hast du ›Lisbeth‹ geschrieben.« Richard deutete auf das fertige Wort.

»Hah!«, sagte Lisbeth freudestrahlend, und dann flitzte sie ohne ein weiteres Wort zu ihrem Bruder. »Mats, spielst du mit mir ›Mutter und Kind‹? Ich bin die Mutter, und du bist das Kind. Du bist ein Mädchen und heißt Beh.«

Paula lächelte Richard zu, weil ihm anzusehen war, dass ihn Lisbeths Sprunghaftigkeit verwirrte. »Ich bereite jetzt das Abendessen vor. Passt es dir, wenn wir in einer Stunde essen?«

»Wie? Ja … ja klar.« Er sah weiter zu den Kindern.

Mats machte seiner kleinen Schwester gerade klar, dass er keine Lust auf »Mutter und Kind« hatte. Lisbeth versuchte es auch bei ihm mit einer Schippe und weinerlicher Stimme. »Bitte, bitte!« Doch er ließ sich nicht erweichen. »Dann eben nicht«, maulte Lisbeth, schnappte sich eines der Bücher aus der Spielekiste und hockte sich damit auf die Decke, die Paula auf dem Vorplatz ausgebreitet hatte. Und schon war sie in die Pettersson-und-Findus-Bilder versunken.

»Nächstes Mal bleibe ich auch hart«, sagte Richard, als er Paulas Blick wahrnahm.

»Dein gutes Recht«, antwortete sie ihm, dann begann sie mit der Vorbereitung des Abendessens. Die Miniküche im Camper war gewöhnungsbedürftig. Es gab nur zwei gasbetriebene Herdplatten und kaum Arbeitsfläche, aber sie hatte den Proviant so eingekauft, dass sie klarkommen würde. Drei-Gänge-Menüs würde es nicht geben. Heute standen Nudeln mit einer Gemüse-Frischkäse-Soße auf dem Speiseplan. Während Marie sich zum Chillen auf den Beifahrersitz zurückzog und die beiden Kleinen mit ein paar anderen Kindern in der Sandkiste hockten, genoss Paula das Herrichten und setzte sich zum Schneiden von Zwiebeln, Paprika und Möhren auf einen Campingstuhl vor den Wagen, um die warmen Abendsonnenstrahlen auf ihrer Haut zu spüren. Da Richard nach wie vor den Campingtisch blockierte, war es ein wenig umständlich, das Gemüse auf einem Teller auf dem Schoß zu schnippeln – den Abfall warf sie in eine weitere Schüssel neben sich –, aber das war es wert. Die Luft war rein, und der zunehmende Wind führte vereinzelt den Schrei einer Möwe mit sich. An der frischen Luft zu sein und sich um nichts als das Essen kümmern zu müssen, war einfach großartig. Zeit zum Kochen zu haben, hatte sie immer als Geschenk empfunden. Tatsächlich verspürte Paula ein körperliches und gleichzeitig seelisches Wohlbefinden bei der Verarbeitung des Gemüses. Allein die Zwiebel mit ihren vielen dickfleischigen Schalen und der Schärfe, die in die Nase zog, das kräftige Orange der Möhren, das fruchtige Aroma der Paprika … so viele Sinne wurden dabei angesprochen.

»Kann ich dir helfen?«, erklang im nächsten Moment Richards Stimme.

Sie sah zu ihm. »Nein, schreib ruhig weiter. Das bisschen Gemüse kann ich schnell allein schnippeln.«

»Na gut.« Er reckte sich und stand auf. »Dann werde ich mal mein Iglu aufbauen.« Als er neben ihr war, um den Zeltbeutel aus dem Wohnmobil zu holen, sagte er: »Nächstes Mal sagst du einfach, dass du den Tisch brauchst. Ich bin hier der Chauffeur, kein Pascha.«

»Na gut«, wiederholte sie seine Worte und lächelte ihm zu. Dann fügte sie hinzu: »Mats hätte, glaube ich, viel Spaß daran, ein Zelt aufzubauen. Vielleicht kann er dir ja helfen?«

Richard warf den Beutel neben den Ford und zog die Öffnung auf. Paula glaubte schon, dass er ihr nicht antworten wollte, doch er hob den Kopf und rief Richtung Spielplatz: »Wollt ihr beim Zeltaufbauen helfen?«

»Jaaa!«, ertönte es im Chor. Einem vielstimmigen Chor. Sekunden später standen vier Kinder vor Richard: Mats und zwei weitere Jungen – eineiige Zwillinge in Mats' Alter – und ein Mädchen von höchstens drei Jahren. Die drei waren augenscheinlich Geschwister, denn sie hatten allesamt rote Haare und entzückende Sommersprossen. Lisbeth hatte anscheinend keine Lust auf Zeltaufbauen, denn sie buddelte hingebungsvoll weiter an einem Loch im Sand.

Paula lachte laut heraus, als sie Richards Gesicht sah.

»Du kannst noch kein Zelt aufbauen«, sagte er zu dem kleinen rothaarigen Mädchen. »Geh wieder zu Lisbeth und ...«, er wedelte Richtung Spielplatz, »buddelt.«

»Ich soll aber auf sie aufpassen«, sagte einer der Jungen. »Das ist meine kleine Schwester.«

»Wer hätte das gedacht?«, grummelte Richard mit Blick auf die Karottenschöpfe. »Also gut, dann los.«

Amüsiert verfolgte Paula das weitere Geschehen, während sie im Camper die Zwiebeln anbriet und Knoblauch presste. Richard gab Anweisungen, wo es nottat, half beim Verbinden der Fiberglasstangen und beim Befestigen der Heringe im harten Boden. Die Anweisungen galten zumeist Mats, und schneller als erwartet stand das blaue Igluzelt neben dem Camper.

»Das habt ihr nicht zum ersten Mal gemacht, oder?«, wandte Richard sich an die beiden fremden Jungen.

»Zeltaufbauen ist pipieierleicht«, meinte der eine gespielt gelangweilt. »Wir gehen immer mit Papa zum Angeln, und da zelten wir.« Dann wandte er sich an Mats. »Gehst du mit deinem Papa nie zum Zelten?«

Paula überlief es heiß. Sie sah zu Mats, der auf Richard deutete und mit roten Wangen erstickt ausrief: »Glaubt ihr etwa, der da ist mein Papa?« Dann drehte er sich um und rannte zurück auf den Spielplatz. Er griff den Eimer, den Lisbeth neben sich abgestellt hatte, und begann wild, das Loch weiter auszuheben.

Paula hörte nicht, was Richard zu den anderen Kindern sagte, weil sie den Topf vom Herd zog und zum Spielplatz lief. Mats warf den Eimer weg, als er sie kommen sah, und flitzte zur Schaukel. Sie unterdrückte den Seufzer, der doch so gern herauswollte. Mats konnte schlecht damit umgehen, wenn er unvorhergesehen auf Tom angesprochen wurde. Paula war voller Mitleid für ihren Sohn. Auch nach fünf Jahren brach

Mats manchmal noch in Tränen aus, wenn sein Papa von anderen erwähnt wurde.

Als Paula bei der Schaukel ankam, saß Mats im Autoreifen. Er weinte zwar nicht, aber sein heißes Gesicht zeigte, wie sehr er mit sich kämpfte.

»Ich weiß, dass es wehtut«, sagte Paula und setzte sich auf die andere Schaukel. »Dass wir so plötzlich traurig werden können und manchmal am liebsten losweinen möchten, wenn jemand Papa erwähnt, zeigt einfach, wie sehr wir ihn immer noch vermissen. Glaub mir, mein Schatz, Papa hätte so gern mit dir ein Zelt aufgebaut, aber ich weiß auch, dass Papa sich im Himmel freut, dass überhaupt jemand ein Zelt mit dir aufbaut. Und es hat dir doch Spaß gemacht, oder?«

Mats nickte nur. Sprechen konnte er noch nicht.

»Und die anderen Jungen können ja nicht wissen, dass Richard nicht zu unserer Familie gehört. Sie wollten dir nicht wehtun.«

Eine Weile schwiegen sie gemeinsam, dann stieß Paula sich mit den Füßen ab und rief: »Wer am höchsten kommt?«

Mats schien erleichtert und brachte sich in Schwung. »Aber wehe, du lässt mich absichtlich gewinnen.«

Der Wind um die Ohren nahm den Kummer mit sich, und als sie eine halbe Stunde später alle draußen um den Campingtisch saßen, legte Mats den gewohnten mächtigen Appetit an den Tag. Richard hatte seinen Teller auf dem Schoß und saß ein wenig zurückversetzt in zweiter Reihe, da der kleine Tisch kaum für alle Platz bot. Aber es wollte auch niemand im Camper essen.

»Danke für die leckere Mahlzeit, Paula«, sagte Richard, als er satt war, und stand auf. »Ich übernehme den Abwasch.«

Paula hatte nicht vor zu widersprechen. »Prima, danke. Marie, du hast ja schon geduscht … Vielleicht magst du Richard helfen und abtrocknen?«

Maries Gesicht sprach Bände, aber sie quälte ein »Okay« heraus.

Paula suchte Handtücher und die Kosmetiktasche zusammen, dann machte sie sich mit den beiden Kleinen zu dem Anbau mit den Sanitäranlagen auf, der nicht verschlossen war. Okke konnte wohl zu Recht darauf vertrauen, dass hier niemand außer den Campern einkehrte, denn im weiten Umkreis gab es nichts, was Unbefugte hierherlocken könnte. Mats ging in eine der beiden Herrenduschen, Lisbeth und sie duschten gemeinsam. Als sie zurückkamen, war der Abwasch erledigt. Richard war nicht zu sehen.

»Der ist am Wasser, wollte noch schwimmen und spazieren gehen«, erklärte Marie auf Nachfrage. »Er hat sein Gedöns aus dem Camper geholt und ins Zelt geworfen, damit er uns nicht mehr stören muss, wenn er zurück ist.«

»Das ist rücksichtsvoll«, meinte Paula, und ein Hauch von Neid überfiel sie. In der Abenddämmerung allein am Meer zu spazieren, musste schön sein, doch sie wollte Marie nicht bitten, auf die jüngeren Geschwister aufzupassen. Das bereitete ihr immer ein schlechtes Gewissen, obwohl Marie, wenn sie tatsächlich einmal fragte, nie maulte.

Paula betrachtete ihre Große voller Liebe. Sie waren Seelenverwandte, dieses Gefühl hatte sie oft. Marie war so gefühlvoll und immer darauf bedacht, nicht nur sich selbst, sondern auch den Rest der Familie glücklich zu sehen – unabhängig von den üblichen Geschwisterkabbeleien.

»Ich lauf noch eine Runde mit Boomer, okay?«, sagte Marie und schnappte sich die Hundeleine.

»Na klar«, antwortete Paula.

Marie brauchte ihre Auszeiten. Sie würde sich irgendwo am Deich mit dem Hund ins Gras hocken und mit Jule chatten. Der Gedanke an Maries beste Freundin triggerte Paulas Gewissen. Nur das Versprechen, dass Jule so oft nach Föhr kommen durfte, wie sie wollte, hatte Marie letztendlich zustimmen lassen, ihrer Heimatstadt Hamburg, der Schule und ihrer Clique für ein ganzes Jahr den Rücken zu kehren. Paula war sich mehr als bewusst, was sie von ihren Kindern verlangt hatte. Aber wenn nicht jetzt, wann dann, hatte die nagende Frage gelautet. Marie wechselte nach der zehnten Klasse nun vom Klassenverband in den Kursunterricht am Gymnasium, und Mats hatte die Grundschule hinter sich und würde nach den Sommerferien eine weiterführende Schule besuchen. Beide hätten also auch zu Hause eine Neuordnung in der Schule und bei Schulfreunden akzeptieren müssen. Ganz wegzuziehen, war natürlich eine andere Hausnummer, aber letztlich sahen die Kinder es auch als Abenteuer, denn sie hatten die Gewissheit, wieder zurückzukehren. Und alle durften ihre Freunde nach Föhr einladen.

»Boomer, komm«, sagte Marie und schwenkte die Leine. Sofort verließ der Hund seinen Liegeplatz unter dem Campingtisch. Schwanzwedelnd kam er angelaufen und ließ sich von Marie das Brustgeschirr umlegen. Dann verschwanden sie Richtung Deichtreppe. Paula holte Mats und Lisbeth an den Tisch. Sie spielten noch zwei Runden Memory, dann hieß es: Ab in die Falle! Beide schliefen schnell ein, denn Sonne und Strand, Baden und Spielen waren perfekte Müdemacher.

Paula ließ die Flügeltüren des Campers offen, damit die schlafenden Kinder von der frischen Abendluft profitierten, und setzte sich mit einer Rhabarberschorle nach draußen an den Klapptisch. Die Geräusche auf dem kleinen Campingplatz hatten sich verändert. Nur noch vereinzelt hörte man Stimmen von Kindern, dafür mehr Lachen von Erwachsenen. Vielleicht gab es Stammcamper, die sich kannten und jetzt bei Bier und Wein zusammensaßen? Paula zog einen der Anglerhocker heran, legte die Füße hoch und lauschte, was die Nachbarn sich zu erzählen hatten, nicht weil sie sensationslüstern war, sondern weil sie die Geschichten anderer Menschen liebte. Das nennt man Neugier, hatte ihre Mutter einmal lachend gesagt, aber Paula hatte diese Neugier nie als anrüchig empfunden. Niemals erzählte sie weiter, was sie erfuhr, auch nicht das, was nicht sowieso durch Berufsehre und Verschwiegenheitspflicht geschützt war.

Wenig später gab sie das Lauschen jedoch auf, weil sie die ruhige Zeit nutzen wollte. Sie holte ihr Tom-Buch aus der Reisetasche und setzte sich damit an den Campingtisch.

Nordstrand, 26. Juli

Mein Herz,
ob du wohl auch das Meer rauschen hörst so wie ich in
diesem Moment? Manchmal wünsche ich mir, dass Seelen
die Welten überwinden könnten, aber tief in mir weiß
ich ja, dass es gar nicht sein muss. Weil unsere Seelen ewig
sind. Wir werden uns wiederfühlen, und in Gottes Ewig-
keit ist unsere Wartezeit für dich nur ein Wimpernschlag.
Und wir vier sind weiter tapfer. Versprochen.
Die Nordseeluft tut uns so gut, Tom. Die Kinder ha-
ben eine tolle Zeit auf Föhr. Das Meer, der Strand, es ist
himmlisch. Und die Tatsache, dass wir dieses Privileg
noch für fast ein ganzes Jahr haben, ist unglaublich be-
freiend.
Ich bin wirklich ein bisschen aufgeregt ... Werden wir
Oma Margrethes alte Kate finden? Und Spuren deiner
Vergangenheit? Du kannst mir jedenfalls nicht vorwer-
fen, ich würde nicht alles versuchen – immerhin haben
wir uns mit dem grantigen Richard Böhnke auf den Weg
gemacht.

Im nächsten Moment klappte sie das Buch hastig zu, denn
ein Hecheln verriet, dass sich Marie und Boomer näherten.
Und damit auch Richard, denn Marie hatte ihr geschrieben,
dass sie »den Yeti« am Strand getroffen hätten und mit ihm
auf dem Rückweg seien. Die Dämmerung hatte längst eingesetzt, und darum war Paula dankbar, dass Richard Marie
begleitete.

»Hi, Mama.«

Während Marie Paulas Schorle in einem Zug leer trank,
hängte Richard ein feuchtes Handtuch und eine Badehose über
die Zeltleinen und fragte: »Schlafen die Kinder schon? Es ist
so he... ruhig.«

Hatte er »herrlich ruhig« sagen wollen? Paula war sich nicht
sicher. »Ja. Der aufregende Tag hat sie geschafft.«

»Ich geh auch gleich zu Bett«, meinte Marie, während sie den hechelnden Hund ableinte.

Boomer stürzte sich auf den Wassernapf, den sie vor ihm abgestellt hatte. Marie schnappte sich ihren Kulturbeutel und marschierte zu den Sanitäranlagen. Das Klo im Ford zu nutzen, kam für sie nicht in Frage. Auch Richard machte sich auf den Weg zu dem Anbau – mit Duschgel und einem frischen Handtuch, um sich das Salz der Nordsee von der Haut zu spülen.

Paula verstaute das Buch wieder in der Reisetasche, betrat den Camper und schenkte Mineralwasser in zwei Becher. Sie gab sich beim Hantieren keine besondere Mühe, leise zu sein, denn wenn Mats und Lisbeth erst einmal schliefen, brauchte es mehr als Schranktürenklappern, um sie aus dem Traumland zurückzuholen.

Paula bekam einen Kuss auf die Wange geschmatzt, als Marie zurück war und sich einen der Becher schnappte. »Danke und gute Nacht, Mama. Kommst du auch gleich?«

»Ja, ich bin auch müde.«

Ihr Reisebegleiter, der gerade zurückkehrte, erntete ein Winken von Marie. »Nacht, Richard.«

»Gute Nacht, Marie.« Er sah Paula an, nachdem Marie die offene Seitentür des Campers hinter sich zugezogen hatte. »Kann ich mich noch einen Moment zu dir setzen?«

»Natürlich.« Sie deutete auf den Plastikbecher. »Falls du ein Wasser möchtest …«

»Oh, danke.« Genussvoll lehrte er die Hälfte in einem Zug. »Was hast du gemacht, während wir weg waren?«

»Das übliche Abendritual vollzogen. Mit Mats und Lisbeth gespielt, eine Gute-Nacht-Geschichte erzählt, gebetet, gesungen.« Sie lachte leise. »Es war schon gewöhnungsbedürftig, mit ihnen da oben zu liegen, so dicht unter dem Wagendach, aber das Kuscheln gehört nun mal zum Zu-Bett-Bringen dazu, und gestern fiel es schon aus.«

Richard schwieg. Paula glaubte zu erkennen, dass er gedanklich etwas formulierte, und seine nächsten Worte bewiesen, dass sie recht hatte. »Darf ich dich etwas zu Lisbeth fragen? Du sagtest, sie ist vier Jahre alt. Und dein Mann starb vor fünf Jahren.« Er brach kurz ab. »Oder ist das zu persönlich?«

Paula sah ihn an. Sein Gesicht war in der Dämmerung schwer auszumachen, die vom Duschen feuchten Locken stachen dunkel hervor. »Libby wird im Januar fünf. Sie ist Toms letztes und wunderbarstes Geschenk an mich und Marie und Mats gewesen.« Ihre Finger spielten mit dem Plastikbecher in ihrer Hand. »Als er starb ...«, jetzt suchte sie nach den richtigen Worten, »als er einfach *weg* war, waren wir in einer Art Schockzustand. Ich habe versucht zu funktionieren, musste die Kinder auffangen. Meine Eltern sind meine größte Stütze gewesen in dieser Zeit. Nach ein paar Wochen begann ich wieder zu arbeiten. Mats wurde eingeschult, ohne seinen Papa.« Paula schluckte. Erinnerungen waren nicht nur blumig, sie hatten auch Krallen. Mit einem tiefen Atemholen fuhr sie fort. »Dass meine Regel ausblieb, habe ich auf die Trauer und den Stress zurückgeführt, auch die gelegentliche Übelkeit. Ich war so fertig. Und dann stellte ich fest, dass ich schwanger war.«

Die Erinnerung an den Moment dieser Erkenntnis hatte sie nie mit jemandem geteilt. Nicht mit ihrer Mutter, nicht mit Marie. Sie würde sie mit ins Grab nehmen, denn sie war ihr heilig. Es war einer der emotionalsten Momente ihres Lebens gewesen. Die Kinder waren gerade aus dem Haus, als eine plötzliche Übelkeit nach ihr gegriffen hatte. Sie hatte sich ins Bett gelegt, an Tom gedacht und geweint. Und dann war es da gewesen. Ein winziges innerliches Aufflackern. Eine Gänsehaut überlief Paula in der Erinnerung daran. Es war viel weniger als eine Bewegung gewesen, kaum ein Zucken, und dennoch hatte ihr Herz in diesem Moment einen Schlag ausgesetzt. Ungläubig hatte sie sich aufgesetzt, die Hände auf den Unterleib gepresst. »Oh Gott ... oh Tom!« Sie hatte gelacht und geweint und gebetet und gedankt. Nicht eine Sekunde lang hatte sie gezweifelt. Sie hatte es einfach gewusst, gefühlt.

Tom hatte ihr ein letztes, ein großartiges, ein wunderbares Geschenk hinterlassen.

»Lisbeth, das Baby in meinem Bauch, war unser großes Glück in der schlimmsten Zeit unseres Lebens«, sagte sie mit ruhigen Worten. »Sie war Hoffnung.«

Richard saß still da, dann sagte er: »Du bist eine bemerkenswerte Frau.«

Paula wusste nicht, was sie darauf antworten sollte. Sie fühlte sich nicht bemerkenswert. Sie hatte nichts geleistet, sondern ihr Schicksal angenommen wie Tausende andere Frauen und Männer auch, die ihre Liebsten verloren hatten.

Richard schien keine Antwort zu erwarten. Er schwang sich aus dem Stuhl hoch und trank den Becher leer. »Ich hau mich jetzt aufs Ohr.« Als er an ihr vorbei zu seinem Zelt ging, streifte seine warme Hand kurz ihre Schulter. »Gute Nacht, Paula. Morgen suchen wir Toms Kate.«

***

Der nächste Morgen begann mit dem üblichen familiären Chaos, das durch den Aufenthalt auf dem Campingplatz noch getoppt wurde. Mats und Lisbeth tobten in ihren Pyjamas ungewaschen und ungekämmt über den ungemähten Rasen zum Spielplatz, während Paula Mr. Stringer sein Frühstück im Camper vorsetzte und Boomer draußen seine Näpfe gefüllt bekam. Dabei hörte sie, dass Richard anscheinend im Zelt telefonierte, denn seine dunkle Stimme klang durch die Zeltwand.

Marie lag noch im Bett und zog sich mit einem genervten »Oh Mann!« die Decke über den Kopf. »Nie kann ich ausschlafen. Nie!«

Das war natürlich übertrieben, denn zu Hause verschlief sie durchaus halbe Vormittage, auch wenn ihre Geschwister durch die Wohnung stürmten, aber Paula ließ ihr den Schmerz der Gequälten. Solange sie mit dem Ford Nugget unterwegs waren, musste Marie tatsächlich zur Frühaufsteherin mutieren, wenn ihre Geschwister, Hund, Katze und die übrigen Leute auf dem Campingplatz zum Leben erwachten und fröhlich plapperten.

Paula holte Mats und Lisbeth von der blau-rot lackierten Wippe und ging mit ihnen zu den Sanitäranlagen. Eine Katzenwäsche reichte heute Morgen, denn sie hatten alle gestern Abend geduscht. Den Zopf zu lösen, das dichte, nasse Haar zu bürsten, zu föhnen und wieder zu flechten, war immer zeitaufwendig, und darum war Paula froh, dass sie das am Vorabend erledigt hatte. So brauchte sie das Frühstück nicht lange hinauszuzögern, denn Richard wollte schließlich ab Mittag an seinem Roman arbeiten, und bis dahin mussten sie noch den Nordstrander Deich abklappern.

Sie putzten sich die Zähne neben einer Frau um die achtzig, die den Vorteil hatte, ihre Zähne in die Hand nehmen zu können. Ohne Skrupel reinigte sie ihr Gebiss mit einer breiten Bürste direkt unter dem Wasserhahn. Paula gelang es gerade noch rechtzeitig, Lisbeth den Mund zuzuhalten.

Draußen platzte es dann aus der Kleinen heraus. »Mama! Die Frau hat ihre Zähne aus dem Mund rausgenommen!«

»Ja, mein Schatz, das nennt man Gebiss. Das sind Zähne aus Kunststoff, die man vom Zahnarzt bekommt, wenn die eigenen Zähne nicht mehr gut oder wacklig sind.«

Lisbeth zerrte an ihren Schneidezähnen. »Meine sind nicht wacklig.«

»Gott sei Dank. Aber selbst wenn deine Milchzähne herausfallen, wachsen dir neue Zähne, mein Schatz. Ein Gebiss haben nur ältere Leute.«

Mit dieser Erklärung war Lisbeth zufrieden, doch als sie am Camper eintrafen, rief sie Richard entgegen: »Kannst du mal deine Zähne rausnehmen, Richard?«

Er starrte sie an. »Was?«

»Libby!« Paula lachte herzhaft. »Richard ist doch noch kein alter Mann.«

Lisbeths Augenbrauen bildeten ein blondes Dach über den braunen Strahleaugen. »Doch.«

Als Paula Richard aufklärte, wurde sein Blick nicht freundlicher, als er Lisbeth wieder ansah. »Du glaubst, ich bin so alt, dass ich ein Gebiss haben könnte? Das ist hart.«

»Richard ist ungefähr so alt wie ich«, setzte Paula hinterher.

»Haha«, lachte Lisbeth. »Quatsch.«

Richards Blick verdüsterte sich weiter. Und es wurde auch nicht besser, als Marie, die anscheinend vom Bett aus zugehört hatte, aus dem Camper rief: »Das liegt an deinem Look, Richard. Du brauchst unbedingt ein Umstyling. Wenn der Bart ab ist und du eine coole Frisur hast, siehst du nicht mehr so alt aus.«

Richard verdrehte die Augen und sah Paula an. »Ich geh mal Eier holen.« Er deutete in den Camper. »Kaffee ist fertig, und die Brötchen hat Okke auch schon vorbeigebracht.«

»Wunderbar«, entgegnete Paula. Es ging nichts über den ersten Kaffee am Morgen. »Ich bereite das Frühstück vor.«

Zwanzig Minuten später saßen alle gewaschen und gekämmt am Campingtisch. Himmlischer Duft entströmte der Brötchentüte, als Richard sie öffnete und rumgehen ließ, denn für einen Brotkorb fehlte der Platz. Von den Nachbarn links und rechts kamen fröhliche Morgengrüße, die alle erwiderten.

Paula blickte einem Paar hinterher, das händchenhaltend im Bademantel Richtung Deich ging. Die beiden waren um die sechzig, und aus dem vorabendlichen Gespräch der Camper wusste Paula, dass sie kinderlos waren – nicht weil sie es so gewollt hätten. »Es hat nicht sein sollen«, hörte Paula wieder die Worte der Frau, die in diesem Moment hell auflachte, weil ihr Mann wohl etwas Lustiges gesagt hatte, und Paula freute sich über das Lachen. Viele Menschen trugen unerfüllte Wünsche und Sehnsüchte in sich, die ihr Leben auf Wege lenkte, die sie sich nicht ausgesucht hatten. Wege voller Dornen und Schmerz. Es war gut, wenn die Menschen in dem trostlosen Gestrüpp wieder die Blumen sehen konnten, die sie nicht gesät hatten, die ihnen aber leuchteten.

»Guten Appetit«, holte Richards Stimme sie aus den Gedanken. Er biss genüsslich in seine mit Kassler, Käse und Salatgurke belegte Körnerbrötchenhälfte.

»Erst beten, Richard!«, forderte Lisbeth energisch. Sie streckte ihm ihre linke und Marie die rechte Hand entgegen.

Paula nahm Maries und Mats' Hände und war gespannt, ob Richard Mats' andere Hand ergreifen würde.

Richard sah weiterhin Lisbeth an. »Ich bete nicht, Lisbeth, aber glaub mir, ich bin trotzdem mehr als dankbar für dieses Frühstück.« Dann wandte er den Blick schnell von ihr ab, weil er, das vermutete Paula, dem süßen kleinen Schmollmund nichts entgegenzusetzen hatte.

»Das ist aber doof, wenn du gar nicht mitmachst«, ließ Lisbeth ihrem Unmut freien Lauf.

»Beten ist immer freiwillig, Libby«, wandte Paula sich mit einem Lächeln an ihre Kleine. »Möchtest du heute aufzählen?«

»Ja«, stieß Lisbeth freudig aus.

»Lieber Gott …«, begann Paula mit dem Tischgebet, und die Kinder stimmten mit ein: »Große Leute, kleine Leute freuen sich auf das Frühstück heute.«

Dann fuhr Lisbeth allein fort, und ihr Blick huschte dabei über den Tisch. »Zwiebeln und Gurke und noch«, sie stockte kurz, »Nutella und Eier und Brot …«

Die Kinder setzten ein: »… danke, lieber Gott, wir haben keine Not.«

»Guten Appetit«, wünschte Paula in die Runde und schnitt für Lisbeth, die mit Hingabe ein gekochtes Ei abpellte, ein einfaches Brötchen durch.

Richard, der nicht weitergegessen hatte, bis sie zu Ende gesprochen hatten, biss erneut in sein Brötchen. »Was hättet ihr denn gereimt, wenn Lisbeth das Brot nicht erwähnt hätte?«, fragte er mit vollem Mund.

»Das Brot nennen wir immer am Schluss«, sagte Marie und köpfte ihr Ei, dessen Dotter herrlich orangefarben war und anscheinend die perfekte Härte hatte, denn ein genüssliches »Mhmm« kam über ihre Lippen, als sie zu löffeln begann.

»Gestern bei Sarah und Karsten habt ihr nicht gebetet«, meinte Richard, nachdem er den Bissen runtergeschluckt hatte.

»Machen wir nie, wenn wir woanders sind«, klärte Mats

ihn auf. »Sonst denken die Leute, die müssen das mitmachen, und das findet Mama doof.«

Im nächsten Moment spuckte Lisbeth das Stück Ei, das sie gerade abgebissen hatte, auf ihren Teller zurück. »Igitt! Bäh! … Das schmeckt eklig.« Sie griff nach ihrem Becher mit Früchtetee und trank schnell ein paar Züge.

»Was? Die sind doch superfrisch, die Eier.« Paula schnitt ein Stück des noch nicht gegessenen Eiteils ab und roch daran. Das reichte schon. »Riecht nach Fisch, da muss ich gar nicht erst probieren.« Sie nahm das Brötchen und entleerte Lisbeths Teller im Müll.

Richard bot Lisbeth sein Ei an, aber sie schüttelte den Kopf so heftig, dass der blonde Pferdeschwanz nur so flog. »Ich mag kein Ei mehr.«

»Das passiert manchmal«, meinte Richard und schnitt sein Ei in zwei Hälften. »Dann haben die Hennen einen Gendefekt und legen Eier, die streng nach Fisch riechen.«

»Jedes Ei?«, hakte Marie nach, und als Richard nickte, sagte sie: »Dann kann man die Eier von dem Huhn ja nie gebrauchen. Wie doof ist das denn?«

»Für Okkes betroffenes Huhn ist das vermutlich *richtig doof*.«

Er sagte nicht mehr, aber Paula glaubte den Unterton richtig zu deuten. Bei Okke würde es wohl demnächst Hühnersuppe geben.

Fünf

Einer klopft an, der andere macht auf –
Freundschaft.

Paula reckte sich genüsslich im Bett, darauf achtend, dass sie
Mr. Stringer nicht weckte, der am Fußende lag und schnarchte.
Seit sie ihn zu ihrem dreißigsten Geburtstag von Tom bekommen hatte – er war das süßeste Katzenbaby aller Zeiten
gewesen –, schlief er lieber bei ihr im Bett als im Körbchen.
Gut, manchmal nächtigte er auch in offenen Schubladen oder
herumstehenden Kartons, aber er wusste die Bettwärme zu
schätzen. So wie sie.

Es war kurz nach sieben, und da die Kinder alle noch schliefen – sonst wäre Lisbeth längst zu ihr ins Bett gekrochen –,
würde sie diesen Montagmorgen einfach genießen und etwas
tun, für das nur sehr selten der geeignete Moment war. Sie
schlüpfte vorsichtig aus dem Bett, doch der Kater hatte die
Bewegung registriert und hob den Kopf.

Paula trat ans Fenster und ließ die Außenjalousie hochfah-
ren. Sie hatte sie am Vorabend nicht ganz heruntergelassen,
weil die komplette Dunkelheit im Raum sie störte, das war sie
einfach nicht gewohnt. Während der Motor leise surrte und
das Morgenlicht sich seinen Weg ins Zimmer bahnte, dachte
Paula an ihr Schlafzimmerrollo im Pastorat. Drei-, viermal
musste man das alte Ding nach unten reißen, bevor es sich
träge nach oben aufrollte.

Der Himmel über Föhr hatte an Weite verloren. Verschiedene Wolkenbänke des Vorabends hatten sich zu einem einzigen Grau vereint und verdeckten Sonne und Himmelblau. Ein
Grund mehr, das zu tun, was sie tun wollte. Im Shorty verließ
sie das Schlafzimmer und nahm die Treppe nach unten, gefolgt
von Mr. Stringer. In der Küche stellte sie den Kaffeevollauto-

maten an und nahm einen der eleganten hohen Kaffeebecher aus dem Schrank, die wie eine cremefarbene Klonarmee darin aufgereiht waren. Es waren mindestens zwölf Stück. Halb so viele Espresso- und Kaffeetassen der gleichen Serie standen im Fach darüber. Ganz unten fand sich ein Dutzend identischer schlanker Wassergläser. Die verstorbene Gudrun Konradi war eine liebenswürdige, empathische Frau gewesen. Das hatte Paula immer wieder festgestellt, wenn sie sich über Gott und die Welt unterhalten hatten, wobei die Gespräche über Gott, so wie Gudrun ihn gesehen und empfunden hatte, zum Ende hin mehr geworden waren. Gehaltvoll waren die Worte gewesen, und sie hatten nicht nur der Sterbenden Kraft gegeben, sondern auch Paula. Zu erfahren, wie unterschiedlich Gott von den Menschen wahrgenommen wurde, war ergreifend, insbesondere, wenn die Macht des Glaubens solch ein Kraftspender wie bei Gudrun war. Angstfrei zu sterben, war ein so unfassbar großes Geschenk.

Paula lächelte mit Blick in den Küchenschrank. Einrichtungsmäßig unterschied sich ihr Geschmack völlig von Gudruns – das hatte sie schon beim ersten Erkunden des Hauses und der Schränke bemerkt. Sie sah ihren eigenen Küchenschrank im Pastorat vor sich. So viele verschiedene Becher befanden sich darin. Bunte, einfarbige, geblümte, gestreifte, mit lustigen Sprüchen und auch mit der einen oder anderen abgestoßenen Kante.

Der Kaffeeautomat war auf ihrer Seite, wollte weder gereinigt noch mit Wasser oder Bohnen befüllt werden und surrte los. Der köstlich aromatische Duft des frisch gemahlenen Kaffees ließ sie genießerisch seufzen, und als Mr. Stringer maunzend um ihre nackten Knöchel strich, bekam er sein Frühstück, weil er sonst sowieso keine Ruhe geben würde. Von Boomer war nichts zu sehen und zu hören, was Paula nicht irritierte. Er schlief meistens in einem der Kinderzimmer. Vorsorglich befüllte sie seinen Napf und ließ die Küchentür offen, als sie mit dem Kaffeebecher leise die Treppe hinauf und wieder ins Bett schlüpfte. Glücklich und zufrieden stopfte sie sich ein Kissen in den Rücken und trank in kleinen Schlucken ihren Kaffee.

Herrlich.

Mit Blick durchs Fenster in den Bleihimmel tat es ihr leid für Henriks Kollegen, der heute mit dem Camper starten würde, denn der R.SH-Moderator hatte während der gestrigen Rückfahrt mehrfach empfohlen, bis Dienstag immer einen Schirm dabeizuhaben. Paula störte es nicht, dass die Sonne heute wohl nicht mehr scheinen würde. Es gab genug zu tun. Sie hatten den Ford Nugget zwar am Freitagabend direkt entladen, als sie zurück im Greveling gewesen waren, aber es gab noch jede Menge Wäsche zu waschen, und der Wocheneinkauf wollte getätigt werden. Ihre Gedanken wanderten zu Richard, dem sie herzlich gedankt hatte, dass er diese Ferienfahrt ermöglicht hatte, auch wenn sie nicht von Erfolg gekrönt gewesen war.

Mit den Worten »Ich fand es auch inspirierend« hatte Richard sich verabschiedet, als der Camper leer gewesen war und sie das Gepäck in die Doppelhaushälften getragen hatten. Als sie Richard Geld für die Waschstraße gereicht hatte, hatte er abgewinkt. »Setz es auf die Liste.«

Die Liste. Es gefiel Paula nicht, dass er es abgelehnt hatte, sich bei allem eingeladen zu fühlen. Schließlich opferte er seine Freizeit für sie und die Kinder. Doch da hatte sie auf Granit gebissen. So hatten sie schließlich vereinbart, alle Ausgaben wie Benzin- und Campingplatzkosten, Proviant et cetera aufzulisten, um am Ende abzurechnen. Schließlich würden sie in wenigen Tagen erneut starten. Und bei diesem Gedanken fiel ihr ein, dass sie doch googeln wollte, was Richard veröffentlicht hatte, und sie nahm ihr Smartphone zur Hand. Die Recherche ergab, dass er zwei Bücher in Gemeinschaftsarbeit mit Kollegen geschrieben hatte. Zwei weitere Bücher – Hardcover – waren vor zwei beziehungsweise fünf Jahren erschienen und beschrieben die Flüchtlingsbewegungen des frühen 21. Jahrhunderts in politischem und geschichtlichem Zusammenhang. Paula entschied, das neuere der beiden Bücher zu kaufen, allerdings nicht online. Sie würde es in einer der Wyker Buchhandlungen bestellen.

Gerade als Paula erneut genüsslich einen Schluck Kaffee

trank, erklangen Geräusche vor der Tür. Lächelnd stellte sie den Becher auf dem Nachttisch ab, rutschte im Bett nach unten und zog sich dabei die Decke über den Kopf. Lisbeth liebte dieses Ritual. Mit einem Kribbeln im Bauch würde sie darauf warten, dass die Mama mit gruseligen Lauten unter der Decke hervorkam und nach ihr griff. Mit viel Gekicher würden sie sich dann im Bett wälzen und kuscheln. Wenn Mats dazustieß, artete es auch gern mal in einer Kissenschlacht aus.

Als sich die Tür schwungvoll öffnete, riss Paula sich die Decke vom Körper. In ihr dunkles »Wuahh!« mischte sich allerdings kein fröhlich-kindliches Kreischen, sondern ein Schrei, der Tote erwecken konnte.

Paula fuhr zusammen. »Danka!«, rief sie mit Herzklopfen aus, den Blick auf die Reinigungskraft gerichtet, die beide Hände auf die Brust gepresst hielt und sie anstarrte, als wäre sie der Leibhaftige.

»Großes Gott!« Dankas dunkle Augen waren immer noch weit aufgerissen. »Paula!« Sie atmete tief aus. »Hab ich Schreck gekriegt. Du hier in Bett? Heute nicht auf Suche nach Haus von Großmutter? … Ich nicht wissen können«, stammelte die Kroatin. »Tut leid mir sehr. Ich gedacht, ich kann kommen ruhig heute zum Putzen, weil keiner da.«

»Tut mir leid, Danka. Ich hätte dir aufschreiben sollen, wann genau wir zurück sind. Außerdem kann ich mich doch in den Ferien selbst um das Haus kümmern. Ich weiß ja auch, wo der Staubsauger steht.«

Dieser Vorschlag fand nicht Dankas Wohlwollen. »Du nix machen selbst. Ich hier Putzfrau. Du Urlaub. Ich mach dein Zimmer zuletzt, wenn du ausgeschlafen. Okay?«

Paula blinzelte. Was war mit Dankas Lidern? »Hast du geweint, Danka?«, hakte sie direkt nach. »Ist etwas passiert? Oder hast du eine Allergie? Deine Lider sind ganz geschwollen.«

Danka zögerte kurz, bevor sie sagte: »Ist nix. Ich jetzt mach mein Arbeit.« Sie drehte sich um und zog die Schlafzimmertür hinter sich zu.

Paula sprang aus dem Bett, riss die Tür auf und folgte der Kroatin die Treppe hinunter. »Ich möchte dich nicht bedrängen, Danka, aber ich kann gut zuhören. Ich mache uns einen Kaffee, und dann erzählst du mir in Ruhe, was dich bedrückt.« In diesem Moment kamen Mats und Lisbeth aus ihrem Zimmer. »Du musst in dein Bett gehen«, forderte Lisbeth ungnädig, als sie ihre Mutter auf der Treppe sah. »Du musst uns doch erschrecken.«

Paula sah von den Kindern zu Danka, die heftig abwinkte und sagte: »Kümmer dich um Kinder. Ich kein Hilfe brauche. Ich hab nur Problem, das schon immer da.« Sie lächelte schief. »Ich bald wieder besser. Mein Arbeit ist beste Medizin.«

Mit diesen Worten verschwand sie in der kleinen Abstellkammer neben der Küche. Und während Paula von den Kindern in ihr Schlafzimmer gezogen wurde, erklang unten der Staubsauger.

✳✳✳

Am Montagnachmittag erinnerte Paula sich wieder an die Ansage des Radiomoderators und bedauerte, nicht auf ihn gehört zu haben. Statt zu Fuß zu gehen und den Regenschirm mitzunehmen, hatte sie sich von Mats und Lisbeth überreden lassen, mit den Fahrrädern in die Wyker Innenstadt zu fahren. Sie wollten sich die weiterführende Schule ansehen, in die Marie und Mats nach den Ferien gehen würden – Marie hatte allerdings abgelehnt, sie zu begleiten, weil sie sich »den Kasten« bei einer ihrer Erkundungstouren schon angeguckt hatte.

Der Regen pladderte in Bindfäden aus den grauen Wolken, als sie schließlich im Rebbelstieg vor der Eilun-Feer-Skuul standen, einem Gymnasium mit Regionalschulteil.

»Der Name der Schule ist nordfriesisch«, gab Paula ihr ergoogeltes Wissen preis. »Übersetzt heißt das ›Insel-Föhr-Schule‹.«

»Aha.« Mats klang nur mäßig interessiert. Er beäugte den

zweckmäßigen dreigeschossigen Bau skeptisch, äußerte sich dann aber überraschend gnädig. »Ist okay.«

»Ja, finde ich auch«, antwortete Paula dankbar.

Die tragische Tatsache, dass die Sommerferien auf den Inseln eine Woche früher endeten als auf dem Festland, hatte Mats allerdings noch nicht verwunden, was seine nächsten Worte bezeugten. »Aber dass ich nur fünf Wochen Ferien hab, ist obermegadreckdoof. Ben und Muhammad haben voll gelacht.«

»Du kannst dafür im Oktober lachen. Die Woche wird doch an die Herbstferien drangehängt«, antwortete Paula – nicht zum ersten Mal, denn das Thema hatten sie bereits mehrfach diskutiert. Aber die Aussicht auf drei Wochen Herbstferien wog anscheinend die verlorene Woche im Sommer nicht auf, denn Mats steckte sich den Zeigefinger in den Mund und tat, als müsste er brechen.

Wenigstens färbte Mats' schlechte Laune nicht auf Lisbeth ab. Es störte sie nicht, dass sie kein Kindergartengebäude angucken konnten, denn sie würde den evangelischen Naturkindergarten in der Wyker Kuhle besuchen. Das ganzheitliche Konzept der Einrichtung hatte Paula außerordentlich gut gefallen, sodass sie Lisbeth dort angemeldet hatte – natürlich nicht, ohne sie vorher zu fragen. Lisbeth hatte begeistert zugestimmt, als Paula ihr Details von der Website der Kirchengemeinde St. Nicolai vorgelesen hatte. Buddeln, schnitzen und sägen, schaukeln, wandern und forschen, gemeinsames Frühstück im Freien und dann noch der tolle bemalte Bauwagen, in den die Gruppe sich bei starkem Regen zurückziehen konnte … all das hatte Lisbeths Augen leuchten lassen.

Auf dem Rückweg bogen sie in die Badestraße ab und radelten durch den kleinen Wald, denn es hatte aufgehört zu regnen, und die Kinder wollten unbedingt auf den Spielplatz. Paula ließ sie gewähren, obwohl die Bänke zu nass waren, um sich zu setzen. Im Stehen sah sie Mats und Lisbeth beim Klettern, Schaukeln und Rutschen zu. Laub, Erde und ein Hauch Moder vereinten sich zu dem typischen Geruch des Waldes, der durch die Feuchtigkeit noch an Intensität zugelegt hatte. In tiefen, ruhigen Zügen atmete sie die abgekühlte würzige Luft bewusst ein, während ihre Gedanken zu Henrik Kock wanderten, den sie seit ihrer Rückkehr noch nicht gesehen hatte. Die Tatsache, dass sie sich immer mal wieder in den Garten begeben hatte, ohne dass sie dort etwas gewollt hatte, war beschämend. Sie war doch kein Teenie mehr. Aber es ließ sich nicht leugnen: Sie sehnte eine Begegnung herbei.

Als sie zurück im Greveling waren, dachte Paula im ersten Moment, ihr Wunsch würde sich erfüllen, denn Maries Stimme war durch die offen stehende Terrassentür zu hören, und eine männliche Stimme antwortete ihr. Doch es war nicht Henrik, mit dem ihre Älteste sprach, sondern der Gärtner. Oder wohl eher der Gehilfe des Gärtners, korrigierte Paula sich, als sie die Terrasse betrat. Der junge blonde Mann war höchstens achtzehn und ging eher als Junge durch. Er stand neben einem der Blumenbeete, beide Hände auf den Stiel eines Dreizacks gelehnt, und lachte gerade über eine Bemerkung von Marie.

»Hi, Mama«, sagte Marie, als sie Paula sah. »Das ist Torge. Er hat gefragt, ob ich Lust habe, heute Abend zu einem Sit-in am Strand mitzukommen.«

Paula begrüßte den Jungen und hakte nach. »Bei dem Wetter macht ihr Party?«

»Wieso? Soll doch trocken bleiben«, meinte Torge und bewies damit, dass Inselkinder keine Empfindlichkeiten beim Wetter zeigten. »Ein Kumpel hat Geburtstag, und da hängen wir einfach am Strand ab. Quatschen, hören Musik …«

»Da kann ich doch mit hingehen, Mama«, meinte Marie mit Bettelblick. »Da lern ich gleich mal ein paar Leute kennen.«

Marie hatte schon immer schnell Kontakte geschlossen. Paula hatte zwar damit gerechnet, dass Marie erst nach Schulbeginn hier Freunde finden würde, aber sie wollte keine Spielverderberin sein. Dennoch gab es eine Hürde. »Wie alt wird denn dein Freund?«, hakte Paula nach.

»Achtzehn.«

»Marie ist erst fünfzehn, und da fließt doch bestimmt Alkohol, oder?«

»Mama!«, giftete Marie. »Ich werde in vier Wochen sechzehn!«

»Und jetzt bist du fünfzehn. Aber das besprechen wir nachher«, wiegelte Paula ab. Verhaltensmaßnahmen in Bezug auf Alkohol mussten nicht vor Torge diskutiert werden. »Meinen Segen hast du schon mal«, sagte Paula mit einem Lächeln zu Marie. Sie erntete dafür einen Schmatzer auf die Wange, dann besprach Marie mit Torge, wo sie sich wann einzufinden hatte.

»Und das ist dein Chef?«, wandte Paula sich noch einmal an den Jungen, während sie einen Mann in blauem Shirt und grüner Latzhose am Ende des Grundstücks beobachtete, der dabei war, die Heckenrosen auf den Steinwällen zu stutzen.

»Das ist mein Bruder«, lautete die Antwort, was erklärte, warum Torge hier so gechillt abhängen konnte, ohne einen Anpfiff zu riskieren.

»Dann werde ich ihm auch mal Hallo sagen«, beschloss Paula und machte sich auf den Weg den Rasenhang hinunter.

Das Gras musste nicht durch den Gärtner gemäht werden, denn Dr. Konradi hatte einen Mähroboter, der Tag für Tag unermüdlich seiner Bestimmung auf dem großen Grundstück nachging, um dann in seiner Hundehütte, wie die Kinder die winzige Garage nannten, Energie an der Ladestation zu tanken. Wobei der Begriff »Hundehütte« dem kleinen Nobelbau definitiv nicht gerecht wurde, denn der Kardiologe hatte es sich nicht nehmen lassen, den Holzbau mit einem kleinen Reetdach zu schmücken, sodass er perfekt zum Haus und dem reizenden Gartenpavillon passte.

Gartenbaumeister Erk Ahlsen war freundlich, hielt aber nicht in der Arbeit inne, als Paula ihn begrüßte und mit ihm plauderte. Sie stellte ihm ein paar interessierte Fragen zu dem Familienbetrieb, den seine Eltern, er und der kleine Bruder gemeinsam auf der Insel führten.

»Sind Sie ganzjährig hier bei Dr. Konradi tätig?«, fragte

Paula neugierig. »Im Winter ist es arbeitsmäßig doch bestimmt ruhiger.«

Er nickte. »Ja, im Winter ist natürlich nicht so viel zu tun, aber hier im Greveling machen wir bei vielen Häusern den Winterdienst mit Schneeräumen und allem Drum und Dran. Trotzdem ist dann natürlich auch mal Zeit für einen Urlaub. Aber jetzt im Sommer kommen wir kaum noch hinterher.« Er sah kurz auf und deutete auf das Nachbargrundstück von Frau Vormbeck und die Häuser dahinter, für die er anscheinend auch zuständig war. »Leute für die Saison zu finden, ist nicht einfach. Von Frühjahr bis Herbst könnten wir eine Vollzeitkraft einstellen, aber eben nicht im Winter. Und das macht es natürlich schwierig.« Dann stutzte er, den Blick über Paulas Schulter gerichtet. »Guck ich richtig?«

Paula drehte sich um und seufzte. Mr. Stringer saß auf dem Mähroboter und fuhr den Hang hinunter. Auf der Terrasse standen die drei Kinder um Torge herum, der sich vor Lachen krümmte.

»Ich mag das nicht, wenn sie das tun«, sagte Paula. »Mr. Stringer gefällt es zwar, sonst würde er wieder runterspringen, aber er schlägt immer so unruhig mit dem Schwanz, dass ich Angst habe, der Schwanz könnte unter den Mäher geraten.« Sie ging auf den Roboter zu und hob den Kater herunter. Nach oben rief sie: »Ihr sollt das lassen. Wie oft muss ich das noch sagen?« Die Antwort war Lachen.

Mit Mr. Stringer auf dem Arm unterhielt sich Paula noch eine Weile mit Erk Ahlsen. Den Kaffee, den sie ihm anbot, lehnte er ab. »Das ist freundlich, aber wir müssen gleich weiter.« Und dann grölte er Richtung Terrasse: »Torge! Bist du da oben fertig? Dann schwing deinen Hintern hier runter und hilf mir.«

Torge winkte mit dem Dreizack und grölte zurück. »Ja, Mann, gleich. Ich unterhalte mich hier mit der Kundin.« Er deutete auf Marie.

Jetzt musste Paula lachen.

Erk Ahlsen stimmte halbherzig mit ein und murmelte: »Wenn er so schnell arbeiten würde, wie er sabbeln kann ...«

Paula hatte ein wenig Mitleid mit ihm, denn der braun gebrannte Erk sah in seiner sehnigen körperlichen Vitalität doch auch ein wenig abgespannt aus. »Ich drücke Ihnen die Daumen, dass Sie jemanden als Hilfe finden«, verabschiedete sie sich.

»Oma, hier ist sooo viel Sand«, erzählte Lisbeth ihrer Großmutter mit leuchtenden Augen. »Und auch ganz viel Meer. Und mein Peppa-Wutz-Eimer ist schon ganz voll mit Muscheln. Einmal hab ich den aus Versehen umgeschubst, aber dann hab ich die Muscheln wieder eingesammelt. Und dann hab ich auch noch geschrien, weil da ein Krebs war. Aber der war tot. Und dann haben Mats und ich den eingegraben.«

Paula nutzte Lisbeths Luftholmoment, um ihren Eltern, mit denen sie sich via Facetime auf dem iPad verabredet hatten, zuzuzwinkern. Lisbeth durfte immer als Erste berichten, wenn sie chatteten, dann war Mats dran. Marie fiel heute raus, weil sie oben war und sich für das Strandtreffen »fertig machte«.

Paulas Bemerkung »Wieso ›fertig machen‹? Da ziehst du eine Jacke an und gehst los« hatte Marie ungläubig kommentiert. »Echt jetzt, Mama? Du glaubst ernsthaft, ich geh dahin, ohne mich zu schminken? Ohne mich umzuziehen? Du hast dich doch auch aufgebrezelt, als du bei Henrik eingeladen warst.«

Paula wurde aus den Gedanken gerissen, als Lisbeth weiterplauderte. »Kannst du deine Zähne rausnehmen, Opa? Richard kann das nicht. Mama sagt, er ist noch gar nicht alt, aber das stimmt nicht.«

Nachdem Opa Christian versichert und auf Lisbeths Bitte hin durch einen Ziehversuch demonstriert hatte, dass seine Zähne festsaßen, fragte Paulas Mutter: »Richard? Ist das dieser Nachbar, der euch gefahren hat?« Sie suchte den Blickkontakt zu ihrer Tochter.

Doch Mats sprach schon weiter. »Der schreibt ein Buch, wenn wir parken.«

»Der wohnt neben uns«, krähte Lisbeth dazwischen. »Bei Henrik.«

»Henrik?« Oma Doris klang für Paulas Geschmack ein wenig zu interessiert, und daher war sie dankbar, als Marie hinter ihnen auftauchte und fröhlich in die Kamera strahlte. »Hi, Opa! Hi, Oma! Geht's euch gut?« Sie erzählte ein wenig, dann kreischte sie, weil Mats ihr den Zeigefinger in den Bauchnabel bohrte, der frei unter ihrem hautengen lavendelfarbenen Shirt hervorblitzte.

»So willst du los?«, fragte Paula. Nicht weil sie sich an dem bloß liegenden Bauchnabel störte, alle Mädchen machten diese Shirtmode mit, doch ...»Du wirst dich erkälten. Es hat sich nach dem Regen mächtig abgekühlt.«

»Mama, das hier ...«, Marie zupfte an dem blauen Hoodie, den sie sich um die Hüften geschlungen hatte, »ist keine Deko.«

Paula seufzte. »Dann viel Spaß, mein Schatz. Ich verlasse mich auf dich.«

Sie hatten besprochen, dass Marie spätestens um zweiundzwanzig Uhr dreißig zurück sein musste und hochprozentiger Alkohol tabu war. Einen Prosecco oder ein Biermischgetränk hatte Paula gestattet, wohl wissend, dass es vielleicht nicht bei einem Getränk bleiben würde. Aber Marie war ein vernünftiges Mädchen und hatte glücklicherweise keinen großen Gefallen an Alkohol, was für Paula ruhig noch ein wenig so bleiben durfte.

Als Marie beim Abschied mit ihrem Geschenk für das Geburtstagskind – einem Umschlag mit blauer Schleife – in die Kamera winkte, hakte der Opa nach: »Ich hoffe, das ist ein Büchergutschein.«

Marie verdrehte die Augen. »Opa, Büchergutscheine sind voll oldschool. Ich weiß ja nicht mal, ob der gern liest. Das ist ein Online-Wunschgutschein ... Hab euch lieb!« Sie schmatzte einen Luftkuss in die Kamera und einen Richtung Sofa und verschwand.

»Büchergutscheine sind oldschool«, wiederholte Christian Schmitt erschüttert die Worte seiner Enkelin. »Ich wusste, dass wir verloren sind.«

Paulas Mutter ging nicht darauf ein. Ihr Fokus lag auf einer anderen Sache. »Und die Nachbarn sind alle nett?«

»Ja«, antwortete Paula. »Von Frau Vormbeck habe ich ja schon berichtet. Heute haben wir die Gärtner kennengelernt.«

Danka Mazur musste sie nicht erwähnen, denn von der Reinigungskraft hatte sie ihren Eltern ebenfalls schon erzählt. Paula hatte ein absolutes Vertrauensverhältnis zu ihren Eltern. Sie chatteten fast jeden Tag in der WhatsApp-Familiengruppe, insbesondere, seit ihre Eltern sich auf Weltreise befanden. Neben lustigen Bemerkungen oder einem schnellen Gruß gab es nun immer Fotos in Hülle und Fülle, mit Motiven, von denen eines schöner als das andere war.

Da Paula ihrer Mutter ansah, dass sie noch einmal in Sachen Nachbarn nachhaken wollte, vor allem, was die männlichen betraf, fragte sie schnell: »Und wohin fahrt ihr jetzt als Nächstes, Papa?«

Ihre Eltern unternahmen die Reise, die sie eigentlich vor fast vier Jahren gemeinsam mit Manfred und Gudrun Konradi hatten machen wollen. Doch sie hatten darauf verzichtet, um nach Toms Tod für Paula und die Enkelkinder da zu sein. Nun tourten sie bis Mitte Oktober in zwei Wohnmobilen durch Nordamerika und Kanada – ohne Gudrun, was Paula unendlich leidtat für den lieben Manfred. Anschließend würden ihre Eltern für nur drei Tage zum Kofferpacken nach Hamburg zurückkehren, um danach eine viermonatige Kreuzfahrt auf einem Traumschiff anzutreten.

»Von Seattle fahren wir direkt nach Spokane zu George und Meryl«, lautete die Antwort von Christian Schmitt. »Und dann weiter nach Montana. Deine Mutter freut sich schon auf den Glacier-Nationalpark … Nicht wahr, mein Schatz? Wir wollen Grizzlys sehen.« Er nahm Doris in den Arm und drückte ihr einen Kuss auf die Wange.

Paula wurde warm ums Herz. Ihre Eltern so glücklich zu sehen, machte *sie* glücklich. Endlich durften die beiden sich ihren Traum erfüllen. »Und dann geht's hoch nach Kanada?«, hakte Paula nach. Die Liste mit den festgelegten Orten, die ihr

Vater ihr geschickt hatte, lag in einer der Küchenschubladen, weil es im Hause Konradi keine Pinnwand gab, die man mit allem Möglichen und Unmöglichen beladen konnte.

»Vor Kanada kommt noch North Dakota«, korrigierte ihr Vater sie.

»Das ist einfach herrlich«, sagte Paula. »Ihr werdet noch so viel Wunderschönes sehen.«

Und so viele traumhafte Stationen würden mit dem Kreuzfahrtschiff noch folgen. Die Kapverden, Rio de Janeiro, Montevideo, Chile, Australien, Südafrika und dazu Trauminseln wie die Osterinsel, Tahiti und Mauritius.

Doch so exotisch diese Orte auch sein mochten, Paula verspürte nicht den Hauch von Neid. Hier auf Föhr in der »Friesischen Karibik«, wie die grüne Insel nicht gerade dezent übertrieben genannt wurde, fühlte sie sich unendlich wohl. Allein die Aussicht, jeden Tag ohne Verpflichtungen genießen zu dürfen, einfach nur *zu sein*, mit den Kindern, mit sich selbst … das war purer Luxus und ein so großes Geschenk.

***

Am nächsten Tag radelte Paula mit Mats und Lisbeth nach Nieblum. Das kleine Dorf lag knapp fünf Kilometer westlich von Wyk, und sie brauchten ein wenig, denn Lisbeth musste auf ihrem blauen Kinderfahrrad ordentlich strampeln, weil der Wind von vorn kam. Der Vorteil des Windes: Er trieb die Wolken fort, sodass der Himmel vielleicht schon am Nachmittag aufklaren würde.

Sie schlossen die Fahrräder neben dem Friedhof an und gingen in die Kirche. Kühle empfing sie im Vorraum, und der Geruch von Altertum kitzelte die Nasen. Während die Kinder sich auf die lange grüne Holzbank setzten und »Bushaltestelle« spielten, betrachtete Paula die mit Fotografien und Gemälden geschmückte Wand darüber. Lange verweilte ihr Blick auf zwei Bildern von Konfirmanden und Konfirmandinnen, die, wie der Schriftzug in der unteren rechten Ecke verriet, im Jahr 2016 aufgenommen worden waren. Das eine zeigte acht Mädchen, allesamt in friesischer Tracht, was Paula eine Gänsehaut bescherte, denn ihre Gesichter und ihre Haltung wiesen darauf hin, was sie waren: moderne junge Frauen, die die Tradition lebten und voller Stolz und Freude in die Kamera strahlten. In den Händen hielten sie je ein Gesangbuch, geschmückt mit Blumen. Und wirkten die Trachten mit den dunklen Röcken auf den ersten flüchtigen Blick vielleicht gleich, offenbarte sich jedoch schnell, wie unterschiedlich, wie einzigartig eine jede war. Weiße Spitzen zierten die Ärmel, doch keine der langen weißen Schürzen glich der anderen, sondern sie unterschieden sich detailreich in Spitzen und Mustern mit Lochstickereien. Genau wie der auffällige wunderschöne Brustschmuck, der jeder für sich ein filigranes silbernes Kunstwerk war.

Paula ging ein paar Schritte und betrachtete das Foto mit den Jungen. Es war eine großartige Momentaufnahme und erinnerte Paula an die Jungs, die sie bisher konfirmiert hatte. Die jungen Föhrer trugen moderne Anzüge – vermutlich zum ersten Mal – mit Hemd und Krawatte. Was Paula an dem Bild liebte, war der Gesichtsausdruck der Jungen, ihr Verhalten … Man sah ihnen die Aufregung an. Sie alberten herum, und die Blicke gingen alle in eine Richtung, und Paula war sich sicher, dass sie zu den Mädchen schauten, die vielleicht gerade für den Fotografen Aufstellung nahmen.

»Mama, nun hör auf zu gucken.« Lisbeth zog an Paulas Hand. »Du bist der Busfahrer und musst fragen, wo wir hinwollen.«

Paula tat den Kindern den Gefallen. In den Händen ein imaginäres Lenkrad, fuhr sie mit Motorengeräusch durch den Vorraum und hielt dann an der Bank, wo Mats und Lisbeth warteten. Sie drückte einen Knopf, imitierte das Öffnen der Tür, und die beiden erhoben sich.

»Wo möchten Sie hin?«, fragte Paula, als Mats vor ihr stand – Lisbeth hatte sich, wie es sich für einen Fahrgast gehörte, hinter ihm angestellt.

»Nach Grönland.«

»Oh, eine weite Tour«, sagte Paula. »Das wird teuer.« Sie tippte etwas in die Luft und sagte: »Hundertfünfzig Euro bitte.«

»Das ist echt teuer«, meinte Mats, fummelte imaginäre Geldscheine aus seiner Hosentasche und reichte sie Paula.

»Glauben Sie mir, das ist schon ein Freundschaftspreis.« Lisbeth kam billiger davon, denn sie wollte zu Okke Ketelsen, um im Autoreifen zu schaukeln.

Nachdem auch die Kinder einmal Busfahrer gewesen waren und ihre Mutter amüsiert nach Kleinkleckersdorf und auf den Himalaja gefahren hatten, betraten sie das Kirchenschiff. Da Paula wusste, dass die beiden sich dort schnell langweilen würden, versuchte sie Mats und Lisbeth mit Vergleichen zum Hingucken zu animieren. Was ist hier anders als in unserer Hamburger Kirche, lautete die Frage, bei der die beiden mehr als ausreichend Punkte fanden, denn zwischen den Grundsteinlegungen der beiden Kirchen lagen mehrere hundert Jahre.

»Hier ist das Kreuz mit Jesus. Das haben wir auch.« Libby betrachtete den Gekreuzigten. »Sein Papa ist Gott.«

»Genau, mein Schatz.« Paula blieb davor stehen und sprach ein stilles Gebet. Trinität, Dreieinigkeit, war das, was den Gott der Christen ausmachte, was ihn von allen anderen Göttern der unterschiedlichen Religionen unterschied. Gott war kein unitarischer Gott, sondern in der Einheit mit Jesus Christus und dem Heiligen Geist vollendet.

Mats fiel sofort das Votivschiff ins Auge, das von der Kirchendecke hing, während Lisbeth weiterging und mit zusammengezogenen Brauen vor einer fast drei Meter hohen Figur verharrte, die ihren Ausruf »Das ist ein böser Mann!« durchaus rechtfertigte, fand Paula, denn die Figur stand auf dem Rücken eines Mannes, der am Boden lag.

Mats kam dazu. Gemeinsam entschieden die Kinder, dass der am Boden liegende kleine Mann ein Pirat war – die Kleidung machte diese Annahme durchaus möglich – und »der große Mann mit dem Schaf« ihn geschnappt hat.

Paula griente in sich hinein. Das Schaf war ein Lamm, das auf einer Bibel auf der Hand des Mannes ruhte. Doch wer war der Heilige? Vielleicht Petrus? Und wer war der Unterjochte?

Ein leises Lachen hinter ihnen ließ sie sich umwenden. »Ich liebe die Interpretationen zu dieser Darstellung«, sagte ein junger Mann in Jeans und Poloshirt. »Gerade wenn sie aus Kindermund kommen.« Dann fügte er ein fröhliches »Guten Morgen« an und ging vor Lisbeth in die Knie. »Der große Mann ist Johannes der Täufer. Nach ihm ist unsere Kirche benannt. Und der Mann, auf dem Johannes steht, ist König Herodes. Weil der König Herodes etwas sehr Böses getan hat, befindet sich Johannes auf ihm. Das soll zeigen, dass das Gute letztendlich immer über das Böse siegt.«

Paula und die Kinder betrachteten die Figuren unter diesem Aspekt erneut. Die Botschaft der bildhaften Darstellung war nun eindeutig, aber für Betrachter ohne Information nicht ersichtlich.

»Das ist doch kein König«, brachte Lisbeth ihr Unverständnis auf den Punkt. »Der hat ja gar keine Krone auf.«

Der junge Mann erhob sich. »Ich gebe dir recht.« Er sah Paula aus Augen an, die wohl jeden an Vergissmeinnicht erinnerten. »Darum hat es wohl auch so lange gedauert, bis der am Boden Liegende als Herodes identifiziert wurde.«

»In unserer Kirche gibt's keine Schiffe«, wandte Mats sich an ihn, auf das Votivschiff im hinteren Teil der Kirche deutend. »Kann man die irgendwo kaufen?« Er sah seine Mutter an. »Dann könntest du auch eins in unsere Kirche hängen.«

Der Mann sah Paula an. »Ihre Kirche? Habe ich etwa eine Kollegin vor mir?«

»Wenn Sie hier der Pastor sind, ja«, erwiderte Paula lachend.

»Das freut mich.« Er reichte ihr die Hand. »Ich bin Lennart Bohnkamp.«

Paula stellte sich und die Kinder vor, und gemeinsam streiften sie durch die Kirche, die so unglaublich viel Sehenswertes bot, dass sie nicht dazu kamen, überall ins Detail zu gehen. Nicht nur die Kinder faszinierte das aus einem Findling herausgearbeitete Taufbecken, das mit dem unheimlichen Mischwesen aus Löwe und Schlange besonders Mats' Phantasie anregte. Schließlich hatte das Unwesen einen Menschen bereits zur Hälfte verschlungen.

Zart strich Paula mit den Fingern über die Figuren, nachdem Lennart Bohnkamp erzählt hatte, dass der Taufstein im 12. Jahrhundert geschaffen worden war. Durch so viele Epochen hindurch gab es dieses Taufbecken schon! Was hätte es zu berichten, wenn es sprechen könnte. Freud und Leid waren mit den Menschen in die Kirche getragen worden. Lachen und Tränen, Liebe, Wünsche und Versprechungen … Die Mauern einer Kirche umhüllten so viele Empfindungen. Paula fühlte immer Ehrfurcht, besonders, wenn sie in so alten Kirchen war. »Gefühle sind für mich göttliche Energie«, sprach sie aus, was sie empfand, während sie die weiß verputzten Wände der Kirche betrachtete, die an vielen Stellen abgeblättert und verblichen waren. »Darum kann ich schlecht damit umgehen, wenn alte Kirchengebäude verkauft werden. Ja, sie werden entweiht, bevor sie weltlichen Zwecken zugeführt werden, aber das nimmt den Mauern nicht das, was sie beherbergt haben, oder?« Sie sah ihren Kollegen lächelnd an. »Ich weiß natürlich, dass es nur Gebäude sind. Gott ist überall, er braucht keine Mauern. Aber trotzdem …«

Lennart Bohnkamp nickte. »Ich verstehe, was Sie meinen.«

Als sie sich voneinander verabschiedeten, meinte der Nieblumer Pastor: »Mögen Sie Vivaldi? Dann kommen Sie doch am Freitagabend zu einem besonderen Konzert. Es soll ein Genuss sein. Ich selbst bin auch erst seit einem Jahr hier, aber die Nieblumer schwärmen von dem Orchester, das schon mehrfach auf der Insel war.«

»Das wird eher schwierig, denn ich bin alleinerziehend und habe niemanden, der auf die Kinder aufpasst.«

»Wieso? Das kann Marie doch machen«, quäkte Mats dazwischen. »Wir sind doch keine Babys mehr.«

Paula ignorierte den Einwurf, denn sie hatte nicht vor, vor Lennart Bohnkamp zu diskutieren.

Mit einem Eis in der Waffel aus dem »Cappuccino« spazierten sie schließlich munter durch den Ort, in dem das Kopfsteinpflaster in den kleinen Gassen ein ursprüngliches Flair verbreitete, insbesondere, weil es in Nieblum von alten Kapitänshäusern nur so wimmelte. Weiß getüncht oder in Backstein gehalten, mit wunderschön verzierten Holztüren und Flügelfenstern in Blau oder Grün, dazu das klassische Reetdach … Stockrosen und Rittersporn schmückten die Außenwände. Paula hatte keine Mühe, sich den Ort vor hundert Jahren vorzustellen, mit von Pferden gezogenen Hängern voller Heu, auf dem Kutschbock der verschwitzte Bauer, vielleicht ein Knecht oder eine Magd neben ihm. Auf der Straße eilten Frauen in langen dunklen Kleidern dahin … Kapitänskinder, die in kurzen Hosen mit Stöcken Reifen über das Pflaster trieben und ständig scheiterten, weil der Untergrund nicht eben war. Die Kinder der Bauern hatten im Sommer wohl nicht so viel Zeit zum Spielen gehabt, denn sie hatten den Eltern auf den Feldern helfen müssen.

Paula fotografierte jedes Haus, das ihr vor die Linse kam, beschloss aber, bei Sonnenschein erneut hierherzufahren, um die Pracht dann in Perfektion einzufangen.

Am Nachmittag bat Paula Marie dann tatsächlich um Aufsicht für die kleinen Geschwister. Allerdings nicht für ein Konzert, sondern um Danka Mazur zu besuchen. Die verweinten Augen der Reinigungskraft gingen ihr einfach nicht aus dem Kopf. Sie kramte den Zettel mit Dankas Telefonnummer aus der Küchenschublade. Die Kroatin hatte ihr die Adresse gleich dazugeschrieben, was Paula fast ein wenig bedauerte, denn ansonsten hätte sie einen Grund gehabt, bei Henrik zu klingeln, bei dem Danka auch putzte.

Paula brauchte mit dem Rad keine zehn Minuten bis zu dem zweigeschossigen Block am Fehrstieg. Bröckelnden Putz und von Sprayern mit ordinären Ausdrücken verunstaltete Häuserfassaden wie in Hamburg gab es hier auf Föhr nicht. Das Mietshaus wirkte sauber und gepflegt, in einem großen

Blumenkübel blühten Petunien, Strohblümchen und Fleißige Lieschen.

Paula war nach wie vor unsicher. War es klug, Danka zu Hause aufzusuchen? Vielleicht wollte sie einfach in Ruhe gelassen werden. Aber sie hatte so traurig ausgesehen. Sie gab sich einen Ruck und drückte den Klingelknopf neben dem Schild mit der krakeligen Aufschrift »Josip Mazur«.

»Ja?«, erklang die Stimme der Kroatin mit einem Rauschen durch die Sprechanlage.

»Ich bin es, Danka, Paula Ahmling. Hast du einen Moment Zeit für mich?«

Es kam keine Antwort, aber der Türöffner summte. Paula betrat das Haus und ging die Treppen hinauf. Im zweiten Stock nahm Danka sie an der offenen Wohnungstür in Empfang. Paula fiel ein Stein vom Herzen, denn die Kroatin wirkte nicht überfallen, sondern bat sie herzlich herein. Danka bestand darauf, dass Paula im Wohnzimmer auf einem großen Armlehnstuhl Platz nahm. Während sie in die Küche ging, um Kaffee zu kochen, sah Paula sich im Zimmer um. Alles war blitzsauber und aufgeräumt. Die vier unterschiedlichen, anscheinend von Hand bestickten Kissen auf dem Sofa waren der Größe nach sortiert, was eigenartig aussah. Vielleicht eine kroatische Dekoidee? Paula dachte an ihre Nachbarin in Hamburg, die ihren Kissen mit Handschlag einen Kniff in der Mitte verpasste.

»Ist nicht schick bei uns wie bei Doktor«, sagte Danka, als sie mit der Porzellankaffeekanne, die sie zuvor aus dem Wohnzimmerschrank genommen hatte, wieder hereinkam. »Aber ist schönes kleines Wohnung. Fühlen uns sehr wohl hier.«

»So ein nobles Haus wie Dr. Konradi können wir uns alle nicht leisten, Danka«, wiegelte Paula ab. »Natürlich brauchen wir alle Geld zum Leben, und wenn es zu knapp ist, kann das das Leben schwer belasten, aber wahrhaftiges Glück ist nicht an Geld gebunden.« Davon war Paula zutiefst überzeugt. »Mit Empathie und Augen, die die vielen kleinen wunderbaren Dinge des Lebens erkennen, zieht immer Glück in unser Leben.«

»Du recht hast so viel. Mein Glück hier wohnt.« Danka legte die Hand auf ihre linke Brust. »Ist Familie in Herz.« Mit schwimmenden Augen ging sie eilig in die Küche und kam mit einem Teller zurück, auf dem krapfenähnliches Gebäck lag. Ohne zu fragen, legte sie Paula ein Stück davon auf den Teller. »Du musst mein Kroštule probieren. Hab ich gebacken frisch.«

»Da ich eine absolute Naschkatze bin, musst du mich nicht lange bitten«, bekannte Paula lachend. Sie biss ab, kaute und lobte Danka umgehend mit vollem Mund. »Das ist *so* lecker.«

Die Kroatin strahlte sie an und nahm auch eines der puderzuckrigen Teilchen.

In diesem Moment betrat Dankas Mann Josip das Wohnzimmer. Mit einem zaghaften Lächeln wünschte er einen guten Tag. Er war schmächtig und wesentlich älter als Danka, und Paula vermutete, dass er bereits Rentner war. Sein Gesicht wirkte durch die vielen Falten wie zerknittert, was durch das bis zum Hals zugeknöpfte Hemd noch verstärkt wurde. Auch die Manschetten des langärmligen Hemds waren geschlossen.

Paula war nicht undankbar, dass er gleich wieder ging. »Du warst gestern so schnell verschwunden, Danka«, sprach sie die Kroatin auf deren Sorgen an und nahm ein weiteres Kroštule vom Teller, den Danka ihr reichte. »Wie geht es dir jetzt? Magst du mir erzählen, was dich bedrückt?«

Die dunklen Augen in dem runden Gesicht füllten sich mit Tränen. »Ach, Paula, mach ich mir Sorge um Matijana. Sie ist unser Tochter, achtundzwanzig Jahre alt. Hat schwere Zeit in Moment.« Ihre Stimme wurde leiser. »Hat auch sonst schwere Zeit, aber jetzt … Was soll ich sagen? Matijana ist anders. Leidet Zwang. Und das gibt Probleme für sie, schon viele Jahre.«

»Leidet Zwang«? Paula war verwirrt. Wovon redete Danka?

»Matijana hat Arbeit verloren. Fristlos.« Danka knetete ihre Finger, während sie weitersprach. »Gab Belästigung an Arbeitsplatz.«

»Sie ist belästigt worden?«, sagte Paula erschrocken. »Aber dann ...«

»Nein, nein«, unterbrach Danka sie. »Matijana hat Belästigung gemacht.«

»Oh.« Jetzt war Paula völlig verwirrt, wollte aber auch nicht nachbohren, weil Danka anscheinend nicht ins Detail gehen wollte.

Eine Träne machte sich auf den Weg, und Danka wischte sie sich von der Wange. »Ist nicht gut, dass Matijana nun ohne Arbeit. Sie wird wieder schlechter in Gemüt. Kommt Schwermut zurück.«

Paula fühlte sich beklommen. Dankas Tochter schien ernsthafte Probleme zu haben. »Das tut mir so leid für euch, Danka. Kann ich irgendetwas für euch tun?«

»Du brauchst nix kümmern, Paula. Richard hat schon gemacht. Er war mit Matijana bei Amt für Arbeit. Sie auch schon hatten was für sie, aber in Moment sie kann nix arbeiten. Ist viel zu schlecht mit Nerven.«

»Richard?«, sagte Paula erstaunt. Dann fügte sie hinzu: »Das ist gut, dass ihr unterstützt werdet, Danka.« Sie streichelte die Hand der Kroatin. »Wo lebt denn deine Tochter? Hier bei euch?«

Danka nickte. »Ich sie geschickt zum Einkaufen. Damit sie kommt raus. Sonst sie hockt auf Sessel und starrt.«

»Wie sieht es mit einem Arztbesuch aus? Wenn sie Depressionen hat, sollte sie ...«

»Alles getan«, nahm Danka ihr das Wort ab. »Matijana hat ständig Behandlung. Sie neue Tabletten hat seit eine Woche. Schluckt jeden Tag. Nervenarzt sagt, wird bald besser.«

»Das wünsche ich euch von Herzen«, sagte Paula. »Und wenn ihr Hilfe braucht, egal was, dann kannst du immer zu mir kommen, Danka.«

Wieder zu Hause blieben Paulas Gedanken bei der Familie Mazur. Was genau Danka wohl mit »leidet Zwang« gemeint hatte? Die Türklingel holte sie aus ihren Gedanken, und sie stellte den Topf ab, den sie gerade aus dem Geschirrspüler genommen hatte. Mats war schneller. Sie hörte ihn schon an der Tür reden, als sie auf den Flur trat.

»Henrik«, sie versuchte ihr Lächeln, das sich unnatürlich breit anfühlte und von einem Kribbeln im Oberbauch begleitet wurde, zu bändigen. »Was kann ich für dich tun? Komm doch rein.« Sie deutete ins Innere, während Mats wieder im Wohnzimmer verschwand. »Magst du einen Kaffee?«

»Hallo, Paula.« Seine blauen Augen leuchteten sie an. »Leider habe ich keine Zeit für einen Klönschnack. Ich habe in fünf Minuten einen Call am PC.«

Enttäuschung killte das Kribbeln in Paulas Bauch, aber seine nächsten Worte ließen ihr Herz freudig klopfen.

»Ich wollte dich fragen, ob du Lust hast, mich am Freitag zu einem Klassikkonzert in die Nieblumer Kirche zu begleiten. Es beginnt um zwanzig Uhr.« Er musterte ihr Gesicht. »Vielleicht kann Marie ja auf die Kleinen aufpassen? Richard wäre auch nebenan, wenn irgendwas sein sollte, was ich natürlich nicht glaube.«

Ja, so gern, rief alles in Paula, doch sie antwortete verhaltener. »Tatsächlich hat mir der Nieblumer Pastor das Konzert heute auch schon ans Herz gelegt – ich war mit den Kindern in der Kirche.« Kurz entschlossen sagte sie: »Ich frage Marie.«

»Super.« Henrik strahlte sie an. »Das freut mich wirklich sehr.«

Kaum hatte Paula die Tür hinter Henrik geschlossen, ging sie die Treppe hinauf in Maries Zimmer. Ihre Große lag bäuchlings auf dem Bett und schrieb in ihr Tagebuch. Da Paula als Jugendliche selbst ein Tagebuch geführt hatte, wusste sie, wie ungern man sich beim Schreiben stören ließ. »Schreib ruhig weiter«, sagte sie daher. »Ich wollte dich etwas fragen, aber das hat Zeit bis später.«

»Nun sag schon«, meinte Marie und klappte das Tagebuch zu, als Paula sich zu ihr auf das Bett setzte.

»Henrik hat mich gefragt, ob ich ihn Freitag zu einem Konzert in die Nieblumer Kirche begleiten möchte. Ich würde gern hingehen, was aber voraussetzen würde, dass du auf Mats und Libby aufpasst.«

Marie setzte sich auf. »Hm, das ist jetzt echt doof. Ich habe mich mit Torge und ... Jeppe am Strand verabredet.« Dann fügte sie hastig hinzu: »Und da kommen natürlich auch noch andere.«

»Oh, ach so«, sagte Paula. Sie hatte das kleine Zögern vor dem Namen Jeppe wohl bemerkt. Marie hatte nach der Geburtstagsparty am Strand fröhlich davon berichtet. Der Name Jeppe war dabei mehrfach gefallen, und auf Nachfrage hatte Paula erfahren, dass er der jüngere Bruder des Geburtstagskinds war.

Die Enttäuschung über den verlorenen Abend mit Henrik krallte in ihrer Brust, aber sie strich Marie über das blonde Haar und sagte: »War ja auch nur eine Frage. Hätte ja klappen können.«

Marie sagte nichts, sondern musterte ihre Mutter. »Wann fängt das Konzert denn an? Wir treffen uns ja schon um achtzehn Uhr. Ich kann auch einfach nur kurz bleiben und nach Hause kommen, wenn du loswillst.«

Paula musterte ihre Große voller Liebe. »Das ist lieb, mein Schatz, aber das würde sich dann für dich nicht lohnen, denn ich müsste rechtzeitig aus dem Haus, und Jeppe wäre vielleicht enttäuscht, wenn du so früh verschwindest.« Sie lächelte.

»Boah, Mama!« Marie hob ihr Tagebuch und klopfte es Paula auf den Schopf. »Sag nicht so 'n Mist. Jeppe interessiert mich doch gar nicht.«

Ob das Tagebuch diese Aussage untermauern würde? Sicherlich nicht, dachte Paula amüsiert, denn Maries Wangen hatten ein hübsches Zartrosa angenommen.

Sie nahm Maries Kopf in beide Hände und drückte ihr einen dicken Kuss auf die Stirn. »Geh du mal schön zu deinem Treffen. Es werden noch genug Konzerte stattfinden, solange wir hier sind.«

Als sie die Zimmertür hinter sich zuzog, waren ihre Empfindungen zweischneidig. Marie in einem neuen Freundeskreis ankommen zu sehen, machte ihre Brust weit und schluckte einen Großteil des Schuldgefühls, weil sie sie aus ihrem Hamburger Umfeld gerissen und von ihren Freunden getrennt hatte. Doch die feinen Nadelstiche im Oberbauch waren anderer Natur. Wie gern hätte sie neben Henrik auf einer der alten Kirchenbänke in der St.-Johannis-Kirche gesessen, dicht gedrängt, weil das Konzert sicherlich gut besucht war.

Sie seufzte, und als sie langsam die Treppe hinunterging, formten ihre Lippen wie von selbst die Zeilen eines Gedichts von Anna Ritter. »Ich sah einen Adler sich wiegen, hoch oben im leuchtenden Blau, er schaute aus ewigen Fernen herab auf mich einsame Frau.« Im nächsten Moment setzte sie murmelnd nach: »Jetzt ist aber gut, Paula Ahmling, du hast drei wunderbare Kinder. Du bist nicht einsam.«

Sechs

Erst wenn du aufhörst zu träumen, bist du verloren.

Weil sie am Montag wieder mit dem Camper starten wollten, packte Paula am Freitagmorgen schon ein paar Dinge zusammen, die sie für eine Woche brauchten. Kleidung, Handtücher, Getränke, haltbare Lebensmittel … Obst und Gemüse würden sie diesmal unterwegs kaufen, denn sie waren während der ersten Tour an vielen landwirtschaftlichen Betrieben vorbeigefahren, in deren Hofläden regionale und saisonale Lebensmittel knackig frisch angeboten wurden.

Als von draußen ein Schrei von Lisbeth heraufdrang, trat Paula ans Schlafzimmerfenster, das sie weit geöffnet hatte, um die frische Morgenluft hereinzulassen. Es war kein Schmerzens-, sondern eher ein Begeisterungsschrei gewesen, doch als ihr Blick über das Grundstück wanderte, war nur Mats in ihrem Blickfeld, der auf dem hinteren Teil des riesigen Grundstücks seinen Lederball über den Rasen kickte. Der Ruf einer Möwe wurde im nächsten Moment übertönt von einem satten Brummen, das schnell lauter wurde, und dann flog auch schon eine Cessna über sie hinweg Richtung Meer, für die Paula im Moment keinen weiteren Blick übrighatte, obwohl das Wasser in der Morgensonne diamanten funkelte. Erst einmal musste sie wissen, dass Lisbeth wirklich in Ordnung war.

Barfüßig in Shorts und Shirt eilte sie die Treppe hinunter, und noch während sie durch das Wohnzimmer schritt, begann ihr Herz vor Freude ein wenig schneller zu klopfen, denn nicht nur Lisbeth war unversehrt auf der Terrasse, sondern auch Henrik. Lisbeth hockte strahlend vor einer blauen Muschel aus Kunststoff, Henrik öffnete gerade mit einem Cuttermesser einen Plastiksack.

»Mama!«, rief Lisbeth mit freudigem Blick, als Paula die Terrassentür aufzog. »Henrik hat eine Sandmuschel mitgebracht.«

»Guten Morgen«, begrüßte Henrik Paula fröhlich. »Ich hoffe, das ist in Ordnung. Ich hatte einfach Mitleid. Vor allem mit Lisbeth, aber auch mit dem Blumenbeet.«

Alle sahen zu den Buddellöchern, die Lisbeth und Boomer wieder einmal ausgehoben hatten. Die Erdhäufchen lagen auf den Terrassenfliesen. Paula lächelte, als Lisbeth sie schuldbewusst anschaute. Einfach zum Verlieben sah sie aus, wie sie mit ihren dreckigen Fingerchen dastand, die kleine Schaufel in Händen. Anscheinend war sie sich mit den Fingern auch über das Gesicht gefahren, denn an der rechten Wange klebte ebenfalls Schmutz.

Bisher hatte Paula die Erde Abend für Abend in die ausgehobenen Löcher zurückgefegt. Das konnte sie sich jetzt sparen. Daher sagte sie zu Henrik: »Das ist eine großartige Idee. Ich hatte sie selbst auch schon, bin bisher allerdings nicht dazu gekommen, sie umzusetzen. Was schulde ich dir für die tolle Sandmuschel?«

Henrik packte den aufgeschnittenen Sack und schüttete den Inhalt in die Muschel. »Jetzt bin ich ein wenig beleidigt.«

Lisbeth kletterte in die Muschel und hockte sich direkt in den feinen Spielsand, während Henrik schon den zweiten Sack packte und aufschnitt.

»Aber ich kann doch nicht erwarten, dass du …« Sie beendete den Satz nicht, weil Henrik seinen Zeigefinger mit einem »Pst« auf seine Lippen legte und dann anfügte: »Kleine Geschenke darf man ohne schlechtes Gewissen einfach annehmen.«

Ob eine Sandmuschel mit Deckel samt zwei Säcken Sand ein *kleines* Geschenk war, konnte man diskutieren, aber das verbat Paula sich. Vielleicht auch, weil sein Blick kurz auf ihren gebräunten Beinen verharrte, die in diesem Moment – Paula schämte sich umgehend für den albernen Gedanken – in High Heels sehr viel besser zur Geltung gekommen wären.

»Auf mich rauf!«, forderte Lisbeth, als Henrik sich dem zweiten Sandsack widmete, um ihn auszuschütten. Er tat ihr den Gefallen und ließ den Sand vorsichtig auf ihre Beine rieseln, was ein fröhliches Kreischen zur Folge hatte.

Mats war wohl aufmerksam geworden, denn er kam angerannt und rief: »Was macht ihr da?« Als er mit roten Wangen vor der Muschel stand, warf er den Ball zur Seite und nahm direkt zwei Hände voll Sand und schüttete sie seiner Schwester über den Kopf.

»Ach, Mats«, sagte Paula verärgert, während Lisbeth sich lachend schüttelte, um dann mit der Schaufel selbst noch eine Ladung in ihren Haaren zu verteilen.

»Wir müssen doch sowieso jeden Tag duschen«, meinte Mats unbeeindruckt und deutete auf den Deckel der Muschel. »Können wir da Wasser reinfüllen?«

»Dafür ist diese Kombination gedacht«, meinte Henrik. Dann sah er zu Paula. »Als Deckel macht die zweite Hälfte natürlich auch Sinn, denn Katzen nutzen Sandkisten ja allzu gern als Klo.«

»Mr. Stringer nicht«, meinte Paula lachend. »Diesbezüglich ist er Exzentriker. Er würde niemals draußen sein Geschäft verrichten.«

Henrik ging nicht darauf ein, sondern stellte sich vor sie, nachdem er die leeren Sandbeutel genommen und sie sich unter den Arm geklemmt hatte. »Deine Absage für heute Abend hat mich einfach nicht losgelassen, und darum habe ich Richard zum Einhüten verdonnert. Meine Einladung steht also noch.«

»Was?« Paula sah ihn überrascht an.

»Richard wäre um neunzehn Uhr hier. Dann könnten wir nach Nieblum radeln und das Konzert in dem Bewusstsein genießen, dass die beiden Kleinen versorgt sind.«

»Ich bin nicht klein«, quäkte Mats dazwischen, ohne dass ihm die Erwachsenen Beachtung schenkten. Paula war viel zu aufgeregt. »Ich weiß nicht«, meinte sie. »Richard hat doch an einem Freitagabend bestimmt Besseres zu tun, als auf meine Kinder aufzupassen.«

»Nicht mehr. Lena wollte eigentlich auf die Insel kommen, um mit ihm das Wochenende zu verbringen, aber das hat sich erledigt. Sie hat vor einer Stunde angerufen. In ihrem Team gibt es etliche Krankheitsfälle, sodass sie einspringen und am Wochenende einen Langstreckenflug begleiten muss. Statt auf Föhr wird sie in New York sein.«

»Das tut mir leid für die beiden«, meinte Paula, fühlte sich aber glücklich. »Und Richard ist wirklich einverstanden?«

»Ja.«

Paula lag die Frage auf der Zunge, was denn »verdonnert« bedeute, aber sie stellte sie nicht. Mats und Libby würden mit Richard klarkommen, das hatten sie während der Tour bewiesen. Außerdem würden sie den Großteil seiner Anwesenheit verschlafen. Also …

»Ich freu mich, Henrik, sehr.«

✳✳✳

»Gibt es Richtwerte, wann sie schlafen sollten?« Richard saß auf einem Gartenstuhl auf der Terrasse und sah bei der Frage weder Mats, der in der mit Wasser gefüllten Seite der neuen Spielmuschel hockte, noch Lisbeth in der Sandhälfte an. Sein Blick glitt über Paula und Henrik, die schick angezogen vor der Terrassentür standen und sich gerade verabschieden wollten.

»Na ja …« Paula hatte mit Bedacht keine exakte Uhrzeit vorgegeben, weil sie nicht wusste, wie Mats und Lisbeth reagieren würden, wenn Richard sie zu Bett brachte. Vielleicht war es besser, sie so lange wie möglich spielen zu lassen, bis sie müde wurden. »Halb neun wäre auf jeden Fall die allerspäteste Variante für Lisbeth.« Sie sah zu Mats. »Du darfst eine halbe Stunde länger als Libby aufbleiben.« Das quittierte er mit einer Siegerfaust und einem »Yeah!«.

Mit Marie hatte sie besprochen, dass sie spätestens um zweiundzwanzig Uhr zurück sein würde, um Richard abzulösen. Bis dahin schliefen die Kleinen hoffentlich. »Und ihr hört auf Richard, wenn er etwas sagt.« Den Kindern hatte sie das über den Tag bereits mehrfach mitgeteilt, aber sie wollte, dass Richard es auch noch einmal hörte.

»Und wenn er sagt, dass wir uns …«

»Mats!«, fuhr Paula ihm genervt über den Mund. »Er wird euch nicht auffordern, euch die Ohren abzuschneiden.«

Das, was Richard in den Bart brummelte, klang nach »Eher die Zungen«, aber Mats hörte es nicht, denn er lachte und spritzte Wasser Richtung Terrassentür, sodass Paula schnell einen Schritt zurücktrat, um das taubenblaue Sommerkleid vor den Spritzern zu retten.

»Und wenn was ist …«, wandte Paula sich noch einmal an Richard. »Ich kann mein Handy ja nicht auf laut stellen, und Vibrationsalarm ist auch nicht so gut … Aber ich werde, wie gesagt, immer wieder draufschauen.«

Er musterte sie unter seinen dunklen Brauen. »Ja. Wie du tatsächlich sagtest. Mehrfach.«

»Nun, viel Spaß euch allen«, wünschte Henrik fröhlich und ließ Paula mit einer Armbewegung den Vortritt.

Richards »Euch auch« klang so herzlich wie Weihnachtswünsche vom Grinch.

»Bist du sicher, dass du ihn nicht erpresst hast mit deiner Bitte einzuhüten?«, fragte Paula, als sie vor dem Haus auf die Räder stiegen.

»Was denkst du!« Henrik lächelte breit. »Ich würde doch niemals eine kleine Gefälligkeit von ihm dafür verlangen, dass er für lau bei mir wohnen darf.«

Das Kammerorchester spielte nur die ersten beiden Violinkonzerte von Vivaldis »Vier Jahreszeiten«. Und das gefiel Paula, denn »Herbst« und »Winter« wollten nicht in ihre gelöste sommerliche Stimmung passen, obwohl die dicken Kirchenmauern der Sommerluft draußen trotzten.

Sie spürte die Wärme von Henriks Bein an ihrem Schenkel, denn die Bänke waren wie in ihrer Vorstellung so gut besetzt, dass alle Besucher dicht an dicht saßen. Die »La-Traviata-Fantasie« von Verdi folgte, und während der zauberhaften Klarinetten- und Klaviermusik blieben Paulas Gedanken bei dem Mann an ihrer Seite. Als die Musiker die »Vier Jahreszeiten«

mit dem italienischen Originaltitel »Le quattro stagioni« angekündigt hatten, hatte Henrik ihr launig zugeflüstert: »Kannte
ich bisher nur als meine Lieblingspizza.« Sie hatte erst zwei
Schrecksekunden später leise gelacht. Wie konnte das sein,
dass Henrik genau den Spruch brachte, den auch Tom einmal
gesagt hatte? Tom war nie ein großer Freund klassischer Musik
gewesen, sondern hatte Rockmusik geliebt. Nur ihr zuliebe
hatte er sie zu klassischen Konzerten begleitet. Doch Henrik
gefiel klassische Musik eindeutig. Mit geschlossenen Augen
saß er neben ihr, sodass sie es wagte, sein Profil zu studieren.
Die gerade Nase, das perfekte Kinn, das kleine Muttermal an
der Schläfe …

Hatte er ihren Blick gespürt? Paula fühlte sich ertappt, als
er sich von einer Sekunde zur anderen zu ihr drehte und sie
anlächelte. Hastig wandte sie sich dem Orchester zu. Als sie
nach geraumer Zeit wagte, ihn erneut anzusehen, waren seine
Augen wieder geschlossen. Diesmal lächelte er dabei.

Am Ende des Konzerts erntete das Orchester den verdien-
ten Applaus, und Paula und Henrik reihten sich beim Verlassen
der Kirche in den Strom der Besucher ein. Sie waren nicht die
Einzigen, die mit dem Rad gekommen waren.

»Wir könnten bei mir noch ein Glas Wein trinken. Was
meinst du?«, fragte Henrik, während er für sie das Rad auf-
schloss.

»Ich weiß nicht«, antwortete sie, obwohl alles in ihr »Ja
gern!« rief. »Wir sollten Richards Gutmütigkeit vielleicht nicht
überstrapazieren.«

»Das passt schon«, wiegelte er ab und öffnete sein Fahr-
radschloss. »Ich habe ihn vorgewarnt.«

»Ach so?« Paula wusste nicht, was sie sonst antworten
sollte, während sie sich auf ihr Rad schwang und neben Henrik
auf dem Kopfsteinpflaster herfuhr. »Ich möchte aber vorher
kurz zu den Kindern schauen.«

»Ja klar.«

Paula wurde immer nervöser, während sie auf dem Radweg am Grevelingstieg zurück nach Wyk radelten. Der laue

Sommerabend, der immer dunkler werdende Nachthimmel, an dem sich die Sterne zu zeigen begannen … all das war nicht dazu angetan, ruhiger zu werden. Die Vorstellung, gleich mit Henrik in seinem Wohnzimmer zu sitzen, allein, bei einem Glas Wein … Würde er sie womöglich küssen wollen? In diesen aufregenden Gedanken mischte sich ein Hauch Angst. Sie hatte immer nur Tom geküsst. Er war ihr erster und einziger Freund gewesen. Konnte man beim Küssen eigentlich auch etwas falsch machen? Nein, natürlich nicht, Paula Ahmling, ermahnte sie sich sogleich beschämt und belustigt zugleich. War sie jetzt völlig verrückt geworden? Wahrscheinlich wollte Henrik sie nicht einmal küssen, sondern einfach nur einen schönen Abend mit der Nachbarin nett ausklingen lassen.

Paula seufzte laut und vernehmlich, was ihr ein »Alles gut?« von Henrik einbrachte.

»Wie? Oh ja.« Gott, sie war so peinlich. »Ich war nur im Kopf gerade bei Matijana Mazur«, sagte sie hastig, was zwar über die vergangenen Tage gegolten hatte, jetzt aber eine Lüge war.

»Dankas Tochter?«, hakte Henrik nach.

»Genau.« Paula erzählte Henrik während der Fahrt, was Danka Mazur ihr berichtet hatte. Und er konnte ein wenig mehr Licht ins Dunkel bringen, was Dankas Aussage bezüglich des Zwangs bedeutete.

»Matijana leidet unter einer Zwangsstörung, die sie wohl sehr belastet und beeinträchtigt. Richard weiß da besser Bescheid, weil er sich mit Matijana angefreundet hat.« Er schwieg einen Moment, dann setzte er nach: »Wenn Danka bei mir putzt, quatschen die beiden ununterbrochen, und dabei hat sie ihm von ihrer Tochter erzählt.«

»Das ist nett«, sagte Paula erstaunt. »Er ist so ein Brummkopf, aber einigen Mitmenschen gegenüber ist er anscheinend sehr aufmerksam.«

»Mittlerweile wieder. Er hatte selbst massive psychische Probleme. Darum bin ich froh, dass es jetzt mit dem Schreiben bei ihm flutscht. Ich hatte schon Angst, er driftet noch mal in eine Depression ab.«

»Das klingt nicht gut. Was waren denn die Auslöser für seine Probleme?« Sie wusste, dass sie mit dieser Frage vielleicht zu weit ging, denn Richard war Henriks bester Freund, und vielleicht war er nicht bereit, so persönlich zu werden, wenn Richard nicht dabei war. Aber es war nun mal gegen ihre Natur, nicht nachzuhaken, wenn es um die Probleme von Menschen ging.

»Vorsicht«, mahnte Henrik, als vor ihnen auf dem Radweg mehrere Wurzelaufbrüche im Asphalt das Nebeneinanderherfahren unmöglich machten. Er trat in die Pedale und setzte sich vor sie. Die Rücklichter der Radler vor ihnen wurden immer kleiner, denn das Rot war kaum noch zu sehen. Als sie wieder nebeneinanderfahren konnten, bekam sie ihre Antwort.

»Richard ist«, er stockte kurz, »nein, ich glaube, ich muss sagen, *war* ein Vollblutjournalist und Kriegsberichterstatter. Es gibt kein Krisengebiet, in dem er nicht war. Und dann, vor zweieinhalb Jahren, hatte er selbst eine tiefe persönliche Krise. Er ist ein In-sich-hinein-Fresser, spricht auch mit mir selten über sein Innerstes, aber Fakt ist: Das Leid der Welt war nach fast zwei Jahrzehnten wohl doch zu viel für ihn, für seinen Geist oder, wie du wohl sagen würdest, für seine Seele.«

»Das tut mir wahnsinnig leid für Richard«, sagte sie das, was sie empfand.

»Nun, er ist in meinen Augen gut am Ende des Weges der Besserung angekommen. Es hat gedauert, bis er bereit war, eine Therapie zu machen, aber letztendlich war diese Therapie genau das, was er brauchte.« Henrik lachte kurz auf. »Im Grunde ist er wieder der Alte. Er hilft denen, die seiner Meinung nach seine Hilfe brauchen, und ist ein Stinkstiefel denen gegenüber, die ihn nerven. Und das ist das Gros der Menschheit.«

Paula dachte über seine Worte nach, während sie gleichzeitig konzentriert fahren musste, denn auf dem Radweg tauchten in der Dunkelheit ständig Unebenheiten auf.

»Aber jetzt möchte ich nicht mehr über Richard sprechen«, lenkte Henrik sie ab, als sie Wyk erreichten. »Der Abend war so schön, und ich würde ihn wirklich gern mit einem Glas

Wein bei mir ausklingen lassen.« Er zögerte kurz, dann sagte er: »Vielleicht sogar mit einem Tanz?«

Die Unsicherheit in seinem letzten Satz rührte Paula, während ihr Herz gleichzeitig zu klopfen begann. Tanzen? Bei leiser Musik in Henriks Armen liegen? Wurden Dinge, die man sich erträumte, wirklich so oft wahr? Anscheinend hatte sie mit ihrer Antwort zu lange gewartet, denn als Henrik weitersprach, klang er forsch. »War jetzt nur eine Idee. Du findest das ja vielleicht peinlich oder dumm oder …«

»Ich kann gar nicht tanzen«, fiel sie ihm ins Wort und bereute es umgehend. Mit den Armen um seinen Hals ein paar Wiegeschritte zu machen, sollte doch wohl nicht so schwer sein.

Er lachte auf. »Ich kann gut führen.« Dann setzte er hinterher: »Hat Okke denn eigentlich einen Tanzabend veranstaltet, als ihr da wart?«

»Reden wir von Okke Ketelsen?«, fragte Paula verwirrt, obwohl sie keinen anderen Okke kannte. »Falls ja, kann ich deine Frage mit Nein beantworten. Ein Tanzabend auf dem Campingplatz wäre selbst mir aufgefallen.«

Henrik lachte erneut. »Mit Sicherheit, denn Okke ist der Fred Astaire von Nordstrand. Ich habe bei ihm schon legendäre Abende erlebt. Allerdings kündigt er sie nie an. Okke macht das nur, wenn ihm danach ist.«

Es fiel Paula mehr als schwer, sich vorzustellen, dass der kleine, eigenwillige Mann mit dem speckigen Strohhut und der Pfeife im Mundwinkel ein begnadeter Tänzer sein sollte, aber eine andere Frage beschäftigte sie vorrangig: Mit wem war Henrik wohl da gewesen? Vielleicht mit Dorle?

Zu Hause angekommen, öffneten sie die Garagentore und lenkten ihre Räder hinein. Während die Tore automatisch herunterfuhren, sagte Paula zu Henrik: »Komm doch mit rein, solange ich nach den Kindern schaue.«

Sie schloss auf und ging direkt ins Wohnzimmer, wo sie Marie vermutete, doch es war leer und dunkel.

»Sie muss schon oben sein«, wunderte Paula sich. Sie hatte

erwartet, ihre Große auf dem Sofa chillend vor dem Flachbild-fernseher vorzufinden. Doch als sie sich der Treppe zuwandte, hielt Henrik sie mit den Worten »Warte, da ist Licht auf der Terrasse« zurück.

Jetzt sah auch Paula das Flackern einer Kerze auf dem Ter-rassentisch. Sie durchquerten das Wohn-/Esszimmer, und als Paula die Terrassentür öffnete und hinaustrat, blieb sie wie angewurzelt stehen. »Was ist denn hier los?«

Mats und Lisbeth lagen auf den beiden Sonnenliegen und schliefen, eingekuschelt in ihr Bettzeug. Richard saß auf einem der bequemen Gartenstühle und hatte die Beine auf einem zweiten abgelegt. »Wo ist Marie?« Paulas Herz begann schnel-ler zu klopfen. »Ist sie noch nicht zu Hause?«

»Doch, doch, keine Panik. Sie ist oben.« Richards Ge-sicht war im Dunkeln kaum zu erkennen. »Mats und Lisbeth wollten gern unter freiem Himmel einschlafen, und ich habe es ihnen erlaubt. Als Marie kam, haben wir beschlossen, sie vorerst hier schlafen zu lassen. Und ich habe ihr angeboten, die Wache zu übernehmen.«

»Äh, aha.« Paula stellte fest, dass sie, seit sie hier auf Föhr war, sehr oft unter Wortfindungsschwierigkeiten litt. Viel-leicht, weil es einfach nichts zu sagen gab? Es sah unheimlich gemütlich aus, wie die beiden da lagen und unter dem herr-lichen Sternenhimmel friedlich schlummerten. »Nun«, wandte sie sich an Richard, »auf jeden Fall danke ich dir herzlich, dass du für sie da warst.«

»Die beiden haben mich letztendlich für all das Gekreische, das sie vorher veranstaltet haben, voll entschädigt. Es gibt nichts Beruhigenderes, als schlafende Kinder zu betrachten.« Er stand auf. »Ich helfe dir, sie und das Zeugs in ihre Betten zu bringen.«

»Das kann ich machen«, bot Henrik sich an. »Du hast genug getan, Rich.«

Klang seine Stimme gepresst? Paula hatte das Gefühl.

Richard schrabberte mit den Gartenstühlen über die Flie-sen, als er sie zurück an den Tisch schob. Mats regte sich kurz, schlief aber weiter.

Da jede Stimmung für eine romantische Fortsetzung des Abends verflogen war, wandte Paula sich an Henrik. »Das ist lieb von dir, aber ihr könnt jetzt beide rübergehen. Das mit dem Zu-Bett-Bringen schaffen Marie und ich allein.« Sie hätte ihn zu gern umarmt und seine Wärme gespürt, aber Richards Anwesenheit störte einfach. Sie nahm seine Hand. »Es war ein so schöner Abend. Ich danke dir dafür.«

Henrik störte die Anwesenheit seines Freunds weniger. Er beugte sich vor und küsste Paula auf die Wange. »Wir holen nach, was jetzt eigentlich hätte kommen sollen«, flüsterte er ihr ins Ohr. Mit einem Lächeln fügte er hinzu: »Träum was Schönes.«

Das werde ich, dachte Paula, während sie sich seufzend zu Lisbeth auf die Liege setzte und zusah, wie die beiden Männer durch den Garten zu Henriks Haushälfte gingen. Sie konnte nicht verstehen, was Henrik zu Richard sagte, aber es lag eine gewisse Schärfe in den Wortfetzen, die zu ihr herüberwehten. Gab er Richard die Schuld, dass der Abend vorzeitig geendet war? Falls ja, war das gemein, denn Richard hatte wohl kaum bewusst dafür gesorgt, dass noch eine Zu-Bett-bringen-Prozedur stattfinden musste, die eine eventuelle Romantik im Keim erstickte. Doch auch bei ihr pikte Enttäuschung in der Brust, als sie Lisbeth aus der Bettdecke schälte und auf die Arme hob. »Komm, mein Schatz.« Sie drückte ihre Lippen auf die warmen Bäckchen. »Ab ins Bettchen. Lass uns was Schönes träumen.«

Sieben

Freude ist die Sonnenblume im Garten der Gefühle.

»In Dithmarschen liegt das größte zusammenhängende Kohlanbaugebiet in Europa«, gab Paula weiter, was im Internet stand. »Es wird auch die deutsche Kohlkammer genannt.«

»Hammer«, sagte Marie, die vom Rücksitz des Ford Nuggets teilnahmslos auf die riesigen Felder starrte. »Was wäre ich bloß ohne diese Info.«

»Dümmer«, lautete Paulas launige Antwort. Sie liebte Kohl in allen Varianten, aber sie waren jahreszeitlich zu früh unterwegs. Die riesigen Dithmarscher Weiß- und Rotkohlfelder waren noch nicht zur Ernte bereit. »Mehr als achtzig Millionen Kohlköpfe werden hier Jahr für Jahr geerntet«, las sie weiter vor.

»Dann kann jeder Einwohner von Deutschland einen Kohlkopf essen«, kam es von Mats, der ein Comic studierte, aber anscheinend ausnahmsweise multitaskingfähig war.

Paula war erstaunt. »Du weißt, wie viele Einwohner Deutschland hat, Mats? Toll!«

»Weiß doch jeder«, gab er zurück, klang aber ein wenig stolz, als er die genaue Zahl angab: »Vierundachtzig Millionen. Hatten wir in Sachkunde.«

»Einwohner und Einwohner*innen*«, genderte Marie im Oberlehrerton, und Paula gab ihr recht.

»Wann sind wir denn endlich am Strand?«, fragte Lisbeth, die Peppa Wutz und deren ebenfalls von Oma gestrickten Bruder Schorsch auf ihren Knien tanzen ließ.

»In einer halben Stunde«, antwortete Richard und sah sie dabei im Rückspiegel an.

Paula war dankbar für seine Ruhe. Sie waren seit dem Morgen wieder unterwegs und hatten in Husum am Binnenhafen als zweites Frühstück ein Fischbrötchen gegessen. Auf

Richards Vorschlag waren sie anschließend über die Fußgängerbrücke zum Außenhafen spaziert. Die Route kurz zu verlassen, konnte nicht schaden, insbesondere, weil Richard sie in den Kögen in jede Sackgasse und jeden Feldweg gefahren hatte, ohne zu murren. Paula war sich bewusst, dass Tom diese Geduld abgegangen wäre. Er hätte bei der Suche nach der Kate seiner Großmutter definitiv schlechte Laune bekommen.

Sie hatten eine ganze Weile in Husum verbracht und das bunte Touristentreiben beobachtet. Menschen liebten Häfen, und Paula ging es genauso. Die urigen Krabbenkutter mit ihren Netzen, das Wasser, das glucksend an die Hafenwände schlug und sich den Gezeiten entsprechend mal zurückzog und dann das Becken wieder füllte … Ebbe und Flut, das Zusammenspiel mit dem Mond, ohne den es keine Tide gäbe, faszinierten Paula seit jeher. Das alles, Himmel und Erde, war Gott. Er war in allem, was seit Anbeginn der Zeiten lebte und gedieh, sich veränderte, sich ausdehnte.

Paula blickte auf die Fotografie, die sie erneut auf das Armaturenbrett geklebt hatte. Immer wieder hatten sie in den Kögen das Foto diskutiert, denn es gab neben dem schützenden Deich an der Nordsee auch noch den alten Deich im Binnenland. Die Wahrscheinlichkeit, dass die Kate vielleicht an dem älteren lag, war groß, denn der Deich im Hintergrund des Bildes entsprach dem niedrigeren Deich von der Größe her eher, aber das konnte auch an der Perspektive liegen.

Als sie Sankt Peter-Ording erreichten, hatten sie das Pech, dass alle Stellplätze ausgebucht waren. Richard hatte es vorher schon online erfahren, aber sie hatten die Hoffnung gehabt, dass sich an einem Montag vielleicht vor Ort Möglichkeiten auftaten, weil jemand kurzfristig abgesagt hatte. Aber Sankt Peter-Ording gehörte zu den Nordseeorten, die die Touristen anzogen wie Licht die Motten.

»Ich will jetzt aber zum Strand«, weinte Lisbeth auf, als ihr aus den Gesprächen klar wurde, dass sie weiterfahren mussten.

»Wir können doch hier an den Strand gehen und dann zu Okke fahren«, schlug Mats vor, als alle frustriert schwiegen.

»Aber dann müssten wir zurück«, meinte Paula. »Wir wollen doch morgen weiter Richtung Süden.«

»So viel Zeit würden wir nicht verlieren, wenn morgen alle mal früher aufstehen«, meinte Richard mit Blick auf Marie, die ein entsetztes »*Noch* früher?« ausrief. »Da kann ich die Ferien ja gleich in die Tonne treten.«

Richard reagierte nicht, sondern sah Paula an. »Soll ich es bei Okke versuchen?«

Paula war hin- und hergerissen. Henrik hatte gesagt, dass man mit dem Ford Nugget im Gegensatz zu den großen Wohnmobilen auch eine Nacht auf einem öffentlichen Parkplatz stehen durfte, doch wo sollte Richard dann sein Zelt aufbauen?

»Bitte, bitte, zu Okke«, bettelten auch Lisbeth und Mats, und so stimmte Paula zu.

Die Kleinen jubelten schon, während Richard mit dem Nordstrander Unikum telefonierte, denn das Gespräch zeigte, dass Okke tatsächlich einen Platz für sie hatte. Auch Paula freute sich auf den ruhigen, urigen Nis-Randers-Stellplatz am Osterkoog, doch ihre Freude schlug in Bedauern um, als sie eine halbe Stunde später alle am Strand in der Sonne lagen. Weil es wunderbar gewesen wäre, in Sankt Peter-Ording übernachten zu können. Der Strand war traumhaft schön. Riesig und weit, mit herrlich weißem Sand und der Möglichkeit, kilometerweit am Meer entlangzuspazieren. Paula überlegte, ob ihr Gedichtzeilen einfielen, während sie Mats und Lisbeth hinterhersah, die mit Eimern und Schaufeln Richtung Wasser rannten. Boomer folgte ihnen hechelnd. Sie kannte viele Gedichte, die das Meer zum Inhalt hatten, aber zumeist waren diese Gedichte mit tosenden Wellen, Sturm und Aufwühlendem verbunden, was sie liebte, aber nicht zu dieser herrlichen Sommerstimmung passen wollte.

»Wenn ich am Meer bin, habe ich immer das Gefühl, *ganz* zu sein«, wählte sie daher eigene Worte, weil sie einfach etwas sagen musste. Sie sah Richard an, der sie zum Strand begleitet hatte, weil es sich für die kurze Zeit nicht gelohnt hätte, die

Schreibmaschine herauszuholen. Er saß mit angewinkelten Knien auf seinem Strandlaken und hatte die Unterarme auf die Knie gestützt.

»Vielleicht zieht das Wasser uns Menschen an, weil wir selbst zu siebzig Prozent daraus bestehen?«, meinte er nach einem kurzen Moment des Überlegens und schaute aufs Meer.

Das gab ihr die Gelegenheit, ihn unauffällig zu mustern. Er war schlank und sehnig, hatte eine dunkel behaarte Brust, und man sah, dass er schon geraume Zeit den Sommer auf Föhr genossen hatte, denn sein Körper war gleichmäßig gebräunt. Dann folgte Paula seinem Blick zum Wasser, das in der Sonne glitzerte wie Abertausende funkelnde Diamanten. »Dem Tag gehört das Silber, dem Abend das Gold.«

Richard blickte zu ihr. »Was?«

»Himmel und Meer«, erwiderte Paula. »Am Tag erscheint alles silbern, aber bei Sonnenuntergang wird alles zu Gold.«

Schweigend blickten sie auf die schimmernden Wellenkrönchen.

»Manchmal denke ich, dass das Meer meine Heimat ist, auch wenn das vielleicht komisch klingt«, sinnierte Paula weiter. »Aber in meiner Kindheit und Jugend bin ich mit meinen Eltern oft umgezogen. Mein Vater war im diplomatischen Dienst in verschiedenen deutschen Botschaften und Konsulaten tätig. Athen, Barcelona, Porto … zu keinem dieser Orte und Länder habe ich jemals eine tiefe Beziehung entwickelt. Das Einzige, was mich an allen Orten berührt hat, war die Tatsache, dass sie alle am Meer lagen, wo es mich immer hinzog. Vielleicht ist Hamburg deshalb auch für mich der Platz, der der Bezeichnung *Heimat* am nächsten kommt. Elbe und Hafen, die Alster … ich liebe das Wasser.«

»Dein Stichwort«, lachte Richard auf, denn Lisbeth hatte sie gerufen.

»Mama, komm jetzt, wir wollen baden.«

Paula sah zur Seite, wo Marie mit geschlossenen Augen auf ihrer Strandmatte auf dem Bauch lag. Sie trug In-Ear-Kopfhörer und hörte Musik. Ein kleines Lächeln lag um die Lippen ihrer Tochter. Vielleicht, weil Jeppe durch Maries Gedanken zog?

Seufzend wollte Paula sich erheben, als Richard aufstand und sagte: »Ich geh zu den beiden Kleinen und pass auf. Du kannst also ein Mittagsschläfchen machen, wenn du möchtest.«

Die Augen mit der Hand vor der Sonne schützend, sah sie zu ihm auf. »Wirklich?«

»Wenn ich dir etwas anbiete, brauchst du es nicht zu hinterfragen. Ich sage nichts, was ich nicht so meine.«

»Na dann.« Paula lächelte genüsslich, und bevor sie sich auf den Bauch drehte, rief sie den Kindern zu: »Ich habe Pause. Richard badet mit euch.«

Es kamen keine Widerworte, und wenig später hörte Paula, wie Mats und Lisbeth lachten und kreischten. Sie schloss die Augen. So wäre es auch gewesen, wenn Tom noch leben würde. Auch er hatte das Meer geliebt und hätte mit seinen Kindern so viel Spaß gehabt. Das beklemmende Gefühl von Bedauern über Verpasstes machte sich in Paulas Brust breit. So oft schon hatte sie es bekämpfen müssen, aber sie wusste, dass es niemals ganz weichen würde. Tom war so viel Wunderbares entgangen, und was noch mehr schmerzte: Den Kindern würde immer etwas fehlen, von dem sie gar nicht wussten, dass es hätte sein können.

Paula kam wieder hoch, um die Brust frei zu machen. Tief durchatmend, erinnerte sie sich an das, was ihr immer half: das Bewusstsein, dass das Leben immer nach vorn ausgerichtet war, nie in die Vergangenheit. Kraft und Zuversicht konnten aus Vergangenem erwachsen und stark machen, aber letztendlich war es das Leben selbst, das aus der Trauer herausführte. Kraft und Hoffnung und Liebe vereinten sich zu Gott.

Lächelnd blickte sie sich um, als die Umgebungsgeräusche ihre Gedanken übertönten. Fröhliche Menschen bevölkerten den Strand, badeten, chillten, spielten Wikingerschach oder Ball. Auf den Pfahlbauten wurden Kaffee und Cocktails getrunken. Viele Leute spazierten am Spülsaum entlang oder hin zu dem Eisverkäufer oder lasen ein Buch im Strandkorb. Strandleben war einfach der Inbegriff von Sommer.

Paula sah zu den Kindern und Richard, die mit Boomer durch das flache Wasser tobten. Sie schloss die Augen und stellte sich Henrik vor, wie er mit den Kleinen herumtollte. Von der Statur her ähnelte er Richard, aber sie glaubte zu wissen, dass seine Brust glatt war, sie konnte sich natürlich auch täuschen. Trotzdem strich sie in Gedanken mit ihren Fingern zart über eine unbehaarte Brust, während Henrik neben ihr auf einer Strandmatte lag.

»Er ist doch nicht so ein Freak, wie ich dachte«, erklang Maries Stimme neben ihr.

Paula hatte gar nicht bemerkt, dass ihre Große sich aufgerichtet hatte. Erstaunt sah sie sie an. »Henrik ist doch kein Freak.«

Marie sah sie an. »Wieso Henrik? Ich meine den Yeti.«

Paula fühlte sich unangenehm erwischt, doch sie versuchte, die Hitze, die ihr in die Wangen gestiegen war, zu ignorieren. Marie war nicht in ihren Gedanken gewesen. Sie konnte nicht wissen, dass sie sich dort mit Henrik am Strand gesehen hatte.

Marie legte ihre überdimensionierte Sonnenbrille ab und schwang sich hoch. »Kommst du mit ins Wasser?«

Paula nickte erleichtert, stand auf und folgte ihrer Tochter. Eine Abkühlung war wohl angeraten. Nicht dass ihre lächerlichen Klein-Mädchen-Träumereien noch sonst wohin führten.

Eine halbe Stunde und viel Toberei später ging sie neben Richard den Strand entlang. Boomer trottete vor ihnen her. Die Kinder wollten zusammen eine Sandburg mit Kanälen bauen und hatten den Erwachsenen eine Pause erteilt. Marie hatte versprochen, auf Lisbeth zu achten. Mats hatte darauf bestanden, auf sich selbst aufpassen zu können. Das Augenzwinkern von Marie richtig deutend, hatte Paula schließlich zugestimmt, Richard zu begleiten, denn sie konnte sich auf ihre Große verlassen.

Schweigend stapften sie über den feuchten, harten Strandteil, den die einsetzende Ebbe bereits freigegeben hatte. Möwen und Austernfischer suchten dort nach Würmern und kleinen Krebsen. Doch lange hielt Paula es nicht aus, still zu sein. Wenn die Kinder schon mal nicht dabei waren, konnte sie

Richard auch nach Dankas Tochter ausfragen. Sie berichtete, was sie bewogen hatte, Danka zu Hause zu besuchen, und sagte ihm das wenige, das sie dabei erfahren hatte.

»Magst du mir mehr über Matijana verraten?«, fragte sie vorsichtig. »Ich weiß von Danka und Henrik, dass ihr befreundet seid.«

Doch schon sein Gesichtsausdruck verriet, dass er dazu nicht bereit war. »Wenn Danka dir nicht mehr erzählt hat, sollte ich es auch nicht tun, oder, Frau Pastorin?«

Sie war ihm keineswegs böse, denn er hatte nicht unrecht, aber ein klein wenig pikte sein Nichtvertrauen. Und sie wollte doch unbedingt so gern mehr erfahren! »Die Frau Pastorin kann schweigen«, setzte sie nach. »Berufsbedingt *und* menschlich.«

War das, was sie durch sein buschiges Barthaar erkannte, ein kleines Lächeln? »Ich werde dir Matijana einfach vorstellen, wenn ich mich das nächste Mal mit ihr treffe. Dann kann sie selbst entscheiden, ob sie dir von den Details ihrer Zwangsstörung berichten möchte.«

»Prima«, meinte Paula. »Ich freue mich darauf, sie kennenzulernen. Und wenn ich irgendetwas tun kann, was Danka und ihrer Familie hilft, lass es mich wissen.«

Er nickte. »Gut.«

Wieder liefen sie ein Stück schweigend. »Vielleicht magst du mir ja ein bisschen über dich erzählen?«, brach Paula die Stille, nachdem sie sich umgeblickt und festgestellt hatte, dass sie schon ein gutes Stück von den Kindern entfernt waren. Lisbeths tomatenroter Badeanzug war im hellen Sand allerdings noch ein Anhaltspunkt.

Richard lachte herb auf. »Ist das jetzt berufsbedingt, oder bist du von Natur aus so neugierig?«

»Ich denke, beides«, sagte Paula fröhlich, während sie darauf achtete, keine der länglichen Schwertmuscheln zu zertreten. »Meine Neugier auf Menschen hat mit Sicherheit dazu beigetragen, dass ich Pastorin geworden bin. Letztendlich ist mein Beruf für mich wohl das, was man *Berufung* nennt. Mein

Glaube und meine Neugier sind untrennbar miteinander verbunden.«

Er blieb einen Moment ruhig, dann sagte er: »Du willst also etwas über mich erfahren. Wie wär's damit: Ich bin Single, weil ich's mal richtig vermasselt habe. Ich habe immer für meinen Job gebrannt, bis der Job *mich aus*gebrannt hat, aber davon bin ich genesen. Ach so, meine Lieblingsfarbe ist Blau, und ich mag am liebsten Hühnerfrikassee in Blätterteigpasteten.«

Paula betrachtete sein Profil, denn er sah stur geradeaus, während sie weitergingen. »Danke für deine Offenheit.« Er erwiderte nichts, also sollte sie es jetzt wohl gut sein lassen. Doch ihre Lippen waren schneller. »Ich werde es vielleicht gleich bereuen, aber darf ich noch nachbohren?«

Er wandte ihr den Kopf zu und fragte spöttisch: »Du willst das ganze Rezept? Ich mag das Frikassee mit Spargel und Erbsen. Und frische Pilze gehören rein.«

»Sehr witzig.« Sie lächelte. »Ich mag deinen Humor.« Dann zögerte sie. Zu erfahren, was er liebesbeziehungsmäßig verbockt hatte, interessierte sie brennend, aber wichtiger war ihr gerade das andere. Das, was ihm die Gesundheit geraubt hatte. Und das hatte nun mal mit dem zu tun, was er in Krisengebieten erlebt, gesehen, erfahren und gefühlt hatte. »Ich habe mir dein aktuelles Buch über Migration in der Wyker Buchhandlung bestellt. Ich werde es mir abholen, wenn wir zurück sind, und …«

»Was?« Er blieb stehen und sah sie grimmig an. »Warum fragst du mich nicht einfach? Du hättest von mir eines umsonst bekommen. Und Henrik hätte dir sein Exemplar sicherlich auch *sehr* gern geliehen.«

Paula stieg das Blut in die Wangen. Dieser Spott in seinem letzten Satz … Bedeutete das, dass Henrik Richard gegenüber irgendetwas erwähnt hatte, was sie betraf? »Ich wollte nicht aufdringlich sein«, lenkte sie das Gespräch zurück auf die Buchbestellung.

»Interessant«, meinte er im Weitergehen. »Du unterscheidest also Neugier und Aufdringlichkeit. Muss ich drüber nachdenken.«

Paula schwieg, weil es sie wurmte, als aufdringlich zu gelten. Eine Weile gingen sie ruhig nebeneinanderher, während Boomer angespülte Quallen und matschigen Tang beschnüffelte oder in die am Strand sacht auslaufenden Wellen lief, um gleich darauf umzukehren und das Spiel zu wiederholen. Paula glaubte, Richard sei mit seinen Gedanken längst woanders, doch seine nächsten Worte bewiesen das Gegenteil.

»Also gut, du bist neugierig, aber ich werte das mal als Berufskrankheit und glaube, dass du wirklich Interesse an deinem Gegenüber hast. Da ähneln wir uns. Dein und mein Wollen für unsere Welt gleichen sich. Wir möchten das Beste für die Menschen, mit dem Unterschied, dass ich begriffen habe, dass Mitmenschlichkeit aufhört, wenn es um Geld und Macht und wirtschaftliche Interessen geht.« Er blieb wieder stehen und sah sie an. »Versteh mich nicht falsch. Ich habe in den vergangenen zwanzig Jahren in Krisengebieten Hunderte wunderbare Menschen kennengelernt, deren ganzes Sinnen darauf ausgelegt ist, Menschen in Not zu helfen. Viele von ihnen gehören großartigen Hilfsorganisationen oder der Kirche an, andere leisten aus Überzeugung private Hilfe. Ich verneige mich jeden Tag wieder vor ihnen. Aber in all den Jahren keine Besserung zu sehen, sondern immer wieder feststellen zu müssen, dass das Leid nicht gestillt werden kann, sondern sich oftmals nur verlagert und immer weiter fortsetzt …« Er hielt inne und schwieg.

Paula dachte über das Gesagte nach. Er war nicht ins Detail gegangen bezüglich der Gräuel, die er gesehen hatte. Aber dafür war sie vielleicht auch nicht die richtige Ansprechpartnerin. Er hatte seinen Therapeuten. Aber anbieten musste sie es. »Du kannst immer mit mir reden, Richard, wenn das, was du gesehen und erlebt hast, zu schwer auf deiner Seele liegt.«

»Danke, Paula, aber ich glaube nicht an deinen Gott«, sagte er sehr ruhig und ernst. »Geredet habe ich schon mit weltlichen Spezialisten, und es hat mir, wie gesagt, bereits geholfen.«

Paula nickte. Jetzt war nicht der Zeitpunkt, um über Gott zu sprechen. Darum sagte sie: »Ich bin mir sicher, dass du weißt, dass ich nicht blauäugig bin, sondern auch oder besser gesagt *gerade* als Pastorin sehe, wie es in der Welt zugeht. Ich will dich nicht bekehren, sondern möchte dir einfach zuhören, wenn dir danach ist. Als eine Freundin.«

Erstaunen lag in seinem Blick, als er sie wieder ansah, und auch Paula war überrascht über ihren letzten Satz. Aber genau so war es. Sie fühlte sich ihm auf eine warme Art und Weise verbunden, für die das Wort »Freundschaft« geschaffen worden war. »Und wer weiß ...« Sie lächelte ihm zu. »Vielleicht kommen wir ja irgendwann doch noch ins Gespräch über *meinen* Gott.«

Sein Auflachen war hart, aber herzlich. »Das, *Freundin*, wird ein kurzes Gespräch.«

Auf der Fahrt nach Nordstrand war es ruhig im Wagen, denn Marie chattete, und die Kleinen waren geschafft von dem herrlichen Strandnachmittag. Boomer hatte es sich auf Paulas Schoß gemütlich gemacht, und weil der Hundekörper viel Wärme abgab, war sie dankbar für die Klimaanlage.

In einem Hofladen in Poppenbüll deckten sie sich mit Tomaten, Salatgurke, Kohlrabi und Möhren ein, denn heute würde es ein einfaches Abendbrot mit belegten Vollkornschnitten und Gemüsesticks geben. Die Aussicht darauf hatte Mats' Laune sinken lassen, und er klang immer noch ungnädig, als sie Husum hinter sich ließen. »Sind wir bald mal da? Mir ist kacklangweilig.«

»Wenn du das hässliche ›kack‹ weggelassen hättest, wäre die Botschaft genauso deutlich angekommen«, sagte Paula verärgert, weil Mats' sprachliches Niveau öfter mal zu wünschen übrig ließ, selbst wenn man den So-sind-sie-in-dem-Alternun-mal-Bonus abzog.

Wenig später fuhren sie im Nordstrander Osterkoog die lange, einsame Straße zum Nis-Randers-Campingplatz entlang, und auf Paulas Ausruf »Was ist denn da los?« blickten alle aus dem Fenster. Als sie näher kamen, waren Okke und ein paar Männer zu erkennen, die dabei waren, zwei hintereinanderstehende Pavillons aufzubauen.«

»Mir schwant Böses«, grummelte Richard.

Paula sah ihn fragend an. »Was meinst du?«

»Henrik hat irgendwann erzählt, dass Okke gern mal Tanz-sessions veranstaltet. Das sieht mir ganz danach aus, als ob uns so was blüht.« Er bog auf die Auffahrt ab und stoppte dort. Im selben Moment rief Lisbeth mit purem Entsetzen aus: »Oh nein! Die Schaukel … Der Reifen ist weg!«

»Der ist nicht weg«, gab Richard hastig Entwarnung, weil Lisbeth ihrem Ausruf ein »Jetzt wein ich aber« hinzugesetzt hatte.

Paula schmunzelte. Dass Lisbeth gar nicht auf Kommando weinen konnte, wusste er ja nicht.

»Die Schaukel steht hinter den Pavillons«, beruhigte er die Kleine weiter, als sie künstlich zu quäken begann. »Du kannst sie jetzt nur nicht sehen.«

Zufrieden war Lisbeth dennoch nicht. »Wo sollen wir denn jetzt parken?«

Eine berechtigte Frage, fand Paula, denn auf dem Platz, wo sie zwei Wochen zuvor gestanden hatten, befanden sich nun die Pavillons, und alle anderen Plätze waren belegt.

Okke, der gerade dabei war, zwei seitliche Planen miteinander zu verbinden, hielt inne und kam auf sie zu, als sie ausstiegen. Er trug wieder seinen Stroh-Trilby, diesmal zu einem kurzärmligen karierten Hemd und Cargoshorts, die magere gebräunte Beine offenbarten.

»Moin, ihr Föhrer.« Sein Blick wanderte direkt zu den Kindern. »Hat euch das bei Onkel Okke so gut gefallen, dass ihr schnell wieder hierherwolltet?« Er lachte sein sympathisch-scheddriges Lachen. »So ist es richtig. Und heut hat Onkel Okke gleich noch 'ne feine Überraschung für euch.«

»Was denn?«, fragten Lisbeth und Mats zeitgleich.

»Heut ist hier ›Tanz unter den Sternen‹. Da machen alle mit, und die Lütten«, sein Blick wechselte zu den Erwachsenen, »dürfen dann alle lange aufbleiben und mittanzen. Ist immer ein großartiger Spaß für alle. Und vor allem für mich.«

»Das ist wirklich eine Überraschung«, sagte Paula lahm.

Tanzen war nie Toms und ihr Ding gewesen. Wenn sie sich zu Musik bewegt hatten, war es immer ungelenk gewesen.

Okke sah Richard an. »Weil ihr auf den letzten Drücker hier ankommt und nun schon alles fertig ist, baust du morgen mit ab. Spaß für alle heißt Anpacken für alle.« Er lachte wieder, dann wandte er sich an Paula. »Das, was ihr fürs Abendbrot geplant habt, bitte genau so machen, das kommt dann aufs Büfett. So läuft das nämlich an Okkes Tanzabenden. Gemütlich zusammen essen, mit'nander lachen und dann tanzen, bis die Eulen schlafen gehen.«

In Mats' missmutigen Gesichtsausdruck trat bei der Erwähnung des Abendbrots schlagartig ein hoffnungsvolles Leuchten. »Ein Büfett?«

»Ja, mein Jung, da kommt immer viel Leckeres zusammen. Ich steuere frisch geräucherte Aale bei. Ihr Lütten könnt gleich alle mit mir kommen und zugucken, wie Onkel Okke die Aale aus der Räuchertonne holt.«

»Geil!« Mit einem Blick auf Paula ersetzte Mats das von ihr verabscheute Wort schnell. »Cool, meine ich, cool! Räucheraal ist obermegalecker. Mag ich noch viel lieber als Hummer.«

Richard musterte ihn von der Seite. »Du bist mit Delikatessen groß geworden? Beachtlich.«

Mats gab ihm keine Antwort, weil Lisbeth ihren Bruder an der Hand nahm und mit sich zog – vermutlich zur Reifenschaukel. Doch Paula fühlte sich angefasst, weil Richards Betonung des Wortes »beachtlich« nicht der Wortbedeutung entsprochen, sondern, im Gegenteil, eher *ver*ächtlich geklungen hatte. Allerdings kam sie nicht dazu, näher darauf einzugehen.

»Hab mich 'n bisschen vertüdelt mit den Stellplätzen«, erklärte Okke fröhlich den Umstand, dass es für den Ford Nugget keinen freien Standplatz mehr gab. »Ihr könnt mit eurem kleinen Hutschefiedel einfach hier auf der Auffahrt stehen bleiben, denn von den andern will ja keiner vor morgen früh weg. Und für eine Nacht kommt ihr wohl mal ohne Strom klar.« Er musterte Richard. »Schläfst du immer noch im Zelt oder mittlerweile mit im Camper?«

»Im Zelt!«, riefen Paula und Marie eine Zehntelsekunde vor Richard gleichzeitig aus.

Okke hob abwehrend die Hände. »Jo. Jetzt hab ich's verstanden.« Er sah sich um, dann deutete er neben das größte Wohnmobil, das an der Hecke zum Nutzgarten stand. »Die Litzners lassen dich neben sich zelten. Das mach ich gleich klar.« Er nickte ihnen zu und setzte im Gehen hinterher: »Punkt sieben geht das hier los, Freunde, also sputet euch mit dem Beitrag fürs Büfett.«

Und so wurde es hektisch. Während Richard sein Iglu aufbaute und dabei von Hanna Litzner bereits im Vorwege mit lecker duftenden Pizzaschnecken versorgt wurde, was wiederum Mats veranlasste, ihm beim Aufbauen zu helfen, ging Marie mit Lisbeth unter die Dusche. Paula schmierte die Schnittchen und gab sich beim Dekorieren mit Tomaten, Zwiebelringen und Gurken mehr Mühe, als sie es für den Alleingebrauch getan hätte. Richard bot schließlich seine Hilfe an, doch Paula winkte ab.

»Geh ruhig duschen. Aber es wäre nett, wenn du Mats animieren könntest, dich zu begleiten. Dann muss ich mich gleich nur noch um mich selbst kümmern.«

Um Viertel nach sieben waren die Kinder geduscht und die Häppchen fertig, nur Paula hatte es nicht geschafft. Sie drückte Marie und Richard je einen Teller mit Broten in die Hand und schickte die vier schon mal vor. In Ruhe suchte sie ihre Sachen zusammen, und als sie auf dem Weg zu den Sanitäranlagen am Pavillon vorbeikam, wurde schon fleißig gesmalltalkt und gegessen.

Paula ließ sich absichtlich Zeit beim Duschen, Eincremen und Anziehen. »Quality time« hatte Tom es manchmal scherzhaft genannt, wenn sie sich ohne eines der beiden Kinder länger in dem kleinen Bad des Pastorats aufgehalten hatten. Paula war immer noch dankbar, dass Tom und sie als Pastor und Pastorin mehr Zeit mit ihren Kindern verbracht hatten, als es anderen in Vollzeit arbeitenden Eltern vergönnt war. Es war schon ein Vorteil, wenn sich Wohnung und Arbeitsstätte in einem Gebäude befanden. Über die Nachteile hatten sie zumeist gelacht. Wenn eines der Kinder in ein Traugespräch geplatzt war oder Mr. Stringer an der geschlossenen Bürotür gejault hatte, weil er nicht auf seine Fensterbank durfte, da die besuchende Pröpstin eine Katzenhaarallergie hatte.

»Immer noch nichts, Tom«, murmelte Paula ihrem Spiegelbild zu, als es im beschlagenen Spiegel klarer wurde, nachdem sie den Föhn darauf gerichtet hatte.

Wann würde die Kate am Deich auftauchen? Hoffentlich gab es sie überhaupt noch. Andererseits waren die mehr als vier Jahrzehnte, die vergangen waren, seit Tom auf der Bank unter dem Apfelbaum gesessen hatte, für ein Haus nicht *so* viel Zeit. Und baufällig wirkte die Kate auf dem Foto keineswegs. Also stand sie vermutlich noch, aber eventuell verändert. Wenn sie kein Reetdach mehr oder neue Fenster und Türen hätte, würde sie ganz anders aussehen. Doch darauf achtete Paula bei jedem Haus, das auch nur entfernt in Frage kam.

Paula drehte sich zur Seite, beugte den Kopf vornüber und hielt den Föhn auf ihr herunterhängendes Haar. Oma Margrethe war aus Toms Leben verschwunden, als er gerade mal fünf Jahre alt gewesen war. Zurückgeblieben war nur eine vage Erinnerung an die weißhaarige Frau mit der Kittelschürze, aber diese Erinnerung war für Tom zeitlebens mit dem Gefühl absoluten Wohlbefindens verbunden gewesen.

Als das Haar trocken war, flocht sie es gewohnt geschwind und betrachtete sich wieder im Spiegel. Das Blond bildete einen hübschen Kontrast zu ihrer braunen Haut, die vielleicht einen Hauch Make-up vertragen hätte, um die kleinen Unebenheiten zu kaschieren, aber die Sommerbräune war so herrlich natürlich, dass sie darauf verzichtete. Sie umrahmte nur die Augen und legte ein wenig farblosen Lipgloss auf.

Lisbeth saß mit der rothaarigen Emma im Sandkasten, als Paula die Sanitäranlagen verließ. »Mama!«, rief sie fröhlich herüber. »Kommst du?«

»Gleich, mein Schatz, ich bringe nur noch die Duschsachen zum Wagen.«

Ein Blick in die Pavillons verriet, dass Mats noch nicht satt war. Marie saß ihm gegenüber, hatte beide Arme auf den schmalen Holztisch aufgestützt und ihr Handy vor der Nase, während Richard neben ihr mit einer Frau mit hellroten Haaren sprach. Die Mutter von Emma und den Zwillingen war es nicht, denn die saß daneben und unterhielt sich mit ihrem Mann.

Als Paula Minuten später mit einem »Guten Abend« an die versammelte Schar den Pavillon betrat, wurde von allen Seiten gut gelaunt zurückgegrüßt. Die Einzigen, die Paula vom ersten Besuch auf dem Nis-Randers-Platz kannte, waren die Rotschöpfe, deren Nachnamen sie unbedingt herausfinden musste, um sie in Gedanken nicht immer »Rotschöpfe« zu nennen. Der hintere der beiden Pavillons war mit Brettern ausgelegt, was wohl bedeutete, dass dort die Tanzbeine geschwungen werden sollten. Auch der kleine Tisch mit CD-Player und zwei nicht gerade kleine Boxen deuteten darauf hin. Doch sein Essen nahm Okke wohl lieber ohne Musik ein, denn noch war nichts zu hören. Er saß an einem der Tische und unterhielt sich mit den Gästen. Paula trat an den Tisch, an dem ihre Familie mit weiteren Campern saß.

Mats begrüßte sie mit vollem Mund. »Das schmeckt alles total gut, Mama. Wir haben dir auch einen Teller fertig gemacht, weil du sonst von den gei… von den guten Sachen nichts mehr abgekriegt hättest.«

»Das ist lieb von euch.« Ihr Teller war mehr als gut gefüllt mit einem Klacks Lasagne, einem gegrillten Schaschlik, einem kleinen Stück Räucheraal und Ei. Obendrauf thronte ein Stück Kräuterbaguette.

Die Frau neben Richard musterte sie ungeniert. Das Rot ihrer Haare war gar nicht heller als das der Kinder, stellte Paula fest. Es war einfach nur von Grau durchzogen. Sie war die Oma der Kids und wahrscheinlich später zu ihrer Familie gestoßen, denn vor zwei Wochen war sie noch nicht dabei gewesen.

Richards »Paula, da bist du ja!« klang definitiv erleichtert.

Er rückte umgehend zur Seite und schob dabei fast Marie von der Bank.

»Ey!«, motzte Marie ihn an und hielt dagegen.

»Na, das wird wohl ein bisschen eng, Richard, wenn deine ...«, die Graurothaarige zögerte kurz, »*Reisegefährtin* jetzt auch noch mit auf die Bank soll.«

»Das passt schon«, meinte Richard und klopfte auf die schmale freie Stelle zwischen sich und der Frau, den Augenkontakt zu Paula nicht lösend. Sie glaubte ein »Bitte, erlöse mich!« darin zu erkennen.

Um das Ganze abzukürzen, sagte Paula zu Marie, die schon wieder über ihrem Handy hing: »Schatz, rück mal an Richard ran. Ich passe hier schon noch mit rauf.«

Doch Marie stand auf, um Paula vorbeizulassen. »Ich sitz lieber außen.«

»Ich auch«, war ein Brummen durch Richards Bart zu hören. Notgedrungen rückte er wieder an die Frau heran und saß jetzt zwischen ihr und Paula.

»Ich bin Paula Ahmling«, stellte Paula sich vor.

»Brigitte Pfefferkorn, aber ich höre nur auf Gitti«, lautete die Antwort, und somit war klar, dass Siezen nicht erwünscht war.

Zehn Minuten später wurde es bequemer, denn Gitti stand auf. Mit Blick zu Richard sagte sie: »Ich schmeiß mich jetzt in meinen Tanzfummel, und dann, mein Lieber, geht's hier ab.« Ungeniert wuschelte sie Richard durch die Locken und verschwand in Richtung Wohnmobile.

»Große Güte«, murmelte Richard Paula zu, »wenn die wiederkommt, bin ich längst weg.« Offenbar, um keine Zeit zu verlieren, steckte er sich die beiden Käsewürfel mit Weintraube, die noch auf seinem Teller lagen, gleichzeitig in den Mund.

Er wollte schon gehen? Gut, aber vorher wollte Paula klarstellen, was noch an ihr nagte. »Mats kennt Delikatessen wie Hummer, Krabben und Aal durch meine Eltern, die oft ausländischen Besuch haben, der mit nordischen Spezialitäten verwöhnt wird. Und wir werden dann mit den Resten versorgt.«

Kauend sah er sie an. Dann wischte er sich mit der Serviette über Mund und Bart und sagte: »Du musst dich vor mir nicht rechtfertigen.«

»Dann solltest du die Verachtung aus der Stimme nehmen, wenn du Statements dazu abgibst.«

Als er den Mund zu einer Erwiderung öffnete, kam Okke ihm zuvor. Wie aus dem Nichts war er hinter ihnen aufgetaucht und tippte Richard und Gittis Sohn auf die Schultern. »Alle satt? Dann brauch ich euch zwei gleich. Der Büfetttisch muss abgebaut und weggeräumt werden, die Esstische kommen raus, dafür die Stehtische rein. ’n paar Bänke für die Lütten stellt bitte an die Wand. Ein Tisch wird der Tresen. Der wird halbstündlich abwechselnd bedient. Das Geld für die Getränke steckt ihr in das Schwein. Und dann …«, er hob seine Stimme, damit alle ihn hörten, »wird geschwoft bis in die Puppen!«

Die Stammcamper klopften auf die Tische und pfiffen.

Marie hatte kurz aufgeblickt und meinte mit künstlichem Erschaudern: »Jetzt wird’s freaky.«

Wenig später deckten alle zusammen ab. Die Männer klappten die Tische der Bierzeltgarnituren zusammen und rückten die Bänke an die Seiten. Während Richard und Gittis Sohn die Stehtische aufbauten, war von Okke nichts zu sehen.

Warum, wurde klar, als er wiederauftauchte. Er hatte sich umgezogen. Paula verschluckte sich an ihrer Maracujaschorle, als Okke plötzlich hüftschwingend mitten auf der Tanzfläche stand, die Arme nach oben gestreckt. Er trug einem dunkelgrauen Anzug mit weißem Hemd und schmaler schwarzer Krawatte. Seine Haare hatte er mit Gel an den Kopf geklebt. Er strahlte über beide Backen und klatschte in die Hände.

»Bereit, Ladys? Ihr müsst euch nicht anstellen. Ihr kommt alle in den Genuss meiner Führung.« Er lachte rauchig und ging mit langsamen Schritten zu dem Tischchen mit dem CD-Player.

»Wie cool er aussieht«, sagte Marie mit einem Grinsen. »Bis auf die schmierige Frise.«

Und dann ging von einer Minute zur nächsten die Post ab. Staunend saß Paula neben Marie und Mats auf einer der Bänke und sah zu, wie die Tanzwilligen aufsprangen, als Okke eine CD in den Player legte und Dean Martin ankündigte. Lisbeth und Emma guckten um die Ecke, als die ersten Töne von »Volare« erklangen. Die Mädchen betrachteten die Tanzenden einen Moment, bevor sie beide auf die Tanzfläche stürmten und dort lustig herumhüpften.

»Ein *CD-Player*«, meinte Marie ungläubig. »Okke hat von Streaming bestimmt noch nie was gehört.«

Paula stimmte ihr lachend zu. Und ihr Lachen vertiefte sich, als sie sah, dass Gitti zurück war und sich umgehend Richard schnappte, der mit Emmas Vater an der improvisierten Bar stand und nach der Um- und Aufbauaktion ein frisch gezapftes Bier trank. Gitti nahm ihm das Glas einfach aus der Hand, stellte es auf dem Bar-Bierzelttisch ab und zog ihn auf die Tanzfläche.

Das Kleid, das Gitti trug, stand ihr ausgezeichnet. Es war dezent geblümt und hatte einen ausgestellten Rock, der ihre hübschen Waden zur Geltung brachte. Das lange Haar hatte sie locker aufgesteckt. Auch einige andere Frauen hatten Kleider an, doch es gab, was Paula beruhigte, auch Frauen, die wie sie Shorts trugen.

Okke bahnte sich erneut mit schwingenden Hüften und im Rhythmus der Musik den Weg durch die Tanzenden und steuerte Emmas Mutter an, die ihm lachend die Hand reichte und sich sicher von ihm führen ließ. Doch Paulas Blick suchte wieder Gitti und Richard. Seine Versuche, sie abzuwehren, waren gescheitert. Er hielt sie im Arm, allerdings auf Abstand, und tanzte, das musste Paula ihm neidisch zugestehen, taktsicher. Gitti plapperte, was das Zeug hielt, und Richard nickte ab und an. Ob er wohl überhaupt ein Wort von dem verstand, was Gitti ihm erzählte? Die Musik war so laut, dass man kaum sein eigenes Wort hörte.

»Was hast du gesagt?«, fragte sie Marie, die sie angesprochen hatte.

»Dass es voll krass ist, wie hier alle abgehen«, wiederholte sie ihre Worte lauter.

Paula nickte zustimmend. Es hatte etwas Unwirkliches, wie sich die Paare direkt zum ersten Song auf der kleinen Tanzfläche dicht an dicht und gut gelaunt bewegten – einige in ihrem eigenen Rhythmus. Was Paula nicht tröstete, denn wenn ihr schon auffiel, wie takt*los* einige tanzten, wie würde es da erst bei ihr aussehen? Amüsiert belächelt wurden Lisbeth und Emma, die sich hüpfend, drehend und lachend an den Händen hielten und inmitten der erwachsenen Tänzer ihren Spaß hatten.

Paula hatte ein wenig Mitleid mit Marie. Gleichaltrige gab es hier nicht. Mats hatte wenigstens die Pfefferkörner. Die Jungs saßen zu dritt auf einer der Bänke und schauten sich irgendetwas auf einem der Handys der Zwillinge an. Unentwegt lachten sie laut auf, und Paula fragte sich, ob sie wissen wollte, was für einen Clip die drei sich da ansahen.

Als der nächste Song aus den Lautsprechern erklang, aktivierte sich ein urzeitlicher Impuls in Paula, denn Okke hatte sich mit Handkuss von seiner Partnerin verabschiedet und steuerte ihre Bank an. Sie stand schon zur Flucht bereit, als Okke bei ihnen war, aber zu ihrer Überraschung und auch Erleichterung nahm er Marie an die Hand und zog sie wortlos mit sich auf die Bretter. Paula setzte sich wieder, weil sie nicht anders konnte. Sie musste einfach sehen, wie Okke »Astaire« Ketelsen mit Marie zu »That's Amore« tanzte. Wie es schien, hatte Marie durchaus ihren Spaß, denn Okke wagte mit ihr ein paar verrückte Bewegungen, ließ sie an einer Hand los, zog sie wieder heran, dann drehten sie sich. Schön sah es aus – vielleicht vor allem, weil Marie so herzlich dabei lachte. Leichtigkeit und Lebenslust zeichnete alle Paare auf der Tanzfläche aus.

Fast alle. Die Mitfreude, die Paula empfand, bekam beim Betrachten von Richard und Gitti einen kleinen Riss, weil sie aufrichtiges Mitleid mit Richard hatte. Gitti war textsicher. »When the moon hits your eye like a big pizza pie, that's amore ...« Gitti versuchte, Richard ihre Arme um den Hals zu legen, was er erfolgreich unterband, indem er ihre Hände nahm und sie daran um ihre eigene Achse drehte. Er blickte dabei zum Ausgang.

Und kaum endete der Klassiker mit Dean Martin, ließ er Gitti los und verschwand, ohne sich noch einmal umzublicken. Paula beneidete ihn ein wenig. Doch da die Kinder so viel Spaß hatten, würden sie noch ein wenig bleiben. Und wer weiß, vielleicht waren ja trotz der lauten Musik noch Gespräche mit anderen Gästen möglich.

Dieser Zahn wurde Paula gezogen. Die Stunden verrannen, aber es gab keine Tanzpausen. Okke war nicht von den Brettern zu kriegen – es sei denn, die CD musste gewechselt werden. Seine Songauswahl, das war schnell klar geworden, outete ihn als Fan der amerikanischen fünfziger Jahre.

Paula hatte sich an der improvisierten Bar eine Weißweinschorle geholt und angeboten, die nächste Schicht zu übernehmen, obwohl sie schon eine Stunde zuvor den Ausschank gemacht hatte. Doch alles war besser, als ständig in der Angst zu leben, zum Tanz aufgefordert zu werden. Aber vorher musste sie noch einmal zu den Kindern schauen, die auf den Spielplatz hinter dem Pavillon verschwunden waren. Die Jungen turnten auf der Schaukel herum, und Paula wollte keine Spielverderberin sein. Sie würde Mats noch nicht holen, aber für Lisbeth war jetzt Schluss, denn die Dunkelheit griff um sich, und Paula wollte sie bei sich haben. Lisbeth protestierte zwar, aber letztlich schmiegte sie sich in Paulas Arme, und gemeinsam betrachteten sie die Sterne, die immer klarer am Himmel hervortraten und so den nach ihnen benannten Tanzabend funkelnd krönten. Als Lisbeth fröhlich »Hallo, Papa« sagte und in den Himmel winkte, kamen Paula die Tränen. Sie kämpfte sie nieder und winkte mit. Sehnsucht war so unberechenbar.

Zurück im Pavillon ließ sich Paula mit Lisbeth im Arm

auf einer der Bänke nieder. Marie war längst im Camper verschwunden. Umso erstaunter war Paula, als ihre Große wieder im Pavillon auftauchte – im Schlepptau hatte sie Richard. Er ging direkt an den Tresen und holte sich ein Bier.

Marie setzte sich zu Paula. Wegen der lauten Musik ging sie mit den Lippen nah ans Ohr ihrer Mutter. »Richard war noch anderthalb Stunden mit Boomer spazieren. Als er zurück war, haben wir beschlossen, uns das Spektakel noch mal anzugucken, weil man ja sowieso nicht schlafen kann.«

Paula nickte, während Okke am CD-Player Doris Day ankündigte. »Gleich mache ich noch für eine halbe Stunde den Ausschank, dann gehen wir. Libby muss ins Bett.«

»Nein!«, protestierte Lisbeth umgehend. »Ich bin noch gar nicht müde.«

»Deine Augen sagen mir etwas anderes«, meinte Paula lächelnd.

»Meine Augen können gar nix sagen.«

Paula küsste ihre Kleine, und in dem Moment tauchte Richard vor ihnen auf, bückte sich und griff nach Lisbeth. »Kann ich sie bitte, bitte halten?«

Da sich hinter ihm mit leicht alkoholbedingten Ausfallschritten Gitti Pfefferkorn näherte, war klar, warum.

Paula hatte Erbarmen und ließ zu, dass er ihr Lisbeth aus dem Arm nahm und sich neben sie auf die Bank setzte. Aufatmend sah er Gitti mit Lisbeth in den Armen entgegen.

Gittis guter Laune tat das keinen Abbruch. Mit einem lautstarken »Will I be pretty? Will I be rich?« tänzelte sie zu einem der Stehtische weiter und schnappte sich Pizzaschneckenbäcker Litzner.

Schweigend sahen Paula und Richard den Paaren zu. Auf der Tanzfläche sangen mittlerweile alle den Text mit, während sie sich in den Armen wiegten. »Que sera, sera, whatever will be, will be …«

Bestimmt hätte Henrik diesen Abend sehr genossen, dachte Paula nicht zum ersten Mal. Er tanzte doch so gern. Sicherlich hätte er sie aufgefordert, und sie hätte natürlich nicht Nein gesagt. Paula bewegte sich leicht hin und her, während sie den Song mitsummte. Die Lichterketten leuchteten romantisch in der Dunkelheit, und ihre Gedanken verweilten weiter bei Henrik. Sie sah sich mit ihm auf der Tanzfläche, in seine Arme geschmiegt, dann wieder schlossen sich seine schmalen Finger um ihre, drehten sie, zogen sie heran.

Im nächsten Moment wurde sie aus ihrer Phantasie gerissen, und ihre Hand wurde tatsächlich ergriffen. Okke schob sie breit lächelnd in die Mitte der Tanzfläche, während Frank Sinatra Doris Day ablöste und die romantische Stimmung vertiefte. »… something in your eyes was so inviting, something in your smile was so exciting«, begleitete Okke Frank Sinatra mit tiefer Stimme, während er sich mit Paula auf der Stelle bewegte. Nach zwei Drehungen gab er ihr einen Handkuss und zog mit der freien Hand Richard hoch, obwohl der Lisbeth auf dem Arm hatte. Er verfrachtete Paula in dessen freien Arm und tänzelte zu der partnerlosen Frau Litzner weiter.

Überrascht verharrten Paula und Richard auf der Stelle. Erst auf Lisbeths energisches »Tanzen, Richard!« bewegte er sich und Paula sich mit ihnen. »Strangers in the night, two lonely people …« Paula hielt Richards Blick stand. »We were strangers in the night, up to the moment when we said our first hello, little did we know, love was just a glance away …«

In der nächsten Sekunde klatschte Gitti Pfefferkorn direkt zwischen ihren Köpfen in die Hände. »Partnertausch!« Doch bevor Paula reagieren konnte, tat Richard es. Er schob sie mit der freien Hand in Gittis offene Arme und verschwand mit Lisbeth nach draußen.

Gitti war so verdattert, dass sie ein paar Tanzschritte mit Paula machte. »Er flieht vor mir«, sagte sie dabei. »Das ist wirklich schade, weil er hier einer der wenigen Männer ist, die altersmäßig zu mir passen. Die meisten sind älter und ein paar einfach zu jung.«

Paula schwieg, breit lächelnd. Wenn sie das Richard erzählte …

Acht

Vieles kann ein Licht sein, auch die Sehnsucht.

»Das hat sie gesagt?« Ungläubig sah Richard Paula an. »Die Frau ist mindestens zehn, zwölf Jahre älter als ich!«

»In Anbetracht des Alters der Zwillinge würde ich meinen, sie ist sogar fünfzehn Jahre älter als du«, antwortete Paula ihm genüsslich. Es war einfach zu köstlich, Richard so brummig zu sehen. »Aber sie ist, das muss man zugeben, definitiv eine attraktive, schlanke und fitte Oma.«

»Machst du jetzt Werbung für sie, oder was?«

Paula lachte. Sie saßen am Frühstückstisch, und da Mats und Lisbeth schon aufgestanden waren und mit den Pfefferkörnern auf dem kleinen Spielplatz herumtobten, konnten sie unbedacht so sprechen.

Marie, die lange geschlafen hatte und gerade erst zu ihnen gestoßen war, meinte Müsli kauend in Richards Richtung: »Ich sag nur ein Wort, Richard …«

»Wenn es sich bei diesem Wort um das gruslige ›Umstyling‹ handelt«, fuhr er ihr mit erhobenem Zeigefinger über den Mund, »dann solltest du jetzt besser schweigen.«

Grinsend schloss Marie ihre Lippen mit einem imaginären Schlüssel.

»Möchtest du das noch essen?«, fragte Richard sie und deutete auf die letzten beiden belegten Brote vom Vorabend. Fast ein ganzer Teller Schnittchen war vom Büfett übrig geblieben und hatte im Kühlschrank übernachtet. Es waren einfach zu viele leckere Sachen angeboten worden. Doch so hatten sie ein vorbereitetes Frühstück gehabt.

Marie verneinte, und Richard legte die beiden Schnittchen in die Frischhaltefolie, die über den Teller gespannt gewesen war. »Die esse ich heute Mittag.«

Paula nickte. Lebensmittel wegzuwerfen, da war sie sich sicher, war etwas, was es bei Richard nie geben würde. Er hatte zu viel Hunger und Elend gesehen.

»Wohin geht's heute?«, fragte Marie und zog die Milchpackung zu sich, als Richard mit dem Abdecken begann.

»Zügig nach St. Peter-Ording, wo wir dann an die verbleibende Deichstrecke ansetzen und bis Büsum fahren«, antwortete Richard, während er die Teller zusammenstellte. »Und da übernachten wir dann.«

»Übernachten wir da definitiv?«, hakte Marie nach und ließ, was Paula hasste, den Rest Milch direkt aus der Packung in ihren Mund laufen. »Oder wird das wieder so ein Drama wie in St. Peter-Ording?«

»Der Stellplatz ist gebucht.« Er brachte das Geschirr in die Miniküche des Campers.

»Ich würde dir ja beim Abdecken helfen, Richard«, meinte Paula gespielt bedauernd. »Aber du siehst ja, dass ich nicht kann.« Sie streichelte weiter Mr. Stringer, der auf ihrem Schoß lag und behaglich schnurrte.

Richard blickte zu ihr, während er weitere Dinge vom Tisch räumte. »Henrik hätte jetzt vermutlich gesagt: Katze müsste man sein.«

Flammende Röte schoss Paula in die Wangen. Hatte er das gerade wirklich gesagt? Sie sah zu Marie, doch die war mit ihrem Handy beschäftigt. Um sie nicht doch noch aufmerksam zu machen, verzichtete Paula auf eine Erwiderung. Vielleicht maß sie der Aussage ja auch zu viel Bedeutung bei. Doch da er ausdrücklich Henrik erwähnt hatte, handelte es sich definitiv um eine Spitze. Sie hob den Kater von ihrem Schoß und stand auf. Mit der Butter und dem Nutellaglas trat sie an den Sprinter und reichte die Sachen Richard hinauf. »Das war eine blöde Bemerkung, Richard. Bitte verzichte in Zukunft darauf.«

Er atmete schwer aus. »Da hast du wohl recht. Entschuldige bitte.«

Damit hätte die Angelegenheit erledigt sein können, doch

Paula fühlte sich weiter unwohl und zugleich auch ein wenig erregt. Hatte Henrik Richard gegenüber eine Andeutung gemacht, dass er ein Interesse an ihr hatte, das über nachbarschaftliche Beziehungen hinausging? Oder hatte Richard bemerkt, dass Henrik ihre Phantasie beflügelte, und wollte sie nun ärgern?

Paula verbat sich weitere Gedanken an Henrik, doch es lag nun mal nicht im Wesen von Gedanken, sich vom Willen fortscheuchen zu lassen. Sie waren findige kleine Biester, die immer den Weg zurückfanden. Vielleicht würde sie Henrik schon am Donnerstag wiedersehen, denn dann würden sie nach Föhr zurückkehren. Die Kinder wussten nicht, dass sie die Suche nach der Kate am Wochenende nicht fortsetzen würden. Weil Paula die wunderbare Überraschung, die sie für sie hatte, hütete wie einen Goldschatz. Richard war als Fahrer eingeweiht, aber Paula vertraute ihm in dieser Beziehung blind. Er würde nichts verraten, auch wenn Verschwiegenheit nicht gleichzusetzen war mit der Schweigsamkeit, die er lebte. Zumindest meistens. Gerade eben hätte sie sich gewünscht, er hätte den Mund gehalten.

Eine Stunde später, es war schon halb elf, verließen sie den Osterkooger Nis-Randers-Platz, der nun wieder aussah, als hätte es nie einen »Tanz unter den Sternen« gegeben. Die Männer hatten die Pavillons, Bierzeltgarnituren und Stehtische schon vor dem Frühstück abgebaut, zusammengeklappt und im Lagerraum des Anbaus verstaut. Okke stand mit den drei Pfefferkörnern, die Pfeife im Mundwinkel, an der Auffahrt und hob die Hand zum Abschied.

»Hier können wir immer schlafen«, entschied Lisbeth, die noch winkte, als sie bereits außer Sichtweite waren. »Bei Okke ist das *so* schön.«

»Das stimmt«, pflichtete Paula ihr bei. »Aber wir wollen ja während unserer Reise auch noch andere schöne Plätze entdecken.«

»Ich dachte, wir wollen Papas Haus finden«, sagte Marie, ohne aufzublicken, denn sie blätterte in der »Vogue«. »Dann ist die Reise vorbei, und wir können nach Föhr zurück.«

»Du willst ja bloß mit Jeppe knutschen«, warf Mats ein, spitzte den Mund und machte laute Kussgeräusche.

Marie stieß einen schrillen Schrei aus. »Bist du blöd, oder was?«

Sie klatschte ihm die Zeitschrift auf den Kopf, was wiederum Mats nachsetzen ließ. »Steht doch in deinem blöden Tagebuch. Jeppe, Jeppe, Jeppe ... und überall Herzen.«

Marie war einen Moment lang wie erstarrt. Dann kreischte sie. »Du hast in mein Tagebuch geguckt? Du ... du ...« Sie weinte und schrie gleichzeitig, während sie mit dem Modemagazin weiter wild auf Mats einschlug. Er versuchte, den Angriff mit den Armen abzuwehren, was Richard veranlasste, rechts auf eine Weidenauffahrt zu fahren.

Mats rief mit erhobenen Armen nach seiner Mutter, während Marie Paula entgegenschrie: »Der hat mein Tagebuch gelesen, Mama! Sag was! Sag endlich was!«

Paula hatte sich schon abgeschnallt, riss ihr die zerfledderte »Vogue« aus der Hand und warf sie vor sich in den Fußraum. »Schluss jetzt!«, rief sie energisch. »Alle beide!«

Doch ihre Aufforderung verhallte ungehört. Mangels Zeitschrift drosch Marie nun mit den Händen auf ihren Bruder ein.

Paula warf Richard einen hilfesuchenden Blick zu. In diesem Moment weinte Lisbeth auf, weil Mats sie beim Marie-Abwehren aus Versehen mit dem Ellenbogen am Kopf getroffen hatte.

»Raus aus dem Wagen!«, blaffte Richard Mats und Marie an. Zeitgleich mit Paula stieg er aus.

Marie hatte das Hauen eingestellt, als sie die Tür aufzogen. Paula schnallte die weinende Lisbeth ab und nahm sie auf den Arm, während Richard die anderen beiden ruhig, aber düster aufforderte: »Abschnallen. Aussteigen.«

»Du hast uns gar nix zu sagen.« Mats' hochrotes Gesicht war Trotz pur.

»Irrtum«, blieb Richard ruhig. »Ich bin euer Fahrer, und ich werde nicht einen Meter weiterfahren, wenn bei eurem

Affentheater die Gefahr besteht, dass ich den Nugget vor lauter Genervtheit gegen den nächsten Alleebaum setze. Also bewegt eure Hintern jetzt raus, damit euch die frische Luft die Köpfe zurechtrückt.«

»Warum hast du Maries Tagebuch gelesen?«, fragte Paula Mats, als er mit einem Blick, der jemand Ängstlichem das Fürchten gelehrt hätte, ausstieg. »Du weißt ganz genau, dass das ein riesiger Vertrauensbruch ist. Tagebücher sind tabu.«

»Dann soll sie das blöde Buch gefälligst abschließen, wenn sie aus dem Zimmer geht. Wenn das da so auf dem Bett rumliegt, aufgeschlagen, dann kann man da als Bruder ja wohl mal reingucken!« Er war immer noch puterrot im Gesicht.

»Nein, kann man nicht, du Honk!« Marie trat nach ihm, obwohl er zu weit weg stand, um ihn treffen zu können.

Paula seufzte tief. »Natürlich hätte Marie dich nicht schlagen dürfen, aber ich kann ihre Wut gut nachvollziehen, Mats. Ein fremdes Tagebuch zu lesen, geht gar nicht. Du entschuldigst dich jetzt auf der Stelle bei Marie und wirst ihr Tagebuch nie wieder anfassen. Haben wir uns verstanden?«

Mats grunzte ein »Entschuldigung«, auf das Marie so reagierte, wie Paula es erwartet hatte.

»Das kannst du dir sonst wo hinstecken! Mit dir bin ich fertig, du kleine Ratte.« Marie wandte sich ab und setzte sich wieder auf ihren Platz im Ford.

Lisbeth war gnädiger mit Mats, als er sich nach Paulas Aufforderung auch bei seiner kleinen Schwester entschuldigte. »Tut gar nicht mehr weh.«

Die nächsten zwanzig Minuten verliefen sehr ruhig, da Lisbeth ein Bilderbuch anschaute und die beiden Großen sich ignorierten, wenn man von dem beidseitigen verächtlichen Schnauben absah, das in Abständen erklang. Richard war in die Schweigsamkeit verfallen, die ihn ständig wie ein wolliger Mantel umgab. Paula war froh, als Lisbeth »Die kleine Hexe« zuklappte und einen Tonie auf die Box setzte. Mit der Rettung von Babymeerschildkröten beschwichtigte die »Paw Patrol« die Gemüter, sodass Maries und Mats' Gesichter langsam wieder eine normale Tönung annahmen. Am Eidersperrwerk fuhr Richard auf den Parkplatz und wandte sich Paula und den Kindern zu. »Habt ihr Lust, euch das Sperrwerk anzusehen? Die Eider mündet hier ins Meer, und der Ausblick lohnt sich.«

»Seh ich aus, als würde ich auf diesen Betonklotz raufwollen?«, lautete Maries Antwort. »Lasst mich einfach alle in Ruhe.«

Mats hingegen war Feuer und Flamme. Zu viert standen sie schließlich wenig später mit Boomer am Geländer und blickten auf Eider und Nordsee. Mats hörte aufmerksam zu, als Richard berichtete, dass die Entscheidung, das Sperrwerk zu bauen, nach der schrecklichen Sturmflut im Jahr 1962 gefallen war. Die Tatsache, dass damals durch die Wassermassen in Hamburg mehr als dreihundert Menschen gestorben waren, erhöhte Mats' Aufmerksamkeit zusätzlich, denn schließlich war es seine Heimatstadt.

Paula war erstaunt, als sie Mats zu Richard sagen hörte: »Aber die andere Sturmflut war noch viel schlimmer, oder? Ich meine die, bei der Rungholt im Meer versunken ist.«

»Du weißt etwas über Rungholt?«, fragte Paula ihn und legte ihm eine Hand auf die schmale Schulter, weil ihn tatsächlich ein Schauder kurz erzittern ließ.

Richard nickte Mats zu. »Ja, vor vielen hundert Jahren waren die Menschen den Naturgewalten viel schutzloser ausgeliefert.« Er sah Paula an. »Ich habe ihm gestern beim Zeltaufbauen von Rungholt erzählt.«

»Die schlimme Sturmflut war dreizehnhundertnochwas«, klärte Mats seine überraschte Mutter auf. »Die ganze Stadt ist abgegluckert und im Meer verschwunden.« Mit leuchtenden Augen blickte er in das glitzernde Wasser. »Irgendwo bei Nordstrand.« Er drehte sich zu Richard um. »Wie hieß die Hallig noch mal? Die, die noch da ist?«

»Du meinst Südfall«, antwortete Richard. »Sie liegt zwischen Pellworm und Nordstrand.«

»Genau. Und in der Nähe von Südfall ist Rungholt untergegangen«, gab Mats sein am Vortag erworbenes Wissen an seine Mutter weiter, wandte sich aber gleich wieder Richard zu. »Du wolltest mir noch mehr erzählen. Jetzt haben wir doch Zeit.«

Richard wuschelte ihm durchs Haar. »Vielleicht heute Abend? Gruselgeschichten gehören an ein Lagerfeuer. In unserem Fall vielleicht an den Grill?«

Mit Gettofaust besiegelten die beiden den Deal. Bevor Paula etwas erwidern konnte, war Richard wieder bei seinen Ausführungen über das Eidersperrwerk.

»1973 wurde es in Betrieb genommen«, erklärte Richard an Mats gewandt, denn Lisbeth interessierten die Daten nicht. Ihre Aufmerksamkeit war auf den Marienkäfer gerichtet, der zu ihrer Freude gerade auf ihrem Unterarm gelandet war.

»Krass! So lange hat das gedauert?« Mats machte große Augen. »Das ist länger, als ich alt bin.«

»Ein Sperrwerk zu errichten, ist ein riesiges Projekt«, antwortete Richard. »Die Planungen und Berechnungen brauchten schon ihre Zeit, vor allem ging es wohl um die Strömungsverhältnisse, die hier herrschen. Dann hat die Bauphase natürlich auch noch viele Jahre gedauert.«

»Und wenn noch mal so eine schlimme Sturmflut kommt?«, fragte Mats.

»Dann sind wir sicher«, beruhigte Richard ihn. »Wir stehen hier direkt über einem Tunnel, durch den eine Straße führt. Links und rechts davon befinden sich die massiven Sperrwerksmauern mit mehreren riesigen Fluttoren. Es ist also eine doppelte Sicherung. Und wenn eine Sturmflut naht, werden die Tore geschlossen und schützen so das Land dahinter vor dem Wasser. Außerdem ist im Laufe der Jahrhunderte die Deichhöhe immer wieder angepasst worden.«

Sie bestaunten noch die Schleuse und die Klappbrücke, bevor sie eine halbe Stunde später die Fahrt Richtung Büsum fortsetzten. Mats versuchte, bei seiner großen Schwester gut Wetter zu machen, indem er anfing, Richards Ausführungen zu wiederholen, doch er erntete nur ein giftiges »Halt die F!«.

Die Stimmung wurde auch nicht besser, als sie die Bundesstraße verließen und die Deichstrecke am Wesselburenerkoog vergeblich nach der Kate absuchten. Daher war Paula froh, als sie den Stellplatz in Büsum erreichten. Hier war es – im Gegensatz zu Okkes Platz – den Wohnmobilisten nicht gestattet, Tür an Tür zu parken, sondern es gab Schilder mit den Hinweisen »Vorwärts einparken« und »Rückwärts einparken«, sodass eine Intimsphäre im Eingangsbereich gewährleistet war. Was, wie Paula vermutete, den meisten auch gefiel. Insbesondere wohl Richard, den das Schnattern von Frau Litzner und Gitti Pfefferkorn aus den Wohnmobilen heraus mehr als genervt hatte.

»Das ist ein bisschen wie David und Goliath, oder?«, sagte Paula lachend und deutete auf das riesige Luxuswohnmobil neben ihnen, als sie aus dem Nugget stiegen.

»Und wahrscheinlich sind die nur zu zweit unterwegs«, grunzte Richard mit verächtlichem Blick zu der Titanic unter den Wohnmobilen.

»Was machen wir jetzt?«, fragte Mats seine Mutter.

»Eis essen?«, schlug Paula fragend vor. Damit kriegte sie die Kinder immer, und es klappte auch jetzt. Zwar ließ Marie ihrer Freude keinen Freilauf wie ihre jüngeren Geschwister, aber immerhin nickte sie und quälte sich ein gnädiges »Na gut« ab.

»Möchtest du uns begleiten?«, fragte Paula Richard, doch er war schon dabei, das kleine Tischchen aufzustellen.

»Nein, ich werde schreiben. Ich habe ja noch die beiden Schnittchen von heute Morgen.«

Als sie losgingen, saß er schon an seiner Schreibmaschine. Das Klackern der Tastatur begleitete Paulas Gedanken. Worüber schrieb er wohl? Sie musste noch mal nachhaken, auch wenn sie sich vielleicht wieder eine Abfuhr holte.

Am Eingang des Campingplatzes gab es einen Imbisswagen, der Krabbenpasta, Calamares und Kibbelinge anbot. Paula hatte Mühe, Mats von dort wegzulocken. Es roch aber auch verführerisch. Sie bogen rechts ab und spazierten geradewegs auf einen kleinen Deich zu. Mats und Lisbeth wollten oben auf dem Deich weiterlaufen, und Paula gestattete es ihnen. Sie blieb mit Marie auf dem unteren Gehweg.

»›Hafen-Butike‹?«, las Marie die Inschrift eines Schildes an einem Laden. »Das ist hoffentlich ein Gag, oder?«

Paula lachte. »Natürlich. Die Inhaber wissen zweifelsfrei, wie man ›Boutique‹ schreibt, aber dies ist eben die witzige norddeutsche Variante.«

Am Büsumer Hafen gesellten sich Mats und Lisbeth wieder zu ihnen. In dem brackigen Wasser lagen so viele Kutter und Boote, dass die verschiedenen Masten wie ein maritimer Winterwald wirkten. Es war gerade Ebbe, und der Geruch nach Schlick und Fisch schlug ihnen entgegen, während sie am Kai weitergingen. Doch er musste nicht unbedingt von den Kuttern kommen, sondern stammte wohl eher von den Fischbuden. An der Kante zum Wasser gab es zwei kleine Stände – ein Mann und eine Frau verkauften jeweils fangfrische Krabben. »Ein Liter sieben Euro«, las Paula auf dem Schild, während sie langsam näher kamen.

»Ein *Liter* Krabben?«, fragte Marie skeptisch. »So langsam glaub ich, dass die hier doch nicht richtig ticken.«

Sie blieben bei dem Standbetreiber stehen und sahen zu, wie er einer jungen Kundin zeigte, wie man die Krabben pulte. Dabei erfuhren sie, dass ein Liter Krabben in etwa fünfhundert Gramm entsprach. Anschließend gab es für sie noch einmal die gleiche Pul-Anleitung. Auch die Kinder bekamen eine Krabbe in die Hand gedrückt und versuchten ihr Glück. Lisbeth und Mats köpften ihr Exemplar direkt, Marie pulte das Fleisch einwandfrei hervor. Paula hatte schon mit Tom Krabben gepult, beherrschte die Technik und steckte ihr kleines Stück Krabbenfleisch direkt in den Mund. »Lecker«, sagte sie genießerisch. Allein die Tatsache, dass diese Krabben fangfrisch waren und nicht verschifft und in Marokko gepult worden waren, um anschließend mit Konservierungsstoffen versehen per Schiff wieder nach Europa zurückgeführt zu werden, war Anlass genug, sich die Arbeit des Pulens zu machen.

»Wir nehmen drei Liter«, entschied Paula. Heute Abend

wollte Richard den Grill anwerfen, aber morgen hätten sie mit frischem Vollkornbrot ein köstliches Abendbrot, wenn sie zu den Krabben ein paar Spiegeleier in die Pfanne schlug.

Dass es nicht besonders klug gewesen war, die Krabben gleich mitzunehmen, fiel Paula erst auf, als sie einen der begehrten Außenplätze eines Eiscafés in der von Touristen wimmelnden Alleestraße ergatterten und sie einen schattigen Platz für die Tüte suchte. »Wir müssen die Krabben nach dem Eisessen zurück zum Campingplatz bringen«, erklärte sie den Kindern. »Die müssen in den Kühlschrank.«

Natürlich maulten die drei, aber es half nichts. Doch erst einmal galt es, das leckere Eis zu genießen. Mit dem Handy knipsten sie die mit Sahne, Früchten und fruchtigen Soßen garnierten Eispokale, als sie vor ihnen standen – für Lisbeth gab es die obligatorischen bunten Streusel –, und schickten das Bild an Opa und Oma, die mittlerweile bei ihren Freunden in Spokane im Bundesstaat Washington angekommen waren.

Dann wurde es still, weil alle zufrieden aßen. Paula freute es, dass Marie aufgehört hatte, ihrem Bruder böse Blicke zuzuwerfen. So war es immer. Die Kinder konnten fuchsteufelswütend aufeinander sein, aber Maries Wut hielt nie lange an. Vergebung war ihr zutiefst inne, ohne dass es ihr bewusst war. Sie war einfach so. Mats hingegen spielte manchmal tagelang den Beleidigten, um dann von einem Moment auf den anderen wieder umzuswitchen. Lisbeth konnte durchaus dickköpfig sein, aber sie war niemals lange nachtragend. Genüsslich löffelte Paula ihren Fruchtbecher. Sie war mit tollen Kindern gesegnet.

Als sie zurück auf dem Stellplatz waren, verstaute Paula die Tüte mit den Krabben im Kühlschrank und erklärte Richard, der an seinem Manuskript arbeitete, dass sie noch einmal losgehen wollten, um in der Familienlagune zu baden. Er wirkte erleichtert, was Paula ein wenig ärgerte, aber andererseits hatte er ja deutlich gemacht, dass er Ruhe zum Schreiben brauchte.

»Wann seid ihr zurück?«, fragte er. »Die Grillkohle braucht Zeit zum Durchglühen.« Mit Blick auf die Uhr fügte er hinzu:

»Ich werde nachher die Grillsachen einkaufen und einen Salat vorbereiten.«

»Das ist aber nett«, sagte Paula.

»Ich wünschte, es läge nicht so viel Überraschung in deiner Stimme«, erwiderte er leicht grimmig.

»Sorry«, murmelte Paula ertappt. Auch er konnte also durchaus zwischen den Tönen hören. Sie packten ihre Rucksäcke und marschierten los – diesmal ohne Boomer, der es vorgezogen hatte, es sich zu Richards Füßen unter dem Campingtisch bequem zu machen.

Der Weg zur Familienlagune am asphaltierten Gehweg am Deich entlang war weit – zumindest für Lisbeths kurze Beinchen. Darum ließen sie sich Zeit. Hunderte bunte Strandkörbe auf dem grünen Deichgras stachen ins Auge, genau wie eine Bausünde aus den siebziger Jahren: ein hoher Wohnblock, der so gar nicht in das ländlich-maritime Flair passte. Entschädigung bot der Blick aufs Meer und die Lagune. Die Anlage war mit ihren Geräten perfekt auf kleine Kinder abgestimmt und hielt mit dem feinen Sand viel Platz zum Spielen, Buddeln und Toben bereit. Und das flache Wasser eignete sich hervorragend zum Planschen und Baden.

Auf dem Rückweg machte sich die Entfernung zum Campingplatz doppelt bemerkbar, denn alle waren erschöpft. Zwei Väter vor ihnen trugen ihre Kinder auf den Schultern. Paula gönnte den Familien ihr Glück aus tiefstem Herzen, aber das Bedauern, dass es bei ihnen anders war, suchte sich unversehens seinen Raum. Weil es einfach so schön gewesen wäre, Tom mit Libby auf den Schultern neben sich zu haben. Paula verbat sich das »Warum wir?«, das sich nach fünf Jahren nicht mehr so oft meldete, sich aber manchmal doch noch seinen Weg bahnte. Dabei gab es keine Antwort auf diese Frage. Höchstens ein »Warum nicht wir?«.

Lisbeth war regelrecht fertig, als sie am Camper eintrafen, wo es verführerisch nach Gegrilltem duftete. Richard hatte nach ihrer Nachricht, dass sie aufgebrochen waren, den perfekten Zeitpunkt getroffen. So konnten sie sich gleich an den gedeckten Tisch setzen. Lisbeth bestand darauf, dass sie noch einmal beteten, weil Marie beim Frühstück nicht mit am Tisch gesessen hatte.

Mats wollte unbedingt das Essen aufzählen, »weil es so geile Sachen gibt«. Paulas Blick bezüglich des verhassten Wortes richtig deutend, presste er ein hastiges »Entschuldigung« heraus.

Richard wartete am Grill, während sie beteten und gemeinsam den Anfang sprachen: »Große Leute, kleine Leute freuen sich auf das Abendbrot heute.« Dann fuhr Mats fort: »Nackensteak, Cevapcici, Wedges, Pute, Tsatsiki, Grillsoßen, Kräuterbutter und Brot«, er wedelte mit dem langen Baguette, das noch unangetastet auf dem Tisch lag, und alle setzten ein: »Danke, lieber Gott, wir haben keine Not.«

»Ich dachte schon, die Aufzählung endet nie«, sagte Marie und nickte Richard zu, als er die Grillzange mit einer Schinkenwurst über ihren Teller hielt und fragte: »Möchtest du eine?«

»Wenn's so viele leckere Sachen gibt«, verteidigte Mats sich über beide Backen strahlend. »Die Wurst hab ich sogar vergessen.« Er hielt seinen Teller hoch, als Richard mit der nächsten Schinkengriller kam.

»Den Salat hast du auch vergessen«, sagte Paula zwinkernd. Frisches in Essig und Öl war noch nie Mats' Favorit gewesen.

Er grinste zurück und griff nach dem Ketchup, um seine Wurst darin zu ertränken. »Am Hafen lag ein riesiger schwarzer Anker«, berichtete er Richard aufgeregt. »Da haben Libby und ich drauf rumgeturnt. Vielleicht ist der ja von einem Piratenschiff.« Diese phantastische Annahme brachte ihn zu der Sage der untergegangenen Stadt zurück. »Du wolltest doch noch weiter von Rungholt erzählen, Richard.«

»Später«, wiegelte Richard mit Blick zu Lisbeth ab, die zwar aß, aber ihre Augen kaum noch offen halten konnte. »Es wird ein wenig gruselig«, flüsterte Richard Mats zu. »Da ist es vielleicht besser, wenn wir warten, bis Lisbeth schläft.«

Mats war die Vorfreude auf das, was kommen würde, anzusehen, aber er musste sich noch gedulden, denn Lisbeth wurde durch den Insulinschub nach dem Essen noch einmal munter. Doch um halb neun fielen ihr auf Paulas Schoß die Augen zu. Paula wollte sie zu Bett bringen, was Mats gar nicht gefiel. »Sie schläft doch und hört nix. Also kann Richard doch jetzt weitererzählen.«

Paula gab lachend nach, nachdem Mats und Marie durch die Aussagen »Lisbeth ist noch ein Baby« und »Oh, jemand hat Peppa Wutz geklaut« sichergestellt hatten, dass Lisbeth wirklich nicht mehr reagierte.

Richard gab das historisch Belegte, was er Mats bereits über die untergegangene Hallig erzählt hatte, in Kurzform für Marie wieder – Paula kannte die Legende um Rungholt, war aber auch dankbar für die Auffrischung. Sie erfuhren, dass die Sicdlung Rungholt vor vielen hundert Jahren tatsächlich existiert hatte, auf einer Insel namens Strand, die durch die zweite Marcellusflut im Januar 1362 zerriss. Das, was von der Insel übrig geblieben war, zerfiel im Laufe der Jahrhunderte weiter – zurück blieben die Insel Pellworm, die Hallig Südfall und die Halbinsel Nordstrand. Nachweislich war Rungholt eine bedeutende Hafenstadt gewesen und hatte erfolgreich Handel mit Hamburg und Bremen und sogar mit anderen Ländern getrieben. Der Abbau von Torfsalz, das damals sehr wertvoll gewesen war, weil es zum Einlagern von Fleisch und anderen Lebensmitteln diente, hatte die Bewohner der Stadt reich gemacht.

»Die schweren Sturmfluten im 14. und 17. Jahrhundert werden ›De Grote Mandränke‹ genannt«, führte er weiter aus. »Das heißt auf Hochdeutsch ›Das Große Menschenertrinken‹. Mehr als hunderttausend Menschen sollen in den Wassermassen gestorben sein.«

»Uh, das ist wirklich gruselig«, sagte Marie angewidert.

»Und bei der Flut 1362 ist Rungholt im Meer verschwunden«, fuhr Mats aufgeregt fort. »Einfach untergegangen, abgegluckert, mit allen Leuten und allen Tieren.« Er hielt sich die Hand an den Hals und machte Würgegeräusche.

»Ja, wir haben's verstanden«, fuhr Marie ihm über den Mund.

»Und jetzt kommen wir zu der Legende.« Richard sah Mats an. »Weißt du, was eine Legende ist?«

Mats schüttelte den Kopf.

»Bei einer Legende wird viel Unwahres zu den Fakten hinzugefügt. Je öfter die Leute die Geschichte erzählen, desto mehr Märchenhaftes kommt wohl hinzu, bis letztlich niemand mehr weiß, was wahr ist und was nicht. Nun, im Fall der Legende um Rungholt kriegt der Chef deiner Mutter eine Bedeutung.«

Mats sah Richard verwirrt an. »Propst Ludewig?«

Marie prustete los. Doch bevor Richard antworten konnte, sagte Paula ruhig. »Nicht der Propst, Mats. Richard will erfolglos witzig sein und meint Gott.«

»Nicht ganz erfolglos.« Marie grinste immer noch, strich dabei aber Paula über den Arm. »Ist doch nur Spaß, Mama.«

Richard ging nicht darauf ein, sondern fuhr fort. »Die Legende erzählt, dass der Reichtum die Einwohner Rungholts verdarb und zu schlechten Menschen machte. Zwei alkoholisierte Bauern sollen ein Schwein betrunken gemacht haben. Dann haben sie den Priester der Insel gerufen und gefordert, dass er dem Tier die Letzte Ölung gibt. Das hat der natürlich verweigert, weil diese heilige Handlung nur für Menschen gilt. Richtig sauer wurde der Priester dann, als die betrunkenen Bauern die Hostien mit Bier überschüttet haben.« Er machte eine Pause und sah Marie und Mats an. »Wisst ihr, was eine Hostie ist?«

»Ja, wir sind die Kinder einer Pastorin«, gab Marie ihm zu verstehen. »Ist eher verwunderlich, dass du es weißt.«

»Eins zu null für euch«, sagte Richard, und ein Lächeln erschien unter dem Wuschelbart. »Der Priester hat jedenfalls für die Gotteslästerung Vergeltung gefordert und Gott gebeten, die Bewohner von Rungholt zu bestrafen. Die Legende sagt, dass sein Gebet erhört wurde. Der Priester schaffte es gerade noch, sich in Sicherheit zu bringen, bevor im Jahr 1362 die Sturmflut über Rungholt hereinbrach.« Er sah Mats in die Augen und flüsterte: »Seitdem soll die Stadt unversehrt auf dem Meeresgrund stehen. Und man erzählt sich, dass bei windstillem Wetter die Glocken der Kirche durch das Wasser zu hören sind.« Er senkte die Stimme noch weiter. »Und alle sieben Jahre, immer nur in der Johannisnacht, taucht die Stadt wieder auf.«

Mats' Augen leuchteten. »Cool! Wann ist die Johannisnacht?«

»Vom 23. auf den 24. Juni. Wir müssen also fast ein ganzes Jahr warten.«

»Der 24. Juni ist der Geburtstag von Johannes dem Täufer.« Paula fand, dass dies nicht unerwähnt bleiben sollte, erntete aber nur mäßige Begeisterung. »Es ist die Zeit der Sommersonnenwende«, legte sie nach. »Und nicht nur kirchlich ist dies ein besonderer Tag, sondern auch für Bauern und Gärtner, denn nach dem 24. Juni dürfen kein Spargel und kein Rhabarber mehr geerntet werden.«

»Boah, Mama!« Mats verzog das Gesicht. »Das will jetzt echt keiner wissen. Wir wollen Gruselgeschichten hören!«

Um die Stimmung zu retten, begann er umgehend damit, seine selbst erfundene Lieblingsgeschichte von den klappernden Skeletten und Höllenhunden zu erzählen, die in seiner Hamburger Schule lauerten und nachts die Kinder, die versehentlich in der Schule eingesperrt worden waren, durch die Flure jagten, bis sie um Mitternacht selbst zu Skeletten wurden.

Marie schloss sich mit einer Zombie-Geschichte an. Dann baten sie Paula um eine Geschichte, doch die weigerte sich und brachte die immer noch selig an ihrer Brust schlummernde Lisbeth zu Bett.

Als sie mit einer Schüssel Gummibärchen zurückkam, war Richard gerade dabei, eine Gruselgeschichte zum Besten zu geben, in der es um einen Mann ging, der in einem dunklen Keller eingeschlossen war, in dem man die Hand vor Augen nicht sah. Dass er einen abgetrennten Kopf mit Warzen für einen Kirschkuchen gehalten und aufgegessen hatte, fand Mats großartig, Marie einfach nur eklig.

Paula schüttelte den Kopf und sah Richard an. »Dein Ernst? Das ist eine furchtbare Geschichte.«

»So funktionieren Gruselgeschichten nun mal«, sagte er unbeeindruckt und klatschte Mats ab, als der ihm mit einem begeisterten »Ja!« die Hand hinhielt. Dann setzte Richard an Paula gewandt nach. »Du brauchst dir ja nicht mal eine Geschichte auszudenken, Frau Pastorin. Du kannst auf das reichhaltige Repertoire im Alten Testament zurückgreifen. Wie wäre es mit Sodom und Gomorra?«

Paula sah ihn an. Es war eindeutig, dass er sie reizen wollte, aber den Gefallen, darauf einzugehen und schnippisch zu reagieren, würde sie ihm nicht tun. »Du hast recht«, sagte sie daher. »Das ist auch eine furchtbare Geschichte. Möchtet ihr sie hören?«, wandte sie sich an die Kinder.

Maries »Muss nicht sein« und Mats' »Jaaa!« kamen gleichzeitig, also beschränkte sich Paula auf die abgeschwächte Variante der Erzählung aus dem ersten Buch Mose. Dass Lots Frau zur Salzsäule erstarrte, war Action genug für Mats.

»Krass. Nur weil sie sich noch mal umgedreht hat«, überlegte er. »Wenn da alles brennt, hätte ich mich auch umgedreht, um noch mal zu gucken.«

Paula wuselte ihm durchs Haar. »Für mich hat diese Geschichte eine ganz andere Bedeutung. Wenn hinter einem viel Schreckliches und Trauriges liegt, ist der Rat, nach vorne zu blicken und nicht zurück, ein guter Rat. Ein schweres Schicksal anzunehmen, ist niemals leicht. Es kann lange dauern, dem Leben wieder zu vertrauen. Doch wer sich wieder und wieder nur mit Vergangenem beschäftigt, das man nicht mehr ändern kann, verlernt darüber, das Gute der Gegenwart wahrzunehmen. Man erstarrt. Nicht zur Salzsäule, aber innerlich.«

»Ich stelle gerade fest, dass du dich als Pastorin viel näher am Therapeutendasein befindest, als ich dachte«, sagte Richard. »Es gefällt mir tatsächlich ganz gut, wenn du die Bibel-Storys auf unser normales Leben auslegst.«

Paula lachte laut auf. »Ich weiß ja nicht, was für Pastoren und Pastorinnen du kennengelernt hast, aber genau das ist unsere Aufgabe. Die Worte der Bibel enthalten so viel Wahres und Wunderbares auch für uns, obwohl wir Jahrtausende später leben. Und das liegt daran, dass der Mensch als solcher sich kaum verändert hat. Genau wie die Menschen seinerzeit bringen wir so viel Gutes und Hoffnung in die Welt, machen aber auch immer noch die gleichen Fehler wie damals.«

»Pass bloß auf, Richard«, kam es von Marie. »Mama bekehrt dich noch. Am Ende glaubst du doch noch an Gott.«

»Das wird nicht passieren«, antwortete er ernst.

Paula lächelte. »Ich habe nicht vor, Richard oder irgendjemand sonst zu *bekehren*. Das muss ich auch nicht, denn ich glaube fest daran, dass Gott schon da ist. Er ist in jedem von uns, in allem, was lebt und atmet. *Gott ist die Liebe, und wer in der Liebe ist, der ist in Gott und Gott in ihm.*« Das war der Trauspruch von Tom und ihr gewesen. Er barg die Essenz dessen, was Gott für Paula war.

»Bischt du denn in eine verliebt?«, fragte Mats Richard interessiert, den Mund randvoll mit Gummibärchen.

»Mats!«, tadelte Paula ihn auflachend. »Das geht uns überhaupt nichts an. Jemanden zu lieben, ist außerdem nicht gleichzusetzen mit Verliebtsein. Du bist doch auch nicht in Opa *ver*liebt, aber du liebst ihn.«

Mats nickte. »Klar.« Er sah wieder Richard an. »Wen liebst du denn? Dein Opa ist bestimmt tot, oder?«

Paula wurde immer heißer, aber Richard schien eher amüsiert denn genervt zu sein. »Ich weiß ja mittlerweile, dass ich auf euch uralt wirke, und meine beiden Großväter sind tatsächlich verstorben, aber ich habe noch meine Oma Friedel. Sie ist vierundachtzig und noch ziemlich gut drauf, wenn man mal davon absieht, dass sie kolossal schlecht hört.«

»Dann musst du ihr ein Hörgerät kaufen«, schlug Mats vor.

»*Das*«, Richard stach mit dem Zeigefinger Richtung Mats, »ist eine gute Idee. Warum sind wir nur noch nicht selbst darauf gekommen?«

Mats sah ihn an. »Das war jetzt nicht ehrlich, oder?«

Marie klopfte ihrem Bruder auf den Kopf. »Nein, Super-Brain, das nennt man Sarkasmus.« Dann wandte sie sich Richard zu. »Wer ist denn *wir*? Deine Eltern und du?«

Paula war die Neugier ihrer Kinder ein wenig peinlich, aber auch sie war auf die Antwort gespannt. Richard hatte bisher nur wenig von sich erzählt, und so musste sie nicht selbst bohren. Kindern nahm man Neugier schließlich weniger übel. Und Richard war anscheinend in Erzähllaune, wenn man das so nennen durfte, denn er antwortete. Zwar nur in einem kurzen Satz, aber immerhin.

»*Wir* sind meine Eltern und meine Schwester Katharina.«

Eine Schwester. Paula war überrascht. Sie konnte nicht sagen, warum, aber sie hatte ihn für ein Einzelkind gehalten.

»Dann haben wir ja beide Pech gehabt: keine Brüder«, sagte Mats und zog flink seine Beine hoch, weil Marie mit dem Fuß nach ihm trat.

»Jetzt reicht es dann aber«, sagte Paula ruhig. »Mats, mach dich bitte bettfertig. Wir wollen morgen früh rechtzeitig starten, damit Richard wirklich mal einen vollen Nachmittag zum Schreiben hat.«

»Das hört sich gut an«, sagte Richard, stand auf und sagte zu Mats: »Ich hole meinen Kulturbeutel. Dann können wir gemeinsam zu den Sanitäranlagen gehen.«

Als die beiden weg waren und Marie und Paula den Tisch abräumten, meinte Marie: »Ich glaube, Mats mag Richard echt gern. Vielleicht, weil er ein Mann ist.« Sie sah ihre Mutter an. »Vielleicht vermisst Mats Papa ja noch viel mehr als wir. Weil er ein Junge ist. Wir können das doch gar nicht wissen, oder? Du und Libby und ich, wir sind ja nun mal Mädels, und wir haben uns … Versteh mich nicht falsch, Mama«, setzte sie hastig hinterher. In ihren Augen schimmerten Tränen. »Ich vermisse Papa so sehr.«

Paula zog Marie in ihre Arme. »Das weiß ich doch, mein Schatz.« Sie streichelte Maries Hinterkopf, während sie ihre Große fest an sich drückte. »Unsere Trauer wird von Jahr zu Jahr schwächer. Und das ist gut und gesund, denn sonst würden wir die Lust am Weiterleben verlieren. Aber das Vermissen bleibt. Es ist Teil von uns.« Sie drückte einen Kuss auf Maries Stirn und hielt sie ein Stück von sich weg, um ihr in die Augen sehen zu können. »Du weißt, dass wir mit Papa für immer durch das Band der Liebe verbunden sind, und das Vermissen, das sind die kleinen Knoten darin.«

»Ich wünschte, ich könnte diese fiesen Knoten lösen.«

»Dazu müsste aber eine Seite das Band loslassen.« Paula küsste Marie noch einmal. »Und das wird nie geschehen. Also sind wir tapfer und halten das Vermissen aus, wenn es uns überfällt.«

Marie seufzte tief. »Ich hab dich lieb, Mama. Und ich mag das so sehr, wenn du Gefühle mit Bildern aufdröselst. Eigentlich kann ich mir das Band mit den Knoten darin sogar besser vorstellen als ohne, weil ›Band der Liebe‹ schon ein bisschen kitschig klingt.«

Paula lachte. »Die Welt braucht Kitsch.«

Das dachte Paula auch noch, als sie eine Stunde später neben Mats im Bett lag. Da sie die tief schlafende Lisbeth beim Zu-Bett-Bringen ins untere Bett verfrachtet hatte, befand sie sich nun unter dem Dach des Nuggets und lauschte dem ruhigen kindlichen Atmen neben sich. Sie hielt Mats' warme Hand in ihrer, während sie durch das Dachfenster in den sternenklaren Himmel blickte. Sie sah aus dieser Perspektive nur einen kleinen Ausschnitt, aber das reichte schon, um das schöne Gefühl zu spüren, das sie immer befiel, wenn sie in einer dunklen Nacht die Sterne betrachtete. Und darum war ein Sternenhimmel auch kein Kitsch, sondern einfach majestätisch, fast unwirklich und über alle Maßen funkelnd, glitzernd und wundervoll.

Das Bild, wie Mats mit Richard von den Sanitäranlagen zurückgekommen war, flammte immer wieder vor ihrem inneren Auge auf. Sie hatten gelacht und vertraut gewirkt, und Paula hatte sich daran erfreut, weil es zeigte, dass Mats möglicherweise bereit war, sich auf einen Mann einzulassen, der nicht sein Vater war. Marie hatte vielleicht recht mit ihrer Annahme, dass Mats sich unbewusst noch mehr nach einem männlichen Familienpart sehnte als sie selbst. Und was für Richard galt, galt ja vielleicht auch für einen anderen Mann. Den Versuch, Henriks Bild zu verscheuchen, gab sie auf. Weil es nicht ehrlich gewesen wäre, ihn aus ihren Gedanken zu verdrängen. Und Träumen war erlaubt, auch wenn es ein Traum bleiben würde.

Die erste Strophe von Joseph von Eichendorffs Gedicht »Sehnsucht« kam wie von selbst über ihre Lippen geflüstert, während sie dem Funkeln am Himmel zusah. »Es schienen so golden die Sterne, am Fenster ich einsam stand und hörte aus weiter Ferne ein Posthorn im stillen Land. Das Herz mir im Leib entbrennte, da hab ich mir heimlich gedacht: Ach, wer da mitreisen könnte in der prächtigen Sommernacht.«

Neun

Freude und Lachen sind Zucker und Sahne
im Backbuch des Lebens.

Richard klang mühsam beherrscht, als sie am Mittwochmorgen den Büsumer Stellplatz verließen. »Vielleicht wäre es ja möglich, dass der Kater beim nächsten Mal bei Henrik bleibt?«

Paula wandte den Kopf nach hinten zur Rückbank, wo Mr. Stringer auf Maries Schoß saß und sich ausgiebig von ihr streicheln ließ. Er schnurrte wie eine altertümliche Nähmaschine, und Richards Bemerkung ging ihm definitiv am Fellhintern vorbei, obwohl es die Schuld des Katers war, dass sie mal wieder nicht pünktlich gestartet waren.

»Er ist nun mal eine Katze und kein Hund«, verteidigte Paula ihn. »Dass er weggelaufen ist, liegt in seiner Natur.«

Das war nur die halbe Wahrheit. Heiß und kalt war ihr geworden, als kurz vor der Abfahrt feststand, dass Mr. Stringer sich aus dem Staub gemacht hatte. Sie hatte furchtbare Angst um ihn gehabt. Wohin hatte sein Freiheitstrieb ihn geführt? Was, wenn er nicht zurückfand? Schließlich war Büsum völlig fremdes Terrain für ihn. Er hatte sich ja noch nicht einmal an ihr neues Föhrer Zuhause gewöhnt. Sie hatten sich aufgeteilt bei der Suche. Nach zwei Stunden hatten Paula und Lisbeth ihn schließlich erleichtert und überglücklich am Imbisswagen entdeckt und in die Arme geschlossen, was er völlig unbeeindruckt über sich ergehen lassen hatte. Wo er bis dahin gewesen war, würde Mr. Stringers Geheimnis bleiben, denn sie waren mehrfach am Imbisswagen vorbeigekommen, ohne ihn dort gesehen zu haben.

»Außerdem kann ich Henrik unmöglich auch noch Mr. Stringer aufdrücken«, ergänzte sie. »Ich bin ja schon dankbar, dass er sich um Ratatouille kümmert.«

Das Gewitter auf Richards Gesicht hielt sich. »Ich bin mir ziemlich sicher, dass er dir die Bitte dennoch nicht abschlagen würde.«

Schon wieder so eine Spitze! Doch Paula schwieg lieber, weil Marie aufmerksam zuhörte.

Richard nahm die Straße Richtung Deichhausen, und Paula merkte an: »Wir verlieren den Deich aus den Augen.« Dicht an dicht standen die Häuser in einer Straße namens Achtern Diek, und letztlich fuhren sie in eine Sackgasse. Der weite Blick zeigte nur Äcker und Windräder. Paula hatte kein Problem mit den Windkraftanlagen, denn der Wind war ein Geschenk der Natur, und die Windräder waren ein großartiges Instrument, um Energie zu erzeugen.

Sie drehten um, und Paula hätte am liebsten gehalten, als sie an einer Schäferei mit Ferienhof, Scheunencafé und Reiterhof vorbeikamen. Das würde Lisbeth und Mats gefallen. Doch sie wollte Richard nicht noch mehr reizen.

Paula erfreute sich während der Fahrt an den riesigen Heurollen auf den Feldern, an den Ponys und Pferden auf den sattgrünen Weiden und an den Heckenrosen am Wegesrand. Doch der Deich blieb jungfräulich. Keine Häuser und schon gar keine Reetdachkate gab es zu sehen. Richtung Meldorf fuhren sie ein Stück am alten Deich entlang, und Paula wurde erneut bewusst, dass Toms Haus sich auch dort befinden könnte. Allerlei Federvieh tummelte sich auf den flachen Wasserflächen des Koogs, und Paula überfiel der Gedanke, wie schön das Reisen in Kutschen früher gewesen sein musste. So viel ausgiebiger hatte man damals die friedlich vor sich hin dümpelnden Enten und Vögel betrachten können.

Auch im Herbst und Winter musste es hier herrlich sein, denn dann gab es bestimmt riesige Gänseschwärme zu beobachten. Paula liebte Gänse seit der Grundschulzeit, in der Nils Holgersson sie in die Weiten Schwedens entführt hatte. Akka von Kebnekaise … dieser Name war ihr seitdem ins Hirn gebrannt, und sie hatte es nicht abwarten können, Marie die Geschichte vorzulesen. Als Mats so weit gewesen war, die Geschichte zu verstehen, hatte er nicht die Bereitwilligkeit seiner Schwester gezeigt, was, wie Paula vermutete, an dem altertümlichen Sprachgebrauch lag, der schon schwierig zu lesen war.

Gut gelaunt sprach sie aus, was sie bezüglich des Reisens in Pferdekutschen dachte, und bekam begeisterte Unterstützung von Mats und Lisbeth.

Richard würgte die Romantik allerdings ab. »Das Reisen in Kutschen war damals eine Strapaze – zumindest über längere Strecken. Kaum Federung, jeder Stein, jede Unebenheit auf dem Weg wurde vom Körper wahrgenommen und äußerte sich noch nach Tagen schmerzhaft.«

»Aber es war nicht klimaschädlich«, warf Marie ein, und Richard gab ihr recht.

Das Geplänkel über die Vor- und Nachteile von Kutschen ging noch eine Weile weiter. Richard fuhr währenddessen in Nordermeldorf in alle Sackgassen und Feldwege, um immer wieder an den Deich zu gelangen, wenn die Straße von dort wegführte.

Paula war in den Anblick zweier Silberreiher vertieft, als Mats ausrief: »Da! Ein weißes Haus!«

Aufgeregt fuhren sie näher. Doch bei genauer Betrachtung stellte sich schnell heraus, dass es nicht die Kate auf Toms Foto war. Sie grasten die Köge ab, doch es gab nur die unendlichen Weiten der Kohlfelder. Sie waren durchaus ein großartiger Anblick, doch Paula wollte ankommen, dort, wo ein kleines weißes Haus Toms Nähe versprach.

Aber das geschah nicht. Durch die stundenlange Verzögerung am Morgen kehrten sie erst am Nachmittag zurück nach Büsum. Richards Gesicht sprach zwar diesmal keine Bände, doch die Tatsache, dass er seine Schreibmaschine nicht herausholte, zeigte, dass er nicht in Schreiblaune war. »Ich werde spazieren gehen«, wandte er sich an Paula. »Kann ich Boomer mitnehmen?«

»Natürlich, du musst nicht fragen. Boomer freut sich, wenn er Auslauf hat.«

»Wir sind zum Abendessen zurück.«

Paula sah zu, wie er sich neben Boomer hockte und ihm das Brustgeschirr umlegte. Henriks haarige Äußerung »Chewbacca und Sohn« fiel ihr ein, und sie schmunzelte.

»Was ist so witzig?«, fragte Richard, als er hochkam und sie ansah.

»Was? Oh, nichts. Gar nichts.«

Mit einem Grunzen drehte er sich um und ging mit Boomer los. Lisbeths Frage, ob sie mitkommen könne, beschied er mit einem einzigen Wort. Und dieses Wort ließ Lisbeth einen Flunsch ziehen.

Am nächsten Morgen war bei allen von schlechter Laune nichts mehr zu spüren, obwohl der Himmel grau war. Richard hatte Lisbeth, Mats und den Hund zum Bäcker mitgenommen, und sie kamen Laugenkastanien kauend zurück. Paula und Marie hatten den kleinen Campingtisch fertig eingedeckt, und alle setzten sich.

Richard saß mit verschränkten Armen ruhig da und hörte zu, wie Marie das Morgengebet sprach. »Große Leute, kleine Leute freuen sich auf das Frühstück heute. Käse und Brot, danke, lieber Gott, wir haben keine Not.«

»Das war ja mal zackig«, sprach Richard aus, was auch Paula dachte.

»Glaubt ihr, ich will nass werden?«, antwortete Marie und deutete mit dem Mohnbrötchen, das sie aus der Tüte zog, nach oben.

»Das Wetter wird schon halten, bis wir fertig sind«, meinte Paula zuversichtlich und merkte auf, als Richard nach einem einfachen Brötchen griff, es durchschnitt und Lisbeth auf den Teller legte, bevor er sich selbst ein Körnerbrötchen heraussuchte. Er hatte also registriert, dass Lisbeth immer ein einfaches Brötchen aß, das sie ihrer Kleinen normalerweise durchschnitt. Dass er es heute gemacht hatte, schien keinem der beiden aufgefallen zu sein. Er belegte sein Brötchen mit Schinken, während Lisbeth ein Pfund Butter und zwei Teelöffel Sanddornmarmelade auf die erste Hälfte schmierte.

Wie nett. Er wurde allmählich wirklich zu einem Freund der Familie.

In Sachen Wetter behielt leider Marie recht. Es begann zu tröpfeln, noch bevor sie mit dem Frühstück fertig waren. Weil der Regen schnell heftiger wurde, packten sie hastig zusammen und waren zum ersten Mal pünktlich abfahrbereit. Dass sie nicht gen Süden, sondern nach Norden fuhren, bemerkten die Kinder erst spät. Es war Mats, der kurz vor Husum ausrief: »Häh? Fahren wir zurück nach Föhr, oder was?«

»Ja, das tun wir«, antwortete Paula. Weil sie die Überraschung noch nicht verraten wollte, flunkerte sie: »Henrik braucht den Camper.«

»Schön, dass wir das auch mal erfahren«, murrte Marie. »Dann hätte ich mich ja für das Wochenende längst auf Föhr verabreden können.«

Mats riss den Mund auf, doch er schlug sich mit der Hand darauf und erstickte das Wort, das ihm über die Lippen wollte. Ein »Jepp…« war allerdings noch zu hören gewesen.

»Halt die F«, fuhr Marie ihn an, dann fingerte sie flink auf ihrem Handy herum.

Verabredete sie sich für heute mit Jeppe? Paula war sich nicht sicher, aber falls ja, würde Marie die Verabredung wieder canceln müssen.

Als sie Dagebüll erreichten, war die von Föhr kommende Fähre, die sie gleich aufnehmen würde, nur noch ein kleines Stück entfernt.

»Wir vier steigen jetzt aus«, sagte Paula, als Richard sich in die ihm zugewiesene Autoschlange eingereiht und den Motor abgestellt hatte.

»Warum das denn?«, sagte Marie genervt. »Ich latsch doch nicht auf die Fähre, wenn ich auch rauffahren kann.«

Mats war anderer Meinung. Er hatte sich schon abgeschnallt und die Tür aufgestoßen. »Warte!«, mahnte Paula ihn, als sie ausstieg. »Lauf nicht vor ein Auto.« Aber dort, wo Mats sich zwischen den parkenden Wagen hindurchbewegte, war keine Bewegung mehr. Paula nahm Lisbeth fest an die Hand und sah

Marie an, die sich nicht rührte. »Bitte, Marie, komm einfach mit. Ich verspreche dir, dass es sich lohnt.«

Marie verdrehte die Augen, tat aber, worum Paula sie bat. Als sie schließlich zu viert auf der Mole standen, deutete Paula dorthin, wo die Bahn halten würde. »Lasst uns da auf eine Überraschung warten.«

Maries Augen wurden groß. »Der Zug? Kriegen wir Besuch?«

Auch Mats begann zu strahlen. »Kommen Oma und Opa?«

Marie klopfte ihm auf den Kopf. »Die sind auf Weltreise, du Brain.«

In diesem Moment fuhr die Nord-Ostsee-Bahn ein. Paulas Herz klopfte vor freudiger Erwartung schneller, während Marie und Mats sich die Hälse verrenkten, als die Bahn hielt. Kaum hatten die Türen sich geöffnet, quollen die Touristen wie aufgescheuchte Ameisen daraus hervor. Ihre Koffer und Reisetaschen ratterten über den Beton, während sie dem nur wenige Schritte entfernten Fährterminal entgegeneilten.

Maries Freudenschrei »Jule!« ließ eine wohlige Gänsehaut über Paulas Nacken rieseln. Winkend und freudig rufend bahnte Marie sich ihren Weg durch die entgegenkommenden Urlauber zu ihrer besten Freundin.

»Da ist Jule«, sagte Mats, und er strahlte Paula an. In der nächsten Sekunde stieß er ein Geheul aus, das einem jungen Wolf alle Ehre gemacht hätte. »Ben!« Er stürzte nach vorn, wo sein Kumpel hinter Jule aus dem Zug getreten war.

Mit Tränen in den Augen nahm Paula Lisbeth auf den Arm und zeigte zu den Kindern, die sich in den Armen lagen. »Schau mal, Libby, wer aus Hamburg zu Besuch gekommen ist … Jule und Ben.«

Die beiden Jungs hatten sich aus lauter Coolness natürlich sofort wieder voneinander getrennt, aber beide grinsten so breit, als wären sie in einen Honigtopf gefallen.

»Hallo, Ben und Jule«, winkte Lisbeth fröhlich. Paula war froh, dass ihre Kleine nicht enttäuscht war, weil für sie kein Besuch aus dem Zug gestiegen war. Es war schon aufregend genug für alle Beteiligten gewesen, dass der zehnjährige Ben Jule allein begleiten durfte.

Als die vier bei Paula und Lisbeth ankamen, fiel Marie ihrer Mutter um den Hals. »Danke, Mama, danke! Das ist so, so schön! Du bist die Beste.« Ein dicker Schmatzer landete auf Paulas Wange.

»Die geilste Überraschung ever«, ließ Mats seiner Freude freien Lauf, und Paula verzichtete diesmal auf eine Rüge, weil die strahlenden Kinderaugen es verbaten.

Sie gingen alle zu Fuß auf die Fähre. Die Karten für die Neuankömmlinge hatte Paula online gebucht. Richard fuhr den Ford Nugget auf die »Rungholt« und stieß an Deck zu ihnen, wo sie an der Reling standen, um das Ablegemanöver zu beobachten.

»Überraschung geglückt?«, fragte er in die Runde und bekam aus aller Munde ein freudiges »Ja!« zurück.

Paula machte ein Foto von den fünf Kindern und sandte es an Jules und Bens Eltern, versehen mit dem Kommentar: »Sie sind heil und glücklich angekommen. Es ist zu schön, die Freude unserer Kinder zu sehen. Erst einmal liebe Grüße!« Sie würde die Eltern weiterhin auf dem Laufenden halten, weil sie nicht sicher sein konnte, wie intensiv Jule und insbesondere Ben ihre Eltern mit Informationen versorgten.

Während der Überfahrt nach Föhr wurden Mats und Marie dann von Paula, Jule und Ben aufgeklärt, wie Paula mit den beiden und deren Eltern den Überraschungsbesuch vorbereitet hatte.

Ben boxte seinem dauergrinsenden Kumpel auf den Oberarm. »Weißt du eigentlich, wie krass schwer das ist, Matsi, dichtzuhalten? Ein paarmal hatte ich bei WhatsApp schon was geschrieben und musste es dann löschen.«

Jule bestätigte das. »Ich habe jede Sprachnachricht noch mal abgehört, bevor ich sie abgeschickt habe.«

Paula musste dann haarklein berichten, wie sie mit den Eltern der beiden kommuniziert hatte, und so verlief die Überfahrt bei munterem Geplapper. Zwei Fähren kamen ihnen entgegen, und als sie jeweils auf gleicher Höhe waren, winkten sie den ebenfalls grüßenden Passagieren der »Schleswig-Holstein« und der »Norderaue« fröhlich zu. Abschied und Ankunft begegneten sich hier, und Paula war dankbar, dass sie nicht zu den Abschiednehmenden gehörten.

»Eine herrliche Woche liegt vor uns allen«, prophezeite sie den Kindern strahlend. »Mit ganz viel Sonne und Baden und Eisessen und Spaß.«

Wyk auf Föhr, 14. August

Tom, mein Herz,
wieder einmal wünsche ich mir, dass du uns sehen kannst.
Dass du sehen kannst, wie sehr die Kinder es genießen,
ihre Freunde hierzuhaben. Mats und Ben haben drei
Hauptbeschäftigungen: Essen, Fußballspielen und das
zentnerweise Fangen von Wollhandkrabben mit ihren
selbst gebastelten Angeln. Gut ist, dass sie sie im seichten
Wasser wieder aussetzen, um zu beobachten, wie sie sich
einbuddeln. Eine Beschäftigung, die anscheinend nicht
langweilig wird. Aber da fällt mir ein: Es gibt vier Haupt-
beschäftigungen. Ich habe das Planespotting vergessen.
Ständig laufen die Jungs zum Flugplatz rüber, um den
Cessnas beim Starten und Landen zuzugucken.
Marie und Jule sind fast nur am Strand. Natürlich gibt
es auch Make-up-Sessions, deren Ergebnisse mir immer
vorgestellt werden. Sie sind tatsächlich geschickt im
Schminken, aber sie sehen ungeschminkt einfach beide
so viel schöner aus. Momentan strahlen sie durch ihre
leuchtenden Augen noch mehr Glanz aus. Auch Mats
und Ben. Weil sie hier miteinander vereint sind. In den
Herbstferien werde ich Marie und Mats erlauben, nach
Hamburg zu reisen, um das zu wiederholen. Libby ist
wie immer herzerfrischend niedlich. Gott, ich bin dir so
unendlich dankbar für dieses letzte Geschenk, Tom. Dass
wir sie haben dürfen. Darum und nur darum kann ich

*den Schmerz aushalten, dass du sie nicht ein einziges Mal
in deinen Armen halten durftest.*
*Wir lieben dich für immer. Marie hat übrigens eine große
Miesmuschel gefunden, die sie auf dein Grab legen wird,
wenn wir zurück in Hamburg sind. Tu bitte im Himmel
so, als würdest du darauf auch das Gesicht von Cat Stevens erkennen. Mir ist das leider nicht gelungen.*
Deine Paula in Liebe

✻✻✻

»Mama!« Mats knallte die Terrassentür hinter sich und Ben so
zu, dass Paula Angst bekam, die Scheiben würden herausfallen.
»Sie kommt! Du musst uns verstecken, Mama!«

»Sag mal!«, fuhr Paula ihren Sohn an. Sie erhob sich vom
Esstisch, an dem sie gesessen hatte, um Toms Bruder einen Brief
zu schreiben. »Du kannst doch nicht die Tür so zuknallen.«

Als sie vor den beiden stand, blieben ihr die Worte zu-
nächst im Hals stecken. Die Kinderköpfe waren rot und verschwitzt, was sich dadurch erklärte, dass die Jungs seit einer
halben Stunde Fußball auf dem Rasen spielten. Der Lederball
klemmte unter Mats' Arm.

»Wie seht ihr denn aus?«, fragte Paula fassungslos. Bis zum
Bauchnabel waren die Jungen nass. Das Wasser rann ihnen an
den Beinen herab und hinterließ zusammen mit dem Schlamm
der triefenden Sportschuhe hässliche Abdrücke auf dem edlen
Parkett. »Raus, sofort raus mit euch«, schimpfte Paula und
zog die Terrassentür auf.

Die Jungen gehorchten, aber ruhiger wurde Mats nicht.
»Aber sie kommt, Mama, und … und …«

»*Wer* kommt?«

»Die alte Nachbarin mit dem Strohhut, also … heute ohne
den Hut, aber … sie kommt.« Im nächsten Moment klingelte
es an der Haustür, und Mats sah seine Mutter mit Hundeaugen an. »Wir haben das ja nicht mit Absicht gemacht. Die
Seeblumen waren auch vorher schon Matsche. Ein bisschen.«

Paula seufzte. »Ihr wart bei Frau Vormbeck? In ihrem Garten?«

»Wenn der olle Ball da rüberfliegt«, meinte Mats kleinlaut. »Wir mussten den doch aus dem Teich rausholen.«

»Ihr wart in ihrem Teich? Bei den Kois?« Paula zuckte zusammen, als es wieder klingelte. Es war natürlich Quatsch, aber dieses zweite Klingeln klang eindeutig energischer.

Mats und Ben schienen es genauso zu empfinden. »Die ist *so* streng«, klärte Mats seinen Kumpel keuchend auf. »Die killt uns, wenn Mama uns nicht versteckt. Einmal, als ich nur mal kurz drüben was geguckt hab, hat sie gesagt, sie zieht mir die *Hammerbeine* lang, wenn ich noch mal durch die Büsche gehe.«

»Krass, Alter«, meinte Ben. »Hammerbeine ... ist vielleicht irgendein fieses Folterinstrument. Irgendwas mit einem Hammer vorne dran.«

Paula verdrehte die Augen und ging zur Tür. Da hatte ihr Spross sich mal wieder verhört. Es würde vielleicht nicht schaden, Mats die Hammelbeine wirklich mal lang zu ziehen. Vor der Haustür blieb sie kurz stehen und atmete einmal tief durch, bevor sie sie mitten im dritten Klingeln aufzog.

»Frau Vormbeck.« Sie schenkte der kleinen grauhaarigen Frau im schicken hellblauen Twinset ein herzliches Lächeln. Da sie nicht vorhatte, so zu tun, als wüsste sie nicht, warum die Nachbarin vor der Tür stand, sagte sie mit einladender Geste: »Kommen Sie doch bitte herein. Mats hat mir gerade ganz aufgeregt berichtet, was passiert ist. Es tut ihm furchtbar leid.«

Ruth Vormbeck trat mit dem gewohnt forschen »Guten Morgen, Frau Pastorin« ein, an das Paula sich im Laufe der Wochen gewöhnt hatte.

»Der Fußball ist den Jungen quasi heilig«, versuchte Paula noch den Weg für die Jungs zu ebnen. »Da setzt bei den Kindern schon mal der Verstand aus. Erst im Nachhinein ist es Mats bewusst geworden, dass man den Ball vielleicht auch anders aus dem Teich herausbekommen hätte, als ... persönlich ins Wasser zu steigen.«

»Zu steigen? Sie sind mit Anlauf hineingesprungen!«

»Oh.« Paula wusste nicht, was sie sonst sagen sollte.

»Ich habe es genau gesehen, denn ich saß auf der Hollywoodschaukel«, führte Ruth Vormbeck mit erhobenem Zeigefinger aus, während ihr Blick umherschweifte. Zweifellos hielt sie Ausschau nach den Übeltätern. »Ich bin gleich aufgesprungen und hinuntergelaufen. Als ich unten ankam, waren sie schon wieder durch die Grenzbepflanzung verschwunden, und mein Koiteich hat zwei Seerosen weniger. Ausgerechnet die beiden größten!« Sie schnaufte. »Ob meine Karpfen den Angriff überstehen werden, bleibt abzuwarten.«

Angriff. Einmal mehr passte der Begriff »General«, befand Paula. Sie deutete ins Wohnzimmer, aus dem kein Mucks zu hören war. Mit Sicherheit standen die Kinder an der offenen Terrassentür und lauschten, was auf sie zukommen würde.

Strammen Schrittes marschierte die kleine Frau über den Flur. »Ich habe mir wirklich Mühe gegeben, Frau Pastorin, aber ich höre mir das enervierende Grölen und Schreien der beiden Jungen seit nunmehr einer Woche an.«

»Höchstens seit fünf Tagen«, korrigierte Paula sie. »Ben ist erst seit Donnerstag hier.«

»Erbsen wollen wir doch jetzt nicht zählen, oder?«, wischte die Nachbarin Paulas Einwurf beiseite. »Wahrscheinlich kommt es mir wie eine Woche vor, weil dieser Lärmpegel nun mal nicht in unser schönes, ruhiges Greveling gehört. Das Cessna-Gedröhne klammere ich aus.« Ihr Blick wanderte durch das leere Wohnzimmer und fiel schließlich auf die beiden Jungen, die hastig von der Terrassentür zurücktraten. Mit dem manikürten Finger stach sie in der Luft in deren Richtung. »Hab ich euch, Freundchen und Freundchen.« Im Gehen wandte sie sich mit Blick auf den verdreckten Boden erneut an Paula. »Das sollten Sie schleunigst wegwischen. Das Parkett ist sonst ruiniert.«

Paula entschied, diesem Rat umgehend nachzukommen, denn sie konnte unmöglich schon wieder ihre Haftpflichtversicherung bemühen. Schließlich hatte sie erst vor zwei

Wochen den Chintz-Wohnzimmersessel von Dr. Konradi ersetzen lassen, dessen Rückseite Mr. Stringers Krallen zum Opfer gefallen war. Glücklicherweise war das Mobiliar noch lieferbar gewesen. Für Mr. Stringer, der jetzt einen Kratzbaum auf dem Flur stehen hatte, den er aber nur selten nutzte, war der Aufenthalt im Wohnzimmer seither gestrichen.

Ruth Vormbeck baute sich vor den Jungen auf, die fast genauso groß waren wie sie. Eingeschüchtert waren sie dennoch.

»Warum seid ihr weggelaufen? Ich habe doch gerufen.«

»Wir haben nix gehört«, log Mats und knuffte seinem Kumpel in die Seite. »Stimmt doch, oder?«

Ben schüttelte den Kopf. »Nee, gar nichts haben wir gehört.«

Paula verdrehte die Augen, während sie in den Hauswirtschaftsraum eilte, um einen Eimer mit Wasser und ein Wischtuch zu holen. Die Jungs hielten immer zusammen.

»Zu lügen ist feige, junge Herren.« General Vormbecks Stimme war hart. »Wenn man etwas ausgefressen hat, muss man auch dazu stehen. Feiglinge braucht wirklich niemand.«

»Wir lügen nicht«, begehrte Mats mit roten Ohren auf.

»Es reicht jetzt, Mats«, sagte Paula, die zurück war und die schlammigen Pfützen wegwischte. »Ihr entschuldigt euch auf der Stelle bei Frau Vormbeck und fragt, was ihr tun könnt, um die Sache aus der Welt zu schaffen. Vielleicht den Rasen mähen? Und zieht endlich eure Schuhe aus und spült euch im Planschbecken den Dreck von den Füßen, bevor ihr unter die Dusche verschwindet.« Sie warf den Kindern ein Handtuch zu, das sie aus dem Wirtschaftsraum mitgebracht hatte.

»Rasen mähen? Das ist ein *Riesen*rasen.« Mit entsetztem Blick betrachtete Mats das Vormbeck'sche Grundstück.

»Ihr seid ja zu zweit«, blieb Paula hart.

Doch unerwartet kam für die Jungs Hilfe von Ruth Vormbeck. »Für den Rasen habe ich Gärtner Ahlsen.« Sie sah die Kinder an. »Ich erwarte jetzt eine höfliche und aufrichtige Entschuldigung von euch, und dann will ich – ausnahmsweise – mal Gnade vor Recht walten lassen.«

Verdutzt sahen die Jungs sich an. Dass Frau Vormbeck ihre Hammerbeine im Folterkeller ließ, beeindruckte sie sichtlich. Ihre Entschuldigungen kamen prompt, klar verständlich und freudig, bevor sie auf der Terrasse aus den feuchten Schuhen stiegen, die Füße abspülten und abtrockneten und im Haus verschwanden.

»Das war sehr großzügig von Ihnen«, wandte Paula sich an die Nachbarin. »Darf ich Ihnen noch einen Kaffee anbieten? Oder einen Tee?«

»Gern ein Tässchen Friesentee.« Ruth Vormbeck steuerte direkt den neuen Sessel an und ließ sich darauf nieder.

Paula ging in die Küche und öffnete das Päckchen »Föhrer Seemannsgarn«, das sie im Friesischen Teehaus gekauft hatte, und bereitete den exotisch angehauchten Rotbuschtee in Gudrun Konradis gläserner Teckanne zu. Es duftete himmlisch, als sie das Tablett mit Kanne und Stövchen, zwei Tassen und einem kleinen Teller mit Pflaumenmusmuscheln der Bäckerei Hansen auf dem Couchtisch abstellte.

»Schön, dass wir noch ein bisschen plaudern können«, meinte sie, während sie noch ein Schälchen Kluntjes dazustellte. »Auch wenn der Grund, warum Sie gekommen sind, kein so schöner war.«

»Ich hatte sowieso vor, Sie heute um etwas zu bitten, meine Liebe.« Ruth Vormbecks Lächeln bekam etwas Triumphierendes. »Nun passt es hervorragend.«

Was auch immer es war, Paula befiel das unangenehme Gefühl, dass sie durch das Teich-Theater der Jungen der Nachbarin ausgeliefert und mit einem »Nein« chancenlos war. Sie schenkte den glänzenden Tee ein, griff nach dem Gebäck und biss ein großes Stück davon ab. Zucker half bei Stress – sich das einzubilden, war natürlich Unsinn, aber man musste vor sich selbst auch nicht immer alles begründen. Und Frau Vormbecks Miene ließ nichts Gutes ahnen.

»Meine liebe Bridge-Schwester Helga ist in Trauer«, begann die Nachbarin. »Sie erinnern sich sicherlich an sie. Ich stellte sie Ihnen bei meiner Juni-Soiree vor. Helga Reimers.«

Paula nickte, obwohl sie sich nicht sicher war, welche der drei Bridge-Damen mit Hut besagte Helga gewesen war.

»Helga hatte Sie direkt im Sinn, Frau Pastorin, als wir die Beerdigung diskutierten, wagt aber selbst nicht, Sie anzusprechen.« Ruth Vorbecks Mund verzog sich geringschätzig. »Sie schwatzt ständig wie ein Wellensittich, aber wenn es drauf ankommt, kriegt sie den Mund nicht auf. Nun denn, ich möchte Sie im Namen von Helga bitten, eine Trauerrede zu halten. Es handelt sich …«

»Frau Vormbeck«, schnitt Paula ihr das Wort ab. »Ich dachte, Ihnen ist bewusst, dass ich nicht in meiner Funktion als Pastorin auf Föhr bin. Ich befinde mich in einem Sabbatjahr.« Sie schenkte der Nachbarin ein herzliches Lächeln. »Es tut mir sehr leid, dass Ihre Freundin sich in Trauer befindet, und es ehrt mich, dass Sie und Frau Reimers mich in Erwägung ziehen, aber das muss ich ablehnen.« Sie nahm das Gebäckschälchen und reichte es Ruth Vormbeck. »Es gibt doch wunderbare Kollegen auf der Insel. Vor Kurzem lernte ich in Nieblum Pastor Bohnkamp kennen. Er war mir sofort sympathisch. Vielleicht …«

»Meine liebe Frau Pastorin«, wurde Paula nun streng von der Nachbarin unterbrochen, während sie ein Stück des Mürbteiggebäcks aus dem Schälchen nahm. »Hätten Sie mich ausreden lassen, hätten Sie sich die Worte sparen können. Wir reden hier nicht von einer herkömmlichen Trauerfeier. Helga möchte ihren geliebten Tassilo würdig beerdigen.« Sie biss in die Pflaumenmusmuschel, kaute und schluckte. Dann setzte sie hinterher: »Tassilo ist ein Hund.«

Paula glaubte, Ruth Vormbeck nicht richtig verstanden zu haben. Vielleicht hatte die alte Dame noch Gebäckreste im Mund. »Bitte was?«

Doch es befanden sich eindeutig keine Krümel mehr im Mund der Seniorin. Die nächsten Worte kamen klar, unmissverständlich und im Befehlston. »Meine Bridge-Schwestern und ich möchten, dass Sie Helgas Hund Tassilo beerdigen. Er ist gestern verstorben. Wir werden Sie mit den nötigen

Informationen über Tassilos Leben versorgen, sodass Sie eine würdige Trauerrede halten können.« Und weil Ruth Vormbeck Paulas Blick durchaus richtig deutete, zog sie direkt den Karpfenteich-Seerosenvernichtungs-Trumpf. »Das sind Sie mir nach der Attacke der Jungen schuldig, meine Liebe.« Sie steckte ihren dürren Finger in den zierlichen Henkel der Teetasse und hob sie. »Ist es in Ausnahmefällen eigentlich erlaubt, ein Tier auf dem Friedhof zu beerdigen?«

Jetzt reichte es Paula. »Liebe Frau Vormbeck«, sagte sie freundlich, aber bestimmt. »Wenn ich Ihnen etwas schuldig bin, stellen Sie mir bitte die Kosten für die Herrichtung des Teichs in Rechnung. Oder für die Karpfen, sollten sie eingehen, was ich nicht hoffe.« Das wünschte sie sich wirklich nicht, denn die Tiere waren laut Henriks Aussage immens teuer. »Und um Ihre Frage zu beantworten, Frau Vormbeck: Es gibt in Deutschland auf einigen Friedhöfen die Möglichkeit, Mensch und Tier in einem gemeinsamen Urnengrab zu bestatten, allerdings dann nicht kirchlich. Hier in Schleswig-Holstein existiert, soweit ich mich erinnere, im Kreis Plön ein kirchlicher Friedhof für Haustiere, aber die Begräbnisse erfolgen auch dort ohne Gottesdienste oder kirchliche Rituale.«

Ruth Vormbeck nickte. »Das habe ich erwartet. Bedauerlich. Aber was sollte Tassilo im Kreis Plön? Er ist hier auf der Insel geboren und soll auch hier seine letzte Ruhe finden. Helga möchte ja schließlich sein Grab besuchen.« Ihr Blick verfinsterte sich. »Ich hatte mir mehr von Ihnen erhofft, Frau Pastorin. Schließlich sind Sie selbst Hundebesitzerin. Und was ich von meiner Hollywoodschaukel aus sehe, zeigt mir deutlich Ihre Vernarrtheit in Ihren Puma.«

»Boomer, Frau Vormbeck, unser Hund heißt Boomer.« Dass Frau Vormbeck sie anscheinend von ihrem Grundstück aus beobachtete, ließ Paula unkommentiert. Die freien Grundstücksflächen luden nun mal zum Hinüberschauen ein, und sie konnte sich selbst nicht davon ausnehmen. »Aber Sie haben recht, die Vorstellung, Boomer einmal gehen lassen zu müssen, mag ich nicht zu Ende denken, denn er ist ein Familienmitglied und wird heiß und innig geliebt.«

Fest stand: Er würde natürlich keinesfalls beim Abdecker landen, sondern an einem schönen Plätzchen begraben werden. Das wiederum warf die Frage auf, wo. Das Minigärtchen im Pastorat in Hamburg kam dafür nicht in Frage, denn es bot gerade einmal Platz für eine Sandkiste und ein Hochbeet, unter dem Ratte Feivel begraben lag. Vielleicht weigerte sie sich deshalb konsequent, Boomers Ableben auch nur in Erwägung zu ziehen. Gut, er war erst acht Jahre alt, was sechsundfünfzig Menschenjahren entsprach, und hatte somit hoffentlich noch viele schöne Hundejahre vor sich, doch ihr schwebte für ihn ein Platz in einem eigenen Garten vor. Ein Platz, auf den sie Blümchen pflanzen konnten. Vielleicht duftenden Lavendel, der die Schmetterlinge anzog, denen er so gern nachjagte.

»Was machen wir jetzt?«, holte die Nachbarin sie aus ihren Gedanken um Boomer.

Paula holte tief Luft. Lavendel und Schmetterlinge waren die eine Seite der Medaille, die angenehme. Doch die Vorstellung, Boomer leblos in eine Decke gewickelt in ein ausgehobenes Grab zu legen, trieb ihr die Tränen in die Augen. »Hat Frau Reimers einen Garten?«, fragte sie.

»Selbstverständlich«, lautete die Antwort.

Im Bekanntenkreis des Generals mochte ein Eigenheim nebst Garten Standard sein, doch Paula konnte das knappe Statement so nicht stehen lassen. »Nun, selbstverständlich ist ein eigener Garten zweifellos nicht, Frau Vormbeck, denn mehr als die Hälfte der Deutschen wohnt zur Miete, und ein Garten gehört längst nicht immer dazu. Doch da Ihre Freundin dieses Privileg genießt, kann sie es zu ihrem Vorteil nutzen, und ich mache Ihnen einen Vorschlag. Da ich selbst unseren Boomer niemals in eine Tierkörperbeseitigungsanlage geben würde, kann ich den Wunsch Ihrer Bridge-Schwester nach einem Grab sehr gut nachvollziehen. Hat Frau Reimers jemanden, der in ihrem Garten ein Loch ausheben kann? Möglichst noch heute? Der Hund ist ja schon seit gestern tot.«

»Helga ist Witwe, und ihre Kinder haben Föhr schon vor Jahrzehnten verlassen, aber es gibt Nachbarn, die das sicherlich gern für sie erledigen.«

Paula nickte. »Wunderbar. Dann kann Tassilo doch in seinem eigenen Garten zur letzten Ruhe gebettet werden, und ich biete mich ausnahmsweise an, ein paar private Worte zu sagen.«

Ruth Vormbeck lächelte zufrieden. Paula glaubte zu erkennen, dass sie sich einen Kommentar wie »Na, geht doch« verkniff. Doch in Anbetracht der Traumata der Tausend-Euro-Kois verzichtete Paula auf weitere Ausführungen. Und geliebte Hunde hatten so oder so einen würdigen Abschied verdient.

※ ※ ※

Paula blickte zur getöpferten Küchenuhr, während sie darauf wartete, dass das Bügeleisen heiß wurde. Siebzehn Uhr fünfundvierzig. Sie hatte noch mehr als eine Stunde, bis Tassilo zur letzten Ruhe gebettet werden würde. Frau Vormbeck hatte direkt nach ihrem Besuch alles in die Wege geleitet. Da Helga Reimers sich geweigert hatte, die Nachbarn zu bitten, ein Loch auszuheben – schließlich sei es nicht erlaubt, so große Haustiere im eigenen Garten zu bestatten –, hatte Frau Vormbeck Henrik gebeten, das Graben zu übernehmen. Paula konnte nicht umhin, das wunderbar zu finden. So würde sie ihn nachher sehen, denn das Grab musste schließlich auch wieder zugeschaufelt werden.

Marie und Jule waren noch am Strand, würden aber in einer halben Stunde hier sein, um die Aufsicht über die Kleinen zu übernehmen, die mit Schnittchen und kaltem Kakao auf einer Decke auf dem Rasen saßen. Paula hatte das Picknick vorgeschlagen, und begeistert hatten die drei bei der Vorbereitung mitgeholfen. Insbesondere Mats und Ben hatten sich ins Zeug gelegt, was Paula amüsiert zur Kenntnis genommen hatte. Ein schlechtes Gewissen hatten sie zumindest.

Sie hatte auch Gärtner Ahlsen, der mit rotem Kopf und

179

verschwitzt die Beete von Unkraut befreit hatte, Kaffee und Häppchen angeboten, doch Erk Ahlsen hatte abgelehnt. »Danke, ist nett, aber ich hab keine Zeit. Muss noch zwei Kunden abarbeiten.« Dem armen Mann fehlte wahrlich eine Hilfskraft.

Doch die Gedanken um den Gärtner lösten sich schnell in Luft auf und machten wieder Henrik Platz. Paula zog das fein geblümte Sommerkleid auf dem Bügelbrett zurecht und griff nach dem Bügeleisen. Die Trauergesellschaft würde es ihr nachsehen müssen, dass sie nicht in Schwarz kam, doch sie hatte das Bedürfnis, hübsch auszusehen. Sie hielt direkt wieder inne beim Bügeln, schloss die Augen und gab sich einem Tagtraum hin, in dem sie mit Henrik den herrlichen Strand in Sankt Peter-Ording entlanglief. Er griff nach ihrer Hand, während sie das azurblaue Meer mit den weißen Schaumkronen betrachteten, und Paula spürte dem Druck seiner Finger nach. Dann blieb er stehen und zog sie wortlos in seine Arme.

Das Gedicht »Sehnsucht« von Ricarda Huch fiel ihr ein, und sie murmelte es gefühlvoll vor sich hin, die Augen immer noch geschlossen. »… mich verlangt nach dir wie die Flut nach dem Strande, wie die …«

»Große Güte! Das sind ja mal krasse Emotionen beim Bügeln.«

Paula zuckte zusammen und riss die Augen auf. Richard Böhnke stand im Türrahmen, neben ihm eine ihr unbekannte junge Frau.

»Hübsches Gedicht, gefällt mir«, setzte Richard nach. »Hätte ich geahnt, dass du in der Küche in Liebesgedichten schwelgst, hätten wir nicht die offen stehende Terrassentür genutzt, sondern geklingelt.«

Paulas Wangen brannten wie Feuer. Ausgerechnet Richard musste sie in dieser peinlichen Situation erwischen. Und dann noch in Begleitung.

»Entschuldige bitte das Eindringen. Wir hätten wirklich klingeln sollen.« Er klang nun reuevoll und musterte sie. Anscheinend befürchtete er – nicht zu Unrecht –, dass sie ihm mit dem Bügeleisen ein paar Brandblasen zufügen wollte, denn er nahm es ihr aus der Hand, stellte es ab und deutete auf die junge Frau an seiner Seite, die noch kein Wort gesagt hatte. »Das ist Matijana Mazur, Paula, Dankas Tochter. Danka ist krank. Sie hat eine schwere Grippe und wird die nächste Zeit nicht arbeiten können. Und da dachte ich, wenn du einverstanden bist, dass Matijana ihren Job hier so lange übernehmen kann. Was meinst du? Henrik hat auch gleich zugestimmt.«

Paulas Blick traf sich mit dem der jungen Frau, die ihr Lächeln erwiderte. Das war also Matijana. Sie hatte Ähnlichkeit mit ihrem Vater, hatte dessen volle Lippen und die lange Nase geerbt. Das braune Haar umrahmte ein blasses Gesicht und fiel ihr glatt auf die Schultern. Auffällig war, dass Matijana ihre Hände knetete, während ihr Blick unstet hin- und herwanderte.

»Ja, natürlich bin ich einverstanden. Das ist eine gute Idee.« Paula hielt ihr die Hand hin. »Ich freue mich, dich kennenzulernen, Matijana. Ich bin Paula Ahmling.«

»Ich freue mich auch«, entgegnete die junge Frau leise und akzentfrei, während sie sich die Hände reichten. Sie sah Paula dabei nicht in die Augen, sondern fixierte einen Punkt an der Küchentür. Paula folgte ihrem Blick. Matijana starrte die weiße Bluse an, die sie auf einem Bügel an die Tür gehängt hatte.

»Ich würde euch ja gern einen Kaffee anbieten, aber ich habe gleich noch einen Termin«, sagte Paula. »Wir sehen uns dann morgen früh, Matijana?«

»Ja«, antwortete die junge Frau, aber es war offensichtlich, dass sie nicht bei der Sache war. Sie hörte auf, ihre Hände zu kneten. Sie ging zur Bluse und begann, sie zuzuknöpfen.

»Äh …« Paula starrte von ihr zu Richard, der leicht gequält die Lippen verzog.

»Mati«, sagte er, »du solltest Paula sagen, warum du das …«

»Ich bin irre, Paula«, fiel die junge Frau ihm ins Wort, ohne sich zu ihnen umzudrehen. Stattdessen schloss sie weiter Knopf um Knopf der Bluse.

Richard seufzte. »Du bist nicht irre, Mati. Hör auf, das zu

sagen. Du leidest unter Zwängen. Mal mehr, mal weniger, und es wird alles wieder gut.«

Matijana schloss den letzten Knopf und stieß ein zufriedenes »So« aus, bevor sie sich zu Paula umdrehte. »Möchtest du immer noch, dass ich hier putze?« Sie lächelte schwach. »Ich nehme es dir wirklich nicht übel, wenn du Nein sagst. Ich kann mich ja selbst kaum ertragen.«

Paula räusperte sich und erwiderte das Lächeln. »Ich kann mir Schlimmeres vorstellen als eine zugeknöpfte Bluse auf einem Bügel.«

Matijana sah sie an. »Ich knöpfe nicht nur Blusen an Bügeln zu. Manchmal knöpfe ich sie auch zu, wenn sie getragen werden.«

»Du meinst …?« Paula griff sich an den Hals.

»Ja. Du hast Glück, dass du ein Shirt trägst.« Matijana zeigte ein schiefes Grinsen.

»Jetzt mach Paula keine Angst«, schaltete Richard sich ein. »Du hast dich so toll unter Kontrolle, Matijana. Jedenfalls meistens«, schwächte er ab, als die junge Frau ein spöttisches »Ja klar« ausstieß. Er sah Paula an. »Matijana ist gerade ihren Job losgeworden, weil sie einem Klienten in der Anwaltskanzlei, in der sie als Bürokraft gearbeitet hat, an die Wäsche beziehungsweise ans Hemd gegangen ist.«

Matijana sah Paula an. »Manchmal, viel zu oft, ist es einfach stärker als ich.« Verzweiflung klang hindurch.

Paula konnte nicht anders. Sie ging auf Matijana zu und umarmte sie. »Herzlich willkommen. Hier bei uns fällst du nicht weiter auf. Ich habe Kinder, die in voller Montur in Koi-Teiche springen, und werde selbst gleich eine Trauerrede für einen Hund halten.«

Matijana lachte auf. »Wie schön! Es ist so herrlich befreiend, wenn jemand meine Freakshow mit Humor nimmt. Ich befürchte für dich, Paula, dass ich dich sehr gernhaben werde. Du wirst künftig Knöpfe und Reißverschlüsse mit anderen Augen betrachten. Und einiges mehr.«

Die Gedanken um Matijana begleiteten Paula noch, als sie das Grundstück von Helga Reimers in der Badestraße betrat. Sie war gespannt darauf, Matijana in den nächsten Wochen näher kennenzulernen. Vielleicht konnte sie der jungen Frau ein wenig Hoffnung vermitteln. Mit Richard schien sie sich bestens zu verstehen. Paula hatte ihnen nachgeblickt, als sie zu Henriks Haushälfte zurückgegangen waren und über irgendetwas herzlich gelacht hatten.

Leise Stimmen aus dem hinteren Garten ließen Paula auf das zurückkommen, was sie hierhergeführt hatte. Sie umrundete das ansehnliche, hell verputzte Sechziger-Jahre-Haus mit entzückendem Erker. Auf der Terrasse war ein Tisch mit Tellern und Tassen eingedeckt, aus einer Kanne auf einem Stövchen strömte aromatischer Kaffeeduft. Es war also noch eine Trauermahlzeit vorgesehen.

Paula ging über den gepflegten Rasen zu der kleinen Gruppe. Henrik und der Bridge-Club – heute ohne Hut – standen um ein ausgehobenes Loch, neben dem der in eine blau-weiße Decke gewickelte Hundekörper lag. Während Paula näher trat, wurde ihr bewusst, dass sie gar nicht wusste, welcher Rasse Tassilo angehörte, aber das spielte auch keine Rolle. Sie wurde von Helga Reimers unter Tränen begrüßt. »Dass Sie das für mich tun, Frau Ahmling …«

Paula begrüßte alle Anwesenden. Henriks schlanke Finger legten sich warm und kraftvoll um ihre Hand, und sie hatte das Gefühl, dass er sie länger umschloss, als es nötig war. Er trug ein dunkelblaues Hemd zu einer Jeans und hatte beim Buddeln augenscheinlich mächtig geschwitzt, denn das Hemd war unter den Achseln und in Brusthöhe dunkel verfärbt.

Es war ihm wohl unangenehm, denn er sagte leise: »Ich hatte nicht erwartet, dass das Ausheben so mühevoll sein würde. Der Boden ist hier knochenhart.«

»Das ist so nett von dir«, antwortete sie mit einem Lächeln.

»Wir sind eben beide nette Menschen und tun ungewöhnliche Dinge für unsere Nachbarin und deren Club.«

Er zwinkerte ihr zu, und sie tat es ihm gleich, bevor sie sich dem kleinen Tisch zuwandte, den die trauernde Hundemutter aufgestellt hatte. Neben einer brennenden Kerze in einem Glas stand das gerahmte Foto eines schwarzen Cockerspaniels. Es war wohl ein aktuelles Bild, denn das dunkle Fell war insbesondere um die Schnauze herum von viel Grau gezeichnet. Auf dem Foto lag Tassilo auf genau der Decke, die seinen toten Körper jetzt umhüllte, und blickte mit glänzenden dunklen Hundeaugen in die Kamera, zwischen seinen Pfoten befand sich ein abgewetzter knautschiger Ball.

»Einen schönen Platz haben Sie für Ihren Tassilo ausgesucht, Frau Reimers«, brach Paula das Schweigen, das sich ausgebreitet hatte. Alle nickten. Der Rhododendron im Hintergrund war zwar verblüht, aber Dahlien, Phlox und Margeritenstauden zauberten ein buntes Blumenbild in dem großen Beet. Wie nah der Wyker Baumbestand war, bewies der Waldduft, der würzig über die Grundstücksgrenze wehte.

Henrik sah sie an, und sie nickte. Er nahm das Deckenpaket auf, kniete sich vor dem Erdloch nieder und legte den Hundekörper unter Helga Reimers' heftigem Aufweinen vorsichtig hinein.

»Möchten Sie etwas sagen?«, fragte Paula, doch die weinende Frau wehrte kopfschüttelnd mit beiden Händen ab. Sicherlich hatte die Hundemutter sich im Vorwege lange und unter vielen aus dem Herzen fließenden Worten von ihrem Liebling verabschiedet – allein, ohne den Bridge-Club.

»Dies ist keine kirchliche Veranstaltung«, begann Paula mit Blick auf Helga Reimers, »aber das muss es auch nicht sein. Ein Tier, das wir lieben, seine Seele, können wir trotzdem Gott anvertrauen, und ich kann mir kaum einen besseren Ort für den zurückbleibenden Körper vorstellen als diesen hier. Unter einem blauen Sommerhimmel, der bald in die Abenddämmerung übergeht. Schon in wenigen Stunden wird das Licht des Abendsterns über Tassilos Grab leuchten.«

Helga Reimers weinte bitterlich. Sie wurde von den beiden anderen Bridge-Schwestern untergehakt, während Ruth Vormbeck mit ernstem Gesicht danebenstand.

Paula gab mit eigenen warmen Worten wieder, was auf dem beidseitig beschriebenen Blatt Papier zu lesen war, das Ruth Vormbeck ihr übergeben hatte. Das, was Helga Reimers über Tassilo aufgeschrieben hatte, zeigte ein schönes Hundeleben auf, mit vielen netten und zum Teil auch witzigen Details, was es Paula leicht machte, denn etliches erinnerte sie dabei an Boomer.

»Ich glaube fest daran, dass sich alle Seelen wiederfinden, die gefunden werden wollen«, endete Paula. »Egal, ob Mensch oder Tier, weil die Seele göttlicher Herkunft ist, universell und nicht an einen Körper gebunden.«

Helga Reimers nickte unter Tränen. »Das glaube ich auch.«

Paula ging die paar Schritte zu ihr und nahm ihre Hand. »Dann schauen Sie jetzt getrost in die Zukunft, liebe Frau Reimers. Tassilo bleibt hier wunderbarer Teil Ihrer Erinnerungen.«

Wieder nickte die Frau. Weiter kam nichts.

»Soll Henrik dann …?« Paula ließ den Satz offen, und Henrik griff nach der Schaufel.

Helga Reimers ließ Paulas Hand los und befreite sich aus den stützenden Armen ihrer Freundinnen. Sie griff in die Tasche ihrer luftigen Sommerhose und zog etwas daraus hervor. Es war der kleine Knautschball vom Foto.

»Was meinen Sie, Frau Ahmling? Ich bin so hin- und hergerissen, ob ich ihm seinen Ball mitgeben soll. Es war sein Lieblingsspielzeug. Einerseits soll er ihn bei sich haben, aber andererseits möchte ich ihn auch nicht hergeben, weil der Ball eine der schönsten Erinnerungen an Tassilo ist.« Sie drückte das Hundespielzeug mit Blick auf das Erdloch an die Brust.

»Da kann ich Ihnen nur schwer raten, Frau Reimers«, gab Paula zu. »Was sagt denn Ihr Bauchgefühl?«

»Nun … es ist *sein* Ball.«

»Sie können nichts falsch machen, egal, wie Sie sich entscheiden«, sagte Paula liebevoll.

»Aber du solltest dich jetzt entscheiden, Helga«, ertönte Ruth Vormbecks energische Stimme, als Helga Reimers den

Ball unentschlossen in ihren Händen knetete. »Sonst wird der Kaffee bitter.«

Paula und Henrik wechselten einen schnellen Blick. Empathie war keine der Stärken des Generals.

»Er ist ja schon in seine Decke gewickelt«, versuchte Paula es der Hundemutter leichter zu machen.

»Ja, nicht?« Helga Reimers sah Paula erleichtert an. »Dann kann ich seinen Ball guten Gewissens behalten, oder?«

»Natürlich.«

Mit dem Zurückstecken des Balls in die Hosentasche bekam Henrik das Go zum Zuschaufeln des Grabs.

»Morgen setze ich ein Blümchen darauf«, sagte Helga Reimers, während Henrik zum Abschluss das kleine Grab harkte. Dann hakte sie sich bei Paula ein und zog sie zur Terrasse zu dem nett eingedeckten Tisch. »Ich fühle mich dank Ihnen jetzt wirklich leichter, Frau Ahmling, und dafür bin ich so dankbar. Ich selbst hätte eben kein Wort herausbekommen, und das hätte mir nicht gefallen. Einfach begraben und zuschaufeln ... nein, nein, auch ein Hund hat ein Recht auf eine würdige Bestattung.« Zu Paulas Erschrecken setzte sie hinterher: »Ich werde Sie weiterempfehlen.«

»Es war, wie gesagt, eine absolute Ausnahme, Frau Reimers.«

»Ach, papperlapapp, wir sind hier doch alle eine Familie auf der Insel. Und nun wollen wir uns stärken. Ich hoffe, Sie mögen Eier- und Käsehäppchen.«

Zehn

Wahre Freunde muss man nicht rufen.
Sie sind da, wenn man sie braucht.

Die nächsten fünf Wochen verliefen für Paula und die Kinder ereignisreich, was den Inselalltag betraf. Die Freunde der Kinder waren abgereist – mit dem Versprechen, so schnell wie möglich wiederzukommen, sowie der dringenden Bitte nach einem Gegenbesuch in den Herbstferien. Lisbeth ging mit Begeisterung in den Waldkindergarten und brachte Tannenzapfen und Blätter mit nach Hause. Marie und Mats hatten sich in ihren neuen Schulen schon ein wenig eingewöhnt, und Marie hatte zu ihrem sechzehnten Geburtstag Ende August einige der neuen Mitschüler eingeladen und viel Spaß mit ihnen gehabt. Paula hingegen verspürte an den Vormittagen eine innere Unruhe, wie sie sie bisher nicht gekannt hatte. Das Haus von Dr. Konradi, in dem sie sich doch so gut eingelebt hatten, erschien ihr plötzlich wieder seltsam fremd, wenn die Kinder nicht da waren. Die Geräusche im Haus waren lauter, die Stunde hatte mehr Minuten. Sooft es nur ging, unternahm sie deshalb Fahrradtouren und Wanderungen über die Insel. In der freien Natur fühlte sie sich wohl und dem Himmel nah. Die fünfzehn Kilometer Sandstrand, die Föhr bot, hatte sie wohl alle abgeschritten.

Außerdem hatte sie sich mit Matijana Mazur angefreundet, die dank neuer Medikamente von Woche zu Woche stabiler wurde. Sie tauschten sich über ihre Lieblingsbücher und -filme aus, erzählten sich von ihren Familien und kochten manchmal zusammen. Freude gemacht hatte auch das Einkochen der Fliederbeeren mit Dankas Dampfentsafter. Paula hatte die Fliederbeeren von einer von Ruth Vormbecks Bridge-Schwestern angeboten bekommen und eine große Wäschewanne voll mit

Dolden der herrlich dunklen Früchte geerntet. Der eingedickte süße Saft, von dem jetzt mehrere Flaschen im Vorratsschrank lagerten, würde mit heißem Wasser aufgegossen im Winter herrlich schmecken.

Heute, es war ein Donnerstagmorgen, hatte Paula etwas getan, das sie eigentlich nie tat. Nachdem die Kinder aus dem Haus gewesen waren, war sie wieder ins Bett geschlüpft. Einfach so. Und das triggerte ihr Gewissen. Herumliegen und nichts tun … das war sie nicht. Dabei war es herrlich, unter der leichten Decke tief die frische Septemberluft einzuatmen, die durch das weit geöffnete Fenster den Raum flutete und den Geruch von Salz und Meer mit sich brachte. Der Spätsommer zeigte sich nach einer verregneten Woche wieder von der besseren Seite und offenbarte einen blauen Himmel mit einzelnen losen Wolkenbändern. War das alles nicht zu viel des Guten? Womit hatte sie verdient, dass ihr dieses wunderbare Haus für ein ganzes Jahr angeboten worden war?

Hinterfrage nicht das Glück, mahnte sie sich im nächsten Moment selbst. Glück war so vielfältig und manchmal nur ein Augenblick, den es zu erhaschen galt. Es war ein Geschenk, nicht aufstehen zu müssen, sondern die Füße in das weiche Fell eines Katers schmiegen zu können, der das auch noch mit einem Schnurren belohnte.

»Ja, ich habe sie auch gehört, Mr. Stringer«, sagte Paula, als der Kater im nächsten Moment den satten Brummton einstellte. Geräusche im Erdgeschoss verrieten, dass Matijana eingetroffen war. Da Danka mit ihrem Mann für eine Woche in ihre alte Heimat Kroatien gefahren war, hatte Matijana sich erneut als Reinigungskraft angeboten. Diesmal hatte Paula gar nicht erst versucht, sie davon abzubringen, um selbst zu putzen, denn es tat der jungen Frau gut, beschäftigt zu sein. Als Matijana im Erdgeschoss ein Lied vor sich hin summte, wand der Kater sich unter Paulas Füßen hervor und sprang vom Bett.

»Du Verräter«, lachte Paula. Matijana hatte für Boomer und Mr. Stringer immer ein Leckerli in der Tasche, und das wollte das Schleckermaul sich anscheinend direkt abholen.

»Ich werde dich nach unten begleiten«, setzte Paula hinzu und erhob sich. Sie würde gemütlich einen Kaffee mit der Freundin trinken, die jetzt mit sich selbst redete.

Matijana stand mit einem Buch in der Hand vor dem großen Bücherregal im Hausflur, als Paula barfüßig die Treppe hinunterging, noch im Pyjama, denn Matijana durfte sie so sehen.

Die junge Frau zuckte heftig zusammen, als Paulas fröhliches »Guten Morgen« erklang.

Warum sie wie ertappt wirkte, wurde Paula klar, als ihr Blick auf das Regal fiel. »Du meine Güte.« Mehr brachte Paula nicht heraus. Sie schluckte. Die Bücher in den Regalen waren nicht mehr nach Autoren und Sachgebieten sortiert, sondern nach Größe und Farben.

»Entschuldigung!«, brach es aus Matijana heraus. Sie presste den Kanada-Bildband in ihrer Hand an die Brust. Ein paar Bücher lagen vor ihr auf dem Boden. »Ich musste es einfach tun. Ich habe mich wirklich, wirklich bemüht, es nicht zu tun, aber …« Weinend brach sie ab.

Paula seufzte. »Ach, Matijana, es tut mir so leid für dich.« Sie trat zu der jungen Frau, nahm ihr das Buch ab und zog sie in die Arme. »Ist schon okay. Ich wusste sowieso nicht, was ich heute unternehmen soll, also kann ich auch das Regal wieder umsortieren.«

Es so zu lassen, kam nicht in Frage. Erstens, weil Dr. Konradi es so nicht haben wollte, und zweitens, weil es laut Matijanas eigener Aussage falsch war, ihr diese zwanghaften Eigenmächtigkeiten durchgehen zu lassen. Auf keinen Fall aber wollte Paula sie damit quälen, beim Zurücksortieren zu helfen. Darum ließ sie den Arm um Matijanas Schultern und lenkte sie Richtung Küche.

»Wir trinken jetzt einen Kaffee zusammen und klönen ein bisschen. Das bringt dich auf andere Gedanken.«

»Du bist so lieb.«

»Und weißt du was? Warum machen wir nicht eine Radtour, wenn du mit dem Saubermachen fertig bist und ich mit dem

Umräumen der Bücher? Es ist so ein schöner Tag, und Föhr hat so viel zu bieten.« Sie strahlte Matijana an. »Magst du?«

Matijana war für ein Lächeln zu deprimiert, doch sie schniefte: »Das klingt wunderbar.«

»Ende Juli gab es diese eine Woche, in der ich verstand, warum es ›Friesische Karibik‹ heißt«, erinnerte Paula sich an die heißen, windstillen Hochsommertage, während sie mit Matijana den Deichweg im Osten der Insel entlangradelte. Rechter Hand schlugen die Wellen der See sachte ans Ufer, und das Festland war deutlich zu sehen, während sie Richtung Norden fuhren. Obwohl die Sonne schien, fehlte das Flirren der Julitage auf dem Wasser. Es fehlte auch die Weite. Der Punkt, wo sich Meer und Himmel am Horizont küssten, war jetzt viel deutlicher wahrnehmbar. Die Blautöne gingen nicht mehr ineinander über. Und doch war der Blick auch in diesem Moment bezaubernd.

Die beiden Frauen redeten nicht viel, während sie in die Pedale traten, sondern genossen einfach die Aussicht. An den Gattern wechselten sie sich beim Öffnen ab, eine hielt der anderen die Pforte auf. Zwei Pausen machten sie, um einen Fischreiher bei der Nahrungssuche zu beobachten und um ein paar Schafe zu betrachten, die sich von der Herde auf dem Deich getrennt und sich in das matschige Watt begeben hatten. Schließlich überquerten sie den Deich und radelten durch die ausgedehnten Felder Richtung Midlum. Mais, hochgewachsen und fast zur Ernte bereit, dominierte die herbstliche Landschaft. Doch es lagen auch noch Rundballen mit Stroh zur Abholung bereit.

»Heute fehlt uns die Zeit, nach Alkersum zu fahren«, rief Paula ihrer Freundin zu. »Aber vielleicht hast du ja Lust, nächste Woche mit mir das Museum der Westküste zu besuchen?«

Henrik hatte ihr die Ausstellung empfohlen, und sie hatte gehofft, er würde sie bitten, mit ihm dorthin zu gehen, aber das war nicht passiert. Was natürlich verständlich war. Schließlich kannte er die Ausstellung bereits.

»Glaub mir, ich würde gern«, antwortete Matijana. »Aber das ist keine gute Idee. Ich bin dort nicht der beliebteste Gast.«

»Was?« Paula fuhr rechts ran.

Matijana hielt neben ihr, den Mund verzerrt. »Es ist im Museum nicht gern gesehen, wenn man eigenständig Bilder umhängt.«

»Oje.« Paula atmete tief durch und strich über Matijanas Arm. »Wollen wir in Wrixum noch einen Cappuccino trinken? Ich lade dich ein.«

Wenig später saßen sie an einem der Außentische bei Bäcker Hansen und genossen ihre Heißgetränke, die Matijana bezahlt hatte. Sie hatte darauf bestanden, Paula einzuladen, weil die sonst zumeist zahlte. Paula hatte diesmal nicht widersprochen, weil sie wusste, dass es der Freundin wichtig war.

»Das heute … mit den Büchern …«, stammelte Matijana betrübt und drehte das Glas in ihren Händen, »das war ein echter Rückschlag.« Sie trank einen großen Schluck und wischte das entstandene Milchbärtchen weg. »Es lief so gut in letzter Zeit. Und dann das.« Ihre Augen wurden glasig.

Paula griff nach Matijanas Hand und drückte sie fest, als sich aus den Augen der Freundin die Tränen auf den Weg machten. »Lass dich davon jetzt nicht unnötig runterziehen, Mati«, mahnte sie liebevoll. Unbewusst hatte sie die Koseform von Matijanas Namen gewählt, die auch Richard gebrauchte. »Mach dir klar, dass das immer mal wieder passieren kann. Aber es ist kein Drama, sondern wirklich nur ein kleiner Rückschritt bei deinem großartigen Lauf nach vorn.« Paula war bewusst, dass das leichter gesagt als getan war, aber die Freundin sog Zuspruch jedes Mal wie ein Schwamm auf. Hoffnung war ihr Handlauf auf der wackligen Brücke über die Schlucht der Verzweiflung.

»Danke, Paula.« Matijana wischte die Tränenspuren von den Wangen und versuchte ein Lächeln. »Ich bin so froh, dass ich dich gefunden habe. Du und Richard, ihr seid zwei wichtige Menschen in meinem Leben geworden. Ihr habt beide auch schon viel Schlimmes erlebt, eure Seelen waren verwundet, aber ihr seid wieder genesen. Mit dicken Narben, ja, aber ihr seid zurück im Leben. Und das wünsche ich mir auch für mich.« Sie holte tief Luft. »Ich will gar nichts Besonderes, sondern einfach nur ein normales, ruhiges Leben.«

»Ich verstehe dich so gut, Mati.«

»Hier draußen an der frischen Luft fühle ich mich so wohl«, fuhr die Freundin fort und sah sich um. »Hier ist nichts, was ich auf- oder zuknöpfen, was ich umstellen oder sortieren möchte. In der Natur bin ich mehr bei mir selbst als sonst wo.«

»Wir sind uns so ähnlich. Ich bin auch dankbar, dass ich dich gefunden habe.« Paula drückte Matijanas Hand noch einmal. »Und ich freue mich auf ganz, ganz viele weitere fruchtbare Gespräche, aber nun müssen wir los. Ich muss Lisbeth gleich vom Kindergarten abholen.«

Matijana entzog Paula die Hand und nahm ihr Handy. »So spät ist es schon? Dann wird es wirklich Zeit. Ich will doch noch bei Henrik putzen.«

Sie leerten ihre Gläser, und fast hätte Paula sich dabei verschluckt, denn Matijana meinte beiläufig, während sie ihr Portemonnaie wegsteckte: »Ich glaube übrigens, dass Henrik sich mehr für dich interessiert, als es unter Nachbarn üblich ist.«

»Was?« Paula starrte sie an, während ihr Herz zu klopfen begann. »Wie kommst du darauf?«

»Er fragt mich andauernd über dich aus, wenn ich bei ihm sauber mache.« Matijana lächelte. »Er glaubt, dass er es unauffällig macht, aber ich bin ja nicht blöd. Du bist in seinen Gedanken sehr präsent.«

Paula war mehr als dankbar, als Matijana aufstand und sie zu den Rädern gingen. Henrik horchte Mati aus, um mehr über sie zu erfahren? Vielleicht war er ja einfach nur neugierig. Aber die Vorstellung, Matijana könnte recht haben, ließ die Schmetterlinge im Oberbauch flattern.

»Mama, guck, da ist das Baum-Auto!«, rief Lisbeth aus, während sie von den Wyker Kuhlen nach Hause radelten. Die

Kleine freute sich immer, wenn sie eines der beiden Firmenfahrzeuge der Gärtnerei Ahlsen sah, weil ein lustiger Laubbaum mit Glupschaugen und Astarmen auf dem Logo prangte. Hinter einem der Grevelinger Nachbarhäuser war das Brummen eines Rasenmähtreckers zu hören, den vermutlich Torge Ahlsen fuhr, denn der große Bruder Erk war in einem der vorderen Beete mit dem Spaten zugange. Der Gartenbaumeister hatte mal wieder ein verschwitztes hochrotes Gesicht, während er sich abmühte, eine wohl zu groß gewordene Konifere samt Wurzelwerk aus der Erde zu bugsieren.

Paula grüßte fröhlich, als sie das Haus passierten, und bekam ein wenig euphorisches »Moin« zurück. Im nächsten Moment rief sie Lisbeth zu. »Libby, warte, halt an!« Sie stieg vom Fahrrad und blickte zu Ahlsen zurück. Wäre das nicht die perfekte Lösung für zwei Leute gleichzeitig?

»Was ist, Mama?«

»Steig bitte ab, Libby. Ich muss kurz etwas mit Herrn Ahlsen besprechen.« Sie stellten die Räder ab und gingen die paar Schritte bis zu dem Grundstück zurück, wo Erk Ahlsen im Beet wühlte. Schweißfeucht klebte sein Shirt unter der grünen Latzhose am Körper.

»Kann ich was für Sie tun?«, fragte er schwer atmend und hielt inne, als sie vor ihm stehen blieben.

»Nicht für mich, aber vielleicht für meine Freundin Matijana … Sind Sie noch auf der Suche nach einer Hilfskraft? Oder haben Sie jetzt keinen Bedarf mehr?« Immerhin war es Mitte September, und die Hochsaison war vorbei.

»Doch, schon.« Er wirkte mehr als interessiert, denn er lehnte den Spaten an die noch in der Erde steckende Konifere. »Bis Ende Oktober haben wir noch jede Menge Arbeit vor uns.« Er zog die Handschuhe aus und steckte sie in die Hosentaschen. »Ist Ihre Freundin denn vom Fach?«

»Nein, sie ist eigentlich Angestellte bei einem Anwalt, aber momentan arbeitslos. Und aus gesundheitlichen Gründen würde sie gern an der frischen Luft arbeiten. Glaube ich«, schwächte sie ab, als ihr klar wurde, dass sie gerade ziemlich weit nach vorn preschte. »Matijana liebt die Natur und ist gern draußen. Mit ein wenig Anleitung könnte sie Sie und Ihren Bruder bestimmt wunderbar unterstützen.«

»Tja, ich weiß nicht.« Erk Ahlsen klang nicht sonderlich begeistert. »Eine Bürokraft …«

»Glauben Sie mir, Matijana scheut sich nicht davor, sich die Hände schmutzig zu machen. Sie kann zupacken.«

»Tja.« Er überlegte nicht lange. »Einen Versuch ist es wert. Am besten geben Sie ihr meine Telefonnummer, die haben Sie ja, und dann kann sie mich anrufen, und wir vereinbaren einen Termin zum Vorstellen.«

»Das ist großartig«, freute Paula sich und strahlte Erk Ahlsen an. Hoffentlich sah Matijana das genauso.

Zu Hause angekommen, aßen Paula und Lisbeth am Terrassentisch zu Mittag – es gab die Kartoffelsuppe vom Vortag, worauf Lisbeth von der Mama verlangte, dass es »endlich mal wieder was Leckeres« geben sollte. Sie einigten sich für Montag auf Apfelpfannkuchen.

»Kommt Richard bald wieder?«, fragte Lisbeth. »Er ist schon so, so lange weg, und ich will doch noch mal bei Okke schlafen.«

Paula fühlte sich ertappt, denn sie hatte wiederholt zur Nachbarterrasse geblickt. Der Tisch auf Henriks Terrasse war verwaist. Keine Schreibmaschine stand darauf. Richard war vor zwei Wochen abgereist, um seine Agentin und seine Lektorin zu treffen, und war seither nicht wiederaufgetaucht.

»Ich weiß nicht, ob und wann Richard wiederkommt«, lautete Paulas Antwort, und nicht zum ersten Mal schlängelte sich der Wurm, der Ärger hieß, durch ihren Oberbauch. Natürlich war Richard ihr keine Rechenschaft schuldig, wo er sich aufhielt und wie lange er fortblieb, aber sie fühlte sich verletzt, weil er nichts von sich hören ließ. Sie hatte gedacht, in ihm einen Freund gefunden zu haben. Die gemeinsamen Fahrten hatten sie doch miteinander verbunden! Der Druck im Oberbauch verstärkte sich, und sie stand auf. Sollte er doch bleiben, wo der Pfeffer wächst.

Als die beiden Großen von der Schule kamen, verleibte Mats sich in der Küche im Stehen den Rest Suppe ein, obwohl er und Marie mittags in der Schulmensa aßen. »Die Frikadellen waren so klein«, lautete seine Entschuldigung für den Heißhunger.

Paula lachte. Für Mats war nur eine Frikadelle in Hackbratengröße eine gute Frikadelle. »Ich flitze mal schnell zu Henrik rüber«, wandte sie sich an Marie, während sie die Nummer von Erk Ahlsen auf einem Zettel notierte. »Matijana putzt dort, und ich muss etwas mit ihr besprechen. Hast du ein Auge auf Lisbeth?«

»Klar.«

Paula steckte den Zettel in die Hosentasche und ging durch den Garten zu Henriks Terrasse, wo die Tür zum Wohnzimmer offen stand. So wie sie es in den letzten Wochen gegenseitig gehalten hatten, klopfte sie an die Scheibe und trat mit einem »Hallo, ich bin's« ein.

Henrik hatte sie wohl nicht gehört, denn es kam keine Antwort, aber in der Küche erklang gerade Matijanas helles Lachen. Dass die dunkle zweite Stimme nicht Henriks war, wurde Paula erst klar, als sie über den Flur ging und die Küche betrat. Richard saß auf einem der mit Leder bezogenen Schwingstühle, die Füße hatte er auf dem Nachbarstuhl abgelegt. Matijana hatte auf der rustikalen Küchenbank aus weiß lackiertem Holz, zu der die Stühle nicht so recht passen wollten, Platz genommen. Beide hatten duftenden Kaffee vor sich stehen.

»Oh, Paula, wie nett, dass du gerade kommst«, sagte Matijana. »Wir haben eben über dich gesprochen.«

»Hoffentlich nur Gutes«, antwortete Paula und sah Richard an, der entspannt sitzen blieb und sie anstrahlte, als wäre sie nach zehn Jahren Verschollensein von einer einsamen Insel zurückgekehrt. »Paula! Schön, dich zu sehen.«

»Dito«, sagte sie und merkte selbst, dass es nicht freundlich geklungen hatte. Bevor sie ein verbindliches Wort nachsetzen konnte, stand Matijana auf. »Henrik ist oben. Ich sage ihm Bescheid, dass du da bist.«

»Nicht nötig.« Henrik stand in der Tür. Seine Stimme klang gepresst. »Ich wollte nachsehen, was hier so lustig ist. Euer Gelächter ist im ganzen Haus zu hören.« Er sah Paula an, und sein Gesicht hellte sich auf. »Hallo, Frau Nachbarin.« Er umarmte sie. »Was kann ich für dich tun?«

»Hallo, Henrik.« Sie hätte noch ein wenig in seiner Umarmung ausharren können. Er roch gut. Vermutlich hatte er sich gerade rasiert, denn ein kleiner Ratscher am Kinn sah frisch aus, blutete aber nicht mehr.

Wie immer war Henrik aufmerksam, was ihre Blicke betraf. Er strich sich über die Miniwunde und sagte: »Das passiert, wenn man mit seinen Gedanken nicht bei der Sache ist.«

»Soll Paula dir noch ein Pflaster für dein Aua geben?«, erklang Richards Stimme, und Matijana kicherte.

Unerwartet warf Henrik den beiden am Tisch einen scharfen Blick zu. »Und ihr habt anscheinend beide nichts zu tun.«

Die Fröhlichkeit in Matijanas Gesicht verschwand. Sie versteifte sich. »Entschuldigung, Henrik, ich wollte … ich dachte, es wäre in Ordnung, noch einen Kaffee mit Richard zu trinken. Ich bin fertig mit der Arbeit.« Sie griff nach der Tasche, die auf der Eckbank stand, und sagte ernst: »Dann bis nächste Woche.«

»Ich komme mit dir raus, Mati«, sagte Paula. »Denn ich bin deinetwegen hier. Ich möchte etwas mit dir besprechen.«

»Ihr könnt auch hier reden«, warf Henrik ein. Er wandte sich an Matijana. »Natürlich ist es okay, wenn du noch einen Kaffee trinkst. Ich wollte nicht …«

»Nein, nein, schon gut, du hast ja recht«, wehrte Matijana vehement ab. »Ich arbeite hier, sonst nichts.« Mit schnellen Schritten verließ sie die Küche.

Paula eilte ihr hinterher. Draußen sahen die beiden Frauen sich an.

»Das war peinlich«, sagte Matijana kleinlaut. »Ich bin hier schließlich nicht zu Hause.«

»Henrik hat das nicht so gemeint«, sagte Paula. »Da bin ich mir sicher. Aber warum ich dich sprechen wollte …« Sie erzählte der Freundin von der Föhrer Gartenbaufirma und der Unterhaltung mit Erk Ahlsen. »Es wäre nur bis Ende Oktober, ab dann ist nicht mehr so viel zu tun«, endete Paula. »Aber ich dachte, die Arbeit an der frischen Luft würde dir vielleicht Freude bereiten.«

Matijanas Augen waren von Satz zu Satz größer geworden. Schweigend sah sie Paula an.

Paula fühlte sich unwohl. War sie zu übergriffig gewesen? Sie griff nach Matijanas Hand. »Entschuldige bitte, Mati, wenn ich …«

Doch Matijana fiel ihr strahlend ins Wort. »Nein, das ist großartig, Paula. Ich bin nur total perplex. Das könnte ich mir tatsächlich vorstellen. Draußen in der Natur … Ja, das klingt wunderbar.«

»Wie schön«, freute Paula sich und gab der Freundin den Zettel mit der Telefonnummer des Gärtners. »Ruf ihn an und macht einen Termin zum Kennenlernen aus. Ich garantiere dir, dass er mit Freude Ja sagen wird.«

Sie umarmten und verabschiedeten sich. Paula blickte Matijana nach, als sie davonradelte. Es würde klappen, das wusste sie einfach. Darum musste sie auch kein Bittgebet gen Himmel schicken. Tatsächlich war sie sich so sicher, dass Erk Ahlsen die Freundin einstellen würde, dass sie schon mal vorgriff. »Danke, Gott. Ich weiß, dass du für Mati da bist.«

Sie hätte jetzt einfach zu sich rübergehen können, doch die Stimmen in Henriks Küche waren ungewöhnlich laut. Stritten die Männer sich? Entschlossen wandte sie sich Henriks offener Haustür zu und trat wieder ein.

Richard hatte das entspannte Sitzen aufgegeben. Er stand Henrik gegenüber, als Paula mit einem ruhigen »Ist alles gut bei euch?« in die Küche kam.

»Frag *ihn*«, antwortete Richard mit mürrischer Miene. »Bei mir ist alles gut.«

»Bei mir ist auch alles gut, aber irgendwann ist auch mal Ende im Gelände, Rich. Matijana ist mir willkommen. Sie vertritt Danka wunderbar, aber ich hege nun mal keine freundschaftliche Beziehung zu ihr, sondern eine …« Er suchte nach den richtigen Worten. »Sie arbeitet hier. Punkt.«

»Ja, aber sie war fertig, und *ich* habe sie auf einen Kaffee eingeladen. Es war also unfair, sie so anzugehen.«

»Ich habe dir eben schon gesagt, dass mir das nicht bewusst war und es mir leidtut. Du bist mein Gast und sollst dich hier wie zu Hause fühlen, und natürlich kannst du dir auch gern jemanden einladen, aber das Rumgealbere und Gelächter ging mir einfach auf den Keks. Und es ist ja wohl erlaubt, im eigenen Haus auch mal schlechte Laune zu haben.«

Richards Miene blieb unergründlich. »Ich bin dir mehr als dankbar, Kumpel, dass du mich hier aufgefangen hast. Aber vielleicht ist es jetzt an der Zeit, dass ich in meine eigene Bude in Rostock zurückkehre. Du hast dein Heim lange genug großzügig mit mir geteilt, und das Letzte, was ich will, ist, dass du dich meinetwegen in deinem eigenen Haus nicht mehr wohlfühlst.«

Paula schluckte. Sie bereute, wieder hineingegangen zu sein. Dieses Gespräch ging sie nichts an.

Spürte Henrik ihr Unwohlsein? Er sah sie an, dann sagte er zu seinem Freund: »Alles ist gut, Rich, mach kein Fass auf.« Dann fragte er Paula, auf die Eckbank deutend: »Magst du auch einen Kaffee? Setz dich doch.« Er trat an den Kaffeevollautomaten und stellte ihn an.

»Ich habe den Kindern gesagt, dass ich gleich wieder da bin«, wandte sie mit Blick zur Küchenuhr ein.

»Die paar Minuten, die dich ein Kaffee mit mir kostet, kommen sie schon zurecht, oder?« Henrik lächelte, als er sich zu ihr umwandte. »Du bist ja nicht aus der Welt.«

Paula wusste, dass sie dazu neigte, eine Übermutter zu sein. Ihre Eltern mahnten sie auch ständig, es nicht zu übertreiben. »Denkst du auch mal an dich?«, das war einer der häufigsten Sätze ihrer Mutter.

»Ich wollte noch etwas mit dir besprechen, Paula«, fuhr Henrik fort, während er den Wassertank auffüllte. »Bezüglich der Suche nach der Kate.«

»Aha?« Ohne weitere Bedenken rutschte sie auf die Eckbank, denn nun war sie neugierig.

Und anscheinend nicht nur sie, denn Richard griff nach seinem Becher. »Ich mach mir auch noch einen Kaffee.«

Henrik sagte nichts dazu, aber Paula glaubte an seinen sich hebenden Schultern zu erkennen, dass er tief durchatmete. Vielleicht war er es wirklich überdrüssig, dass Richard hier wohnte. Er hatte zwar gesagt, Richard solle kein Fass aufmachen, aber vielleicht hatte er die Anwesenheit seines Freundes doch satt.

Aber offenbar täuschte sie sich, denn Henrik wandte sich kurz zu Richard um. »Das passt, denn ich möchte mit dir und Paula über die letzte Herbstferienwoche reden.«

Paula sah zu Richard. In den Herbstferien, bevor Marie und Mats ihre Freunde in Hamburg besuchen würden, wollten sie gemeinsam die Suche nach der Kate fortsetzen. Zumindest war das der Plan gewesen.

Richard erwiderte ihren Blick nicht. Er klang bemüht ruhig, als er Henrik fragte: »Steht dein Camper nicht mehr zur Verfügung? Oder was gibt es da zu bereden?«

»Doch, doch«, meinte Henrik, nahm seinen Kaffeebecher und machte für Richard Platz am Automaten. Er setzte sich Paula gegenüber und sagte: »Ich würde dir gern für das letzte Ferienwochenende meine Dienste als Chauffeur anbieten, Paula.« An Richard gewandt, der keine Anstalten machte, seinen Becher zu befüllen, fügte er hinzu: »Ich würde mit dem Wagen dorthin kommen, wo ihr gerade seid, und du kannst dann mit meinem Wagen zurück nach Föhr fahren, Rich. So kannst du hier in Ruhe schreiben, während ich mit Paula und den Kindern die Suche nach dem Haus fortsetze. Win-win für alle.« Er sah Paula an. »Was meinst du dazu? Ich würde dich wirklich gern begleiten.«

Paulas Herz schlug einen Takt schneller. Henrik wollte mit ihr und den Kindern ein ganzes Wochenende verbringen? Sie spürte, dass ihr Farbe in die Wangen geströmt war, und antwortete daher betont emotionslos: »Das ist wirklich nett von dir, Henrik.« Ihr Blick wechselte von ihm zu Richard und wieder zurück. »Ihr seid beide so nett. Dass ihr uns diese Fahrten ermöglicht … Ich weiß gar nicht, was ich sagen soll.« Sie sah zu Richard. Warum schwieg er? Wenn er sich über die in Aussicht gestellte Ruhe und Zeit freute, ließ er es sich nicht anmerken.

»Das ist eine Überraschung«, sagte er schließlich in Richtung Henrik. »Wie großzügig von dir.«

Henrik ging nicht darauf ein. »Also, was meinst du, Paula? Ist es für dich okay, wenn ich für drei Tage Richs Part im Zelt übernehme?«

Paula fühlte sich immer noch sprachlos – auf eine eigenartige Weise. Mit Richard waren sie und die Kinder in den Wochen der Suche zu einem Team zusammengewachsen, Vertrautheit hatte sich eingestellt … Die Vorstellung, nun mit Henrik durch die Köge und über die Marschen zu fahren, mit ihm die freie Zeit zu verbringen, zu kochen, zu reden, gemeinsam zu essen, überwältigte sie. In ihr war ein Prickeln, aber auch eine Unruhe, die verstörend war. Sie fühlte sich einen Moment lang scheu wie ein Reh und wäre gern aufgesprungen und gegangen, doch Henrik wartete auf ihre Antwort.

»Ich bin gerade überfordert«, sagte sie ehrlich. »Ich freue mich sehr über dein Angebot, Henrik.« Sie sah zu Richard. Würde er sich zurückgesetzt fühlen? Auf keinen Fall wollte sie ihn verletzen. »Du … du lässt dich bestimmt gern von Henrik ablösen, oder, Richard?«

Richard hielt ihrem Blick einen Moment lang stand. Dann sagte er mit einer Stimme, die keinerlei Emotionen zeigte: »Feel free.«

Mist. Jetzt war der Ball wieder bei ihr. Warum konnte er nicht einfach sagen, was er wollte?

»Gut, dann fühlen wir uns mal frei, Rich«, grätschte Henrik dazwischen und nahm ihr so die Entscheidung ab. »Ich freu mich jetzt schon auf das Wochenende, Paula. Das wird spaßig.«

»Ja, bestimmt.« Sie und Henrik und die Kinder … Das Herz klopfte Paula bei dem Gedanken im Hals, und das Prickeln im Oberbauch kehrte zurück. Doch das wollte sie sich unter keinen Umständen anmerken lassen. Sie sah von einem zum anderen. »Wie gesagt, es ist sehr großzügig von euch beiden, dass ihr uns eure Freizeit opfert. Danke.« Vor lauter Nervosität stand sie auf und ließ den nur halb getrunkenen Kaffee stehen. »Ich muss jetzt wirklich rüber. Die Kinder warten.«

Zu Hause angekommen, entschied sie, ihre Gedanken mit einem Brief an Tom zur Ruhe zu bringen. Wenn sie ihm schrieb, wusste sie immer, was er ihr antworten würde. Toms Stimme in ihrem Inneren war Seelenbalsam aus der Ewigkeit. Aber das musste bis heute Abend warten, denn die beiden Kleinen hatten während ihrer Abwesenheit beschlossen, mit Mama an den Strand zu gehen, und da ihr dieser Vorschlag sehr entgegenkam, packten sie Sandspielzeug und Getränke und Obst in ihre Rucksäcke und marschierten los. Ihr Ziel war das kleine Strandstück, das die Kinder »unsere Insel« nannten, seit sie an ihrem Ankunftstag auf Föhr dort gebadet und gespielt hatten.

Es roch schon ein wenig nach Herbst, als sie den Sandweg entlang der Heckenrosen zum Strand gingen. Paula konnte die besonderen Vorzüge jeder Jahreszeit genießen, doch in diesem Moment bedauerte sie, dass der Sommer sich dem Ende zuneigte. Ihr Inneres wollte Licht und Sonne und … Sie atmete tief durch. Und was? Was genau war das, was diese Unruhe in ihr auslöste? Ein Mann, der auf einer verwitterten Holzbank bei den Dünen saß, holte sie aus ihren Gedanken. Es war Lennart Bohnkamp, der junge Pastor aus Nieblum. Vornübergebeugt, die Ellenbogen auf die Knie gestützt, saß er da. Er schien mit seinen Gedanken sonst wo zu sein, denn er merkte nicht einmal auf, als die Kinder an ihm vorbeiflitzten. Er hatte seine Finger wie im Gebet verschränkt, erkannte Paula, als sie nur noch drei Schritte von ihm entfernt war.

»Hallo, Herr Bohnkamp«, begrüßte sie ihn.

Sein Kopf ruckte hoch. »Oh, hallo!« Er blickte sie mit großen Augen an, so als könnte er nicht glauben, sie hier zu sehen. Und seine nächsten Worte bestätigten diese Annahme. »Das ist spooky. Ich denke schon den ganzen Tag an Sie. Und jetzt stehen Sie hier vor mir.«

Die Kinder waren schon über die geteerte Fläche zum Strand hinuntergelaufen, und Lisbeth winkte ihr zu. »Mama, komm!«

»Ich komm gleich, Libby«, rief Paula zurück. »Spielt schon mal, ich rede hier noch ein wenig mit Pastor Bohnkamp.«

»Okay«, schrie Mats vom Spülsaum. Er hatte seine Sandalen von sich geschleudert. »Ich pass auf Libby auf.«

Paula hob den Daumen. Sie machte sich keine Sorgen, denn das Wasser der Nordsee hatte sich merklich abgekühlt, und Lisbeth ging nur noch mit den Füßen hinein. Daher setzte sie sich neben Lennart Bohnkamp auf die Bank. »Jetzt bin ich wirklich neugierig, Herr Kollege. In welchem Zusammenhang haben Sie an mich gedacht?«

»Ach, es war nur so eine Idee«, wiegelte er ab. Seine Ohren waren rot angelaufen. »Eine dumme Idee. Schließlich befinden Sie sich in einem Sabbatjahr.«

Paula straffte ihre Schultern. Er wollte etwas Berufliches. Vermutlich brauchte er eine Vertretung und hatte deshalb an sie gedacht.

»Ich habe an Sie gedacht, weil ich eine Vertretung brauche.«

Paula seufzte. Statt sofort abzulehnen, gebot sein trauriges Gesicht, nachzuhaken. »Eine Vertretung wofür?«

»Da müsste ich kurz ausholen, wenn ich darf?« So etwas wie leise Hoffnung legte sich über sein angestrengtes Gesicht.

»Nur zu.« Ein Blick zu den Kindern zeigte, dass sie nicht vermisst wurde. Beide buddelten im Sand.

»Ich lebe mit meinem Mann seit anderthalb Jahren auf der Insel. Wir sind ursprünglich beide Hamburger. Als die Pastorenstelle hier in Nieblum vakant wurde und ich davon erfuhr, war ich gleich Feuer und Flamme. Ole war etwas verhaltener, aber letztlich waren wir uns einig, hier zu leben. Er ist Informatiker und kann problemlos von zu Hause aus arbeiten.« Er atmete tief durch. »Ich habe es nie bereut, aber ich merke, wie Ole Hamburg von Tag zu Tag mehr vermisst, insbesondere, was Kunst und Kultur angeht. Nun haben wir Anfang Oktober Jahrestag, und ich möchte ihn an dem darauffolgenden Wochenende so gern in ein Konzert in die Elphi entführen – er weiß nicht, dass ich Karten habe. Ich hatte alles geregelt. Mein Kollege aus Wyk wollte meinen Gottesdienst am Sonntag übernehmen, damit wir entspannt zurückreisen können. Aber der hat sich nun ein Bein gebrochen, und so fehlt mir die Vertretung.«

»Das tut mir leid«, meinte Paula. »Ich bin ja auch Hamburgerin und kann gut verstehen, dass Ihr Mann die Stadt vermisst. Das Inselleben ist wohl nicht nur romantisch, sondern auch mit Entbehrungen verbunden.«

»Allerdings. Auf die Fähren und deren Fahrzeiten angewiesen zu sein, ist manchmal echt nervig. Aber ich möchte trotzdem um nichts in der Welt hier weg.«

Paula nickte. Auch das konnte sie verstehen.

Lennart Bohnkamp sah sie von der Seite an. »Ich wusste ja nicht mal, wo Sie wohnen oder wie ich Sie erreichen kann. Außerdem ist es natürlich auch vermessen, überhaupt auf die Idee zu kommen, eine Kollegin im Sabbatjahr zu stören.« Er machte eine kleine Pause. »Aber dass Sie hier nun neben mir sitzen, empfinde ich als Fügung. Und darum wage ich jetzt einfach die Bitte: Könnten Sie sich vorstellen, eine Ausnahme zu machen und meinen Gottesdienst zu übernehmen? Ich mache das auch wieder gut. Irgendwie, irgendwann … Sie bestimmen das.«

Diese schönen Vergissmeinnicht-Augen … Paula seufzte. »Also gut.«

»Wirklich?« Er strahlte sie an.

»Ich kann Ihnen doch unmöglich das romantische Wochenende verderben.«

Im nächsten Moment wurde Paula herzhaft umarmt. »Ich danke Ihnen so sehr.« Er ließ sie wieder los und sagte: »Wollen wir uns nicht duzen? Ich bin Lennart.«

»Gern.« Das Duzen gehörte einfach hierher. »Paula.«

Sie besprachen direkt die Einzelheiten. Lennart bot ihr an,

die Predigt zu schreiben, aber das lehnte Paula ab. Was sie predigte, kam immer von ihr. Es gab Kollegen, die auch mal eine Internetpredigt nutzten oder sie abwandelten, wenn es eng mit der Zeit wurde, aber das kam für sie nicht in Frage.

Als sie sich verabschiedeten, waren die Handynummern ausgetauscht und die Details geklärt. Der Sonntag, an dem sie die Vertretung übernehmen würde, war der 8. Oktober. Sie würde den Wochenspruch aus dem liturgischen Kalender dazu heute noch heraussuchen, weil sie die Predigt darauf abstimmen würde. Bei der Themensuche blieb sie immer gelassen, denn zumeist sprang eine Idee sie im Vorwege an. Oft waren es die Nachrichten. Die waren zwar zumeist schlecht, aber darum ging es letztendlich auch: den Menschen statt Angst Hoffnung und Trost in die Herzen zu pflanzen. Ihnen zu sagen: Du bist nie allein, egal, wie einsam, wie krank oder hoffnungslos du bist. Gott ist da. Gott sieht dich und ist bei dir. Immer und überall.

Lennart Bohnkamp umarmte sie noch einmal herzlich. »Du bist eine wunderbare Frau, eine tolle Kollegin. Danke!«

Als Paula zu den Kindern hinunterging, fühlte sie sich durch die Aussicht, während des Sabbatjahrs doch einen Gottesdienst zu halten, nicht beschwert, sondern beschwingt. Insbesondere, weil sie Lennart Bohnkamp und seinem Ole damit helfen konnte. Anderen etwas Gutes zu tun, war einfach auch immer ein Geschenk an sich selbst.

Elf

Regentropfen, sonnendurchleuchtet,
Balsam der Natur.

Am Montagmorgen war nicht mehr zu leugnen, dass der Herbst nun endgültig Einzug hielt. An den Bäumen färbte sich das Grün der Blätter zu hellem Gelb und Orange, und die Sonne hatte enorm an Kraft verloren. In dem Blumenkübel vor dem Mehrfamilienhaus, in dem Familie Mazur wohnte, waren die Sommerblumen durch lilafarbene und goldgelbe Astern ersetzt worden. Zwischen den Pflanzen hatte eine Spinne ihr filigranes Werk vollendet. Paula liebte Spinnennetze, vor allem, wenn sie im Morgentau glitzerten. Doch die Spinnen selbst … Die Achtbeiner hatten schon immer Paulas Schreireflex aktiviert. Sie konnte einfach nichts dagegen tun, insbesondere, wenn die Spinnen nicht ruhig in einer Ecke hockten, sondern krabbelten oder sich irgendwo abseilten. Tom hatte jedes Mal mit ihr geschimpft, wenn sie schrie und die Kinder dabei waren. Wohl zu Recht, denn ihre Abscheu hatte sich tatsächlich auf Marie und Mats übertragen. Überraschenderweise nicht auf Libby, was dazu führte, dass sie jetzt noch öfter schrie, denn Lisbeth sammelte gern mal eine Spinne auf, um sie ihr zu zeigen.

Paula drückte den Klingelknopf, und gleich darauf summte der Türöffner. Dankas Mann stand in der geöffneten Wohnungstür, als Paula die Treppe hinaufkam. Ein kleines Lächeln zog über seine Lippen.

»Guten Tag«, begrüßte er sie mit deutlichem Akzent. Er war ein ernster Mann, der so gar nichts von Dankas Temperament hatte.

»Guten Tag, Herr Mazur«, begrüßte Paula ihn fröhlich mit Handschlag. »Wie geht es Ihnen? Was macht der Rücken?«

Erstaunt blickte er sie an. »Sie wissen von Rücken? Er noch schmerzt viel.«

»Matijana hat mir davon erzählt. Ich habe Ihnen etwas mitgebracht.« Sie reichte ihm eine Medikamentenpackung. »Die Salbe ist richtig gut. Schön einreiben, dann wird's mächtig heiß. Aber sie hilft bei Verspannungen. Mein Vater schwört darauf.«

»Sie sehr freundlich«, sagte er mit Blick auf die Packung. »Danke sehr. Bitte, kommen rein.«

Er trug wieder ein Hemd, das bis zum faltigen Hals und an den Manschetten geschlossen war. Diesmal wusste Paula das Zugeknöpfte als Liebesbeweis an Matijana einzuschätzen.

»Sind Danka und Mati da?«, fragte sie und betrat die Wohnung, in der es himmlisch würzig roch. Danka arbeitete jeden Tag, aber Paula hatte extra die Mittagszeit gewählt, um beide anzutreffen. Sie wollte unbedingt erzählen, dass sie einen Gottesdienst halten würde.

»Danka hängt auf Wäsche in Garten. Matijana hat gekocht«, sagte Josip Mazur und deutete auf die kleine Küchenzeile.

»Paula!«, rief Matijana aus der Küche. »Schön, dass du uns besuchst. Möchtest du mitessen? Es gibt Djuvečreis mit leckerem Gemüse.« Sie umarmte Paula.

»Ich hatte gehofft, dass du mich das fragst.« Paula warf einen Blick in den großen Topf auf dem Herd. »Mir läuft schon das Wasser im Mund zusammen. Es riecht köstlich.«

Josip Mazur hatte bereits einen vierten Teller aus dem Küchenschrank genommen. Als er begann, die bereits eingedeckten Teller und das Besteck vom Küchentisch zu räumen, fragte Matijana über die Schulter: »Was machst du, Papa?«

»Haben Gast. Können nicht in Küche essen. Decke ich an Tisch in gute Stube.«

»Um Gottes willen«, sagte Paula und nahm ihm die Teller aus der Hand. »Wir essen zu Hause auch in der Küche.«

»Aber Küchentisch ist klein«, erwiderte er.

»Das geht locker«, meinte Paula. »Beim Campen ist der Tisch noch viel kleiner, und wir passen zu fünf daran.«

»Paula, meine Liebe!«, erklang es im selben Moment vom Flur. Danka hielt einen leeren Wäschekorb in der Hand. Dass das Treppensteigen sie anstrengte, zeigte der Brustkorb, der sich in bedenklich kurzen Abständen hob und senkte. Ihre Frage »Magst du essen mit uns?« zeugte einmal mehr von der Gastfreundlichkeit der Kroaten.

Paula nahm nur eine kleine Portion von dem leckeren Gemüsereis, denn sie wollte gleich mit Lisbeth die in der vergangenen Woche versprochenen Pfannkuchen machen, doch sie genoss das Beisammensein mit der Familie Mazur. Danka redete ununterbrochen und schaffte es, ihren Teller, den sie zweimal befüllte, schneller zu leeren als ihr schweigsamer Mann, der nach einer Portion satt war.

Während Matijana den Geschirrspüler einräumte, berichtete Paula von dem bevorstehenden Gottesdienst in Nieblum. »Es ist zwar kein ökumenischer Gottesdienst, aber vielleicht mögt ihr ja trotzdem kommen?«, fragte Paula. »Ich würde mich sehr freuen.«

»Wir nur gehen in katholischen Gottesdienst, Paula«, antwortete Danka umgehend. Sie tätschelte Paulas Hand. »Nicht böse sein, bitte. Josip und ich freuen uns für dich, dass du machen kannst Gottesdienst für Leute auf Insel. Ist aber nicht für uns.«

»Wie schade.« Paula war wirklich enttäuscht, denn es wäre schön gewesen, liebe bekannte Gesichter in der Nieblumer Kirche zu sehen, aber sie musste die Absage akzeptieren. Und ihre Laune stieg auch prompt wieder, denn Matijana erzählte, dass sie am Nachmittag mit Gärtner Ahlsen zu einem Gespräch verabredet war.

»Dann kannst du mir ja vielleicht morgen berichten, ob ihr euch einig geworden seid, Mati, denn ich wollte dich fragen, ob du mich und die Kinder morgen Nachmittag zum Friedhof nach Süderende begleiten möchtest.« Paula reichte Matijana ihren Teller, den sie bis auf das letzte leckere Reiskorn leer gekratzt hatte. »Wir möchten uns das Grab vom Glücklichen Matthias ansehen und würden uns über deine Gesellschaft freuen.«

Matijana warf ihrer Mutter einen Blick zu. »Ich wollte ja morgen die Bügelwäsche erledigen.«

»Kannst du bügeln andermal«, winkte Danka ab. »Das nicht wichtig. Wichtig ist, dass Paula Gesellschaft hat.« Sie nickte Paula lächelnd zu.

Paula war sich sicher, das Strahlen in Dankas braunen Augen richtig zu deuten. Es war genau andersherum. Danka war ihr dankbar, dass Matijana Gesellschaft hatte. Die junge Kroatin war in den vergangenen Wochen sichtlich aufgeblüht, was wohl zu einem Teil auch ihr Verdienst war, denn die vielen Unternehmungen mit Matijana hatten nicht nur ihr selbst Freude gemacht, sondern vor allem Matijana geholfen, die Depression zu überwinden. Der herrliche Sommer hatte ein Übriges dazugetan. Jetzt fehlte nur noch ein Job in Vollzeit, damit Mati sich eine eigene kleine Wohnung leisten konnte. Doch bis es so weit war, könnte ein Minijob in der Gärtnerei Ahlsen einige Wochen überbrücken.

Nach dem Besuch bei den Mazurs radelte Paula direkt zum Waldkindergarten-Treffpunkt, um Lisbeth abzuholen. Zu Hause rührten sie gemeinsam den Pfannkuchenteig an und beschlossen, auf der Terrasse zu essen, obwohl die Sonne hinter einer dichten Wolkenbank verschwunden war. Bevor die Temperatur noch mehr sank, mussten sie es ausnutzen, an der frischen Luft zu sein.

»Ich deck schon mal den Tisch, Mama«, meinte Lisbeth, während Paula die erste Kelle Teig in die brutzelnde Pfanne gab und die dünnen Apfelscheibchen, die sie hineingegeben hatten, mit zwei Gabeln gleichmäßig verteilte.

Als Lisbeth wieder in die Küche kam, ging sie an den Schrank und nahm einen dritten Teller heraus. »Richard möchte auch einen Pfannkuchen. Ich hab ihn gefragt.«

»Aha … Sitzt er auf Henriks Terrasse?«

Lisbeth nickte eifrig, während sie auch noch eine Gabel und ein Messer aus der Schublade nahm. »Mit der Schreibemaschine. Ich durfte wieder meinen Namen tasteln.«

»Na dann.« Paula blickte in die Schüssel. Sie hatte etwas

mehr Teig gemacht, damit Mats und Marie auch noch einen Pfannkuchen abbekamen. Nun, dann würden sie eben etwas kleiner ausfallen.

»Es ist angerichtet!«, rief Paula wenig später zur Nachbarterrasse, als sie mit den fertigen Pfannkuchen und einem Schälchen Zucker mit Zimt heraustrat.

Richard ließ sich nicht zweimal bitten und kam mit einem »Danke für die Einladung« herüber. »Ich liebe Pfannkuchen. Meine Mutter macht immer welche, wenn ich sie besuche.«

»Dann lass es dir schmecken«, sagte Paula und legte ihm den obersten Pfannkuchen auf den Teller. »Guten Appetit.«

»Welcher schmeckt besser?«, fragte Lisbeth direkt, als Richard den ersten Bissen nahm. »Der von deiner Mama oder von meiner?«

Richard kaute und wiegte den Kopf. »Sie schmecken tatsächlich beide gleich gut.«

Lisbeth war zufrieden und futterte ihren Pfannkuchen auf. Als sie den leeren Teller hob und begann, die letzten Zuckerkrümelchen abzulecken, mahnte Paula: »Libby.«

Richard lachte. »Das hab ich auch immer gemacht.« Als Paula die Augen verdrehte, setzte er hinzu: »Aber du hast natürlich recht. Menschen, die nicht hungern, lecken ihre Teller nicht ab.«

»Ist doch lustig«, sagte die Kleine und sah entzückend aus, weil ihr vom Schlecken ein wenig Zucker an der Nase klebte. Sie begutachtete ihren Teller, leckte noch einmal und stellte den Teller ab. »Braucht man gar nicht in die Spülmaschine tun.« Dann stand sie auf. »Ich geh in die Sandkiste.«

Richard sah ihr versonnen zu, wie sie Sand von der einen Hälfte der blauen Muschel in die andere schaufelte. »Ist es nicht wunderbar, wie friedlich sie leben darf?«

»Ja.« Paula musterte ihn. »Es ist tatsächlich ein großes Geschenk, in unserem sicheren Deutschland aufwachsen zu dürfen.«

Einen Moment lang hielt Richard Paulas Blick stand, dann sagte er: »Ich muss dann auch wieder rüber, das Buch schreibt sich nicht von allein. Danke für den leckeren Pfannkuchen.«

»Wie weit bist du denn?«, hielt Paula ihn zurück, als er aufstand. »Magst du schon grob verraten, worum es geht?«

Sein Gesicht verhärtete sich augenblicklich, aber er rang sich unerwartet doch zu einer Antwort durch. »Einer der Protagonisten ist ein zehnjähriger Junge, der seit drei Jahren in einem Flüchtlingscamp in Griechenland untergebracht ist. Ich möchte aufzeigen, wie er dort lebt. Es geht um seine verlorene, um seine unaufholbare Kindheit und um die Frage, was daraus für sein Erwachsenwerden und Erwachsensein resultiert.«

»Das klingt nach einer schweren Aufgabe für dich als Autor und vor allem nach einer nicht ganz leichten Kost für die Lesenden«, antwortete Paula. Sie zögerte kurz, dann setzte sie hinterher: »Bist du denn so weit, dass du über die Dinge schreiben kannst, die dich so belastet haben?«

»Ich denke, ich bin es, aber …« Er schüttelte den Kopf. »Lass mich anders beginnen. Wenn ich in Kriegs- und Krisengebieten unterwegs war, hatte ich immer mein Handwerkszeug dabei: Kamera und Stift. Die Kamera war mein Schutzschild. Durch die Linse war ein Abstand da. Und der Stift war mein Schwert, mit dem ich das Grauen bekämpfte, indem ich es in Worte fasste und in die Welt trug.« Er hob die Schultern. »Journalisten geben den Menschen in Kriegsgebieten immer Hoffnung. Aber irgendwann kippte es bei mir. Ich habe mich gefragt: Hast du wohl wirklich jemals irgendetwas dazu beigetragen, dass die Gräuel aufhören? Hat dein Geschreibsel irgendetwas bewirkt, Richard Böhnke?«

Paula blieb still. Sie wollte ihn keinesfalls unterbrechen.

»Ich liebe es zu schreiben, Paula. Aber ich zweifle immer mehr, ob ich in der Belletristik richtig bin. Fiktionales und faktuales Erzählen sind zwei sehr unterschiedliche Dinge, und etwas in mir treibt mich immer wieder dazu, auch im Fiktionalen harte Realitäten abzubilden.«

Paula überlegte. »Aber das eine schließt ja das andere nicht aus, oder?«

»Nein, aber ich merke bei jedem Satz, den ich schreibe, dass ich Scham und Schuldgefühle bei den Lesenden provozieren möchte. Und das war nicht meine ursprüngliche Intention. Ich bin nicht frei, ich …«

Er stockte von einer Sekunde zur nächsten, und Paula sah ihm an, dass er nicht vorhatte, weiterzusprechen. Es war, als hätte er kurz einen Vorhang gehoben, und dieser Vorhang war nun heruntergerasselt.

»Wenn du eine Testleserin brauchst … ich stelle mich gern zur Verfügung«, bot sie ihre Hilfe an.

Sein »Nein!« kam heftig, sodass Paula ein leichtes Ziehen verspürte. »Ich wollte mich nicht aufdrängen«, sagte sie ernst.

»Nein, schon gut, das weiß ich«, wiegelte er hastig ab. »Das … das ist auch sehr nett, aber es ist nicht nötig. Ich mache das mit meiner Lektorin aus.« Er schob den Stuhl ran. »Habt einen schönen Tag.«

»Danke, du auch.«

Paula sah ihm nach. Er ging nicht an die Schreibmaschine zurück, sondern verschwand im Haus. Nachdenklich begann Paula, den Tisch abzuräumen. Dieser Mann war definitiv nicht einfach. Während sie das Geschirr in die Küche brachte, überlegte sie, wer und wie die Frau wohl gewesen war, mit der er es laut seinen eigenen Worten »vermasselt« hatte. Waren sie lange zusammen gewesen? Nun, sie würde es schon noch herausfinden.

✳✳✳

»Das war viel zu weit«, beklagte Lisbeth sich am nächsten Tag, als sie am Friedhof in Süderende von den Rädern stiegen. Sie hatten fast anderthalb Stunden gebraucht, weil sie immer wieder kleine Verschnaufpausen eingelegt hatten.

»Jetzt machen wir ja erst mal eine ganz lange Pause«, beschwichtigte Paula sie, obwohl sie ein schlechtes Gewissen hatte. Die zehn Kilometer lange Strecke war für Lisbeths kleine Beine wirklich nicht leicht zu bewältigen gewesen. Und es stand noch die Rückfahrt bevor. Zum Glück würden sie dann den Wind im Rücken haben.

»Eine schöne alte Kirche«, lenkte Matijana die Aufmerksamkeit auf die Süderender St.-Laurentii-Kirche, deren Turm an den der Nieblumer Kirche erinnerte.

Das war anscheinend auch Lisbeth aufgefallen, denn sie fragte: »Haben die auch einen Piratenkönig?«

Auf Matijanas verwirrtes »Was?« klärte Paula sie auf und berichtete von der Darstellung des Johannes und Herodes in der St.-Johannis-Kirche. »Herodes sieht dort wirklich eher wie ein Pirat und nicht wie ein König aus«, gab Paula ihrer kleinen Tochter dabei recht. »Vielleicht haben wir nachher noch Zeit, uns diese Kirche von innen anzuschauen, aber erst einmal suchen wir den Grabstein vom Glücklichen Matthias.« Paula hatte in der reichhaltigen Bibliothek von Dr. Konradi in einer Chronik über den in Oldsum geborenen Matthias Petersen gelesen, der es im 17. Jahrhundert als Walfänger zu großem Ruhm und Reichtum gebracht hatte.

»Der war fünfzig Jahre lang Kommandeur von einem Walfängerschiff und hat genau dreihundertdreiundsiebzig Wale gefangen«, gab Mats begeistert weiter, was seine Mutter ihm zu Hause vorgelesen hatte. »Der hat zwölf Kinder gehabt. Zwölf! So viel wie eine Fußballmannschaft und ein Ersatzspieler. Und weißt du, was auch krass ist, Mati? Der hatte Heiligabend Geburtstag. Der hat bestimmt immer voll viele Geschenke gekriegt.«

Matijana gab lachend zu: »Das ist ja wirklich der Hammer.«

»Und als der Matthias schon ganz alt war, ist sein Sohn von Freibeutern entführt worden. Freibeuter sind so was Ähnliches wie Piraten. Und weißt du, wie der Sohn hieß? Der hieß genau wie ich auch Matz, aber mit z am Ende. Und noch zwei andere Söhne sind gestorben, weil ihr Schiff gekapert wurde.« Mats' Augen glühten vor Begeisterung bezüglich der Dramatik. »Und ein Jahr später ist der Kommandeur auch von Freibeutern gefangen genommen worden. Mit seiner ganzen Mannschaft. Und dann hat er ganz viel Lösegeld bezahlt. Aber die konnten dann zum Glück alle nach Hause fahren.«

»Das weiß ich alles«, sagte Matijana. »Ich bin ja hier auf

Föhr aufgewachsen und zur Schule gegangen, und da haben wir die Geschichte von Matthias dem Glücklichen natürlich kennengelernt. Und weißt du was? Matthias Petersen wurde als Matz Peters geboren. Darum hieß der älteste Sohn wohl auch Matz.«

»Tatsächlich?« Das war auch Paula neu.

»Der hieß auch Mats? Echt?« Mats' Begeisterung nahm überhand. Er sprang vor ihnen hin und her, warf ein paar imaginäre Harpunen auf die umstehenden Grabsteine und rief: »Ich bin der Walfänger Mats! Ich bin der Glückliche Mats!« Im nächsten Moment lief er auf seine Schwester zu. »Und jetzt bin ich der Freibeuter Mats, und ich entführ dich. Und wenn Mama nicht das Lösegeld für dich bezahlt, komm ich mit dem Hammerbein.« Er packte Lisbeth, die schrie.

Paula ging dazwischen. »So, nun beruhigen wir uns alle wieder.«

Sie strich ihrem Sohn über die heiße Wange und klärte ihn über den Spruch mit dem Hammelbeine-Langziehen auf. Er war sichtlich enttäuscht, dass es keine zur Folter dienenden Hammerbeine gab, sondern er sich einfach nur verhört hatte.

Paula nahm den Asternstrauß, den sie gekauft hatte, aus dem Fahrradkorb und sagte zu den Kindern: »Wir gehen jetzt über den Kirchhof und schauen, wo wir den Strauß für Papa platzieren. Vielleicht gibt es eine Stele, die wir dafür nutzen können.« Zu Hause gingen sie regelmäßig zum Friedhof, um Blumen und Kerzen oder selbst gebastelte Kleinigkeiten auf Toms Grab abzulegen. Paula vermisste dieses Ritual noch mehr, als sie ohnehin erwartet hatte. Darum hatte sie heute Morgen spontan entschieden, einen Blumenstrauß mitzunehmen. Sie würden schon einen schönen Platz für Toms Blumen finden. Doch erst einmal führte Matijana sie zu der aus Sandstein gefertigten Grabplatte des Glücklichen Matthias, die in Latein beschrieben war. Paula hatte sich informiert und wusste, dass die Platte ursprünglich in der Kirche über dem Grab des Matthias Petersen gelegen hatte, wo er ehrenvoll vor dem Altar bestattet worden war. Doch weil seine Erben der Kirche die testamentarisch vermachten hundert Goldtaler schuldig geblieben waren, hatte man seinerzeit das Grab kurzerhand nach draußen auf den Friedhof verlegt.

Die Kinder betrachteten den Wal auf der Abbildung, was sie zu einem Spiel animierte, das sie »Wo Bilder drauf sind« nannten und sie von Grabstein zu Grabstein trieb. Während die beiden Frauen ihnen langsam über den Kirchhof folgten, entdeckten sie Abbildungen von Segelschiffen, Blumen, einem Bauernhof und sogar einem Pferdefuhrwerk samt Egge. Am häufigsten aber fanden sich auf den Grabsteinen die drei vereinten Symbole Kreuz, Herz und Anker. Paula erklärte den Kindern, dass diese Symbole für Glaube, Liebe und Hoffnung standen, als sie vor einem Familiengrabstein stehen blieben.

»Wirklich? Das wusste ich auch nicht«, meinte Matijana.

»Nun aber bleiben Glaube, Liebe, Hoffnung, diese drei; aber die Liebe ist die größte unter ihnen«, rezitierte Paula die bekannten Worte des Apostels Paulus an die Korinther. Sie strich über die raue Abbildung des Grabsteins. »Die drei Symbole erinnern uns an das, worauf wir als Christenheit vertrauen.«

Langsam gingen sie weiter über den ruhigen Friedhof, auf den es außer ihnen einige weitere Touristen verschlagen hatte, die sich für die alten Grabsteine interessierten.

»Ich freu mich so für dich«, sagte Paula, obwohl sie es Matijana während der Radtour hierher schon zweimal gesagt hatte, denn die Freundin war sich mit Erk Ahlsen einig geworden. Schon morgen würde Matijana in dem familiären Gartenbaubetrieb anfangen und Erk beim Pflanzen von Herbstblumen im Stadtgebiet von Wyk helfen.

»Hoffentlich mache ich alles richtig«, antwortete Matijana. »Aber Herr Ahlsen hat ja gesagt, dass es nicht schlimm ist, wenn ich am Anfang nicht so schnell arbeite wie er. Ich bin ja nicht geübt darin.«

»Genau«, meinte Paula. »Ich weiß einfach, dass alles gut werden wird, Mati. Vertrau darauf.«

Matijana strahlte sie an. »Danke, Paula. Andere Leute sagen mir auch manchmal, alles wird gut, aber bei dir klingt es anders.« Sie suchte einen Moment lang nach den richtigen Worten. »Wenn du es sagst, kann ich es einfach eher glauben. Du bist so positiv von tief innen heraus. Du trägst deinen Glauben in dir und gibst davon ab. Das tut mir unendlich gut.«

Paula kamen die Tränen. Matijana war selbst tief verwurzelt in ihrem Glauben an Gott. Es war einfach berührend, sie diese Worte sagen zu hören. »Ich danke dir, Mati. Lass uns immer daran festhalten: Gott ist mit uns, in unseren hellen und vor allem in unseren dunkelsten Stunden.«

Sie umarmten sich lange, bevor sie weitergingen. Das Kircheninnere betrachteten sie nur kurz, denn die Kinder wollten wieder nach draußen. Mats und Lisbeth entschieden, dass der Blumenstrauß für ihren Papa beim Glücklichen Matthias abgelegt werden sollte, was Paula gern zuließ. Tom hatte Sprechende Steine auf Friedhöfen geliebt. So viel Interessantes erfuhr man auf Grabsteinen aus früheren Zeiten, Tragisches und Schönes.

»Die sind hübsch«, sagte Matijana und sah zu, wie Paula die verschiedenfarbigen Astern in der mitgebrachten Friedhofsvase direkt vor dem hohen Stein ordnete. Wie ein letzter Sommergruß gaukelte ein Admiral über dem Strauß, als Paula sich erhob. Er ließ sich aber nicht darauf nieder, sondern flatterte davon.

»Wenn Tom mir Blumen mitgebracht hat, waren sie immer bunt gemischt. Das mochte er am liebsten.« Paula sagte diese Worte, ohne einen Kloß in ihrem Hals hinunterschlucken zu müssen. Die Erinnerungen hatten über die Jahre an Schmerz verloren und waren nun wie eine warme Salbe für das verwundete Herz, auch wenn das Loch darin sich nie ganz schließen würde.

»Es tut mir so leid, dass dein Mann tot ist«, sagte Matijana, trat näher an Paula heran und strich ihr zart über den Arm. »Familie ist das Wichtigste auf der Welt. Ohne meine Eltern möchte ich nicht leben.«

»Ja, dass das Schicksal gerecht ist, kann man wirklich nicht behaupten.« Paula hörte selbst den Hauch Bitterkeit in ihrer Stimme. »Ich kann es nun aushalten, aber für unsere Kinder hätte ich mir ein Leben mit ihrem Papa an ihrer Seite gewünscht.«

»Ich hätte Tom gern kennengelernt. Wenn dir noch etwas zu ihm einfällt, erzähle es mir gern.«

Paula streichelte Matijanas Wange. »Du bist so lieb.«

Sie hatte der Freundin während ihrer gemeinsamen Ausflüge und Treffen viel über Tom und ihr Leben mit ihm berichtet. Es hatte gutgetan, über ihn zu sprechen, und Mati hatte das wohl gemerkt. Toms Leben war kein einfaches gewesen. Seinen Vater hatte er nie kennengelernt, ja nicht einmal den Namen hatte er von seiner Mutter Birgit, die von allen nur Biggi genannt wurde, erfahren. In der Geburtsurkunde war der Name nicht vermerkt. Das erbarmungslose Schicksal hatte zu seinem größten Schlag ausgeholt, als Tom fünf Jahre alt gewesen war. Ein Verkehrsunfall hatte ihm die Mutter und deren Eltern genommen. Dass Tom so ein positiver Mensch geworden war, war zweifellos den Pflegeeltern zu verdanken, die ihn letztendlich adoptiert hatten. So war Tom mit zwei größeren Brüdern und liebevollen Ersatzeltern groß geworden. Paula und die Kinder trafen Toms Brüder mit ihren Familien regelmäßig, und auch seine noch lebende Pflegemutter. Die unter Demenz leidende Dreiundachtzigjährige verbrachte ihren Lebensabend in einem Hamburger Seniorenheim. In den Herbstferien würden sie Hannelore dort besuchen.

»Ich verstehe einfach immer noch nicht, wieso Tom immer von *Oma* Margrethe gesprochen hat«, meinte Paula zu Matijana. »Er konnte es sich als Erwachsener selbst nicht erklären, aber er wusste genau, dass er mit seiner Mutter immer zu dieser Oma Margrethe gereist ist.« Natürlich hatten sie recherchiert, aber es hatte keine Groß- oder Urgroßmutter mit diesem Vornamen gegeben.

»Omas sind so wichtig im Leben. Ich habe noch meine Oma Dora in Kroatien, und wir fahren regelmäßig zu ihr. Darum wünsche ich dir sehr, dass du das alte Haus findest, Paula. Dein Tom ist dort so glücklich gewesen.«

Weil Matijanas Gesichtsausdruck trübseliger wurde, hakte Paula sich bei ihr ein. »Komm, lass uns weitergehen.«

Entgegen Paulas Erwartung blieb Matijana jedoch stehen und löste ihren Arm aus Paulas.

»Was ist los, Mati?«

Matijana deutete auf die Blumen vor dem Grabstein. »Würde dir der Strauß auch noch gefallen, wenn ich die dunklen Astern nach hinten stecke und die helleren davor arrangiere?« Ihre Hände begannen zu zittern. »Bitte.«

»Nein, er gefällt mir, wie er ist«, sagte Paula und zog Matijana mit sich. »Wie gefallen dir die Gedichte von Joseph von Eichendorff?«, lenkte sie das Gespräch in eine andere Richtung, während sie den Kindern folgten, die bereits am Ausgang des Friedhofs auf sie warteten. Sie hatte Matijana in der vergangenen Woche zwei Gedichtbände ausgeliehen.

»Oh, sie sind wunderschön. Ich träume jeden Abend vor dem Einschlafen davon. Von der Liebe.« Matijana zögerte einen kleinen Moment. Ihr Blick war ernst. »Von der wahren Liebe, verstehst du?«

Paula nickte. Sie griff nach der Hand der Freundin, die immer noch leicht zitterte. »Irgendwann kommt der Richtige, Matijana. Du wirst sehen. Und wenn es nicht bald geschieht, geben wir eine Annonce auf: Bildhübsche junge Frau mit Sinn für Ordnung sucht Knopf- und Reißverschlussphobiker.«

Matijana lachte herzhaft auf und umarmte Paula. »Ich hab dich lieb. Und ich wünsche mir so sehr, dass du auch noch einmal dein großes Herz an einen Mann verschenken darfst, der dich verdient.«

∗∗∗

»Ich freu mich voll«, sagte Mats und eilte seiner Mutter und den Schwestern voraus zum Strandaufgang. »Henrik ist der beste Nachbar der Welt.«

Besagter hatte sich Mats' Wohlwollen verdient, weil er mittags kurz entschlossen zum »Würstchengrillen am Meer« eingeladen hatte. Paula hatte freudig zugesagt und angeboten, einen Nudelsalat beizusteuern.

»Super«, war Henriks Antwort gewesen. »Lena hat in Alkersum unseren leckeren Föhrer Inselkäse besorgt, Dorle backt Zupfbrot und bringt noch einen Knobidip mit, und der General steuert aus unerfindlichen Gründen eine Flasche Moët & Chandon Brut Impérial bei. Würstchen und Champagner – die Frau ist einfach unberechenbar.«

Paula lächelte vor sich hin, während sie Mats folgten. Die homogene Gästeschar versprach einen interessanten Abend. Henriks Schwester hatte sie am Nachmittag bereits getroffen, denn Lena hatte Boomer zu einem Spaziergang abgeholt und bisher nicht zurückgebracht.

Als könnte sie Gedanken lesen, sagte Lisbeth in diesem Moment: »Ich vermisse Boomi.«

»Wir sehen ihn ja gleich wieder«, tröstete Paula ihre Kleine, aber Lena und der Hund waren nicht zu sehen, als sie »die Insel« am Grevelinger Strand ansteuerten, wo Henrik und Dorle gerade Decken auf dem Sand verteilten. Auf dem einzigen Klappstuhl thronte mit roséfarbener Mütze und gleichfarbiger Steppjacke Ruth Vormbeck. In Händen hielt sie ein halb volles Champagnerglas.

Ihr Anblick dämpfte Mats' eiligen Schritt. Er wandte sich zu Paula um. »Die alte Nachbarin ist auch da«, flüsterte er missmutig.

»Du wirst es überleben.«

»Hm«, grummelte Mats, dann richtete er sich an seine große Schwester. »Gut, dass du deine Gitarre mitgenommen hast. Damit kannst du sie vielleicht vergraulen.«

Marie trat nach ihm. »So kacke spiele ich, oder was?«

»Nee, Alter, aber spiel einfach was Lautes. Das findet sie bestimmt schrecklich.«

»Ich befürchte eher, sie könnte gehen, weil eure Sprache ihr nicht gefällt«, sagte Paula streng. »So wenig wie mir.«

Die Ahmlings trafen bei der kleinen Gruppe ein, als sich aus Richtung Nieblum Lena und Richard mit Boomer näherten. Richards Arm lag locker um Lenas Schultern, während sie barfuß durch den Spülsaum auf sie zukamen.

»Sind die ein Paar?«, flüsterte Marie ihrer Mutter zu.

»Ich weiß es nicht«, antwortete Paula.

Sie interessierte vielmehr, wie es um Henrik und Dorle stand. Je länger der Abend wurde, desto mehr trat diese Frage in den Vordergrund, denn es war Paula unangenehm, wie Dorle sie ansah. »Unfreundlich« war noch der wohlwollendste Ausdruck für den Blick der jungen Insulanerin, wenn die blauen Augen sie musterten. »Feindselig« traf es wohl eher, aber Paula verbat sich, das zu denken. Schließlich hatte Dorle keinen Grund für solch ein Gefühl. Dennoch konnte Paula nicht verhindern, dass sich Aufregung in ihr ausbreitete. Wenn Henriks warme Finger ihre streiften, sei es beim Überreichen eines Tellers oder Glases, registrierte Paula es immer mit leichtem Herzklopfen. War es nicht so, als suchte Henrik einen Grund, sie zu berühren? Und war Dorle schlichtweg eifersüchtig?

Während des gemeinsamen Essens hing definitiv eine eigenartige Stimmung in der Luft. Henrik wirkte ungewohnt verkrampft, und Richards Schweigsamkeit übertraf alles bisher Dagewesene. Einzig die beiden Kleinen und Ruth Vormbeck schienen die negativen Schwingungen nicht zu spüren. Mats und Lisbeth plapperten munter, und die Nachbarin trug mit dem neuesten Föhrer Klatsch und Tratsch dazu bei, dass das Gespräch nicht gänzlich versandete.

Als Lena Marie nach dem Essen bat, auf der Gitarre zu spielen, erhob sich Ruth Vormbeck. »Das ist für mich der Zeitpunkt, mich zu verabschieden«, sagte die alte Dame.

Paula sah aus den Augenwinkeln, dass Mats den Daumen Richtung Marie hob, und hoffte, dass Frau Vormbeck es nicht bemerkte.

»Es wird doch langsam frisch um die Beine«, fuhr Ruth Vormbeck fort und wandte sich an den Gastgeber, der sich von der Decke erhob, die er sich mit Dorle teilte. »Herzlichen

Dank für die nette Einladung, Henrik. Die Lammbratwurst war vorzüglich.« Paulas Nudelsalat kam nicht ganz so gut weg. »Das nächste Mal ruhig ein bisschen mehr Sahne oder Mayonnaise, Frau Pastorin. So trocken bekommt man ihn nicht so gut runter.«

Richard grinste zum ersten Mal breit, und Dorles Lächeln trug nach diesen Worten einen hässlichen Anteil Zufriedenheit, allerdings nur, bis Frau Vormbeck zu ihr sagte: »Ihr Dip war herrlich cremig, meine Liebe, aber der Knoblauchanteil definitiv zu hoch. Üben Sie sich im Mengenverhältnis, dann wird er beim nächsten Versuch sicherlich großartig.«

Im nächsten Moment stand Marie auf und nahm das Gigbag. »Ich geh mit Ihnen nach Hause, Frau Vormbeck. Hier hängen voll die *bad vibes* in der Luft, und ich hab heute echt keine Lust auf erzwungene Lagerfeuerromantik mit Gitarre. Sorry, Leute.« Sie warf eine Kusshand in die Runde, bot der alten Nachbarin höflich ihren freien Arm und stapfte mit ihr durch den Sand zum Weg.

Schweigend blickten die Erwachsenen ihnen nach. Paula fand es bezeichnend, dass niemand Maries Aussage bezüglich der schlechten Schwingungen in Frage stellte.

»Wir werden auch gleich aufbrechen«, wandte sie sich an Mats und Lisbeth, die sich gerade gegenseitig mit Herzmuscheln bewarfen. »Morgen ist Schule, und wir müssen früh raus.«

»Erzähl uns doch vorher noch ein paar Anekdoten von eurer Reise«, bat Lena sie. »Benimmt Richard sich anständig?« Sie lachte, aber es klang in Paulas Ohren erzwungen.

»Er ist ein vorbildlicher Reisebegleiter«, antwortete Paula launig, um die Stimmung zu heben. »Es gibt nichts zu meckern.« Er ist mir und den Kindern ein guter Freund geworden, hätte sie gern hinzugefügt, aber sie beließ es bei der flapsigen Antwort, ohne dass sie den Grund dafür hätte benennen können.

»Fragst du auch deinen Bruder, ob er sich anständig benimmt, wenn er mit Paula auf Tour geht?«, wandte Richard sich barsch an Lena.

Lena warf Richard einen giftigen Blick zu, während Dorle den Korb abstellte, in den sie gerade den Rest des in ein Geschirrhandtuch gewickelten Zupfbrots gelegt hatte. Sie sah Henrik an. »Was soll das heißen?« Ihre Stimmlage schraubte sich in die Höhe. »Fährst du mit Paula auf Haussuche?«

»Ja, mit Paula und den Kindern«, sagte er leichthin, sah Dorle dabei aber nicht an, sondern stapelte die benutzten Teller übereinander. »Mir gefällt einfach die Idee, diese wundervolle alte Kate zu finden. Und warum soll ich nicht auch mal mit meinem Camper fahren?«

»Und du schläfst dann auch im Zelt?« Dorles Stimme flatterte. »So wie Richard?«

»Natürlich.« Er erhob sich und legte Geschirr und Besteck in die mitgebrachte Plastikkiste.

Paula fühlte sich schrecklich. Dorles Augen schwammen in Tränen, als sie »Wann?« ausstieß.

»Am letzten Ferienwochenende, wenn du es denn so genau wissen musst«, antwortete Henrik. Er klang verärgert.

»Na, dann …«, Dorle stand auf, griff nach ihren Sneakers, die im Sand lagen, und pfefferte sie ohne Rücksicht auf das Brot in den Korb, »viel Spaß!« Sie riss die Decke hoch und stopfte sie sich, ohne sie zusammenzulegen, unter den Arm.

»Komm doch mit uns, Dorle.« Die Worte waren raus, bevor Paula darüber nachdenken konnte.

»Was?«

»Was?«

Henrik und Dorle starrten sie an.

»Ich dachte nur …« Paula stammelte: »Du … du machst den Eindruck, Dorle, als würde es dich stören, wenn Henrik die Kinder und mich begleitet.«

Mit heißen Wangen blickte sie von der jungen Frau zu Henrik. War sie jetzt zu weit gegangen? Hatte sie das alles vielleicht falsch interpretiert?

»Du würdest mich mitnehmen?« Dorles Überraschung stand ihr ins Gesicht geschrieben.

»Der Nugget hat nur fünf Sitzplätze«, kam Henrik einer

Antwort von Paula zuvor. »Und ich würde dieses Affentheater jetzt gern beenden.«

»Komm, Dorle, ich bring dich nach Hause«, schaltete Lena sich ein. Sie warf ihrem Bruder einen scharfen Blick zu.

Paula war völlig verwirrt. Was war das zwischen Henrik und Dorle? Etwas, das Dorle berechtigte, eifersüchtig zu sein? Oder ging es die junge Frau nichts an, was Henrik tat? Paula beschloss, dass es besser war, die Angelegenheit heute Abend nicht mehr zu thematisieren.

»Kommt ihr zwei?«, rief sie stattdessen den Kindern zu, die mit Boomer am Spülsaum herumtobten. »Ab nach Hause.«

Die Schatten der Dämmerung ließen alle Konturen verschwinden, als Paula, die Kinder und die beiden Männer den Strand verließen. Dafür wurde das Signal des Wittdüner Leuchtturms auf Amrum klarer, und auch die vagen Lichter auf den Warften von Langeneß schienen heller. Mats und Lisbeth liefen mit Boomer voraus, während die Erwachsenen ihnen schweigend folgten. Die Leichtigkeit des Sommers war dahin. Und das lag nicht nur an den Temperaturen.

Als Paula im Bett war, weinte sie nach langer Zeit wieder einmal heftig in ihr Kissen. Sie weinte um Tom und um das, was mit ihm gegangen war: das so unsagbar glücklich machende, satte Gefühl, sich vom Partner geliebt zu wissen. Selbst zu lieben. Leidenschaft zu spüren. Sie wollte keine verwirrenden Gefühlswallungen und auch keine hässlichen Eifersuchtsdramen auslösen.

Als sie sich beruhigt hatte, faltete sie die Hände. »Gott, ich weiß Tom bei dir behütet. Aber ich vermisse ihn so.« Den Satz »Bitte lass mich nicht für immer allein sein« sprach sie nicht aus. Sie hatte die Kinder, ihre unendlich kostbaren Schätze. Sie war nicht allein. Anderen ging es viel schlechter.

***

Am Sonntagmorgen – es war der 8. Oktober – stand Paula im Talar von Lennart Bohnkamp gemeinsam mit der Küsterin am Eingang der Nieblumer St.-Johannis-Kirche und wartete auf die Gottesdienstbesucher, um sie mit Handschlag zu begrüßen. Marie hatte im Vorraum der alten Kirche die Aufsicht über die jüngeren Geschwister übernommen, die durch die Radfahrt hierher schon ein wenig von ihrem kindlichen Bewegungsdrang eingebüßt hatten, was für die nächste Stunde nicht schaden konnte.

Paula schüttelte mehr Hände als in Hamburg. Etliche Insulaner wollten beim Gottesdienst dabei sein – die Küsterin, die Paula hervorragend unterstützte, kannte sie alle persönlich und stellte sie ihr vor. Natürlich kam bei dem Besucherfluss auch der Urlaubsbonus dazu. Viele Touristen gingen im Urlaub in die Kirche. Sei es, weil sie hier die Zeit dazu fanden oder weil sie die Kirche sowieso besichtigen wollten und so das eine mit dem anderen verbanden. Paula freute sich über jeden einzelnen Besucher, insbesondere aber, als Matijana strahlend vor ihr stand und sagte: »Ich wollte dich überraschen, Paula.«

»Das ist dir gelungen.« Paula umarmte die Freundin voller Freude.

»Sag nur Papa und Mama nichts davon«, flüsterte Matijana ihr ins Ohr. »Was Ökumene angeht, leben sie im Mittelalter. Davon bringe selbst ich sie nicht ab.«

»Alles ist gut«, sagte Paula, und Matijana betrat die Kirche.

Paula war im nächsten Moment auf den Mann fixiert, der über den Friedhof gelaufen kam. Henrik begrüßte sie mit einer nicht gerade kurzen Umarmung und einem liebevollen »Toi, toi, toi«. Dann schüttelte er der Küsterin die Hand und verschwand im Vorraum.

Paula war nicht aufgeregt, während sie durch den Gottesdienst führte, betete, predigte, segnete … Ein Gottesdienst brachte Menschen immer zusammen, egal, wo man war. Hier und heute waren alle in dieser wunderbaren homogenen Gruppe vereint, die sich sonst nie getroffen hätte. Genau das war Gott für Paula. Gemeinschaft. Liebe.

Wyk auf Föhr, 8. Oktober

Mein Herz,
heute haben wir im Gottesdienst dein Lieblingslied ge-
sungen – ich weiß, ich suche es ständig aus, aber du bist
mir so nah, schon wenn die ersten Takte erklingen. Und
heute war es einfach wieder besonders, weil Marie das
Lied mit deiner Gitarre begleitet hat. Sie wollte unbe-
dingt die erste Strophe auf Englisch singen. »Ey, das ist
der Originaltext von Cat Stevens, Mama! Das ist ein
Must-have!« Sie hat dann auch selbst die Liederzettel
mit Text erstellt und mit Mats und Lisbeth in der Kirche
verteilt. Ich liebe das so sehr. In diesen Momenten weiß
ich, dass es nicht so falsch sein kann, wenn beide Eltern
Pastoren sind.
Und wie laut die Besucher plötzlich singen können, wenn
dieses Lied gespielt wird. Du hast es immer gesagt, und
es stimmt: Gemeinsames Singen gibt Kraft in Freud und
Leid. Ich bin so dankbar, dass es hier und heute in Freude
war.
Henrik, unser Nachbar, war auch da.
Ich habe gerade lange überlegt, ob ich dir das schreibe.
Weil ich einfach nicht weiß, ob er in einen Brief an dich
gehört. Aber es würde sich auch falsch anfühlen, Henrik
nicht zu erwähnen. Denn er beschäftigt mich, Tom, er ist
in meinen Gedanken so präsent. Irgendetwas zieht mich
zu ihm hin. Soll ich es auf seine braunen Augen schieben?
Das wäre zu einfach. Er ist nicht du. Ja, ich höre dich
jetzt lachen. Ich weiß selbst, dass das, was ich dir gerade
schreibe, nach Verliebtsein klingt, aber ... ach, ich weiß
auch nicht. Ich möchte einfach, dass du es weißt.
Es ist ein so unendlich gutes und warmes Gefühl, zu
wissen, dass ich dich immer lieben werde. Durch alle
Zeiten, egal, ob mich hier noch einmal ein Mann durchs
Leben begleiten wird. Ich weiß, wie sehr du dir für mich
wünschst, dass ich mein Herz noch einmal verschenke.

Aber es ist alles so verwirrend. Es ist nicht einfach. Und sollte Liebe nicht einfach sein?

Ich sollte es wohl auf mich zukommen lassen. Das würdest du doch auch raten, nicht wahr? Auf jeden Fall gibt es auch gute, nicht verwirrende Nachrichten: Marie und Mats werden in den Herbstferien ohne Libby und mich mit dem Zug nach Hamburg fahren. Jule und Ben erwarten die beiden schon sehnsüchtig. Bitte pass auf sie auf! Ich weiß ja, dass Marie auf Mats achtet, aber ... nun, meine Muttergefühle werden erst Ruhe geben, wenn sie beide wieder wohlbehalten bei mir sind.

Aber erst einmal starten wir noch alle gemeinsam wieder die »Aktion mysteriöses Haus«. Darauf freue ich mich riesig. Selbst Richard hatte gute Laune, als wir heute Nachmittag die Route besprochen haben. Überhaupt hat seine Laune sich grundlegend zum Besseren gewendet, wenn ich an unsere ersten Begegnungen zurückdenke. Ein Zeichen, dass es mit seinem Buch läuft ...

Ich werde natürlich wieder versuchen herauszufinden, was alles so in ihm vorgeht. Er ist eine harte Nuss, aber ich habe schon andere geknackt. Ja, lach nur, ich bin und bleibe nun mal neugierig auf Menschen, und auf einige eben besonders. Ich könnte diesmal vielleicht Licht ins Dunkel bringen, wer die Frau ist, mit der er es »vermasselt« hat.

Aber nun werde ich schlafen gehen, mit Gottesdienst-Ohrwurm, gespielt von Marie auf deiner Gitarre. Du und sie müsst mir verzeihen, dass ich auch die deutsche Version liebe. »Morgenlicht leuchtet, rein wie am Anfang ...« Es gibt schlechtere Gute-Nacht-Lieder.

Schlaf du auch gut, mein Herz.

Zwölf

Schöne Erinnerungen sind Geschenkpäckchen
mit Regenbogenschleife.

»Am besten war der Autoscooter, Richard, und am zweitbesten der Jumper.« Mats beugte sich so weit aus dem Fond des Ford Nuggets vor, wie der Gurt es zuließ. »Die Achterbahn war total lahm. War für Mädchen.« Diese Aussage brachte ihm einen Ellenbogenkick von Marie ein, was ihn aber nicht scherte. »Mama hat aber voll gekreischt«, fuhr er munter fort. »Und sie musste ihren Zopf festhalten, damit der nicht durch die Luft flog und wie so 'ne dicke Leine abstand.«

»Danke für das anschauliche Bild, Mats«, sagte Paula trocken, während sie Boomer auf ihrem Schoß kraulte. Seit zehn Minuten berichtete Mats Richard von dem Jahrmarktsbesuch am Wochenende, der, wie Paula von Henrik erfahren hatte, *das* Jahresereignis schlechthin für die Insulaner war. Entsprechend voll und laut war es dort gewesen. Paula hatte noch das Gedudel und die grellen Lichter der Buden und Fahrgeschäfte im Kopf.

»Magst du auch am liebsten Zuckerwatte?«, fragte Mats Richard.

Der schüttelte sich gespielt. »Ist mir viel zu süß. Ich bevorzuge auf Jahrmärkten eine Bratwurst. Und gebrannte Mandeln.«

»Die ja gar nicht süß sind«, kam es von Marie, ohne dass sie von ihrem Handy aufblickte.

»Gebrannte Mandeln haben wir für Ben gekauft«, berichtete Mats weiter. »Der mag die auch so gern.«

Paula freute sich für ihre beiden Großen, dass sie in der kommenden Woche ihre Freunde in Hamburg treffen würden, und war gleichzeitig jetzt schon nervös. Eine ganze Woche ohne Mats und Marie zu sein, das hatte es noch nie gegeben.

Doch daran wollte sie jetzt nicht denken. Nun waren sie erst einmal alle zusammen unterwegs. Sie hatten die Neun-Uhr-fünfunddreißig-Fähre nach Dagebüll genommen und hinter Büsum wieder an der Deichstrecke angesetzt, die sie zuletzt abgegrast hatten.

Marie war ein wenig maulig, wofür Paula durchaus Verständnis hatte. Schließlich würde sie ihren Jeppe eine ganze Woche lang nicht sehen. Sie behauptete zwar, dass das nicht der Grund für ihre schlechte Laune sei, aber Paula glaubte ihr nicht. Ein Blick nach hinten verriet, dass Marie nun mit geschlossenen Augen dasaß. Vielleicht sah sie sich wieder mit Jeppe im Autoscooter die Freunde rammen? Oder am Liebesapfel naschen? Lisbeth war damit beschäftigt, eine Handvoll Pixibücher durchzugucken, wobei sie leise vor sich hin brabbelte.

Keines der Kinder interessierte sich mehr für das Ausschauhalten nach der Reetdachkate, und Paula konnte es ihnen nicht verübeln, denn sie suchten nun schon so lange so erfolglos. Sie selbst genoss nach wie vor die Fahrt durch das flache Land, wo die riesigen, zum Teil bereits abgeernteten Kohlfelder jetzt der Hingucker waren. In jedem Hofladen luden die großen roten und hellgrünen Kohlköpfe zum Kauf ein. In Gedanken hatte Paula schon den Speiseplan für die nächsten Wochen erstellt. Weißkohl-Hack-Auflauf, Rot- und Weißkrautsalat und das Lieblingsessen ihres Vaters: Weißkohl mit Mettenden, Kartoffeln und Zwiebelsoße. Den Gedanken, dass sie lieber fettarme Kohlsuppe kochen sollte, verscheuchte sie schnell. Sie hatte, seit sie auf Föhr waren, zwei Kilo zugenommen, was zweifellos der ständigen Pfannkuchenfutterei zu verdanken war. Der Hosenbund saß nicht mehr ganz so locker, aber solange sie den Knopf beim Sitzen noch nicht öffnen musste, brauchte sie noch keine drastischen Maßnahmen zu ergreifen.

Sie hatten Büsum längst hinter sich gelassen, aber sie würden nachher dorthin zurückkehren, weil Richard auf dem ihnen bekannten Stellplatz zwei Übernachtungen gebucht hatte. So konnten sie morgen und übermorgen wieder von dort starten. Das war okay, denn viel Strecke war nicht mehr abzufahren.

Henrik hatte mit ihr und Richard vereinbart, dass er am Donnerstag nach Brunsbüttel kommen würde, um Richard dort abzulösen und die Elbdeich-Strecke südlich des Nord-Ostsee-Kanals zu übernehmen. Wenn es dazu überhaupt noch kam, denn vielleicht entdeckten sie das Haus heute oder morgen. Paula war hin- und hergerissen, ob sie es sich wünschen sollte. Natürlich wollte auch sie Oma Margrethes Kate endlich finden, aber dann wäre die Suche zu Ende, und das Wochenende mit Henrik würde ausfallen.

»Tom hat immer gesagt, dass Oma Margrethe am Meer wohnte«, sprach Paula ihre Gedanken laut aus, während sie Boomer kraulte. »Also müssten wir doch jetzt langsam mal am Ziel sein, oder?« Sie sah Richard an. »Ich bin mir sicher, dass wir in den nächsten Tagen erfolgreich sein werden. Der Elbdeich kann es doch gar nicht sein.«

Richard hielt einen Moment lang ihrem Blick stand, dann wandte er sich wieder der Straße zu.

Warum sagte er nichts?

Als er endlich sprach, klang er seltsam angespannt. »Möchtest du nicht mit Henrik auf die Suche gehen? Oder warum hoffst du, dass das Haus nicht an der Elbe liegt?«

»Ich habe nicht gesagt, dass ich es hoffe. Ich habe gesagt, dass es nicht sein kann.«

»Tatsächlich kann es sogar sehr gut sein. Einen Deich wie diesen …«, Richard patschte auf das Foto, das sie wieder mit einem Klebestreifen am Armaturenbrett befestigt hatte, »haben wir doch hier nirgends gesehen.«

»Aber Tom war *am Meer*.«

»Tom war fünf Jahre alt. Die Wahrscheinlichkeit, dass ihm als Steppke der Fluss als Meer erschien, ist nicht so klein. Immerhin ist die Elbe am unteren Ende bestimmt drei Kilometer breit.«

Paula blickte wortlos aus dem Seitenfenster. Richard hatte recht. Mit einem Seufzer wandte sie sich ihm zu. »Dann könnte die Suche noch dauern.« Und das Wochenende mit Henrik würde stattfinden.

Richard blieb schweigsam, bis sie Friedrichskoog-Spitze erreichten, wo wieder mehr touristisches Leben herrschte.

»Habt ihr Lust auf Minigolf?«, wandte er sich unerwartet an die Kinder, während sie langsam die Hauptstraße entlangfuhren.

Paula wunderte sich. Nicht über die begeisterten Ja-Rufe von der Rückbank, sondern über die Tatsache, dass Richard es angeboten hatte. Wollte er heute nicht mehr schreiben?

Die Frage beantwortete er im nächsten Moment. »Wir können dann heute Nachmittag noch ein Stück des alten Deichs abfahren. Ich werde heute nicht mehr schreiben.«

»Aha?«

Richard sah sie an. »Mein Abgabedatum für das Buch ist noch in weiter Ferne, und ich liege gut in der Zeit. Aber vor allem: Ich liebe Minigolf.« Mit Blick in den Rückspiegel sagte er launig: »Ihr werdet blass vor Neid werden. Ich bin unschlagbar.«

Diese Kampfansage entlockte sogar Marie ein fröhliches Lachen. »Um was wollen wir wetten, dass du nicht gewinnst?«

»Um die Ehre.«

»Laaangweilig«, meinte Mats. »Ich finde, wir wetten um ein Pizzaessen heute Abend.«

»Du weißt schon, dass ihr mich von eurem Taschengeld einladen müsst, wenn ich gewinne?«, sagte Richard und fuhr auf einen Parkplatz.

»*Du* wirst *uns* einladen«, prophezeite Marie siegessicher.

»Wir holen Tiefkühlpizza, oder?« Mats sah Paula mit großen Augen an, als sie am Spätnachmittag auf dem Büsumer Campingplatz aus dem Nugget stiegen. »Sonst ist mein ganzes Taschengeld weg, wenn wir in die Pizzeria gehen.«

»Das hättet ihr euch vorher überlegen sollen«, antwortete Paula mitleidlos. »Wer wettet, muss damit rechnen, zu verlieren. Außerdem würde es ewig dauern, wenn wir im Minibackofen des Campers nacheinander fünf Pizzen aufbacken.«

Richard reckte sich ausgiebig. »Ach, ich freu mich schon auf meine Calzone. Oder nehme ich eine Tonno?«

Mats klang alarmiert. »Was ist billiger?«

»Das frage ich mich auch gerade«, meinte Richard. »Ich nehme nämlich die, die teurer ist.«

Mats musterte ihn finster. »Das ist voll fies.«

»Libby ist raus, die kriegt ja noch kein Taschengeld, aber wir beide teilen uns doch Richards Pizza«, wandte Marie sich an ihren Bruder. »So teuer wird das also gar nicht.«

»Und was glaubt ihr, wer eure, Lisbeths und meine Pizza bezahlt?«, hakte Paula nach.

Mats sah sie an, als tickte sie nicht richtig. »Du natürlich.«

»Ich habe aber nicht um ein Abendessen gewettet. Und selbstverständlich werde ich nicht die Hauptlast tragen.«

Das Grinsen unter Richards buschigem Bart wurde noch breiter. »Solange ihr das aushandelt, suche ich mal die Sanitäranlagen auf. Und google nach der besten Pizzeria am Platz.«

Das Pizzaessen endete schließlich zur Zufriedenheit von Marie und Mats. Sie mussten zwar Richards Calzone bezahlen – darauf bestand er –, aber den Mammutteil der Rechnung übernahm Richard. Paula hatte sich unbedingt beteiligen wollen, aber das hatte er strikt abgelehnt, da die Wette nicht ihre Idee gewesen war. Und so hatte sie sich letztlich geschlagen gegeben.

Nun waren sie zurück auf dem Campingplatz. Lisbeth schlief schon, Mats durfte auf dem unteren Bett noch ein wenig lesen. Auch Marie hatte sich nach einer Katzenwäsche direkt zurückgezogen, sodass Paula und Richard allein am Campingtisch saßen, von den Tieren einmal abgesehen. Boomer lag zu Richards Füßen, Mr. Stringer hatte sich auf Paulas Schoß eingekringelt, ließ sich von ihr kraulen und schnurrte in die Dunkelheit, die jetzt schon früh einsetzte. Paula vermisste die hellen, lauen Sommerabende. Es war zwar trocken heute Abend, aber die Kühle des Oktoberabends kroch die Beine hinauf.

Als sie den Reißverschluss ihrer Fleecejacke bis ans Kinn hochzog, fragte Richard: »Möchtest du etwas Heißes? Einen Tee oder eine Schokolade?«

»Einen Rotbuschtee würde ich tatsächlich gern nehmen«, antwortete sie erfreut.

Wenig später stellte er einen dampfenden Becher vor ihr ab. Er hatte sich selbst auch einen Tee gemacht.

Weil es gerade so gemütlich war, fragte Paula: »Du sagtest, du bist mit deinem Buch gut in der Zeit. Als wir auf Föhr ankamen, hattest du ja eine lang anhaltende Schreibblockade, oder? Woran liegt es, dass du jetzt so einen Flow hast? Kannst du das an einem bestimmten Input festmachen? Oder hat es einfach irgendwann klick gemacht?«

Richards eben noch entspanntes Gesicht verkantete sich. Fast erwartete Paula, seine Kiefer würden zu mahlen beginnen. Was hatte sie nun wieder falsch gemacht? Sie hatte doch nur ein paar einfache Fragen gestellt, die ja nun wirklich nicht *so* persönlich waren. »Du machst irgendwie ein Geheimnis um dein Buch«, sprach sie aus, was sie beschäftigte. »Warum?«

Er holte tief Luft. Doch als er zu sprechen ansetzte, klingelte Paulas Handy, das vor ihr auf dem Campingtisch lag. Sie warf einen Blick auf die Nummer. Wider Erwarten waren es nicht ihre Eltern. »Das ist mein Chef«, sagte sie verwirrt und griff nach dem Smartphone.

»Um diese Zeit?«, fragte Richard.

»Das wundert mich auch«, murmelte Paula und nahm das Gespräch an. Richard stand auf und ging mit dem Becher in der Hand Richtung Campingplatzausgang, wohl um ihr Privatsphäre zu bieten, doch Paula registrierte es kaum, denn der Grund des pröpstlichen Anrufs war außergewöhnlich.

Paulas Tee war nicht mehr heiß, als sie sich von ihrem Chef verabschiedete. »Wir sehen uns dann morgen in Hamburg.«

»Ist alles gut?«, fragte Richard, als er Minuten später zurückkam und sich wieder setzte.

»Für mich schon, aber nicht für eine syrische Familie, die gestern ihr letztes Hab und Gut, das schon wenig genug war, durch einen Brand verloren hat«, klärte Paula ihn auf. Sie erzählte ihm von der jungen Familie mit den vier Kindern, die von ihrer Kirchengemeinde in Hamburg betreut wurde und nun kurzfristig bei einem der Kirchengemeinderäte Unterschlupf gefunden hatte. »Propst Ludewig hat mich gefragt, ob die Familie nicht so lange im Pastorat wohnen könne, bis eine geeignete Wohnung gefunden ist.«

Richard hatte aufmerksam zugehört. »Was hast du geantwortet?«

»Ich habe natürlich Ja gesagt. Wir sind schließlich nicht da, und die Wohnung steht leer.« Sie nahm einen Schluck des lauwarmen Tees und umschloss den Becher mit den Händen. »Das heißt, dass wir unsere Suche nach der Kate hier und jetzt abbrechen müssen. Ich muss morgen nach Hamburg, denn ich möchte die Familie gern selbst im Pastorat willkommen heißen und vorher noch einige persönliche Dinge und Unterlagen aus der Wohnung holen.« Sie drückte die Finger an die Schläfen, denn ihr Schädel begann zu brummen. So kurzfristig zu planen, erforderte einige Überlegung. »Vielleicht könntest du uns nach dem Frühstück zum Bahnhof bringen?«, wandte sie sich an Richard.

»Nein, das mache ich nicht.«

»Was?« Paula starrte ihn an.

»Jetzt guck nicht so entsetzt. Ich fahre euch natürlich nach Hamburg.«

»Oh.« Etwas Steiniges plumpste von ihrer Brust zurück an den unbekannten Platz, wo es hergekommen war. »Das ist wirklich großzügig von dir, Richard. Ich weiß gar nicht, ob ich das annehmen kann. Schließlich sind das meine persönlichen Angelegenheiten.«

Er atmete ein wenig genervt, wie es schien, tief ein und aus. »Und die Suche nach Toms Haus ist nicht persönlich? Nimm es einfach an. Du hilfst fremden Menschen, ich helfe dir.«

Sie schenkte ihm ein Lächeln, das tief aus dem Herzen kam. »Danke.«

Seine Antwort war ein Lächeln, das ihrem in nichts nachstand. Er stand auf. »Dann werde ich mich mal zu den Sanitäranlagen aufmachen. Wenn wir morgen direkt nach dem Frühstück starten, sind wir noch vor Mittag in Hamburg.«

Sie blickte ihm nach, als er in sein Zelt kroch, um den Kulturbeutel zu holen. Er sollte unbedingt öfter so lächeln, dachte sie, denn es fühlte sich wie ein Geschenk an.

Am nächsten Morgen herrschte das übliche Chaos plus der Zusatzaufregung, die die Planänderung bei den Kindern auslöste. Mats und Marie freuten sich riesig, weil sie meinten, ihre Hamburger Freunde früher als erwartet wiederzusehen. Diesen Zahn zog Paula ihnen aber gleich.

»Dafür wird leider keine Zeit sein. Wir werden ein paar Stunden zu Hause im Pastorat verbringen und alles einpacken, was nicht für fremde Augen bestimmt ist. Dann möchte ich, wenn wir schon in Hamburg sind, unbedingt Oma Hannelore besuchen und zum Schluss Papas Grab. Und dann wird es spät genug sein, und wir werden zurückmüssen.«

Lisbeth freute sich. Ihre Worte kamen aus tiefstem Kinderherzen. »Ich fahre gern wieder zurück. Ich will immer lieber auf Föhr sein. Da ist das so schön.« Nach einem Moment des Überlegens setzte sie hinzu: »Wir können da für immer wohnen. Aber Omi und Opi müssen auch kommen.« Prompt stiegen ihr Tränen in die braunen Augen. »Ich vermisse Omi und Opi.«

Paula erklärte ihr, dass sie nicht direkt auf die Insel zurückfahren, sondern weiter nach dem Haus suchen würden. Sie tröstete Lisbeth aber mit dem Versprechen auf ein Facetime-Gespräch mit ihren Großeltern. Dann gab es ein Hin und Her um die anstehenden Aufgaben: Brötchen holen, das Katzenklo reinigen und den Frühstückstisch decken.

»Ich gehe jetzt mit Libby duschen«, entschied Paula, als Mats und Marie sich angifteten, weil keiner von beiden Mr. Stringers Klo sauber machen wollte. »Wenn ich wiederkomme, ist es erledigt.«

Richard war bereits zum Waschraum aufgebrochen.

Im Sanitärbereich der Frauen war einiges los, sodass Paula und Lisbeth warten mussten. Sie nutzten die Zeit zum Zähneputzen und einem Plausch mit einer der Campingnachbarinnen. Paula war dankbar, dass keine der anderen Frauen ein Gebiss herausnahm, denn es sah aus, als lauerte Libby darauf. Dann duschten sie gemeinsam und schäumten sich gegenseitig die Haare ein, was Lisbeth gefiel, denn Paula ging dafür vor ihr in die Knie.

»Darf ich heute beim Frühstück aufzählen?«, fragte Lisbeth, während sie sich anzogen. »Ich will Erdbeermarmelade und Milch und Gurken aufzählen.«

»Das darfst du«, versprach Paula ihr.

Marie war inzwischen dazugestoßen und in einer der Duschkabinen verschwunden. »Ich dusch heute ohne Haare. Wartet ihr auf mich?«, rief sie heraus.

»Ja«, rief Paula zurück. »Wir müssen sowieso erst unsere Haare föhnen.« Im Sommer hatten sie ihr Haar an der Luft trocknen lassen, doch dafür war es jetzt entschieden zu kalt. Lisbeths feines Blondhaar war schnell trocken. Paula beließ es bei sich selbst beim Föhnen des Ansatzes, dann flocht sie ihren langen Zopf, der ruhig an der Luft trocknen durfte.

»Wir warten draußen auf dich«, sagte Paula zu Marie, die sich anzog. »Hast du Mats zum Katzenkloreinigen überreden können?«

»Ich hab ihm eine Tüte Gummibärchen versprochen, wenn er es macht. Darauf ist er eingegangen.«

Paula schüttelte den Kopf, als sie mit Lisbeth nach draußen ging. Im nächsten Moment zuckte sie zusammen, denn ein gellendes »Mama!« klang über den Platz. Es war eindeutig Mats. Sie war durchaus einiges an Schreien von ihm gewohnt, aber diesmal begann ihr Herz zu galoppieren. Panik klang durch das zweite »Mama!«, und dann kam er angerannt.

Paula lief ihm entgegen. »Mats! Was ist los?« Ihr Blick umfing ihn. Er sah unverletzt aus.

Mit hochrotem Kopf deutete er hinter sich. »Ein Mann hat den Nugget geklaut!«

»Was?« Paula starrte ihn an. Von hier aus war der Stellplatz nicht einzusehen, denn mehrere größere Wohnmobile parkten vor ihnen.

Anscheinend hatte auch Marie die Schreie des Bruders gehört, denn sie hastete aus dem Waschbereich, die Zahnbürste noch in der Hand. »Was ist los?« Sie sah mehr als erschrocken aus, wohl auch, weil Lisbeth herzerweichend zu weinen begann.

»Ein Mann hat unser Nuggi geklaut«, berichtete die Kleine ihrer großen Schwester unter Tränen. »Ein böser Mann.«

»Was?« Marie blickte verwirrt von Paula zu Mats.

»Nun kommt endlich!«, forderte der aufgebracht und zerrte an der Hand seiner Mutter.

Hastig folgten sie ihm zum Stellplatz. Der Nugget war tatsächlich verschwunden. Einsam standen der Campingtisch und die Stühle auf der Rasenfläche.

»Vielleicht ist Richard damit weggefahren«, sinnierte Paula. Es war einfach zu unwahrscheinlich, dass am helllichten Morgen, wo so viel Leben auf dem Platz herrschte, ein Fremder ihren Camper stahl.

»Mensch, ich hab den Mann gesehen!« Mats war immer noch außer sich. »Das war nicht Richard. Den kenn ich ja wohl. Der wollte duschen.«

»Oh Gott, Boomer. Und Mr. Stringer«, murmelte Paula, als ihr bewusst wurde, dass die Tiere im Wagen waren. »Alles ist gut«, sagte sie im nächsten Moment, weil Lisbeth noch lauter weinte. »Das wird sich alles schnell aufklären. Was hast du genau gesehen?«, fragte sie Mats und fasste ihn an beiden Händen, damit er aufhörte, hibbelig hin und her zu laufen. »Kanntest du den Mann? Vielleicht hat ja Herr Toelke, der Platzwart, den Nugget aus irgendeinem Grund an einen anderen Ort gefahren?«

»Nein, den kannte ich nicht«, blieb Mats aufgelöst. »Das war nicht Herr Toelke. Du musst die Polizei rufen, Mama. Ich kann den Mann beschreiben. Der hatte die Hautkrankheit, die Lunas Mutter hat.«

»Was?« Paula starrte ihren Sohn an. Luna war eine Hamburger Klassenkameradin von Mats, deren Mutter die Weißfleckenkrankheit hatte. »Der Mann hatte Hautflecken?«, hakte sie ungläubig nach.

Von Lisbeths Weinen und Mats Schreien angelockt, scharten sich inzwischen einige Paare aus den Nachbarmobilen um sie. Marie klärte sie auf, was passiert war.

»Kannst du bitte Richard aus dem Sanitärbereich holen?«, wandte Paula sich an ihre große Tochter, die gleich loslief. Da Lisbeth immer noch herzzerreißend weinte und Mats nicht ruhiger wurde, war sie dankbar, als sie den Platzwart auf sich zukommen sah, nachdem er kurz mit Marie gesprochen hatte, die nun weiter zu den Duschen lief.

»Was ist hier los?«, hakte Platzwart Toelke nach, als er bei ihnen war.

»Die Polizei muss kommen! Unser Camper ist weg!«, berichtete Mats, bevor Paula ein Wort sagen konnte.

»Vielleicht tatsächlich geklaut«, mischte sich einer der Umstehenden ein. »Wir haben aber nichts gesehen, nur gehört, wie der Ford wegfuhr. Steckte denn der Schlüssel?«, wandte der Mann sich an Paula.

Ihr Blick ging direkt zu Mats. »Hast du wieder Reiseleiter gespielt?«

»Nein, echt nicht! Ich schwör's!«

Sie seufzte. Mats sagte die Wahrheit. Sein sonnengebräunter Jungenhals war fleckenfrei. Fast flehentlich blickte sie zu den Sanitäranlagen. Wo blieb Marie mit Richard?

Als wäre ihr Wunsch direkt erhört worden, kam Marie angelaufen. Aber ohne Richard.

»Boomi soll wiederkommen«, weinte Lisbeth neben ihr erneut bitterlich auf. »Und Mr. Stringer.«

Paula nahm Lisbeth auf den Arm und küsste die feuchten Wangen. Sie fühlte sich überfordert, weil alle durcheinanderredeten, dazu das Weinen …

Im nächsten Moment schälte sich die energische Stimme des Platzwarts aus allen anderen heraus. »Da! Da ist Ihr Camper doch.«

Erleichtert sah Paula den Ford Nugget auf sich zukommen.

»Das ist der Mann!« Mats' Stimme überschlug sich, während sich der Wagen langsam näherte. »Der Dieb!«

Paula stockte eine Sekunde lang der Atem. Nicht weil Boomer auf dem Beifahrersitz saß, sondern weil der Mann auf dem Fahrersitz tatsächlich helle Hautflecken im Gesicht hatte.

Dann fuhr der Autodieb die Scheibe runter und fragte: »Was ist denn hier los? Könnt ihr bitte mal Platz machen, damit ich einparken kann?«

Mats und Paula klappte zeitgleich der Mund auf, und Lisbeth hörte auf zu weinen, während Marie ein ungläubiges »Richard?« ausstieß.

Es folgte ein »Ach du Kacke« von Mats, während Lisbeth fröhlich rief: »Boomi! … Richard hat unseren Nuggi gefunden!«

All das bekam Paula kaum mit, weil sie lauthals lachte. Sie konnte gar nicht damit aufhören.

»Krasse Typveränderung, Richard«, meldete Marie sich wieder zu Wort. »Steht dir voll gut. Ich würde dich jetzt buchen.«

Düster sah Richard sie an. »Hör auf mit dem Quatsch. Ich war nur beim Friseur.«

»Der hat jetzt aber drei Kilo Haare im Mülleimer«, blieb Marie unbeeindruckt von seiner grimmigen Stimme, und Paula, die gerade versuchte, sich wieder einzukriegen, lachte erneut los.

Richard sah jetzt richtig sauer aus, als er zu Marie sagte: »Deine Mutter findet mich lächerlich.«

»Nein, nein«, wehrte Paula ab und wischte sich über die Augen, um den Tränenschleier zu entfernen. »Absolut nicht. Es ist nur … Wir dachten, der Wagen wäre geklaut worden.« Sie wuschelte ihrem Sohn durchs Haar. »Mats dachte, er hätte den Dieb gesehen. Einen Mann mit *Hautkrankheit*.«

Mats wehrte ihre Berührung genervt ab. »Kann man doch auch glauben. Kann ich ja nicht wissen, dass Richard in echt so aussieht.«

Richards Hand fuhr über den blassen Teil des Gesichts und des Halses, wo der dichte Bart die UV-Strahlen der Sonne abgehalten hatte. »Spinnt ihr alle? So auffällig ist es ja nun auch wieder nicht.«

»Na ja, das kann man so oder so sehen«, brummte Platz-wart Toelke. »Aber Hauptsache, die Aufregung war umsonst.« Er tippte sich an einen imaginären Hut. »Schönen Tag euch allen.«

Die Gruppe löste sich auf, und Richard fuhr den Nugget an seinen Platz.

Beim Frühstück blieb Richards Typveränderung zu seinem Leidwesen Gesprächsthema Nummer eins. »Wenn ich noch mehr dumme Tipps höre, wie ich die ungebräunten Hautstellen schnell braun kriege, setze ich euch alle auf dem nächsten Kohlacker aus«, versuchte er die Sache zu beenden und fügte leiser hinzu: »Hätte ich nur damit gewartet.«

»Das wäre schade gewesen«, meinte Marie. »Du bist so ein gut aussehender Mann, Richard. Stimmt doch, Mama?«

Paula fühlte sich ertappt. Immer wieder musste sie Richard ansehen. Ohne Bart und mit dem kurzen Haar sah er nicht nur jünger aus, sondern das Markante seines Gesichts trat hervor. Die schmalen Wangen, das kräftige Kinn ... Und doch war es etwas nicht so Offensichtliches, das die Veränderung ausmachte. Er strahlte eine Leichtigkeit aus, die vorher nicht da gewesen war. Sie kam aus seinen Augen, sie lag in der Entspanntheit seiner Gesichtszüge.

Die einzig wahre Antwort auf Maries Frage wäre gewesen: »Ja, Richard ist ein gut aussehender Mann.« Warum sie sich für eine andere Antwort entschied, wusste sie selbst nicht, aber sie war raus, bevor sie weiter darüber nachdenken konnte. »Lena wird sich freuen, dass du dich rasiert hast und beim Friseur warst.«

Richards Gute-Laune-Miene fuhr eine Stufe runter. »Und ich dachte, *ich* wäre der Meister der blöden Bemerkungen.«

»Oha, *Beef*«, kommentierte Marie das Gesagte und sah ihre Mutter an.

Paula hatte heiße Wangen bekommen. Es ging sie ja nun wirklich nichts an, was Lena mit Richard hatte oder auch nicht. »Ich dachte nur, weil sie bei unserem ersten Aufeinandertreffen deinen Bart so schrecklich fand.«

»Alle fanden ihn schrecklich. Aber ich habe ihn abgenommen, weil *für mich* und für niemand anderen sonst genau jetzt der richtige Zeitpunkt dafür war.«

Puh, er war aber auch empfindlich. »Also bist du mit deinem Buch auf der Zielgeraden«, sagte Paula. Das erklärte die Leichtigkeit, die er nun ausstrahlte. »Ich freu mich so für dich.«

Richard sah sie schweigend an, dann nickte er. »Wir sollten jetzt zusammenpacken. Sonst steht die syrische Familie vor dem Pastorat, und ihr seid nicht da.«

Büsum, 17. Oktober

Lieber Tom,
in unserem Pastorat wohnt jetzt Familie Hamad für einige Zeit. Sie waren so glücklich, einen so schönen Unterschlupf für die nächsten Wochen gefunden zu haben.
Marie hat im Vorwege jede Ecke ihres Zimmers durchsucht, ob nicht irgendwo noch irgendetwas Peinliches herumliegt. Noch nie war ihr Zimmer so perfekt aufgeräumt. ☺
Lisbeth hat sich riesig gefreut, ihr Zimmer wiederzusehen, obwohl sie gerade noch behauptet hatte, sie wolle immer auf Föhr wohnen. Aber es war dann letztlich für sie in Ordnung, dass Bahira und Esma darin schlafen würden. Die beiden waren aber auch zuckersüß.
Mats hat als Einziger einen kleinen Aufstand hingelegt, weil der achtjährige Anas sich direkt auf den Karton mit deiner alten Carrera-Bahn gestürzt hat, Tom. Die Bahn hat Mats ewig nicht interessiert, aber nun wollte er sie »unbedingt mit Lasse auf Föhr aufbauen«. Um das Affentheater zu beenden, haben wir letztendlich einen Kompromiss geschlossen. Mats durfte die Bahn mitnehmen und wird sie behalten, bis wir im Advent deine Brüder in Hamburg besuchen. Dann bringen wir Anas das Spielzeug, das bis dahin bestimmt nicht ein einziges Mal

aufgebaut wird, weil Mats mit seinem neu gewonnenen Schulfreund Lasse viel lieber draußen spielt.

Richard hat mich wieder einmal überrascht. Wie einfühlsam er mit der Familie Hamad umging. Sie hatten auch gleich ein Gesprächsthema, denn Richard war vor drei Jahren in dem Flüchtlingscamp auf Samos, in dem die Hamads zwei Jahre lang gelebt hatten, bevor sie nach Deutschland kamen. Ich bin so dankbar, Tom, dass ihre Asylanträge genehmigt wurden.

Dann haben wir Hannelore im Heim besucht. Sie hat wieder gefragt, wer ich bin. Es macht mich immer noch so traurig, sie in ihrer Demenz zu erleben. Es gibt wohl keine Gewöhnung daran. Aber körperlich hat sie nach wie vor viel Energie und ist ganz fröhlich. Insbesondere Lisbeth hat sie erfreut. »Du hübscher kleiner Engel«, hat sie zu ihr gesagt. Und sie hat Mats wieder ganz lange angeguckt. Ich glaube wirklich, sie sieht dich in ihm, aber sie nennt weder deinen noch seinen Namen. Ich merke jedoch an ihrem Blick, dass sie eine Antwort in sich sucht. Und dass sie diese Antwort nicht finden kann, berührt mich schmerzlich. Marie hat es heute nicht über sich gebracht, mit uns zu gehen. Sie hat mit Richard beim Auto gewartet. Sie kann es einfach nicht verwinden, dass ihre Oma sie nicht mehr erkennt.

Ach, Tom, nach Erinnerungen sollte man nicht graben müssen. Ich bin so dankbar, dass du immer bei mir bist. Ich liebe dich.

Deine Paula

***

»Das war's dann«, sagte Richard zwei Tage später. Sein Blick lag auf der Kanalfähre, die gerade an der Brunsbüttler Nordseite anlegte. »Bestimmt hast du mit Henrik mehr Glück als mit mir.« Sein Kopf ruckte herum. »Ich meine die Suche nach der Kate.«

Paula hielt seinem Blick stand. »Natürlich. Was sonst?« Es

fühlte sich eigenartig an, die Suche am Meer abzuschließen. Nun würden sie nach einer Kate am Fluss Ausschau halten. Und das könnte dauern, denn die Elbe hatte eine Länge von knapp eintausendeinhundert Kilometern, auch wenn man den Großteil davon getrost ausschließen konnte, denn Tom hatte gesagt, dass er und seine Mutter immer nach dem Frühstück losgefahren seien und dann bei Oma Margrethe zu Mittag gegessen hätten.

Viel verstörender war allerdings das Gefühl, die Reise nicht mit Richard, sondern mit Henrik fortzusetzen, der schon auf dem Weg hierher war.

»Los, Richard«, forderte Mats von der Rückbank, als der Wagen hinter ihnen hupte. »Der Fährmann winkt schon.«

»Wie? Oh, ja.« Richard warf den Motor an und fuhr auf die Fähre.

Da sie bis zu Henriks Ankunft noch reichlich Zeit hatten, konnten sie Mats' Wunsch erfüllen, schon einmal über den Nord-Ostsee-Kanal und wieder zurück zu fahren. Sie hatten bereits die riesige Schleusenanlage bestaunt, bei der gerade ein Tor repariert wurde. Marie hatte recherchiert und herausgefunden, dass ein Containerschiff das Tor gerammt hatte.

Als die Fähre ablegte, wollten Mats und Lisbeth unbedingt aussteigen. Richard übernahm die Begleitung.

Kaum waren die drei draußen, legte sich Maries Hand auf Paulas Schulter. »Mama, kann ich nicht doch mit Richard zurückfahren? Bitte!«

Seufzend wandte Paula sich zu ihrer Tochter um. »Marie, du kennst meine Antwort, und dabei bleibe ich. Ich hätte keine ruhige Minute, wenn ich wüsste, dass du allein in Dr. Konradis Haus bist.«

»Aber Richard ist doch nebenan. Wenn etwas ist, kann er in einer Minute bei mir sein.«

»Glaubst du ernsthaft, ich würde Richard bitten, an seinem Ahmling-freien Wochenende als Aufpasser für dich zu fungieren?«

»Doch nur als Notfallkontakt.«

»Lass es uns nicht immer wieder diskutieren, mein Schatz.«
Maries Stimme klang erstickt. »Du bist so egoistisch.«

Paula versuchte, ruhig zu bleiben, obwohl Maries Bemerkung sie verärgerte. »Ich bin nicht egoistisch, sondern deine Mutter. Ich trage die Verantwortung für dich, Marie, und ich möchte einfach nicht, dass du allein in dem großen Haus bist, das nicht uns gehört.«

»Du vertraust mir nicht, und das ist so scheiße.«

»Ich vertraue dir, mein Schatz, aber ich vertraue nicht den Umständen, die eintreten könnten. Es kann immer etwas sein. Ein Wasserrohrbruch, ein Stromausfall in der Nacht, der dich dann ängstigen würde ...«

»Du hast Angst, weil das mit Papa passiert ist. Aber das kannst du nicht an mir auslassen.« Marie begann zu schluchzen. »Du kannst mich nicht immer mitschleppen. Ich bin sechzehn. Da kann man schon mal ein Wochenende allein verbringen.«

Obwohl Marie nicht geschrien hatte, fühlte Paula sich dennoch wie vor den Kopf gestoßen – durch die Wucht des Gesagten. Sie hörte das leise Weinen ihrer Tochter, fand aber keine Worte. Weil, und diese Erkenntnis kam schnell, Marie vielleicht recht hatte. Ja, sie hatte Angst. Die Vorstellung, nicht da zu sein, wenn Marie sie brauchte, war schlicht und ergreifend unheimlich.

Mats zog die Wagentür auf und stieg ein, denn die Fähre würde gleich an der Südseite des Nord-Ostsee-Kanals anlegen. »Was hast du denn?«, fragte er, als er seine Schwester weinen sah.

»Nichts«, blaffte Marie ihn an. »Ich hab nur eine Mutter, die glaubt, dass ich noch ein Kind bin.«

»Streitet ihr?«, fragte Lisbeth, als sie in ihren Kindersitz kletterte und sich anschnallte. Sie sah dabei ernst drein. Streit war für sie immer mit größtem Unbehagen verbunden, während Mats eher damit umgehen konnte, wenn es um Marie und Paula, also »Frauenkram«, ging.

Auch Richard kämpfte mit sich, als er einstieg und von Marie zu Paula sah. Schließlich fragte er: »Kann ich helfen?«

Während Paula still den Kopf schüttelte, fauchte Marie: »Du könntest, wenn sie es zulassen würde.«

»*Sie* möchte jetzt kein Wort mehr darüber verlieren«, antwortete Paula mit Nachdruck und war mehr als dankbar, dass sowohl Marie als auch Richard nichts weiter sagten.

Eine halbe Stunde nachdem sie wieder ans nördliche Ufer übergesetzt hatten, traf Henrik ein. Er trug Jeans und einen dunkelblauen Pulli und strahlte in die Runde, als sie alle ausstiegen, um ihn zu begrüßen.

Paula fühlte sich flau in der Bauchgegend. Dieser attraktive Mann würde gleich an ihrer Seite sein. Bis zum Ende des Wochenendes. Das nervöse Flattern verstärkte sich, als er sie umarmte. Sein Eau de Toilette … Er roch gut. Und auf eine eigenartige Weise fremd. Es war eine erregende Mischung, die ihr Herz schneller klopfen ließ.

Henrik hatte sich Richard zugewandt und musterte ihn nach einem brüderlichen Handschlag. »Jetzt also ist die Zeit gekommen, um sich zu enthaaren? Klär mich auf. Was ist jetzt anders als vorher? Ist dein Buch etwa fertig?«

»Nein, mein Buch ist noch nicht fertig. Und jetzt lasst mich alle mit dem Bart-Scheiß zufrieden.«

»Wer fast zwei Jahre wie Chewbacca rumläuft, muss sich diese Frage gefallen lassen, aber … mach, was du willst. Siehst auf jeden Fall gut aus.« Als wäre das etwas Schlechtes, verzog sich Henriks Gesicht leicht.

»Wo werdet ihr übernachten?«, fragte Richard seinen Freund.

Er hatte diese Frage bereits Paula gestellt, doch sie hatte gestehen müssen, sie nicht beantworten zu können. Sie hatte sich da einfach auf Henrik verlassen.

»Keine Ahnung«, lautete Henriks nicht gerade beruhigende Antwort. »Es ist Oktober. Wir finden überall was.« Und er setzte noch einen drauf. »Zur Not gehen wir in ein Hotel.«

»Was?« Richards Brauen zogen sich zusammen. »Das übersteigt Paulas Budget.«

Henriks Stimme hatte den gleichen leicht aggressiven

Unterton wie Richards, als er antwortete: »Bist du in dieser Woche zu Paulas Finanzverwalter avanciert, oder was? Zum einen entscheidet sie das doch wohl immer noch selbst, und zum anderen ...«, er wandte sich Paula zu, und sein Gesicht hellte sich deutlich auf, »seid ihr natürlich eingeladen, sollten wir in diese Situation kommen.«

»Können wir jetzt bitte, bitte einfach losfahren, damit die Suche nach Papas Haus endlich aufhört?«, erklang Maries Stimme. Sie klang erstickt, genervt, traurig.

»Den Wunsch kann ich erfüllen«, antwortete Henrik. Er trat an den Kofferraum seines weißen Audi Q8 und nahm eine Reisetasche heraus. Dann drückte er Richard den Autoschlüssel in die Hand. »Gute Rückfahrt, Rich.«

Paula hörte nicht auf das, was die Männer sagten. Sie sah Marie an, deren Augen verweint waren. Das war also aus dem Traum von ihr und Tom geworden: eine Qual für Marie und Langeweile für die beiden Kleinen.

Tief durchatmend wandte Paula sich um. »Richard?«

Er sah sie an. »Ja?«

»Könntest du bitte Marie mit zurück nach Föhr nehmen?«

Sein erstauntes und Maries überglückliches »Was?« kamen gleichzeitig.

Paula drückte ihre Große an sich. »Ich vertraue darauf, dass das die richtige Entscheidung ist. Ich vertraue *dir*.«

Marie war Freude pur. »Oh Mama, das ist so krass. So ... so gut. Danke, danke, Mama. Und ich versprech dir, dass ich keinen Quatsch mache. Ich bin abends zu Hause. Jeppe kann mich da besuchen.«

Paula atmete erneut durch. Ob das jetzt die bessere Lösung war, als wenn Marie sich mit Jeppe am Strand treffen würde ... Aber da musste sie wohl durch.

Dass es mit der Unruhe jetzt erst richtig losging, lag nicht nur an der Tatsache, dass Marie den Camper enterte, um in Windeseile all ihre Sachen in den Audi umzuladen, sondern auch daran, dass Mats und Lisbeth die Idee, mit Richard nach Föhr zurückzukehren, mehr als interessant fanden.

Mats hing an Paulas Arm und bettelte: »Bitte, Mama! Ich bin doch auch schon groß. Und Marie ist doch da und passt auf mich auf.«

Lisbeth hüpfte vor ihnen auf und ab. »Ich will auch lieber auf Föhr sein. Aber du sollst auch mit Richard mitfahren, Mama. Wir alle.«

Paula lachte auf, obwohl ihr flatternder Magen diese Möglichkeit gerade nicht als die schlechteste empfand. »Und wer sucht dann Papas Haus?«

Lisbeth deutete auf den Einzigen, der noch zur Auswahl stand. »Henrik.«

Der ging vor der Kleinen in die Knie. »Aber ich habe mich doch so auf das Wochenende mit euch gefreut, Lisbeth. Wir finden tolle Spielplätze, und ich habe auch noch eine Überraschung eingeplant.«

Jetzt hatte er Mats' und Lisbeths volle Aufmerksamkeit. »Welche?«, fragte Lisbeth.

»Wenn ich das jetzt schon verraten würde, wäre es ja keine Überraschung mehr. Aber sie wird euch gefallen.«

»Na gut«, entschied Mats, und auch Lisbeth war überzeugt, denn sie lief zu Marie, die sich gerade von Boomer verabschiedete, und drückte sich an die große Schwester. »Ich vermisse dich.«

Marie küsste Lisbeth auf den blonden Schopf. »Ich werde dich auch vermissen, Libby.«

Ob das so sein würde, wagte Paula zu bezweifeln, aber Lisbeth wusste ja nicht, dass sich Maries Wochenende gänzlich auf Jeppe konzentrieren würde.

Wenig später saß Marie vielfach umarmt und geküsst und mit guten Wünschen versehen auf dem Beifahrersitz des Audis und tippte mit einem glücklichen Lächeln im Gesicht auf ihrem Handy herum. Da würde sich einer freuen.

»Ja dann«, wandte Paula sich an Richard. Seine und Maries Sachen waren in Henriks Wagen verstaut, ihr Kind war bereit zur Abfahrt.

»Ja dann«, wiederholte er ernst ihre Worte. Er sah kurz zu

Henrik, der gerade Lisbeths Gurt überprüfte. »Er muss lernen, dass sie sich perfekt allein anschnallen kann.«

Paula lächelte. »Du kennst sie so gut, meine drei.«

Richard sah sie an. »Ich werde Marie im Auge behalten.«

Paula schossen heiß die Tränen in die Augen. Er kannte nicht nur die Kinder gut, sondern auch sie. »Danke«, flüsterte sie. »Ich hätte nicht gefragt. Ich kann unmöglich verlangen, dass du …«

»Hey«, unterbrach er sie sanft. »Du verlangst ja nichts. Ich biete es an. Ich möchte schließlich auch, dass es ihr gut geht. Und ich werde das Im-Auge-Behalten so geschickt anstellen, dass sie nicht merken wird, dass es eine, sagen wir mal, leichte Kontrolle ist.«

Jetzt musste Paula lachen, obwohl sie sich nach wie vor flattrig fühlte. »Glaub mir: Sie wird es merken.«

»Wenn wir jetzt starten, kriegen wir die nächste Fähre noch«, meldete Henrik sich aus dem Hintergrund.

»Ja …« Paula umarmte Richard. Es war das erste Mal, dass sie ihm so nah war, Haut an Haut. Er roch nicht fremd. »Danke noch mal, Richard. Für alles.«

Einen Moment lang hielten sie sich fest. Als sie sich voneinander lösten, schwiegen sie. Es war ja auch alles gesagt, dachte Paula. Sie wartete, bis Richard losfuhr, obwohl Henrik den Nugget schon angeworfen hatte. Marie winkte aus dem Seitenfenster des Audis, und Paula winkte zurück. Alles war gut. Auch wenn sie nicht bei Marie war. Gott war da. Und Richard.

Dreizehn

Traurige Erinnerungen sind auch
Geschenkpäckchen mit Regenbogenschleife.
Mit einem kleinen Kärtchen, auf dem steht:
Trau dich, mich zu öffnen. Ich bin das Leben.

Paula war dankbar, dass Henrik so locker war – im Gegensatz zu ihr schien er keinerlei Scheu zu empfinden, nachdem sie erneut mit der Fähre übergesetzt hatten und Brunsbüttel nun auf der Fährstraße in südlicher Richtung verließen. Es wirkte so, als führe er seit einer Ewigkeit mit ihnen durch die Marsch. Er plauderte mit Mats und Lisbeth und wies auf Besonderheiten wie den Hafen und das stillgelegte Kernkraftwerk Brunsbüttel hin. Dithmarschen lag hinter ihnen, ebenso die riesigen Kohlfelder. Hier im nördlichen Kreis Steinburg blickten sie auf Industrieanlagen, aber auch auf fette Marschwiesen und Stoppelfelder.

Hinter einem Dörfchen namens Büttel kam am Deich ein weißes Reetdachhaus in Sicht. Alle stiegen aus, aber bei näherer Betrachtung konnte es diese Kate nicht sein, und sie fuhren weiter. Als sie in dem kleinen Ort Sankt Margarethen auf die B 431 wechselten, tauchten so wunderbar viele Häuser direkt am Deich auf, dass Paulas Herz zu klopfen begann. Selbst Mats und Lisbeth waren wieder bei der Sache.

»Ich glaube, dass wir am Elbdeich fündig werden«, meinte Paula hoffnungsfroh, während sie den Ort hinter sich ließen.

»Ein Leuchtturm!«, rief Mats aus.

Direkt dahinter befand sich ein Schöpfwerk, und Henrik stieg auf die Bremse, weil ein vorwitziger Fasan über die Straße lief.

Als er wieder anfuhr, rief Paula: »Stopp, stopp!«

Hinter einer Baumgruppe stand ein weiß getünchtes Reetdachhaus.

Mats schlug vor Aufregung mit den Händen auf den Sitz vor sich. »Ich glaub, das ist das Haus.«

Er stieß Indianergeheul aus, während Henrik nicht lange fackelte und die lange Auffahrt zum Haus hinauffuhr. Direkt vor der Kate hielt er.

Paula blickte auf das Haus, den Garten, den Deich und … den Apfelbaum.

»Oh Gott … Tom.« Sie begann zu weinen und öffnete die Wagentür. Langsam trat sie an die hölzerne Pforte, die von einem blütenlosen Rosenbogen überdacht wurde, und legte Mats und Lisbeth, die sich neben sie gestellt hatten, die Hände auf die Schultern. »Das ist es, Kinder, das ist Oma Margrethes Haus.«

So lange hatten sie auf diesen Moment hingefiebert, und nun war er da. Paula sog die Details des Bildes in sich auf. Während das Reetdach der Kate schon viele Jahre alt war, wirkte das Mauerwerk frisch getüncht.

»Der Apfelbaum ist gar nicht gewachsen, oder?«, meinte Mats und deutete in den Garten. »Aber die Bank ist anders.«

Mats hatte recht. Die Bank, auf der sein Vater einst gesessen hatte, gab es nicht mehr. Eine wunderschöne Rundbank führte nun um den alten Baum herum.

»Kann ich auf die Bank klettern?«, fragte Lisbeth.

Paula schüttelte den Kopf. Sie war immer noch überwältigt. »Bäume wachsen ja nicht ständig weiter«, antwortete sie Mats. »Dieser Baum war schon ausgewachsen, als Papa hier war. Und er steht immer noch … Wie schön er ist.«

»Vielleicht ist er schon hundert Jahre alt«, meinte Mats und klang durchaus ehrfürchtig.

»Ja, vielleicht«, antwortete Paula versonnen, war aber nicht mehr beim Baum. Ihr Blick war auf die beiden Rosenstöcke gerichtet, die die hellblau-grau gestrichene Haustür einrahmten. Wie magnetisch angezogen, öffnete Paula die Pforte und ging den mit Kopfsteinpflaster ausgelegten Weg, der von einer kleinen Buchsbaumhecke gesäumt war, zum Haus hinauf. Längst waren, wie bei dem Bogen über der Pforte, alle Rosen verblüht. Fast. Eine einzige rote Rose blühte noch an dem linken Stock.

Im nächsten Moment öffnete sich die Tür. Eine junge Frau blickte von den Kindern zu Paula. »Kann ich Ihnen helfen?«, fragte sie nicht unfreundlich, aber doch reserviert.

Paulas Finger strichen zart über die letzte rote Rose. »Das ist ein Gruß«, sagte sie mit kippender Stimme. »Von meinem Mann.«

***

Mirja Albrecht, die gemeinsam mit ihrem Mann die Kate bewohnte, war wunderbar. Kaum hatte Paula ihr erklärt, was es mit dem Haus auf sich hatte, führte sie sie und die Kinder durch die Räumlichkeiten. Henrik hatte mit der Begründung, noch einige wichtige Telefonate führen zu müssen, abgelehnt, doch Paula wusste, dass es sein Feingefühl war, das ihn zurückbleiben ließ.

Henrik war dann auch vergessen, während sie das Hausinnere inspizierten. Paula wusste, dass Tom enttäuscht gewesen wäre. Nichts erinnerte mehr an seine Erzählungen, an das kleine Wohnzimmer mit dem Fransensofa, an die Küche mit dem Gasherd und dem Tisch mit dem Auszug, in dessen Emailschüssel Oma Margrethe die frisch im Garten gepflückten Bohnen gewaschen hatte.

Die Albrechts hatten im Erdgeschoss mehrere Wände durchbrochen, um aus den einst sehr kleinen Räumen einen einzigen mit offener Küche, Ess- und Wohnzimmer zu schaffen. Beige, Grau und Creme waren die vorherrschenden Farben, und die vielen Kerzen und Kissen und die nordische Deko strahlten Hygge pur aus. Vielleicht hätte sich Tom bei den oberen Räumen eher in die Vergangenheit zurückversetzen können, deren Größe erhalten geblieben war. Aber auch hier gab es natürlich nichts mehr, was die Existenz von Oma Margrethe bezeugen konnte.

Dann zeigte Mirja ihnen den Deichaufgang, der hinter dem

Garten lag. Einem Garten, der mit seinen mit Buchsbaumhecken eingefassten kleinen Wegen, auf denen die Kiesel knirschten, wie ein alter Bauerngarten angelegt war und im Sommer prachtvoll aussehen musste. Auch jetzt blühte es noch darin. Herbstasternstauden setzten weiße, pinke und lilafarbene Farbtupfer in den Beeten.

Die Kinder rannten voraus, Paula folgte ihnen langsam die ausgetretenen steinernen Stufen den Deich hinauf. Oben angekommen, wurde ihnen ein großartiger Anblick geboten. Ein riesiges, hoch beladenes Containerschiff fuhr flussabwärts.

»Das kommt aus Hamburg, oder?«, fragte Mats. Bei einer Hafenrundfahrt hatte er die Giganten schon betrachten können.

»Ja, genau«, antwortete Paula.

Lisbeth versetzte ihr einen Stich, als sie sagte: »Das hier ist auch ein schönes Meer. Weil hier viele Schiffe sind.« Ihr Blick war auf ein Baggerschiff gerichtet, das Richtung Brunsbüttel fuhr.

»Du glaubst, das hier ist das Meer?«, hakte Paula nach und strich sanft über Lisbeths Scheitel.

»Ja. Das ist doch das Meer.«

»Das ist ein Fluss, du *Brain*«, belehrte Mats sie. Er genoss es sichtlich, Maries Ausdruck nutzen zu können, den sie üblicherweise für ihn verwendete.

Paula erklärte Lisbeth den Zusammenhang von Fluss und Meer und endete mit den Worten: »Weißt du, mein Schatz, dein Papa hat auch gedacht, dass das hier schon das Meer ist.«

Lisbeth nickte zufrieden. Etwas mit ihrem Papa gemeinsam zu haben, war immer gut.

Paula blieb lange auf dem Deich stehen, während sie den Kindern gestattete, den Deich auf der Elbseite hinunterzutoben. Immer wieder ließ sie ihren Blick zum Fluss und dann über das Haus und den Garten wandern. Genau hier hatte Tom auch schon gestanden. Vielleicht hatte er genauso auf das Haus vom Oma Margrethe zurückgeblickt wie sie gerade.

Heiß und mächtig bahnten sich die Tränen ihren Weg. »Ach, Tom ... Liebling.«

Eine Stunde später verabschiedete Mirja Albrecht sie mit den Worten: »Kommen Sie wieder, wann immer Sie mögen, Frau Ahmling. Wir vermieten das kleine Gästezimmer, das Sie oben gesehen haben.«

Paula bezweifelte, dass sie das irgendwann machen würde, denn für die Kinder war kein Platz, es sei denn, sie würden alle zusammen in einem nur ein Meter zwanzig breiten Bett übernachten. Aber sie war der jungen Frau dankbar, dass sie angeboten hatte, mehr über die Vorbesitzer herauszufinden, denn der Name Margrethe sagte Mirja Albrecht nichts. In den Grundbuchauszügen tauchte er nicht auf. Mirja hatte das alte Foto abfotografiert und würde es den Vorbesitzern zusenden. Vielleicht wussten sie mehr.

∗∗

Sankt Margarethen, 19. Oktober

Oh Tom, dass ich sie wirklich gefunden habe ... unsere kleine Kate. Ich muss einfach »unsere« schreiben, auch wenn ich keine eigenen Erinnerungen mit diesem wunderschönen alten Haus verbinde. Aber wie oft haben wir das Foto gemeinsam betrachtet, haben uns vorgestellt, wie es sein wird, wenn wir es entdecken ...
Tom, es war sooo schön, vor dem alten Apfelbaum zu stehen, den es tatsächlich noch gibt, und zu wissen: Du hast diesen Baum berührt, hingst an seinen Ästen.
Jetzt, in diesem Moment, bekleckse ich das Papier mit meinen Tränen. Weil es so wehtut, Tom ...
So, nun kann ich weiterschreiben. Ich musste die Seite erst mal trocknen lassen und vor allem mich selbst wieder einkriegen. Ich bin so dankbar, dass ich unseren gemeinsamen Traum erfüllt habe. Die Suche ist beendet. Ich hatte nicht

erwartet, dass es so emotional sein würde, Tom. Du fehlst in diesem Moment so sehr. Es ist einfach nicht gerecht. Du hättest dabei sein müssen. Gott, wie glücklich wärst du gewesen, den Apfelbaum zu sehen, zu berühren … Eine wunderschöne Rundbank umgibt jetzt den Baum, vor dem du schon auf der alten grünen Bank gesessen hast. Die Kinder und ich haben die raue Rinde gestreichelt, so wie du es vielleicht vor dreiundvierzig Jahren getan hast. Und weißt du was? Ich bin so glücklich, dass wir die Kate erst jetzt im September und nicht schon im Sommer gefunden haben, denn nun ist Erntezeit. Wir haben die hellgrünen Äpfel gegessen und einmütig festgestellt, dass du nicht übertrieben hast. Es sind die besten Äpfel der Welt! Eine ganze Kiste voll hat uns die liebe Mirja Albrecht mitgegeben. Du hättest diese wundervolle junge Frau, deren Mann leider zur Arbeit war, sehr gemocht. Sie war so lieb und verständnisvoll. Leider konnte sie uns nicht weiterhelfen, was Oma Margrethe betrifft. Sie und ihr Mann haben das Haus vor zwei Jahren von einem älteren Kieler Ehepaar gekauft, das die Kate nur als Wochenenddomizil genutzt hatte. Die Albrechts werden sich mit dem Ehepaar in Verbindung setzen, um herauszufinden, wer der oder die Vorbesitzer waren. Ich bete dafür, dass sie eine Verbindung zu deiner Oma Margrethe entdecken. Weil es so ein wunderbarer Abschluss wäre, herauszufinden, wer sie gewesen ist. Ja, das wäre zu schön.

Ich weiß dich behütet, Tom. In Liebe, deine Paula.

PS: Die Kinder haben dir ein Bild gebastelt. Sie haben die Kerne der aufgefutterten Äpfel und deren Stiele auf ein Blatt geklebt und lustige Gesichter drum herum gemalt. Es war Libbys Idee, und es ist toll geworden. Vielleicht hast du unser Lachen ja gehört.

PPS: Danke für die Rose.

✳✳✳

Am Samstag bekamen die Kinder endlich ihre Überraschung, nachdem sie Henrik den gesamten Freitag über damit in den Ohren gelegen hatten. Einem Freitag, der Paula erneut viele Emotionen abverlangt hatte. Fix und fertig hatte sie sich gefühlt. Sie war den ganzen Tag über nicht in der Lage gewesen, einfach weiterzufahren, nachdem sie tags zuvor Toms Kate gefunden hatten.

Paula straffte sich, als Lisbeth sie durch ein Anstupsen ins Hier und Heute zurückholte. »Mama, guck! Das ist Hein. Der ist ganz niedlich.«

»Ja, mein Schatz, die Seehunde sind alle ganz drollig.« Sie trat zu Henrik, der sich den Aufenthalt in der Seehundstation in Friedrichskoog vermutlich anders vorgestellt hatte. Zumindest hatte er sicherlich gehofft, dass sie selbst auch ein wenig Freude daran haben und nicht nur schweigend dastehen und wie weggetreten wirken würde.

Sie schenkte ihm ihr breitestes Lächeln. »Ich danke dir, Henrik. Du siehst ja, wie gut deine Überraschung bei den Kindern ankommt. Es ist eine schöne Abwechslung für sie.«

»Ich wundere mich, dass Rich nicht auf diese Idee gekommen ist. Schließlich seid ihr hier vorbeigefahren.«

»Er hatte andere schöne Ideen«, nahm Paula Richard in Schutz. »Die Kinder haben zwar behauptet, nie wieder Minigolf mit ihm zu spielen, weil es sie eine Pizza gekostet hat, aber ich bezweifle, dass sie es durchziehen, sollte er sie jemals wieder fragen.«

»Ernsthaft?« Henrik sah sie kopfschüttelnd an. »Das bringt auch nur Rich fertig, Kindern eine Wette aufzudrängen und sie dann zahlen zu lassen. Kinder und Richard sind einfach zwei Welten, die nicht zusammengehören.«

»Die Kinder haben gewettet, nicht er.«

»Trotzdem. Ich hätte mit Freude gezahlt, auch wenn ich gewonnen hätte.«

Sein Blick umfing sie, und sein Lächeln ließ Paulas Herz klopfen. Zart strich er ihr über die Wange. »Darf ich euch heute Abend zu einem leckeren Krabbenessen einladen?«

Paula fehlte die Kraft zum Diskutieren. Und seine warmen Finger waren nicht dazu angetan, ihre Nervosität zu verringern.

»Danke, Henrik, gern«, sagte sie darum und trat von ihm weg. Nach dem emotionalen Ritt der Vortage, die Tom so präsent hatten sein lassen, war kein Platz für Berührungen durch andere Männer. Es fühlte sich einfach falsch an, auch wenn Henrik ihr Frausein triggerte.

Sie verbrachten zwei Stunden in der Station, die mit viel Liebe angelegt worden und einigen Seehunden und Kegelrobben ein Heim auf Dauer war. Die putzigen Tiere, die an Land schwerfällig und im Wasser so wendig und schnell waren, waren die Publikumsmagnete. Für die kleinen Heuler, die den Sommer über aufgenommen wurden, war die Anlage nur eine Zwischenstation. Die kleinen Seehunde und Robben wurden hier in Ruhe von den Pflegern betreut und ohne unnötigen Kontakt zu Menschen aufgepäppelt, bis sie groß und kräftig genug waren, um in der Nordsee ausgewildert zu werden. Jetzt, im Oktober, gab es hier keine Heuler mehr.

Als sie die Seehundstation verließen, gewann Henrik die Herzen der Kinder gänzlich, als er auf ein riesiges Gebäude, das wie ein Wal gestaltet war, deutete und sagte: »Hat jemand Lust auf das Spieleparadies? Auf Wal Willi?«

Paula freute sich für die Kinder, die voller Begeisterung losstürmten, als sie das Indoorcenter erreichten. Sie selbst wäre gern einfach draußen geblieben. Allein. In Ruhe. Aber das ging natürlich nicht. Sie konnte Henrik unmöglich die Aufsicht über beide Kinder aufbürden.

Nach weiteren zwei Stunden in dem Spieleparadies wandte Paula sich dann aber doch an den Mann an ihrer Seite. »Henrik, wäre es für dich okay, wenn wir jetzt gehen? Ich muss einfach raus an die frische Luft. Mir geht's heute nicht so gut.«

»Das tut mir leid, Paula.« Ohne zu zögern, zog er sie in seine Arme und drückte sie. Als er sie wieder losließ, meinte er: »Warum gehst du nicht vor? Ich bleibe mit den Kindern noch ein halbes Stündchen hier drinnen, dann hast du dich bestimmt etwas erholt.«

»Danke.« Sie freute sich über sein Einfühlungsvermögen, als sie das Gebäude verließ und tief durchatmend losspazierte. Die herrlich frische und kühle Nordseeluft tat so gut. Als ihr Handy eine WhatsApp signalisierte – sie hatte es ständig auf laut, um keine Nachricht von Marie zu verpassen –, nahm sie es zur Hand. Marie hatte ein Foto geschickt – ein Selfie von sich und Jeppe am Föhrer Strand. Beide hatten rote Wangen vom Oktoberwind und strahlten in die Kamera. Darunter stand schlicht: »Danke, Mama.«

Paula kamen die Tränen. Marie so glücklich zu sehen, war einfach wunderbar. Als die Tränen sich lösten, wischte Paula sie energisch von den Wangen. Was war nur los mit ihr? Sie musste sich jetzt wirklich langsam wieder einkriegen. Sie schickte Marie ein dickes rotes Herz und machte sich auf den Rückweg, denn plötzlich verging die Zeit schnell. Eine halbe Stunde an der frischen Luft kam ihr viel kürzer vor als in einem Indoorspielplatz.

In der Familien-WhatsApp-Gruppe hatten ihre Eltern Fotos aus Ottawa gepostet, wo sie in wenigen Tagen in den Flieger Richtung Heimat steigen würden. Sie würde ihnen später antworten. Von Richard gab es keine Nachrichten. Was ja eigentlich ein gutes Zeichen war, denn warum sollte er ihr schreiben, wenn bei Marie alles gut war?

Paula hielt ihr Gesicht in die Sonne, die schwach durch einen Wolkenschleier schien, aber so viel von ihrer einst sommerlichen Kraft eingebüßt hatte. Ob Richard nicht vielleicht doch ein klitzekleines bisschen traurig darüber war, dass nicht er es gewesen war, der mit ihnen Toms Kate gefunden hatte? Sie hatte Marie und ihn am Freitag angerufen, um die frohe Botschaft zu verkünden. Marie hatte in der für sie typischen Weise geantwortet: »Echt jetzt? Wochenlang kutschieren wir durch die Gegend, und kaum bin ich 'ne Stunde weg, findet ihr Papas Haus? Das ist doch kacke!«

Richard hatte einfach geschwiegen – auch typisch. Als sie

»Hallo, bist du noch dran?« ins Smartphone gesprochen hatte, hatte seine Antwort unerwartet nicht enttäuscht geklungen, sondern sogar erleichtert. »Das ist doch toll. Dann könnt ihr ja jetzt nach Hause kommen.«

Das hatte sie dann auch Henrik gesagt, doch der hatte darauf bestanden, das Wochenende mit ihnen zu verbringen. »Das kannst du mir unmöglich abschlagen, Paula.« Seine Augen waren Hoffnung pur gewesen, sodass sie gar keine Wahl gehabt hatte.

Als sie das Wal-Gelände erreichte, erwarteten Henrik und die Kinder sie schon am Wagen. Henrik musterte sie. »Hattest du Zeit, dich zu erholen?«

Paula nickte, obwohl sie das Gefühl hatte, ihr würde Kraft für Wochen fehlen.

Erst als die Kinder im Bett waren und sie mit Henrik in Decken gekuschelt draußen vor dem Camper saß, wurde sie innerlich ein wenig ruhiger. Das musste an dem herrlichen Sternenhimmel liegen, denn Henriks Anwesenheit war immer noch eher aufregend als beruhigend. Versonnen hielt sie den Blick in den klaren Himmel gerichtet. Es war noch gar nicht so spät, aber der Oktober hüllte alles früh in seinen dunklen Mantel, der mit Abertausenden Sternen bestickt das Gefühl von Wohligkeit verbreitete.

Henrik stand auf und deutete auf den Becher, den sie mit beiden Händen umschloss, um die Wärme aufzufangen. »Möchtest du noch einen?«

»Nein, danke, ein Becher reicht. Glühwein benebelt mich immer schnell«, antwortete sie mit einem Lachen. »Selbst ohne Schuss.«

Ohne ein weiteres Wort verschwand er im Camper, und sie hörte ihn hantieren. Als er wenig später zurückkam und zwei Tassen auf den kleinen Tisch stellte, verriet der Duft von Anis und Gewürznelken, dass er sich noch einmal für Glühwein entschieden hatte. Ihr hatte er einen Tee gekocht.

»Danke, Henrik, du bist sehr aufmerksam.«

»Nicht bei jeder Frau. Bei dir … unbedingt.«

Paula fühlte ein Kribbeln. Er flirtete. Mit seinen samtbraunen Augen tat er es schon den ganzen Tag, aber das hatte sie als Einbildung verdrängt. Doch Worten konnte man nicht so einfach ausweichen.

»Auf diesen Moment habe ich lange gewartet, Paula«, setzte er nach. »Mit dir zusammen unter den Sternen … Ich habe im Vorwege extra diesen Stellplatz gebucht, weil es hier so schön ruhig ist. Kaum noch Leute im Oktober …«

Paula fühlte sich wie aufgeladen. »Nun, bei der Kälte sitzen tatsächlich die wenigsten Camper noch im Freien«, versuchte sie es scherzhaft, um die Anspannung zu lösen. »Wir scheinen weit und breit die einzigen zu sein.« Im nächsten Moment stutzte sie. »Wieso hast du eigentlich den Platz schon im Vorweg gebucht? Du konntest doch gar nicht wissen, dass wir das Haus gleich am ersten Tag finden und nicht weiter gen Süden fahren würden.«

Einen Moment lang herrschte Stille. Im Schein der einsamen Kerze auf dem Tisch war sein Gesicht nur als Schemen zu erkennen, als er schließlich auflachte. »Erwischt! Ich hatte einfach gehofft, dass ich euch eine Freude mache, wenn wir für den Überraschungstag nach Friedrichskoog zurückfahren, denn noch einmal hätte ich wohl kaum die Chance bekommen, euch zu begleiten. Du kriegst deinen Führerschein schließlich nächste Woche zurück.«

Jetzt schwieg Paula. Vorauszusetzen, dass sie sich bei erfolgloser Suche mit einer Rückfahrt einverstanden erklärt hätte, war schon ein wenig frech.

»Bist du mir böse?« Er klang zumindest angemessen schuldbewusst.

»Nein, wie könnte ich? Du hast den Kindern so viel Freude bereitet.«

Er beugte sich vor, sodass sie sein Gesicht im Kerzenschein sehen konnte. »Mein Wunsch war es, an diesem Wochenende nicht nur den Kindern Freude zu bereiten.« Er griff nach ihrer Hand, als sie vor lauter Herzklopfen nach ihrer Tasse fassen wollte. »Du bist eine wunderschöne und warmherzige Frau,

Paula. Du musst doch in den vergangenen Wochen gemerkt haben, dass ich dich nicht wie eine Nachbarin oder gute Freundin ansehe …« Sein Blick wanderte zu dem Zelt, in dem ihm eine Thermomatte und kuschlige Decken ein Übernachten bei diesen Temperaturen ermöglichten.

Paula begann zu zittern. Das war ein eindeutiges Angebot gewesen. Oder nicht?

Er stand auf, trat auf sie zu und beugte sich herunter. Warme Lippen streiften ihren Mund. »Du weißt, wo du mich findest, wenn du mich brauchst«, sagte er leise und ging zum Zelt.

Paula ließ alles stehen und liegen und verschwand im Camper. Mit Herzklopfen legte sie sich angezogen aufs Bett und versuchte, Ruhe in ihr aufgeregt pochendes Herz zu bringen. Wenn das kein eindeutiges Angebot gewesen war … Ihre Finger strichen über ihre Lippen. Es war mehr ein Hauch als ein Kuss gewesen. Er hatte sie nicht überfallen wollen. Er hatte ihr ein Angebot gemacht, das sie annehmen oder auch ablehnen konnte. Dennoch hatte ihn zum ersten Mal sein Feingefühl verlassen. Wie konnte er auch nur annehmen, dass sie mit einem anderen Mann schlafen würde, nachdem sie in den vergangenen beiden Tagen so emotional mit Tom verbunden gewesen war? Und dann noch im Zelt, während die Kinder jederzeit aufwachen und sie suchen könnten.

Sie zuckte zusammen, weil draußen auf dem Tisch ihr WhatsApp-Handyton erklang. Paula wäre zu gern einfach liegen geblieben, aber sie musste ihr Handy holen. Vielleicht war es Marie. Leise öffnete sie die Tür des Nuggets und hoffte dabei inständig, dass Henrik es nicht hörte. Sie wollte ihm keine Hoffnungen machen, die sie nicht erfüllen konnte. Nicht jetzt. Nicht hier.

Sie schnappte sich ihr Handy und trat hastig zurück in den Camper.

Die WhatsApp-Nachricht war von Richard. »Marie geht es gut. Jeppe ist bei ihr. Ohne dich beunruhigen zu wollen, vermute ich, dass sein Rad, das vor der Garage steht, morgen früh auch noch dort stehen wird.«

Paula lächelte über den Smiley mit dem verzerrten Gesicht, den er angefügt hatte.

Sie schrieb ihm direkt zurück. »Ich habe nichts anderes erwartet. Sie sind bis über beide Ohren ineinander verliebt. Möge es eine Nacht voller Sterne und wunderschöner Gefühle für die beiden sein.«

»Wie könnte es nicht?«, kam zurück. »Es gibt doch nichts Schöneres als eine junge Liebe, die sich selbst genug ist, die ohne jede Furcht vor der Zukunft ist.«

Lächelnd drückte sie das Handy an ihre Brust. Es tat gut, diese Gedanken mit Richard auszutauschen. Tatsächlich fühlte es sich nach den nervenzehrenden beiden Tagen und den noch aufregenderen Momenten gerade eben wie Balsam an. Ihre Gedanken wanderten ins Greveling nach Föhr, wo ihre Marie hoffentlich so glücklich und erfüllt war wie sie einst mit Tom, als sie das erste Mal miteinander geschlafen hatten.

Als das Handy wieder vibrierte, öffnete Paula die Augen. »Schlaf gut, Paula. Ich freue mich für dich, dass du Toms Kate gefunden hast.«

»Danke, Richard. Schlaf du auch gut.« Ihr Finger hielt inne, bevor sie auf »Senden« drücken konnte, und sie fügte hinzu: »In deinem weichen Bett schläfst du bestimmt besser als im Zelt, wo Henrik jetzt neben uns liegt.«

Es interessierte Richard natürlich nicht, dass Henrik dort allein lag, aber es tat gut, es zu schreiben. Zufrieden und endlich wieder mit leichterem Herzen, zog sie sich aus, schlüpfte in ihren warmen karierten Baumwollpyjama und kuschelte sich in ihr Kissen. Alles war gut. Sie und Henrik … das war eine Sache, die sich erst entwickeln musste. Wichtig war Marie, die glücklich und behütet war. Wichtig war Oma Margrethes Haus, das sie für sich und Tom endlich entdeckt hatte. Und wer weiß, vielleicht würden sie noch herausfinden, wer Oma Margrethe gewesen war.

***

Paula und Marie lümmelten am Reformationstag beide auf dem Ledersofa von Dr. Konradi, als Richards Stimme an der Terrassentür erklang. »Hallo? Paula, bist du da?«

Seit er sie im Sommer in der Küche erwischt hatte, wie sie beim Bügeln in Liebesgedichten schwelgte, war er nie mehr eingetreten, ohne vorher zu rufen.

Die Tür stand weit offen, weil der bollernde Ofen so viel Wärme abgab, dass Paula ins Schwitzen gekommen war. Marie hatte es hingenommen, sich aber eine Decke geschnappt und sich darin eingekuschelt.

»Komm rein, wir sind hier«, sagte Paula und stand auf. Ein Blick durch das große Wohnzimmerfenster verriet, dass Mats und Lisbeth nach wie vor auf dem Rasen Krocket spielten. Paula sah schnell weg, als nach einem Schlag von Mats ein Fetzen Rasen durch die Luft flog.

Marie hob nur kurz den Kopf. »Hi, Richard!« Dann vertiefte sie sich wieder in die »Harper's Bazaar«, die Paula ihr ausnahmsweise spendiert hatte. Normalerweise musste Marie dafür einen Teil ihres Taschengeldes opfern, das durch das monatliche Aufstocken durch die Großeltern mehr als angemessen war. Aber ab und an musste ein Goodie einfach sein, und sei es nur, um die blauen Augen aufleuchten zu sehen.

»Hattest du eine gute Woche?«, fragte Paula Richard. Er war direkt vor ihr stehen geblieben. Als sie von der Reise zurückgekommen waren, hatte sie ihn nur kurz zu Gesicht bekommen. Er war am selben Tag abgereist, um seine Familie zu besuchen.

»Es war lebhaft. Meine Schwester hat ihren vierundzwanzigsten Geburtstag gefeiert, meine Oma zwei Tage später ihren fünfundachtzigsten.«

Dass Marie multitaskingfähig war, bewies sie mit der Nachfrage: »Die ist erst vierundzwanzig, deine Schwester? Voll der krasse Altersunterschied. Da könntest du ja fast ihr Vater sein.«

»Ich bin lieber ihr großer alter Bruder. So kann ich immer verschwinden, wenn sie mich nervt.« Dann lächelte er, und Paula fand wieder einmal, dass er das öfter tun sollte.

»Meine Mutter dachte damals, dass bei ihr die Menopause früh einsetzt, aber dann stellte sich heraus, dass man trotz Pille schwanger werden kann, wenn man einen Magen-Darm-Infekt hat und die Pille anscheinend wieder erbricht.«

»Ich war auch nicht geplant«, plauderte Marie Tatsachen aus. »Das einzige Wunschkind von uns dreien ist Mats.«

Paula lächelte und sagte sanft: »Du weißt es doch besser, mein Schatz. Wunschkinder seid ihr alle drei. Nur Mats ist ein bewusstes Wunschkind.«

Marie warf ihr eine Kusshand zu. »Chill, Mama. Wir wissen, dass du uns alle gleich lieb hast.«

»Magst du einen Kaffee?«, fragte Paula Richard.

»Immer.« Er folgte ihr in die Küche, wo Paula den Automaten mit Wasser befüllte und anstellte.

»Wir haben uns noch gar nicht richtig begrüßt seit eurer erfolgreichen Suche«, sagte er, als sie zwei Becher aus dem Schrank nahm.

Paula wandte sich ihm zu. »Gedacht habe ich das auch, als du dein Hallo und Tschüs quasi in einen Satz gepackt hast, als wir zurück waren. Und dann warst du ja auch schon weg.«

»Schön, dass ihr wieder da seid«, sagte er ruhig. Dann trat er unerwartet vor und umarmte sie.

Überrascht genoss Paula den kurzen Moment der Wärme.

»Ich wäre gern dabei gewesen, als ihr die Kate entdeckt habt.«

»Ja, ich … ich hätte es auch schön gefunden«, sagte sie wahrheitsgemäß, als er sie losließ. »Es hätte sich richtiger angefühlt. Du warst die ganze Zeit bei uns …«

Sie schwiegen beide. Richard lächelte erneut. Darum wandte sich Paula dem Kaffeeautomaten zu. Vielleicht sollte er das doch nicht öfter machen, das mit dem Lächeln. Es war irgendwie verwirrend.

»Wie hast du es verkraftet, als du vor dem Haus standest?«

Paula schluckte, während der erste Kaffee rasselnd durchlief und sich das herrliche Röstaroma in der Küche ausbreitete. »Es war viel aufwühlender, als ich erwartet hatte.« Sie drehte sich zu ihm um. »Tom war so präsent.«

Richard nickte. »Das dachte ich mir.« Einen Moment lang herrschte wieder Stille, dann sagte er: »Aber Henrik war ja da, um dich zu unterstützen.«

Paula bekam heiße Wangen. Sie stellte den anderen Becher unter die Einfüllöffnung. »Er war zuvorkommend und hat die Kinder abgelenkt, als es mir nicht so gut ging.« Sie reichte ihm den Kaffee. »Aber jetzt geht es mir besser. Die Kinder und ich waren zwei Tage in Hamburg. Es war so schön, meine Eltern wiederzusehen. Sie haben sich nur kurz in ihrem Haus aufgehalten. Im Grunde nur, um die Koffer erneut zu packen, für die Traumschiff-Weltreise. Ich glaube, meine Mutter hätte gern mehr Zeit zwischen diesen beiden Reisen gehabt, aber gebucht ist gebucht.« Paula befüllte ihren Becher.

»Die Kinder hätten bestimmt auch gern mehr Zeit mit ihren Großeltern verbracht.«

»Allerdings«, sagte Paula in Erinnerung an die Verabschiedung. »Lisbeth hat so geweint, als sie verstand, dass die beiden wieder monatelang weg sein würden. Dann hat meine Mutter geweint, dann ich … so war es ein sehr tränenreicher Abschied. Aber nun lass uns über etwas Fröhlicheres sprechen. Ich möchte dich gern einladen, Richard. Zu einem Haussuche-Abschlussessen in netter Runde. Henrik kommt, die Mazurs habe ich auch eingeladen, und du musst unbedingt dabei sein. Schließlich hast du uns am längsten an der Backe gehabt«, endete sie scherzhaft.

»Danke. Wann?«

»Ich dachte an Samstag. Ich koche was Leckeres, und wir klönen alle miteinander. Henrik meinte, Lena wird nächstes Wochenende nach Föhr kommen. Ich habe ihm schon gesagt, dass sie herzlich willkommen ist.« Sie stockte kurz. »Dir sage ich es hiermit auch.«

»Es hätte gereicht, es Henrik zu sagen.« Weiter ging er nicht darauf ein. »Mir ist etwas eingefallen«, sagte er stattdessen. »Etwas zu Oma Margrethe.«

»Ach ja?« Paula war ganz Ohr.

»Meine Schwester und ich nennen unsere Oma, wenn wir

über sie sprechen, nie bei ihrem Namen, sondern *Oma Rostock*. Das war schon immer so, weil sie da wohnt.«

»Ich glaube, das ist nicht so ungewöhnlich«, meinte Paula. »Insbesondere früher haben das viele Leute gemacht.«

»Genau. Und darum dachte ich, dass Oma Margrethe vielleicht ja auch nach ihrem Wohnort benannt war. Du hast gesagt, der kleine Ort, in dem ihr die Kate gefunden habt, heißt Sankt *Margarethen*.«

Paula war platt. Warum war sie nicht selbst darauf gekommen? »Natürlich! Das wäre absolut möglich.« Ihre Gedanken stoben hin und her. »Hilft uns das?«

»Ich habe lange überlegt. Leider, denke ich, ist es keine Hilfe, denn ich wüsste nicht, wo man ansetzen kann. Die Vorbesitzer haben sich bei dir ja nicht gemeldet, oder?«

Paulas Euphorie sank so schnell, wie sie aufgestiegen war. »Die Vorbesitzer haben Mirja Albrecht geantwortet. Sie kennen die Frau auf dem Foto nicht. Also kommen wir so nicht weiter.«

»Mama!«, erklang Maries Stimme aus dem Wohnzimmer. »Opa möchte ein Facetime-Gespräch. Jetzt sofort.«

»Sofort?« Paulas Herzschlag nahm Fahrt auf. Die Kreuzfahrt ihrer Eltern hatte erst vor ein paar Tagen begonnen – sie mussten jetzt auf dem Weg nach Gran Canaria sein, bevor es weiter nach Südamerika ging, und normalerweise sprachen sie Termine mindestens zwei Tage im Voraus ab. Hoffentlich war alles in Ordnung.

»Entschuldige, Richard.«

»Schon gut, danke für den Kaffee. Ich nehme ihn mit rüber.«

»Papa! Wie schön, dich zu sehen«, begrüßte Paula ihren Vater Minuten später, doch das Unwohlsein verstärkte sich umgehend, weil ihre Mutter nicht wie üblich neben ihm saß. »Ist was mit Mama?«

»Nein, nein«, wiegelte Christian Schmitt gut gelaunt ab. »Deine Mutter macht gerade ihre Beckenbodengymnastik in unserem Zimmer.«

»Too much information!«, rief Marie vom Sofa herüber,

und Paula lachte froh. Alles war gut. Ihr Herzschlag konnte sich beruhigen.

»Noch bist du jung«, sprach Christian Schmitt mit erhobener Stimme weiter, damit Marie ihn auch hörte. »Doch irgendwann wirst auch du dein Wasser nicht mehr halten können, wenn du nicht vorsorgst.«

»Boah, Opa!« Marie stand auf. »Da geh ich ja lieber zu den beiden Nervensägen raus.« Sprach's und verschwand mitsamt Decke durch die Terrassentür nach draußen.

Paula lachte ihren Vater an. »Und sonst so?«

»Sind die Kinder jetzt alle aus dem Raum?«, fragte er, statt Neuigkeiten zu berichten.

»Ja.«

»Prima. Ich plane nämlich etwas, das die Kinder nicht wissen sollen, damit sie sich vor deiner Mutter nicht verplappern.«

»Na, nun bin ich gespannt.«

»Wir sind zwar gerade erst losgefahren, Paula, aber dass wir Weihnachten nicht zusammen verbringen werden, liegt deiner Mutter jetzt schon im Magen. In Kanada hat sie es schon andauernd erwähnt, und jetzt haben wir noch nicht mal November. Und darum habe ich mich entschieden, unsere Reise im Dezember zu unterbrechen und Flüge zu buchen, damit wir Weihnachten bei euch sein können. Natürlich nur, wenn das in deinem Sinne ist. Und wenn die Reederei mitspielt. Wird nicht ganz unproblematisch, wir sind dann am anderen Ende der Welt. Und Silvester müssten wir dann in Sidney sein, um wieder zuzusteigen.«

»Oh Papa!«, rief Paula voller Freude aus. »Ganz ehrlich … ich habe auch schon daran gedacht, dass ein Weihnachten ohne euch kein richtiges Weihnachten ist. Das ist so eine schöne Idee!« Ihre Gedanken ratterten. »Aber ist das nicht alles viel zu anstrengend … die langen Flüge in dieser kurzen Zeit?«

»Deine Mutter würde lieber dreimal um den Globus fliegen, als Weihnachten nur mit mir im Südpazifik zu dümpeln.«

Paula lachte. »Ein Traumschiff verbinde ich nicht gerade mit *Dümpeln*.«

»Das bleibt bis zum Geburtstag deiner Mutter aber unter uns, denn das wird mein Geschenk für sie.«

»Wunderbar! Ich verspreche, es den Kindern bis dahin nicht zu erzählen.« Marie würde es zwar ihrer Oma nicht verraten, aber bei Mats und insbesondere Lisbeth konnten sie nicht sicher sein. Da ihre Mutter am 28. November Geburtstag hatte, blieb danach für alle noch genug Zeit für Vorfreude.

Vierzehn

Wort und Wind, beides kann zu einem
Sturm werden.

Die kleine Feier am Samstagabend begann sehr nett. Alle waren begeistert von Paulas ungarischem Gulasch, dessen zartes Fleisch von einem Föhrer Rind stammte. Das größte Lob für Paula war, dass Lena allein aufgrund des Dufts ihre fleischlose Woche nicht einhielt, sondern ordentlich zulangte. Daraus entspann sich eine lebhafte Debatte über das Für und Wider von Fleischverzehr, bei der allerdings die Vegetarier fehlten, um eine Ausgewogenheit herzustellen, sodass sich am Ende alle einig waren, dass Paula unbedingt noch einmal zu einem Gulasch einladen sollte.

»Vielleicht zum Abschied, wenn ihr die Insel verlasst«, schlug Lena vor. »Die Zeit rennt ja nur so. Kaum seid ihr hier, geht ihr schon wieder.«

»Na ja, so schnell ja nun auch wieder nicht«, stoppte Henrik seine Schwester. »In der verbleibenden Zeit kann noch viel passieren.«

Paulas Wangen wurden wieder heiß, und sie stand hastig auf. »Wem darf ich einen Digestif anbieten? Ich habe extra einen Original Föhrer Manhattan besorgt.«

Da Henrik den Mix aus Whiskey und Wermut gern trank, hatte sie sich schlaugemacht. Der Cocktail war einst von Auswanderern aus New York in die alte Heimat gebracht worden und so zum Föhrer Nationalgetränk avanciert.

Marie und Jeppe, die beide ihre Finger hoben, wurden mit einem mütterlichen Augenrollen bedacht. »Ihr zwei wart in diese Frage nicht einbezogen.«

»Ernsthaft?«, fragte Lena und sah Paula entgeistert an. »Die beiden sind doch sechzehn, oder?«

»Ja. Und sie hatten zum Essen Wein beziehungsweise Bier.«

»Du Ärmste«, flüsterte Lena hinter vorgehaltener Hand in Maries Richtung, aber gewollt so, dass alle es hörten.

Paula ärgerte sich darüber, verzichtete aber auf eine Erwiderung. Nachdem der Digestif getrunken und das Dessert, ein leckeres »Schneegestöber« mit Quark, Baiser und Himbeeren, aufgegessen war, halfen Matijana und Danka beim Abräumen und beim Einräumen der Spülmaschine, denn Marie und Jeppe hatten sich unauffällig nach oben verzogen. Lena und Richard hockten mit Mats und Lisbeth auf dem Boden und spielten Memory, Henrik unterhielt sich mit Josip Mazur.

Paula genoss das Bild dieses zwanglosen, gemütlichen Miteinanders, während die Buchenscheite im Ofen knisterten und im Hintergrund leise Musik lief. Tom und sie hatten es immer geliebt, Besucher in ihrer Wohnung zu empfangen, nach einem gemeinsamen Essen am großen Tisch sitzen zu bleiben, statt auf das Sofa zu wechseln, und bei einem Glas Wein zu klönen und zu diskutieren.

Glücklich und zufrieden ging sie mit dem letzten Geschirr zurück in die Küche, wo Matijana gerade den Rest Quark mit dem Finger aus der Dessertschüssel strich und ihn abschleckte. Als Danka begann, den Herd zu putzen, wurde sie von Paula mit einem liebevollen »Feierabend!« aus der Küche geschoben.

»Und wir gehen auch wieder rein«, wandte sie sich fröhlich an Matijana. »Die Feinheiten erledige ich morgen.« Dann erschrak sie. »Alles gut, Mati?«

Matijana sah Paula mit Tränen in den Augen an. »Ich bin so unruhig, Paula. Ich weiß nicht, ob ich Erk sagen soll, was mit mir nicht stimmt.« Sie klang gehetzt. Vielleicht hatte sie Angst, dass ihre Mutter noch einmal zurückkam. »Gestern konnte ich nicht an mich halten. Ich habe eine große Schale *umkreiert*, die Erk für eine Kundin bepflanzt hatte. Ich musste die Blumen einfach der Größe nach anordnen.« Die Tränen kullerten. »Erk war nicht amüsiert. Er war geradezu verstört.

Was ich ja auch verstehen kann. Ich konnte ihm keine Antwort geben, sondern bin einfach weggelaufen.«

»Weggelaufen?« Das klang nicht gut. »Was heißt das, Mati? Du hast deinen Arbeitsplatz verlassen, ohne ihm eine Erklärung zu geben?«

Matijana nickte. »Es war ja fast Feierabend. So lange habe ich durchgehalten. Ich war den ganzen Nachmittag über schon so nervös. Jedes Mal, wenn ich an der Schale vorbeigelaufen bin, wurde es schlimmer.«

Einen Moment lang schwiegen sie. »Du solltest mit ihm reden, Mati«, riet Paula schließlich. »Dann kann er lernen, damit umzugehen.«

»Ja, ich weiß«, antwortete die Freundin und wischte sich eine Träne von der Wange. »Aber der Zwang kann doch jederzeit wieder stärker sein als mein Wille, und ich bin nicht sicher, ob er es tolerieren wird.«

Da war sich auch Paula keineswegs sicher. Es könnte durchaus sein, dass Erk Ahlsen Matijana entließ, wenn solche Eigenmächtigkeiten weiterhin auftraten. Aber die Angst davor durfte nicht den Mut zur Wahrheit übertrumpfen.

»Ich denke, dir bleibt keine andere Wahl, Mati. Ich bin keine Ärztin, aber ich kann mir vorstellen, dass du immer nervöser wirst, wenn du es verschweigst, und der Drang, Dinge zu verändern, könnte sich dann vielleicht wieder verstärken.«

»Weiß ich doch alles selbst«, schluchzte Matijana. »Aber ich kann da nicht weg, Paula! Er soll mich nicht entlassen, ich … ich hab mich in ihn verliebt.«

»Was?« Paula war baff.

»Und ich glaube, ich *hoffe*, dass es bei ihm auch so ist. Er guckt mich immer so an. So wie ich ihn, glaube ich, auch angucke. Manchmal berühren sich unsere Hände beim Arbeiten. Wir tun so, als wäre es zufällig, aber das ist es nicht. Wir geben es nur beide nicht zu.« Etwas in ihren verschleierten Augen begann zu leuchten. »Er ist so süß, Paula. Er ist ein Teddybär. Manchmal brummig, aber … süß. Wir haben auch viel zu lachen bei der Arbeit. Wir haben den gleichen Humor. Und er ist stark. Obwohl er so schlank ist, hat er so viel Kraft. Wenn er einen Busch rauszieht …« Anscheinend hatte sie ein entsprechendes Bild vor Augen, denn ihr Blick verklärte sich.

Paulas Unwohlsein verstärkte sich. Hoffentlich verrannte die Freundin sich da nicht in etwas. Vielleicht interpretierte Mati Erks Verhalten völlig falsch? Wenn man sich etwas innig wünschte, konnte man Berührungen und Worte durchaus doppeldeutig verstehen, ohne dass der andere es so meinte.

»Ist hier alles klar?«, erklang Richards Stimme an der Küchentür. »Braucht ihr noch Hilfe?« Er musterte sie beide, blieb bei Matijana hängen und trat näher. »Hast du geweint?«

Matijana schenkte ihm ein schiefes Grinsen. »Frauenkram, Richard. Aber danke, dass du fragst. Du bist so lieb.« Sie warf Paula einen durchdringenden Blick zu, der signalisierte: Bitte sag ihm nichts.

Paula nickte leicht und hakte Matijana unter. »Schluss mit Frauenkram. Lasst uns einen schönen Abend haben.«

Im Wohnzimmer saß nun Henrik mit Mats und Lisbeth zum Spielen auf dem Boden.

»Letzte Runde Domino«, wandte Paula sich an die Kinder. »Dann geht es ab in die Falle. Es ist schon nach neun.«

»Och Mann«, sagte Henrik gespielt genervt. »Noch eine Runde mehr. Bitte!«

Die Kinder lachten, und Lisbeth rief: »Ja, noch eine Runde, Mama!«

»Du bist keine Hilfe«, warf Paula Henrik lachend vor.

»Libby sieht schon ganz müde aus«, meinte Richard, während er sich setzte. »Morgen früh schläft sie ja trotzdem nicht länger.«

Paula war verblüfft. Er hatte die Kinder wirklich gut kennengelernt während ihrer gemeinsamen Fahrten.

»Große Güte, mutierst du jetzt endgültig zur Spaßbremse, Rich?« Henrik sah ihn genervt an. »Wie oft kommen wir so noch zusammen? Da darf man ja wohl mal eine Ausnahme machen.«

»Überlass doch die Erziehung ihrer Kinder einfach Paula«,

schlug Richard vor. Er sprach gelassen, aber Paula erkannte an seinem Kinn, dass er sauer war.

»Ich finde auch, dass die Kinder ins Bett gehören«, stellte Lena sich auf Richards Seite und legte eine Hand auf seinen Oberschenkel. »Dann könnten wir auch endlich mit ›Wer bin ich?‹ anfangen.« Sie griff sich ein Kärtchen des mitgebrachten Spiels, das schon auf dem Tisch bereitlag, und pappte es sich an die Stirn. »Barbie« stand darauf, und Richard brummte: »Das passt.«

Es war schon fast zwei Uhr, als Henrik, Richard und Lena hinübergingen, während Matijana sich auf ihr Rad schwang. Danka und Josip hatten sich schon vor drei Stunden verabschiedet. An der Haustür genoss Paula nach dem lebhaften Abend einen Moment lang die Stille im Greveling. Der Wind fuhr über die Warften und brachte den Duft des Meeres mit sich. Mit einem gemurmelten »Wunderbares Föhr« ging sie schließlich wieder hinein.

War Lena mit Richard in seinem Zimmer verschwunden? Diese Frage beschäftigte Paula beim Abräumen der Gläser, als es an der Terrassentür klopfte. Erstaunt öffnete sie Richard.

»Hast du was vergessen?«

»Ja, mein Handy.«

Es lag auf seinem Stuhl, was Paula stutzig machte. Und dass er nicht direkt wieder ging, sondern sich zwei Weingläser griff und in die Küche trug, verstärkte den Eindruck, dass er es absichtlich dort deponiert hatte, um noch einmal allein zurückkommen zu können.

»Was hast du auf dem Herzen?«, fragte sie geradeheraus, während sie ihm mit weiteren Gläsern folgte. »Du trägst dein Handy nie in der hinteren Hosentasche. Es ist also nicht herausgerutscht.«

Er stellte die Gläser ab und wandte sich zu ihr um. »Was ist mit Mati? Den Frauenkram kaufe ich euch nicht ab. Geht es ihr wieder schlechter?«

Seine Besorgnis berührte Paula. Und weil sie sich selbst

über Matijana Gedanken machte, erzählte sie ihm alles. Auch ihre Bedenken, was Matijanas Auslegung von Erk Ahlsens Gestik und Mimik bezüglich eventuell beidseitiger Verliebtheit betraf.

»Hm«, meinte Richard, an die Arbeitsplatte gelehnt. Er überdachte das Gesagte. »Ich kenne Erk Ahlsen zwar nur aus den kurzen Gesprächen mit ihm, wenn er bei Henrik den Garten macht, aber er ist ein bodenständiger Typ, keine Labertasche, freundlich, ruhig … Das könnte tatsächlich passen mit den beiden, oder?«

»Ich würde es mir auch wünschen«, gab Paula zu. »So sehr. Wir könnten sie beobachten, wenn sie gemeinsam bei mir oder bei euch drüben im Garten arbeiten. Dann sehen wir vielleicht, ob Matis Hoffnung, er könne auch in sie verliebt sein, stimmt.«

Richard lachte auf. »Miss Marple … Ich muss dich, glaube ich, enttäuschen. Die Gartensaison ist zu Ende. Ich weiß nicht, was Henrik mit Ahlsen vereinbart hat, aber ich vermute, er kommt erst im nächsten Jahr wieder.«

Mit einem verschmitzten Lächeln deutete Paula in die Dunkelheit hinter dem Fenster. »Unser Rasen könnte noch einen allerletzten Schnitt vor der Winterpause gebrauchen.«

»Du hast einen Roboter.«

»Der könnte ja kaputt sein.«

Lachend stieß Richard sich ab und trat vor Paula. »Die Frau Pastorin agiert als Kupplerin … Wir warten einfach mal ab. Wichtig ist nur, dass Mati stabil bleibt. Und darum bin ich auf jeden Fall ganz bei dir. Sie muss es ihm unbedingt sagen. Auch wenn er nur ihr Chef und nichts weiter sein möchte, sollte er es wissen.«

Paula war dankbar, dass er ihre Meinung bestätigt hatte. Es tat einfach gut, Gedanken, die man sich machte, mit jemandem besprechen zu können.

»Danke, dass du es mir gesagt hast, Paula.«

Sie nickte, strich über seinen Unterarm und spürte deutlich die Wärme seiner Haut, die feinen Härchen … Hastig zog sie ihre Hand zurück. »Gute Nacht, Richard.«

»Gute Nacht. Träum was Schönes.« Er ging, wandte sich aber an der Küchentür noch einmal um. »Bald kannst du mein fast fertiges Manuskript lesen, also … wenn du das immer noch möchtest.«

Überrascht sah sie ihn an. »Ja natürlich. Sehr gern.«

»Es ist keine leichte Kost. Ich glaube, letztendlich wird meine Lektorin viele Passagen, vor allem die, die den Brand in Moria betreffen, streichen, weil sie zu hart sind.« Er lächelte schief. »Unsere Wohlstandsgesellschaft verschließt ja gern mal die Augen vor der Realität. Und wenn ich mir die vielen deutschen Wohlstandskinder angucke, wird es in der Zukunft nicht besser werden, was Egomanie betrifft. Marie, Mats und Lisbeth nehme ich natürlich davon aus. Sie sind wunderbar. Die drei sollen ihr schönes, so beneidenswert sorgenfreies Kinderleben weiter genießen. Sie werden trotzdem verantwortungsbewusste Erwachsene werden. Das weiß ich. Weil du ihre Mutter bist.«

Richards Lächeln kam von Herzen, das nahm Paula deutlich wahr. Das Gefühl, über das Gesagte glücklich sein zu müssen, wurde aber von etwas anderem überlagert.

»Ein schönes Leben? Ein beneidenswert sorgenfreies Kinderleben?« Paula fühlte, wie etwas Heißes ihre Brust flutete. Ärger war darin, vielleicht sogar Wut. Dennoch versuchte sie ihre Stimme zu zähmen, als sie ihm antwortete. »Du hast in deinem Leben viel Grausames und Trauriges gesehen. Ich möchte nicht mir dir tauschen, was das betrifft, und ich verstehe weiß Gott deinen Kummer in Bezug auf alle Kinder dieser Welt, die Hunger und Schmerzen, Krieg und Flucht aushalten müssen. Jedes Kind sollte ein unbeschwertes Kinderleben leben. Jedes einzelne. Aber eines will ich dir jetzt mal sagen: Marie und Mats haben so sehr gelitten, als Tom starb, haben den maßlosen Schmerz tiefer Trauer erfahren, haben in ihrem Leben schon so viel geweint, sind für ihr Leben geprägt durch den Verlust.« Ihre Stimme kippte. »Libby hat ihren Vater nicht einmal kennengelernt. Niemals hat sie das Wort ›Papa‹ als Anrede nutzen können. Ihr Papa ist an einem Ort, der für sie nicht einmal durch Erinnerungen erreichbar ist.« Wütend strich sie sich eine Träne von der Wange. »Sag nie wieder, dass sie ein beneidenswertes Kinderleben haben.«

»Paula.« Richard sah sie an, und Paula erkannte die Bestürzung in seinem Gesicht. Er wirkte, als hätte sie ihn geschlagen.

Mit zwei Schritten war er bei ihr und nahm ihre Hände in seine. »Es tut mir so leid, Paula, so habe ich das nicht gemeint. Ich habe mich dumm ausgedrückt. Es war einfach … unüberlegt.«

Sie blickte an ihm vorbei, als sie ihm ihre Hände entzog. »Schon gut, Richard, es ist alles gut. Ich reagiere vielleicht einfach überempfindlich, was meine Kinder betrifft. Und ich habe Wein getrunken.« Nun sah sie ihn an. »Es ist wohl besser, wenn wir jetzt beide zu Bett gehen.« Tränenblind stakste sie an ihm vorbei und öffnete die Haustür. »Gute Nacht.«

Er sah blass aus, als er wortlos an ihr vorbeiging.

Paula schloss die Tür hinter ihm und versuchte, weiter aufzuräumen, doch letztlich löschte sie die Lichter und ging nach oben. Sie ließ sich einfach auf ihr Bett fallen und weinte.

✳✳✳

Den Sonntagvormittag verbrachte Paula mit Aufräumen und dem Im-Zaum-Halten ihrer schlechten Laune. Die Kinder konnten schließlich nichts dafür, dass sie kaum geschlafen hatte. Immer wieder sah sie Richard vor sich. In einem Moment entschied sie, dass sie überreagiert hatte. Er hatte seine Wortwahl wohl wirklich nicht überdacht. Im nächsten Moment wusste sie, dass sie im Recht war. Ihre Brust durfte sich heiß anfühlen, immer noch, denn, das war ihr jetzt klar, es waren nicht nur Ärger oder Wut gewesen, die diese brennende Hitze ausgelöst hatten, sondern schmerzhafte Enttäuschung. Richard hatte das gesagt. Nicht Henrik, der gefühlsmäßig eher spontan vorpreschte, sondern Richard. Der ihr ein so guter Freund geworden war. Dieser Gedanke wiederum ließ sie sich auf Richards Seite schlagen, denn er hatte nie behauptet, ihr Freund zu sein. Ihre freundschaftlichen Gefühle für ihn waren wohl einfach viel stärker als seine für sie. Er durfte also unüberlegte Dinge sagen, ohne sie verletzen zu wollen. Sie reagierte zu empfindlich.

Dafür sprach auch sein Gesicht, das immer wieder vor ihrem inneren Auge erschien. Er war richtig blass geworden. Sie hatte ihn mit ihren Worten verletzt. Und so wollte sie nicht sein. Sie war keine Frau, die andere verletzte.

Sie musste auf jeden Fall mit ihm reden, denn der Vorfall belastete sie ungemein. Sie konnte an nichts anderes denken. Als es klingelte, eilte sie hin. Vielleicht war es Richard. Vielleicht fühlte er sich genauso schlecht wie sie und ergriff als Erster die Initiative.

Erwartungsvoll zog sie die Tür auf, wurde aber enttäuscht. Mats' Schulfreund stand vor ihr, sein Rad neben ihm. »Hallo, Lasse«, sagte sie mit erzwungener Fröhlichkeit. »Du möchtest bestimmt zu Mats. Geh einfach hintenrum, er kickt auf dem Rasen.«

Lasse trug Gummistiefel, also hatte er wahrscheinlich vor, mit Mats am Strand zu spielen.

»Okay.« Er stellte das Fahrrad ab und lief ums Haus.

Paula schloss die Tür wieder, hatte aber vorher einen Blick zur anderen Haushälfte geworfen. Ob Lena noch da war? Hatte Richard sich von ihr trösten lassen? Sie begab sich in die Küche, wo die Spülmaschine noch surrte. Die edlen Weingläser hatte sie bereits per Hand abgewaschen und in der Esszimmervitrine verstaut. Sie wollte etwas tun und auch wieder nicht. Unruhig, gefühlt noch schlechter gelaunt als vor Minuten, lauschte sie auf dem Flur kurz nach oben, wo im Kinderzimmer einer von Lisbeths Pettersson-Tonies lief. Ihre Kleine spielte also. Und Marie war direkt nach dem Frühstück zu Jeppe aufgebrochen.

Als Mats durch die angelehnte Terrassentür nach ihr rief, war sie geradezu dankbar.

Sie zog die Tür ganz auf. »Ja?«

»Mama, darf ich mit Lasse zur Burg fahren? Wir wollen Ritter spielen.« Beide Jungs sahen sie erwartungsvoll an.

»Na gut, aber nur dorthin, verstanden? Ich möchte wissen, wo ihr seid. Und nervt nicht wieder die Leute an der Ausgrabungsstätte, wenn welche da sind.«

»Ja klaro.« Mats klatschte Lasse ab, dann rannten sie los.

Paula ging zurück zur Haustür und öffnete für Mats das Garagentor, damit er sein Rad herausholen konnte. Aus einer Kiste in der Garage wühlte er zwei Stöcke hervor, die er auf seinen Gepäckträger klemmte. »Tschüs, Mama.«

»Was sollen die Stöcke? So kannst du nicht fahren, sie stehen zu weit über. Wenn dir ein Radfahrer entgegenkommt, könntest du ihn damit streifen.«

»Das sind doch unsere Schwerter«, sagte Mats, hatte aber verstanden, was sie meinte. Er warf die Hölzer zurück in die Garage und sagte zu Lasse: »Wir brechen uns da neue ab.«

Paula winkte ihnen nach, obwohl sich keiner der Jungs mehr zu ihr umdrehte. Die Lembecksburg lag im Norden von Borgsum. Der zehn Meter hohe Ringwall aus der Wikingerzeit bot einen herrlichen Blick über die Felder bis zu den umliegenden Dörfern und war nach dem Ritter Klaus Limbeck benannt, der die Inseln Föhr, Amrum und Sylt im 14. Jahrhundert vom dänischen König Waldemar Atterdag als Lehen erhalten hatte.

Unentschlossen ging Paula zurück ins Wohnzimmer und blickte durch die Terrassentür in den Himmel, dessen helles Blau gegen immer dichter werdende Wolkenbänke zu kämpfen hatte. Mats hätte seine Regenjacke mitnehmen sollen. Im nächsten Moment verkrampfte sich ihr Magen, denn Richard trat auf Henriks Terrasse. Sie atmete tief durch. Jetzt oder nie.

Als sie auf ihre Terrasse ging, hielt sie unvermittelt inne. Sie sah, wie Richard seine Schreibmaschine in die Höhe hielt und dann voller Wucht auf den Rasen schmetterte. Das Gras dämpfte das Geräusch, als die Maschine aufprallte, doch hässlich genug klang es.

»Richard …« Sie machte ein paar Schritte auf ihn zu.

Abrupt wandte er sich ihr zu. »Paula.«

»Was tust du denn? Warum um Gottes willen zertrümmerst du deine Schreibmaschine?«

Sie blickten beide stumm auf den Rasen. Diese königsblaue »Royal« würde nichts mehr schreiben.

»Ich brauche sie nicht mehr«, brach es bitter aus ihm heraus. »Ich bin kein Romancier. Ich kann nur sachlich schreiben, und dabei sollte ich auch bleiben.«

»Aber du bist doch schon fast fertig! Gib mir das Manuskript, ich lese es und …«

»Nein!«, fiel er ihr hart ins Wort. »Ich kann das, was ich geschrieben habe, so nicht stehen lassen. Ich muss so viel ändern, ich muss …« Er brach ab. Hilflos.

Paula suchte nach den richtigen Worten. »Vielleicht hast du einfach noch zu viel Wut in dir? Deine Therapie ist abgeschlossen, aber vielleicht ist da noch etwas, das dich diese fiktionale Geschichte nicht schreiben lassen will? Wut, Kummer, Trauer über das Elend, das du gesehen hast. Du bist vielleicht einfach nicht frei für eine Geschichte, die nicht nur sachlich geschrieben ist.«

»Verdammt, darum geht es nicht!« Mit den Händen fuhr er sich durch die kurzen Locken. »Ich kann einfach nicht mehr schreiben, was ich schreiben wollte.«

»Dann erkläre es mir doch. Ich kann dir vielleicht helfen.«

Er sah sie nicht an, als er voller Leidenschaft antwortete: »Das kann ich nicht, Paula! Es geht einfach nicht.«

Er ließ sie stehen und ging rein. Die Terrassentür schloss er hinter sich.

Paula schluckte. Was hatte das jetzt zu bedeuten? Ihr Blick wanderte zu der zertrümmerten Schreibmaschine auf dem Rasen. Paula war sich sicher, dass diese Aktion auf das zurückzuführen war, was sie gestern Nacht zu ihm gesagt hatte. Doch dann stellte sich die Frage, was sein Schreiben damit zu tun hatte.

»Mama!«, erklang es aus dem Haus, und Paula ging wieder hinein. Lisbeth stand im Wohnzimmer. »Spielst du was mit mir?«

Dankbar für die Ablenkung antwortete sie: »Ja, mein Schatz. Was immer du willst.«

Sie würde sich später weiter ihre Gedanken machen. Auf jeden Fall aber würde sie heute noch zu Richard rübergehen. Sie mussten das aufräumen, was zwischen ihnen zerschlagen war. Unbedingt.

Es wurde schon dunkel, als Paula sich endlich ein Herz fasste. Die Kleinen waren unter Maries Obhut, als Paula bei Henrik klingelte. Er war es auch, der ihr öffnete.

»Paula, komm rein.« Er ließ sie an sich vorbei. »Was kann ich für dich tun?«

»Eigentlich nichts. Ich wollte zu Richard.«

»Da kommst du zwei Stunden zu spät. Er ist abgereist.«

Paula starrte ihn an. »Abgereist? Aber … Für lange?«, stammelte sie. »Also … kommt er wieder?«

»Ich habe ihm gesagt, dass meine Tür immer für ihn offen ist, aber ehrlich gesagt glaube ich nicht, dass er in nächster Zeit zurückkommt.« Er musterte sie. »Hat er sich denn nicht von euch verabschiedet?«

Paula schüttelte stumm den Kopf. Er war einfach gegangen. Das schlechte Gewissen übermannte sie. Hatte sie das ausgelöst?

»Ist etwas zwischen euch vorgefallen? Er hat seinen abrupten Abgang nämlich ohne vernünftige Erklärung vollzogen. Ich hatte gehofft, dass du mehr weißt. Ihr habt doch ein gutes Verhältnis zueinander entwickelt.«

»Nein, ich … ich weiß auch nichts.« Paula hätte an Ort und Stelle losweinen können, doch sie riss sich zusammen und griff nach der Türklinke. »Danke, Henrik, dann weiß ich jetzt Bescheid.«

»Du hast ja seine Telefonnummer«, erwiderte er. »Ruf ihn an.«

»Ja … ja klar. Danke.«

Als sie hinausging, hielt er sie zurück. »Paula?«

Durchatmend wandte sie sich zu ihm um. »Ja?«

»Ich weiß jetzt, dass ich dich beim Campen überfallen habe. Ich war unsensibel, und das tut mir sehr leid. Aber meine Worte bleiben nach wie vor wahr. Ich möchte dich besser kennenlernen, intensiver. Ich möchte mehr sein als dein Freund und Nachbar.« Er legte einen Finger auf ihre Lippen, als sie etwas erwidern wollte. »Bitte, hör mir zu. Ich werde dir alle Zeit der Welt lassen, wenn es das ist, was du brauchst. Aber …«, er nahm ihre Hände in seine, »sag mir bitte, ob du überhaupt … Also, wenn du mich nicht …« Er brach ab und wirkte auf so liebevolle Weise verlegen.

Paula fühlte sich noch schlechter. »Ich bin gerade nicht frei für einen anderen Mann, Henrik.«

Seine Stimme klang gepresst, als er antwortete. »Wegen Richard.«

»Was? Nein.« Paula schluckte. »Wegen Tom. Seit wir die Kate gefunden haben … Ich weiß selbst nicht, was mit mir los ist, Henrik. Ich bin einfach im Moment nicht frei im Herzen.«

»Ich verstehe.«

»Ich möchte aber auch ehrlich sein.« Paula fühlte, wie die Röte in ihre Wangen stieg. »Du warst in den vergangenen Monaten sehr präsent in meinen Gedanken.«

Sein Lächeln kam zurück. »Dann mach dich darauf gefasst, dass ich nicht aufgeben werde.«

***

Wyk auf Föhr, 22. November

Lieber Tom,
nun haben wir schon Ende November, und in zwei Wochen ist der erste Advent. Wie sehr vermisse ich momentan unser Pastorat, wo jeder Stern und jeder Engel in der Weihnachtszeit seinen Platz hat. Das Haus von Dr. Konradi zu schmücken, wird eigenartig sein. Nie war mir so bewusst wie jetzt, dass dies nicht unser Zuhause ist. Der ganze November war grau, die Nordsee, der Him-

mel, mein Gemüt … alles grau. Es ist, als hätte sich mit dem Finden von Oma Margrethes Kate peu à peu das Schöne aus meinem Leben verabschiedet. Wenn unsere drei Schätze nicht wären … Sie sind wundervoll. Ich bin so dankbar, dass sie hier auf Föhr mittlerweile gute Freundschaften geschlossen haben, die auffangen, was ich ihnen genommen habe, als wir Hamburg verließen. Lisbeth spielt gern mit Jella und Bente, zwei süßen Insulanerinnen, die sie aus dem Kindergarten kennt. Mats ist ständig mit seinem »zweitbesten Freund« unterwegs. Den ersten Platz kann Lasse Ben noch nicht streitig machen. Mats und Lasse spielen oft Ritter auf dem Ringwall in Alkersum. Henrik hat in seiner Hobbywerkstatt zwei Holzschwerter für sie gefertigt. Mich freut besonders, dass Mats hier noch Kind sein kann. Mit zehn würde er in Hamburg wahrscheinlich nicht mehr so spielen wie hier auf der Insel.

Und unsere Marie … Sie ist nach wie vor sooo verliebt in ihren Jeppe. Sie schlafen miteinander! Ist das nicht unvorstellbar, Tom? Sie war doch gerade noch unsere Kleine, hat dir in der Badewanne becherweise Wasser über den Kopf geschüttet und dir gesagt, dass sie dich heiraten will, wenn sie groß ist. Aber Jeppe ist auch wirklich ein großartiger Junge. Bodenständig, selbstbewusst und auch herrlich familiär. Er hat selbst drei Geschwister. So ist für uns vier ein Alltag eingekehrt, der mir, ich mag es kaum schreiben, aufs Gemüt schlägt. Das hatte ich für mein Sabbatjahr einfach nicht erwartet. Und der Gedanke an Marie bereitet mir jetzt schon Bauchschmerzen, wenn ich daran denke, dass ich sie in ein paar Monaten erneut aus einem Umfeld herausreißen muss, das für sie die Welt bedeutet.

Der einzige Trost für mich ist, dass Papa und Mama bald kommen. Gott, wie ich mich freue, sie wiederzusehen. Die Kinder freuen sich auch schon so sehr auf Weihnachten mit ihrer Oma und ihrem Opa.

Tom, ich muss dir in diesem Zusammenhang unbedingt noch etwas anderes erzählen. Henrik hat mich eingeladen, mit ihm Silvester zu verbringen – gemeinsam mit Lena und deren neuem Freund auf einer Hütte im Harz. Ich wäre zwei Nächte weg. Henrik hat die Hoffnung, dass ich Ja sage, weil ja Mama und Papa hier sind und auf die Kinder aufpassen können. Aber das kann ich unmöglich tun. Papa und Mama kommen ja schließlich, um auch mich zu sehen und nicht nur die Kinder.

Ach, Tom ... ja, ich sehe, wie du mit dem Kopf schüttelst. Du hast ja recht. Das ist nur die halbe Wahrheit. Ich kann nicht Mama und Papa die Schuld für mein Nein geben. Ich mag Henrik. Sehr. Er ist in den letzten Wochen so aufmerksam gewesen. Wir waren essen, spazieren, sind mit der Vespa durch die Felder gedüst ... Aber ich habe es immer vermieden, dass wir allein in seinem Haus sind. Die Vorstellung, von ihm berührt zu werden, wo du mich berührt hast ... Ich kann das einfach nicht. Ich bin feige. Vielleicht bin ich ja auch schon zu lange allein?

Hilf mir doch bitte!

Ich liebe dich.

Deine Paula

Fünfzehn

Überraschungen gibt es in Süß und Sauer,
aber Würze sind sie immer.

»Was? Papa hat Corona?« Paula starrte auf das Smartphone-Display, von dem ihre Mutter sie traurig anblickte.

»Es tut mir so unendlich leid, Paula. Wir wären Weihnachten so gern bei euch gewesen.« Doris Schmitt begann zu weinen. »Mir schmerzt das Herz, wenn ich nur daran denke, dass ich euch alle nicht sehen werde, aber Papa geht es wirklich nicht gut. Er ist nicht stabil genug, um diese weite Reise anzutreten. Ganz abgesehen davon, dass er andere Passagiere im Flugzeug mit Corona anstecken könnte.«

Paula fehlten die Worte. Ihre Kehle war wie zugeschnürt. »Und du?«, würgte sie hervor. »Hat er dich nicht angesteckt? Geht's dir gut?«

Doris winkte schluchzend ab. »Bei mir ist noch alles gut. Ich teste mich nachher noch mal. Die Wahrscheinlichkeit, dass ich mich in dieser kleinen Kabine nicht bei Papa anstecke, ist wohl eher gering. Schau, hier liegt er und schläft.« Sie drehte ihr iPad so, dass Paula ihren schlafenden Vater sehen konnte. »Eigentlich wollte er auch mit dir sprechen, aber vor zehn Minuten hat die Müdigkeit ihn übermannt, und ich wollte ihn nicht wecken. Er hat heute Nacht so unruhig geschlafen.«

»Ach, Mama.« Paula weinte los. »Ich möchte dir nicht noch mehr Kummer machen, aber ich bin jetzt wirklich, wirklich traurig.«

»Ich auch, mein Schatz, ich auch.«

Beide Frauen weinten. Paula war dankbar, dass die Kinder in der Schule und im Kindergarten waren, so konnten sie und ihre Mutter sich einfach gehen lassen.

»Sag Papa, dass wir heute Nachmittag noch mal chatten«, bat Paula, als sie sich beruhigt hatten. »Ich möchte ihm unbedingt selbst gute Besserung wünschen. Und dann sind auch die Kinder da und können mit euch sprechen.«

»Ja, mein Schatz, so machen wir das.«

Sie sprachen noch eine Weile miteinander. Paula berichtete von den Kindern, um ihre Mutter auf andere Gedanken zu bringen. »Libby hat im Kindergarten aus Tannenzapfen kleine Weihnachtswichtel gebastelt.« Sie holte einen der Tannenzapfenwichtel und hielt ihn in die Kamera. »Süß, nicht?«

Leider zeigte das nicht den erhofften Aufheiterungseffekt, sondern verstärkte den Kummer der Oma. »Ich vermisse Lisbeth so. Ich vermisse euch alle«, weinte Doris erneut auf, wobei sie leise blieb, um ihren Mann nicht zu wecken. »Was macht ihr denn nun ohne uns? Versprich mir, dass ihr schön festlich feiert – wie immer! Ich will keine traurigen Gesichter sehen, wenn wir Weihnachten miteinander sprechen.«

Paula seufzte. Diejenige, die dabei garantiert wie ein Schlosshund heulte, würde ihre Mutter sein. »Alles wird gut, Mama«, gab sie sich zuversichtlich. »Wir haben doch schon ganz andere Dinge überstanden. Hauptsache, Papa wird schnell wieder ganz gesund. Dir wünsche ich, dass du dich nicht ansteckst.«

Schniefend nickte Doris. »Ja, alles wird gut. Wir reden dann heute Nachmittag noch mal. Ich freu mich auf die Kinder.« Ihr »Tschüs, du Liebe« ging schon wieder im Weinen unter.

»Ist doch alles scheiße!«, entfuhr es Paula, als sie den Laptop zuknallte. Erneut ließ sie den Tränen freien Lauf. Dann raffte sie sich auf, um sich in der Küche einen Tee zu machen. Während sie darauf wartete, dass das Wasser kochte, blickte sie zum Kalender an der Wand.

Heute war der 21. Dezember, und der Flieger in Tonga würde ohne ihre Eltern starten. Sie mussten es hinnehmen.

Paula nahm aus einer Schublade das Tee-Ei und befüllte es mit einer friesischen Weihnachtsmischung. Als sie den Tee mit dem heißen Wasser aufgoss, streifte der adventliche Duft nach Zimt und Apfelsine direkt ihre Nase. Doch statt sie noch trauriger zu machen, barg er etwas Tröstendes, und sie war dankbar dafür.

Anscheinend verband ihr Gehirn damit das Schöne der Weihnachtszeit so stark, dass die kurzfristige Absage ihrer Eltern dieser Tiefe nichts anhaben konnte, so traurig es auch war.

Paula gab einen Kluntje in den dampfenden Becher und stellte sich damit ans Küchenfenster. Während sie in kleinen Schlucken trank, betrachtete sie die Umgebung. Viele der Warfthäuser wurden an Touristen vermietet. So fiel hier der Weihnachtsschmuck dürftiger aus als bei Ruth Vormbeck, deren große Tanne im Garten im Dunkeln prachtvoll glitzerte. Auch an allen Fenstern leuchteten Pyramiden. Strom sparen fiel zu Weihnachten aus, und Paula war diesbezüglich ganz bei der Nachbarin. Licht war ein so großer Kraftspender.

Henriks Haushälfte konnte sie von hier aus nicht sehen, aber auch er hatte viele Lichterketten verteilt, an seinen Rosenstämmchen am Aufgang, an den großen Buchsbaumbüschen vor der Terrasse … Heute Morgen war er abgereist. Lena und er würden Weihnachten gemeinsam mit ihrer Mutter und dem Stiefvater, die in Hannover lebten, in der Karibik verbringen. Am 30. Dezember würde er wieder hier sein, erneut packen und dann den Silvester-Kurztrip in den Harz starten, um anschließend noch Freunde im Schwarzwald zu besuchen. Bis zuletzt hatte er darauf gehofft, dass sie ihn in den Harz begleiten würde. Sie hatte ihre Absage nicht wirklich bereut, denn das Nein hatte die Aufregung von ihr genommen. Aber jetzt, in diesem Moment, bedauerte sie es. Sie war einfach feige gewesen. Gut, hätte sie zugesagt, hätte sie sowieso nicht fahren können, weil ihre Eltern nicht kamen, aber dann hätte sie zumindest Bedauern gespürt. Und nicht dieses elende Gefühl, das sich gerade durch ihre Eingeweide tentakelte. Einsamkeit, Verlust, dieses deprimierende Grau in Grau.

Sie stellte den Becher ab und griff nach ihrem Handy, als es den Eingang einer WhatsApp signalisierte. Es war Matijana, die ihr eine Nachricht geschickt hatte, nicht Richard. Ohne Matijanas Nachricht zu lesen, scrollte sie runter zu Richards Statusbild, das einen abgestorbenen Baumstamm am Strand und im Hintergrund von Schaum gekrönte Wellen zeigte.

Sie öffnete den Chat und las erneut die letzte Nachricht, die er ihr geschickt hatte. Das war fast drei Wochen her. Sie hatte ihm geschrieben, einen Tag nachdem sie von Henrik erfahren hatte, dass er kommentarlos abgereist war. Hatte gefragt, ob er ihretwegen abgereist war, und sich für ihre harten Worte am Vorabend entschuldigt.

Seine Antwort war kurz und knapp gewesen. »Paula, du bist nicht diejenige, die sich zu entschuldigen hat. Ich bin es, der dich um Verzeihung bitten muss, und das werde ich tun. Persönlich. Wir sehen uns, Paula, aber ich weiß noch nicht genau, wann, denn es gibt einiges, das ich klären muss. Bis dahin wünsche ich euch vieren das Allerbeste. Richard.«

Seufzend scrollte sie wieder nach oben und öffnete Matijanas Nachricht. »Paula! Nur kurz vorab, ich rufe dich später noch an … Ich habe es Erk endlich gesagt.« Dahinter hatte Mati einen erleichterten Smiley gesetzt. »Er hat mich nicht rausgeworfen. Nachher berichte ich dir alles brühwarm. Hast du Zeit, wenn die Kleinen im Bett sind?«

Paula fiel ein Stein vom Herzen. Umgehend antwortete sie: »Du warst mutig, Mati. Ich freu mich so für dich. Ruf unbedingt heute Abend an. Ich will ALLES genau hören.« Sie setzte einen Kuss-Smiley dazu und sandte die Nachricht ab.

Die liebe Mati. Wenigstens bei ihr lief es. Und wer weiß? Vielleicht würde Erk Ahlsen für Mati ja tatsächlich irgendwann mal mehr als ihr Arbeitgeber sein? Ein bedeutsamer Punkt, der dafürsprach, war die Tatsache, dass er Matijana über den Winter nicht entlassen hatte.

Paula freute sich so für die Freundin, dass sich ihre Laune besserte. Kurz entschlossen buk sie einen Teig, den sie später mit den Kindern ausrollen würde, um Kekse auszustechen. Wenn Düfte tatsächlich funktionierten, dann würde der Geruch von Weihnachtsplätzchen den Kindern vielleicht helfen, die Traurigkeit zu überwinden, die sie massiv befallen würde, wenn sie ihnen sagte, dass sie Weihnachten nun doch ohne die Großeltern verbringen mussten. Sie hatten zwar schon zu Beginn der Adventszeit gebacken, aber der Großteil der leckeren Kekse war entweder aufgefuttert oder stand in kleinen Zellophantütchen verpackt bereit, um verschenkt zu werden.

Als der Teig im Kühlschrank war, machte Paula eine Einkaufsliste, denn die Plätzchen mussten natürlich verziert werden. Paula achtete bei sich selbst und den Kindern das ganze Jahr über darauf, den Verzehr von Naschereien zu beschränken, aber die Weihnachtszeit war davon ausgenommen. Und so landeten ohne schlechtes Gewissen Schokoraspeln, Smarties und Zuckerperlen auf der Liste. Lebensmittelfarbe für den Zuckerguss war noch da.

Paula schnappte sich den hübschen Leinenbeutel mit Ankermotiven, den der Nikolaus ihr in den Stiefel gesteckt hatte, und zog die rote Outdoorjacke an, die sie sich im Oktober in einem Geschäft am Sandwall gegönnt hatte, weil Wind und Regen nun ständig allgegenwärtig waren, auch wenn der Wind die Wolken oft schnell davonjagte. Draußen öffnete sie das Tor der Garage, in der jetzt nicht mehr nur die Fahrräder standen, sondern auch ihr Auto, denn sie hatte ihren Führerschein zurück. Vor zwei Wochen war sie mit den Kindern mit dem Zug nach Hamburg gefahren, um Oma Hannelore und Freunde zu besuchen. Bei der Gelegenheit hatten sie den Wagen am Pastorat abgeholt und die Heimreise nach Föhr angetreten. Ein Stück Freiheit, das zurück war, doch sie nutzte den alten Citroën C4 auf der Insel kaum, denn auf Föhr war kein Punkt zu weit entfernt, um ihn nicht wunderbar mit dem Rad zu erreichen.

Der Wind blies stark landeinwärts, und Paula musste kräftig in die Pedale treten. Aber die frische Luft war belebend, und sie radelte bis zur Ecke Bade- und Gmelinstraße, weil sie den Blick auf den Strand von dort liebte. Eine Weile blieb sie stehen und beobachtete zwei Kitesurfer, die zum Schutz vor Wind und Kälte von den Füßen bis zum Kopf in Neopren gehüllt waren. Paula hatte Verständnis, dass Vollblutsurfer die herrlichen Wellen nutzen wollten, aber sie war trotzdem dankbar, dass die Männer zu zweit waren. So konnten sie sich gegenseitig helfen, sollte etwas passieren. Schließlich würde auch der beste Anzug versagen, wenn man ins Wasser fiel und zu lange der Eiseskälte ausgesetzt war.

Der Stand der Bojen verriet, dass das Wasser noch auflief, aber bald würde die Flut ihren Höchststand erreichen, und darum setzte Paula ihre Tour fort, radelte den Stockmannsweg hinunter und fuhr bis zum Sandwall. Am Schachbrett schloss sie ihr Rad an. Da die neue Mittelbrücke sich noch im Bau befand, wandte sie sich an der Promenade nach rechts und schlenderte bis zur Seglerbrücke. Bei Flut und auflandigem Wind waren die Holzbohlen der Brücke meist komplett von Wasser bedeckt, und Paula liebte diesen Anblick. So weit war es aber noch nicht, als sie bei der Brücke ankam. Worüber sie ganz froh war, denn sie trug keine Gummistiefel, und so konnte sie die Brücke noch mit ihren Sneakers betreten. Nass wurden ihre Schuhe und Waden dennoch, denn bei jedem Wellenschlag spritzte das Wasser bereits durch die Bohlenritzen.

Die Arme auf das hölzerne Geländer gestützt, ließ sie am Ende der Brücke ihre Gedanken schweifen, während ihr der Wind um den Kopf blies und die Flut weiter stieg. Sie erinnerte sich an den heftigen Septembersturm mit Orkanböen von fast hundert Kilometern pro Stunde. Es war ein gleichermaßen faszinierendes wie beängstigendes Naturschauspiel gewesen. Der Fährverkehr war komplett eingestellt worden. Etliche Bäume auf der Insel, deren noch dicht belaubte Kronen zu viel Angriffsfläche geboten hatten, waren gefallen wie Mikado-Stäbchen. Doch davor waren sie und die Kinder geschützt gewesen, denn sie hatten mit Henrik und Richard auf dem Deich gestanden. Der Strand war überflutet gewesen. Die machtvollen Böen hatten an ihnen gezerrt, und ihr langer Zopf war ihr um den Hals geflogen. Es war eine besondere Erfahrung gewesen. Sie hatten alle nebeneinandergestanden und sich eingehakt, wobei Lisbeth an ihrer und Richards Hand festen Halt gefunden hatte. Sich gegenseitig zu stützen, um nicht zu fallen, um nicht davongetragen zu werden ... Dieses Bild würde sie noch einmal für eine Predigt nutzen, fiel ihr ein. Denn es gab so vieles, was Menschen wie ein Sturm umwerfen konnte. Verlust, Krankheit, Alleinsein. Eine Metapher zu verwenden, war immer hilfreich. Menschen liebten Bilder, die sie mit sich selbst in Verbindung brachten.

Als Paula eine halbe Stunde später bei Edeka Knudsen einkaufte, hatte sie eiskalte, klitschnasse Füße. Sie hatte zu lange auf der Plattform der Brücke verweilt und auf dem Rückweg die letzten Meter über bereits unter Wasser stehende Bohlen gehen müssen.

Zurück im Greveling bekam sie Herzklopfen, als sie zum Haus abbog. Richards Wagen stand auf Henriks Auffahrt. Warum hatte er sich nicht angekündigt? Wollte er etwa direkt wieder verschwinden? Erneut ohne Gruß? Ohne Abschied?

Die Antwort erhielt sie umgehend, denn er zog die Haustür auf und kam auf sie zu. Lächelnd. »Paula! Ich habe gerade bei euch geklingelt.«

Das war ja schon mal erfreulich, doch bevor sie sich zügeln konnte, antwortete sie patzig: »Tatsächlich? Da kann man sich bei dir ja nicht sicher sein.«

Sein Lächeln verschwand. »Du hast recht. Ich habe mich kindisch verhalten. Lass es mich wiedergutmachen. Bitte!«

Paula stellte das Rad ab und nahm den Einkaufsbeutel aus dem Fahrradkorb. »Komm einfach mit rein und mach dir einen Kaffee. Ich muss erst mal meine Eiszapfen wieder zum Leben erwecken.« Sie deutete auf ihre Füße.

»Wo bist du denn gewesen?«, fragte er und folgte ihr ins Haus.

Sie berichtete ihm von ihrem Abstecher zur Seebrücke, während sie Sneakers und Socken auszog. Obwohl es in Dr. Konradis Haus keine Fußbodenheizung gab, fühlten sich die Fliesen im Flur herrlich warm an, als sie barfuß darüberlief.

»Du solltest auch die Jeans umgehend ausziehen«, meinte Richard mit Blick auf ihre Hosenbeine, die sich bis zur Hälfte der Waden mit Nordseewasser vollgesogen hatten. »Möchtest du auch einen Kaffee?«

»Lieber einen Tee«, antwortete sie. »Irgendwie habe ich immer das Gefühl, Tee wärmt besser durch als Kaffee.«

Wortlos wandte er sich ab und befüllte den Wasserkocher. Paula drehte sich auf der Treppe noch einmal um. Er werkelte wie selbstverständlich in der Küche. So als wäre er nicht für Wochen aus ominösen Gründen verschwunden, sondern immer da gewesen. Und er war dünner geworden, was ihm nicht stand.

Während sie sich aufs Bett setzen musste, um die Beine aus der engen, klammen Jeans zu zerren, fragte sie sich, was er ihr sagen würde. Was hatte er klären müssen?

In der Küche mischten sich die Aromen von Kaffee und Rotbuschtee, als sie sich ihm gegenüber an den Küchentisch setzte und er fragte: »Geht es euch gut?«

Sie pustete in den dampfenden Becher, bevor sie antwortete. »Irgendwie steht es dir nicht zu, diese Frage zu stellen.« Sie sah ihn an. »Warum hast du dich nicht gemeldet, Richard? Ich dachte, wir wären …«, sie hob die Schultern, »einander näher. Ich dachte wirklich, wir wären gute Freunde.«

Er hielt ihrem Blick stand. »Du bist auf so eine wunderbare Weise immer geradeheraus und ehrlich, Paula. Ich Vollhonk kann noch viel von dir lernen, wenn du mich nur lässt. Ich bitte dich von Herzen um Entschuldigung, dass ich nichts von mir habe hören lassen. Aber ich brauchte Zeit, um mir über einiges klar zu werden. Einen dieser Punkte konnte ich gestern abhaken. Ich hatte ein Vorstellungsgespräch beim NDR in Hamburg. Die Redaktion sucht einen Berichterstatter für bundespolitische Themen inklusive Planung von Sendungen. Keine Ahnung, ob sie mich nehmen, das Gespräch war aber schon mal Erfolg versprechend.«

Überrascht sah Paula ihn an. »Das wäre ja großartig. Und dann in Hamburg … Wir würden uns bestimmt oft sehen.«

»Das würde dich freuen?« Sein Blick hing an ihrem.

»Natürlich.« Paula strahlte ihn an. Wie entspannt er aussah. Irgendwie gereift und gelöster. Es tat ihm zweifellos gut, seine berufliche Zukunft anzupacken, denn wenn er als Autor scheiterte, drohte vermutlich ein finanzieller Schaden. Er konnte nicht ewig vom Ersparten leben.

»Aber ich bin nicht hierhergekommen, um dir das zu erzählen, also nicht nur, sondern …«

Paula war gespannt, was nun kommen würde, denn er holte tief Luft, bevor er den Satz beendete.

»Ich bin nach Föhr gekommen, um dir zu sagen, dass ich über die Feiertage zu meinen Eltern fahre. Und ich wollte dich fragen«, seine Stimme wurde einen Hauch unsicher, »nun, ich wollte fragen, ob ihr mich begleiten möchtet. Damit ihr hier über Weihnachten nicht allein rumhängt und Trübsal blast. Schließlich«, er stockte kurz, »ist Henrik nicht da. Und ins Pastorat könnt ihr auch nicht zurück. Oder sind die Hamads inzwischen ausgezogen?«

»Äh, nein, die Hamads sind noch da«, antwortete sie eher reflexhaft. »Anfang Januar ziehen sie in eine andere Wohnung.« Sie starrte ihn an. »Hast du mich und die Kinder gerade in dein Heimatdorf eingeladen?«

Richard lächelte. »Ja, das habe ich. Überlegt es euch ganz in Ruhe. Ich fahre übermorgen früh um zehn Uhr los.«

»Und wohin? Du hast mal erwähnt, dass deine Familie in Mecklenburg-Vorpommern auf dem Darß lebt, aber wo genau?«

»Meine Familie wohnt in Prerow. Meine Eltern haben dort ein Café. Und ein paar Fremdenzimmer vermieten sie außerdem. Es wären auf jeden Fall Zimmer für euch frei.«

»Hätten wir miteinander kommuniziert, wie Freunde es tun, würdest du wissen, dass meine Eltern sich für Weihnachten angekündigt haben.«

»Oh.«

Paula bekam Mitleid, weil in diesem winzigen Laut enorm viel Enttäuschung durchklang. Er wollte es wiedergutmachen. Sie durfte nicht so zickig sein. »Sie kommen aber nicht«, sagte sie und erklärte ihm die Zusammenhänge.

»Das tut mir aufrichtig leid. Für euch alle. Die Kinder werden maßlos enttäuscht sein. Und dir hat die Nachricht auch zugesetzt, oder?«

Sie nickte. Wie gern hätte sie ihm gesagt, wie mies sie sich seit ein paar Wochen fühlte, doch so weit war sie noch nicht. Sie spürte immer noch diese Verletztheit in sich, die sein plötzliches Verschwinden und die Funkstille ausgelöst hatten.

Sein Gesicht hellte sich auf. »Ein Grund mehr, dass ihr mich begleitet. Ich zeige euch Prerow, den Wald, den Strand ... Es ist eine völlig andere Landschaft als das Wattenmeer hier. Es wird den Kindern gefallen.«

»Was werden deine Eltern sagen, wenn du eine fremde Familie zu Weihnachten anschleppst? Ich danke dir für die nette Einladung, Richard, aber es ist besser, wenn wir hierbleiben.«

»Meine Eltern und meine Schwester würden sich freuen, euch kennenzulernen. Ich habe gestern mit ihnen telefoniert. Aber wenn du nicht möchtest, verstehe ich das natürlich. Ich habe dich mit diesem Vorschlag überfallen. Was nicht gerade für Besserung spricht, was?«

Seine Lippen verzerrten sich gespielt, aber in seinen dunkelblauen Augen lag etwas sehr Ernsthaftes.

Paula fühlte sich eigenartig. Noch vor ein paar Stunden hatte sie sich maßlos auf ihre Eltern gefreut, dann die herbe Enttäuschung ... Nun saß ihr plötzlich Richard gegenüber, den sie anscheinend mehr vermisst hatte, als es ihr bewusst gewesen war, denn sie fühlte sich plötzlich aufgehoben.

»Warum soll ich nicht mal wieder spontan sein?« Sie schenkte ihm ein Lächeln, das von Herzen kam. »Ich nehme dein überraschendes Angebot an. Vorausgesetzt, die Kinder möchten es.«

Sechzehn

Der Winter ist der Großvater der Jahreszeiten,
mit Schneebart und wärmenden Ofenarmen.

»Sechseinhalb Stunden sind wir schon unterwegs«, meinte Paula mit Blick auf die Zeitanzeige des Ford Nuggets.

Richard hatte im Vorwege behauptet, sie würden knapp fünf Stunden nach Prerow brauchen, wenn sie nur eine Pause machten. Diese Rechnung wäre wohl auch aufgegangen, wenn es unterwegs nicht kräftig zu schneien begonnen hätte. Die dichte, wirbelnde Flockenschar benötigte Richards volle Konzentration beim Fahren.

»Jetzt reicht's, Libby«, sagte Paula daher streng, wandte sich nach hinten und kassierte die Toniebox ein, die Lisbeth trotz der Bitte, nicht mehr den Pinguin-Tonie mit den Weihnachtsliedern daraufzustellen, erneut damit bestückt hatte. Lisbeth begann, gritzig zu weinen, aber das erschien allen aushaltbarer, als zum hundertsten Mal die »Weihnachtsbäckerei« samt Lisbeths Mitgesang zu hören. Richard hatte bereits vor vierzig Kilometern damit gedroht, Rolf Zuckowski zu überfahren, sollte er ihnen zufällig über den Weg laufen.

Als sie ihr Ziel schließlich erreicht hatten, waren alle ein wenig groggy, aber Lisbeth hatte sich wieder beruhigt und sah aufgeregt aus dem Fenster, als Paula am Ortseingang auf die sechs aufgestellten rostbraunen Großbuchstaben deutete: »Schaut, da steht ›Prerow‹. Jetzt sind wir da.«

Im Radio, das sie leise hatten laufen lassen, um den Verkehrsfunk zu hören, erklang in diesem Moment »White Christmas«, und das bescherte Paula eine wohlige Gänsehaut, denn Richards Heimatort sah aus, als läge er unter einer Zuckerschicht. Die adventliche Dekoration an den Häusern und Straßen und die funkelnden Lichter an den Tannenbäumen zauberten ein

Lächeln auf ihre Lippen, während Richard in der einsetzenden Dämmerung langsam durch den Ort fuhr und einige Erklärungen abgab. »Hier bin ich zur Schule gegangen … Da gibt es die beste Pizza … Hier wohnt mein Schulfreund Jan.«

Kurz darauf parkte Richard den Ford Nugget vor dem Café Böhnke in der Grünen Straße. »Endstation! Auf uns warten jetzt die leckersten Torten der Welt. Wenn die Touris uns noch was übrig gelassen haben«, fügte er hinzu, während die Kinder sich abschnallten und die Türen öffneten. Boomer war der Erste, der rausprang. Er schnüffelte kurz im pudrigen Schnee, bevor er sein Bein hob und das herrliche Weiß mit ein paar Spritzern gelb markierte.

»Wehe, da ist keine Torte mehr«, meinte Mats. »Dann dreh ich durch.«

Richard zwinkerte Paula zu, während sie sich um das Gepäck kümmerten. »Ich denke, er muss sich keine Sorgen machen. Meine Mutter weiß ja, dass wir kommen. Sie hat mit Sicherheit die besten Stücke für uns zurückgelegt.«

Er nahm zwei Reisetaschen, während die Kinder mit Boomer und Ratatouille im Käfig schon am Caféeingang standen und auf sie warteten.

Paula griff nach dem Katzenkorb und drehte ihn draußen in alle Richtungen. »Schau, Mr. Stringer, hier werden wir die nächsten zehn Tage verbringen. Ist das nicht schön?« Ihr Blick verharrte einen Moment an der großen, lichtergeschmückten Tanne im Vorgarten, die mit den funkelnden Schneehauben auf den ausladenden Zweigen märchen- und damit zauberhaft aussah. Das große, weiß verputzte Haus mit den ausladenden Gauben, in dem sich nicht nur das Café, sondern auch der Wohntrakt der Familie befand, zierten zwei beleuchtete Sterne an der Außenwand.

Etwas, das sich tatsächlich wie Vorfreude anfühlte, breitete sich in Paula aus, während sie den geräumten, aber bereits wieder leicht eingeschneiten Weg zum Haus hinaufgingen.

»Der Privateingang ist an der Seite«, erklärte Richard. »Aber meine Mutter ist bestimmt im Café.«

Sie hatten es kaum betreten, da stürzte auch schon eine blonde Frau auf Richard zu und drückte ihn an sich. »Mein Schatz! Schön, dass du da bist. Lass dich ansehen.« Sie hielt ihn auf Armeslänge von sich weg und schüttelte den Kopf. »Du siehst blass aus, Richard, und ich glaube, du hast schon wieder abgenommen. Wir werden dich ein bisschen aufpäppeln müssen.«

Dann wandte sie sich Paula mit einem herzlichen Lächeln zu. »Guten Tag, Sie müssen Paula sein. Und ...«, ihr Lächeln galt jetzt den Kindern, »Marie, Mats und Lisbeth, richtig?« Alle nickten. »Ich bin Birte Böhnke, Richards Mama.« Dann wandte sie sich wieder an Paula. »Herzlich willkommen auf dem Darß. Richard kann Ihnen und Ihren Kindern gleich die Zimmer zeigen, bevor ich Sie mit einem schönen Stück Torte verwöhne.«

Mats atmete hörbar auf.

»Heute Abend haben wir Zeit, uns zu unterhalten«, fuhr die Hausherrin munter fort, während sie Boomer streichelte, an dessen Schnauze noch der Puderschnee haftete. »Ich muss hier jetzt weitermachen. Über die Weihnachtstage ist immer einiges los. Sonst ist es im Winter eher ruhig. Also, genießen Sie die Tage bei uns.«

Paula kam nicht zum Antworten, denn Birte Böhnke eilte zu dem kleinen Holztresen und wusch sich die Hände, bevor sie im Gastraum verschwand, in dem adventliche Gestecke auf den Tischen eine gemütliche Atmosphäre verbreiteten.

Richard zeigte Paula das Zimmer im Obergeschoss, in dem sie mit Lisbeth schlafen würde. »Ich hoffe, das ist okay?«

»Das ist sehr hübsch.« Paula strich über die rot-weiß karierte Bettwäsche auf dem Kieferdoppelbett, die auf die Vorhänge der Fenster abgestimmt war. Auf einem kleinen runden Tisch stand eine Vase mit geschmückten Tannenzweigen. Alles zusammen erweckte einen leicht altbackenen, aber dafür höchst gemütlichen Eindruck. Zu Maries und Mats' gegenseitiger Freude mussten die beiden sich kein Zimmer teilen, obwohl Paula Richard darum gebeten hatte, um die Gastfreundschaft der Böhnkes nicht überzustrapazieren.

Richard stellte die Reisetaschen mit Paulas und Lisbeths Sachen vor dem Fenster ab, bevor er in die Knie ging und die Tür des Katzenkorbs öffnete. »Komm raus, Mr. Stringer, und sieh dich um. Das ist für die nächsten Tage dein Zuhause.«

Der Kater ließ sich nicht zweimal bitten. Auf Samtpfoten erkundete er gemeinsam mit Lisbeth den Raum.

»Aber jetzt«, Richard sah Paula an, »haben wir uns alle erst mal ein gigantisches leckeres Stück Torte verdient. Und Kaffee.«

»Ich mag aber keinen Kaffee«, antwortete Lisbeth. »Das weißt du wohl gar nicht mehr, Richard.«

Hinter der kindlichen Anklage hatte kein Bedacht gestanden, aber Richard beugte sich zu ihr hinunter. »Du hast recht, Libby. Freunde müssen sich viel öfter sehen. Aber natürlich weiß ich, dass du keinen Kaffee trinkst. Für dich hat meine Mutter einen leckeren Apfelsaft. Den klaren, den du lieber magst als den naturtrüben.«

Als er aufstand und Paula ansah, glaubte sie in seinem Blick zu erkennen: Siehst du, ich weiß alles. Ich bin euer Freund.

Beim Abendessen lernten die Ahmlings den Rest der Familie Böhnke kennen. Richards Vater Jürgen war die ältere Ausgabe von Richard, mit dem Unterschied, dass er ein paar Zentimeter kleiner und seine Locken ergraut waren. In Sachen Verschlossenheit stand er seinem Sohn in nichts nach. Ausgeglichen wurde das durch Birte Böhnke und Richards ebenfalls lockenköpfige Schwester Katharina, die Single war und auch in Prerow wohnte. Beide Frauen löcherten Paula und die Kinder mit Fragen.

Paula antwortete gern, weil alle nett waren und nicht zu persönlich wurden, doch sie bekam heftige Kopfschmerzen. Zuerst glaubte sie noch, es läge an der langen Fahrt und dem Leerräumen des Nuggets, das ewig gedauert hatte, weil die Geschenke für die Kinder ungesehen an ihnen vorbeigetragen und in einem Extraraum verstaut werden mussten. Schließlich glaubte Lisbeth noch an den Weihnachtsmann. Doch als sich binnen der nächsten halben Stunde Hals- und Gliederschmerzen dazugesellten, war Paula klar, dass sich bei ihr ein Infekt anbahnte.

»Ich mag es gar nicht sagen«, wandte sie sich an Richard, als sie nach dem Abendessen beim Abräumen half, »aber ich glaube, ich werde krank. Hoffentlich schleppe ich euch jetzt keine Grippe an.«

Richard musterte sie und nahm ihr die fast leer gegessene Käseplatte ab. »Ich habe eben schon gedacht, dass du ein wenig fertig aussiehst. Aber vielleicht ist es keine Grippe, sondern das Ergebnis deines Fußeisbads an der Wyker Seebrücke?«

»Das wäre mir lieber, dann kann ich euch wenigstens nicht anstecken.«

»So oder so … Ab mit dir ins Bett. Brauchst du noch einen Tee oder Medikamente? Die Hausapotheke meiner Mutter kann mit jeder Krankenhausapotheke mithalten. Wahrscheinlich kann sie sogar mit Morphium dealen.«

Paula war nicht zum Lachen zumute. Ihr Schädel wollte platzen. »Für eine Kopfschmerztablette wäre ich tatsächlich dankbar. Oder auch zwei oder drei, damit ich heute Nacht noch Nachschub habe. Ansonsten reicht mir Wasser.«

Dann wandte sie sich an Marie, die versprach, dafür zu sorgen, dass Mats rechtzeitig im Bett war – spät genug war es allemal. Aber er wollte unbedingt noch die mit Katharina begonnene »Mensch ärgere Dich nicht«-Runde zu Ende spielen.

»Schlaft gut«, verabschiedete Richard Paula und Lisbeth, die sich partout nicht ausquartieren lassen wollte, an der Treppe. »Und werd schnell gesund, Paula. Schließlich ist morgen Heiligabend. Du musst unbedingt unsere Kirche und den Weihnachtsgottesdienst erleben.«

»Sag mir nicht, du gehst zum Weihnachtsgottesdienst.«

Richard schüttelte den Kopf. »Nicht mal meiner Mutter zuliebe, die mich Jahr für Jahr wieder bearbeitet. Aber ich ahne, was dieser besondere Gottesdienst dir als Mutter und Pastorin bedeutet.«

Als Paula neben Lisbeth im Bett lag, lauschte sie den fremden Geräuschen. Die Grüne Straße war um diese Uhrzeit kaum noch befahren. Nur ein einziges Mal erklang ein Motorengeräusch, und auch das nur gedämpft, weil auf der Straße eine dicke Schneedecke lag.

Ab und an glaubte Paula, Mats' und Richards Lachen zu hören, dann wieder ein helleres Lachen, das sowohl zu Birte als auch zu Katharina gehören konnte. Wenigstens hatten sie unten noch Spaß. Ihr selbst war mal wieder zum Heulen, aber Lisbeths ruhiger Atem gab ihr die Kraft, es nicht zu tun. Es tat unendlich gut, dem kaum hörbaren Luftholen ihrer Kleinen zu lauschen. Wie viel Frieden darin lag. Die Kopfschmerzen wollten trotz Tablette noch nicht nachlassen, aber wenigstens die Gliederschmerzen wurden ein wenig besser.

Sie schloss die Augen mit den schweren Lidern und betete sich in den Schlaf hinein. Bitte, Gott, pass gut auf Papa und Mama auf. Lass sie beide schnell gesund werden und schenke uns allen ein schönes Weihnachtsfest.

***

Heiligabend ... Und sie saß in einem ihr fremden Ort in einem fremden, leeren Haus auf einem Bett, in das sie sich am liebsten zurückgelegt hätte, weil das Duschen so anstrengend gewesen war. Aber sie musste sich anziehen. Gleich würden alle aus der Kirche zurück sein, und die Kinder brauchten sie. Es war schon grässlich genug gewesen, sie allein in den Gottesdienst gehen zu lassen. Natürlich waren sie nicht wirklich allein, denn die Böhnkes waren bei ihnen, aber so nett sie auch alle waren, sie waren nicht Familie, nicht Mama, nicht Oma und Opa. Der einzige Trost für Paula war, dass Richard dabei war, mit dem die Kinder fröhlich abgezogen waren.

Ein kleines Lächeln stahl sich auf ihre Lippen. Am Nachmittag, als abzusehen gewesen war, dass sie nicht in die Kirche gehen konnte, hatte Richard Mats und Lisbeth gebeten, ihn unbedingt zum Weihnachtsgottesdienst zu begleiten, damit sie ihm alles erklären konnten, weil er doch ewig nicht in der

Kirche gewesen war. Marie hatte angeboten, bei ihr zu bleiben, doch das hatte Paula entschieden abgewehrt, denn Marie liebte den Gottesdienstbesuch an Weihnachten.

Kraftlos bürstete Paula ihr Haar. Das Ziehen in ihrer Brust ließ sich nicht ignorieren. Das sechste Weihnachten ohne Tom. Sie legte die Hand mit der Bürste in den Schoß und schloss die Augen. An ihrem letzten gemeinsamen Heiligabend hatten Tom und sie wie üblich die Weihnachtsgottesdienste in ihrer Hamburger Kirchengemeinde gemeinsam gehalten, einen am frühen und einen weiteren am späten Nachmittag. Marie und Mats hatten mit den Großeltern in der ersten Kirchenbank gesessen, die Weihnachtsgeschichte gehört und die alten Lieder gesungen. »Stille Nacht« war immer das Lieblingslied von allen gewesen. Sie hatten es zu Hause am geschmückten Tannenbaum noch einmal gesungen, begleitet von Tom und Marie auf ihren Gitarren.

Paula lächelte. Damals hatte Marie noch Mühe gehabt, mit den kleinen Händen die Saiten sicher zu greifen. Heute spielte sie so sicher wie einst Tom, vielleicht sogar noch besser, wobei sie ihre eigene Gitarre fast nie mehr benutzte. Die Bescherung war dann lebhaft und fröhlich gewesen. Tom und sie hatten so gelacht, als sie ihre gegenseitigen Geschenke öffneten, denn sie hatten beide die gleiche Idee gehabt. Paula hütete die grüne Talar-Stola mit dem handgestickten Kreuz wie einen Schatz. Tom hatte von ihr eine neue violette bekommen. Doch mit in den Sarg gelegt hatte sie ihm die alte weiße Stola, weil sie seine erste und liebste gewesen war.

Paula blinzelte die Tränen weg und flocht – so schnell es ihre schlappen Finger zuließen – den Zopf zu Ende.

Keine fünf Minuten später kam Lisbeth laut »Mama!« rufend die Treppe hinaufgeflitzt. Vom Kirchenbesuch berichtete sie nur wenig, weil ihr das Schneeballwerfen nach dem Ende des Gottesdienstes in lebhafterer Erinnerung war.

Als Paula und die Kinder eine Stunde später in festlicher Kleidung nach unten gingen, saß Familie Böhnke bereits am weihnachtlich dekorierten Esszimmertisch – alle trugen schräge, witzige verschiedenfarbige Weihnachtspullis. Lisbeth wollte direkt auch einen, obwohl sie in ihrem roten Kleidchen mit dem weißen Kragen und dem Rentierreif im Haar entzückend aussah.

Paula musste berichten, wie es ihren Eltern ging, mit denen sie sich gerade per Videoanruf unterhalten hatte. Sie behielt dabei für sich, wie emotional das Gespräch gewesen war – Oma Doris hatte am Ende den Kindern unter Tränen versprochen, nie wieder an Weihnachten zu verreisen.

»Meine Mutter hat sich wie erwartet angesteckt«, erzählte Paula der Böhnke-Familie, »aber glücklicherweise hat es sie bisher nicht so stark erwischt wie meinen Vater. Es geht ihm immer noch nicht gut. Sie sind in Quarantäne und bekommen ihr Weihnachtsessen auf das Zimmer serviert, wie jede Mahlzeit, und hoffen, dass sie bald wieder fit sind.«

Sie verschwieg, dass sie ihre Mutter fast noch mehr bedauerte als ihren Vater, obwohl es ihn schlimmer erwischt hatte. Aber wenn er krank war, war er ein arger Nörgler, und das musste ihre kranke Mutter jetzt in der kleinen Kabine aushalten.

Paula sah bei diesen Gedanken zu Richard, der Lisbeths Teller zu sich heranzog, um die Wurst in Scheiben zu schneiden. Hätte er die Umstände, die ihre Eltern gerade betrafen, »Luxusprobleme« genannt? Eine Coronainfektion auf einem Kreuzfahrtschiff in der Karibik erweckte vielleicht nicht bei allen Menschen Mitleid.

Während des Essens hörte Paula dann die komplette Schneeballschlacht-Story nach dem Gottesdienstbesuch noch einmal aus erster Hand, wobei Mats durchaus reuevoll guckte. »Ich wollte den Küster ja nicht treffen. Der stand da aber im Weg.«

»Lehrers Kinder, Pastors Vieh gedeihen selten oder nie«, rezitierte Paula den antiquierten Spruch, den ihr Vater einmal gebraucht hatte, als Mr. Stringer ihn aus voller Katzenseele angefaucht hatte. »Nur dass es heute nicht das Vieh, sondern das Kind der Pastorin war«, fügte sie augenrollend hinzu. »Mats, das war absolut nicht in Ordnung.«

»Schimpfen Sie nicht mit Ihrem Sohn, sondern mit meinem«, nahm Birte Böhnke Mats in Schutz. Richard erntete einen tadelnden Blick, bevor sie sich wieder an Paula wandte. »Ich habe es genau gesehen. Richard hat sich absichtlich hinter den Küster gestellt, in der Hoffnung, Mats würde dann nicht werfen.«

Richard grinste breit. »Was hätte ich denn tun sollen? Ich lag eins zu drei zurück.«

Alle lachten, auch Paula. Danach gingen alle zum Du über, und Paula bedauerte es nicht, mit Richard zu seiner Familie gefahren zu sein. Sicherlich hätten sie und die Kinder auf Föhr auch einen schönen Heiligabend miteinander gehabt, aber ihr Zuhause wäre es auch im Greveling nicht gewesen, und es hätte sie so viel mehr Kraft gekostet, denn sie hätte alles allein machen müssen. Sie hätte sich nicht an einen gedeckten Tisch setzen können, hätte selbst das Weihnachtsessen kochen müssen – etwas, das ihr im Moment undenkbar vorkam, so schlapp, wie sie sich fühlte. Es hatte wohl alles so kommen sollen. Einzig Marie wirkte ein wenig verloren. Paula legte ihre Hand auf die ihrer Tochter. Sie sahen sich an, und Paula drückte Maries Hand zart. »Ich weiß, dass es nicht der Heiligabend ist, den du dir gewünscht hast«, sagte die Geste. Marie vermisste ihre Großeltern viel mehr als Mats und Lisbeth. Und sie war traurig, dass sie ihren Jeppe nun an Weihnachten gar nicht sah.

Doch Marie war Marie, und Paula lief das Herz über, denn ihre Große verstand sie, nickte mit einem lieben Lächeln und drückte zurück. Es war ihr lautloses »Alles ist gut, Mama«.

Für Mats gab es auch zwei Desaster, aber aus anderen Gründen. Die Tatsache, dass bei den Böhnkes erst *nach* dem Essen beschert wurde, war das Erste. »Da kann ich ja gar nicht in Ruhe essen«, hatte er gesagt, als Richard es ihm am Vorabend erzählt hatte.

Birte Böhnkes Zusatz »Der Kartoffelsalat mit Würstchen ist schnell verputzt, Mats« hatte dann nicht für Beruhigung, sondern für wahres Entsetzen gesorgt. Paula war Mats' ungläubiger Blick noch sehr präsent und seine Antwort im Nachhinein noch peinlich. »Was? Das ... so was gibt's hier *zu Weihnachten*?« Selbst Birtes Erklärung, dass es das besondere Weihnachtsmenü mit Vorsuppe, Gans, Klößen und Eistorte am ersten Weihnachtstag geben würde, hatte ihn nur unwesentlich milde gestimmt. »Bei uns gibt's das gei... leckere Essen *immer* Heiligabend.«

Doch schmecken lassen hatte er sich die Würstchen und den Kartoffelsalat trotzdem. Nun war der Tisch abgeräumt, und Katharina deckte Dessertschälchen ein, was Mats' Augen zum Leuchten brachte. »Gibt es doch noch Nachtisch?«

»Extra für dich«, sagte Birte Böhnke und stellte eine große Schüssel auf den Tisch. »Selbst gekochter Schokopudding.« Als Katharina mit einer gläsernen Karaffe mit dicker, warmer Vanillesoße folgte, war der Abend gerettet.

Die Bescherung war dann lebhaft und witzig, und es war, wie Paula bemerkte, auch für die Böhnkes besonders und durchaus berührend. Lisbeth bezauberte alle mit ihrem Gedicht, denn sie glaubte ja noch an den Weihnachtsmann, der, während sie in der Kirche gewesen war, einen großen Sack mit Geschenken an der Haustür abgestellt hatte. Die Päckchen für Familie Böhnke hatte er unter den Tannenbaum gelegt, vor dem sie gemeinsam mit Gitarrenbegleitung von Marie »O du fröhliche« und »Stille Nacht« sangen – auch ein Novum für die Böhnke-Familie. »Wir haben noch nie zu Hause gesungen«, verriet Richard. Doch es war deutlich zu sehen, wie gut es allen gefiel.

Aber auch für sich selbst befand Paula, dass es kein Fehler gewesen war, Richard nach Prerow zu begleiten. Die Kinder inmitten der Familie Böhnke so fröhlich auspacken zu sehen, war einfach schön. Lisbeth freute sich über Puppenhausmöbel samt kleinen Püppchen und ging direkt darin auf, kurze Rollenspiele zu führen. Dass auf Föhr das dazugehörige Puppenhaus auf sie wartete, wusste sie nicht. Paula hatte es nicht mitschleppen wollen, und Lisbeth würde sich riesig freuen, wenn der Weihnachtsmann auch auf Föhr an sie gedacht hatte. Natürlich würden auch Marie und Mats noch ein

Geschenk bekommen. Doch zufrieden war Mats jetzt schon, denn der heiß ersehnte ferngesteuerte Lego-Stunt-Racer war unter seinen Päckchen gewesen. Marie war glücklich über den gewünschten Zalando-Shoppinggutschein und, wie von Paula erhofft, über einen neuen Band des Kult-Liederbuchs »Das Ding«, von dem sie schon die ersten Bände hatte.

Bei der Bescherung, bei der bei den Böhnkes traditionell alle auf dem Boden vor dem Weihnachtsbaum saßen, wurde viel gelacht, und Paula genoss die entspannte Stimmung, obwohl der Brummschädel sie quälte.

»Ist alles gut bei dir, Paula?«, holte Richard sie aus ihren Gedanken. Er musterte sie ernst.

Paula nickte, und Richard wurde abgelenkt, denn Katharina fiel ihm kreischend um den Hals, weil sein Geschenk, das sie gerade ausgepackt hatte, eine augenscheinlich sehr edle Lederjacke war. Für seinen Vater, einen passionierten Angler, hatte Richard eine neue Angel und für seine Mutter einen Gutschein für ein Wellnesswochenende an der Nordsee ausgesucht.

Paula liebte es von Minute zu Minute mehr, einfach dazusitzen und zuzuschauen, wie alle auspackten und sich freuten. Ein wenig erinnerte das Szenario an die von ihr so geliebten englischen Filme, in denen immer viele nette und skurrile Menschen an großen Tischen zusammensaßen und das Leben feierten. Nur dass hier alle auf dem Boden hockten.

Richard bekam von seinen Eltern einen Pullover und mehrere Bücher und von Katharina eine Karte für eine Show der Ehrlich Brothers, die sie im Februar gemeinsam mit ihm besuchen wollte. Außerdem hatte Katharina Richard einen Schal gestrickt. Anscheinend aus Wollresten, denn der Schal war kunterbunt, teils fest, teils locker gestrickt und wies einige Löcher auf. Paula beneidete Richard darum. Dieser Schal war mit Liebe gefertigt worden. Einmal mehr bedauerte sie, keine Geschwister zu haben.

Birte Böhnke teilte die Leidenschaft für Handarbeiten mit ihrer Tochter. Von ihr gab es für alle wollene Strümpfe. Auch für Paula und die Kinder.

»Das ist ganz wunderbar«, bedankte Paula sich gerührt. »Aber es wäre wirklich nicht nötig gewesen. Wir sind schon so dankbar, dass wir hier bei Ihnen sein dürfen.«

Birte Böhnke winkte ab. »Strümpfe stricke ich immer auf Vorrat. Ich versorge auch die Nachbarskinder damit.«

Paula war froh, dass sie vor der Abreise in Wyk noch den großen Weihnachtsstern für Richards Mutter besorgt hatte, in den eine Lichterkette eingebunden war. Für Katharina hatte sie in der Wyker Buchhandlung wunderschönes Briefpapier gefunden. Jürgen Böhnke hatte sich über eine Riesenschachtel Lübecker Marzipanpralinen gefreut, die er laut Richard kiloweise futterte, ohne ein Gramm zuzunehmen.

Für Richard hatte sie schon im November im Internet eine Schallplatte von Ingrid Michaelson bestellt, denn er hatte während ihrer Touren einmal beiläufig erwähnt, dass er Platten sammelte. Und seinen Musikgeschmack hatte sie während der Autofahrten kennengelernt.

Als alle alles ausgepackt hatten, ging Richard hinaus und kam mit einem großen Paket wieder rein.

»Für wen ist das?«, fragte Lisbeth.

»Für Familie Ahmling vom Weihnachtsmann«, las Richard ab, was auf dem Aufkleber stand. Er zwinkerte Paula zu und stellte das Paket vor Lisbeth und Mats ab, die es öffnen durften.

»Wie cool!«, rief Marie aus, als die beiden nacheinander vier Weihnachtspullover aus dem Karton zogen.

Auch Lisbeth strahlte. »Ich hab einen Eisbär«, freute sie sich, denn es war klar, dass der kleinste Pulli, ein blauer mit Schneeflocken und Bär, für sie war.

Mats beäugte seinen grün-weißen mit Rentierkopf ein wenig skeptisch, schlüpfte dann aber mit Blick auf Richards roten Rentierpulli direkt hinein.

Die übrigen beiden Pullover hatten die gleiche Größe und waren in der Grundfarbe beide rot, aber mit unterschiedlichen Motiven.

»Such dir einen aus«, meinte Paula zu Marie.

»Cool, ich nehm den Pinguin. Der ist süß.«

Paula sah Richard an und schluckte. Seine dunkelblauen Augen schienen im Schein der Kerzen von innen heraus zu leuchten. »Danke, Richard. Diese Pullover … Es ist ein tolles Geschenk. Als gehörten wir zu euch.«

Richard öffnete den Mund, doch was immer er hatte sagen wollen, behielt er für sich. Stattdessen schenkte er ihr sein Richard-Lächeln und deutete auf den Pulli in ihren Händen. »Zieh ihn an. Ich schätze, Wichtel steht dir.«

Lachend schlüpfte sie hinein. Sie begannen noch das Kinderspiel des Jahres, das die Kinder jedes Weihnachten bekamen, aber mittendrin wurde es einfach Zeit für Paula. Sie sehnte sich geradezu nach ihrem Bett. Lisbeth war über den Punkt und wollte noch nicht rauf, aber das ließ Paula nicht gelten. Sie zerrte Mr. Stringer unter dem Weihnachtsbaum hervor, wo er es sich auf Richards neuem Pulli gemütlich gemacht hatte, und bestand trotz der Proteste der Böhnkes darauf, dass die Kinder alle mit hinaufkamen, um den Gastgebern noch einen Moment der Ruhe zu gönnen.

Richard begleitete sie zur Treppe, wo Mats direkt nach oben verschwand. Paula hatte ihm erlaubt, den ferngesteuerten Lego-Stunt-Racer mit hinaufzunehmen, wo er noch eine Viertelstunde damit fahren durfte. Marie, die schon oben war, würde darauf achten, dass er nicht die ganze Nacht damit spielte, wohl aber sicherlich eine weitere Viertelstunde on top, für die Mats seine große Schwester lieben würde.

»Gute Nacht, Paula«, verabschiedete Richard sie. »Erhol dich und schlaf dich morgen früh aus. Du musst dich nicht um die Kleinen kümmern. Nach dem Frühstück gehe ich mit ihnen zum Schlittenfahren.«

»Das ist so lieb von dir«, sagte sie dankbar. »Ich würde dich ja umarmen, aber ich möchte dich nicht anstecken.«

Anscheinend hatte er davor keine Angst, denn er trat vor und zog sie inklusive Kater, den sie im Arm hielt, an sich. »Träum was Schönes.«

Es tat gut, so warm umarmt zu werden, seinen vertrauten Duft einzuatmen. Paula bedauerte es, als er sie losließ, aber

Mr. Stringers Fauchen ließ nichts anderes zu. Auf der Hälfte der Treppe drehte sie sich noch einmal um. »Richard?«

»Ja?«

»Danke, dass du uns mitgenommen hast.«

»Ich muss ja auch mal was richtig machen.« Mit einem Augenzwinkern ging er zurück zu seiner Familie.

In ihrem Zimmer setzte Paula den Kater ab und stutzte, als Lisbeth mit den Worten »Guck mal, Mama, noch ein Geschenk« ein großes, in Goldfolie eingeschlagenes Päckchen vom Bett nahm. »Das hat der Weihnachtsmann da für dich hingelegt.« Dass das Geschenk für sie selbst sein könnte, schloss sie aus, weil es nicht in buntes Kindergeschenkpapier gewickelt war. Sie reichte es Paula und machte sich im Zimmer auf die Suche nach eventuell weiteren Präsenten.

Ein Geschenk für sie? Paula hockte sich im Schneidersitz zu Mr. Stringer und wickelte das Päckchen aus. »Frauen am Meer« lautete der Titel des großformatigen Buches, das sie in Händen hielt. Schon das Cover war hinreißend. Als Paula das Buch aufblätterte, las sie die Widmung auf der Innenseite.

In Freundschaft, Richard
Prerow, Weihnachten 2023

Das Buch war wunderschön. Bilder von Picasso, Dalí, Beckmann und etlichen weiteren Paula teils unbekannten Künstlern schmückten die Seiten, dazu gab es Anmerkungen der Autorin Tania Schlie. Ausnahmslos waren es Werke, auf denen sich Frauen und das Meer auf so unterschiedliche Weise begegneten. Als Paula das Buch wieder zuklappte, strich sie über den Umschlag, auf dem das weiße Kleid einer Frau mit dem Himmel und den Wolken zu verschmelzen schien, während sie mit der Hand vor Augen Richtung Wasser blickte.

Warum hatte Richard ihr dieses Geschenk auf das Bett gelegt? Warum hatte er es ihr nicht unten gegeben? Weil es ein so wahnsinnig persönliches Geschenk ist, Paula, gab sie sich selbst die Antwort. *Frauen am Meer.* Sie hatte ihm einmal gesagt, was das Meer, was Wasser für sie bedeutete. Sie war die Frau am Meer.

Tief berührt legte sie das Buch auf der Kommode ab.

Nachdem sie sich und Lisbeth bettfertig gemacht hatte, kuschelten sie sich in die rot-weiß karierten Kissen und beteten.

»Lieber Gott«, begann Paula, »danke für diesen schönen Heiligabend hier in Prerow.«

Lisbeth setzte die rituellen Sätze des Abendgebets fort: »Bitte behüte alle, die wir lieb haben, schenke uns einen guten Schlaf und lass uns wunderschön träumen von …« Sie ließ den Satz offen, damit Paula antworten konnte.

»… von dem tollen Schneemann, den ihr heute Morgen mit Richard und Katharina gebaut habt«, ergänzte Paula.

»Ich träum heute mal von Boomi«, entschied Lisbeth, was Paula sehr süß fand.

Noch während der Gute-Nacht-Geschichte schlief Lisbeth glücklich ein. Paula lag mit offenen Augen da und kraulte Mr. Stringer, der es sich am Fußende gemütlich gemacht hatte, mit den Zehen den Bauch.

Sie löschte das Licht, aber obwohl sie so müde und fertig war, wollte der Schlaf nicht kommen, und sie ließ den Heiligabend noch einmal Revue passieren. Es war so ein schöner Abend gewesen, trotz ihres Infekts. Der schönste seit Langem. Sie schloss die Augen und dachte an Henrik, der jetzt unter Palmen am Karibikstrand lag und sich zu Weihnachtsmusik Cocktails servieren ließ. Eine furchtbare Vorstellung. Sie versuchte, ihn herzuholen in das verschneite Prerow. So oft hatte sie ihn sich in Gedanken vorgestellt, ihn an ihre Seite gezaubert, Hand in Hand mit ihm, geküsst von ihm …

Auch jetzt lief ein Film in ihrem Kopf, doch irgendetwas stimmte nicht. Henrik war doch blond. Und dieses Lächeln … Aber die bleierne Müdigkeit verschluckte jede weitere Überlegung. Mit einem wohligen Seufzer schlief sie ein.

***

Am ersten Weihnachtstag ging es Paula besser. Richard hatte mit Lisbeth und Mats gefrühstückt und war mit ihnen und dem alten Holzschlitten der Familie zum Deich bei der Kurverwaltung losgezogen. So hatte Paula bis elf Uhr geschlafen, was ihr unverschämt erschien, aber unendlich gutgetan hatte. Auch Marie hatte die Gunst der Stunde genutzt.

Sie ließen beide ein spätes Frühstück zugunsten des Weihnachtsmenüs ausfallen und genossen die Gans mit all den leckeren Beilagen. Paulas Appetit war noch nicht vollständig zurück, aber sie probierte alles, wobei insbesondere der Rotkohl und die Gänsesoße ihren Geschmack trafen. Birte versprach, ihr die Rezepte aufzuschreiben.

Am Nachmittag wollte Katharina unbedingt auch Schlitten fahren, weil Mats und Lisbeth so begeistert davon erzählt hatten. »Aber ich brauche dafür die Kinder. Sonst ist es mir peinlich.«

Mats und Lisbeth mussten nicht überzeugt werden. Dick eingemummelt zogen sie zum zweiten Mal mit dem alten Holzschlitten los, auf dem schon Richard und Katharina als Kinder gesessen hatten.

»Das tut echt mal gut, oder?«, meinte Marie zu Paula, als sie in Decken gekuschelt auf dem Sofa der Böhnkes saßen. Beide trugen Birtes Socken und hatten ein Buch in der Hand. »Nur mal wir beide.«

Paula wollte ihr nicht zustimmen, weil es ihr egoistisch erschienen wäre, aber ein ehrliches »Ja« hätte der Wahrheit entsprochen. In Hamburg holten ihre Eltern die Kleinen immer einmal in der Woche zum Spielen, Zoobesuch, Schwimmen oder Bummeln ab, um ihr etwas Freiraum zu verschaffen. Allein für drei Kinder da zu sein, ihnen ohne den Partner gerecht zu werden, war so viel einfacher, wenn es liebe Menschen gab, die einen unterstützten.

Als Maries Handy vibrierte, warf sie die Decke von sich und stand auf. »Das ist Jeppe«, sagte sie zu Paula und eilte auf ihr Zimmer.

Paula ahnte, dass sie ihre Große nun die nächste Stunde

nicht sehen würde. Sie schlug die folgende Seite des Buches auf, das Richard ihr geschenkt hatte, und vertiefte sich in ein Bild, das ein Mädchen am Strand zeigte, ein Mädchen, das der Welt entrückt war, weil es dem Rauschen einer Muschel lauschte, die es sich ans Ohr hielt.

»Gefällt dir das Buch?«, erklang Richards dunkle Stimme an der Wohnzimmertür.

Paula sah ihn an und fragte mit einem Lächeln: »Was glaubst du wohl?«

»Ich hatte gehofft, dass du es magst.«

»Es ist wunderschön«, sagte sie und zog die Decke zu sich heran, damit er sich neben sie auf das Sofa setzen konnte.

»Darf ich?«, fragte er, als er saß, und deutete auf das Buch. Sie reichte es ihm. Er blätterte durch die Seiten, anscheinend auf der Suche nach einem bestimmten Bild. Als er es gefunden hatte, gab er ihr das Buch zurück. »Sie hat mich an dich erinnert.«

Es war das Bildnis einer Frau am Meer, die ihr langes Kleid mit einer Hand gerafft hielt, denn sie stand gebückt da, während sie ein Kleinod in ihrer anderen Hand betrachtete. Eine Perle, gerade im Sand gefunden.

Paula lief eine Gänsehaut über den Nacken, als Richard sagte: »Du findest auch immer Perlen im metaphorischen Sinn. Für dich sind auch Menschen Perlen. Ich glaube, du gibst vielen Leuten das Gefühl, kostbar zu sein.«

»Wow«, Paula schluckte, »das … das hast du schön gesagt. Ich weiß gar nicht, ob ich dem wirklich gerecht werde.«

»Glaub mir, das wirst du.«

Paula wusste nicht, was sie sagen sollte, und war dankbar, als Richard fragte: »Bist du schon fit genug für einen kleinen Dorfbummel? Vielleicht hilft dir ein bisschen frische Luft beim Genesen.«

Paula legte das Buch auf den Couchtisch und schlug die Decke zur Seite. »Eine wunderbare Idee.«

Eine Stunde später liefen sie die Promenade zum Hauptübergang am Nordstrand entlang, die von Restaurants und kleinen Läden gesäumt war. Paula wollte unbedingt ans Wasser, doch als sie den Strand erreichten, stieß sie mit Blick auf einen riesigen Kran ein enttäuschtes »Oh!« aus. Sie hatte nicht damit gerechnet, eine Baustelle vorzufinden. »Was für ein unromantischer Anblick.«

Richard lachte. »Was Wyk kann, kann Prerow schon lange. Hier entsteht die längste Seebrücke an der Ostsee.«

»Ich wünschte, die Brücke wäre schon fertig«, meinte Paula, als sie vor der großen Bauzeichnung standen, auf der die Seebrücke in spe abgebildet war. »Dann hätten wir darauf spazieren gehen können. Lang genug wird sie ja laut Plan.«

»Das können wir doch nachholen«, meinte Richard beiläufig.

Paula musterte ihn von der Seite, während er aufs Wasser sah. Nachholen? Wie hatte er das gemeint? Nun, wahrscheinlich hatte er gar nicht weiter darüber nachgedacht.

Sie folgte seinem Blick aufs Wasser. Die Ostsee warf ihre grauen Wogen gezügelt an den Strand, während der Himmel mit einem besonderen, unwirklichen Blau ankündigte, dass heute noch Schnee fallen würde. Paula liebte das sanfte Spiel der Wellen und die frische Luft, die wie ein Muntermacher in ihre Lungen zog.

»Sieh mal!«, stieß Richard plötzlich aus und deutete auf die grauen Wellen. »Ist das eine Flaschenpost?« Er ging über den Strand, wobei er Abdrücke im Schnee hinterließ, und blieb am Spülsaum stehen.

Paula folgte ihm. Eine grüne Weinflasche dümpelte vor ihnen im Wasser. »Die müssen wir rausfischen.«

»Wenn jetzt Sommer wäre, würde ich mich ja in die Fluten stürzen, aber bei der heutigen Wassertemperatur ...«

»Weichei!«, lästerte Paula und wickelte ihren langen Schal vom Hals. Immer wieder warf sie ihn wie eine Fliegenfischerin aus. Es war nicht einfach, aber schließlich schaffte sie es, mit der vollgesogenen Wolle die Flasche an Land zu bugsieren.

»Du bist wahrhaft alltagstauglich«, lobte Richard sie lachend, während er sich bückte und die Flasche aufsammelte.

»Im Gegensatz zu dir?« Paula zwinkerte ihm zu. Sie warf den klatschnassen Schal einfach in den Schnee und nahm ihm die Flasche aus der Hand. »Lass mich schauen.« Tatsächlich war im Flascheninneren eine Papierrolle zu erkennen. »Wie aufregend!«

»Wie unromantisch.« Richard deutete auf den Schraubverschluss. »Ein Korken wäre stilvoller gewesen.«

Paula öffnete die Flasche und schüttelte die Rolle heraus. Sie begann herzhaft zu lachen, als sie den Text las, der in krakeliger Kinderschrift verfasst war.

Hilfe! Wir brauchen Rettung. Unsere Eltern haben uns ins öde Fischland verschleppt, obwohl wir viel lieber in die Türkei wollten. Scheißlangweiliger Urlaub. Wenn Sie diese Nachricht lesen, sind wir vielleicht schon tot.

Unterzeichnet war die Nachricht mit den Namen Steffen und Heiner, umrahmt von Totenköpfen.

»Na, die Jungs waren von deiner Heimat nicht so begeistert«, sagte Paula, nachdem sie Richard den Inhalt vorgelesen hatte.

»Wie sieht's aus?«, antwortete er und griff nach der Flasche. »Möchtest du Henrik ein paar Zeilen schreiben und die Flasche zurück ins Meer werfen? Vielleicht landet die Flaschenpost ja über das Kattegat auf Föhr.«

Unerwartet ärgerte sie sich über die flapsige Bemerkung. »Für das, was ich Henrik zu sagen habe, brauche ich keine Flaschenpost. Ich gehe einfach zu ihm rüber. Und wenn er mal nicht da ist, so wie jetzt, weiß ich immerhin, wo er ist.«

Richard hatte die Spitze herausgehört. »Asche auf mein Haupt.«

Paula tat es umgehend leid, dass sie nicht einfach ruhig geblieben war. Mit ihrer Hand griff sie nach Richards. Da sie beide Handschuhe trugen, war es eine unverfängliche Berührung. »Weißt du was, wir nehmen die Flasche tatsächlich mit. Die Kinder können eine Nachricht samt unserer Adresse schreiben, und dann werfen wir sie wieder zurück ins Meer. Vielleicht bekommen sie irgendwann eine Antwort.« Dann fiel ihr ein: »Auf Föhr müssen wir das auch unbedingt mal machen.«

Richard sammelte Paulas mit Schnee und Sand behafteten Schal auf und legte ihn sich über den Arm. »Wir sollten jetzt schleunigst zurückgehen. Der Ausflug war lang genug, und du sollst ja nicht noch kränker werden, als du schon bist. Und darum ...« Er nahm seinen kurzen dunkelblauen Schal ab und wickelte ihn ihr um den Hals.

»Danke«, sagte sie überrascht. Der Schal trug nicht nur den leichten Duft seines herben Eau de Toilette, sondern auch noch seine Körperwärme.

»Und morgen zeige ich dir unseren Waldfriedhof, wenn du magst«, bot Richard ihr an.

»Unbedingt«, antwortete Paula. »Ich liebe Friedhöfe.«

Richard antwortete nicht, aber sie spürte seinen Blick. Mit einem Lächeln wandte sie sich ihm zu. »Erscheint dir das paradox, wo doch Tom auf einem Friedhof begraben liegt?«

»Erwischt«, gab er zu.

»Ich bin damit im Reinen, weil nur das Vergängliche in der Erde ruht. Ich weiß Tom bei Gott und sein Andenken in meinem Herzen. Er ist für alle Zeiten bei mir, und darum kann ich auf jeden Friedhof gehen.« Sie überlegte kurz. »Es ist tatsächlich so, dass ich auf Friedhöfen immer das finde, was schon in dem Namen liegt. Frieden.«

***

Und so war es auch am nächsten Tag. Es mochte an dem Naturfriedhof und der alten Seefahrerkirche liegen, an den alten Bäumen, deren schneebehäufte Äste und Zweiglein in den frostblauen Himmel mäanderten, aber Paula empfand den Frieden noch einmal deutlicher als oftmals zuvor. Seite an Seite gingen Richard und sie durch die Gräberreihen, und sie fühlte eine wunderbare Ruhe in sich. Der Schnee knirschte unter ihren Füßen, alle Grabsteine trugen ein Dächlein aus unberührtem Schnee, und die Ewigkeitslichter auf den Gräbern ließen das herrliche Weiß glitzern. Hier und da einmal blieb Paula stehen, um eine der Inschriften zu lesen.

Verwandte der Böhnke-Familie lagen hier nicht. Das hatte Paula direkt erfragt. Richard hatte berichtet, dass seine Eltern als junge Leute nach Prerow gegangen waren, um sich dort ihren Traum von einem eigenen Café zu erfüllen. Aber sowohl die Familie seines Vaters als auch die seiner Mutter stammte aus Rostock. Dass auch Richards fünfundachtzigjährige Großmutter dort lebte, hatte Paula schon vorher gewusst, denn Richard und Katharina hatten in den letzten beiden Tagen einige Male von *Oma Rostock* gesprochen.

»Deine Mutter sagte heute Morgen, dass ich mir am Silvestervormittag nichts vornehmen soll«, erinnerte Paula sich, als sie den Ausgang des Friedhofs ansteuerten. »Weiter sind wir allerdings nicht gekommen, weil sie im Café gebraucht wurde. Kannst du mir sagen, was mich erwartet?«

Richard lachte auf. »Ein lebhafter Vormittag. Es ist Tradition, dass am Silvestermorgen Freunde und Nachbarn zu einem Frühschoppen zu uns kommen. Für Touristen bleibt das Café dann geschlossen.«

»Okay.«

»Seit ewigen Zeiten laden meine Eltern dazu ein. Du wirst viele nette Leute kennenlernen. Und du wirst den Rumtopf meiner Mutter probieren müssen. Den setzt sie im Spätsommer mit verschiedenen Früchten an, und er ist über die Meck-Pommschen Grenzen hinaus berüchtigt. Ich empfehle dir dringend, nicht mehr als ein Glas davon zu trinken.«

»Du meinst, er heißt nicht umsonst *Rum*topf?«

Er lachte erneut. »Allerdings.«

Als sie den Friedhof verließen, stieß Richard am Friedhofstor mit einer Frau zusammen. »Entschuldigen Sie bitte«, sagte er.

Sie war in einen dicken Steppmantel gehüllt und zog die Kapuze aus der Stirn. »Schon gut, ich hätte aufpassen sollen.«

»Mieke?«, fragte Richard im nächsten Moment.

Paula bemerkte sein erstarrtes Gesicht.

Die flachsblonde Frau sah Richard ebenfalls ungläubig an. »Richard! Das ist ja … Schön, dich zu sehen.«

Die beiden blickten sich einen Moment lang schweigend an.

Mieke ergriff als Erste wieder das Wort. »Bist du auch über die Feiertage zu Hause? Wir sind bei meinen Eltern. Jetzt wollte ich nur mal schnell an Opas Grab. Er wäre heute zweiundachtzig geworden.« Ihr Blick glitt zu Paula.

Richard räusperte sich. »Paula, das ist Mieke Andresen, ach nein.« Er sah die junge Frau wieder an. »Jetzt heißt du ja Bernheim, wenn ich mich recht erinnere.«

Mieke nickte.

»Das ist Paula Ahmling … eine Freundin«, stellte er Paula vor. Für einen Moment schwiegen alle.

»Bist du mit deinem Mann hier?«, fragte Richard.

»Ja, das bin ich. Und mit meinem kleinen Sohn. Er ist zwei Jahre alt, und in vier Monaten bekommen wir wieder Nachwuchs.« Sie deutete auf ihren Bauch, der unter dem dicken Mantel kaum als Schwangerschaftsbauch zu erkennen war.

»Dann hast du ja all das bekommen, was du dir immer gewünscht hast.«

Lag eine Spur Bitterkeit in Richards Stimme? Paula war sich nicht sicher.

»Ja, das habe ich«, antwortete Mieke mit fester Stimme. »Dir wünsche ich auch alles Gute, Richard. Es war schön, dich zu sehen.«

Einen Moment lang sah es so aus, als wollte sie Richard umarmen, aber dann nickte sie ihm und Paula zu und ging mit zügigen Schritten den Weg entlang zu den Gräberreihen.

Richard sah Paula an. »Ich würde ja gern einfach nur weitergehen und mit dir über deinen Gott und die Welt sprechen … Allerdings sagen mir dein Gesichtsausdruck und insbesondere deine blauen Augen, dass deine Neugier auf einer Skala von eins bis zehn gerade die elf erreicht hat.«

Paula lachte auf. Ohne weiter darüber nachzudenken, hakte sie sich bei ihm ein und zog ihn weiter. »Ich ahne, dass ich gerade die Frau kennengelernt habe, mit der du es einst, ich zitiere dich, so ›richtig vermasselt‹ hast.«

»Ja.«

Paula ließ ihm Zeit, und tatsächlich sprach er unerwartet bereitwillig weiter.

»Mieke war meine erste große Liebe. Wir waren lange zusammen, mehr als zwölf Jahre, und ich dachte wirklich, dass es für immer wäre.« Er sprach hastig, als hätte er Angst, er könne nicht weitersprechen, wenn er eine Pause machte. »Aber ich war beruflich ständig unterwegs, war selten zu Hause. Zu selten. Damals war mir hier auf dem Darß alles zu eng. Die dörfliche Idylle, das vertraute Miteinander, das Umeinanderkümmern … Das, was ich jetzt wunderbar finde, hat mich damals erdrückt. Ich wollte immer raus … raus in die Welt, egal, wie schrecklich sie war. Das hat mich letztlich Miekes Liebe gekostet. Jetzt, hier und heute, kann ich sie verstehen. Sie wollte immer Kinder haben, eine Familie.«

»Das tut mir wirklich leid«, sagte Paula, als er tief Luft holte und sie schweigend ansah.

»Alles ist gut«, erwiderte er mit einem Lächeln, das sie berührte. »Es hat wirklich gedauert, aber ich habe es überwunden. Ich freue mich für Mieke, dass sie Erfüllung gefunden hat und glücklich geworden ist.«

Beim Abendessen berichtete Richard seiner Familie von dem unerwarteten Zusammentreffen auf dem Friedhof. Während er erzählte, was er von Mieke erfahren hatte, war Paula sich einmal mehr sicher, dass er wirklich über die hübsche blonde Frau hinweg war, denn seine Stimme klang locker. Und so gut kannte sie ihn, dass sie ihm angemerkt hätte, wenn da noch Trauer oder Frust in ihm gewesen wäre.

Das Thema Mieke war dann schnell abgeschlossen, doch Katharina legte noch einmal nach, als sie mit Paula in der Küche den Geschirrspüler einräumte. »Ich hätte zu gern gesehen, wie Richard auf Mieke reagiert hat. Ich glaube, die beiden haben sich mindestens drei, vier Jahre nicht gesehen. Du kannst dir nicht vorstellen, wie fertig Richard damals war, als sie Schluss gemacht hat. Alle haben damit gerechnet, dass die beiden eines Tages heiraten würden. Sie waren ewig zusammen. Nach ihr hatte er immer nur ganz kurze Beziehungen.«

Paula schwieg, während sie die nicht gegessenen dicken Scheiben des Vollkornbrots in die Tüte zurücksteckte und in den Brotkorb legte.

Katharina warf sich zwei der Weintrauben, die auf der fast leer gefutterten Käseplatte lagen, in den Mund und fuhr kauend fort. »Mal ehrlich, würdest du einen Mann haben wollen, der ewig in irgendwelche Kriegs- und Krisengebiete reist, sich ständig in Gefahr begibt und wochenlang weg ist? Ich persönlich finde, dass Mieke wirklich lange durchgehalten hat. Sorry, ich liebe meinen großen Bruder über alles, aber an ihrer Stelle hätte ich mir damals schon längst einen anderen gesucht.« Sie rollte die letzte Goudascheibe auf und biss hinein. »Und die biologische Uhr tickte wohl auch. Sie waren mittlerweile beide Mitte dreißig, und Mieke wollte heiraten und Kinder haben. Aber Richard hat sie immer vertröstet.«

Katharina sah sich um, als wollte sie sich vergewissern, dass der große Bruder nicht plötzlich hinter ihr stand. »Aber als Mieke dann mit einem Touristen auf und davon war, nachdem Richard von einem seiner Auslandsaufenthalte zurückgekommen war, hat er mir schon leidgetan. Da ist ihm wohl erst bewusst geworden, was er verloren hat. Aber da war es zu spät.«

Katharina senkte die Lautstärke ihrer Stimme noch mehr. »Er ist ihr nach Mölln nachgereist, wo sie inzwischen hingezogen war, und hat versucht, sie zurückzugewinnen.« Katharinas Gesicht nahm einen verzückten Ausdruck an. »Romantisch, nicht? Hat aber leider nicht geklappt. Und ich glaube, seitdem hat er nie wieder etwas von ihr gehört. Wie sind die beiden denn heute Morgen miteinander umgegangen?«

»Höflich und freundlich«, hielt Paula sich bedeckt. Sie wollte nicht über etwas sprechen, das nur Richard und Mieke etwas anging.

Siebzehn

Eine unberührte Schneedecke ist ein
aus Glitzerfäden und Himmelsträumen
gestricktes Märchen.

Am Silvestermorgen gab es kein gemeinschaftlich gemütliches Frühstück wie in den Tagen zuvor, weil das Café für den Frühschoppen hergerichtet werden musste. Jürgen Böhnke belegte in der Café-Konditorei halbe Brötchen für die Gäste. Jeder, der herunterkam, durfte sich daran bedienen und half dann bei den Vorbereitungen. Marie entschied sich dafür, Richards Vater zu unterstützen. Paula vermutete, dass sie es tat, um ihre Ruhe zu haben, denn Jürgen war nach wie vor das schweigsamste Familienmitglied der Böhnkes. Mats und Lisbeth waren mit Feuereifer dabei, Papierschlangen zu Kringeln zu pusten und im Café aufzuhängen. Birte ließ sie fröhlich gewähren, selbst als die Kinder anfingen, die unmöglichsten Orte und Dekoartikel mit den Schlangen zu behängen. Selbst Boomer trug schon einen gekringelten Papierschal.

»Jetzt ist Schluss, Kinder«, mahnte Paula, als die beiden sich gegenseitig die Papierrollen in die Gesichter bliesen.

Sie selbst half Katharina beim Eindecken der Teller und Gläser. Es würde zusätzlich zu den Brötchen auch Bratwurst vom Grill geben, dazu Nudel- und Kartoffelsalat, den die Frauen am Vortag zubereitet hatten. Birte und Katharina hatten Paulas Nudelsalat hochgelobt, und im Stillen dankte Paula Ruth Vormbeck für den Tipp, mehr Mayonnaise zu nehmen, denn so schmeckte der Salat wirklich besser – Kalorien musste man auch mal das sein lassen, was sie waren: fiese kleine Biester, die im Schrank die Kleider enger nähten.

»Lass die Kleinen doch machen«, meinte Birte vergnügt

und reichte den Kindern zwei weitere Rollen mit Luftschlangen. »Sie haben doch so viel Spaß dabei.«

Paula lachte. »Na gut, es ist deine Party.«

Birte sah Mats und Lisbeth hinterher, die mit den beiden Rollen Richtung WC stürmten. »Wenn wir Enkelkinder hätten, würde ich sie das auch machen lassen.«

Paula hörte Wehmut in diesen Worten und Katharina anscheinend auch, denn sie flüsterte Paula zu: »Sie lauert darauf, dass wenigstens ich irgendwann für diese Enkelkinder sorge, wenn Richard schon versagt.«

»Ich kann ihren Wunsch gut verstehen«, meinte Paula. »Meine Mutter genießt das Omasein über alle Maßen. Sie liebt die Kinder so sehr.« Sie sah wieder zu Katharina und lächelte. »Aber deine Mutter wird sich noch ein wenig gedulden müssen, oder? Von Richard weiß ich, dass du zurzeit Single bist.«

Katharina nickte. »Ja.« Sie schaute Paula an, dann wieder auf die Servietten, die sie begonnen hatte zu falten. Doch im nächsten Moment hielt sie inne und flüsterte Paula zu: »Ich bin Single, aber ich wäre es gerne nicht mehr.« Sie blickte kurz über die Schulter, aber Birte war auf dem Weg zu den WCs, wohl um zu schauen, was die Kinder dort trieben. »Paula, du kannst doch schweigen, oder? Du bist doch Pastorin.«

»Natürlich«, erwiderte Paula erstaunt. »Was immer du mir sagen möchtest, bleibt unter uns.«

Katharinas Blick veränderte sich, wurde strahlend. »Ich bin total verliebt, Paula. In Leon, meinen besten Freund. Und das ist irgendwie spooky. Ich meine, wir waren immer nur Freunde. Wir sind schon zusammen zur Schule gegangen, aber … Er riecht so gut, und wie er lacht … und seine tollen hellblauen Augen. Ich meine, die hatte er schon immer, aber ich habe sie nie als so schön empfunden wie jetzt. Uuuund …«, sie begann zu strahlen, »ich glaube, er ist auch in mich verliebt, aber er ist so megaschüchtern.«

Paula erlebte ein Déjà-vu. Kurz blitzten Matijanas Augen vor ihr auf. Gab es nur noch junge Frauen, die sich in Männer verliebten, die zu schüchtern waren, um sich ihre Gefühle einzugestehen beziehungsweise sich den Frauen zu offenbaren? Oder war Katharina Opfer ihrer Mutmaßungen, so wie Paula es bei Matijana weiterhin befürchtete? Die Tatsache, dass Erk Ahlsen Mati über den Winter weiterbeschäftigte, war schließlich noch kein Beweis dafür, dass er ihre Gefühle erwiderte.

Doch Katharina legte mehr Elan an den Tag als die Föhrer Freundin. »Leon braucht einen Anschubs. Und dafür könnte ich deine Hilfe gebrauchen, Paula.«

»Inwiefern?«

»Ich möchte, dass du mit Richard eine Pferdeschlittenfahrt durch den Wald machst.«

»Was?«

Katharina schloss die Augen und schwärmte. »Es wird herrlich romantisch. Der Duft des Waldes, das Schnauben der Pferde, das Knirschen der Kufen im Schnee …«

Paula schluckte. Katharinas Phantasie war wunderbar bildhaft. Sie sah alles deutlich vor sich, doch … »Wie kommst du darauf, Richard und ich würden eine *romantische* Kutschfahrt machen wollen?«

Katharina öffnete die Augen wieder. »Es soll nicht für euch romantisch werden, sondern für Leon und mich. Ja, schon gut, ich sehe, dass du keine Ahnung hast, wovon ich rede. Zu Recht. Also: Im Besitz von Leons Familie befindet sich ein alter Pferdeschlitten, der nur alle Jubeljahre mal zum Einsatz kommt, weil wir selten so einen tollen Winter haben. Aber dieses Traumwetter«, sie deutete zum Fenster hinaus, wo die Flocken hinter den Scheiben tanzten, »das muss ich einfach ausnutzen. Ich werde Leon bitten, den Schlitten für euch anzuspannen. Ich sitz dann bei ihm auf dem Kutschbock … Heißt das eigentlich so bei Pferdeschlitten? Egal. Und wenn wir dann über die Waldwege zuckeln, so herrlich romantisch eben, werden wir anhalten, und Leon und ich werden dann im Wald verschwinden, um *euch ein wenig Zeit allein zu geben*. Das habe ich natürlich vorher mit ihm abgesprochen. Er wird denken, das alles ist für euch. Aber es ist natürlich für ihn und mich.«

»Das klingt alles furchtbar kompliziert«, befand Paula.

»Warum macht ihr diese romantische Schlittenfahrt nicht einfach zu zweit?«

»Weil ich unsere erste gemeinsame Schlittenfahrt erst machen möchte, wenn er in mich verliebt ist. Ich möchte dann geküsst werden, mich in seinen Arm kuscheln … Darum muss der gefakte Waldspaziergang im Schnee sein, damit wir überhaupt zu diesem Schritt kommen.«

Paula war noch nicht überzeugt. »Aber warum sollte er ausgerechnet bei diesem Spaziergang seine Schüchternheit überwinden?«

»Ich werde so tun, als würde ich stolpern, und anschließend seine Hand nehmen, damit das nicht wieder passiert. Und dann gehen wir Hand in Hand weiter. Uuuund dann«, sie atmete tief durch, »werde ich ihn küssen. Im schneeverwehten Märchenwald. Und dann sind wir entweder ein Paar, oder ich bin die megapeinlichste platonische Freundin ever und grab mich im Schnee ein und tauche nie wieder auf.« Sie nahm eine der dicken Servietten und fächerte sich Luft an die erhitzten Wangen. »Ich darf gar nicht daran denken, aber wenn ich nichts tue, bleiben wir noch bis achtzig die besten Freunde. Und dann sagt er mir, dass er mich immer geliebt hat. Und ich weine und streiche durch sein graues Haar und sage ihm, dass ich ihn auch immer geliebt habe. Und dann küssen wir uns auf die faltigen Lippen, und seine tattrigen Finger schieben sich unter meine Bluse und …«

»Schluss jetzt!«, sagte Paula energisch. Weitere Und-danns konnte und wollte sie nicht mehr hören. »Deine Phantasie möchte ich haben, Katharina.« Sie verbot sich, daran zu denken, dass sie sich in den letzten Monaten genug eigenen Phantastereien mit Henrik hingegeben hatte. »Ich weiß zwar immer noch nicht, warum Richard und ich da mitspielen sollen, aber wenn es dir hilft …« Sie lächelte Katharina an. »Ich liebe Romantik. Außerdem möchte ich Leon nun unbedingt kennenlernen. Und ganz ehrlich, ich würde zu gern mit diesem Pferdeschlitten fahren.«

Katharina lachte auf und umarmte Paula. »Danke.« Sie warf

die Serviette weg und zog ihr Handy aus der Hosentasche. »Ich ruf Leon gleich mal an. Eigentlich wäre er heute Mittag hier dabei gewesen, aber er muss noch einem Kumpel beim Umzug helfen, der sich zwei halbe Finger an der Kreissäge abgeschnitten hat. Der hat noch Schmerzen, sag ich dir, obwohl es schon drei Wochen her ist. Egal. Gibt es einen Tag, an dem du nicht kannst? Hast du dir noch was vorgenommen?«

»Äh, Mittwoch fahren wir direkt nach dem Frühstück nach Föhr zurück«, meinte Paula, in Gedanken noch bei der Kreissäge und den zwei abgetrennten Fingern im Sägemehl. »Dienstag müssen wir packen, aber …«

»Okay, eigentlich war es eine rhetorische Frage«, unterbrach Katharina sie. »Es bleibt nur der Dienstag, denn morgen ist das Neujahrs-Anbaden. Und da machen Leon und ich immer mit. Und Richard vermutlich auch.«

Paula war erstaunt, was Katharina alles an Neuigkeiten parat hatte. »Neujahrs-Anbaden … Das findet wahrscheinlich nicht in einem geheizten Hallenbad statt, oder?«

Katharina grinste. »Richtig. Ist ein Megaevent für uns Einheimische und für die Touristen. Einmal in der Ostsee untertauchen ist angesagt. Für dich fällt das natürlich flach, weil du krank bist, aber Marie will mitmachen. Mats hab ich's noch nicht erzählt, weil ich nicht wusste, ob er darf.«

»Äh, nein, natürlich nicht. Und Marie wird das auch nicht machen.« Es wunderte Paula nicht, dass ihre Große ihr noch kein Wort davon erzählt hatte – weil sie ahnte, dass es ein Nein geben würde.

»Ach komm, Paula, stell dich nicht so an. Wir machen das seit …«, Katharina überlegte kurz, »… seit immer. Und noch nie ist einer von uns krank geworden. Dass der alte Opa Wessel vor ein paar Jahren einen Tag später gestorben ist, lag nicht am Baden. Der war uralt und klapperig. Das wäre auch so passiert.«

»Ah ja.« Es war wohl besser, das Anbaden nicht weiter zu diskutieren. Darum lenkte Paula das Gespräch wieder auf das Ausgangsszenario. »Wir können nicht über Richards Zeit entscheiden«, gab sie zu bedenken. »Vielleicht möchte er gar keine Schlittenfahrt machen.«

»Mit meinem lieben Bruder hab ich das schon klargemacht«, winkte Katharina ab. »Er hat gesagt, du liebst es, Paare zu verkuppeln, und er ist dir gern dabei behilflich. Und somit mir.«

Strahlend wählte sie Leons Nummer, verließ aber das Café, denn ihre Mutter kam im Stechschritt anmarschiert.

»Die Gäste werden sich freuen«, sagte Birte, als sie zu Paula trat. »Sogar die Klodeckel und -bürsten sind mit Luftschlangen dekoriert. Aber jetzt müssen wir uns sputen. Die Ersten werden um halb elf da sein.«

Gegen Mittag erreichte die Stimmung im Café ihren Höhepunkt. Überall an den zusammengeschobenen Tischen wurde gelacht und erzählt. Richard saß bei den Nachbarn und wurde gerade aufgefordert, ein Gläschen Rumtopf mit ihnen zu trinken, doch er lehnte ab. Er trank auch kein Bier, wie Paula bemerkte, sondern nur Kaffee und Softdrinks. Wie gut gelaunt er war. Er wirkte befreit wie nie, und Paula war voller Freude darüber. Er fühlte sich hier sichtlich wohl. Er kannte alle diese Menschen. Freunde, Nachbarn, Alte, Junge und Kinder. Hier war alles wie immer. Seit ewigen Zeiten saß man zum Silvester-Frühschoppen in Böhnkes Café, aß, trank und unterhielt sich mit Freunden.

»Endlich mal eine Party, wo auch Kinder eingeladen sind«, meinte Mats in diesem Moment. Er hatte schon zwei Bratwürste mit Kartoffelsalat verputzt, was ihn aber nicht davon abhielt, sich eine der mit Ei und Anchovis belegten Brötchenhälften zu schnappen, die auf einer silberfarbenen Speiseplatte auf dem Tisch standen.

Marie schüttelte sich, als er hineinbiss. Die salzigen Sardellen trafen nicht ihren Geschmack, so wie die gesamte Feier.

Paula hatte Mitleid mit ihr. Marie war traurig und genervt und wütend, weil sie ihr nicht erlaubt hatte, mit dem Zug nach Föhr zu fahren, um dort mit Jeppe und der Clique Silvester zu feiern. Marie hatte so gebettelt, aber diesmal war Paula standhaft geblieben. Und das lag nicht an der komplizierten Zugverbindung, sondern daran, dass es eine Silvesterparty mit Jugendlichen war, bei der Alkohol in Strömen fließen würde. Das war einfach etwas anderes als ein Wochenende allein mit Jeppe auf Föhr. Auch war niemand im Nachbarhaus, um nach dem Rechten zu sehen.

Wie herrlich unkompliziert war es dagegen noch mit ihrer Kleinen. Lisbeth hockte mit einem sechsjährigen Mädchen namens Nele auf einer Decke auf dem Fußboden. Sie spielten mit drei Barbie-Puppen und deren zwei Dutzend Outfits, die Nele mitgebracht hatte. Es gab auch einen Ken, der allerdings nur noch ein Bein besaß, weil Lulu, der Golden Retriever der Familie, ihm eines abgekaut hatte.

Paula hatte einiges erfahren, weil die Gäste immer mal wieder die Tische wechselten und viele wichtige und noch mehr unwichtige Dinge erzählten.

»Ich wusste gar nicht, dass Libby Barbies mag«, meinte Richard, als er zurück an den Tisch kam.

»Ich auch nicht«, antwortete Paula launig. »Für Maries alte Barbie-Puppen hat sie sich bisher nicht wirklich interessiert. Aber sie kommt ja auch erst in das Alter.«

»Vielleicht hast du ja Glück, und es bleibt so«, meinte Richard. »Dann hast du nicht noch eine Tochter, die diesen Modelquatsch machen will.«

»Äh, ich kann dich *hören*, Richard«, sagte Marie. Ein bitterböser Blick traf ihn.

»Vielleicht kann ich es ja wiedergutmachen«, meinte er lächelnd.

Maries Gesicht blieb mürrisch. »Ich wüsste nicht, wie.« Sie nahm ihr Handy vom Tisch und stand auf. »Ich geh nach oben.«

»Nein, warte«, hielt Richard sie zurück.

Sie drehte sich mit einer Schwerfälligkeit um, als hätte sie Tonnen auf den Schultern zu tragen. »Warum denn?«

»Weil du dir jetzt deine Jacke holst und mit mir nach Ribnitz-Damgarten fährst.«

»Häh?«

Auch Paula sah ihn verwirrt an.

Richard genoss die Situation sichtlich. Er zwinkerte Marie zu. »Wir fahren zum Bahnhof und holen jemanden ab.«

Maries Augen wurden weit. »Wen holen wir ab?«

»Wen hättest du denn am liebsten hier?«, fragte Richard.

Marie stieß einen kurzen, spitzen Schrei aus. »Jeppe?« Unglauben und Vorfreude hielten sich die Waage in ihrem Gesicht.

»Ja, Jeppe«, erlöste Richard sie, und im nächsten Moment sahen alle Gäste zu ihnen, denn Maries nächster Schrei übertönte alles. Sie rannte auf Richard zu und fiel ihm um den Hals. »Richard, du bist der beste ...«, sie suchte nach den richtigen Worten, »der beste irgendwas ever.« Sie schmatzte ihm einen Kuss auf die Wange. Dann wechselte sie zu Paula und wiederholte Umarmung und Kuss. »Danke, Mama, danke!«

»Du musst mir nicht danken, ich weiß nämlich von nichts«, sagte sie, als Marie sie losließ.

»Echt? Egal!« Marie strahlte mit den Kerzen am Weihnachtsbaum um die Wette. »Ich hol schnell meine Jacke.«

Paula sah ihr nach, dann zu Richard.

»Vielleicht war das übergriffig«, meinte er. »Aber ich hatte die Idee vorgestern, als ich euren Streit wegen der Silvesterparty auf Föhr hörte, und dann dachte ich, wenn Marie nicht zu ihm kann, geht es ja vielleicht andersrum. Zum Glück konnte Mats mir sagen, wie Jeppe mit Nachnamen heißt, und zu meinem weiteren Glück gibt es noch Familien mit Festnetzanschluss.«

»Mats wusste Bescheid?«, fragte Paula.

»Nein, natürlich nicht«, meinte Richard lachend. »Er hätte doch keine fünf Minuten dichtgehalten. Ich habe ihn nur beiläufig gefragt.«

»Aber du hättest mich einweihen können. Es ist eine zauberhafte Idee, und ich hätte sie unterstützt und natürlich kein Wort verraten.«

»Ich weiß, es war vielleicht nicht ganz richtig, aber ich wollte nicht nur Marie, sondern auch dich überraschen.«

Paula musterte sein Gesicht, in dem eine leichte Unsicherheit lag. »Du musst nichts wiedergutmachen, Richard. Du musst nicht ständig beweisen, dass du uns ein wahrer Freund bist. Das … das weiß ich auch so.« Sie nahm seine Hand. »Danke. Marie wird dir das nie vergessen.«

»Richard, komm, ich bin fertig«, rief Marie von der Tür in den Raum. Sie strahlte, dass es eine Freude war, sie anzusehen.

Richard löste seine Hand langsam aus Paulas. »Ich freu mich schon auf unsere Schlittenfahrt«, sagte er leise. »Auch wenn wir nur als Mittel zum Zweck dienen.«

Paula blickte ihm nach, als er zu Marie ging. Freundschaftlich legte er Marie die Hand auf die Schulter, als sie losmarschierten. Es war ein schönes Bild. Und Paula empfand, wie sich seine Hand auf Maries Schulter anfühlte. Warm und behütend.

✳✳✳

Am Neujahrstag herrschte am verschneiten Prerower Strand fröhliches Leben. Tausende Zuschauer, Musik und Glühwein … Paula konnte es kaum glauben, als Hunderte mutige »Anbader« nach Aufforderung losliefen, um sich in die eiskalten Fluten zu stürzen. Lisbeth liebte das Spektakel und blieb vor lauter Staunen stumm, als die Menschenmenge an ihnen vorbeiströmte. Sie betrachteten das Geschehen inmitten eines gut gelaunten Publikums direkt aus der ersten Reihe vor dem absperrenden Flatterband, bewaffnet mit Bademänteln und Handtüchern. Es gab viele verrückte Verkleidungen – Neptun mit Dreizack war gleich mehrfach vertreten, Männer und Frauen in moderner und historischer Badekleidung, Nackte mit Pudelmütze …

Kreischen und Jauchzen erfüllte die Luft, als die Ersten ins Wasser liefen und Paula und Lisbeth nach bekannten Gesichtern Ausschau hielten.

Vielleicht hatte es am Rumtopf gelegen, den Birte in der Silvesternacht noch einmal aufgetischt hatte? Paula konnte gerade nicht fassen, dass sie ihren Kindern erlaubt hatte, gemeinsam mit der kompletten Familie Böhnke bei der Neujahrstradition mitzumachen.

»Da sind sie!«, sagte sie, als Richard und Marie ihnen zuwinkten. Mats rief etwas, das nicht zu verstehen war, und dann waren schon alle im Wasser.

Marie, der Katharina einen Badeanzug geliehen hatte, schwächelte allerdings schnell, denn sie konnte sich nicht überwinden, weiter als bis zu den Oberschenkeln ins eiskalte Nass zu gehen. Jeppe und Mats hingegen wollten sich keine Blöße geben und warfen sich hinein. Die vier Böhnkes gehörten zu den ganz Zähen, die weit hinausliefen. Dann blieben sie stehen, nahmen sich an den Händen, als sie bis zur Brust in der eisigen Ostsee standen, hüpften dreimal auf und ab, und weg waren sie für Sekunden und tauchten lachend wieder auf. Während Birte und Jürgen Böhnke sofort den Rückweg ans Ufer antraten, bespritzten Richard und Katharina sich gegenseitig und dann einige Freunde mit dem eisigen Salzwasser. Paula sah wenig Sinn darin, denn die Lufttemperatur lag unter der Wassertemperatur – ihr war allein vom Hinsehen so kalt, dass es sie schüttelte.

»Hier, schnell«, sagte sie, als Marie bibbernd angelaufen kam und ihr den angebotenen Bademantel aus der Hand riss.

»Warum hast du mir das nicht verboten?«, sagte sie schräg grinsend zu Paula. »Das war schrecklich.« Sie stieg, ohne sich die Füße zu trocknen, in ihre lammfellgefütterten Boots. »Ich will nach Hause.«

Auch Mats und Jeppe freuten sich, wenn sie es auch nicht zugaben, sich in die großen Badehandtücher hüllen zu können. Beide bibberten um die Wette.

Beim Abendessen übertrumpften sich alle gegenseitig mit ihren Bekundungen, wie toll es gewesen war, wie mutig sie gewesen waren, wie gern sie das im nächsten Jahr wiederholen wollten.

Paula behielt für sich, dass sie im nächsten Jahr nicht hier sein würden, denn es hätte die fröhliche Stimmung gedrückt. Vor allem ihre.

»Hoffentlich haben wir morgen auch so krass gutes Wetter«, warf Katharina ein, als sich alle rechtzeitig zum Zu-Bett-Gehen verabschiedeten, und hob die gefalteten Hände zur Zimmerdecke.

»Da brauchst du nicht zu beten«, warf der große Bruder ein. »Ein Blick in den weltlichen Wetterbericht hätte dir gezeigt, dass es *krass gut* wird.«

* * *

Richard behielt recht. Als Leon Rättke am nächsten Nachmittag um Punkt vierzehn Uhr mit dem Pferdeschlitten vorfuhr, schien die Wintersonne von einem wolkenlosen hellblauen Himmel, und der Frost bannte den Schnee überall dort, wo er sich niedergelassen hatte. Da die Nebenstraßen nicht geräumt wurden, konnte Leon direkt vor dem Café halten. Das Gespann war ein so seltener und dadurch umso schönerer Hingucker, dass einige Cafégäste herauskamen, um sich den alten Schlitten anzusehen. Nicht eingeplant hatte Katharina die Kinder. Mats und Lisbeth waren natürlich von dem Pferdeschlitten begeistert, und auch Marie und Jeppe lauerten auf eine Fahrt.

»Ihr seid alle morgen dran, okay?«, versuchte Katharina ihr Glück und zog an Mats' Arm, um ihn aus dem Schlitten zu schaffen, während Lisbeth auf Richards Arm den Schimmel streicheln durfte, der ruhig neben einem Braunen stand und zur Belustigung der Umstehenden dampfende Pferdeäpfel in den festgefahrenen Schnee auf der Straße setzte.

Letztlich hatten die Kinder es Leon zu verdanken, dass sie alle, jeweils zu zweit, eine kurze Strecke mit dem Schlitten fahren durften, während Katharina einigen Touristen klarmachte, dass die Schlittenfahrten privater Natur waren und nicht gebucht werden konnten.

»Warum eigentlich nicht?«, schlug Richard seiner Schwester vor, als sie erneut jemanden abwimmelte. »Ihr könntet horrende Preise nehmen, wie die Gondolieri in Venedig. Romantik lassen sich die Touristen immer gern etwas kosten.«

»Ihr steigt jetzt ein«, sagte sie und warf einen nervösen Blick auf die Uhr, als der Schlitten mit Mats und Lisbeth direkt wieder vor ihnen hielt. »Uns läuft die Zeit weg. Es wird so schnell dunkel.«

»Das ist so großartig«, rief Paula Katharina und Leon zu, die Seite an Seite auf dem Bock hockten, während sie die Straße hinunterfuhren. Immer wieder winkten ihnen Spaziergänger zu. »Ich komm mir ein bisschen wie eine Prinzessin vor«, wandte sie sich strahlend an Richard, mit dem sie sich eine mollige Decke über den Beinen teilte.

»Warte ab, bis wir im Wald sind«, meinte er. »Das ist traumhaft.«

Das war es so schon. Paula fühlte sich rundum geborgen. Richard hatte seinen Arm hinter ihrem Rücken abgelegt, und sie lehnte entspannt dagegen, während seine linke Seite ihre rechte wärmte. Doch er behielt recht. Als sie in den Wald hineinfuhren, wurde es märchenhaft. Es war eine traumhafte glitzernde Winterlandschaft, und der Weg hindurch war genau so, wie Katharina es beschrieben hatte … Die Schlittenkufen knirschten im Schnee, und die Pferde schnaubten weiße Atemwölkchen in die Luft, während sie gemütlich, aber kraftvoll den Schlitten zogen. Vereinzelt flogen ein paar Krähen durch die Bäume, und wenn sie sich auf einem Zweig niederließen, rieselte ein wenig des gefrorenen Schnees herab.

»Jetzt fehlt nur noch ein Glöckchen.« Paula schloss die Augen, um es sich vorzustellen.

»Warte, ich hab was Besseres«, sagte Katharina. Sie fummelte ihr Handy aus der Tasche der dicken Winterjacke, und wenig später erklang eine Melodie.

»Oh Kathi, das ist wunderschön!«, rief Paula aus und summte die Titelmelodie von »Drei Haselnüsse für Aschenbrödel« mit. Strahlend sah sie Richard an.

»Ja«, antwortete er. »Wunderschön.«

Paula schluckte. Etwas war in seinen Augen. Etwas, das wärmte, aber zeitgleich – und das war verstörend – prickelte. Hastig löste sie den Blick. Sie widerstand der Versuchung, sich Luft zuzufächeln, und beobachtete das junge Pärchen auf dem Sitz vor ihnen. Leon erinnerte Paula ein wenig an Kristoff aus Lisbeths Lieblings-Disney-Film »Die Eisprinzessin«. Er trug zwar keine Tunika, sondern eine hochwertige Winterjacke vom Feinsten, aber sowohl seine braunen Augen wie auch die blonden Haare, die unter der Mütze hervorlugten, und allem voran die ungewöhnlich breite Nase ließen diese Betrachtungsweise zu. Er und Katharina wirkten völlig vertraut miteinander, so wie beste Freunde es waren. Sie redeten miteinander, meistens so leise, dass sie im Schlitten nicht zu hören waren, denn das Trappeln der Pferdehufe und das Knirschen der Kufen waren die herausragenden Geräusche. Aber, und das versprach Hoffnung, immer wieder warfen sie sich auch nur Blicke zu. Mal strahlte Leon Katharina an, dann wieder sie ihn. Das mochte der besonderen Unternehmung geschuldet sein, aber vielleicht ja auch ihren geheimen Gefühlen füreinander.

Richard schien ihre Gedanken lesen zu können. Er beugte sich zu ihr und flüsterte: »Ich kenne Leon ja nun seit Jahren, er war immer Kathis bester Freund. Aber ich finde den Gedanken, die beiden könnte mehr verbinden, tatsächlich nicht wirklich befremdlich. Sie harmonieren einfach so wunderbar miteinander.«

Schweigsam beobachteten sie das Pärchen. Daher zuckte Paula ein wenig zusammen, als Katharina sich unerwartet zu ihr umwandte und sagte: »Wir fahren jetzt zu Richards Lieblingsplatz.«

Paula sah Richard an. »Da bin ich gespannt.«

»Eigentlich kennst du ihn schon. Von meinem Profilbild bei WhatsApp.«

»Der Baumstamm am Strand?«

Richard nickte. »Das Foto habe ich am Weststrand aufgenommen. Dort ist es wilder und rauer als am Nordstrand. Die Bäume wachsen direkt bis an die Dünen. Die Windflüchter werden dir gefallen.«

»Windflüchter?« Paula sah ihn interessiert an.

»Der ständige Westwind hat die Bäume geprägt, so wie du es aus Schleswig-Holstein kennst.«

Paula lachte. »Ja, sie sehen alle aus, als hätte ihnen ein böser Riese ins Genick geschlagen.«

»Nun, dann hat sich der Riese bei uns am Weststrand ordentlich ausgetobt. Es gibt wirklich außergewöhnliche Wuchsformen.«

Es dauerte noch, bis sie ankamen. Leon band die Pferde an, und sie mussten den Rest des Weges laufen. Der Anblick war dann wahrhaft großartig. Paula konnte verstehen, dass Richard den Weststrand liebte. Im Sommer musste der so urtümlich wirkende Strand ein Traum sein, aber auch jetzt, mit den nahen schneebedeckten und teils kurios gewachsenen Bäumen und dem Wind von vorn, war er ein Erlebnis.

»Den Darßer Leuchtturm sehen wir uns ein anderes Mal an«, meinte Richard.

Da war es wieder, dieses »ein anderes Mal«. Paula ließ es so stehen, wollte es nicht hinterfragen. Weil es sich so schön anfühlte, zu glauben, sie wäre nicht zum ersten und letzten Mal hier in dieser zauberhaften Welt in Prerow.

Als sie den Rückweg zum Schlitten antraten, blieben Paula und Richard ein wenig zurück.

»Ich dachte, sie wollten anhalten«, sagte Richard leise. »Ich hatte Kathis *love attack* auf dem Hinweg erwartet.«

»Ich eigentlich auch«, gab Paula zu. »Vielleicht hat sie der Mut verlassen? Aber anhalten muss sie jetzt auf der Rückfahrt, sonst würde Leon sich wundern. Er denkt ja, wir sind es, um die es geht.«

Beim Pferdeschlitten zeigte sich, dass Katharina wohl wirklich mehr als nervös war. Sie wurde ganz still, was so gar nicht ihrer fröhlichen Natur entsprach. Sie fuhren die Strecke zurück, die sie gekommen waren, und Leon warf Katharina immer wieder einen Blick zu. An einer Weggabelung mit einem Hinweisschild zum Leuchtturm drehte Katharina sich dann plötzlich um und sagte: »Ist es okay, wenn Leon und ich mal für ein paar Minütchen im Wald verschwinden? Wir sind da letztens spazieren gegangen, und ich hab meinen Lieblings-schal dabei verloren. Wir suchen den mal kurz.« Sie nickte Leon zu, dessen Schauspielkünste nicht die besten waren. Sein kurzes »Ja, wir suchen den mal« klang wie einstudiert.

Paula schmunzelte und nickte Katharina mit einem warmen Lächeln zu, das signalisieren sollte: Alles wird gut.

Richard konnte nicht widerstehen, es seiner Schwester schwer zu machen. »Wie kann man denn mitten im Winter seinen Schal verlieren? Den trägt man doch um den Hals.«

Er erntete einen galligen Blick von Katharina, während Leon die Leine an einer Kiefer am Wegesrand festband. »Bis gleich.«

Paula verrenkte sich fast den Hals, aber sie konnte nicht umhin, den beiden hinterherzublicken. Doch bis sie aus dem Blickfeld waren, hatte Katharina keinen gefakten Sturz unter-nommen.

»Dann wollen wir mal die Daumen drücken«, sagte Ri-chard.

»Ja.«

Sie sahen sich an. Es war ein eigenartiges Gefühl, mitten im Wald zu stehen. Allein, nur sie beide. Es gab keine voll-kommene Stille, weil die Pferde sanft schnaubten, aber Paula hatte für einen Augenblick das Gefühl, sie wären die einzigen Menschen auf der Welt.

»Ich habe mich meiner Schwester nie verbundener gefühlt als in diesem Moment.«

»Was meinst du?«, fragte Paula.

»Sie erhofft sich etwas, das sie sich schon so lange wünscht.«

Paula schluckte. Richards Blick umfing sie auf eine Weise, die ihre frostkalten Wangen heiß werden ließ. »Was genau …?« Sie stockte, denn er beugte sich zu ihr. Seine Lippen waren nur noch Zentimeter von ihren entfernt.

»Ich meine das«, murmelte er.

Es war so lange her, dass sie einen solchen Kuss bekommen hatte, dass Männerlippen sie so berührt hatten … und es war berauschend schön. Die Wärme aus seinem leicht geöffneten

Mund legte sich wie süßer warmer Honig auf ihre frostkalten Lippen und ließ sie erzittern.

Dann nahm er seinen Kopf zurück. »Entweder war das jetzt der Anfang von etwas Wunderschönem«, sein Blick umfing sie wieder auf diese unglaubliche Weise, »oder es wird morgen die schweigsamste Rückfahrt nach Föhr *ever*.«

Paulas Atem ging so heftig, dass die kleinen weißen Atemwölkchen die Luft erwärmten. »Richard, du … ich …«

Es war nicht der Moment für Worte. Sie schlang ihre Arme um seinen Hals und führte fort, was er begonnen hatte. Ausgehungert küssten sie sich. Und Paula spürte tief in sich, dass es nicht eigenartig und nicht überraschend war. Es war vielmehr so, als wäre sie nach einer endlosen Wanderung durch eine steinige Wüste nach Hause gekommen.

Beide rissen sie sich die Handschuhe von den Händen, um den anderen berühren, um ihn spüren zu können. Richards warme Finger streichelten Paulas kalte Wangen, während sein Kuss so intensiv wurde, dass sie nach Atem rang. Er schmeckte so wunderbar und zugleich auch köstlich unbekannt, dass sie nicht aufhören konnte, ihn zu küssen.

Richard löste seinen Mund kurz, aber nur um ihr in die Augen zu blicken. »Oh Paula …«

Sie küssten sich noch, als neben ihnen Katharinas Stimme erklang. »Äh, hallo? Ihr müsst das nicht tun!«

Paula und Richard lösten sich voneinander.

Katharina strahlte wie das berühmte Honigkuchenpferd. »Ihr könnt aufhören, so zu tun, als wäre das hier für euch. Ich hab Leon alles erzählt. Wir …«, sie machte eine künstliche Pause, »sind ein Paar!«

Leon sah Richard an, und Paula vermutete, dass dessen Wangen genau wie ihre nicht nur vom Frost tomatenrot gefärbt waren.

»Herzlichen Glückwunsch, ihr zwei«, sagte Richard launig und strahlte seine Schwester und Leon an. »Aber Paula und ich haben nicht vor, aufzuhören.« Er drehte sich wieder zu Paula und küsste sie erneut.

Katharina sah stumm zu ihnen. Dann löste sich ein »What the fuck!« aus ihrer Kehle.

Paula lachte erlöst. Sie fühlte sich unendlich frei. »Frag nicht, Kathi. Frag einfach nicht. Ich weiß selbst nicht, was gerade passiert ist.« Dann sah sie Richard an. »Ich weiß nur, dass es wunderschön ist.«

Als Leon den Schlitten weiterlenkte, kuschelte Katharina sich an seine Seite. Richard hingegen löste seine Arme von Paula. »Moment …« Er fummelte auf seinem Smartphone herum, und wenig später erklangen Glöckchen in das Getrappel der Pferde.

Paula wusste, dass diese Schlittenfahrt für immer in ihrem Gedächtnis bleiben würde. Hand in Hand, ihren Kopf an Richards Schulter gelehnt, fuhren sie durch den glitzernden Winterwunderwald. Doch mit jedem Meter, den sie sich dem Dorf näherten, schlich sich mehr Unruhe in ihr vor Glück überschäumendes Herz. Was würden die Kinder sagen? Sie selbst war ja von ihren eigenen Gefühlen quasi überrannt worden.

Richard schien zu spüren, was sie beschäftigte, denn er nahm ihre Hand und küsste die Innenfläche. »Denkst du an die Kinder?«

Sie setzte sich gerade auf und sah ihn an. »Ja.«

»Wir können noch warten«, sagte er ruhig. »Du wirst den richtigen Moment finden, in dem du es ihnen sagst.«

Paula nickte schweigend. Wann sollte dieser Moment sein? Ihr Herz begann vor Aufregung zu klopfen. Lisbeth würde die Ankündigung, dass sie und Richard ein Paar waren, vermutlich einfach hinnehmen und sich wahrscheinlich sogar sehr freuen, wenn Richard ab sofort viel Zeit mit ihr verbrachte. Marie hingegen … Sie hatte Tom, ihren Papa, so sehr geliebt, hatte die schönsten Erinnerungen an ihn. Paula seufzte leise. Marie würde Richard vielleicht nun als den Mann ansehen, der ihren geliebten Vater verdrängen wollte. Mats' Reaktion konnte Paula sich gerade gar nicht vorstellen. Die anfängliche Skepsis gegen Richard hatte er längst überwunden. Richard war ihm ein guter Freund geworden. Aber ihr Verhältnis war unverfänglich. Das würde sich nun ändern. Würde er etwas Intensiveres als übergriffig empfinden?

»Alles wird gut, Paula«, erklang Richards ruhige Stimme neben ihr. »Das hast du schon so vielen Menschen gesagt. Nun glaub auch selbst daran.«

Paula schluckte den dicken Kloß in ihrer Kehle hinunter. »Danke. Ich verspreche dir, dass ich es ihnen so schnell wie möglich sage. Ich muss es sogar, denn schließlich will ich nicht aufhören, das zu tun ...« Sie gab ihm einen hingebungsvollen Kuss.

Als sie sich voneinander lösten, stand Richard im Schlitten auf und beugte sich zu Katharina und Leon vor. »Die Kinder wissen noch nichts von Paula und mir. Und ...«

»Wie denn auch?«, unterbrach die kleine Schwester ihn flapsig. »Seid ihr nicht gerade mal zehn Minuten zusammen? Was immerhin genauso lange ist wie bei uns.« Sie zog Leons Kopf zu sich und küsste ihn. Dann wandte sie sich wieder Richard zu. »Du stehst noch, also ... was ist los?«

»Wenn einer von euch beiden«, Richard sprach mit Grabesstimme, »den Kindern auch nur ein einziges Wort von Paula und mir erzählt, werdet ihr euch wünschen, nicht geboren zu sein. Paula wird es ihnen in aller Ruhe sagen, wenn sie den Zeitpunkt für gekommen hält. Haben wir uns verstanden?«

Leon nickte heftig. Bei ihm stand fest, dass er dem großen Bruder seiner nun irgendwie ganz neuen alten Freundin nicht begegnen mochte, wenn etwas schiefging. Katharina hingegen kratzte Richards Drohung so viel, wie es bei Geschwistern üblich war. Nämlich gar nicht.

»Erstens, *Big Brother*: Ich lass mir nicht den Mund verbieten. Zweitens: Du kannst mich mal. Drittens: Selbstverständlich sagen wir den Kindern nichts. Müssen wir auch gar nicht, das sehen die euch doch sofort an.«

Richard grunzte und setzte sich wieder.

Paula war alarmiert. »Kathi hat recht. Wir müssen uns zusammenreißen.«

»Okay, aber so lange nutzen wir es noch aus.«

Es fiel Paula nicht schwer, sich in seine warme Umarmung zu kuscheln und ihn zu küssen, küssen, küssen …

***

Beim Abendessen verlor Paula die Angst, die Kinder könnten ihr etwas anmerken. Marie war viel zu sehr mit sich selbst und ihrem Jeppe beschäftigt, als dass sie Liebesschwingungen anderer hätte wahrnehmen können. Mats konnte Augenkontakt, sei er noch so strahlend und vielsagend, anscheinend auch nicht deuten, und Lisbeth war glücklich, wenn alle glücklich waren.

Es fiel auch keinem der Kinder auf, dass Richard nach dem Essen ihre Abräumpflichten übernahm. »Spielt ihr mal schön. Ich mach das schon.« So hatten sie zumindest in der Küche kleine kostbare Momente, in denen sie sich küssen und berühren konnten.

Im Gegensatz zu den Kindern, da war Paula sich sicher, ahnte Birte Böhnke, was vor sich ging. Immer wieder wanderte ihr Blick zwischen ihr und Richard hin und her. Und wie es aussah, war sie mit dieser Entwicklung mehr als zufrieden.

»Paula, Richard, bringt ihr doch bitte noch den Müll raus«, sagte sie, als sich alle zum Spielen ins Wohnzimmer begaben. Sie strahlte dabei.

Paula und Richard gaben dem Wunsch allzu gern nach. Sie zogen sich ihre Jacken über und verschwanden mit den nicht einmal halb vollen Mülltüten aus den Kücheneimern nach draußen. Es war herrlich, sich in der kalten Dunkelheit zu küssen, lange, intensiv …

»Sag es ihnen morgen«, murmelte Richard an ihren Lippen. »Ich halte das sonst nicht aus.« Seine Finger wanderten unter der geöffneten Jacke unter ihren Pullover und streichelten die zarte Haut ihrer Taille.

Paula erzitterte unter der Berührung. Mit Macht überfiel sie das Verlangen nach weiteren Berührungen, nach so viel mehr … Sie presste sich an Richard und schob ihre Hände unter seinen Pulli. Sie wimmerte, weil sie es kaum ertrug, ihn nicht ganz haben zu können.

Richards Atem war abgehackt, als er sagte: »Ich werde heute Nacht nicht hier schlafen. Das kann ich uns beiden und vor allem dir nicht zumuten. Ich packe und fahre nach Rostock. In meine Wohnung.«

Die Bedeutung dieser Sätze wurde Paula erst richtig bewusst, als sie neben Lisbeth im Bett lag. Ihr Verlangen nacheinander hätte sie und Richard die ganze Nacht nicht schlafen lassen, das stand fest. Richard hätte nicht zu ihr kommen können, denn sie teilte das Bett mit Libby. Und sie … sie hätte die Möglichkeit gehabt, sich wie ein Dieb in der Nacht in sein Bett zu schleichen.

Paula seufzte dankbar in die Dunkelheit, weil Richard ihr die Entscheidung abgenommen hatte. Jetzt, wo er nicht da war, war es einfach, zu denken, sie hätte Lisbeth sowieso nicht allein gelassen, auch nicht für einen kurzen Moment. Doch stimmte das?

Sie seufzte noch einmal, diesmal vor ungestilltem Verlangen.

Achtzehn

Wäre Liebe ein Duft, würde jeder Mensch etwas
anderes riechen, aber köstlich wäre es immer.

»Paula, du Liebe, hast du vielleicht Lust, nach dem Frühstück mit Katharinas Wagen zu Richard nach Rostock zu fahren?« Birte Böhnke lächelte sie an, während sie Lisbeth das Nutella-Glas reichte. »Richard hat nämlich einige Papiere vergessen, die er noch unterschreiben muss. Katharina würde dann mit dem Camper und den Kindern später nachkommen und die Papiere wieder mitnehmen. Das spart Richard einen Weg.«

Paula sah Richards Mutter an, während ihre Wangen heiß wurden. Die Absicht dieses Angebots war mehr als offensichtlich. Aber Paula dachte nicht eine Sekunde daran, es auszuschlagen. »Ich … ja. Ja, das kann ich machen.«

Sie sah zu den Kindern, die munter frühstückten. Mats und Jeppe schienen die Frage als Einzige registriert zu haben, denn sie sahen sie an.

»Ich will nicht mitkommen«, meinte Mats, der ihren Blick eindeutig missverstanden hatte. »Ich fahr lieber mit Kathi mit dem Camper. Dann kann ich hier noch ein bisschen draußen spielen.«

Paula war so dankbar, dass er nicht gefragt hatte, ob er mitkommen dürfe, dass sie sich regelrecht schämte. »Okay, mein Schatz, das … ist doch prima.«

Jeppe hatte sich wieder Marie zugewandt. Paula stand auf, ohne die dauergrinsende Katharina oder Birte anzusehen. »Dann packe ich schon mal die letzten Sachen zusammen und verstaue sie im Camper.« Den Großteil des Gepäcks hatten sie schon am Vorabend eingeladen.

Sie verschwand nach oben und griff dort als Erstes zum Handy.

Als Richard erfuhr, dass sie zu ihm kommen würde, schwieg er einen Moment, dann hörte sie seine raue Stimme. »Pack so schnell, wie du noch nie gepackt hast, Paula Ahmling. Ich kann es nicht erwarten, dich vor meiner Tür zu sehen.«

Paulas Herz klopfte heftig, als sie den Klingelknopf an dem Rostocker Mehrfamilienhaus drückte. Es war noch früh. Früher als erwartet, denn Katharina hatte angeboten, Marie und Jeppe mit dem Wagen ihrer Eltern zum Bahnhof zu fahren. Da für Jeppe kein Platz mehr im Nugget war, hatten sie direkt bei seiner Ankunft beschlossen, dass Marie mit ihm gemeinsam im Zug zurück nach Föhr fahren würde.

Der Türsummer erklang. Als Paula eintrat und die Treppe hinaufging, kam Richard ihr schon entgegengelaufen. Noch auf den Stufen küssten sie sich ausgehungert.

»Es war mir peinlich, wirklich, weil es so offensichtlich war, was deine Mutter mit ihrem Vorschlag wollte«, sagte Paula, als er ihr einen Moment zum Atemholen gönnte, »aber ich liebe sie dafür.«

Richard lachte herzlich. »Sie hat mir geschrieben, dass sie mich seit Ewigkeiten nicht so gelöst und glücklich gesehen hat und sich für uns freut wie Bolle. Aber …«, er nahm Paulas Hand, »ich möchte jetzt nicht über meine Mutter reden.«

Sie eilten die Treppenstufen hinauf. Als Richard die Wohnungstür hinter sich schloss, fielen sie sich in die Arme, und Paula gab sich ihren Gefühlen hin. Es war Zeit für Zärtlichkeit und Begierde, für Lieben und Verschmelzen.

❊❊❊

»Wer ist das denn?«, fragte Mats, als sie am späten Nachmittag im Greveling ankamen. Ein Mann in dicker cremefarbener Winterjacke und gleichfarbiger Mütze stand vor dem Friesenwall des Konradi-Grundstücks und sah zum Haus.

»Ein Tourist«, meinte Paula, als Richard blinkte und sie einen Blick auf den bärtigen Fremden werfen konnte. »Die fotografieren doch andauernd die Häuser.« Die reetgedeckten weißen Friesenhäuser auf den Warften waren schließlich ein Hingucker.

»Der schaut aber nur«, meinte Mats. »Der hat kein Handy in der Hand.«

»Viele Touristen sehen sich die schönen Häuser an«, meinte Paula beiläufig, als der Mann eilig verschwand. Anscheinend war es ihm unangenehm, beim Betrachten des Hauses gesehen worden zu sein.

»Hurra, wir sind wieder zu Hause«, rief Lisbeth fröhlich und schnallte sich ab, als Richard den Motor abstellte.

Lächelnd drehte Paula sich zu ihr um. *Zu Hause.* Lisbeth fühlte sich so wohl auf Föhr.

Boomer sprang als Erstes aus dem Nugget und markierte eines von Henriks frostsicher verpackten Rosenstämmchen, während Lisbeth sich von Paula in die Stiefel helfen ließ, die sie für die lange Fahrt ausgezogen hatte. Auch Mats streifte seine über und stampfte direkt über den Rasen, um in der prächtigen Schneedecke seine Abdrücke zu hinterlassen, was bisher nur eine Katze und ein paar Vögel getan hatten, wie die Spuren verrieten.

Paula sah zu Henriks Haushälfte. Das Garagentor war geschlossen, im Haus brannte kein Licht. Er schien also noch unterwegs zu sein, was Paula ein wenig erleichterte. Sie war ihm zwar zu nichts verpflichtet, aber ihr Gewissen war aktiviert. Schließlich hatte sie ihm die Hoffnung nicht genommen, dass sie einmal mehr als seine Nachbarin sein könnte.

»Wisst ihr was?«, schlug sie vor, als Richard den Katzenkorb ins Haus trug und sie sich eine der Kisten mit den Geschenken griff. »Wollen wir nicht nachher weiter auspacken? Gleich ist es ganz dunkel … lasst uns noch kurz zum Strand gehen und uns die Beine vertreten. Boomer braucht Auslauf, und mir steckt die lange Autofahrt auch in den Knochen.«

Es kam wie erwartet von niemandem ein Widerwort. Sie ließen alles stehen und liegen, zogen sich warm an und marschierten los. Mats lief mit den beiden Holzschwertern, die er unbedingt noch aus der Garage holen musste, vorweg. Da

Inselkumpel Lasse nicht zur Verfügung stand, würde Lisbeth wohl Glück haben und mitspielen dürfen.

»Das war ein tolles Geschenk von Henrik«, meinte Paula zu Richard, als sie den Kindern mit Boomer folgten. »Ich glaube, Mats würde eher sein neues Playstation-Spiel weggeben als diese Schwerter.«

Von Richard kam nur ein knappes »Ja«. Er dachte zweifellos an seinen Kumpel. Würde Henrik gelassen bleiben, wenn er erfuhr, dass Richard und sie nun so viel mehr waren als Freunde? Paula musterte Richards Profil, das so vertraut war wie nie zuvor. Wie gut er aussah. Der Friseurbesuch lag noch nicht lange zurück, aber die Locken begannen sich schon wieder unter dem Rand der Strickmütze zu kringeln. *Viel mehr als Freunde …* Paula wurde in diesem Moment fast schmerzhaft bewusst, dass das die Untertreibung des Jahrhunderts war.

Sie liebte diesen Mann.

Voller Leidenschaft und Innigkeit und Verlangen hatten sie sich am Morgen einander hingegeben, im wahrsten Sinne des Wortes. Sie hatten sich einander geschenkt, aber sie hatten es beide nicht ausgesprochen, dass sie sich liebten.

Hatte er ihren Blick gespürt? Er sah sie an. »Ist alles gut? Du wirkst so ernst.« Richard griff nach ihrer Hand, ließ sie aber mit Blick auf die Kinder gleich wieder los.

Doch Paula war in diesem Moment egal, ob Mats und Lisbeth sich umdrehten, denn ihr Herz lief über. Sie holte sich seine Hand zurück. »Ich liebe dich, Richard.«

Dass er seinen Atem für einen Moment angehalten hatte, erkannte sie, weil die Atemwölkchen aus seinem Mund eine Pause machten. Ohne zu zögern, legte er seine freie Hand an ihren Hinterkopf, zog sie an sich und küsste sie. So inbrünstig, fast hart, dass es seiner Worte gar nicht mehr bedurfte. Doch es war trotzdem Seelenbalsam, sie zu hören.

»Und ich liebe dich«, flüsterte er an ihren Lippen. »So sehr.«

Sie strahlten sich an, als sie weitergingen. Die Kinder hatten nichts bemerkt. »Ich sage es ihnen direkt, wenn Marie zu Hause ist«, sagte Paula. »Weil ich sonst platze.«

Richard blickte nicht ganz so strahlend drein. »Was werden sie wohl sagen? Was ist, wenn sie mich nicht bei euch haben wollen?«

»Ich behaupte nicht, dass sie gleich Feuer und Flamme sein werden. Wir müssen ihnen Zeit geben, sich daran zu gewöhnen. Aber sie haben dich so schnell als Freund der Familie wahrgenommen. Sie werden auch das Upgrade akzeptieren.«

Er stieß sein Richard-Grunzen aus, und das gefiel Paula. Er musste nicht alles kommentieren. Dieser Laut sagte meistens so viel mehr über seinen Gemütszustand aus.

»Es ist Ebbe«, schrie Mats aus der Ferne, denn er war das letzte Stück zum Strandübergang gerannt. Paula und Richard schlossen auf. Auch auf Föhr lag noch Schnee, wenn auch längst nicht so viel wie an der Ostseeküste.

»Dahinten war der Schnee alle«, meinte Lisbeth und zeigte auf den breiten Wattstreifen, den die Ebbe freigegeben hatte. »Die Wolke war leer.«

Richard schmunzelte, und auch Paula musste sich zusammenreißen, ernst zu bleiben.

»Da liegt kein Schnee, weil dort vorhin noch das Wasser war, mein Schatz. Jetzt ist Ebbe, und im nassen Watt würde auch jetzt kein Schnee liegen bleiben, selbst wenn eine Schneewolke käme.«

Sie wanderten den Strand Richtung Nieblum entlang, aber nicht weit, denn der Nordwestwind blies ihnen seinen eisigen Atem ins Gesicht. An Boomers Zottelfell bildeten sich schon Eiskristalle, sodass sie beschlossen, wieder umzukehren und eine heiße Schokolade zu trinken, bevor sie den Nugget auspackten.

»Schaut mal!«, rief Richard aus. Er bückte sich und sammelte einen Stein aus dem harten Sand. »Ein Hühnergott.« Er hielt sich das Fundstück ans Auge, und erst dann bemerkte Paula das Loch im Stein.

»›Hühnergott‹? Das hab ich ja noch nie gehört«, meinte Paula, als er den Stein an Lisbeth weiterreichte, die auch durch das Loch gucken wollte.

»Warum heißt der Stein ›Hühnergott‹?«, fragte Mats und sah Richard an. Dann zog er Lisbeth den Stein aus der Hand. »Der sieht nicht aus wie ein Huhn.«

»Das werde ich dir erzählen, aber nicht heute, denn die Geschichte ist ein wenig gruslig und nichts für Lisbeth. Aber du magst ja gruslige Gute-Nacht-Geschichten.«

Mats' Augen waren bei »gruslig« direkt aufgeleuchtet. »Ja, cool. Aber wir fahren doch gar nicht mehr zum Campen. Papas Haus haben wir ja gefunden. Dann kannst du auch keine Gute-Nacht-Geschichte mehr erzählen.«

»Vielleicht finden wir ja einen Weg, wie du zu deiner Gruselgeschichte kommst«, hielt Richard sich bedeckt.

»Ich will lieber keine Gruselgeschichte hören«, meinte Lisbeth. »Mir kannst du eine schöne Geschichte mit einer Prinzessin erzählen.«

»Puh, eine Prinzessinnengeschichte … da kenne ich nicht so viele.« Richard sah zu Paula. In seinem Blick stand zu lesen: Hilfe!

»Die kann ja einen Eisbären treffen«, gab Lisbeth einen Erzähltipp ab. »Und einen Schokoweihnachtsmann. Und ich sag, wie die Prinzessin heißen soll. Und du sagst, wie der kleine Eisbär heißen soll.«

»Das hört sich gut an«, meinte Richard erleichtert. »Ich überleg schon mal, wie der Eisbär heißen soll.«

»Der soll Lars heißen. Und die Prinzessin heißt …«, Lisbeths feine blonde Augenbrauen zogen sich entzückend zusammen, während sie überlegte, »… Schoki-Boomi-Prinzessin.«

Mats tippte sich an die Stirn. »Die heißt wohl eher Balla-balla-Prinzessin.«

»Schluss jetzt, ab nach Hause«, mahnte Paula. »Mir frieren schon die Füße ein.«

Zurück im Greveling entluden sie den Nugget. Richard fuhr ihn schließlich in Henriks Garage und verabschiedete sich von den Kindern, die ihm ein fröhliches »Tschüs« zuwarfen und im Haus verschwanden. Der Blick, den Richard Paula zum Abschied schenkte, zeigte seine Liebe. Und Nervosität.

»Alles wird gut«, tröstete sie ihn, obwohl ihr Magen sich von Minute zu Minute mehr verkrampfte. »Marie wird jeden Moment hier sein, und dann finde ich den passenden Zeitpunkt.«

Marie wurde um Viertel vor sieben von Jeppes Mutter gebracht, die die beiden von der Fähre abgeholt hatte. Paula hatte den Abendbrottisch schon gedeckt. Doch beim Essen brachte sie vor Aufregung kaum einen Bissen herunter.

Als alle satt waren, sandte sie ein stilles Stoßgebet gen Himmel, dann atmete sie tief durch, um ihr klopfendes Herz zu beruhigen. »Kinder, ich möchte euch etwas sagen, und ich wünsche mir so sehr, dass ihr euch auch darüber freut, so sehr wie ich.« Ihre Stimme zitterte ein wenig, aber ihr Lächeln blieb, weil sie von Glück erfüllt war. »Es betrifft Richard und mich.«

Marie schnappte nach Luft. »Ihr seid jetzt nicht echt verliebt, oder? Jeppe hat mich im Zug gefragt, ob ihr zusammen seid. ›Die sind doch total verknallt, oder?‹, hat er mich gefragt, und ich hab ihn ausgelacht und gesagt, dass ihr nur beste Freunde seid.«

»Wie dumm ist Jeppe denn?«, meinte Mats, aber Paula bemerkte die Angespanntheit in seinem Gesicht. Einmal mehr sah er aus wie Tom, während er auf ihre Antwort lauerte.

»Richard und ich sind beste Freunde«, sagte Paula ruhig. »Aber nun sind wir verliebte beste Freunde.«

»Mama …« Marie starrte sie an. »Das … ist krass.«

Mats' Augen füllten sich mit Tränen. »Der ist aber nicht unser Vater!«

Paula griff nach seiner Hand. »Natürlich nicht, mein Schatz. Papa im Himmel ist und bleibt euer Papa. Für immer. Aber Richard möchte euch ein guter Freund sein, und wir werden in Zukunft viel Zeit miteinander verbringen.«

Mats kämpfte weiter mit den Tränen und brachte kein weiteres Wort heraus.

Lisbeth sah nur von einem zum anderen, während sie sich die letzten Gurkenscheiben aus dem Schälchen nahm und genüsslich kaute. Sie verstand nicht, was los war.

»Schläft der jetzt hier? Bei dir im Bett?«, fragte Mats erstickt.

»Nicht heute«, antwortete Paula, was sie mit Richard besprochen hatte. »Aber vielleicht morgen.«

Mats hatte genug. Er stand auf und rannte die Treppe hinauf.

»Mats!« Paula erhob sich ebenfalls, aber sie zwang sich, sich wieder hinzusetzen. Sie musste ihm etwas Zeit geben.

»Das muss ich erst mal verdauen«, meinte Marie. Sie sah ihre Mutter immer noch an, als hätte sie eine Fremde vor sich. »Du hättest es mir sagen können.«

»Ich weiß es doch selbst erst seit vorgestern, Schatz. Auf der Schlittenfahrt ... Es war wie ein Blitzeinschlag. Und doch weiß ich jetzt, dass sich meine Gefühle für Richard längst verändert hatten. Ich glaube, ich liebe ihn schon wirklich, wirklich lange.« Sie hob die Schultern. »Es klingt verrückt, ja, aber so ist es.«

Marie sah sie schweigend an, dann stand sie auf. »Ich geh mal zu Matsi rauf.«

Paula nickte und sah ihr nach. Es war wohl gut, wenn die beiden erst mal allein waren. Sie wandte sich Lisbeth zu. »Freust du dich, wenn Richard jetzt ganz oft bei uns ist?«

Kauend nickte die Kleine.

»Und ist es okay, wenn ich Richard mal küsse? Oder er mich?«

Lisbeth hielt inne beim Kauen. »Aber du musst ihn fragen. Wenn er keinen Kuss möchte, darfst du ihn auch nicht küssen.«

»Da hast du völlig recht, mein Schatz«, antwortete Paula ihr mit einem breiten Lächeln. In Gedanken fügte sie hinzu: Wenn es ihm so geht wie mir, kann er es nicht abwarten, mit seinen Lippen meine zu berühren.

Nach einer halben Stunde hielt Paula es nicht mehr aus. Sie parkte Lisbeth vor dem Fernseher, ging die Treppe hinauf, klopfte an Mats' Zimmertür und trat ein.

Er saß auf dem Bett, Marie neben ihm. Beide hatten verweinte Augen.

Paula blutete das Herz bei dem Anblick. »Ach, meine

Schätze.« Sie ging vor dem Bett auf die Knie. »So schlimm ist es?«

Mats nickte, Marie schüttelte den Kopf und sagte: »Wir müssen es nur verdauen. Ist schon krass komisch jetzt.«

Paula strich über die Beine der Kinder. »Das verstehe ich gut. Aber es war mir wichtig, dass ihr es gleich erfahrt. Richard und ich möchten keine Heimlichkeiten. Auch für mich ist es eigenartig. Aber ich bin auch einfach unfassbar glücklich.« Nun füllten sich ihre Augen mit Tränen. »Ich habe Richard sehr lieb, aber das ändert nichts, absolut nichts an meiner Liebe zu euch und zu Papa. Papa und ihr drei, ihr seid meine großen Lieben. Und Richard ist jetzt dazugekommen.« Sie zwinkerte, und dabei löste sich eine Träne. »Er ist quasi der Neuzugang in meinem Herzen.«

»In meinem Herzen ist Papa«, kam es trotzig von Mats.

»Und genau da gehört Papa hin. Aber wir nehmen Papa auch nichts weg, wenn wir unsere Herzen für jemand anderen öffnen«, sagte Paula sanft. »Stellt euch euer Herz mit ganz vielen Kammern vor.«

»Ein Herz hat nur vier Kammern«, funkte Marie ihr dazwischen.

Paula lächelte. »Ja, da hast du recht, wenn wir das Herz als Organ betrachten. Aber ich möchte, dass ihr euch euer Herz als Sammelpunkt der Gefühle vorstellt. Unsere Liebe für andere und auch für uns selbst befindet sich darin, in einem Raum, der nie kleiner wird. Im Gegenteil, je mehr wir lieben, desto weiter wächst unser Herzraum. Wir selbst bauen die Kammern darin.« Sie sah Marie an. »Du hast Mats doch lieb?«

»Ja klar. Frag nicht so blöd.«

Paulas Blick wechselte zu Mats. »Und du hast doch Marie lieb, seit du geboren bist?«

Er hatte sich das Kopfkissen gegriffen und presste es an seine Brust. Ein Schutzschild. Aber er nickte.

»Und hattest du Marie dann weniger lieb, als Libby dazugekommen ist?«

Ihm war anzusehen, dass er darüber nachdachte, was Marie

die Augen rollen ließ. Schließlich sah er seine große Schwester an und sagte: »Ich hab dich immer gleich lieb, außer wenn du doof bist.«

Marie lachte und klopfte ihm mit der Faust auf den Arm. »Gleichfalls.«

»Und genau das meine ich«, setzte Paula schnell wieder an, damit die Kinder ihr gedanklich folgen konnten. »Als Lisbeth geboren wurde, da hattest du wieder neue Liebe im Herzen, Mats. Ohne Marie etwas wegzunehmen. Und du liebst deinen Jeppe, Marie, ohne uns anderen etwas wegzunehmen. Unser Herz bietet Raum für so viele Menschen, die wir lieben. Ihr drei und Papa und Oma und Opa seid in meinem Herzen. Und nichts und niemand wird euch jemals daraus vertreiben können, weil Gefühle etwas Wahrhaftiges sind. Die Liebe für euch ist tief in mir verwurzelt, ihr nehmt so viel Raum ein, dass es kaum fassbar und so unendlich schön ist. Es ist im Grunde wie Magie. Gottes Magie.«

Paula wartete einen Moment, dann sagte sie: »In meinem Herzen ist nun die Richard-Kammer dazugekommen, und sie ist voll mit meiner Liebe für ihn. Aber ich kann euch versichern, dass meine Herzkammern für euch dadurch nicht einen Millimeter kleiner geworden sind. Genauso wenig wie meine Tom-Kammer. Die Liebe ist der Schlüssel für Papas Kammer. Wenn wir an ihn denken, öffnet sich die Kammer, und wir besuchen ihn. Papa wird immer da sein. Nichts und niemand kann ihn uns nehmen.«

Sie lächelte ihre beiden Großen an, und ihr Blick ruhte auf Mats, als sie fragte: »Könnt ihr euch denn vorstellen, Richard eine Chance zu geben? Er hat euch doch so gern und ist auch ganz aufgeregt und hat Angst, dass er etwas falsch macht.«

»Aha.« Mehr kam nicht von Mats, aber Paula war dankbar, dass er überhaupt etwas gesagt hatte. Ihm war anzusehen, dass ihre letzten Worte ihn beschäftigten.

»Aber ich sag nicht ›Papa‹ zu dem. Niemals in meinem ganzen Leben.«

Paula nahm seine Hand. »Nein, natürlich nicht, mein

Schatz. Papa ist Papa, und Richard ist Richard. Er möchte einfach nur dazugehören … Wollen wir alle zusammen ihm diese Chance geben?«

Einen Moment lang war es ruhig. Dann beugte Marie sich vor und umarmte Paula. »Ich bin noch geflasht, aber … Ja.«

Mats hatte nicht vor, seine Mutter zu umarmen. »Der hat mir aber gar nix zu sagen.«

Paula sah ihn ernst an. »Das hat er nicht vor, Mats. Er war in den letzten Jahren auch sehr einsam und möchte einfach nur mit uns zusammen sein. Du hast doch in Prerow gesehen, wie sehr Richard auch seine Familie liebt. Wir hatten doch alle miteinander so eine schöne Zeit, haben so viel gelacht. Beim Schlittenfahren, beim Spielen, beim gemeinsamen Essen … Du hast mit Richard so viel Spaß bei der Schneeballschlacht gehabt, Mats … Es kann einfach alles wunderschön werden und bleiben.«

Sie sah, wie es in ihm arbeitete. Der Weg zu Mats' Herzen würde für Richard nicht über eine Schnellstraße führen, aber Paula wusste, dass Richard den Atem für Kurven und Staus hatte.

Mats entzog Paula seine Hand und verschränkte die Arme wieder vor dem Schutzschild-Kissen. Sein »Ich *versuch* das« klang mehr als düster, aber Paula war überglücklich über den guten Willen darin.

Sie stand auf und nahm Mats' Gesicht in beide Hände. »Danke, mein Schatz. Damit machst du mich sehr glücklich.« Sie gab erst ihm einen Kuss, dann Marie.

Als Paula um Mitternacht in ihrem Bett lag, war sie von so vielen Empfindungen erfüllt. Das vorherrschende Gefühl war tiefes Glück. Die Liebe zu Richard durchdrang sie bis in die letzte Körperzelle. Sie hatten sich, als die Kinder schliefen, im Dunkeln auf der Terrasse noch hundert Gute-Nacht-Küsse gegeben und gerade noch einmal telefoniert.

Doch immer wieder schoben sich die Gedanken an die Kinder in das Glücksgefühl. Sie hatte keine pure Freude erwartet, doch die verweinten Augen von Marie und Mats hatten ihr einen Stich versetzt, der noch nachklang. War sie zu forsch vorgegangen? Hätten sie und Richard es langsamer angehen lassen sollen? Alles in ihr wehrte sich gegen diese Gedanken, weil es sich falsch anfühlte, einen Sturmwind bändigen zu wollen.

Die Kinder mussten und würden sich daran gewöhnen, dass Richard nun zu ihnen gehörte.

»Alles wird gut«, beruhigte sie sich selbst. Die Kinder mochten Richard und würden feststellen, dass sich nicht alles änderte, nur weil er jetzt da war.

Einen Moment lang sah sie in die Dunkelheit des Zimmers. Die Schemen der Möbel und Vorhänge zeichneten sich in dem kalten Licht ab, das der Mond ins Zimmer warf, weil sie die Rollläden nicht heruntergelassen hatte. Dann setzte sie sich auf, knipste die Nachttischlampe an und nahm das gerahmte Foto von Tom und sich in die Hand. Zart strich sie über Toms Gesicht.

»Du hast ihn mir geschickt, nicht wahr? Du hattest schon längst erkannt, wie einsam ich war. Das ist mir erst jetzt bewusst geworden, Tom, *wie* einsam ich ohne dich war.« Sie küsste ihre Fingerspitzen und legte sie auf Toms Gesicht. »Danke, dass du mich so liebst. Ich liebe dich auch, mein Herz.«

Und zum ersten Mal störte sie sich nicht an der Kälte, die das Glas durch ihre Haut sandte. Weil sie bewies, dass Tom körperlich weg war und sie ohne den Funken eines schlechten Gewissens zwei Männer innig lieben durfte, ohne einem von ihnen etwas wegzunehmen.

Als ihr Handy vibrierte und eine Nachricht von Richard anzeigte, öffnete Paula sie glücklich. Was sie las, trieb ihr die Tränen heiß in die Augen.

Meine Meer-Frau,
bevor wir beide einschlafen – allein –, lass mich dir sagen:
Ich werde dich für immer lieben. Wenn du die Ebbe bist,
will ich deine Flut sein, will immer zurückkehren und

dich mit meiner Liebe umfluten. Beständig und ewig.
Und wenn du sagst, Gott ist die Liebe, dann lass mich dir
sagen: Ich bin erfüllt von Gott bis in jede einzelne Zelle.
Dein Richard

✳ ✳ ✳

Richard gab sich alle erdenkliche Mühe in den nächsten Tagen, doch Marie war reservierter als zuvor. Paula bemerkte, wie ihre Große sie und Richard beobachtete. Und das war okay. Jedes Gefühl der Kinder war okay, denn es war das Wesen von Gefühlen, einfach da zu sein, weil ein Gefühl nun mal nicht steuerbar war. Dennoch schmerzte es Paula, zu sehen, wie ablehnend und kalt Mats Richard gegenüber war. Die Vertrautheit, die ihn mit Richard in Prerow und während der gemeinsamen Haussuche verbunden hatte, war fort. Wenn er Richard überhaupt einmal ansprach, fehlte jede Wärme.

Richard litt mehr darunter, als er zugab, das spürte Paula, aber sie tröstete ihn wieder und wieder damit, dass die Zeit, die alte Heilerin, alles zum Guten richten würde. Mehr als dankbar war Paula dafür, dass Lisbeth fröhlich mit Richard spielte und lachte und seine Anwesenheit im Haus einfach annahm, ohne sie zu hinterfragen.

Die Nächte, wenn die Kinder schliefen, gehörten der Leidenschaft. Fünf lange Jahre der aufgezwungenen Enthaltsamkeit entluden sich. Paula war wie ausgehungert nach Richards Berührungen und Küssen, nach der Wärme seiner Haut, nach seinem Verlangen nach ihr.

»Heute kommt Henrik zurück«, sagte er am fünften Morgen, in dem Paula in seinem Arm aufgewacht war. Es war noch früh, aber die erste Amsel hatte ihr Morgenlied schon gesungen. Dicht aneinandergekuschelt lagen sie da. Sie hatten noch Zeit, bevor die Kinder für Schule und Kindergarten geweckt werden mussten.

»Du hast es ihm noch nicht gesagt, oder?«, hakte Paula nach. »Oder habt ihr telefoniert?«

»Er weiß es noch nicht.«

»Völlig überraschend wird es für ihn aber nicht kommen. Dass wir über Weihnachten mit dir nach Prerow gefahren sind, ist ja vielleicht schon ein kleiner Wink gewesen. Obwohl, bei der Abfahrt war mir ja selbst noch nicht bewusst, wie sehr ich dich liebe.« Sie reckte sich und küsste Richard zärtlich, bevor sie sich in seinen Arm zurückkuschelte.

»Er weiß nicht, dass ihr mit mir dort wart.«

Paula brauchte eine Sekunde, um den Sinn der Worte zu verstehen. Abrupt setzte sie sich auf. »Was? Aber wir sind doch mit seinem Nugget gefahren. Du hast ihn doch gefragt, ob du ihn für die beiden Wochen haben kannst.«

»Ja, natürlich habe ihn gefragt, aber ich habe nicht erwähnt, dass ich mit euch fahre.« Richard setzte sich ebenfalls gerade hin und lehnte sich mit dem Rücken an das Bettgestell. »Mit Absicht.«

Paula war verwirrt. »Aber ... warum?«

Er hielt ihrem Blick stand, obwohl sie ihm ansah, dass er sich mehr als unwohl fühlte. »Warum? Weil er dich auch wollte, Paula. Und damit konnte ich einfach wahnsinnig schlecht umgehen. Ich wollte einfach nur mit euch im Nugget nach Prerow fahren, ohne ein Nein von ihm zu riskieren, denn sonst hätten wir mit zwei Wagen fahren müssen, und dann hättest du vielleicht abgelehnt.« Er verzerrte die Lippen schuldbewusst. »Ich wollte einfach nichts riskieren. Weil ich dich doch schon längst liebte.« Er griff nach ihrer Hand. »Ich habe mich damit absolut nicht wohlgefühlt, aber in diesem Fall musste ich meiner Selbstsucht einfach nachgeben, auch wenn Henrik mein bester Freund ist.« Er seufzte. »Keine meiner Sternstunden, denn Henrik hat mich aufgenommen, als es mir mies ging.«

»Damit fühle ich mich jetzt nicht wirklich gut«, gab Paula zu. »Du hast zwar nicht gelogen, aber es zu verschweigen ...«

»Ich bin manchmal ein grantiger Typ«, sagte Richard ernst. »Aber ich glaube, ich kann von mir behaupten, dass ich kein egoistischer Mensch bin. Nur bei diesem einen Mal, da wollte ich es sein. Ich wollte es einfach nicht verbocken und alles aus dem Weg räumen, was mich bei meinem Eroberungszug hätte stoppen können.«

Jetzt musste Paula lachen. »Mein Ritter.« Sie beugte sich vor und küsste ihn. »Du hattest mich längst erobert. Wir wussten es nur beide noch nicht.«

Für den Nachmittag war geplant, mit den Kindern zum Ententeich nach Nieblum zu fahren, wo die Jugendlichen Tag für Tag den zugefrorenen Teich vom immer wieder fallenden Schnee befreiten und so eine tolle Fläche zum Schlittschuhlaufen und Eishockeyspielen schufen. Richard hatte sich extra Schlittschuhe gekauft, um mit den Kindern zu laufen. Paula hatte sich mit Matijana am Teich verabredet. Als alle angezogen waren und die Kinder schon abfahrbereit in Richards Wagen saßen, teilte Paula ihren Liebsten mit, dass sie schon mal losfahren sollten. »Ich komme mit Boomer per Bus nach. Ich habe noch einen Termin.«

Auf die erstaunten Fragen »Mit wem?« und »Wieso?« antwortete sie geheimnisvoll: »Lasst euch überraschen. Bis später am Teich.«

Anderthalb Stunden später trafen Paula und Boomer in Nieblum ein. Richard und die Kinder standen am Ufer des Ententeichs und ließen sich den mitgenommenen heißen Apfelsaft mit Zimt und die letzten selbst gebackenen Weihnachtskekse von Richards Mutter schmecken.

»Mami! Boomi! Hier sind wir!«, winkte Lisbeth.

Alle sahen Paula aufmerksam entgegen, als sie strahlend auf sie zukam.

»Wo ist denn nun die Überraschung?«, fragte Mats mit Blick auf ihre leeren Hände.

»Hier.« Mit einem Ruck zog Paula ihre Strickmütze vom Kopf. Mit klopfendem Herzen sah sie ihre Lieben an. »Gefällt es euch?«

»Mama!«, stieß Marie ungläubig aus. »Dein Zopf ...«

»... ist ab«, konstatierte Paula fröhlich. »Gefällt es euch?«

Richard, Mats und Lisbeth kamen gar nicht zu Wort, weil

Marie aus dem Schwärmen gar nicht wieder rauskam. »Wie krass! ... Wie cool ist das denn? ... Mama, du siehst so toll aus.« Sie stellte ihren Becher in den Schnee und befummelte Paulas Haar. »Als wärst du bei Heidi Klum gewesen. Ein Mega-Umstyling, Mama.«

Paula freute sich über die überschwänglichen Worte und strich sich durch den leicht gestuften Bob, während sie zu Richard sah. »Gefällt es dir auch?«

»Du siehst toll aus.« Er trat zu ihr und ließ seine Finger durch das halblange Haar gleiten, bevor er sie küsste. »Wäre ich nicht schon wahnsinnig in dich verliebt, würde ich ...«

»Boah, kotz, würg«, fiel Mats ihm ins Wort und steckte sich den Finger in den Mund.

Richard lachte und fuhr Mats über die Mütze, aber der duckte sich weg und stakste mit den Schlittschuhen zurück auf die Eisfläche.

Paula war weniger zum Lachen, denn Mats' Ekel war nicht gespielt gewesen. Kein Mann hatte sie in den vergangenen Jahren berührt, geküsst, ihr liebe Worte gesagt ... Mats würde noch Zeit brauchen, bis er sich daran gewöhnte, dass Richard genau das nun tat.

Im nächsten Moment erklang Matijanas Stimme von der Seite. »Paula!« Lächelnd kam die lange nicht gesehene Freundin auf sie zugelaufen.

»Mati!« Die Frauen umarmten sich lange, bevor sie sich voneinander lösten und gegenseitig musterten. Matijana sah besser aus als jemals zuvor. Die Kälte hatte ihr rote Frostwangen gezaubert, und die braunen Augen schienen von innen heraus zu leuchten.

»Paula, dein Haar ... Du siehst *so* schön aus«, nahm Matijana ihr die Worte aus dem Mund. »Viel jünger.« Sie begrüßte Richard und die Mädchen und winkte Mats zu, der seine Runden auf dem Eis drehte. Er winkte nicht zurück.

»Denk dir nichts dabei, Mati«, meinte Paula. »Tief in seinem Innern brodelt zurzeit ein Eifersuchtsvulkan. Richard hat es momentan nicht so leicht mit ihm. Ab und an speit Mats verbale Lava aus. Und dass heute keiner von seinen Schulfreunden hier ist, ist zusätzlich Feuer in seinem kleinen Brodelbauch.«

Sie sahen beide zu, wie Mats über den zugefrorenen Teich glitt, während Richard mit den Mädchen zurück aufs Eis ging. Paula und er hatten sich mit einem Kuss voneinander verabschiedet, denn die beiden Frauen hatten kurzerhand entschieden, mit Boomer am Strand nach Hause zu spazieren. Der Hund musste bei der Kälte in Bewegung bleiben, außerdem konnten sie so ungestört plaudern.

»Ich freue mich so wahnsinnig für euch beide.« Matijana hakte Paula unter und zog sie mit sich. »Richard hat dich verdient, Paula. Und du ihn. Ich hab euch beide so gern … Du musst mir alles von dieser unglaublichen Schlittenfahrt im Prerower Wald berichten. Deine WhatsApp-Nachricht war viel zu kurz.«

Für die knapp anderthalb Kilometer vom Teich zum Meer brauchten sie eine halbe Stunde, weil sie beim Erzählen ständig stehen blieben.

Matijana hatte haarklein die gemütlichen Weihnachtstage bei ihren Eltern geschildert, aber Erk Ahlsen noch mit keinem Wort erwähnt, was ungewöhnlich war. Darum entschied Paula, sich unverfänglich vorzutasten, während sie den verschneiten Strand entlanggingen.

»Wie sieht es jetzt arbeitsmäßig in der Gärtnerei aus? Bei dem Schnee könnt ihr ja gar nichts machen, oder?«

»Doch. Schneeschippen am Morgen ist angesagt. Erk hat viele Stammkunden, die ihn dafür bezahlen. Manches Jahr hat er Glück und muss kaum etwas für sein Geld tun, wenn der Winter milde ist. Aber dieses Jahr …« Sie deutete auf die weißen Flächen. »Es will ja gar nicht aufhören. Ich stehe morgens um halb fünf auf, weil wir früh anfangen, damit wir alles schaffen.«

Sie gingen langsam weiter und sahen zwei Reiterinnen zu, die ihre Pferde nah am Spülsaum im Schritt gehen ließen. Es war ein schönes und friedliches Bild.

»Und Erk?«, fragte Paula schließlich doch, als Matijana

schweigend weiterging. »Wie sieht es denn bei euch beiden aus?«

Matijana blieb stehen und ging in die Knie, um Boomer zu streicheln, der mit einem feuchten Stück Holz angeschleppt kam. »Ich glaube wirklich, dass Erk mich mag, Paula. Sehr. Aber …«, sie hob die Schultern, »ich glaube, er traut sich nicht, seinen Gefühlen nachzugeben. Er hat Angst vor meinen Zwängen.«

Paula wollte zu tröstenden Worten ansetzen, als Matijana wieder aufstand und fröhlich sagte: »Aber ich gebe nicht auf. Ich sehe etwas in seinen Augen, das mich stark macht. Ich lasse mir das nicht von meinem Hirn kaputtmachen. Ich vertraue auf Gott, darauf, dass die Liebe gewinnt.«

»Vielleicht braucht er ja einen kleinen Schubser?«, fragte Paula. Das hatte bei Katharina und Leon schließlich auch zum Erfolg geführt.

»Jeden Tag lege ich diesen Schubser in meine Blicke. Er weiß, was ich für ihn empfinde, da bin ich mir sicher. Wenn er also das Wagnis Mati eingehen will, muss er derjenige sein, der die Initiative ergreift. Ich kann ihm seine Ängste nicht nehmen. Ich kann ihm nur zeigen, wer ich bin, mit meinen Zwängen und ohne sie.«

Paula hielt wieder an. »Du wunderbare, kluge junge Frau.« Dann lachte sie und hakte Matijana unter. »Hör ja nicht auf, ihn mit deinen Blicken zu verzaubern. Diesen strahlenden braunen Augen kann er nicht mehr lange widerstehen, wenn er in dich verliebt ist.«

»Darauf baue ich.«

Sie gingen weiter, und als die beiden Frauen sich am Grevelinger Strandübergang verabschiedeten, war es schon nach vier, und die Dämmerung hatte eingesetzt. Paula und Matijana waren beide ein wenig fertig, weil das Laufen im überfrorenen Schnee deutlich anstrengender gewesen war. Mehr als einmal waren sie ausgerutscht.

Matijana ging weiter Richtung Flugplatz, Paula bog mit Boomer zum Konradi-Haus ab. Sie freute sich auf einen heißen

Tee und eine Wärmflasche für ihre eiskalten Füße. Je näher sie dem Haus kam, desto deutlicher schälte sich der Umriss eines Mannes heraus, der ungewöhnlich langsam am Haus vorbeiging und nun schon zum zweiten Mal stoppte. Da hinter den Fenstern Licht brannte, stand fest, dass Richard und die Kinder gerade nach Hause gekommen sein mussten, denn erst vor zehn Minuten hatte Richard ihr geschrieben, dass sie in Nieblum losfuhren.

Der Mann sah sie kommen und ging davon. Paula blickte ihm nach. Die cremefarbene Mütze und die gleichfarbige Jacke des Mannes holten die Erinnerung an den Tag zurück, an dem sie von Prerow zurückgekommen waren.

»Hallo!«, rief Paula und legte ebenfalls an Geschwindigkeit zu, obwohl ihr die Waden wehtaten. Was trieb diesen Mann immer wieder vor das Konradi-Haus?

Er musste sie gehört haben, aber er hielt nicht inne. Im Gegenteil, er wurde schneller. Paula vergaß alle Vorsicht vor der Glätte und lief im Laufschritt auf dem glücklicherweise gestreuten Weg.

Als sie ihn fast eingeholt hatte, rief sie laut: »Hallo! Warten Sie bitte!«

Nun drehte er sich um. Langsam. »Was … was ist?«

Sie musterte sein Gesicht. Anfang bis Mitte siebzig musste er sein. Die roten Wangen und die rote Nase kontrastierten mit dem gepflegten weißen Vollbart. Er war anscheinend auch schon lange draußen.

»Darf ich wissen, warum Sie immer vor unserem Haus stehen?« Sie deutete hinter sich. »Ich habe Sie dort letzte Woche schon gesehen.«

Sein Blick umfing sie auf eine nervöse Art. »Ich gehe einfach spazieren. Das … das ist doch nicht verboten. Mir gefallen die Häuser hier.«

»Nein, natürlich ist das nicht verboten, aber ich hatte das Gefühl, dass Sie sich für unser Haus besonders interessieren. An allen anderen sind Sie schnell vorbeigegangen.«

»Ist mir nicht aufgefallen«, meinte er. »Und nun entschuldigen Sie mich bitte.« Er drehte sich einfach um und ging weiter.

Paula blickte ihm hinterher, bis seine Silhouette mit der Dämmerung verschmolz. Was für ein merkwürdiger Mensch. Ein eigenartiges Gefühl beschlich sie. Aber das mochte an den braunen Augen gelegen haben, mit denen er sie angesehen hatte. Seufzend drehte sie sich um und marschierte zum Haus. Es würde wohl nie aufhören, dass ihr bei manchen Männern das Tom-Braun so auffiel.

**

»Wer möchte nach dem Abendessen die Gruselgeschichte über den Hühnergott hören?«, fragte Richard, während er Paula half, den Küchentisch für das Abendessen zu decken. Die Kinder saßen bereits um den Tisch herum und schenkten sich Milch und Früchtetee ein.

»Ich«, meinte Marie. »Dann kann ich damit vielleicht bei Jeppe punkten, falls er die Story noch nicht kennt.«

»Ich mag aber keine Gruselgeschichten. Das hab ich dir schon gesagt«, ermahnte Lisbeth Richard. »Ich will lieber eine andere Geschichte hören. Eine schöne.«

»Die erzähle ich dir dann oben im Bett, wenn Richard unten die Gruselgeschichte erzählt«, antwortete Paula ihr. Sie sah dabei zu Mats. Er hatte aufgemerkt und schaute Richard an, der sich umgedreht hatte, um auf der Arbeitsfläche eine kleine Zwiebel für Lisbeth zu schneiden. Mats kämpfte mit sich, das war ihm deutlich anzusehen, und Paula kamen fast die Tränen, als er sagte: »Kannst ja mal erzählen, Richard. Ob ich die gut finde, weiß ich aber noch nicht.«

Auch Richard hatte beim Zwiebelschneiden kurz innegehalten. Seine Stimme klang entspannt, als er mit einem kurzen »Prima« antwortete, doch das tiefe Heben und Senken seines Brustkorbs zeigte Paula, wie viel ihm Mats' Antwort bedeutete.

Als Paula von oben herunterkam und das Wohnzimmer betrat, rief Mats ein erleichtertes »Na endlich« aus. Paula wollte unbedingt dabei sein, wenn Richard die Geschichte erzählte, und so hatten alle warten müssen, bis Lisbeth im Bett war.

»Sie schläft«, sagte Paula und setzte sich zu den dreien auf den Boden. Richard hatte sich ins Zeug gelegt, um eine Lagerfeueratmosphäre zu schaffen, und zwei Decken auf dem Boden vor dem Kaminofen ausgebreitet – den größten Anteil davon beanspruchte Mr. Stringer, der lang ausgestreckt dalag und schlief. Um ihn herum waren Schälchen mit Chips und Fruchtgummischnecken drapiert, und – weil Paula zugestimmt hatte – auch Cola, die für Mats nur selten erlaubt war, weil er ständig aufgedreht genug war.

Richard stand auf und machte das Licht aus, sodass nur der Schein der Flammen durch die gläserne Ofentür den Raum erhellte. Dann setzte er sich wieder in die Runde und zog den Hühnergott aus seiner Hosentasche. Er hielt den Stein mit dem Loch in die Höhe und sagte mit dunkler Stimme: »Und nun erzähle ich euch, was es mit diesem geheimnisvollen Stein auf sich hat.« Er wurde leiser. »Er ist ein Talisman.«

Paula sah, wie Mats' Rücken gerade wurde. Talisman … das klang spannend.

»Wisst ihr, was eine Kikimora ist?«, fragte Richard.

Alle schüttelten den Kopf, und Mats sagte: »Nein, was ist das?«

Richard wurde noch leiser. »Etwas Böses.« Er blickte über seine Schulter, als wäre dort etwas, und Marie meinte: »Kannst du das bitte lassen? Mir ist jetzt schon unheimlich genug. *Das Böse …*«

Mats tippte sich an die Stirn. »Geh doch raus. Ich will das jetzt hören. Richard soll weitererzählen.«

»Die Kikimora war einst eine alte heidnische Gottheit der Slawen, aber sie wurde über die Jahrhunderte zu einem Poltergeist gemacht, manchmal spinnenartig, manchmal als alte, merkwürdig gekleidete Frau, die …«, er blickte wieder über die Schulter, »unsichtbar ist.«

»Hör auf!«, kreischte Marie, und Richard und Mats waren augenscheinlich nicht undankbar dafür, denn es steigerte den Grusel.

»Wenn sie unsichtbar ist«, musste Paula aber nachhaken, »woher weiß man dann, dass sie eine alte Frau ist?«

Richard blieb bei seiner düsteren Stimme. »Weil sie nicht für jedermann unsichtbar ist. Viele Menschen haben sie schon gesehen. Doch seid dankbar, wenn ihr sie nicht sehen könnt, denn wer sie erblickt, dem steht ein Unheil bevor.«

»Uh!«

»Welches Unheil?«, wollte Mats begierig wissen.

»Im schlimmsten Fall der Tod eines Hausbewohners, aber meistens macht die Kikimora in der Nacht seltsame Geräusche, um die Bewohner des Hauses zu erschrecken. Und sie schleicht gern in Hühnerställe, um die Hühner zu stehlen oder sie beim Eierlegen zu stören. Um ihr Federvieh vor der Kikimora zu schützen, haben die abergläubischen Menschen damals besondere Steine, die ein natürliches Loch in der Mitte haben, im Hühnerstall aufgehängt. Und aus diesem Grund heißt dieser Stein«, er hielt ihn wieder in die Höhe, »Hühnergott.«

»Cool«, meinte Mats und schnappte sich den Stein aus Richards Hand, um ihn unter diesem neuen Aspekt im flackernden Lichtschein noch einmal genauer zu betrachten.

Richard griff hinter sich und nahm sein iPad zur Hand, was der Lagerfeuerromantik ein wenig schadete, aber Paula hatte Verständnis dafür, denn Richard sah zu Mats und fragte: »Möchtest du ein paar Bilder von Kikimoras sehen?«

»Ja!« Mats krabbelte direkt zu Richard und setzte sich neben ihn.

Marie hockte sich an die andere Seite, und Paula ging hinter Richard in die Knie. Sie verzichtete darauf, die Arme um seinen Bauch zu schlingen, denn sie wollte Mats nicht verprellen, der seinen Ellenbogen auf Richards Bein abgelegt hatte, um den kleinen Monitor besser im Auge zu haben.

Maries Gekreische verstärkte den Grusel erneut, als Richard und Mats die Bilder von verschiedenen hässlichen Monstern anschauten und kommentierten. Die wenigsten der Kreaturen ähnelten einer Frau, und die, die es taten, waren abscheulich.

Mats war begeistert, und Richard nutzte das getreu dem Motto »Mit Speck fängt man Mäuse«, indem er sagte: »Guck mal, Mats. Diese Kikimora-Actionfigur kann man kaufen. Wäre die was für dich?«

Mats' freudiges »Ja!« kam im Bruchteil einer Sekunde.

Richard wandte sich zu Paula um. »Dürfen wir?«

»Bitte, Mama!«

Paulas »Na gut« kam zeitgleich mit dem Klingelton der Haustür. »Um diese Uhrzeit?«, meinte sie erstaunt mit Blick auf die Wanduhr, die sie jedoch nicht ablesen konnte, weil es zu dunkel im Raum war. »Wer ist das denn noch?«

Richard hatte sich vor ihr versteift, und in dem Moment wusste auch sie, wer da geklingelt hatte.

Paula erhob sich. »Ich geh mal aufmachen.«

Wie erwartet war es Henrik, der vor der Tür stand, strahlend und gebräunt von der Karibiksonne. Statt einer Begrüßung stieß er aus: »Wow, Paula!« Seine braunen Augen umfingen ihr Gesicht, ihre neue Frisur. »Du siehst toll aus.«

»Danke.« Paula strich sich, wie schon so oft heute, durch das halblange Haar. Es würde noch dauern, bis sie sich daran gewöhnt hatte.

»Ich dachte, ich sag mal schnell Hallo, bevor ich auspacke«, fuhr Henrik munter fort. »Ich hab doch hoffentlich die Kleinen durch mein Klingeln nicht geweckt?«

»Alles ist gut, Henrik, komm rein«, forderte Paula ihn auf und trat zur Seite. »Nur Lisbeth schläft, und um sie zu wecken, bedarf es mehr als eines Türklingelns.«

»Richard ist also auch wieder hier«, meinte Henrik mit Blick nach draußen zu Richards Wagen, der vor der Konradi-Garage stand. »Nett, dass er mir Platz gemacht und bei dir geparkt hat.«

Paula fühlte sich unbehaglich. »Er … parkt jetzt immer bei mir.«

»Ach ja?« Henrik schloss die Tür hinter sich.

In dem Moment kam Richard aus dem Wohnzimmer. »Hallo, Henrik.« Er stellte sich neben Paula.

»Hallo.« Henriks Blick glitt über den Freund und blieb an den dicken Socken haften, die Richard trug. Eine leichte Falte erschien zwischen seinen blonden Brauen. »Ihr habt es euch ja anscheinend gemütlich gemacht.« Er sah wieder Paula an. »Störe ich?«

Es war keine rhetorische Frage, das spürte Paula. Henrik erkannte die Schwingungen, die in der Luft lagen.

Richard legte seinen Arm um Paula. »Wir sind ein Paar, Henrik.«

»Ganz frisch«, fügte Paula hastig hinzu, weil Henriks Gesichtsausdruck es irgendwie gebot.

Henrik schluckte, dann stieß er ein »Wow!« aus. »Das ist jetzt wirklich eine Überraschung.« Seine Stimme klang spröde. »Herzlichen Glückwunsch.«

»Magst du reinkommen?«, fragte Paula und deutete ins Wohnzimmer.

Sie verzichtete darauf zu sagen: *Wir können eine Flasche Wein aufmachen. Du kannst von deinem Karibik-Urlaub berichten.* Weil es absolut unpassend gewesen wäre. Er war wirklich verletzt. Und nicht ganz zu Unrecht.

»Nein, ich … ich werde jetzt den Wagen weiter auspacken. Ich bin auch kaputt von der langen Fahrt.« Er wandte sich um und zog die Tür auf, drehte sich aber draußen noch einmal um. Er musterte Richard und Paula. »Ich bin wirklich überrascht. Ich hätte gedacht, dass du ihm das übel nimmst, Paula, das mit Mats und dem Buch.«

»Mit Mats und dem Buch?« Paula sah ihn verwirrt an. »Wovon redest du bitte?«

»Henrik!« Richards Stimme klang wie ein Peitschenhieb. »Hör auf. Das ist alles geklärt. Meine Lektorin …«

»Deine Lektorin?«, fiel Henrik ihm ins Wort. »Um die geht es doch wohl nicht.« Er trat zurück ins Haus. Sein Blick ruhte auf Paula. »Du weißt es gar nicht, oder?«, fragte er sie. Dann sah er Richard an. »Du Arsch.«

Paula fasste nach Richards Arm. »Was ist hier los? Was meint Henrik?«

Richards Blick blieb auf Henrik gerichtet. Seine Stimme klang tönern. »*Du* bist gerade der Arsch.«

Henrik hielt Richards Blick stand, aber die Worte, die er sagte, waren für Paula bestimmt. »Er hat Mats in seinen Roman eingebaut, natürlich hat er ihn anders genannt, aber Mats ist das Alter Ego eines seiner beiden kleinen Protagonisten. Er brauchte einen Gegenpart für den syrischen Jungen, der in einem Flüchtlingslager aufwächst. Einen …«, er sah Richard an, »ich zitiere dich mal, Rich, ›kleinen verwöhnten Deutschen, der nicht mal weiß, wie gut es ihm geht‹.«

Paula fühlte sich wie an die Wand geklatscht. Sie sah wie erstarrt von Henrik zu Richard, der nach ihrer Hand griff. »Hör dir diesen Schwachsinn nicht an, Paula. Das … das ist alles nicht wahr.«

»Natürlich ist das wahr«, ging Henrik dazwischen. »Sei wenigstens jetzt ehrlich, Rich. Du hast dich Paula als Chauffeur angeboten, weil du die Kinder, insbesondere Mats, studieren wolltest.«

Paula entzog Richard die Hand. »Stimmt das?« Sie sah ihn an, und es lief ihr kalt über den Rücken. Er war blass geworden. »Stimmt das?«, schrie sie.

»Paula!« Er holte sich ihre Hand zurück. »Das war vielleicht so, ganz am Anfang. Ja, es war durchaus eines der Motive, euch zu fahren. Aber wirklich nur ganz am Anfang. Ich schwöre es dir!«

»Du hast meine Kinder …« Paula brach die Stimme. »Du hast Mats benutzt? Für dein Buch?« Es war, als löste sich dichter Nebel auf. Natürlich. Darum hatte er ständig vermieden, über das Buch zu sprechen. Hatte abgewehrt, als sie sich mehrfach als Probeleserin angeboten hatte. »Das waren wir für dich? Testpersonen?«

»Paula, ich schwöre dir, dass nichts, absolut nichts von Mats oder den Mädchen in meinem Buch auftaucht.«

Paula brach in Tränen aus. »All die Zeit über … bei unseren

Touren … hast du Mats da beobachtet? Hast du aufgeschrieben, was er gesagt und getan hat? Der kleine verwöhnte Deutsche, der Hummer und Krabben isst?«

»Das war vielleicht die anfängliche Intention. Aber nun ist doch längst alles anders. Ich liebe dich, Paula. Ich liebe dich schon so lange. Und ich liebe die Kinder.«

Paula konnte kaum atmen. »Und warum erfahre ich dann von Henrik, was du *am Anfang* vorhattest? So oft habe ich dich nach deinem Buch gefragt, Richard. So oft. Du hattest so viel Zeit, es mir zu sagen.«

»Mama, was ist los?« Marie tauchte in der Tür zum Flur auf. Mats drängte sich neben sie. »Weinst du, Mama?«

Schluchzend schüttelte Paula den Kopf. »Ich weine nicht. *Gleich* weine ich nicht mehr.« Sie war mit zwei Schritten an der Tür und zog sie – so weit es ging – auf. »Raus, alle beide!«, fuhr sie die Männer an.

»Paula, du bist jetzt verletzt, völlig zu Recht.« Richard wollte sie in den Arm nehmen.

Doch Paula wehrte seine Berührung angewidert ab. »Geh mir aus den Augen.« Sie sah ihn an, und das Herz wollte ihr brechen. »Komm morgen und hol deine Sachen.«

Neunzehn

Schwarz ist die Abwesenheit von Licht.

Ach, Tom,
ich wollte, ich könnte schreiben: Ich bin so traurig. Aber
»traurig« wird dem wilden Schmerz in mir einfach
nicht gerecht. Ich war doch so glücklich! Du hast mir
Richard doch geschickt! Und jetzt ... jetzt tut es so, so
weh. Manchmal kann ich kaum atmen.
Wie kann er Mats nur so ... so ... Ich kann es gar nicht
in Worte fassen.
Mats hat mit ihm auf unseren Touren gespielt und ge-
lacht. Er hat ihm vertraut! Und für Richard war er ein-
fach nur ein Versuchsobjekt. Ein Kind, das es zu beob-
achten galt für sein scheißverdammtes Buch.
Unser Kind war Recherche für ihn, Tom!

Paula weinte so bitterlich, dass sie es nicht mehr schaffte, ihren Namen unter den Brief zu setzen. Sie knallte das Buch zu und warf es durchs Schlafzimmer, wo es vor der Kommode aufgeklappt liegen blieb.

Erst mitten in der schlaflosen Nacht fand Paula die Kraft aufzustehen. Sie nahm Toms Buch auf und presste es an ihre Brust. Dieses Buch hatte es nicht verdient, so behandelt zu werden. Nicht für einen Mann, der ihr so wehtat. Sie legte es in die Schublade ...

... und nahm es erst eine Woche später wieder heraus. Diesmal zitterten ihre Hände nicht, und sie weinte auch nicht, als sie eine neue Seite aufblätterte, ohne die vorherige noch einmal zu lesen.

Wyk auf Föhr, 16. Januar

Lieber Tom,
Mama und Papa haben sich angekündigt. Sie werden
zum Biikebrennen auf die Insel kommen. Aber das sind
noch fünfunddreißig Tage, und wer weiß, ob nicht wieder
etwas dazwischenkommt. Eigentlich ist es mir auch egal.
Ich wäre auch nicht mehr auf Föhr, wenn Marie nicht
wäre. Nur für sie und Jeppe halte ich es hier noch aus.
Mats wäre auch in Hamburg wieder glücklich, weil dort
sein Ben ist. Und Libby ...
Ich werde von nun an nur noch für unsere drei Schätze
da sein. Das ist eine große und kostbare Aufgabe. Und
ein Geschenk. Das weiß ich nun einmal mehr. Weil sie
außer Mama und Papa die Einzigen sind, die mich lieben,
ohne mich zu verletzen.
Ich weiß, dass auch du mich liebst, Tom. Aber: Schick
mir niemals wieder jemanden, von dem du glaubst, er
könne mich aus meiner Einsamkeit erlösen. Nie! Wieder!
Ich habe unsere Kinder. Ich bin nicht allein.
Deine Paula

✳✳✳

»Ich seh Oma!« Mats winkte beidhändig, während Paula mit
Lisbeth auf dem Arm in dem Pulk der Fußgänger, die gerade
mit der Fähre in Wyk angekommen waren und die Gangway
neben dem Schiff heruntergingen, noch nach ihr suchte. Trol-
ley- und Kofferräder ratterten, vielfach wurde gewunken und
gerufen, denn das morgen stattfindende Biikebrennen lockte
auch im nasskalten Februar viele Gäste auf die Insel.

»Oma!«, rief nun auch Marie und winkte.

»Ich finde meine Omi nicht«, meinte Lisbeth mit weinerlicher Stimme und gerecktem Hals. »Doch, da ... Omi! Meine
Omi!«

Paula setzte ihre Kleine ab, und die Kinder liefen los und

drängten sich durch die Ankommenden, was ihnen den einen oder anderen Anranzer bescherte.

Als Paula das schöne Bild betrachtete – ihre Mutter, umringt von den Enkeln, die sie umarmten und küssten –, fiel etwas Schweres von ihr ab. Ihr Herz wurde so erfüllt, dass sie zu weinen begann und zu der kleinen Gruppe eilte.

»Mama.«

Doris Schmitt wischte sich die Freudentränen von den Wangen und sah ihre Tochter an, während sie ihre Enkelkinder im Arm hielt. »Paula.« Sofort veränderte sich ihr Gesichtsausdruck. Sorge lag darin. »Wie geht es dir, mein Schatz?«

Paula versuchte sich einzukriegen. »Ganz gut.«

Sie drückte ihre Mutter, als hätte sie sie seit hundert Jahren nicht gesehen. Weil es sich so anfühlte. Und weil es so unendlich wohltat, von ihr umarmt zu werden. Wie warm ihre Haut war … und wie gut sie roch. Nach Mama. Nach Geborgenheit.

Eng umschlungen gingen sie zum Parkplatz. Christian Schmitt lenkte den Wagen kurz darauf von der Fähre und hielt direkt neben ihnen. Als er ausstieg, wurde der Opa genauso stürmisch begrüßt wie kurz zuvor die Oma.

»Ihr Racker«, sagte er fröhlich. »Ich muss sagen, ich habe euch wirklich sehr vermisst.«

Paula und er umarmten sich. Als er sie wieder losließ, grummelte er: »Der Kerl hat dir ja ordentlich wehgetan. Du bist viel zu dünn.«

Paula widersprach nicht. Seit Richard weg war, hatte sie ihren Appetit verloren. Zu jedem einzelnen Bissen musste sie sich zwingen. Aber nun fühlte sie zum ersten Mal seit Wochen Erleichterung. »Es ist *so* schön, dass ihr da seid.«

✳✳✳

»Tjen di Biiki ön!«, erklang es lautstark, und Mats unterstützte die nordfriesische Aufforderung, das Biikefeuer zu entzünden, mit einem untraditionellen »Yeah!«. Seine roten Wangen glühten, als brennende Fackeln Richtung Holzhaufen flogen und das darin verteilte Stroh Feuer fing. Es qualmte, die ersten Flammen züngelten empor und streckten ihre Zungen gierig nach den übereinandergeschichteten Tannenbäumen, Gestecken und Gehölzen aus, die dank des guten Wetters in den vergangenen Tagen optimal durchgetrocknet waren, sodass die Feuerwehrleute nicht mit Brandbeschleuniger nachhelfen mussten. Hell knisterten die Flammen des Biike-feuers unter dem Applaus der Umstehenden in den dunklen Abendhimmel.

Auch Paula klatschte, obwohl ihr das Getümmel und Stimmenwirrwarr auf dem Platz am Fehrstieg nach dem vorangegangenen Fackelumzug zu viel war. Am liebsten war sie in letzter Zeit zu Hause – die Welt draußen war momentan nicht kompatibel mit ihrem Inneren. Sie sehnte sich nach Frieden und Ruhe.

»Nicht so nah ans Feuer!«, mahnte sie Mats, der sich gerade gemeinsam mit seinem Inselkumpel Lasse einen Weg durch die Leute vor ihnen und damit näher heran an das brennende Biikefeuer bahnte und dabei keine Scheu hatte, seine Ellenbogen einzusetzen.

Wasser und Kinder, Feuer und Kinder ... da war ständig diese Anziehung.

»Ich glaube, wir müssen da hinterher«, wandte Paula sich an Henrik, der neben ihr stand. Sie hatten in den letzten Wochen wieder ein sehr gutes Verhältnis zueinander entwickelt, auch wenn er sich nach wie vor schuldig fühlte, dass er sie und Richard auseinandergebracht hatte. Immer wieder sprach er davon. »Es ist nicht deine Schuld, Henrik«, antwortete sie dann.

»Da kann nichts passieren«, meinte er. »Die Feuerwehrleute passen auf.«

Aber er nahm Lisbeth an die Hand und ging voraus, während Paula ihnen folgte. Um Marie musste sie sich nicht kümmern. Die stand ein Stück entfernt mit der Clique zusammen, Arm in Arm mit ihrem Jeppe, in der freien Hand einen Becher, aus dem es dampfte. Tee war es wohl nicht, vermutete Paula, eher Glühwein, denn das Lachen und Herumgealbere der jungen Leute fiel auf.

»Die Feuerwehr hat viel aufzupassen«, meinte Paula mit Blick auf etliche Minilagerfeuer, die einzelne Kindergruppen bereits entfacht hatten. Auch Mats und Lasse sammelten fleißig trockene Holzstückchen und Zweige. Überall stand ein Feuerwehrmann oder eine Feuerwehrfrau dabei.

Henrik hob Lisbeth auf seine Schultern, damit sie den Platz überblicken konnte.

»Dahinten ist die Kartbahn«, begann sie direkt zu erzählen, »und dahinten ist der Flugplatz.« Einen Moment schwieg sie, dann hatte sie ihre Großeltern entdeckt. »Omi! Opi!«, rief sie mit heller Stimme und winkte. »Ich seh euch!«

Doris und Christian winkten aus einigen Metern Entfernung zurück. Sie hatten Bekannte von Manfred Konradi getroffen, mit denen sie sich unterhielten, denn bedingt durch die Freundschaft mit den Konradis hatten sie schon viele Kurzaufenthalte auf Föhr verbracht.

»Ich mag deine Eltern«, wandte Henrik sich an Paula. »Sie sind tolle Menschen. Kosmopolitisch, offen, so freundlich … Man merkt ihnen einfach an, dass sie die Welt und die Menschen lieben.« Er zwinkerte ihr zu. »Es ist dir als ihr Kind also gar nichts anderes übrig geblieben, als selbst so eine tolle Frau zu werden.«

Paula schüttelte lachend den Kopf, freute sich aber. Es tat gut, etwas so Nettes gesagt zu bekommen.

Dann standen sie schweigend da und sahen zu dem wachsenden Feuer, dessen Hitze bis zu ihnen drang. Es lag eine Erwartungshaltung in der Luft. Alle wollten »Peter« brennen sehen. Die mit Stroh ausgestopfte und in einen Blaumann gehüllte Figur thronte auf einem Holzstecken hoch oben in der Mitte des Haufens. Als die Strohfigur schließlich Feuer fing, schnell in Flammen aufging und die Überreste herabfielen, brandete wieder Applaus auf. Paula hatte fast ein wenig Mitleid mit der Figur, aber das Verbrennen des »Piader«, wie die Peter-Puppe auf Nordfriesisch hieß, war eine jahrhundertealte

Tradition und diente als Symbol für den Winter, der nun mit dem Verbrennen enden sollte, um dem Frühling Einlass zu gewähren. Doch die für die nächsten Tage gemeldeten Temperaturen mit hartem Nachtfrost ließen darauf schließen, dass sich die Geister des Winters um den kokelnden Peter wenig scherten. Paula gefiel auch eher die Tatsache, dass mit den Biiken, die auf Hochdeutsch »Feuerzeichen« hießen, vor vielen Jahrhunderten die Walfänger von ihren Frauen verabschiedet worden waren. Mit zahlreichen kleinen Feuern entlang des Strandes hatten sie so ihren Männern ein sicheres Geleit gegeben und Mut zugesprochen.

Als viel weniger schön empfand Paula die Sylter Legende, die Henrik ihr mit einem Augenzwinkern erzählt hatte. Demnach hätten diese Signalfeuer nicht nur die Ehemänner für mehrere Monate verabschiedet, sondern auch den Männern am dänischen Festland signalisiert, dass die Inselfrauen nun allein auf den Höfen waren und Hilfe brauchten. Bei der Arbeit und »anderen Dingen«.

Obwohl das Feuer so viel Hitze abwarf, war Paula froh, dass sie alle warm angezogen waren. Die Kälte krabbelte die Beine hinauf. Henrik versorgte sie und die Kinder mit heißen Getränken und Grillwürsten, und sie blieben, bis das Feuer fast komplett heruntergebrannt war. Und das war okay, denn die Kinder hatten am nächsten Tag schulfrei, was Mats veranlasste, einen Komplettumzug nach Föhr vorzuschlagen. Ein Megafeuer samt brennender Peter-Puppe plus schulfrei … Paula hatte Verständnis. Aber sie hielt hier nichts. Das Schlimme war, dass sie sich auch nicht mehr auf Hamburg freute. Irgendwie war sie innerlich gerade staatenlos.

In diese Gedanken hinein spürte sie Henriks Arm auf ihrer Schulter. »Paula, sieh …« Er führte sie an der Schulter ein wenig zur Seite, und Paula stockte vor Freude kurz der Atem. In wenigen Metern Entfernung standen Matijana und Erk Ahlsen. Ihre Gesichter glühten im Schein des Feuers, das die beiden mit leuchtenden Augen betrachteten. Doch Paula wusste, dass die Freundin aus einem anderen Grund so strahlte. Erk hatte seinen Arm um Matijanas Schulter gelegt, sie ihren um seine Taille. Erk flüsterte Matijana etwas ins Ohr, sie lachte, und dann küssten sie sich.

Paula schluckte tapfer, aber sie konnte die Freudentränen nicht zurückhalten. »Ist das schön!«, wandte sie sich strahlend an Henrik, um gleich wieder zu Matijana und Erk zu sehen. Ohne jeden Neid, aber doch mit einem winzigen Riss im Herzen dankte sie Gott für das Glück der beiden. Das Leben konnte so schön sein. Nur nicht für sie.

✻✻✻

In den folgenden Tagen zeigten die Kinder Oma und Opa ihre Lieblingsorte auf der Insel, und die Großeltern radelten mit den Enkeln zu ihren favorisierten Inselplätzen.

Paula lebte dabei auf. Mit ihren Eltern war ein warmer Wind auf die Insel gezogen. Nun war es für Paula wieder aushaltbar im Konradi-Haus, das für sie mehr und mehr zu einer Zwangsjacke geworden war. Der Appetit ließ zwar noch zu wünschen übrig, doch Paula fühlte sich freier und vor allem entlasteter. Das Gefühl, ihren Kindern nicht mehr gerecht zu werden, hatte sie zusätzlich belastet. Nun verwöhnten ihre Eltern die Kinder mit Zeit und Aufmerksamkeit, sodass sie selbst wieder durchatmen konnte.

Am letzten Februarartag lümmelten Paula und Doris auf dem Sofa. Die Scheite im Ofen knisterten, und der Duft des im September eingekochten Fliederbeersafts zog durch den Raum und gaukelte so perfekte Gemütlichkeit vor. Doch ihre Mutter betrachtete sie mit gefurchter Stirn, den dampfenden Becher in der Hand.

»Du solltest dir Termine bei einem Physiotherapeuten holen, Paula. Du bist körperlich dermaßen verspannt. Wenn ich deine Schultern und deinen verkrampften Nacken nur ansehe, bekomme ich schon Schmerzen.«

Paula beobachtete sich daraufhin selbst und stellte fest, dass ihre Mutter – wie so oft – recht hatte. Sie lockerte die

Schultern und konzentrierte sich auf eine entspanntere Haltung.

»Dein oberer Rücken muss massiert werden«, kommentierte Doris das offensichtliche Gebaren. »Das kriegst du nicht mehr selbst in den Griff. Ich empfehle Fango dazu. Das war immer ein Traum auf dem Schiff. Dieses Sich-körperlich-verwöhnen-Lassen, das ist einfach großartig.«

»Ich glaube, du hast recht. Physiotherapie und Schlammpackungen haben meinem Rücken damals auch gutgetan ... nach Tom.«

Sie schwiegen beiden und tranken ihren mit heißem Wasser verdünnten Fliederbeersaft. Dann sagte Doris: »Wir müssen noch mal über Richard reden, mein Schatz.«

»Nein.«

Paula verkrampfte sich wieder. Sie hatte ihren Eltern erzählt, was passiert war – in schnellen und knappen Worten, weil sie es anders nicht geschafft hätte, ohne in haltloses Weinen auszubrechen. Ihr Vater hatte es so hingenommen. Ihre Mutter überraschenderweise auch. Doch nun kam das, was Paula befürchtet hatte. Doris wollte es genau wissen.

»Du leidest nach wie vor«, setzte ihre Mutter an. »Und dass es dir so schlecht geht, zeigt mir, wie viel dieser Mann dir bedeutet.«

Paula versteifte sich noch mehr. »Richard und ich ... das war doch nur ... kurz. Wir hatten ja kaum zueinandergefunden, da war es auch schon wieder vorbei.«

Doris lächelte. »Es war sicher nicht nur kurz, mein Kind. Du bist nicht der Typ Mensch, der sich einfach mal schnell verliebt. Er hat euch über all diese Monate auf den Reisen begleitet ... Du musst ihn dabei doch sehr gut kennengelernt haben.«

Blieb es einfach immer nervig, wenn Mütter recht hatten mit dem, was sie sagten? Auch wenn man selbst längst erwachsen war und den eigenen Kindern Ratschläge erteilte?

Paula schluckte. »Wenn man nicht mal merkt, dass man sich verliebt hat, dann kann es doch auch nichts Wahres gewesen sein, oder?« Mit Tränen in den Augen sah sie ihre Mutter an. »Es war ein … ein kurzer, wilder Rausch.«

Doris schwieg erst einmal, so wie Paula es von ihr kannte. Dann sagte sie: »Etwas *nicht Wahres*, mein Schatz, würde dir nicht so wehtun. Willst du denn nicht doch die Aussprache mit ihm suchen? Du bist doch immer diejenige, die in jedem Menschen das Gute sieht. Du liebst die Menschen mit all ihren Schwächen und Fehlern. Vielleicht kann dir das ja auch bei ihm gelingen?« Doris stellte den Becher auf dem Tisch ab und rückte weiter an Paula heran. »Ich kenne Richard nicht, und vielleicht hat er es wirklich nicht verdient, dass du noch einen Gedanken an ihn verschwendest, aber für dein eigenes Seelenwohl erscheint es mir angeraten, dass ihr noch einmal miteinander sprecht.«

»Wir haben noch miteinander gesprochen, nachdem ich ihn rausgeworfen habe. Aber ich konnte mir einfach nicht anhören, was über seine Lippen kam. Ich wollte es nicht hören, weil ich ihm nicht mehr vertraue.«

Doris nickte bedächtig. »Gut, dann will ich nicht weiter auf dich einreden, Paula. Ein wahrhaft liebender Mann hätte wohl auch weiter versucht, dich zurückzugewinnen, und nicht einfach aufgegeben.«

Paula wurde heiß. Sie überlegte, dann stand sie mit den Worten »Er hat nicht aufgegeben« vom Sofa auf und ging die Treppe hinauf. Aus dem Nachttisch nahm sie die drei Briefe, die im Laufe der vergangenen beiden Wochen eingetroffen waren. Der letzte vor drei Tagen.

Unten reichte sie diesen Brief wortlos ihrer Mutter. Doris setzte ihre Lesebrille auf und las.

Geliebte Paula,
glaube nicht, dass ich aufhören werde, dir zu schreiben.
Meine Angst, du könntest meine Briefe gar nicht lesen,
ist immer kleiner geworden, je mehr Tage und Wochen
vergehen. Weil du nicht der Mensch bist, der Briefe un-
gelesen verbrennt – ich hasse den Ofen von Manfred

Konradi dennoch, weil immer ein Rest Zweifel bleibt.
Ich liebe dich.
Ich liebe dich.
Ich liebe dich.
Ich kann diese drei Worte seitenweise schreiben, sie wochenlang schreiben, sie in den Himmel schreien … Ich will einfach, dass du es weißt: Ich liebe dich, Paula.
Und diese Liebe zu dir bereitet mir nun den allergrößten Schmerz, weil ich dir so wehgetan habe. Und das Letzte, was ich will, ist, dich zu verletzen. Die Kinder zu verletzen.
Ich kann meine Fehler nicht rückgängig machen, aber ich kann sie wiedergutmachen, wenn du mich nur lassen würdest.
Ich schwöre dir wieder und wieder, dass ich, als ich erkannte, wie lieb ich euch vier gewonnen hatte, mein Buch umzuschreiben begann. Das hat mir nicht gefallen, das sage ich dir ehrlich, wie ich dir nun immer alles ehrlich sagen will. Es hat mich verzweifeln lassen, weil ich nicht wusste, wie ich dieses Buch überhaupt jemals zu Ende bringen sollte, weil ich so verbohrt in diese Schwarz-Weiß-Darstellung war: auf der einen Seite das Leid der Flüchtlingslager-Kinder, das mich auch jetzt noch in meinen Träume verfolgt, auf der anderen Seite die behüteten Kinder. Ich werde das Wort »Wohlstandskinder« nie mehr benutzen, Paula, weil ich durch dich erkannt habe, dass zu »Wohlstand«, auch wenn er sich vielleicht in der Begrifflichkeit auf das Materielle bezieht, so viel mehr gehört.
Lass mich euch lieben, Paula. Lass mich dir dabei helfen, Marie, Mats und Libby zu behüten. Lasst mich mit euch zusammen das Andenken an Tom hochhalten, während wir gemeinsam das Leben lieben.
Ich liebe dich.
Richard

»Du meine Güte, Paula.« Doris hatte Tränen in den Augen, als sie den Brief sinken ließ. »Das ist der Mann, dem du nicht verzeihen willst? Das ist …«, sie blickte noch einmal auf das Blatt Papier in ihren Händen, »… wunderschön.«

Paula nickte unter Tränen. »Ich sehne mich so sehr nach ihm, Mama. Ich möchte ihm so gern verzeihen, aber ich kann es einfach nicht. Immer wenn mein Herz schreit ›Geh endlich zu ihm‹, macht mein Verstand mir einen Strich durch die Rechnung, und ich habe Angst, dass er immer wieder erst im Nachhinein Verständnis einfordert. Warum konnte er nicht einfach immer ehrlich sein? Von Anfang an?«

»Weil er am Anfang ja offenbar vorhatte, Mats' Verhalten zu studieren. Betrachte es einmal nicht aus deiner verletzten Muttersicht, sondern mit Abstand. Er hatte eine Idee für sein Buch und brauchte, weil er anscheinend niemanden mit Kindern kennt, ein …«, sie überlegte kurz, »*Anschauungskind*. Jetzt zieh nicht gleich wieder so ein Gesicht, Paula, lass mich ausreden. Er hat Mats doch nicht wehgetan. Er hat ihn nur beobachtet, war neugierig, wollte erkunden … Und dann hat er sich in euch verliebt.«

»Ja, das mag alles sein. Aber er hat mit Henrik darüber gesprochen, vielleicht sogar mit Lena. Alle wussten, dass mein Mats ein *Anschauungskind* war.« Ihre Mutter bekam noch einen tadelnden Blick zugeworfen. »Und das laste ich ihm an. Er hätte es mir doch zumindest im Nachhinein sagen müssen.«

»Du kommst immer wieder an diesen Punkt, Paula. Hättest du ihm denn vergeben, wenn er es dir gesagt hätte? Oder hättest du vielleicht genauso reagiert, wie du jetzt reagierst?«

»Das werden wir nie rausfinden, denn die Dinge sind nun mal, wie sie sind.«

Doris schüttelte sanft den Kopf. »Du bist ein so grundehrlicher Mensch, Paula. Vielleicht erwartest du in diesem Fall einfach zu viel von dem Mann, der dich liebt? Er hatte zeitlich ja kaum die Möglichkeit, es dir selbst zu sagen. In eurer Verliebtheit war vielleicht einfach noch kein Platz dafür. Und dann kam Henrik und hat vorweggenommen, was Richard dir selbst auch noch gesagt hätte.«

Paula starrte ihre Mutter an. »Woher kommt dieses Verständnis für einen Mann, den du nicht einmal kennst?«

Doris zog die Beine zurück aufs Sofa und hockte sich im Schneidersitz hin. »Vielleicht, weil ich möchte, dass mein Kind glücklich ist? Und ich sehe doch, wie du leidest.«

Paula schluckte. »Tom hat mich nie angelogen.«

»Tom ist tot«, sagte Doris ungewohnt hart. »Verkläre nicht euer Verhältnis. Er war ein großartiger Mensch, ein toller Ehemann und Vater, aber er hatte auch Schwächen. Seine Ungeduld hat dir nie gefallen. Er war immer schnell genervt, oder?«

»Du kannst das eine nicht mit dem anderen vergleichen.«

Doris musterte ihre Tochter. »Vielleicht nicht. Aber ich möchte nicht, dass du todunglücklich bist, weil du die Messlatte zu hoch ansetzt.«

»Lass uns jetzt bitte über etwas anderes reden.« Paulas Kopf dröhnte, und sie begann, ihre Schläfen zu massieren.

»Sehr gern. Papa ist jetzt zwar nicht da, aber wir wollten dir einen Vorschlag machen. Du hast uns doch berichtet, dass diese nette Besitzerin der Kate dir angeboten hat, dort ein paar Tage im Gästezimmer zu verbringen. Was hältst du davon, sie anzurufen? Papa und ich passen hier auf die Kinder auf, und du fährst an die Elbe, um zur Ruhe zu kommen.«

Perplex sah Paula ihre Mutter an. »Was? Aber ich kann doch nicht … die Kinder … das kann ich euch doch nicht …«

»Papperlapapp«, unterbrach Doris sie. »Dein Vater und ich sind nach der langen, erholsamen Reise – ich klammere Corona mal aus – fit wie die Turnschuhe. Wir werden ja wohl locker unsere drei Enkel für ein paar Tage hüten können.« Paula bekam das sanfte Mama-Lächeln, das sie so liebte. »Und du brauchst unbedingt etwas Zeit für dich, mein Kind. Nimm sie dir und mach deinen Geist frei.«

* * *

Im Garten von Mirja Albrecht blühten Teppiche aus Hunderten Schneeglöckchen auf dem kalten grauen Winterboden. Die Märzbecher wurden ihrem Namen noch nicht gerecht, doch die grünen Triebe waren schon zu sehen. Schon bald würden sich die weißen Becherhütchen berühren, weil sie wie eine glückliche Familie dicht an dicht zusammenstanden.

Dick eingemummelt ging Paula auch am dritten Tag ihres Aufenthaltes in der Deichkate noch gern den feuchten Kieselweg durch die begrenzenden Buchsbaumhecken entlang. Es war Tauwetter, und vom Schnee waren nur noch schmelzende Reste übrig. Den gelben, weißen und lilafarbenen Krokussen hatte der lang anhaltende Winter arg zugesetzt, aber es gab wohl immer Verlierer. Der Schnee war letztlich auch zauberhaft gewesen.

Hier in Sankt Margarethen hatte Paula versucht, ihre Gedanken auf Tom zu lenken, nicht auf Richard. Doch das war nicht einfach gewesen war. Die Vergangenheit war, wie es schien, die kraftlose Schwester der Gegenwart. Immer wieder hatten sich die schönen Stunden und Tage mit Richard in den Vordergrund gedrängt. Immer wenn sie glaubte, ihm verzeihen zu müssen, weil er doch mit dem zerschmetternden Wurf der Schreibmaschine auf den Rasen bewiesen hatte, dass er nicht gelogen hatte, dass er wirklich verzweifelt gewesen war in Bezug auf das, was er geschrieben und wohl wieder verworfen hatte, kam ihr die dritte Schwester in die Quere. Die Zukunft machte ihr Angst. Durfte sie Richard wieder vertrauen, ohne erneut verletzt zu werden?

»Paula, mein Homeoffice ist beendet«, erklang durch das sich öffnende Küchenfenster die Stimme von Mirja Albrecht. »Magst du auch eine heiße Schokolade?«

Paula wandte sich um. »Sehr gern, ich bin ziemlich durchgefroren.« Sie war kilometerweit auf der der Elbe zugewandten Deichseite spazieren gegangen. Ein Kakao war jetzt genau das Richtige.

In dem hyggeligen Wohnzimmer ließ es sich aushalten. Der schlanke schwarze Kaminofen verbreitete eine wohlige

Wärme, und die beiden Frauen fanden immer ein Thema zum Unterhalten. Mirja hatte Paula ein paar Ziele in der näheren Umgebung genannt, die sich lohnten, angeschaut zu werden. So hatte Paula im nahen Wilster die spätbarocke Kirche und das Alte Rathaus, einen Renaissancebau aus dem 16. Jahrhundert, besichtigt, und in Glückstadt war sie über den mit Kopfstein gepflasterten Marktplatz flaniert, der von historischen Gebäuden gesäumt war. Und das hatte schon gereicht, denn Paula wollte in den Tagen der Ruhe und Einsamkeit lieber in Sankt Margarethen sein, wo Tom unter diesem Dach geschlafen und geträumt hatte, wo er als Steppke mit »Oma Margrethe« durch die Straßen des kleinen Ortes gegangen war. Wie mochte ihr wirklicher Name gewesen sein? Paula war nun fest davon überzeugt, dass Tom und seine Mutter die alte Dame wirklich nach dem Wohnort benannt hatten.

Mirja Albrecht stand auf. »Ich wollte dir doch noch die Bilder vom Richtfest zeigen.« Sie zog die Schublade einer weißen Kommode auf und suchte aus einem Stapel Fotobücher das richtige heraus. Gemeinsam blätterten die Frauen das Buch auf dem Sofa durch.

»Hier sieht man noch die alten Wände … da war früher die Tür zum Flur … den alten Schuppen haben wir weggerissen …« Mirja berichtete detailliert, weil sie wohl spürte, wie viel es Paula bedeutete, die Bilder der Vergangenheit aus der Tiefe zu fischen.

»An dem Tag hatten wir viel Spaß mit den Nachbarn und unseren Freunden und der Familie.«

Paula betrachtete die Fotos eher beiläufig, weil sie niemanden darauf kannte, doch die Feierlaune der Gäste war deutlich zu sehen. Sie wollte schon umblättern, als es ihr kalt den Rücken hinunterlief. Sie starrte auf ein Foto, auf dem einige der Gäste auf Partybänken in dem noch kahlen Wohn-Essbereich eine Suppe löffelten.

»Wer ist das?«, fragte sie und hörte selbst, dass ihre Stimme zitterte. Ihr Finger deutete auf einen weißhaarigen Mann mit ebenso weißem Vollbart.

»Das ist Henning Dahlke«, klärte Mirja sie auf. »Er und seine Frau Rosmarie waren die Vorbesitzer des Hauses.«

Paula konnte den Blick nicht von dem Mann lösen. »Dieser Mann … Er stand auf Föhr mehrfach vor unserem Haus. Er hat das Haus beobachtet. Ich habe ihn beim zweiten Mal angesprochen, aber er hat gesagt, ihn würden die Häuser dort allgemein interessieren, nicht nur unseres.«

Mirja sah sie verwundert an. »Das ist ja ein toller Zufall.«

»Ein Zufall?« Paula sah die junge Frau an und grübelte. »Wenn das ein Zufall ist … Du hast den Vorbesitzern, also ihm, doch das Foto von der Kate mit Tom und Oma Margrethe geschickt?«

»Ja. Ich habe dir ja geschrieben, dass er nichts dazu sagen konnte.«

Schweigend sahen sie sich einen Moment lang an. Paula überlegte. »Hast du ihm meine Adresse auf Föhr mitgeteilt?«

Mirja bekam heiße Ohren. »Ich … ich glaube, ja. Ich hab mir nichts dabei gedacht. Er meinte, wenn ihm noch etwas zu den Vorvorbesitzern einfalle, könnte er dich kontaktieren.«

»Das ist völlig in Ordnung«, beruhigte Paula sie. »Ich will ja unbedingt Infos.« In ihrem Kopf brummte es, die Gedanken überschlugen sich.

»Aber warum sollte er nach Föhr fahren? Warum euer Haus beobachten?«, sprach Mirja aus, was Paula beschäftigte.

»Das werde ich herausfinden.« Paula reckte sich. »Hast du seine Adresse?«

***

Der Kieler Stadtteil Düsternbrook gehörte zweifellos zu den Adressen, wo sich nicht jedermann und jedefrau Wohnraum leisten konnte, stellte Paula fest, während sie dem Navi folgte. Als die monotone Stimme »Das Ziel befindet sich auf der rechten Seite« verkündete, erkannte Paula, dass das gemeinte Haus zwar nicht zu den Prunkvillen der Gegend zählte, aber mehr als ansehnlich war.

Paula stellte den Motor ab und betrachtete das große, mit Rasen umrahmte Grundstück, auf dem eine riesige Kastanie der Hingucker war, selbst jetzt im Winter, wo man durch die mäandernden blattlosen Äste und Zweige noch den grauen Himmel sah. Bestimmt blieben im Herbst alle Kinder auf dem Gehweg stehen, um die glänzenden Kastanien aufzusammeln und mitzunehmen. Paula konnte sich selbst nicht von der Sammelleidenschaft ausnehmen. In der Kastanienzeit musste sie ihre Hosen- und Jackentaschen nicht nur auf Papiertaschentücher kontrollieren, bevor sie die Wäsche in die Maschine steckte.

Die Garage neben dem Haus war geschlossen, aber in der Auffahrt stand ein Mini Cooper, auf dessen Kennzeichen neben KI für Kiel die Buchstaben RD andeuteten, dass er wohl Rosmarie Dahlke zuzuordnen war.

Ohne weiter zu zögern, stieg Paula aus, öffnete das schmiedeeiserne Gartentor und ging den Weg entlang zum Haus. Sie klingelte. Worte hatte sie sich während der Fahrt hundertfach zurechtgelegt und wieder verworfen. Sie wusste ja nicht einmal, wer ihr, wenn überhaupt, öffnen würde. Rosmarie oder der braunäugige Henning, der sie direkt an Tom hatte denken lassen, als sie ihm im Greveling begegnet war. Ihr Mund war so trocken, als die Haustür aufgezogen wurde, dass sie nicht einmal schlucken konnte, als die braunen Tom-Augen sie wieder anblickten. Diesmal zu Tode erschrocken, wie es schien.

»Wie ... was wollen Sie hier?«, fuhr Henning Dahlke sie flüsternd an. Er trug einen dunklen Rollkragenpullover und eine schicke Cordhose.

Paula musste hastig zurücktreten, weil er abrupt nach draußen trat und die Haustür hinter sich zuzog. »Wie kommen Sie an meine Adresse?«, fuhr er sie an.

»So wie Sie an meine auf Föhr gekommen sind. Durch Frau Albrecht.« Paula hatte den Vorteil, dass sie auf dieses Aufeinandertreffen vorbereitet war. Alle Worte, alle Fragen, die sie während der Fahrt hierher beschäftigt hatten, fasste sie in der einen Frage zusammen, die ihr nun, da sie dem Mann erneut gegenüberstand, noch gerechtfertigter erschien. »Sind Sie der Vater meines verstorbenen Mannes, Herr Dahlke?«

Seine Augen weiteten sich vor Schreck, und sein Gesicht wirkte noch blasser, während sich auf dem Hals großflächige rote Flecken bildeten.

Paula überlief es heiß. Henning Dahlke hatte nicht nur Toms Augen, sondern auch genau Toms Gesichtsausdruck, wenn der sich über etwas furchtbar geärgert hatte.

Dahlke packte sie am Arm und ging mit ihr den Gartenweg entlang zur Pforte. »Was fällt Ihnen ein, hierherzukommen?«, fauchte er dabei gepresst.

»Lassen Sie sofort meinen Arm los!«, antwortet Paula streng, entzog ihm den Arm aber gleichzeitig mit einem Ruck. »Ich bin hier, weil Sie mich angelogen haben, als ich Sie auf Föhr zur Rede stellte. Ich will jetzt Antworten, Herr Dahlke. Ehrliche. Sind Sie Toms Vater?«

Er seufzte tief, allerdings mehr verärgert als berührt, und warf dabei einen Blick zum Haus. »Ja, das bin ich wohl … der Vater Ihres Mannes.« Er überlegte, dann sprach er so schnell, als könnte er einen Preis gewinnen. »Es gibt dazu nicht viel zu sagen. Biggi und ich, das war nur kurz. Sie war ein Ausrutscher. Und sie hat gewusst, dass ich für sie niemals meine Frau verlassen würde. Und als sie dann schwanger war, wollte sie das Kind nicht wegmachen lassen.«

Paula war so schockiert, dass sie nichts sagen konnte. Sie öffnete den Mund, aber ihr Gehirn konnte keine Worte bilden.

»Ja, gucken Sie ruhig so«, fuhr Henning Dahlke sie an. »Halten Sie mich ruhig für ein Arschloch. Aber ich würde es wieder so machen. Ich war jung, sie noch jünger, und für einen Ausrutscher sollte man nicht das ganze Leben lang büßen müssen. Ich habe Biggi ja Geld für den Unterhalt angeboten, aber sie wollte nichts. War zu stolz.«

»Gott …« Paula hatte ihre Sprache wiedergefunden. Tränen färbten ihre Stimme, als sie sagte: »Ich wünschte, ich könnte meine Schwiegermama im Himmel jetzt umarmen. Ich würde sie drücken und drücken und an ihrem Hals weinen und sagen: ›Danke, Biggi, danke, dass du ein so wundervoller und großartiger und geradliniger Mensch und eine so liebevolle Mutter gewesen bist.‹«

Henning Dahlkes Kiefer mahlten aufeinander, immer wieder glitt sein Blick zum Haus, als Paula ihn fragte: »Wer war die alte Dame auf dem Foto? Ihre Mutter?«

Er schüttelte den Kopf. »Meine Großmutter Hedwig. Sie war die Einzige, die von Biggi und mir wusste. Ich hatte mich ihr in einer sentimentalen Minute anvertraut. Sie bestand auf dem Kontakt zu ihr und … dem Jungen. Biggi hat sie mit dem Kind wohl einige Male besucht.«

»Dem Jungen? Nicht einmal seinen Namen können Sie in den Mund nehmen?«, fragte Paula erstickt.

»Herrje, ich weiß, dass er Tom hieß, aber Kontakt zu ihm hatte nun mal nur meine Großmutter.«

»Tom hatte die allerbesten Erinnerungen an seine *Oma Margrethe*«, sagte Paula ernst. »Sie muss eine wundervolle Frau gewesen sein.«

Ohne auf ihre Worte einzugehen, zog Henning Dahlke die Pforte auf. »Bitte gehen Sie jetzt.«

Paula konnte ihn nur anstarren. »Eines müssen Sie mir noch verraten, Herr Dahlke. Warum waren Sie auf Föhr? Was hat Sie zu uns gezogen?«

Er hob die Schultern. »Das weiß ich auch nicht genau. Es war jedenfalls ein Fehler, wie ich nun feststelle. Ich wollte wohl einfach nur mal meine Enkel sehen. Mirja Albrecht hatte sie erwähnt.«

»Sie wollten sie sehen … Aber kennenlernen wollten Sie sie nicht. Genauso wenig wie Ihren Sohn.«

Paula spürte die Bitterkeit wie Gift in ihrem Blut. Dann wurde ihr Blick abgelenkt. Anscheinend waren sie durch eines der weißen, glänzend sauberen Sprossenfenster beobachtet worden, denn die Haustür öffnete sich. Eine schlanke Frau Anfang siebzig mit schickem hellgrauem Bob, lässig elegant gekleidet, trat heraus und kam auf sie zu. Sie ging langsam, aber Paula erkannte an ihrem Gesichtsausdruck, dass sie unbedingt wissen wollte, was los war. Wer *sie* war.

Und das zeigte sich gleich darauf. »Guten Tag. Darf ich erfahren, wer Sie sind?«, wandte sie sich bestimmt an Paula.

»Guten Tag«, erwiderte Paula den Gruß der Frau, und weil Henning Dahlke sie einander nicht vorstellte, sagte sie: »Sie sind vermutlich Rosmarie Dahlke.«

»Allerdings. Und nun würde ich gern wissen, mit wem ich es zu tun habe.«

Paulas Blick glitt zu Henning Dahlke, auf dessen Hals sich die roten Flecken noch mehr Fläche suchten.

»Bitte!«, sagte er leise, aber dringlich zu Paula.

Diese Aufforderung war für Paula der Moment, in dem sie nicht mehr überlegen musste. Sie wandte sich an Rosmarie Dahlke. »Es ist weiß Gott nicht meine Aufgabe, Ihnen zu sagen, wer ich bin, aber …«, ihr Blick wechselte zu dem schweigenden Mann, »da Ihnen die Feigheit in die Augen geschrieben steht, Herr Dahlke, muss ich es wohl tun.« Sie sah Rosmarie an. »Ich bin Paula Ahmling, die Witwe von Tom Ahmling, dem verstorbenen Sohn Ihres Mannes, und ich bin die Mutter von Marie, Mats und Lisbeth, den Enkelkindern Ihres Mannes. Und nun entschuldigen Sie mich bitte, denn mir ist übel.« Paula legte das, was sie für Henning Dahlke empfand, in einen letzten Blick und ging ohne Gruß.

Sie schaffte es bis zum Wagen, bevor sie in Tränen ausbrach und tatsächlich mit einem Würgereiz kämpfte, weil das Geschehen sie so fassungslos zurückließ.

»Tom«, weinte sie bitterlich. »Oh Tom!«

Dieser Mann war sein Vater. Sie konnte es immer noch nicht glauben. Vielleicht war es gut, dass Tom diesen Menschen nie kennengelernt hatte. Nein, es war nicht gut! Er hätte es so sehr verdient gehabt, wenigstens zu wissen, wer sein Vater war. Egal, ob sie in Verbindung geblieben wären oder nicht.

Paula brauchte eine halbe Stunde, bevor sie in der Lage war zu fahren. Dass sie heil am Fähranleger in Dagebüll ankam, erschien ihr im Nachhinein fast unglaublich, denn ihre

Gedanken waren während der Fahrt ständig abgedriftet, und sie dankte Gott für die behütete Autofahrt. Sie musste noch fünfzehn Minuten warten, bis die »Schleswig-Holstein« anlegte. Nur wenige Autos und zwei Lastwagen verließen die Fähre. Zu dieser Jahreszeit, noch dazu an einem Wochentag, kam kaum ein Tourist auf die Insel, sodass sie ohne Komplikationen einen Fährplatz ergatterte.

An Bord ignorierte sie das wärmeversprechende Restaurant und ging die Treppe zum Oberdeck hinauf. Dick eingemummelt in Winterjacke, Schal und Mütze, setzte sie sich auf eine der leeren, kalten Bänke und stierte auf das graue Wasser, das einmal mehr in Farbe und Bewegtheit ihrem Gemütszustand entsprach. Das aufgewühlte Wasser klatschte an den Beton des Hafenbeckens und den Rumpf der Fähre, und der Wind, der jetzt schon unangenehm war, zerrte an allem, ließ die Flaggen lautstark flattern und würde noch zunehmen, wenn die Fähre sich auf den Weg nach Föhr machte.

Doch schon als die »Schleswig-Holstein« ablegte, nahm sie den Wind kaum mehr wahr. Wie ging es Rosmarie Dahlke wohl jetzt? Die Wucht des Gesagten musste auch ihr zittrige Beine beschert haben. Doch Paulas Mitleid für die Frau wurde durch die nicht nachlassende Wut auf Henning Dahlke massiv gedämpft. Diese Frau konnte nichts für das schäbige Verhalten ihres Mannes, doch Paula empfand keine Reue, ihr die Wahrheit gesagt zu haben. Das Andenken an Tom und seine Mutter hatte es schlicht und einfach verlangt. Paula fühlte sich Biggi in diesem Moment so unendlich nah, dass ihr die Brust schmerzte. Biggi hatte auf den Unterhalt für Tom verzichtet, obwohl sie das Geld mehr als gut hätte gebrauchen können. Aber sie hatte ihren Seelenfrieden dem Mammon vorgezogen, hatte nicht Monat für Monat an einen Mann denken wollen, der eine Schande für sein Geschlecht war.

Ein warmer Strahl streifte Paulas Herz, als sie an Oma Margrethe dachte. Hedwig war also ihr richtiger Name gewesen. Oma Hedwig. Es spielte keine Rolle, wie ihr Nachname lautete, denn für Tom war sie immer Oma Margrethe gewesen, und das würde für sie und die Kinder auch so bleiben. Und wie schön war es, dass Oma Margrethe tatsächlich blutsverwandt mit Tom gewesen war. Sie hatte ihn geliebt und er sie. Wie bekümmert musste die alte Dame gewesen sein, als er nicht mehr zu ihr gekommen war, nachdem Biggi und ihre Eltern bei dem schrecklichen Unfall gestorben waren. Sie hatte wohl nie erfahren, dass Tom adoptiert worden war, denn ohne Biggi hatte es für sie keinen Kontakt mehr zu Tom gegeben.

Traurig blickte Paula in die leisen Wellen. Die Fähre passierte die Pricken im flachen Fahrwasser, und ihre Gedanken schwenkten zu Lisbeth, die diese Markierungen immer aufgeregt »Hexenbesen« nannte. Dieser Gedanke reichte, um erneut die Tränen fließen zu lassen. Sie versuchte, sich zu beruhigen, doch es wollte ihr nicht gelingen. Die Vorstellung, gleich ihren fröhlichen Kindern gegenüberzutreten, ihren Eltern zu schildern, was passiert war …

Das war doch alles zu viel! Wie sollte man das aushalten, dass ein Vater seinen eigenen Sohn jahrzehntelang ignoriert und verraten hatte? Dass dieser Mensch seine Enkelkinder wohl einmal sehen, sie dann aber doch nicht kennenlernen wollte?

Eine unsichtbare Klammer legte sich um ihren Bauch, zog ihn zusammen, presste sich gegen die Lunge, erschwerte das Atmen. Hastig stand sie auf und stellte sich an die Reling, was ein wenig Linderung brachte. Immer wieder tief durchatmend, sah sie der langsam größer werdenden Insel entgegen. Wo war Heimat? So oft hatte sie sich diese Frage gestellt, und nun, während sie Föhr entgegenblickte, wusste sie einmal mehr, dass man Heimat nicht geografisch suchen durfte, selbst wenn man an einem Ort tief verwurzelt war. Die Menschen waren es, die einen Ort erst zu einer wahren Heimat machten. Tom hatte es seiner wunderbaren Adoptivfamilie zu verdanken, dass er eine Herzensheimat gefunden hatte. Mit Narben in der Seele, die kein Kind verdient hatte, aber letztlich war er wieder behütet und innig geliebt worden.

Mit leisem Weinen zog sie ihr Handy aus der Jackentasche und wählte die Nummer, die als einzige verhindern konnte, dass sie nicht jetzt und sofort losschrie.

»Paula!«, erklang im nächsten Moment Richards zugleich atemlose wie hoffnungsvolle Stimme. »Endlich! Ich habe so sehr darauf gewartet ... Wie geht es dir?«

»Oh Richard.« Seine Stimme zu hören, löste tiefste Sehnsucht in ihr aus.

»Paula?« Richard klang jetzt panisch, denn sie weinte hemmungslos. »Was ist los? Ist was mit den Kindern? ... Paula, rede mit mir!«

»Ich ... ich bin so fertig, Richard, so fertig.« Und dann erzählte sie ihm schluchzend von dem Richtfestfoto und dem Gespräch mit Henning Dahlke.

Richard ließ sie reden, warf nur einmal ein sanftes »Ganz ruhig, Paula, atme« ein.

»Was soll ich denn jetzt tun?«, stammelte sie in ihr Handy. »Ich kann doch den Kindern nichts von diesem ... diesem Menschen erzählen. Einem Mann, der nichts von ihnen wissen will, der niemals etwas von Tom wissen wollte.«

»Lass uns das in Ruhe besprechen, Paula. Ich komme zu dir und ...«

»Nein!«, stieß sie aus und räusperte sich, um sich zu beruhigen. »Ich ... ich muss erst zur Ruhe kommen. Das ... das ... mir ist gerade alles zu viel.«

»Okay.«

Sie erkannte die Enttäuschung in diesem einen Wort. »Gib mir noch Zeit, Richard, ich ... ich ...« Sie legte einfach auf. Was hatte sie sich nur dabei gedacht, ihn anzurufen?

Während sie ein paar Atemübungen machte, um ihren wilden Herzschlag zu bändigen, hoffte sie, dass er sie noch einmal zurückrufen würde, doch das tat er nicht. Seine Stimme zu hören ... das war so schön gewesen. Doch es war eine andere Stimme, die sie über den Lautsprecher aus ihren Gedanken um Richard holte: die des Kapitäns. Die Fahrzeughalter wurden gebeten, zu ihren Fahrzeugen zu gehen.

Zurück im Greveling war Paula dankbar, dass Lisbeth mit ihrem Opa im Garten spielte, denn anscheinend war ihr anzusehen, wie sie sich fühlte.

»Mama, was ist?«, begrüßte Mats sie mit erschrockenem Blick, als sie ihre Reisetasche und den Rucksack auf dem Flur abstellte und den Autoschlüssel auf die Kommode legte.

Paula hasste sich für die Sorge in seinen blauen Kinderaugen. Warum konnte sie sich nicht besser zusammenreißen? So verheult hier aufzutauchen …

»Alles ist gut«, log sie, doch Mats begann zu weinen. »Gar nix ist gut. Ratatouille ist tot! Und du bist immer, immer nur traurig. Das sollst du nicht!« Er drehte sich um und rannte die Treppe hinauf in sein Zimmer.

»Ratatouille ist tot?« Paula starrte ihm hinterher, während ihre Mutter und Marie aus dem Wohnzimmer kamen.

»Ein schönes Rattenleben ist zu Ende gegangen«, sagte Doris. »Mats hat ihn heute Morgen leblos in seinem Käfig gefunden. Ich habe ihm gesagt, dass er keine Schmerzen hatte und friedlich eingeschlafen ist, weil er so alt war.« Ihr Blick glitt über ihre Tochter. »Paula, ist alles in Ordnung?«

»Du hast dich gar nicht erholt, Mama«, meinte Marie besorgt. »Du siehst echt scheiße aus.« Ihre Stimme klang auch weinerlich.

In diesem Moment spürte Paula aus einer Quelle, die versiegt gewesen war, neue Kraft aufsteigen. Sie wurde hier gebraucht!

»Eigentlich hatte ich mich an der Elbe wirklich gut erholt.« Sie zog Marie in ihre Arme und streichelte deren Rücken. »Es war schön in Papas Kate. Ich habe mich ihm so verbunden gefühlt. Aber heute ist irgendwie der Wurm bei mir drin. Es ging mir nicht gut. Nun bin ich froh, wieder hier zu sein. Ich habe euch vermisst.«

Warum es ihr nicht gut ging, das würde sie den Kindern vorerst noch verschweigen. Zu wissen, dass sie einen weiteren Großvater hatten, einen, der nichts von ihnen wissen wollte, würde sie momentan überfordern. Mit ihren Eltern würde sie darüber reden, wenn die Kinder im Bett waren. Nun galt es erst einmal, ihre drei Schätze zu trösten. Und Ratatouilles Beerdigung musste vorbereitet werden.

***

»Danke für deine Hilfe, Henrik.« Paula lächelte ihm zu, während er am unteren Ende seines Grundstücks in einem Beet mit Sträuchern ein Loch aushob, in das der Pappsarg mit Ratatouille hineinpassen würde, und sie damit beschäftigt war, Boomer davon abzuhalten, beim Buddeln zu helfen.

Sie hatte mit den Kindern am Vorabend diskutiert, wo das Grab sein sollte. Henriks Angebot, die Ratte in seinem Garten zu begraben, wurde schnell und einstimmig angenommen, weil Ratatouille an den Tagen, in denen sie mit Richard die Kate gesucht hatten, bei Henrik gewesen war. »Henrik war sein Freund«, hatte Lisbeth es auf den Punkt gebracht.

Heute Morgen nach dem Frühstück hatten die Kinder gemeinsam einen Schuhkarton bemalt und mit Bildchen und Muscheln beklebt. Ein richtiges kleines Kunstwerk war entstanden – inklusive einer mit Heißwachs aufgeklebten abgerissenen Wollhandkrabbenschere, auf die Mats bestanden hatte, weil ihm die Herzmuscheln wohl zu langweilig waren. Opa Christian hatte dann die Aufgabe gehabt, den in ein kleines Handtuch gewickelten Rattenkörper hineinzulegen. Paula hatte Mats dabei fest in den Armen gehalten und ihm die Tränen von den Wangen gestrichen. Das Bild, wie er Ratatouille tot auf dem Käfigboden entdeckt hatte, steckte noch in ihm. Aber es würde nach und nach verblassen.

Henrik hielt kurz inne beim Buddeln. »Du weißt, wie gern ich das für euch mache.« Der Blick seiner braunen Augen wirkte beruhigend auf Paula.

Vor dem Mittagessen wurde Ratatouille zur letzten Ruhe gebettet. Marie spielte auf der Gitarre den Titelsong des Disney-Films, weil Mats es sich gewünscht hatte. Als Marie die Zeile »Das Leben ist oft nicht gerecht« sang, überlief es Paula kalt. Wie wahr diese Worte waren. Doch sie wollte jetzt nicht an Toms Vater denken.

Gemeinsam beteten sie alle und baten Gott um ein schönes Rattenleben im Himmel für Ratatouille.

»Am liebsten mag er Honigmelone«, warf Mats noch hinterher und blickte dabei in die Wolken, was Paula so entzückend fand, dass sie schlucken musste. Sie sah zu Henrik, und auch er lächelte.

Lisbeth durfte die gelbe Primel, die Henrik besorgt hatte, über dem Grab einbuddeln. »Gelb war auch seine Lieblingsfarbe«, meinte sie dabei, und niemand widersprach. Wer Honigmelone liebte, der liebte wohl auch Gelb.

»Papa passt jetzt auf Ratatouille auf«, tröstete Marie ihren Bruder, als sie alle zurück ins Haus gingen. Sie hatte einen Arm um seine mageren Jungenschultern gelegt.

»Papa hat jetzt Feivi und Ratatouille, und wir haben Boomi und Mr. Stringer«, bilanzierte Lisbeth.

Paula, die mit Henrik ein Stück hinter den Kindern und ihren Eltern ging, meinte leise zu Henrik: »Ist es verwerflich, wenn ich dankbar bin, dass wir Ratatouille keine Partnerratte mehr gekauft haben? Es wäre eine Endlosspirale geworden.«

Henrik lachte leise und fasste Paula an der Schulter. »Wie heißt es so trefflich: Die Gedanken sind frei. Aber ich freue mich trotzdem, dass du deine mit mir teilst.« Er nahm den Arm wieder runter und rief den Kindern zu: »Wer will im Nugget mitfahren?«

Mats und Lisbeth riefen gleichzeitig: »Ich!«

Opa Christian hatte darauf bestanden, im Kliff-Café am Goting Kliff in Nieblum eine Trauermahlzeit für den kleinen Nager auszurichten, was Mats, wie erhofft, ein Leuchten ins Gesicht getrieben hatte.

Als Paula am Abend im Bett lag, empfand sie den Tag im Nachhinein als gut, auch wenn er mit dem Begraben eines geliebten Haustiers verbunden gewesen war. Henrik und ihre Eltern hatten die Unterhaltung im Café allerdings allein in Gang halten müssen, weil sie selbst ständig mit ihren Gedanken weit weg gewesen war. Nicht nur ein Mal hatten die Kinder ihr ein mahnendes »Mama, du hörst gar nicht zu!« vorgeworfen, wenn sie auf eine Frage nicht reagiert hatte. Doch letztlich hatten sie fröhlich gegessen und mit viel Spaß und Lachen zwei Runden Minigolf gespielt.

Paula kuschelte sich in ihre Bettdecke und blickte aus dem Fenster des Zimmers, das eigentlich Marie bewohnte. Doch da Paula ihr Zimmer für ihre Eltern freigegeben hatte und Marie gern auf dem Sofa übernachten wollte, hatten sie getauscht.

Aus dem Nachbarzimmer klang das Schnarchen ihres Vaters durch die Wand, obwohl es sicherlich keine Leichtbauwand war. Paula lauschte dem kontinuierlichen Geräusch. Sie wusste, wie sehr ihre Mutter das Schnarchen beim Einschlafen störte, und hatte ihr schon vor Jahren vorgeschlagen, sich zu Hause ein eigenes Schlafzimmer einzurichten, denn freie Zimmer gab es im elterlichen Haus genug. Die Antwort ihrer Mutter hatte sie noch im Ohr. »Ich stecke mir lieber Stöpsel in die Ohren, als allein zu schlafen. Ich muss doch Papas Hand beim Einschlafen halten.«

Paula drehte sich im Bett und streckte ihre Hand in die Dunkelheit aus. Sie fand nur die kalte Decke.

Zwanzig

Frieden wird im Herzen geboren.

»Paula! Paula, wach auf!«

Paula schoss hoch, weniger, weil ihre Mutter an ihrer Schulter rüttelte, sondern weil deren Stimme angstvoll klang.

»Was ist los?« Paulas Herzfrequenz war erhöht, während sie sich aufsetzte.

»Ich bin nicht sicher.« Doris' Wangen waren gerötet. »Die Kinder … ich wollte sie wecken, aber sie sind nicht in ihren Betten.«

Paulas Blick glitt zum Wecker. Es war Viertel nach neun. Sie hatte so lange geschlafen, weil sie erst spät eingeschlafen war. Sie erinnerte sich, dass sie um drei Uhr nachts noch zum Wecker gesehen hatte. Doch für die Kinder war es, von Marie einmal abgesehen, normal, dass sie an einem Samstagmorgen um neun Uhr längst wach und aufgestanden waren.

Paula wurde ruhiger und versuchte, ihre Mutter zu besänftigen. »Mama, die Kinder sind wahrscheinlich schon draußen. Oder unten bei Marie im Wohnzimmer. Hast du schon nachgesehen?«

»Glaubst du, ich wecke dich panisch, wenn wir nicht längst alles abgesucht hätten? Papa ist jetzt zum Strand, um zu gucken, ob sie da sind. Boomer ist auch weg.«

Paula stand auf und sah aus dem Fenster. In den Grevelinger Gärten war alles ruhig.

»Papa und ich sind seit sieben wach. Wir wollten euch ausschlafen lassen und haben in Ruhe gefrühstückt. Um neun kam es mir aber komisch vor, dass Libby noch nicht unten war. Sie schläft doch nie so lange. Und dann habe ich bei ihr und Mats reingeguckt, und da waren die Betten leer. Dann bin ich leise hier zu dir reingeschlichen, weil ich dachte, sie haben sich in der Nacht zu dir gelegt, aber hier waren sie auch nicht. Ich bin wieder runter und habe ins Wohnzimmer gelinst, aber auch Marie lag nicht auf dem Sofa. Und vom Hund gibt es auch keine Spur.«

Paula hatte angefangen, sich während der Schilderung ihrer Mutter anzuziehen. Alle drei Kinder und Boomer waren weg. Welchen plausiblen Grund könnte es dafür geben? Sie war nicht panisch, aber durchaus beunruhigt, denn das hatte es noch nie gegeben. Sie ging ins Kinderzimmer und sah sich um. Die Pyjamas der Kleinen lagen auf den Betten.

»Wo sind sie nur, Paula?« Die Stimme ihrer Mutter wurde immer weinerlicher. »Sie müssen schon vor sieben aufgestanden sein, sonst hätten Papa und ich sie doch bemerkt oder gehört.«

Vor sieben! Es war stockdunkel morgens. Niemals würden die Kinder freiwillig an einem Samstag so früh aufstehen. Paula versuchte, den nun doch wieder stärker werdenden Herzschlag durch eine bewusste Atmung unter Kontrolle zu bringen.

»Ich guck mal, ob die Räder da sind.«

Sie eilten beide nach draußen, und Paula öffnete das Garagentor. Alle Räder standen wie gewohnt links und rechts neben dem Wagen. Paula ließ das Tor herunterfahren, ging zu Henrik rüber und klingelte bei ihm, obwohl sie nicht davon ausging, dass er öffnen würde, denn sein Wagen befand sich nicht in der Auffahrt. Und in der Garage würde der Audi auch nicht sein, weil dort der Nugget war. Wie erwartet blieb es ruhig in Henriks Haushälfte.

»Am Strand sind sie nicht«, erklang hinter ihnen Christian Schmitts Stimme. Er kam die Auffahrt hochgeeilt und war deutlich aus der Puste. Er versuchte, sich seine Aufregung nicht anmerken zu lassen, aber Paula kannte ihren Vater gut genug, um an seiner Stimmlage zu erkennen, dass er sich Sorgen machte.

Sie gingen ins Haus zurück und direkt ins Wohnzimmer. Maries Bettzeug lag auf dem Sofa, ihre Pyjamahose gewohnt zerknüllt am Boden. Das Oberteil hing über dem Sessel.

Im nächsten Moment rief Christian aus: »Hier ist was.« Er

war an den Esszimmertisch getreten. »Ein Brief … und ein Zettel.«

Paula riss ihm den Umschlag aus der Hand, auf dem auf drei untereinandergeklebten gelben Post-its stand: »Liebe Oma und lieber Opa, sorry, aber wir konnten euch nicht einweihen, weil ihr alles verraten hättet. Wir haben euch lieb.«

Auf dem Briefumschlag stand »Für Mama«.

»Das hat Marie geschrieben.« Hastig zog Paula den nicht zugeklebten Umschlag auf, nahm das gefaltete, aus einem Collegeblock herausgerissene Blatt heraus und las.

Liebe Mama,
bitte mach dir keine Sorgen. Uns geht es gut. Aber wir wollen, dass es uns wieder RICHTIG gut geht. Und dafür müssen wir leider abhauen. Denn es geht uns erst wieder richtig gut, wenn es dir gut geht. Und dafür müssen wir was tun, weil du das ja nicht machst. Es ist so schrecklich. Du bist so traurig und siehst so schlimm aus. ☹ Wir wollen das nicht!!! Du sollst fröhlich und glücklich sein. Und darum haben wir uns was ausgedacht. Bitte sei mit dem Auto um 18.45 Uhr an der Fähre und hol dir ein Ticket, dann bekommst du weitere Anweisungen per WhatsApp. Wir haben dich soooo doll lieb!!!
Deine drei Schätze

Paulas Herz raste, während sie auf die drei Unterschriften blickte. Lisbeth hatte ihren Namen in krakeligen Großbuchstaben als Erste daruntergeschrieben, gefolgt von Mats und Marie und einer gezeichneten Hundepfote. Und weil Marie ihr anscheinend nicht zutraute, die Pfote als solche zu erkennen, hatte sie zusätzlich ein PS unter den Brief gesetzt.

Wir haben Boomer mitgenommen, was du wohl schon gemerkt hast. Libby wollte das unbedingt.

Mit den Worten »Sie sind weggelaufen« reichte sie das Blatt ihrer Mutter, die zusammen mit ihrem Mann las, was die Kinder geschrieben hatten.

»Die spinnen wohl total«, stieß Paula tränenerstickt aus. Sie zog ihrer Mutter das Blatt aus der Hand, als die sie nach dem Lesen fassungslos ansah, und las den Text erneut.

»Sie können doch nicht einfach weglaufen«, stammelte Doris und begann zu weinen. »Wo sind sie denn nur hin? Und was heißt, du sollst um achtzehn Uhr fünfundvierzig an der Fähre sein? Warum haben sie nicht geschrieben, wo du hinkommen sollst? Und warum nicht gleich, sondern erst um achtzehn Uhr fünfundvierzig? Dann ist es doch längst dunkel.«

Das waren exakt die Fragen, die Paula sich auch stellte. Und die sie neben der Sorge auch wütend machten. Ohne ein Wort eilte sie die Treppe hinauf, um ihr Handy zu holen. Sie wählte Maries Nummer und ging mit dem Smartphone am Ohr die Treppe wieder hinab.

»Rufst du Marie an?«, fragte ihr Vater.

»Allerdings.«

Dreimal ließ Paula es minutenlang klingeln, aber Marie ging nicht ran.

Paulas Hand zitterte, als sie das Handy auf die Kommode auf dem Flur legte und ihre Eltern ansah. »Wo sind sie nur hin? Und wie? Mit dem Zug von Dagebüll … vielleicht nach Hamburg? Aber warum muss ich dann warten? Warum kann ich nicht gleich losfahren?« Mit einem tiefen, sorgenvollen Seufzer schloss sie die Augen, faltete die Hände und betete: »Gott, bitte pass gut auf unsere drei Liebsten auf.«

Dann wurde sie von ihrem Vater in den linken Arm genommen, weil er im rechten schon seine weinende Frau hielt. »Erst einmal atmen wir jetzt alle tief durch. Sie wurden nicht entführt, es gab kein Unglück. Sie sind einfach nur irgendwohin, wo wir sie heute Abend wieder in die Arme schließen.«

»Irgendwohin«, schluchzte Doris. »Wohin denn bitte? Und wir wissen nicht mal, ob sie mit dem Zug dorthin gefahren sind, wo auch immer sie sind. Wenn sie nun einfach in irgendein Auto eingestiegen sind? Zu einem Fremden?« Sie weinte erneut auf.

»Doris«, mahnte Christian sie nun. »Das ist jetzt wirklich Blödsinn. Marie ist sechzehn Jahre alt und sehr vernünftig.«

»Wäre sie vernünftig, wären sie jetzt hier«, warf Paula bitter ein. »Wir hätten doch über alles reden können.«

»Alles wird gut«, meinte Christian bestimmt. »Marie und Mats passen schon gut auf ihre kleine Schwester auf. Und Boomer ist ja auch dabei.«

»Boomer! Ich bitte dich, Papa. Der würde jedem Verbrecher die Füße lecken. Und Marie muss nicht nur auf Libby, sondern auch auf Mats und den Hund aufpassen.« Paulas Unruhe ließ sie auf den Hocker neben der Kommode sinken. »Ich habe als Mutter völlig versagt. Meine Kinder laufen weg, weil ich nur noch ein Wrack bin.«

In der nächsten Sekunde zuckten sie alle zusammen, weil das Handy eine WhatsApp signalisierte.

Mit zittrigen Händen griff Paula danach. Ihre Hoffnung, dass es Marie war, wurde direkt gedämpft. »Von Henrik«, sagte sie und öffnete die Nachricht.

»Liebe Paula, mach dir bitte keine Sorgen. Ich bin bei den Kindern und passe zusammen mit Boomer auf sie auf. Sie erwürgen mich, wenn sie erfahren, dass ich dir das geschrieben habe, aber ich weiß ja, wie groß deine Sorgen sind, und ich muss dich einfach davon erlösen. Vertrau mir und entspanne dich nun. Alles wird gut. Du hast die tollsten Kinder der Welt. Wir sehen uns später.« Ein Kuss-Smiley beendete die Nachricht.

Als Paula mit ihren Eltern im Auto an der Wyker Mole auf die abendliche Fähre wartete, war sie immer noch beruhigt, denn die Kinder bei Henrik zu wissen, tat unendlich gut. Aber sie war auch immer noch kolossal verärgert.

»Marie wird sich noch wünschen, das nicht getan zu haben«, sagte sie nicht zum ersten Mal zu ihren Eltern, während sie ihr Handy in der Hand hielt und immer wieder auf das Display sah, obwohl das unnötig war, denn sie würde es hören, wenn eine Nachricht oder ein Telefonat einginge.

Die erlösende Nachricht von Marie kam erst, als sie die Hälfte der Fährstrecke nach Dagebüll schon hinter sich hatten.

»Komm bitte zu Okke auf den Campingplatz. Da sind wir und warten auf dich.«

»Sie sind bei Okke Ketelsen«, sagte Paula verwirrt.

Wieso waren die Kinder auf dem Nordstrander Stellplatz? Was hatte das zu bedeuten? Sie klärte ihre Eltern über den kauzigen Okke auf und fühlte Erleichterung. Es würde nicht lange dauern, bis sie dort waren und sie ihre drei Liebsten wiederhatte und abküssen konnte. Und dann würde sie sie kräftig ausschimpfen.

Die »Rungholt« legte pünktlich in Dagebüll an, und genau fünfzig Minuten später bog Paula bei Okke auf die Auffahrt. Obwohl es noch nicht einmal April war und die Wohnmobilsaison kaum eingeläutet sein konnte, waren schon drei Mobile auf dem Stellplatz. Bei Okke war wohl alles möglich. Henriks weißer Audi Q8 stach trotz der Dunkelheit ins Auge. Viel mehr allerdings wunderte Paula sich über den mit Lichterketten geschmückten Pavillon. Okke konnte doch unmöglich bei diesen Temperaturen einen Tanzabend veranstalten! Die Sterne standen zwar am dunklen Abendhimmel, aber für einen »Tanz unter den Sternen« war es doch viel zu kalt.

»Was ist denn hier los?«, fragte auch Christian verwundert.

Doris war einfach nur erleichtert, dass sie da waren. »Es ist mir egal, was hier stattfindet. Ich möchte jetzt meine Enkel in den Arm nehmen.« Sie stiegen aus.

Paula wartete nicht auf ihre Eltern, sondern stürmte direkt auf den Eingang des Pavillons zu. Stimmengemurmel verschiedener Leute war zu hören. Boomer kläffte, und dann erklang Mats' Stimme, was erneut beruhigend auf Paula wirkte. Aber die Bande konnte jetzt was erleben.

Paula öffnete den zugezogenen Reißverschluss des Plastikvorhangs und trat ein.

Von zwei Seiten war jeweils ein »Pst« zu hören, dann verstummten alle. Paula trat zur Seite, um ihre Eltern vorbeizulassen.

»Was ist hier los?«, stieß sie aus, während ihr Blick wanderte. Sie sah in etliche fremde Gesichter. Vermutlich die Wohnmobilisten. Alle standen, niemand saß, obwohl ein paar Bänke und Tische aufgestellt waren. Gläser mit Getränken befanden sich darauf. Zusätzlich zum Mobiliar waren zwei Heizstrahler aufgebaut, sodass es unerwartet warm war. Okke war hinter seinem Tischchen mit dem CD-Player und grinste ihr breit entgegen. Den Stroh-Trilby hatte er gegen eine blaue Pudelmütze eingetauscht.

Doch Paula hatte nur Augen für ihre Kinder, die wie die Orgelpfeifen dastanden. Lisbeth war die Einzige, die wahrhafte Freude ausstrahlte. »Mama!« Sie stürmte vor und schloss ihre Arme um Paulas Bauch.

»Mein Schatz.« Paula hob sie hoch und küsste sie ab. »Was macht ihr nur für Sachen?« Aus den Augenwinkeln bemerkte sie, dass Marie und Mats sich auch riesig freuten, sie zu sehen, aber gleichzeitig auch wussten, dass es jetzt eine Standpauke vom Feinsten geben würde.

Paula setzte Lisbeth ab, weil sich noch jemand freute. Boomer sprang kläffend an ihr hoch. Sie streichelte ihn, ging dabei aber auf Marie und Mats zu. Ihre Stimme klang so, wie sie sich immer noch fühlte. Zutiefst erleichtert und wahnsinnig wütend.

»Wir reden gleich noch, Madame«, wandte sie sich mit ernster Miene an Marie. Hier und jetzt würde sie die Standpauke nicht halten, denn es gab zu viele unbekannte Gaffer.

Während Mats und Lisbeth von ihren Großeltern ordentlich geknuddelt wurden, antwortete Marie ihrer Mutter genauso ernst: »Reden ist aber nicht immer die Lösung, Mama. Manchmal muss man auch handeln.« Maries Gesichtsausdruck veränderte sich, wurde weich. »Wir konnten es einfach nicht mehr aushalten. Du bist *so* traurig. Aber auch *so* stur. Und darum haben wir uns das hier einfallen lassen.« Sie zog Mats und Lisbeth zu sich und legte die Arme um ihre Geschwister.

»Wir haben eine tolle Überraschung«, rief Lisbeth fröhlich aus, was ihr ein »Pst, Mensch!« von Mats einbrachte, die Kleine aber nicht störte. Aufgeregt hüpfte sie auf der Stelle auf und ab.

»Wir haben nicht nur dich hierhergelockt«, sagte Marie mit verschmitztem Lächeln und deutete mit dem Daumen über die

Schulter hinter sich, wo die Camper dicht an dicht standen, um von dem Spektakel ja nichts zu verpassen.

Paulas Herz begann heftig zu klopfen. Konnte es sein …? Hoffnungsvoll glitt ihr Blick über die lächelnden Männer und Frauen, und als sie sah, wer sich aus der Menge löste, zog sich ihr Bauch zusammen.

Henrik kam strahlend auf sie zu und zog sie in seine Arme, als er bei ihr war. »Paula.« Er ließ sie wieder los, nahm ihren Kopf in seine Hände und sah ihr in die Augen. »Bitte verzeih mir, dass ich das mitgemacht habe, aber ich finde, die Kinder haben recht.«

Paula war überfordert, doch er sprach schon weiter.

»Damit es dir leichter fällt, mir zu vergeben, habe ich dir etwas mitgebracht.«

Irritiert sah Paula zu Okke, der weiter vor seinem CD-Player stand und sich mit einem »Jetzt?« an Henrik wandte.

Lachend bestätigte Henrik: »Ja, jetzt.«

Musik erklang, und Paula erkannte den Song aus den Fünfzigern schon nach den ersten Takten. Die »Unchained Melody« war schließlich der Song, der in Hunderten Liebesfilmen beim Happy End ertönte. »Du hast mir diesen Song mitgebracht?«, wandte Paula sich an Henrik.

»Das Lied hat Okke ausgesucht. Ich habe dir *das* hier mitgebracht.« Er nahm sie an den Schultern und drehte sie Richtung Pavilloneingang.

Paula schluchzte auf. Richard kam auf sie zu. Mit wenigen Schritten war er bei ihr. Seine Augen strahlten wie die Sterne am Himmel, aber er klang knorrig, als er nach ihren Händen griff. »Dieses bis ins Detail durchgeplante Romantikgedöns hier mache ich nur mit, weil ich dich so sehr liebe, Paula Ahmling.« Dann wurde seine Stimme leise, sodass nur sie die nächsten Worte hörte. »Die Kinder, die ich nach wie vor genauso liebe, haben sich das hier zusammen mit Henrik und Okke ausgedacht. Und wenn du mich jetzt nicht sofort lang und innig küsst, werden die fünf traumatisiert diesen Pavillon verlassen.«

Tränen liefen über Paulas Wangen, als sie seine Hände, die ihre immer noch hielten, an die Lippen zog und zärtlich küsste. Dann schlang sie unter dem Applaus der Umstehenden ihre Arme um Richards Hals, und er presste sie mit einem »Ach, Paula!« an sich. Paula war dankbar dafür, dass es so laut war, denn so konnte nur er sie hören, als sie sagte: »Ich habe dich unendlich vermisst.«

»So wie ich dich«, flüsterte er, und dann küsste er sie so, wie es anscheinend alle erwartet hatten, denn zum Applaus gesellten sich begeisterte Pfiffe.

Mit einem Lachen, das nur halb fröhlich klang, löste Richard sich von ihr. »Ich hasse all diese Leute«, murmelte er an ihrem Ohr. »Bis auf drei.« Er winkte den Kindern zu. »Kommt her, ihr wunderbaren Racker.«

Lisbeth stürzte freudig auf sie zu und schlang ihre Ärmchen um beide. »Das war eine schöne Überraschung, oder?«

»Die schönste überhaupt«, sagte Richard, hob sie hoch und küsste sie auf die heiße Wange.

Marie und Mats traten etwas verhaltener hinzu, strahlten aber auch über beide Backen.

»Ist jetzt alles gut?«, fragte Mats. Sein Blick blieb bei Richard. »Willst du jetzt zu unserer Familie gehören?«

»Es gibt nichts auf der Welt, was ich lieber möchte.« Richard ließ Paula los und zog Mats mit der freien Hand an sich. »Ihr seid die Besten. Und das werdet ihr von jetzt an öfter zu hören kriegen.«

Mats verdrehte die Augen. »Ach du Kacke.«

Paula verzichtete darauf, die Wortwahl zu rügen, denn wann hatte Mats zuletzt so gestrahlt?

Im nächsten Moment ertönte Okkes Stimme im ausklingenden Song der Righteous Brothers. »Die Tanzfläche ist jetzt für alle freigegeben. Und weil das hier grad so schön muckelig romantisch ist, hab ich noch einen feinen Nachschlag für euch. Perry Como mit ›And I Love You So‹.«

Henrik trat zu ihnen, während die wenigen Camper die Tanzfläche eroberten. Er zwinkerte Paula und Richard zu und sagte zu den Kindern: »Kommt, ihr drei, ich spendiere euch eine Cola.«

»Ich darf aber keine Cola«, belehrte Lisbeth ihn, folgte aber ihren Geschwistern und Henrik zu dem kleinen provisorischen Tresen.

Paula und Richard blickten ihnen nach, während Doris gerade von Christian auf die Tanzfläche geschoben wurde. Paula schmunzelte, weil ihre Mutter sich dabei den Hals verrenkte, um zu ihr und Richard schauen zu können.

»Jetzt haben wir zehn Minuten für uns«, sagte Richard, nahm Paulas Hand und zog sie nach draußen. Sie umrundeten den Pavillon, sodass sie vom Eingang aus nicht mehr zu sehen waren. Richard schloss sie in seine Arme, und Paula ließ sich von ihm führen. Eng umschlungen, Wange an Wange, tanzten sie. Ohne ein Wort. Es reichte, einfach nur in den Armen des anderen zu sein. Es gab jetzt nichts zu beichten und nichts zu verzeihen. Über ihnen leuchteten die Sterne, und Paula kamen die Tränen. Sie fühlte ein so tiefes Glück in Richards Armen, so einen Frieden …

Sie weinte noch mehr, als Richard begann, ihr die Tränen fortzuküssen. »He«, murmelte er, »du kannst jetzt aufhören zu weinen. Ich bin da. Für immer.«

Sie küssten sich lange und zärtlich, bis Boomer um die Ecke bog, gefolgt von den Kindern. »Hier sind sie!«, rief Lisbeth.

Paula und Richard lösten sich lachend voneinander. »Das wird jetzt immer so sein«, sagte Paula und wischte sich über die feuchten Wangen. »Keine ruhige Minute wirst du mit uns haben.«

»Okay, ich überleg noch mal kurz …«

Paula knuffte ihm lachend in die Seite.

Richard hob Lisbeth hoch. »Ich will keine Ruhe. Ich will euch.«

Paula schlang ihre Arme um Mats und Marie, und so bildeten sie einen Kreis.

Das Leben war schön.

Mein Tom,

heute ist dein Geburtstag, und unsere Gedanken sind in Liebe bei dir. Ich weiß, wie sehr dir der kunterbunte Sommerblumenstrauß gefällt, den wir auf dein Grab gestellt haben. Und die bemalten Steine der Kinder sind wunderschön, nicht? Libby war allerdings beleidigt, als ich ihr sagte, dass eine Spinne nur acht und keine elf Beine hat. Du hättest auch nicht erkannt, dass es ein Tausendfüßler sein soll. ☺

Vor allem aber weiß ich, wie sehr du dich für mich freust. Ich liebe Richard so sehr. Danke, dass du nicht aufgegeben hast, ihn zu mir zu schicken. Fast ein Jahr sind wir nun schon verheiratet, und mein Babybauch wächst und wächst ... Vermutlich werde ich wieder so eine Tonne werden wie bei Mats. Er freut sich riesig, dass er einen Bruder bekommt. Marie ist auch ganz aufgeregt, und Libby ist völlig aus dem Häuschen. Gestern hat sie Richard eine Frage gestellt, die mir einen Stich versetzt hat, mich aber gleichzeitig so berührte, dass mir die Tränen kamen.

»Darf ich auch Papa zu dir sagen, Richard, wenn unser Baby da ist?«

Ich weine schon wieder, während ich dies schreibe. Richard hat mich angeschaut und gewartet, was ich dazu sage. Er hatte auch Tränen in den Augen.

Ich habe für dich genickt, Tom, aus tiefstem Herzen, weil ich weiß, dass du unserer Kleinen dieses Glück so sehr wünschst.

Dein Platz in unseren Herzen ist ewig und unvergänglich.

Ich liebe dich.

Deine Paula

Danksagung

Liebe Leserinnen und Leser,

ich hoffe, Ihnen hat Paulas Reise und die ihrer Kinder entlang der Nordseeküste und auf dem wunderschönen Darß gefallen.

»Liebe von Meer zu Meer« ist mein fünfzehntes Buch, und dass Föhr – nicht zum ersten Mal – örtlich eine große Rolle spielt, liegt schlicht daran, dass meine Familie und ich die Insel lieben. 1992 gingen wir zum ersten Mal in Wyk von Bord der Fähre. Seitdem waren mein Mann und ich jedes Jahr auf Föhr, manchmal nur für ein paar Tage, aber dorthin müssen wir einfach. Mich begleitet mittlerweile das Gefühl: Ich fahre von zu Hause los und komme zu Hause an.

Während ich dies schreibe, ist der erste Schnee in meinem Heimatort und auch auf Föhr gefallen, obwohl noch nicht einmal Dezember ist. Die Welt ist weiß und glitzert wie verzaubert. Kostbare Momente zum Kraftschöpfen, die ich auch Ihnen von Herzen wünsche.

Danke sagen möchte ich dem gesamten Team des Emons Verlags und meiner Lektorin Julia Lorenzer dafür, dass ich meine Ideen immer wieder umsetzen darf und dabei so hervorragend unterstützt werde.

Vor allem aber herzlichen Dank Ihnen, liebe Leserinnen und Leser, für Ihre Treue!

PS: Buch Nummer 16, an dem ich gerade arbeite, spielt auf … raten Sie mal. ☺

Die Kriminalromane von Erfolgsautorin Heike Denzau im Überblick

Mystery Thriller:

Todesengel von Föhr
ISBN 978-3-95451-251-5

Mystery Krimi:

Dämonen der Speicherstadt
ISBN 978-3-7408-1510-3

Krimis mit Lyn Harms:

Die Tote am Deich
ISBN 978-3-89705-826-2

Marschfeuer
ISBN 978-3-89705-919-1

Tod in Wacken
ISBN 978-3-95451-064-1

Schwarze Elbe
ISBN 978-3-95451-502-8

www.emons-verlag.de

Dunkle Marsch
ISBN 978-3-95451-970-5

Der Teufel von Wacken
ISBN 978-3-7408-0315-5

Das Haus am Moor
ISBN 978-3-7408-0776-4

Flammen über der Marsch
ISBN 978-3-7408-1250-8

Krimis mit Raphael Freersen:
Nordseenebel
ISBN 978-3-7408-0501-2

Nordseegeheimnis
ISBN 978-3-7408-0928-7

www.emons-verlag.de